從邊緣到大師

尼爾蓋曼的超連結創作之路

The View from the Cheap Seats

Selected Nonfiction

尼爾・蓋曼 Neil Gaiman——著
沈曉鈺——譯

給初來乍到的艾許，
待到他成長之時。

這些是你的父親許久前
喜愛過、說過、在意且信仰過的事物。

導讀

來自廉價座位區的觀點——關於尼爾．蓋曼給我的啟示

國立東華大學華文系教授　吳明益

在《煙與鏡》中，尼爾．蓋曼埋藏了一篇小說在序裡。他說朋友結婚時，曾編了一則故事，打算送給他們當做結婚禮物。但編好故事後，他覺得朋友大概比較想收到烤吐司機，於是就沒把故事寫出來。直到出版這本短篇小說集時，決定把它收錄在序裡。

故事從高登．羅伯．強森和貝琳達．凱倫．亞賓頓立下誓言，共結連理開始。那天晚上拆禮物時，他們發現有人送的是一份寫在信紙上的文稿，裡頭把婚禮的實況描述得鉅細靡遺。高登和貝琳達都喜歡這分禮物，直到有一天他們發現，文稿會自動增長，續補故事。

在真實的人生裡，他們過得幸福完滿，但在文稿裡，高登不但出軌了，貝琳達還流產。一開始他們非常痛苦，覺得明明他們活得愉快，為什麼要讀這樣一個悲慘的、不符他們人生的故事？後來貝琳達想到一個解釋——她說：「這不是我們所過的婚姻生活，所有壞事情都發生在那張紙上，而不是在我們的現實生活中。我們並沒有過那種生活，只是在紙上讀讀而已。我們知道我們的婚姻有可能變成那樣子，也知道實際上並沒有。」不過陰影仍然籠罩著他們，因為內心深處，貝琳達恐懼那張紙上所

寫的，是他們真實的婚姻生活，而現在自己所擁有的，只是張漂亮的畫而已。畢竟，如今他們的生活太過美好，好到讓她覺得不可能是真的。

對美好生活的不安終成現實。高登的建築競圖獲選，就在一切都往完美邁進之時，他卻意外發病身亡。收到消息的貝琳達震驚傷慟之餘，那篇描寫他們婚姻失敗的稿子湧上心頭。她望著爐火好一陣子，心裡想著她這一生所擁有的，還有這一生所放棄的。她有美好的婚姻、孩子，卻失去了丈夫；紙上的人生恰好相反。這讓她不禁問自己：到底是愛一個已經不存在的人比較悲慘，還是恨一個依然存在的人比較悲慘？

在讀到這篇故事之前，我一直把尼爾．蓋曼當成奇幻小說家，而你知道的，在正統文學養成裡，對奇幻作家的尊重其實隱藏著偏見，愛讀奇幻文學的我亦復如是。

尼爾．蓋曼以圖像小說《睡魔》（*The Sandman*）揚名，接著《無有鄉》、《星塵》、《美國眾神》、《蜘蛛男孩》奠定他在科幻界的地位，《第十四道門》、《墓園裡的男孩》讓他在青少年小說樹立成就，但直到我讀了他的短篇，才發現那些包裹在故事裡的深沉思辨，與文學課堂上的那些小說家並無二致。回頭讀蓋曼的奇幻以及少年小說，面目也隨之變得不同了。

我從此以後成為尼爾．蓋曼的忠實讀者，也不再輕賤自己從科幻小說、武俠小說建立起來的閱讀經歷，更不避諱在自己的創作裡保留那些我曾經有點害羞的不成熟幻想元素。尼爾．蓋曼說：「故事的最後結局，都不是我剛開始寫故事時安排的結局。有時候，讓我知道故事已經結束的唯一方式，就是當我已經無話可寫時。」這個說法總是鼓勵著我，放任小說以自己的方式說話，直到無話可說為止。

虛構作家總是會把自我隱藏在作品的某一處，當我拿到這本《從邊緣到大師：尼爾．蓋曼的超連結創作之路》時，我最感到興奮的是，終於能藉非虛構作品了解尼爾．蓋曼是如何成為尼爾．蓋曼。

多年來蓋曼的聲名不只建立在他的小說上，他的演說動人，為他人寫序也極有見地，訪談則更是他的本業（他當過記者）。在這本書裡，你可以發現他從恐怖小說、科幻小說、奇幻小說建立起來的閱讀系譜，以及對科幻、音樂、漫畫以及電影的諸多看法。

這本書透過編輯已然綱舉目張，因此在這篇導讀裡，我希望與讀者分享自己從尼爾．蓋曼身上獲得的幾個重要的啟發。

首先，「逃避到故事裡不見得是一件壞事」。尼爾．蓋曼說常有人把奇幻、恐怖小說視為一種逃避主義文學，好像那是混亂、愚蠢、瘋狂的東西。他說有一回他和高齡九十五歲的遠房親戚海倫．法金會面，這位二戰倖存的猶太子民告訴他，大戰時她被派到猶太區去教小孩讀書，有回有人給她一本波蘭版的禁書《飄》，每天晚上，她都會拉上窗簾，把燈光遮好，就著微弱的光線讀個兩、三章。隔天早上，孩子來上課時她便告訴他們她讀到的故事。那說故事的一小時，讓他們暫時遠離一切。

這件事讓他重新省視小說存在的意義。尼爾．蓋曼說：「假如你受困在一個艱難處境，在一個很不愉快的地方，有人對你心懷不軌，當有人要幫你短暫逃離的時候，你為何不接受？逃避主義小說就像那樣：打開門的小說，顯露外頭的陽光，給你機會，讓你去到是你自己所能掌控的地方，和你想一起相處的人在一起；更重要的是，在你逃離的時候，書也能給你知識，讓你了解這個世界以及你的苦難，賜予你武器，賦予你盔甲：是你能真正帶回自己牢房裡貨真價實的東西。你能用技術、知識和工具來真正逃離監牢。」而那些反對這類小說的人，就像《納尼亞傳奇》的作者C．S．路易斯提醒過的一樣：「唯一大肆抨擊逃亡的人是獄卒。」

其次是，做為一個作家，「要為未來的讀者寫作，要寫出讓他們覺得不無聊的書，並且從中獲得啟發與武器」。蓋曼認為，任何作家的書都可以給孩子們閱讀，因為每個孩子都不同，讓他們自行發現誰是差勁的作家，讓他們自己去接近故事，不能用成人的標準。因為「陳腐老套的想法，對於第一次碰到的人來說，既非陳腐也非老套。」

蓋曼也認為朗讀給孩子聽故事是重要的事，要「把我們已經倦怠的故事念給他們聽。做出聲音變化，把朗讀變得有趣，不要因為他們學會可以自己念給自己聽就不再念故事給他們聽。」而身為作家，最糟糕的事就是「寫出無聊的書而將孩子們從閱讀和書本旁邊趕走」。一旦此事成真，那「便是弱化我們的未來，也削弱他們的未來。」

第三是：「好讀者是通往好作家的道路」。蓋曼在一篇文章提及，他少年時認為《魔戒》大概是有史以來最優秀的書，他想長大後也寫出同樣的一本書。問題是，這本書已經有人寫出來了。

蓋曼因此異想天開，他想如果有一個平行宇宙存在，他就要逃到那裡，把這書請人重新打字出來。如此一來在那個時空裡，他就成為《魔戒》的作者了。幾年後，他寄了一封信給克里斯多福．托爾金，解釋一個他找不到資料做註釋的地方，後來發現在托爾金的《黑影重臨》（The Return of the Shadow）裡，自己的名字出現在感謝名單上。他能幫上忙，其實是因為從另一位奇幻作家詹姆斯．布朗奇．卡貝爾（James Branch Cabell）書上讀到的資訊。

蓋曼用這個故事暗示，一個年輕作家怎麼從崇拜到成熟的崇敬，最後走出自己風格的歷程。而這也是我會一直訴說的作家故事典範：作家之路是讀出來的，而好的讀者會愈讀愈專業，有一天像蓋曼一樣，能從其他的書本獲得的知識，指出年少時視為神作的微小缺失。

蓋曼的這本書直譯應該是「來自廉價座位區的看法」（The View from the Cheap Seats），意思就是來自較遠位置的意見，旁觀者的看法。這當然是個隱喻，因為事實是蓋曼將他一生投注諸多事業範疇的思考，展示給讀者看，他坐的位置可是VIP座位，只是他不喧譁而已。

因此，在這本書裡你會讀到遠比上述那三點更豐富的物事。你會讀到尼爾．蓋曼對神話的看法，他會寫《美國眾神》，就是想用各形各色的神話與信仰，去追問美國對自己解釋自己是誰的方式。你會讀到他對恐怖攻擊的立場，他藉《查理週刊》的總編杰哈．畢阿爾的話說：「成為一個成熟公民的條件，就是必須清楚有些想法、文字和畫面能帶來震撼人心的效果。受到震撼是民主思辨中的一環，但遭到槍殺不是。」你會看到他對科幻小說、從漫畫到圖像小說、音樂與電影的詮釋，最讓我著迷的是，可以看到他和其他一流創作者如路．瑞德（Lou Reed）、泰瑞．普萊契（Terry Pratchett）、史蒂芬．金（Stephen Edwin King）等人的談話與相處間迸發的火花。

尤有甚者，我從這本書裡學習到了一種應對的優雅，一種從小說寫作衍生出來的，將鴿子藏在盒中以特定角度擺放的鏡子後面，存在於現實之內隱密空間的言說方法。

尼爾．蓋曼在回應為什麼到二十一世紀還在寫作這類奇幻故事時，他說了一個故事（又是故事！）。他說曾經在找資料時，看到了一個絕望的部落格。那個部落格沒有起伏、荒涼、毫無希望，但有一種特質吸引他設了書籤。

在一天一天的追蹤裡，他看見格主（一個女孩）寫下自己要做的事——好幾個月來她從繼父的浴室裡陸續偷安眠藥，她寫塑膠袋、寫寂寞，「以一種平靜而務實的方式，解釋說她知道有自殺企圖是一種向外求救的徵兆，但她真的不是在求救，她就只是不想活。」

尼爾．蓋曼不知道自己該做些什麼好，因為網頁所在地不明、沒有聯繫資訊、沒辦法留言。最後她留下「晚安」的訊息，不再更新部落格，讓他有像是吞下了讓世界失望的感受。蓋曼想，如果她知道有人在讀著她的部落格就好了，她不會覺得那麼寂寞，也許就不會尋死了。過了一段日子，這個已經道「晚安」的部落格又開始發文，蓋曼說：我想她應該知道我（有人）還在讀她的文章。

教書以來，我遇過許多在生命裡迷惘，在創作裡迷惘的年輕人。我想轉述蓋曼的這個故事給他們聽。你們可能是最後一匹人頭馬，你們「有權或有義務用自己的方式說故事」，因為那是屬於你們的故事，一定要被訴說。而只要有一個讀者，人生就值得寫下去。

前言

我逃走了。或者，至少可以說是尷尬地遠離新聞圈，因為我想要擁有虛構故事的自由，我不想被事實箝制。或說精確一點：我想要能說出真相，不必擔心什麼事實不事實。

在打這段話的時候，我很清楚意識到旁邊的桌上有一大疊紙，每張紙上都有我寫下的文字，全都是我離開新聞圈之後寫的；在這些文字中，我非常努力地要說出最接近真相的事實。

而我偶爾會失敗。比方說，網路讓我確定了一件事：以十至十一歲的識字程度評鑑未來是否要建造監獄——是假消息。但我會知道，是因為之前在某個場合中，當時的紐約教育首長向我們保證此事屬實。今天早上，我在收聽BBC的新聞時，得知英國有半數犯人的讀寫程度大約等於十一歲——或者更低。

本書中收錄了演說、散文和序。有些序會收錄在這兒，是因為我喜歡那些作者或那些書，我希望我的喜愛也能感染大家。而其他收錄的篇章則是因為，我在那篇序中盡了最大努力述說我認為的某種真理——甚至可以說是非常重要的事。

多年來，我在許多作者身上學到各種技巧，而他們往往也是傳播文學福音的人。彼得．畢格[1]寫了一篇標題為〈托爾金的魔戒〉（Tolkien's Magic Ring）的文章，我小時候讀到，因而認識托爾金和《魔戒》。數年後，我在H．P．洛夫克萊夫特[2]的長文、史蒂芬．金某本輕薄短小的書中，讀到能將恐怖具象化的作者與故事。沒有他們，我的生命就不完整。娥蘇拉．勒瑰恩[3]寫了許多文章，我去研究她提到的那些讓她能夠表達心中想法的書。哈蘭．艾里森[4]是位慷慨的作家，他在文章及文選中指引了我許許多多的作者。作者能享受閱讀，偶爾甚至受到書的影響，這個概念對我來說非常合情合理。文學並非發生在真空裡；文學不能只是獨白。文學必須是一場對話，初來乍到者、新的讀者，都要被帶進對話裡。

我希望在這本書中談到的一些創作者或他們的作品（也許是某本書或電影，或一首歌）也會讓你感興趣。

我在筆記本裡寫下這些，腿上還抱著一個小嬰兒。熟睡中的他咕咕噥噥又咯咯叫不停。他讓我感到快樂，也使我感到脆弱：從前早已遺忘的恐懼又悄悄從暗處爬了出來。

幾年前，有位作家告訴我（他的年紀不比現在的我大多少）——他不是發牢騷，而是就事論事——說我這樣年輕的作家不必像他一樣天天面對黑暗，不必感受著自己最好的作品已成昔日榮光，這是好事一件。另一位八十幾歲的作家則告訴我，驅策他每天寫作的動力，就是因為他知道屬於自己的傑作尚未出現。他總有一天要完成這本大作。

我想要的是我第二位朋友的狀態。總有一天，我能真的寫出傑作——我喜歡這種想法。即便我有點擔心這句話我已經說了超過三十年。隨著年紀增長，我們做的、寫的每一件事，在在使我們想起過往的一切。它們多半大同小異，已經沒有什麼前所未見的新鮮事了。

我為很多自己的作品寫序，序都很長，描述著創作那本書時的情境。另一方面，本篇的序言輕薄短小，多數文章都能獨立來看，不用多做解釋。

本書並非「尼爾．蓋曼『完整』非小說文集」。相反地，本書大多是一堆演說、文章、序和散文。有些嚴肅、有些輕佻、有些真誠；有些我之所以寫下，是希望讓人們去傾聽。你不必全部讀完，或照任何特別順序。我安排的順序只是因為我覺得這樣比較說得通——大多數演說和這類的文章擺在書的開頭；私人一點、更參雜個人感情的，放在最後。許多瑣碎的文字、文章和解釋，有關文學、電影、漫畫和音樂、城市和生活，置於中間。

本書裡有些篇章說的是我非常珍愛的人與事，也提到了一些我的生活：我很容易就這麼寫出自己的觀點，這表示我很可能在我所書寫的文字裡提到太多的自己。

現在，在我為此文收尾、讓你自己去讀這本書之前，我想致上一些感謝：

---

1 彼得．畢格（Peter S. Beagle）：一九三九年生，美國知名作家暨編劇，創作類型以奇幻小說為主。代表作品包含《最後的獨角獸》。

2 H．P．洛夫克萊夫特（H. P. Lovecraft）：生於一八九〇年，卒於一九三七年，在文壇發展並不順遂，最後潦倒以終。他的作品在死後才得到重視，咸認是恐怖小說大師。

3 娥蘇拉．勒瑰恩（Ursula K. Le Guin）：一九二九年生，美國知名作家，代表作品包含《地海巫師》系列，咸認是奇幻文學的重要作家之一。

4 哈蘭．艾里森（Harlan Ellison）：一九三四年生，美國知名作家，作品橫跨小說、短篇故事和劇本等，類型以奇幻、科幻為主。

感謝所有發稿邀我寫這些文章的編輯。一句「謝謝」不足以感激凱特．霍華（Kat Howard），她孜孜不倦爬梳我這麼多序文和文章，決定哪些可以收進本書、哪些要丟進黑洞，而且一次又一次將這些篇章統整為合理順序，然後允許我說一些：「我有別的想法……」之類的話（每當她確定一切都已到位，我又把事情搞得複雜。我會說：「嗯，我已經在某某文章寫過類似的事了……」然後仔細搜找硬碟，或爬上積了灰的架子，直到找到那篇文章。）凱特是個聖人（大概是聖女貞德復活、重回人世那等級）；謝謝席爾德．邦尼森（Shield Bonnichsen），他找到一篇我們遍尋不著副本的文章；謝謝克莉絲汀．迪克洛卡（Christine Di Crocco）與凱特．米侯斯（Cat Mihos），她們找到很多東西、打字整理，幫了大忙——又親切大方；非常感謝經紀人梅若麗．海非茲（Merrilee Heifetz）；我的美國出版社編輯珍妮佛．布瑞爾（Jennifer Brehl）；我的英國出版社編輯珍．莫拜斯（Jane Morpeth）；以及我了不起的妻子亞曼達．帕爾默，永遠都要感謝她。

CONTENTS

II 我認識的一些人

III 前言與深思：科幻小說

IV 影像、電影與我

V 論漫畫及做漫畫的人

VI 導讀和衝突

VII 音樂與做音樂的人

VIII 論《星塵》和其他童話

I

我相信的二三事

「我相信，槍與意念的交戰，意念終究會獲勝。」

信念

我相信，意念很難殺死，因為意念無形，有感染力，而且速度飛快。

我相信，你能用自己的意念去對抗你不喜歡的意念；你能自由地去主張、解釋、澄清、爭辯、冒犯、侮辱、憤怒、嘲諷、歌唱、表演，並且表示否認。

我不相信焚燒、謀殺、炸死他人、拿石頭砸爛人的頭顱（好讓壞的想法流出來）、把人淹死、甚至擊潰他人，就能打壓不合你心意的想法。這些念頭如同雜草，來自你意想不到的地方，而且難以控制。

我相信，壓迫意念將使得意念擴散。

我相信，人、書本與報紙裝載意念，但燒死那些擁有意念的人，就跟燒毀報紙檔案庫一樣不會成功。太遲了，永遠都是來不及的。意念已經流傳出去，藏在人的腦袋深處，在他們的思緒裡靜靜等待。那些意念可以輕聲低語；在夜深人靜時寫在牆上；也可以畫下來。

我相信，意念不必非得正確才能存在。

我相信，你有絕對的權利去堅稱神或先知的存在，或你尊敬的人是神聖而不可違抗。就像我有權利堅稱某演說內容是莊嚴神聖，而我的出言嘲諷、評論、主張和發聲等權利，也有其不可侵犯性。

我相信，我有權思考並述說錯誤的事；我相信，對此你的因應之道應是與我爭論，或是忽略無視；假若我認為你的想法有誤，我也應該採取相同的因應之道。

我相信，你有絕對的權利認為我的想法毫無道理、愚蠢荒謬或危險；而你有權去說、去寫、去散布此事。而我沒有權利殺害、殘害、傷害你，或奪走你的自由或財產——只因我認為你的意見有威脅性、侮辱人，或根本令人作嘔。我想你也許也認為我的一些意念同等惡毒。

我相信，槍與意念的交戰，意念終究會獲勝。因為意念是看不見的，意念會駐足停留。有些時候，意念甚至等於真理。

Eppur si muove[1]：但它還是會移動的。

本篇部分內容第一次刊出是在二〇一五年一月十九日的《衛報》，隨附克利斯．瑞德[2]所繪製的插圖；完整刊出是在二〇一五年五月二十七日，《新政治家》（New Statesman），由戴夫．麥金[3]繪製插圖。

1 義大利文。據說伽利略於一六三三年在宗教法庭上受審時，被迫收回他認為太陽不動、地球繞著太陽旋轉的說法，他低聲說了：「但它還是會移動的。」伽利略藉此表達，不論信念為何，事實就是事實。

2 克利斯．瑞德（Chris Riddell）：生於一九六二年，英國知名童書作者，除了為自己的創作書寫文字、繪製插圖，也為其他書籍插畫或報章雜誌畫漫畫。曾與尼爾．蓋曼合作《幸好有牛奶》。

3 戴夫．麥金（Dave McKean）：出生於一九六三年，是位多才多藝的英國藝術家，曾與尼爾．蓋曼合作過兩本圖畫書：《牆壁裡的狼》與《那天，我用爸爸換了兩條金魚》。

我們的未來為什麼仰賴圖書館、閱讀和白日夢：二〇一三，英國閱讀協會講座

如果有人告訴你他們的立場，及採取這個立場的原因，也告訴你自己是否有偏見，這將會是非常重要的一件事，感覺有點像是對小團體昭告自己的興趣所在。所以，我要來跟各位談談閱讀。我要告訴各位，圖書館很重要。我建議各位，你們能做最重要的事之一，就是閱讀小說——純粹為了樂趣而閱讀。我強烈呼籲大家要了解圖書館與圖書館員所扮演的角色，以及維護兩者的重要性。

很明顯，我的立場嚴重偏頗：我是個作者，經常寫小說；我為兒童寫書，也為大人而寫。大約三十年來，我一直靠著寫字（多半是虛構的）過活。人會閱讀，會讀小說；圖書館及圖書館員的存在意義，就是協助培養大眾對閱讀的喜愛，創造有閱讀行為的世界。很顯然完全與我利益相符。

所以我說我是個立場偏頗的作家。

但我同時也是立場十分偏頗的讀者。我甚至比英國公民更帶偏見。

今晚，英國閱讀協會（The Reading Agency）贊助我在此演講。這個慈善組織的成立宗旨，就是幫助人們成為自信又積極的讀者，藉此讓每個人在生命裡都獲得同等的機會。他們支持著讀寫課程，也支持圖書館和個體，並且開誠布公、義無反顧地鼓勵閱讀行為。協會表示，因為當我們閱讀，一切都能改變。

正是因為這樣的改變以及閱讀的行為，我今日才會在此演講。我想談談閱讀的作用，聊聊閱讀有

哪些益處。

某次我在紐約，聽了一場建造私人監獄的座談——這在美國是一項高度成長的產業。監獄業需要規劃未來——以後需要多少牢房呢？從現在開始的十五年內，會有多少犯人？他們發現進行這種預測非常輕鬆。只要根據十至十一歲孩童的文盲比例，用些很簡單的演算法就能輕鬆得出結果。這些人當然不可能為了樂趣而閱讀。

這不是「因為這樣所以那樣」的單純情境：你不能說識字率普及的社會就不會有犯罪行為存在。但這兩者之間有非常真實的相關性。

我認為，在這些相關性中最簡單的解釋其實很單純：識字的人讀小說，而小說有兩種用途。首先，這是閱讀的敲門磚。你必須想知道接下來的發展、要有想往下翻頁的衝動；就算很難，你還是有繼續往下讀的需求；因為某角色陷入麻煩了，你一定要知道事件如何結束……

……這是非常真實的驅動力。能驅使你去學習新字彙、思考新想法，如此這般，然後發現閱讀本身樂趣無窮。一旦你學會了，就踏上了一條能閱讀各種類文字的路。閱讀就是關鍵。幾年前，曾短暫出現過一些批判的聲音，認為我們生活在一個不需要文字的多媒體（postliterate）世界，還要搞清楚書寫文字未免累贅，但這類言論現已銷聲匿跡：文字的重要性前所未有。當世界轉移到網路上，我們仍以文字探索世界，我們需要遵循、溝通並理解我們正在閱讀的東西。

無法理解彼此的人無法交換想法，也不能溝通；翻譯軟體只能帶你走到一定的距離。

想確保我們養育出具讀寫素養的孩子，最簡單的方法就是教他們閱讀，並且示範給他們看，讓他們知道閱讀是一件充滿樂趣的事。也就是說，最簡單的方式是找到他們喜歡看的書，給他們接觸這些書的機會，讓他們好好地讀一讀。

我不認為有所謂對孩子不好的書。偶爾會有些大人指著某種兒童讀物或類型，甚至作者，說這些是不好的書，要阻止孩子去看。這種行為漸漸變得常見，我看著這種事一次又一次發生；伊妮德·布萊頓[4]遭評為劣等作者，R·L·史坦恩[5]也是，還有另外幾十位作家。長期以來，漫畫都被貶抑是助長文盲的凶手。

這都是胡說八道。勢利又愚蠢。

沒有什麼作家是差勁得不能讓孩子看的；世上沒有爛作家會被孩子喜歡，而且還想去讀、去找他們的作品。每個孩子都不一樣，他們有辦法找到自己需要的故事，他們會自己去接近故事。你所謂陳腐老套的想法，對於第一次碰到的人來說既非陳腐也非老套。你不能因為覺得孩子讀了「不對」的東西，就鼓勵他們別去閱讀；你不喜歡的小說，卻可能帶著孩子走向你要他們讀的書種。不是每個人的口味都要跟你一樣。

立意良好的大人很容易破壞孩子對閱讀的熱愛：他們會阻止孩子讀喜歡的書，或是給孩子看你自己喜歡、有價值但無聊的書——也就是二十一世紀版的維多利亞時期「改進」文學。這樣最後會養出一個篤定地認為閱讀遜到爆的世代，更糟的是，他們甚至會堅信閱讀毫無樂趣可言。

我們需要孩子爬上閱讀的階梯。他們愛讀的一切都會使他們往上爬，一階又一階，進入讀寫的領域。

（千萬別犯某作家從前犯過的錯誤。當年他十一歲的女兒迷上R·L·史坦恩，他呢，就去拿了一本史蒂芬·金的《魔女嘉莉》來，然後說：「假如妳喜歡那些書，一定會愛死這本！」荷莉在青春期初期只看草原拓荒者的那種安全的故事，其他都不看。直到現在，只要我一提到史蒂芬・金的大名，她仍會瞪我。）

小說的第二個功用就是建立同理心，像是觀賞電視或電影，看著發生在其他人身上的事。散文小說（Prose Fiction）是由二十六個英文字母和許許多多標點符號構成的，你可以透過故事——不需要別人，你自己就行了——用想像力創造出一整個世界，放入不同的角色，並從別人的角度看事物。你可以去感受、去觀看不同之處，或是你原本可能永遠都不知道的世界；你會學到，自身之外的每個人都是「我」。你可以試著當一回「別人」；而當你回到自己的世界，你會有些許不同。

同理心是將人群聚成團體的工具。因為有同理心，我們才不會成為只愛自己的個體。

閱讀的時候，你會找到一些什麼。當你在這個世界向前邁進，這個「什麼」會非常重要，那便是：

這世界有改變的可能。其實可以有所不同。

小說為你展示不同的世界，帶你前往從未踏足之處。一旦你見識過其他世界——例如能吞下仙果的地方，你就再也不會滿足於自己成長的世界。不滿足是好的：人不滿足，才會修正、改進自己的世界——將更好、更不一樣的世界留給後世。

---

4 伊妮德・布萊頓（Enid Blyton）：生於一八九七年，卒於一九六八年，是知名英國兒童小說家，她的小說十分暢銷，也曾多次改編為動畫影視作品。

5 R・L・史坦恩（R. L. Stine）：生於一九四三年，是知名美國兒童小說作家，書寫類型以恐怖故事為主，甚至得到「兒童文學界的史蒂芬・金」稱號。「雞皮疙瘩」系列廣受歡迎，也曾改編為電影。

趁著現在正好在討論這個話題，我想要針對逃避主義說個幾句。我聽過大家把這個詞批評得像什麼不好的事一樣，彷彿認為「逃避主義」小說是某種廉價鴉片；是混亂、愚蠢、瘋狂的東西，好像對成人及兒童來說，唯一有價值的就是寫實小說，因為它可以用對照的方式，讓讀者發現自己所生所長的世界哪裡最醜陋。

假如你被困在一個艱難的處境中，在一個不愉快的地方逃不出去，或有人對你心懷不軌——要是有人能讓你暫時逃離，為何不接受？逃避主義小說就是那樣：它是能為你打開一扇門的小說；讓外頭的陽光透進來，給你個機會，讓你去到你能力可以掌控的地方，跟你想要相處的人待在一起（不要懷疑，書當然是真正存在的空間）；更重要的是，在你逃離的時候，書也能帶給你知識，讓你了解這個世界及自身的苦難；它賜予你武器，賦予你盔甲——而且是貨真價實、真的能讓你帶回自身牢房的東西。你可以用這樣的技術、知識和工具，真正地逃出牢籠。

誠如C．S．路易斯所說，唯一會大肆抨擊這種逃亡，只有獄卒。

另一個讓孩子討厭閱讀的方式，當然就是讓周遭連一本書都看不到；假使有書，就弄得他們沒有地方好看書。

我很幸運。在成長的階段，我住的地方有一間很棒的圖書館。我的父母很好說話，在我放暑假時，他們答應在上班途中順道載我去圖書館，而我遇到的圖書館員完全不在意一個沒人陪的小男孩。這個孩子每天早上走到兒童圖書館，努力查閱卡片目錄，尋找裡面有提到鬼怪、魔法或火箭的書；找有吸血鬼、偵探、巫婆或各種詭異奇譚的書。我把兒童圖書館裡的書都看完後，就開始看起成人書。

那些圖書館員人都很好。他們喜歡書，也喜歡有人看書。他們教我怎樣透過館際互借的方式從其他圖書館借書；他們似乎真心覺得有個熱愛閱讀的大眼小男孩很棒。他們會跟我談我正在看的書，會替我找到剩下還沒看完的系列作品；他們願意幫忙。他們待我就像待一般的讀者——沒有歧視，也不過度尊崇——這表示他們很尊重我。身為一個八歲小孩，我不太習慣受到尊重。

圖書館的意義是自由。閱讀的自由、想法的自由、溝通的自由。圖書館的意義是教育——教育不是從學校或大學畢業就結束的過程；圖書館的意義是娛樂，是建立一個安全的空間，是關於資訊的取得。

我憂心的是，在二十一世紀，人們誤會了圖書館扮演的角色及目的。假如你把圖書館當成擺滿書的書架，在這多數書籍都有發行電子版的年代，你這種想法似乎既老舊又過時。會這樣想，基本上就是沒抓到重點。

我認為這關乎資訊的性質。

資訊是有價值的。正確的資訊尤其有非常高的價值。就人類歷史而言，我們長時間生活在資訊缺乏的時代，擁有所需的資訊向來非常重要，而且永遠都有一定的價值。何時該種植作物？該去哪裡查詢各種知識？——如地圖、歷史和故事——無論針對民生飲食或公司行號，都很有用。資訊是有價值的，擁有資訊或能夠取得資訊的人，甚至可以因這樣的服務收費。

過去幾年來，我們從資訊缺乏的經濟系統進入被資訊爆炸推著走的時代。根據谷歌公司的艾立克．史密特所言，單是人類兩天內創造的資訊，就能與我們從文明初始到二〇〇三年間所創造的資訊匹敵。如果你有認真作筆記——這些資料大約一天有五艾（exabytes）位元組。此刻的挑戰已經不是找出生長在沙漠的稀有植物，而是鎖定生在叢林中、特定的某株植物。我們需要的資訊類型，是能夠協助我們探索、並找到真正所需的資訊。

圖書館是人們可以去找尋資訊的地方。書是資訊冰山的一角：書擺在圖書館裡，其服務是免費而且合法的。與從前相比，現在有更多孩子從圖書館借書——什麼書都有：紙本書、電子書、有聲書。但是，舉例而言，圖書館也是沒有電腦、沒有網路的人可以免費去上網的地方。當你要找工作資訊、想申請工作或查詢怎麼申請補助津貼，這些程序漸漸改成只在線上辦理。很重要的是，圖書館員可以協助這些人探索世界。

我不相信所有的書都會——或都該搬上銀幕。有一次，道格拉斯・亞當斯[6]向我指出這點——而且是早在電子閱讀器Kindle出現的二十多年前。他說實體書就像鯊魚，鯊魚很古老，在恐龍出現之前，海裡就有鯊魚了。但現在鯊魚依舊在，因為比起變成其他動物，鯊魚做自己做得很好。實體書是很強健而且難以摧毀的；不怕洗澡噴到水，太陽晒不壞，拿在手中觸感很好。實體書就擅長當實體書，永遠都有安身立命之處。圖書館裡就要有實體書，就像圖書館也會是你接觸電子書、有聲書、DVD和網路資訊的地方。

圖書館是知識庫，給予每一位公民同等接觸資訊的權利。包括身體與心理的健康資訊。這裡是社區空間，是安全之處，是置身世界之外的天堂——裡頭還有圖書館員。現在我們該想的應該是未來的圖書館員會是什麼模樣。

在充滿簡訊和電子郵件的世界，在充滿文字資訊的世界，讀寫能力的重要性前所未有。我們需要讀和寫，我們要能輕鬆地閱讀、要了解自己所讀的東西、摸透其中細微差別，也讓自己能為他人了解。

圖書館的確是通往未來的大門。放眼全世界，不幸的是，我們發現當地政權似乎把這當作一種機會。他們將圖書館關起來，以為這是節流的簡單辦法，完全沒想過自己是在占未來的便宜，拿未來支付今日的帳款。那扇理應敞開的大門，他們將之緊緊關上。

根據經濟合作暨發展組織（Organisation for Economic Co-operation and Development）最近做的研究，只有英國是「考量其他因素，如性別、社經背景與職業類別後，無論於數字或數學素養上，最年長族群的程度遠高過最年輕族群」的國家。

換句話說，與我們相較，兒孫輩更不懂讀寫，數學能力也較差；他們探索世界的能力較弱，也比較無法思索解決問題的辦法；他們更容易受騙受煽動，較無力改變世界——因為他們相較之下找不太到工作……諸如此類。就國家的立場而言，英國將落後其他已開發國家，因為英國缺乏有技術的勞動人口。政客拿這些結果去怪別的政黨，但事實是：我們必須教導孩子去閱讀，並且愛上閱讀。

我們需要圖書館。我們需要書。我們需要識字的公民。

我不在乎是紙本書還是電子書（也不認為這兩個有什麼差），無論你是左右翻頁還是上下滾螢幕，重要的是內容。

書也承載內容，這點很重要。

書是亡者與我們溝通的方式。讓我們得以從這些不在人世的人身上學習，是人類攢下的智慧，並

---

6 道格拉斯．亞當斯（Douglas Adams）：生於一九五二年，英國知名編劇及作家，代表作品為《銀河便車指南》系列。二〇〇一年因心臟病發而逝世。

持續累積、進步，使知識不斷增生，不至於一次又一次不斷重來。有些故事甚至比多數國家更古老；比孕育它的文化和建築存續得更長更久。

我認我們對未來是有責任的；我們對孩子有責任和義務——對於將長大成人的他們居住的世界有著責任和義務。我們每個人——身為讀者、作家和公民——都有義務。我想，在此我要嘗試將其中一些義務說清楚。

我相信，無論在私底下或公開場合，我們有義務為樂趣而閱讀。假如我們為樂趣而讀——假如其他人看見我們的閱讀行為，我們會知道這是在行使我們的想像力。我們讓其他人知道閱讀是件好事。

我們有支持圖書館的義務；我們會使用圖書館、鼓勵其他人使用圖書館；因為圖書館遭到關閉而抗議。假如你不重視圖書館，就等於不重視資訊、文化或智慧。你間接造成過去的噤聲；你是在破壞未來。

我們有大聲朗讀給孩子聽的義務。我們把孩子喜歡的事物念給他們聽，把我們已經聽倦的故事念給他們聽；加點聲音變化，把朗讀變得有趣，不要因為他們學會了自己念故事你就不再念了。把說故事時間當作培養親子感情的時光。這段時間不看手機，把世上各種會分心的事擺到一邊。這是我們的義務。

我們有使用語言的義務。我們必須逼自己去找出文字的意義，還有該如何加以運用、清楚溝通，表達自己的意思。不可將語言冷凍起來，或假裝語言只是某種必須尊敬的已死之物；我們應當把語言當作有生命的東西來使用。語言是流動的，是一種借來的文字；語意和發音都應該要隨時間更迭而改變。

我們作家對讀者有義務——尤其是替孩子寫東西的作家，但只要是作家都算。我們的筆要真，尤其當我們創造出一個不存在的空間、某個不存在的人物；我們必須理解，所謂的真並非取決於發生了什麼，而是發生的那件事如何使我們更認識自己。畢竟，小說是訴說真相的謊。你不能讓讀者覺得無聊，你要讓他們覺得非翻頁讀下去不可。這是我們的義務。要想醫治一位不情願的讀者，最厲害的招數就是給他們一個想繼續看下去的故事。我們一定要把真實的事告訴讀者，要給他們武器和盔甲；我們在這緣意盎然的世界活的時間短暫，但還是要將此刻獲取的智慧傳承下去；我們必須不說教、不叨念，不把自己先消化過的道德教訓和訊息強灌給讀者，有如成鳥先嚼碎毛蟲，再餵給鳥寶寶。無論在任何情況下，都不能寫出連自己都不想看的東西給孩子讀。這是我們的義務。

我們有義務去了解，並且認清，身為童書作家，我們從事的工作非常重要。因為要是我們搞砸了，寫出一些無聊的書，害得孩子從此遠離閱讀和書本，便是在弱化我們的未來，也弱化了他們的未來。

每個人（無論大人小孩、作家讀者）都有做白日夢的義務。我們有想像的義務。假裝沒人能改變一切、假裝社會很大、個人渺小，當然是很容易的。我只是牆上一個分子、田裡的一粒稻米。但事實是：不斷有人改變自己的世界、創造未來；不斷有人靠著想像「事情可以有所不同」而創造未來。

請各位看看四周——真的，先暫停一下。先看看我們目前所在的地方就好。我要點出一些因為太理所當然而遭到遺忘的事。各位所看到的一切——包含牆壁在內——一度都只是想像。有人認為坐在椅子上比地上舒適——所以想像出椅子。我現在在倫敦對各位演講，但得先有個人想像出一個讓我們不會被雨淋溼的方法。這間房間，還有裡頭的一切；這棟建築、這座城市裡所有的東西，它們的存在全是因為人們一而再、再而三的想像。想像的人做白日夢、沉思，做出一些不太能用的成品，向別人描述還不存在的東西，然後遭到對方嘲笑。

我們要讓事物變得美好，不要讓它因為被我們開發而變得醜陋；我們不能掏空海洋、不能把問題留給下一代去處理。我們使用過後必須清理，而不是留給後代一個因短視近利而弄得一團亂、塞滿謊言、傷痕累累的世界。

我們必須將需求傳遞給政治人物，以選票來反抗這樣的人——不了解閱讀對於培養重要公民有何價值、不願以行動去維護知識、並鼓勵讀寫的人。這與政黨政策無關，此事攸關眾人。

曾經有人問愛因斯坦，我們該怎樣才能把小孩變聰明。他的回答很簡單，然而充滿智慧。他說：「假如你想要你的孩子變聰明，念童話故事給他們聽；假如你想要他們才智過人，就念更多童話故事給他們聽。」

他了解閱讀和想像有何價值。願我們能給予孩子這樣的世界——他們會閱讀、有人會念書給他們聽；這個世界是他們能夠想像、也能夠了解的地方。

謝謝各位。

這是我在二〇一三年替英國閱讀協會所做的演講。這是一個英國慈善組織，成立宗旨在於幫助人們成為更自信的讀者。

（為何）說謊討生活：二〇〇九年紐伯瑞獎[7]得獎致詞

一

假如你想知道我上臺做什麼——我確確實實是在臺上，至少這件事你我都可以肯定——總之，我會在這裡是因為我寫了一本書，叫《墓園裡的男孩》，這本書獲得二〇〇九年的紐伯瑞獎。

這也表示，我因為得到紐伯瑞獎而獲得女兒們的欽佩，我的兒子更對我崇敬有加——史蒂芬・柯柏[8]在《柯柏報告》這節目上開我獲得紐伯瑞獎的玩笑，而我為此在節目上捍衛自己。所以呢，紐伯瑞獎讓我在孩子面前顯得很酷。沒有什麼事情能比這更好的了。

對你的孩子而言，你一輩子都跟酷沾不上邊。

二

我小時候，大約八歲到十四歲的這段時間，常在學校放假時到家附近的圖書館遊蕩。從我家過去

---

7 紐伯瑞獎（Newbury Award）：美國國家圖書館協會於一九二一年決議以約翰・紐伯瑞（十八世紀發行兒童讀物的英國出版商）的名義設立獎座，鼓勵傑出的美國兒童小說。每年頒發一次，參與遴選的作品必須前一年在美國出版，作者必須是美國公民或居住在美國。

8 史蒂芬・柯柏（Stephen Colbert），知名美國談話秀主持人，他在二〇〇九年三月曾邀請尼爾・蓋曼上《柯柏報告》談論《墓園裡的男孩》一書。

大約要一英里半，所以我央求爸媽上班時順路載我過去，等到圖書館閉館我再自己走路回家。我是個彆扭的孩子，格格不入、優柔寡斷。我對我家附近的圖書館獻出滿腔熱情。我很喜歡卡片目錄，尤其是兒童圖書館的卡片目錄：卡片上有主題——不只標題和作者的名字。我可以藉此挑出我可能喜歡看的主題——像是魔法啊鬼魂啊，女巫或外太空——然後我會去找書來讀。

但我完全不挑，什麼都看，狼吞虎嚥、開開心心盡情閱讀。我真的是「飢腸轆轆」，儘管父親偶爾會記得幫我準備三明治，可是我帶得不情不願。（在孩子面前你不可能很酷。我當時認為，他堅持要我帶三明治是一種害我難堪的陰謀詭計。）當我餓得受不了，我會在圖書館停車場囫圇吞下三明治，然後又潛回書和書架的世界裡。

我在那裡讀到優秀又聰明的作者筆下的作品——有好多人現在已被遺忘，或不再流行。像是J．P．馬丁[9]、瑪格麗特．史托瑞[10]，以及尼可拉斯．史都華．葛雷[11]。我讀維多利亞時期和愛德華時期的作者，我找到了至今仍會開開心心、一讀再讀的書。我也飢渴吞下現在就算重看也讀不下去的書——《希區考克與三位偵探》（Alfred Hitchcock and the Three Investigators）之類的。我想要書，不分好壞；唯一的不同只有我喜歡的書、與我心靈相通的書、只有一點點喜歡的書。我不管故事寫的怎麼樣。世上沒有壞的故事：每個故事都是嶄新的，也都散發著光芒。學校放假時，我坐在圖書館裡讀兒童圖書館的書；等我讀完兒童圖書館的書，就走進成人書區那危險又廣大的領域。

圖書館員也回應了我的熱情。他們替我找書，教我使用館際借書，替我從英國南部各地借來想看的故事。當學校開學，我借來的書終究逃不過逾期的命運，他們唉聲嘆氣，但對罰款毫不寬容。

我應該在此特別提出——圖書館員本來要我別把這個故事說出來。更不可以把我描述成一個由耐心圖書館員在圖書館裡養大的野孩子。他們告訴我，他們擔心大家會誤解我個人的經驗，把圖書館當作免費顧小孩的托嬰中心。

三

如此這般，我寫了《墓園裡的男孩》，從二〇〇五年十二月，一路寫到二〇〇六年、二〇〇七年，最後在二〇〇八年二月完成。

然後是二〇〇九年一月，我在聖塔莫尼卡的旅館。當時我到那裡宣傳《第十四道門》改編的電影。我花了整整兩天，用很長的時間跟記者說話。等終於結束後，我開心得不得了。我在午夜泡了泡泡浴，讀起《紐約客》雜誌，和一個在不同時區的朋友聊天。等我看完《紐約客》，已是凌晨三點。我把鬧鐘調到十一點，在房門外掛上「請勿打擾」。當我沉入夢鄉，我對自己說：「接下來的兩天我什麼都不做，只要補充睡眠，還有趕上寫作進度。」

兩個鐘頭後，我發現電話在響。其實我到現在才發現電話已經響了好一陣子——或更精確地說，

---

9 J．P．馬丁（J. P. Martin）：生於一八七九年，卒於一九六六年。為英國循道會牧師，曾擔任傳教士。創作過以一隻大象富翁為主角的系列故事《叔叔》（Uncle），並由著名插畫家昆丁・布雷克（Quentin Blake）繪製插圖。

10 瑪格麗特・史托瑞（Margaret Storey）：英國作家，生於一九二六年。除了撰寫不少兒童小說，也與好友一同以筆名發表一系列的成人推理小說，獲得不錯評價。

11 尼可拉斯・史都華・葛雷（Nicholas Stuart Gray）：生於一九二二年，卒於一九八一年，英國演員及編劇，也撰寫小說和兒童奇幻故事。

我醒來時電話早就響了又掛好幾次，這表示有人想打電話來告訴我一些重要的事，例如旅館失火，或有人掛了。我接起電話，打來的是我的助理蘿倫，她睡在我家，幫我照顧正在養病的狗。

「你的經紀人梅若麗打電話來，她覺得有人想要找你，」她對我說。我把當時的時間告訴她（那個，現在是清晨五點半，她瘋了嗎？我可是要睡覺的耶）。她說她知道洛杉磯現在幾點，但是從我經紀人梅若麗的口氣判斷——她是我認識的人中最有智慧的女子——這件事絕對非常重要。

我下床檢查語音信箱。沒，沒人要找我。我打電話回家，告訴蘿倫她是在胡說八道。「沒關係，」她說。「他們打電話到這裡，正在線上，我把你的手機號碼告訴他們。」

我還不確定到底發生什麼事，或到底是誰又到底想幹麼。當時是清晨五點四十五，沒人死掉。這我很肯定。然後我的手機響了。

「喂，我是蘿絲．崔維諾，美國國家圖書館協會的紐伯瑞獎評審團主席……」噢，我想，腦中一團糊。紐伯瑞。噢，酷。我可能得了銀牌獎或什麼之類的。那也不錯。「紐伯瑞獎評審團委員想告訴您，您的作品……」

「**《墓園裡的男孩》**，」十四個人大聲地說。而我在心裡想，我大概還在做夢，不過他們應該不會為了銀牌獎特地搞什麼電話通知，而且口氣還異常激動……「**贏得了紐伯瑞獎**，」他們異口同聲，聽起來真的很開心。我又檢查旅館房間，因為我覺得自己很可能還在睡覺。但景物看起來全都很實在。

你現在跟至少十五位老師和圖書館員（以及跟他們一樣既偉大又聰明的好人）通電話，而且電話開擴音，我想。別跟得雨果獎時一樣亂罵髒話。這個念頭非常明智，因為那個強而有力的F開頭髒話正在蓄勢待發。不過，這個字不就是這種時刻用的嗎？總之我應該是說：「你的意思是，星期一的時候嗎？」然後嘟囔了一些「真的真的太謝謝你們了……這樣被叫醒就真的很值得」之類的話。然後整個世界天旋地轉。在我床邊的鬧鈴響起之前，我人已經坐進車裡，在前往機場的路上，接受一串記者訪問。

「贏得紐伯瑞獎的感覺如何？」他們問我。

「不錯，」我告訴他們。「感覺不錯。」

我小時候很喜歡《時間的皺褶》，即使企鵝童書版把第一句給搞砸，這本書依舊是紐伯瑞金獎得主。雖然我是英國人，但這座獎對我意義重大。

然後他們問我，是否清楚那些關於暢銷書籍與紐伯瑞獎得主的爭議，以及對於自己被置入討論串內有何看法？我坦白地說，我很清楚這些討論。

假如你不清楚，那我來解釋。網路上一直有相關討論——哪種書近期一直獲獎、哪種書未來應該要得獎；以及像紐伯瑞獎這樣的獎項到底是為孩子所設，還是成人？我向一位訪談人坦承，我很訝異《墓園裡的男孩》會獲獎，因為我以為像紐伯瑞這樣的獎比較傾向對那些需要幫助的書伸出援手，而《墓園裡的男孩》並不需要。

我很不智地把自己放在民粹主義的一邊，之後便發現，那並非我想表達的原意。有些人似乎認為有一條界線，將你有權開心閱讀的書和對你「有好處」的書隔開。大家都期待我選邊站，所有人都要我們選邊站。我當時不認為非選不可，現在還是一樣。

當時，我認為應該站在喜歡的書那邊。

現在依舊。

四

我在發表演說的兩個月前寫下這篇講稿。我的父親大約在一個月前過世。這件事令人大感意外。他身體硬朗，過得快樂，比我還要精實；而他的心臟卻毫無預警地衰竭。所以，我既麻木又悲傷。我飛越大西洋發表悼詞，十年沒見的親戚說我和父親有多麼相像，我也做了該做的事。我一直沒哭。

不是因為我不想哭，而是在一大堆事情中，似乎沒時間停下來撫平哀傷，讓我心裡的各種情緒能夠發洩。我一直沒辦法如願。

昨天早上，一個朋友寄來一份稿子要我讀一讀。那是某個人的人生故事，一個杜撰出來的人。我看了四分之三，這個虛構人物的虛構妻子死了，而我坐在沙發上，以成年人的方式哭泣。我痛徹心扉，大聲嗚咽，滿臉是淚。當時沒有為父親所流的淚水全都傾瀉而出，令我疲憊不堪，彷彿經歷暴風雨之後的世界，得到了淨化，準備重新開始。

我會告訴各位這件事，是因為我一度忘記，而且需要得到提醒。這是一個精闢而且對你有益的提醒。

我已經寫了四分之一世紀。

當人們告訴我，我的故事幫助他們走過心愛之人的逝去——也許是孩子，也許是父母——或幫助他們度過病痛，或個人的不幸；或當他們告訴我，我的故事使他們成為讀者，或給了他們一份事業；當他們給我看從我書裡摘出的意象、文字的刺青，做為某種必須隨身的紀念，或重要時刻的紀錄……每當遇到這些——而且這樣的事一而再、再而三地出現——我總禮貌地致上感激。但最後的最後，我會輕輕放下，毫不在乎。

我並沒有寫出能讓人度過艱辛環境和刻苦時期的故事。我寫故事不是要讓不看書的人看書。我寫故事，是因為我對故事感興趣，因為我的腦袋裡有隻靈感的蠕蟲不停亂扭，為了弄清楚我對這個靈感有何看法、有何感覺，我得訴諸文字、好好檢查。我寫故事，是因為我想知道自己創造出的人物接下來會發生什麼事。我寫故事是為了餵飽我的家人。

因此，我覺得不該接受別人的感謝。我已經忘了我還是小孩時對故事的感受，也忘了在圖書館裡的感覺。小說是一扇大門，讓你從難以忍受的地方逃脫，奔向一個慷慨友善的世界。那裡的一切都有規則，也都很好了解；小說是一種不用親身體驗便能了解別種人生的方式。又或者，像十八世紀的犯人用以應付毒藥的方式；你一點一滴慢慢喝，便能適應原本難以消化的致命毒物；有時小說是接納世界這座大監獄的方式，讓我們能夠存活。

而我記得，若沒有那些作者的潛移默化，我就不會是我了——那些特別的作者、聰明的作者，有時則是碰巧先我一步寫出東西的作者。

這不是與你無關的小事。當你們有了連結，當小說在某個地方救了你一命，那才是最重要的。

五

反正呢，我寫了一本描述住在墓園裡的居民的書。我是一個對墓園又愛又怕的男孩。我從小生長的索塞克斯鎮墓園——這地方最棒、最不可思議的事情就是：這裡埋了一位女巫，她是在鎮上的大街被燒死的。我之所以對青少年時期感到失望，也是因為反覆讀了墓碑銘文，發現「這種女巫」跟「那種女巫」並不一樣（墳裡埋的是新教徒殉道者，她遭信天主教的女王下令燒死），這個失落感一直縈繞在我心頭。這分失望，再加上吉卜林[12]有個故事提及上頭嵌了珠寶的馴象棒，就變成我的〈女巫的墓碑〉的起點。雖然那是書裡的第四章，卻是我替《墓園裡的男孩》所寫的第一章。我想寫這本書想了二十年。

我的構想非常簡單：我要講的是一個在墓園裡被撫養長大的男孩，這個靈感來自於一個畫面——當時我還在襁褓中的兒子麥可兩歲，他現在二十五了，正是我當時的年紀，個子比我還高——他騎著三輪車穿過墓園，在陽光下切過小徑，經過那個我曾經以為是女巫墓地的地方。

我剛說過，我當時二十五歲，腦中有個寫書的點子，我知道這點子是很靠譜的。

我試著動筆卻發現，身為作家，我還無法扛起這個故事。所以我繼續寫，但也寫了其他東西，磨練我的寫作技巧。我寫了二十年，直到認為自己可以寫《墓園裡的男孩》——但很可能我也沒有變得多厲害就是了。

我想採用短篇故事集的形式來做這本書，因為《叢林之書》就是短篇故事集；可是我又希望這本書是小說，因為我腦子裡想的就是小說。這兩者之間的緊繃讓作家很是開心，也很是頭痛。

我盡可能要寫出完美作品。我就只知道這種寫作方式。然而這不代表你一定會寫得很好，只代表你嘗試了。而最重要的是，我寫的是自己想讀的故事。

我花了太久時間開始，又花了太久時間結束。然後，在某個二月的夜裡，我寫下最後兩頁。

我在第一章寫了一首打油詩，留了最後兩行未完成。現在該是結束的時候了。我得把最後兩行寫完。所以我就這麼寫了。我發現這首詩以此作結：

面對你的生命、痛苦和歡樂
別留下任何一條沒走過的路。

我的雙眼痛了一會兒。就在那時——也只在那時——我第一次看清了自己所寫的東西。雖然我最初是要寫一本關於童年的書——巴弟的童年，而且是在墓園，但仍跟其他人的童年沒兩樣。但我現在寫的是關於為人父母，以及為人父母最典型的悲喜劇：假如你做好自己的工作——假如你身為父母，將孩子撫養得很好，他們就再也不需要你了。假如你好好地做，他們會離開，會有自己的人生和家庭，會擁有未來。

我坐在花園盡頭寫下此書的最後兩頁。我知道我寫下的是比最初的打算更好的作品。說不定是一本比我自身更好的作品。

這種東西是計畫不得的。偶爾你會用盡全力去做，可是蛋糕還是不膨；有時蛋糕卻烤得比想像得還好。

然後，無論工作是好是壞，無論一切是否照你期望的路線走，又或者你失敗了。身為作家，你會聳聳肩膀，繼續寫下一個作品——不管下一個作品的內容是什麼。

這就是我們在做的事。

---

12 吉卜林（Rudyard Kipling）：生於一八六五，卒於一九三六，英國作家及詩人，曾在一九〇七年獲頒諾貝爾文學獎。《叢林之書》為他的代表作之一，曾多次改編為電影、電視劇和動畫。

六

所謂演說，就是要傳達你要傳達的事，把這些想法說出來，做個總結。

我不知道我今晚到底說了什麼，不過我知道我要傳達的是：

閱讀很重要。

書很重要。

圖書館員很重要。（還有，圖書館不是托兒所，但偶爾會有野孩子逕自在書架與書架間長大。）

孩子認為你很酷是非常光榮又非常不可能的事。

屬於孩子的小說是最重要的小說。

就是這樣。

我們這些創作故事的人都知道自己是靠說謊營生，但那是述說出真實的好謊，我們感謝讀者盡力與我們一起將故事建構出來。因為總會有某個地方的某個人需要那個故事；某個在不同環境中長大的人，某個要是沒有了故事、就會變得截然不同的人。若他／她擁有那個故事，可能就擁有希望、智慧、善良或撫慰。

因此，我們寫作。

這是我為《墓園裡的男孩》得到二〇〇九年紐伯瑞金獎發表的得獎致詞。

四家書店

一

有四家書店造就了今日的我。但沒有一家仍屹立不搖、存在於世。

第一家是最棒、最美好也最有魔力的書店，因為它的實體定義最模糊。它是一家流動書店。

從九歲到十三歲，我就讀在地的一所寄宿學校。白天到校上課、晚上回家。就跟所有的住宿學校一樣，這間學校自成一格，那就表示學校有自己的「福利社」，每週有理髮服務，每學期還會開辦自己的書店。在那之前，我的買書基金隨著我家那裡的「W．H．史密斯[13]」賣的商品高高低低——那是我為了買企鵝出版社的童書和西班牙艦隊書系[14]平裝版小說存的基金。我都只從擺兒童書的架子上拿，從來沒想過要去逛別的書架。即使我想，我也沒錢這麼做。學校圖書館是我的朋友，地區圖書館也是我的朋友。但在那個年紀，我身上錢不多，又只能書架上有些什麼就看什麼，所以總是綁手綁腳。

然後，在我九歲那年，流動書店來了。他們在舊音樂學校裡一間大的空房間搭起架子、堆放書籍，而且最棒的是：你不必帶錢去。假如你想買書，就直接把錢算進你的學費帳單。那就像魔法一

---

13 英國大型連鎖零售商。主要販賣書報雜誌、文具及玩具等。

14 西班牙艦隊書系（Armada）：原為英國出版社 May Fair 底下專售平裝本的青少年小說，暢銷代表作品包含《哈迪兄弟》探案系列。後來經併購成為英國柯林斯出版社底下的一個書系，經重新整合，西班牙艦隊書系在一九九五年結束。

樣。我一學期可以買四到五本書，而且心中知道這筆錢最後會連同理髮費、我從來沒去過的低音大提琴課一起算進學費帳單的雜項。

我買了雷・布萊伯利的《銀色蝗蟲》。（這本故事集跟《火星紀事》很像，但又不完全一樣。）我特別喜歡〈厄薛二號〉。這篇是布萊伯利對愛倫坡的致敬，雖然我那時不知道愛倫坡是誰。我買了《魔鬼家書》[15]——我認為只要是寫納尼亞傳奇的人寫的書一定都很精采；我買了伊恩・弗萊明的《金剛鑽》（Diamonds Are Forever），封面上說很快就會拍成電影；我買了《三尖樹時代》（The Day of the Triffids）和《機械公敵》（I, Robot）。（這家書店有非常多溫德姆[16]、布萊伯利和艾西莫夫的作品。）

那裡也有不少童書。這非常好，也非常明智。他們來的時候賣的都是主流好書——就是那種會有人讀的書。沒有爭議很大或是可能會被沒收的書。（我第一本被沒收的書是《我把在牌桌上從胖哈根那裡贏來的小島送給我的姪子艾伯特》〔And to My Nephew Albert I Leave the Island What I Won off Fatty Hagan in a Poker Game〕——因為封面有個裸女。我後來從校長那裡拿回來，說這是我父親的書，但事實當然不是這樣。）恐怖類也不錯——我十歲時大概有一整年都深深著迷丹尼斯・惠特利[17]的作品；我真的是愛死了《潘恩書屋恐怖故事集》[18]（雖然我很少買）。還有更多更多布萊伯利——更多潘恩書屋的精美封面版——還有艾西莫夫和亞瑟・C・克拉克。

這家書店存在的時間不久，大概頂多一年——或許是有太多家長詳讀我們的學費帳單並提出抗議。但我不介意。我就換成其他書店。

二

一九七一年，英國改採十進制的貨幣政策。我從小到大熟悉的六便士和先令突然變成新的便士，以前的一先令現在變成新的五便士。儘管政府要我們放心，物價不會真的產生差異，但情況如何很快就一清二楚。連一個快滿十一歲的男孩都知道已經產生影響。以前賣兩先令的書，現在要賣六便士（呃，是十二點五便士），很快的，又變成新的三十便士或四十便士。

我想要書。但是，以我的零用錢根本買不起。不過，還是有書店在……

從我家走到「威明頓書店」不遠。他們也是美術用品店，而且有陣子還當起了郵局。他們沒有超棒的選書，但我很快就發現他們有很多等著要賣的平裝本。現在不小心撕毀的封面要賣回給書店不容易了。我就去瀏覽書架，尋找任一本貼上新幣或舊幣價格的書，而且它們大多堆在烹飪書上，賣二十便士或二十五便士。在那之中，我發現的第一本書是托馬・迪斯科[19]的《骨頭回聲》（Echo Round His Bones），這本書吸引了年輕老闆的注意。他叫約翰・班克斯。幾個月前，他在五十多歲就過世。書

---

15 作者為C・S・路易斯。

16 約翰・溫德姆（John Wyndham）：英國科幻小說家，但許多小說都在美國出版。第一本科幻小說《三尖樹時代》受到極大歡迎。

17 丹尼斯・惠特利（Dennis Wheatley）：英國作家，專寫與惡魔、撒旦有關的神祕故事。

18《潘恩書屋恐怖故事集》（Pan Books of Horror Stories）：自一九五九年起，潘恩書屋出版社發行平裝版的系列恐怖小說。

19 托馬・迪斯科（Tom Disch）：美國科幻小說家，曾提名雨果獎，星雲獎，但直到一九九九年才獲得雨果非小說類獎。二〇〇八年吞槍自殺。

店是他父母的；他留著嬉皮長髮和鬍子，我猜他大概覺得買托馬．迪斯科的書來看的十二歲小孩挺有意思，所以他帶著我接觸我喜歡的事物。我們談書，談科幻。

大家都說，十二歲是一個人科幻生命中的黃金時期。如果是這樣，我的黃金時期真是閃閃發光。手邊的一切資源似乎源源不絕——摩考克[20]、齊拉尼[21]、德雷尼[22]、艾里森[23]、勒瑰恩和拉佛提[24]。（我會要人去美國替我找R．A．拉佛提的書，並且認為他在美國一定是知名暢銷作家。事後回想，怪的是他們還真幫我把書帶回來了。）我在詹姆斯．布利許[25]作序的版本裡發現詹姆斯．布朗奇．卡貝爾[26]——那時我第一次把書帶回家。（那本是《朱根》〔Jurgen〕，但最後的簽名頁不見了。我得去圖書館查查結局如何。）

二十歲那年，我告訴約翰．班克斯我在寫書，他引薦我企鵝集團的業務代表，對方告訴我該寄到紅隼書系（Kestrel）的誰。（編輯回了我一封帶著鼓勵的退稿信。最近我重讀這本書，二十年來頭一次，我為她所做的事感激涕零。）

三

再來，位於桑頓石南路上的「書加書」書店的老闆，跟我就沒有那種兄弟情誼，就算有，他也沒有表現出來。我十四歲到十七歲這幾年，就讀的學校離這間書店很遠，坐公車去要很久，所以我們不常去那裡。走進店裡的時候，老闆會先惡狠狠地盯著我們，懷疑我們存心想偷東西（並沒有）；擔心我們會打擾他的常客——穿著雨衣的中年紳士，一臉緊張地細看一疊疊口味很淡的色情書刊（現在回想，我們大概真的妨礙到他們了）。

假如我們太靠近色情書刊，他會像隻狗一樣死盯著我們。不過我們沒靠近。我們是抱著尋寶的念頭走到書店後面翻找書籍。每本書的封面或封底都蓋了「書加書」的印章，提醒我們可以再把書拿回來以半價賣出。我們會在那裡買書，但從來沒有再賣回去。

現在想想，真不曉得這些書是哪裡來的——為什麼一間勉強位於倫敦南邊的簡陋小書店，會有滿坑滿谷的美國平裝本小說？我在能力所及範圍盡量買：有艾德格．萊斯．巴勒斯[27]的書，封面是弗雷澤塔[28]繪製、羅傑．齊拉尼的《獻給傳道書的玫瑰》（A Rose for Ecclesiastes）。我買的時候就有一股爽身粉的味道，過了二十五年都還聞得到；我就是在那裡發現《戴爾格林》和《新星》[29]，也是在那兒，我第一次注意到傑克．萬斯[30]。

---

20 麥可．摩考克（Michael Moorcock）：科幻、奇幻小說家。曾任科幻雜誌編輯；《時代雜誌》將摩考克列為「一九四五年至今英國五十大作家」。

21 羅傑．齊拉尼（Roger Zelazny）：科幻小說家，知名作品為《安珀系列》（The Chronicles of Amber）。

22 賽謬爾．德雷尼（Samuel R. Delany）：美國小說家，知名作品有《巴別塔-17》（Babel-17）及《愛因斯坦交叉點》（The Einstein Intersection）。

23 哈蘭．艾里森，《星艦迷航》最初創作者之一。

24 R．A．拉佛提（R. A. Lafferty）：美國科幻作家，擅長運用語言、語源學、隱喻及敘事結構。

25 詹姆斯．布利許（James Blish）：美國奇科幻作家，最知名的作品便是《星艦迷航》。

26 詹姆斯．布朗奇．卡貝爾（James Branch Cabell）：美國作家，擅長諷刺奇幻小說。

27 艾德格．萊斯．巴勒斯（Edgar Rice Burroughs）：科幻小說家，知名作品為《人猿泰山》。

28 弗蘭克．弗雷澤塔（Frank Frazetta）：漫畫家、插畫家。擅長表現人體肌理，筆觸充滿力道。

29《戴爾格林》（Dhalgren）和《新星》（Nova）皆為賽謬爾．德雷尼的作品。

那家書店一點都不熱情。但在所有我去過的書店中，只有這一家會讓我在夢裡再三造訪，並且深深相信我能在一疊破爛的漫畫裡找到《動作》（Action）的第一集——而且封面上還會蓋章，告訴你可以半價賣還他——然後書還散發一股啤酒或蜂蠟的味道。有本書我總希望能在盧西恩[31]的圖書館裡讀到——羅傑・齊拉尼的《安珀》系列前傳。說不定說不定，會有某本不小心被所有書目分類跳過的卡貝爾作品……假如我真有可能找到這些書，一定會是在那家店。

四

我在放學後去過最遠的書店，不是「書加書」，而是每學期的最後一天跑到倫敦的那趟。（反正那天也沒在上課，我們的季票可以隨隨便便坐到很遠，而且一隔天馬上失效。）那家書店的店名取自布萊伯利《銀色蝗蟲》中一個短篇的篇名：「它們是黑暗的火眼金睛[32]」。

我從「威明頓書店」的約翰・班克斯那裡聽說這家店——我不知道班克斯自己有沒有去過，但不管怎樣，他知道那是我一定要去的地方。如此這般，大衛・狄金生和我在大街小巷穿梭，在倫敦南邊找到了博威克街。但在我們初次造訪書店時，卻發現這家店已經搬到幾條街外，換到聖安場小巷內一間寬敞的大樓裡。

我為此存了一學期的零用錢。那間店裡有一大疊搖搖欲墜、所剩無幾的丹尼斯・道柏森[33]精裝本，還有我日也思、夜也想的R・A・拉佛提和傑克・萬斯；他們有賣新的卡貝爾美國平裝本，也有新的齊拉尼——《道路標線》（Roadmarks）。店裡書架一排又一排，擺滿了小男孩夢中每一本科幻奇幻小說。這裡真的是我的天堂。

這樣維持了幾年後，店員似乎覺得很好笑，但他們什麼忙也沒幫上。（我記得我怯生生地問《最後危險幻象》〔The Last Dangerous Visions〕出版了沒？結果遭他們公然嘲笑。）但我不在乎。我去倫敦的時候都會來這家店逛逛。不管我去倫敦做什麼，總是會來這家店。

有天我到倫敦，聖安場的櫥窗一片空蕩。書店不見了，原本帶有革命意義的小櫥窗被「禁忌星球」（Forbidden Planet）取代，又繼續經營超過二十年，這間店因此成為科幻書店中的大白鯊——它是存活下來的店之一。

時至今日，每次我走過聖安場，都會看一眼曾經是「它們是黑暗的火眼金睛」的位置現在變成什麼店家。我暗自希望有天開的會是一間書店。那裡什麼店都開過，各式各樣：有餐廳，甚至也有乾洗店。但現在為止都沒開過書店。

撰寫此文之際，所有與這些書店有關的回憶都湧上心頭。那些書架、那些人。而最重要的是：那些書。那些耀眼的封面與篇章充滿無限可能。我想，要是沒有那些書架、那些人、那些書店、那些

30 傑克・萬斯（Jack Vance）：科幻作家，知名桌遊《龍與地下城》深受其影響。知名作品有《瀕死的地球》（Dying Earth）。

31 盧西恩（Lucien）出自尼爾・蓋曼所創作的漫畫《夢》（The Dreaming），同時也出現在另一套作品《睡魔》。是一位高大的圖書館館員。

32「它們是黑暗的火眼金睛」（Dark They Were, and Golden-Eyed）一九七〇年代在倫敦開幕，一九八一年歇業，以販售科幻類型書籍、漫畫為主。

33 丹尼斯・道柏森（Dennis Dobson）：英國出版商，出版許多知名作者的作品，如艾西莫夫、傑克・萬斯等。

書，不知道我會變成什麼模樣。

我想，我可能會是一個寂寞、空虛的人；可能總需要尋找慰藉，因為我沒有文字在身邊。

五

還有一家我沒提到的。這家書店很久了，裡頭有很多小房間，彎來扭去，變成門、樓梯、食物間；到處都放滿書架，上頭擺著滿滿的書：我想看的書，需要找一個家的書——都在那裡。有堆成一堆的，有放在陰暗角落的。在我的想像裡，要有張舒服的椅子放在一樓，擺在壁爐邊，離門稍微遠一點；我呢，就坐在這張椅子上，不太說話，翻一本我很喜歡的舊書（也可以是本新書）。有人進來的時候我就向他們點個頭，或許微笑一下，然後就讓他們自己隨意走動。

店裡會有適合每個人的書，放在某個陰暗的角落，或一眼就能看見的地方。如果有人能找到，那本書就是他的。如果不屬於他們，可以自由地繼續找下去，直到天色轉暗，無法再看書為止。

本文是替葛瑞格・鎧特（Greg Ketter）所編著、於二〇〇二年出版的《保存期：禮讚書店的奇妙故事集》（Shelf Life: Fantastic Stories Celebrating Bookstores）一書寫的序。

三位作者——論路易斯、托爾金與卻斯特頓：第三十五屆神話會議貴賓演說

我認為我該談些作者——尤其是其中三位，以及我是在什麼狀況下認識他們的。

有些作者會跟你有私人連結，有些則沒有；有些改變你的人生，有些沒有。就這樣。

我六歲時，在朴次茅斯奶奶家的黑白電視上看了一集《獅子、女巫、魔衣櫥》的影集。我記得海狸，還有第一次出現的亞斯藍。那是演員穿著一套假假的獅子戲服，用後腿站起來。我推測這大概是第二或第三集。等我回到索塞克斯的家，就開始存我那少得可憐的零用錢，慢慢積到能買下一本《獅子、女巫、魔衣櫥》。我把書讀完，也讀了另一本後來找到的《黎明行者號》，而且反覆讀這兩本書。等到我過七歲的生日，就不斷強烈暗示，我希望收到的生日禮物是全套納尼亞系列。我記得自己在七歲生日當天做了什麼——我躺在床上，從第一本讀到最後一本；我把這套書整個讀了一遍。

接下來的四、五年，我繼續讀這套書。其他的書我當然也看，但在我內心，我知道我會去看其他書，是因為納尼亞系列總有盡頭，總有看完的那一天。

先不論宗教象徵是好是壞，在這樣的寓言故事裡，那些象徵只是左耳進右耳出。直到我十二歲，才恍然大悟它與現實有某種對應。大多人在石桌那段就懂了；而我是因為突然想到聖徒保羅在前往大馬士革路上發生的事。變成龍的尤斯提．史瓜[34]根本就是這個故事的翻版。我個人覺得有些受到冒犯，覺得我長期以來這麼信任的作者竟然別有企圖。我對宗教是沒意見，也對小說裡的宗教沒意見——我有買《魔鬼家書》（在學校書店購得），也很喜歡這本書，而且我也迷上G．K．卻斯特

頓。我想，讓我難過的地方在於，這讓納尼亞在我心中變得沒那麼了不起，也沒那麼有趣，這個世界不那麼迷人了。儘管如此，納尼亞給的訓示深深刻在我心。亞斯藍告訴太息神的信徒[35]，他們對太息神禱告其實就是對祂禱告。我以前深信不疑，到最後也還是相信。

波琳．拜恩斯（Pauline Baynes）繪製的納尼亞地圖海報一直掛在我臥室牆上，陪我度過整個青春期。

一直到我當了父親（第一次是在一九八八年，然後是一九九九年），我才重返納尼亞。我每次都會大聲地把整個系列念給我的孩子聽。我發現我小時候喜歡的段落，長大之後還是喜歡——偶爾甚至更勝以往。我小時候覺得突兀的地方（譬如《賈斯潘王子》彆扭的結構，還有差不多整本《最後的戰役》我都討厭。）現在則覺得更怪。也有一些新段落的確令我不安——比方納尼亞系列裡的女性角色，尤其是蘇珊的個性，更是令我達到不安的最高點。但我也發現更有趣的地方——我發現納尼亞系列對我潛移默化的程度有多大。我寫作的時候，發現自己不時借用書裡的用語、節奏、文字組合的方式。例如，在《魔法書》（The Books of Magic）裡，我有刺蝟和野兔的角色，這兩隻動物說話總一唱一和，就跟046獨角仙[36]差不多。

C．S．路易斯是第一個讓我想成為作家的人。他讓我意識到作家是如何隱身在文字之後；有個人在那裡，他在說故事。我愛上他使用括號的方式——作者的旁白時時出現，充滿智慧——我在自己的文章和作文很愛這樣用括號；我整個童年都用這種方式寫作文。

我想，或許路易斯的天才在於他所創造出的世界。那個世界對我而言比自己所居住的世界更真實。假如有人可以寫出納尼亞的故事，那麼，我想當這樣的人。

然後，如果世上真有不正確認識托爾金的方式，那我認識托爾金的方式大概是錯到離譜的境界。有人在我家留下一本平裝書，書名是《托爾金文集》（The Tolkien Reader），裡面收錄了一篇文章，是由彼得．畢格所寫的〈托爾金的魔戒〉；有幾首詩，像是〈尼格爾的葉子〉和〈哈莫農夫吉爾斯〉。現在回想，我會把這本書拿起來看，大概是因為插圖是波琳．拜恩斯所繪製。我當時應該是八歲——或九歲吧。

對我而言，我去讀那本書的原因大概是詩，還有，反正書裡一定有故事。

我在九歲時轉學，在班級圖書室找到一本破破爛爛、非常古老的《哈比人》。在學校圖書室拍賣會上，我花了一便士買下這書，同時也買了一本老舊的W．S．吉伯特的《原始劇本》[37]。這本書迄今仍在我身邊。

大概還要再過一年，我才會在學校圖書總館發現《魔戒》系列的前兩冊。我讀了這兩本書——然後一而再、再而三反覆閱讀；我會把《雙城奇謀》看完，然後又從頭看《魔戒現身》。我從來沒看到結局。但其實這沒有你想像中那麼慘——我已經從彼得．畢格在《托爾金文集》裡的文章得知最後結

34 此角色出自《黎明行者號》。他被變成龍，後來亞斯藍出現在他夢裡，將他變回人形。他改變個性，從此變為受人歡迎的小男孩。聖徒保羅原本是追殺基督徒的年輕官吏，但在前往大馬士革的路上，遇到耶穌顯靈質問他追殺之因。此後保羅一改原先態度，甚至改信基督教，熱情傳達基督福音。

35 出現在《最後的戰役》中。

36 出自《黎明行者號》。

37 W．S．吉伯特（W.S. Gilbert）為英國劇作家，詩人。擅長喜歌劇（Opera buffa）。

局還算圓滿。不過，我滿希望自己讀結局的。

我十二歲那年贏得學校裡的「英文獎」，可以挑一本書當獎品。我選了《王者再臨》。這本書還在，但我只讀了一遍（我非常興奮地讀了故事結局），因為我在同一時間也買了一本全一冊的平裝版。這是我用自己的錢買過最貴的東西，我迄今仍反覆閱讀這本書。

於是我做出結論：《魔戒》大概是有書寫歷史以來最優秀的書。但這使我陷入某種困境，因為我長大後想當作家（騙你的，我那個時候就想當作家了），而我想要寫《魔戒》。但問題是，這本書已經有人寫出來了。

我很仔細地思考這件事，最後得出結論：最好的方法就是，我拿著《魔戒》溜進沒有托爾金教授的平行宇宙，然後找人重新把這本書打字出來——我知道，就算在平行世界，假如我把一本已經出版的書寄給出版社，對方一定會起疑。就跟我很清楚十二歲的自己根本沒有完成這項打字工作的技巧一樣。等書一出版，我就會在這個平行宇宙裡變成《魔戒》的作者。再也沒有什麼事比這更好了。我讀《魔戒》讀得倒背如流，這本書就在我體內。幾年後，我寄了一封信給克里斯多福．托爾金[38]，為他說明一個他想註解卻找不到資料的段落，隨後便在托爾金的《黑影重臨》（The Return of the Shadow）中發現自己出現在感謝名單上。（我之所以能幫上忙，是因為從詹姆斯．布朗奇．卡貝爾的書上讀到相關資訊。）

在我發現《魔戒》第一、二集的那座圖書館，我又發現了卻斯特頓。圖書館就在舍監的辦公室旁邊，要是碰到那種老師讓我害怕、內容我也不喜歡的課，我會跑去舍監辦公室說我頭痛，然後得到一杯溶解後嘗起來很苦的阿斯匹林水，一口喝下，努力不要苦著一張臉；接下來我就會被送到圖書館裡坐著，等著藥起作用。另外，圖書館也是雨天午後的好去處，更是我只要一有空就會去的地方。

我在那裡發現的第一本卻斯特頓是《布朗神父探案全集》。在那間圖書館裡，我第一次見到上百位作者——艾德格．華萊士、奧希茲女男爵[39]、丹尼斯．惠特利等等。但卻斯特頓非常重要——他對我重要的程度就跟C．S．路易斯一樣。

雖然我熱愛托爾金，並希望自己能寫出那樣的書，但我其實一點都不想跟他一樣。托爾金的文句宛如自然界的事物，如岩石之成形或瀑布之流動。就我而言，想要寫得像托爾金就像是想盛開如櫻桃樹，或像松鼠一樣靈活地在樹上四處爬，或讓巨大雷雨降下。但卻斯特頓是完全相反的。讀他的作品時，我向來能清楚意識到有某人正快快樂樂地寫作，一如藝術家在調色盤上調色那樣在紙頁上透過文字運籌帷幄。卻斯特頓的每一個句子都像文字繪出的圖。我好像能在每個特別精采的句子或安排絕妙的悖論中，聽到作者在後頭發出開心的咯咯笑。

布朗神父講求的是人性和同理心，是閱讀更硬的類型小說前必備的敲門磚。這一大冊共收錄了三本小說：《諾丁山的拿破崙》（The Napoleon of Notting Hill——這本是我最愛的「《一九八四》風」預言小說，並為《無有鄉》提供大量素材）、《曾是星期四的男人》（The Man Who Was Thursday——二十世紀所有間諜小說的原型，恍若一場噩夢，也是神學佳作）。最後是《飛翔的客棧》（The Flying Inn——其中有精采的詩作。對年僅十一、眼界狹小的我而言，覺得相當震撼）。這本書裡有詩有

38 托爾金最小的兒子。在托爾金死後出版的小說多由他處理。

39 奧希茲女男爵（Baroness Orczy）。匈牙利裔英國作家，劇作家，藝術家。

文，也有藝術。

如我之前所說，我六歲到十三歲這幾年閱讀的作者並非只有卻斯特頓、托爾金和路易斯，但他們卻是我不斷重讀的作者，都在我的人格建構過程扮演重要角色，沒有他們，我無法想像自己成為作家——當然更不會是奇幻作家。我不會了解，要讓人們看見真實最佳的方式，就是讓真實從意料外的方向朝他們迎面而來；我也不會發現，信仰和夢想的偉大及魔力，是我的生命與寫作中多麼重要的一環。

沒有這三位，我今天不會在這裡。當然，各位也不會在這裡。謝謝各位。

這是我於二〇〇四年在密西根大學舉辦的第三十五屆神話大會（MythCon）發表的來賓演說。這是神話創作學會（Mythopoeic Society）的年度大會。我也在現場朗讀剛寫好的短篇故事〈蘇珊的問題〉[40]。沒有人來奪我性命。

類型色情書刊，或色情書刊類型

這篇逐字稿是我在奧蘭多的一場演講，聽眾大多為學術界人士。這篇不是我當時寫下的演講稿，因為我已經離發表演說時的自己太遙遠了。

非常感謝各位。實在令人感動。奇妙的是，我認為我的演說就某方面而言，說的是偏情感面的未知事物。我為這場演講擬了稿，因為我很緊張；但我也用綠色做了很多小記號，提醒自己可以脫稿演出，也可以想正式來就正式來。所以我不知道開場白會講多久，就端看這些綠色小記號吧。這場演說正式的名稱是什麼呢？

（觀眾：「『類型色情書刊，或色情書刊類型。』」）

對，之類的。其實這跟色情書刊完全無關，這麼說只是為了要讓標題更吸引人。我不覺得抱歉。創作者的工作就是放炸彈，學術工作者的任務則是在爆炸地點走來走去，收集砲彈碎片、徹查爆炸類型、弄清楚有誰因此喪命、查出這場爆炸原本想造成多大範圍的傷害，以及真正達成的效果與最初的意圖相差多少。

身為作家，比起談爆炸，直接「執行」爆炸讓我更自在。我非常著迷學術界的一切，不過是出於

40〈蘇珊的問題〉後來收錄在尼爾・蓋曼的短篇小說集《易碎品》。

實際原因：我想知道該怎麼讓某個東西為我所用。我對於理解小說的過程深感興趣，但只有在我能運用的時候，去理解才有意思。

小時候，我家有座花園。八十五歲的威勒先生每週三都會來花園裡做事。玫瑰花盛開、菜園裡長出菜，簡直就像施了魔法。花園小屋裡掛著各種奇形怪狀的鋤頭、鏟子、移植鏟和挖洞器，只有威勒先生曉得這些器具的用途，那些是「他的」工具。我深深著迷。

散文最神奇的地方就是：它是從一個個文字開始堆疊的。身為作者，我們給讀者的不是故事。我們並非把一個人、一個地方或一分情感傳達給讀者；我們給的是原始的密碼，是大致的形式，是建築藍圖的草稿，而讀者靠著這些自己把書建構出來。世上沒有讀者能跟另一個讀者把同一本書讀出同樣心得，他們也不會這麼做。因為書是讀者與作者一同創造出來的。不曉得各位之中有沒有誰重讀過兒時喜愛的書籍？某本你清清楚楚記得書中某個場景的書；在你閱讀時那景象深深刻在腦海。你記得下起滂沱大雨、風吹動樹；你記得馬兒奔馳穿越森林，並在前往城堡時發出嘶鳴，還有各種瑣碎聲響以及每一聲噪音。當你回到過去，以大人的身分重看那本書，卻發現書中句子大概是這樣寫的：「當他們騎馬穿過森林，他說：『今晚真是糟啊！希望我們能快點到。』」你會突然發現，是你想像出一切，是你創造故事。都是你。

掛在花園小屋裡的工具，就是要幫助身為作者的我們去了解何謂形式，它教導我們如何與合作夥伴攜手——讀者就是我們的合作夥伴。

我們會問自己一些關於小說的大哉問，因為那是最重要的：寫這本書的目的是什麼？這小說的目的是什麼？想像力是要做什麼的？為什麼我們要做這件事？有什麼關係？為什麼會有關係？

有時答案也可以很實際。幾年前，二〇〇七年，我生平第一次到中國。我想那應該是由官方贊助的科幻小說大會。我記得自己曾跟在場一位共產黨官員談話，我說：「到現在我才在《軌跡》雜誌上讀到，原來你們不贊同科幻小說、不贊成科幻小說大會，這些事一直不受鼓勵。什麼改變了？為什麼你們又允許了？我們為什麼能在這裡？」他說：「你知道的，我們多年來一直都在做很棒的東西；我們做你們的 **iPod**，我們做手機，我們把這些東西做得比誰都好，但這些概念都不是我們提出來的。是你們把東西帶來給我們，我們做出來。所以我們去參訪美國，跟微軟、谷歌、蘋果公司的人見面談談，我們問了他們很多問題——就是問那些在那裡上班的人。我們發現他們全都在青少年時期讀科幻小說，所以我們認為那或許是個好東西。」

我過去三十年都在寫故事，以此維生共十五年——然後我才知道故事到底是什麼，並且整理出一個對我有用的方式。這個過程花了我大約一年的時間。最後，我是這樣認定的：故事就是「由我創造出來，能讓讀者不斷翻閱，或緊盯著螢幕觀賞，而且不會在最後感到受騙上當」的東西。

這大致是我能接受的定義。偶爾它也幫我理解為什麼有的故事會不成功，我又該怎樣才能把故事導回正軌。

另一個讓我忍不住吹毛求疵的問題則是類型。我是類型作家——就跟這場類型大會一樣。每當有人問起是什麼類型，狀況就變得有點棘手；這個問題會再引發一大串的問題。

我們先看讀者，再看作者。其實我最大的問題只有：什麼是類型小說？到底是什麼元素把某種小說變成類型小說？

什麼是類型？你可以從比較實際的定義開始檢視：類型就是你在書店或錄影帶店——假如你現在

還找得到錄影帶店的話——找東西的依據。類型會告訴你該往哪兒走，它會告訴你要往哪裡找。輕鬆又簡單。最近特雷莎．尼路臣．海登[41]告訴我，類型其實不是要告訴你該找什麼、去哪兒找，而是店裡哪條走道就不用去了。我認為這樣的觀察非常敏銳。

世上太多書店了。因為想讓把書上架和找書的人可以輕鬆一些，所以限制了他們找書的地方：直接告訴他們那裡不用看了。書店上書的邏輯就這麼簡單。他們告訴你什麼書不用讀。

問題是，史特金定律（Sturgeon's Law）——大致意思是「身邊的一切大概百分之九十都是垃圾」——適用於我熟知的一些領域：科幻、奇幻、恐怖、兒童書籍，以及主流小說、非小說和傳記。我可以肯定地說，這條定律也適用於書店裡一些我不去的地方——從烹飪書到超自然羅曼史。如果按照史特金定律的邏輯，無論你怎麼想，剩下的百分之十只會有「好」和「非常好」。這在所有類型小說而言，是事實沒錯。

正因類型小說接受無情的物競天擇——書來書走，許多書在不公的狀態下遭人遺忘；少數書本在不公的狀態下被大家記住——每回重整，大家往往會移除書架上百分之九十的雜質，再換成另外百分之九十的雜質。然而，也會留下（一如兒童文學）去蕪存菁之後的重要經典。

人生並不按類型規則走。從肥皂劇到鬧劇，辦公室戀情到醫療劇，再到警察辦案或色情片，有時轉換只須幾分鐘。某次我去參加一位朋友的喪禮，途中看見機上某位乘客站起身，頭狠狠撞到上方的置物空間，蓋子一開，裡頭的東西全落在一位倒楣的空服員身上。這場鬧劇之精采，時機抓得恰到好處。大概是我生平見過混搭得最大膽的類型。

人生有起有落，類型在特定限制中為你提供一些預測依據。但你得自問：什麼是類型？類型跟主題無關，也跟敘事語調沒關係。

類型，對我來說似乎是一套假設，是創作者與觀眾之間草擬的一紙合約。有個叫琳達·威廉斯（Linda Williams）的美國電影教授寫了一本精采的研究論文，說的是八〇年代晚期的露骨成人電影，標題為《露骨》（Hard Core），副標題為《有形的權力、樂趣和狂熱》（Power, Pleasure and the Frenzy of the Visible），我年輕時碰巧讀了些（當時我寫書評，這本書就放在桌上，等我評閱）。我那時以為自己已經很清楚成就類型的因素，但這本書令我回頭思考一切。

我當時知道有些東西就是跟其他的不一樣，但我不知道原因所在。

威廉斯教授在書裡提到，了解色情電影最好的方式就是將它與音樂劇一同比較。在音樂劇裡，你會聽到各種歌曲——獨唱、重唱、三重唱、全員合唱、男女對唱，以及女男對唱；有慢歌、快歌、開心的歌、情歌——成人片中也會有各種各樣的性愛情境。

在音樂劇裡，因有情節的存在，你能從一首歌聽到下一首，也可以一次停下所有演唱。色情電影也是一樣。

最重要的是，你不會單為歌曲去看音樂劇。你之所以會坐在那裡，是為了一整部音樂劇，是為了故事及其中所有元素。但是，假如沒有歌曲，身為觀眾的你會覺得自己受了騙。假如你去看音樂劇卻沒有歌曲，你會離場，覺得自己花錢買音樂劇的票很不值。你不會在看《教父》時離場，抱怨「一首歌都沒有」。

---

41 特雷莎·尼路臣·海登（Teresa Nielsen Hayden）：美國科幻、同人小說家。曾五度提名雨果獎。

假如你把歌從音樂劇裡抽走——如同把性愛場景從色情電影裡抽掉、把槍戰對決從西部片裡剪除，那麼這些電影就不再擁有讓人去觀賞的元素。要去看那種類型、去找那種故事的人會覺得被騙，覺得自己花的錢沒價值，認為他們閱讀或體驗的東西背離了某種規則。

當我了解這一點，便發現自己更懂了——彷彿有道光出現在我腦海——因為這回答了我孩提時代至今一直在問的基本問題。

我知道有間諜小說，也知道故事裡有間諜的小說；講牛仔的書，以及主要故事發生在美國西部牛仔身上的書。但在那之前，我不懂該怎麼分辨其中差異。現在我懂了：假設情節是一臺機器，透過這臺機器，你可以從一套模組換成另一套模組；而這個模組對觀眾或讀者而言是無論如何必須存在的東西——如果沒有，他們會覺得自己被騙了。那麼，不管這個模組是什麼，它就是類型。假如有個情節是牛仔隻身一人騎馬進城、發生第一場槍戰、再接到驅趕牛群、然後是對決時刻——那就是西部片。假如上述只是剛好發生在途中，而劇情只是包含了這些事件，並不需要這些元素來推動，有沒有都無所謂——那麼這就只是一部設定在西部時代的小說。

假使每件事都是情節的一部分，如果這整件事都很重要，假如沒有特別哪個場景讓你能帶領觀眾前往下一段落，讓讀者或觀眾覺得「我花錢就是要看這個」，那麼這就只是故事，類型是什麼無所謂。

單是主題無法構成類型。

現在，身為創作者，類型的好處就是讓你有個東西玩——或是跟它一起玩。類型給你一張網，告訴你遊戲的大致形貌。有時還會給你一顆球。

對我而言，類型的另一個優點就是它讓故事擁有優勢。帶有特定形式的故事，能夠影響在它之後出現的故事。

在八〇年代，做為一位年輕的記者，他們交付我厚厚一疊暢銷羅曼史。書名往往很短，像是《蕾絲戀》或《心不安》，而且他們告訴我書介得寫三千字。所以我就開始讀。最初我感到困惑，後來我發現這些故事似乎都很像——因為是真的很像，所以我慢慢開心起來。這些都是童話故事的再現，是我小時候就讀過的故事，只是換成此時此地，加入性和金錢來加油添醋。雖然這種類型在英國出版界被稱為「錢與性」，但它們其實跟錢和性無關，反倒比較注重故事的推進，故事結構完全炒冷飯，而且好預測。

我記得自己是如何以冷靜的姿態細細構思屬於我的版本。內容是講一位聰敏的年輕女性，遭到邪惡的嬸嬸詭計陷害，陷入昏迷。所以在整個故事裡她都處於無意識狀態。同時，一位高尚的年輕科學家努力要喚醒她，並極力挽救家產，最後不得不用「錢與性」風格的一個吻將她喚醒。我構思了劇情，但從沒把故事寫出來。我憤世嫉俗的程度不夠，無法寫出連我都不信的文字。假如真要重寫〈睡美人〉，我很確定自己能找到更好的方式。

但擁有優勢的故事對我來說是好的。我很在乎故事。我最確定的事情就是我不擅長寫故事。但只要故事的感覺對了，或寫出來的成品其實不錯，我往往高興不已。我喜歡優美的文筆（雖然英國人對優美文筆的認知跟我不太一樣——他們喜歡盡可能乾淨直接的寫法，美國人也是這麼認為。但印度或愛爾蘭的優美文筆當然不是這樣，它們完全是另一種型態。）

但我熱愛故事帶來的動力和它的表現型態。

過去四天來，我和高齡九十五歲的遠房親戚海倫・法金會面。她是二戰中倖存下來的猶太人，曾是邁阿密大學教二戰猶太人大屠殺歷史的教授。她是一位非常傑出、優秀的女性。她告訴我一九四二年她在拉敦斯科猶太區發生的事。她一直都在亞捷隆大學（Krakow University），直到戰爭中斷學業，她被派到猶太區教小孩讀書（她那時鐵定只有十九、二十歲）。為了維持正常生活，這些十歲、十一歲的孩子早上會進教室，她則教他們拉丁文、代數，以及一些她不確定對他們有沒有用的東西——但她還是會教。某晚，有人給她一本波蘭版的《飄》。她特別強調這件事的重要，因為當時書都是違禁品。納粹以非常有效率的方式禁書。假如他們發現你有書，會用槍抵著你的頭，槍斃你。書本被徹底禁絕，而她竟然得到了一本《飄》。每天晚上，她都會拉上窗簾，把燈光遮好，就著微弱的光線讀個兩、三章，犧牲寶貴的睡眠時間，這樣隔天早上孩子來上課時，她就可以告訴他們她讀到的故事。大家都很想聽。他們每天有一小時的時間能遠離一切。後來他們離開拉敦斯科猶太區，大多數孩子都前往集中營。她說她後來有追蹤他們的下落，發現她教導的數十名孩子中有四人存活下來。當她告訴我這些，我因此重新思考我正在做的事，也重新思索逃避主義小說的本質。在那個時候、在那個地方，我認為小說真的給了他們逃亡的機會。這非常值得冒生命危險。

隨著年紀漸長，我對類型的感受更自在了。我可以輕易知道沒放哪些元素讀者會覺得被騙。但我最主要的動力還是故事創作，先把自己當讀者、當觀眾，向自己述說一個會令人讚嘆、開心、驚嚇或悲傷的故事；一個會帶著我到新天地的故事。

不過，如艾德格・潘朋[42]所說，我仍在思考此事……

我們有做出什麼厲害的類型作品以提升類型呢？又或者，我們有沒有跳脫類型，藉此提升類型的高度？這麼做有任何好處嗎？

作者又是從哪一個階段開始走向某種類型的呢？我不是為了滿足對類型的需求才讀雷・布萊伯利，我純粹是為了雷・布萊伯利去讀他的書——我想去感受他調配文字的方式。

最近有人告訴我——那是德州奧斯丁的一位三輪車駕駛，他說我的作品叫「蓋曼風」。我不知道那是什麼意思，也不知道是否有人偷偷在期待著什麼，是否有那個如果他們沒看到會覺得自己被騙了的東西。我希望所有的故事都不同；我希望作者的聲音會隨故事改變；我希望自己正確地使用收在園藝小屋中的工具創造出正確的故事。

有時我創作到一半會卡住；於是我會想想色情電影，想想音樂劇。不管我在寫什麼，粉絲會想看到什麼呢？有時我會這麼做。在那些日子裡，我寫的大概就是類型；在其他時候，我則反其道而行。但我懷疑自己在最成功、最有抱負、最愚蠢也最明智的作家生涯階段，其實不知道自己在寫什麼。我還不知道喜歡這類的讀者期待些什麼，因為從來沒有人喜歡這樣的東西：無論好壞，我都獨自面對。

在那一刻，在第一個讀者只有自己的時候，有類型或沒類型都已經不重要了。我身為作家的唯一守則就是繼續寫，並且以第一個讀者的身分，說一個不令我自己感到受騙或失望的故事。

42 艾德格・潘朋（Edgar Pangborn）：生於一九〇九年，卒於一九七六年。為美國小說家，作品涵括懸疑、歷史和科幻等類型。曾獲雨果獎及星雲獎等獎項。

此篇是我在二〇一三年於佛羅里達州奧蘭多舉辦的第三十五屆藝術奇幻國際會議（International Conference on the Fantastic in the Arts）發表的主題演說。

機器裡的鬼：關於萬聖節的一些想法

在布萊伯利稱為「十月國度[43]」的尾聲，我們在此齊聚一堂：關於十月國度，指的是心境，也是時間。收成都已入倉，地面結霜，冷冽的夜空有霧，該是說鬼故事的時候了。

我在英國成長時，萬聖節不是一個慶祝的日子。在這天晚上，我們很確定這是亡者起而行走的夜晚，是所有夜行生物橫行的時刻。我們顯然真心相信這一切。我們這些小孩待在家裡、關上窗戶、把門堵住，聽著樹枝拍打、掠過窗玻璃發出的聲響；瑟瑟發抖又好滿足。

世上有些日子是會讓一切改變的：生日、新年、第一天上學，以及讓我們知道一切事物有其秩序的那日。夜晚的臣民跟我們一樣了解這些秩序。萬聖節前夕的每分每秒都是它們開派對的時間，那天晚上是它們每一個人的生日。它們有權跨越生者與死者之間的每條界線。當然也有巫婆（我自己偷偷這樣想），我從來不怕鬼，但我知道巫婆守在暗處，她們會吃小男孩。

我不相信有巫婆；白天的時候不信，就算在半夜也不太算真的相信。但是在萬聖節，我什麼都信。我甚至相信在大海的另一邊有個國家，在萬聖節的晚上，跟我同年紀的人會進行扮裝，挨家挨戶討糖果吃，威脅不給糖就搗蛋。

那時，萬聖節像是某種祕密，是很私人的事。在我還是個小男孩的時候，每到萬聖節，我都會在

43 雷・布萊伯利於一九五五年出版的短篇小說集。

心裡緊抱著自己，害怕得不得了。

現在我寫小說，有時故事會不知不覺走入黑暗，然後我會發現自己還得向親愛的家人朋友解釋半天。

「你為什麼要寫鬼故事？二十一世紀還有鬼故事的容身之處嗎？」

一如愛麗絲所說，容身之處多得很。科技並沒有驅走躲在角落的陰影，鬼故事的國度仍盤旋在視線邊緣，因此使其更加詭異、黑暗與魔幻，就像鬼故事一直以來的模樣……

有一個部落格，我覺得應該沒有人在看。那是我在查資料時恰巧看到的。這個部落格有某種特質——或許是語氣吧——它是那麼沒有起伏、荒涼、毫無希望，因此吸引了我的注意力。我把這個部落格設了書籤。

假如寫這個部落格的女孩知道有人在讀、知道有人在乎，或許她就不會想結束自己的生命。她甚至寫下自己要做什麼事——準備藥丸，裡面包含兩種安眠藥，寧眠他和速可眠等等。她好幾個月來陸陸續續從繼父的浴室偷藥，一次偷個幾顆。她寫塑膠袋、寫寂寞，以一種平靜而務實的方式，解釋自己其實知道有自殺企圖是一種向外求救的徵兆，但她真的不是在求救，她就只是不想活。

她倒數著那個重要時刻到來的那天，而我持續讀她的部落格，不太知道該做什麼好——如果我真能做些什麼的話。網頁上甚至沒有足夠資訊讓我得知她住在哪塊大陸；沒有電子郵件，也沒辦法留言；最後一則訊息內容只有簡單一句：「晚安」。

假如真有人可以通知，我也會納悶該告訴誰才好……我肩膀一聳，把那種令全世界失望的感覺吞下去。

然後她又開始發文了。她說自己又冷又寂寞。

我想她應該知道我還在讀她的文章……

我記得自己初次在紐約過萬聖節的情景。一列又一列遊行隊伍經過：巫婆、食屍鬼、惡魔和反派女王風光亮相，而我一度又變回七歲的自己，不自覺驚恐萬分。我發現腦中負責寫故事的那部分是這樣想：「假如你在英國這麼做，就會有東西被喚醒；我們會在蓋．福克斯[44]的火堆上燒東西、阻止一些鬼怪靠近——這些鬼怪一定會來。但或許在這裡是可以這樣做的，因為在旁觀看的『東西』不是英國人；可能這裡的亡者不會在萬聖節來人間晃盪。」

然後，又過了幾年，我搬到美國定居，買了一棟房子，外貌活像查爾斯．亞當斯[45]的作品——而且還是在他心情特別憂鬱的時候畫的。我學到萬聖節要雕南瓜，要囤積糖果，等著第一批「不給糖就搗蛋」的鬼來訪。十四年後，我還在等。可能是我的房子看起來有點太恐怖；也可能只是離鎮上太遠。

44 蓋．福克斯（Guy Fawkes）：生於一五七〇年，卒於一六〇六年，一名英國天主教徒。伊莉莎白女王過世後，繼任的詹姆斯一世維持先前箝制天主教徒的政策，因此幾名教徒策畫反動，但計畫被揭發，帶著火藥藏匿在議院的蓋．福克斯在十一月五日遭逮捕之後，即經嚴刑拷打並予以處決。就在這場爆炸行動曝露當天，搭建燃放篝火來慶祝國王平安。後來立法訂定每年的十一月五日為刺殺失敗的紀念日，各地也舉辦篝火活動來慶祝。

45 查爾斯．亞當斯（Charles Addams）：生於一九一二年，卒於一九八八年，為美國漫畫家，風格以黑暗幽默且陰鬱的人物見長。代表作品為《阿達一族》，曾先後改編為電視影集、電影和音樂劇。

■

又有一件事。有人的手機語音訊息這麼說：我搞不好已經被謀殺了——她語氣聽起來像在打趣——不過還是請留言吧，她會回電。

直到幾天後，我們看到新聞，得知她真的遭到殺害，而且似乎是一起隨機卻相當駭人的殺人事件。但接著她回覆了每個留言給她的人。起先用手機，留言聽起來像在狂風裡低語，聲音悶悶的，難以辨識，根本聽不出說了什麼。

毋庸置疑，她一定會親自回電給我們。

儘管如此，大家還是要問：為什麼要寫鬼故事？為什麼要讀或聽鬼故事？為何要從嚇人程度還可接受、但沒啥特別意義的故事裡找樂子？

我不知道——至少不算完全清楚。說鬼故事的傳統可以追溯到古代。畢竟我們從古埃及就開始有鬼故事，聖經也有，羅馬時代更流傳不少經典鬼話——還有狼人、邪靈附身，當然更少不了許許多多的女巫。長久以來，我們相互告知這些故事、這些不死的生物；這些讓我們起雞皮疙瘩、讓暗影看來更加陰暗的故事。最重要的是，這些故事提醒我們活著的感受，還有活著是多麼美好且獨特的一件事。

一點點的恐懼是美好的。當你搭乘鬼魂專車進入黑暗，心中知道大門終究會開啟，你可以再次走入陽光下，知道自己還在這兒，依舊安全，總是令人放心——也不是說沒有任何怪事發生，但重新再當一回孩子感覺很不錯。重新去畏懼——不是政府或各種規定、他人的不忠、會計財務或遠方的戰爭——而是鬼魂和這種不存在的事物。就算它們真的存在也傷害不了我們。

一年之中，此刻最是鬼魂出沒的好時機；即便最平凡無奇的事物，都能映射出最令人不安的身影。在我們腦海裡揮之不去的事可以很微不足道：網頁、語音訊息、某篇報紙文章。又或許是某位英國作家，他回憶著早就逝去的萬聖節、枯樹、蜿蜒巷弄與黑暗籠罩。可能有某篇參雜鬼話的文章，卻沒什麼特殊意義；除了你之外沒人會想到要看。然後，等到下次你特地去找，它可能根本就不在了。

本文為《紐約時報》撰寫，於二〇〇六年十月三十一日刊出。

對於神話的一些想法：離題聊聊園藝、漫畫及童話

身為作家——更精確地說，身為小說家——我接觸非常大量的神話。從以前到現在都是，以後大概也會這樣。

我不是不喜歡或不尊重寫實小說；我很尊重它們。但是靠著虛構故事維生的我們自身的喜好與迷戀，也會自然而然帶入小說世界。無論如何，我都會被自己的喜好牽著走入神話的領域。這個地方跟想像的世界完全不一樣，儘管兩方共享一道邊界。

我記得小的時候，我找到一本《北歐人的神話故事》（Tales of the Norsemen）平裝書，簡直開心得如獲至寶，讀到裝幀都破了，書頁如同葉子四散。我記得那些故事都很正確，非常理所當然。就我這樣一個七歲小孩的眼光來看，它們就是「很對」，而且很熟悉。

「裡頭沒有稻草的磚塊，做起來比不包含回憶的想像畫面更容易，」鄧薩尼爵士[46]曾這麼說。他說的當然對。我們的想像（如果那些想像屬於我們的話）應奠基在我們的生活、經驗與一切回憶上。但我們的回憶包含孩提時代聽來的傳說、神話及童話故事……一切一切。

少了那些故事，我們便不完整。

一

堆肥的過程令我著迷。我是個英國人，與許多同胞一樣有個業餘愛好——也就是在花園裡東搞西

搞：其實算不上什麼園藝，只是某種潛在的衝動。就像去年，我因為種出了六顆外來種南瓜而露出驕傲微笑。我在種南瓜上花的錢每顆一定超過二十美金，也明顯都比本地農產品差上一截。我喜歡園藝，也對於自己的不擅長園藝感到自豪，而且一點都不在意這件事。

在園藝這方面，最有趣的地方在於過程，結果只是其次——就我的例子來說，通常有結果才是意外。

你可以從中學到很多關於堆肥的知識：廚餘、花園裡剩下的花草和垃圾。它們經過一段時間後都已腐爛，變成厚厚的黑色沃泥，充滿生機，非常適合拿來種東西。

神話就是堆肥。

一開始，神話是宗教，是信仰中最深層的核心，又或是隨著故事增加漸漸形成宗教。（在作者不明的《耶穌基督童年福音書》〔The Gospel of the Infancy〕中，約瑟提到襁褓中的耶穌。他對瑪利亞說：「假如他還要繼續殺人，我們得阻止他離開屋子。」[47]）隨後，當宗教不再為人所用，或人們不再認為這些全是事實，故事於是成為神話，神話的堆肥就變成泥巴，成為沃土，滋養一個個如野花盛開的故事與傳說。邱比特和賽姬的故事經過重述，世人已

46 鄧薩尼爵士（Lord Dunsany）：生於一八七八年，卒於一九五七年。本名為Edward John Moreton Drax Plunkett，是一名愛爾蘭貴族。他寫小說和劇本，類型以奇幻為主，並以自己的貴族頭銜「鄧薩尼爵士」做為筆名。作品影響不少作家，其中包含尼爾．蓋曼。

47 作者注：「然後約瑟對聖瑪利亞說，因此我們不會允許祂離開這間房子；因為所有對祂不滿意的人都已被殺害。」《耶穌基督童年第一福音》第二十章第十六節。

不太記得原樣。等眾人再次想起，就變成了美女與野獸。

非洲的蜘蛛神阿南西成為兔子大哥，拚命擊打柏油娃娃[48]。

新的花朵從堆肥裡長出，百花爭妍、欣欣向榮。

二

神話是能幫助人的。

我在寫《睡魔》時（就許多方面而言，這個故事使我聲名大噪），持續對神話進行實驗。神話就是讓我寫出這套系列的墨水。

就各方面來說，《睡魔》想創造新的神話體系——或說，想辦法找到一個能呼應古代眾神的東西，並在寫作途中創造出能說服我自己的虛構體系——就是那種「很對」的感覺；像神話一樣「很對」。

「夢」、「死亡」、「譫妄」以及其餘的「無盡生靈」（他們不受崇拜。在這個時代，誰想要受人崇拜呢？）都系出同門，就像善良的眾神；每一位都代表一種不同的生命面向，每一位都代表不同的人格。

整體而言，我認為最能引起共鳴的是「死亡」。我在書裡呈現的死亡是個笑容洋溢、通情達理的十六歲少女——非常有魅力，而且本質很善良。我第一次碰到別人說他們相信我所創造出來的角色時，我記得自己困惑不已；當我開始收到讀者來信，信裡說我的角色「死亡」幫助他們撐過摯愛的人、妻子、男友、母親或孩子的離世。我記得，當時我既感罪惡卻又鬆了口氣。

（不過那些從來沒讀過漫畫，卻把這個角色拿來當大頭貼的人——尤其是「死亡」和「譫妄」——

對此我仍大惑不解。）

創造新的眾神譜系是實驗的一部分，但探索其他神話也是。（假如《睡魔》真的有想傳達的訊息，那大概就是要談說故事這個行為，以及〔可能是〕故事帶來的救贖性。但話說回來，篇幅接近兩千頁的故事實在很難只談一件事。）

我發明了古老的非洲口述傳說。我創造了貓的神話；那是貓咪晚上口耳相傳的故事。

在《睡魔：迷霧季節》（Sandman: Season of Mists），我決定要正面迎擊神話，看看神話究竟怎麼運作、又有多麼堅不可摧：要到什麼程度，那些不信與姑且一看的心態會變成全然的忠誠？這麼說吧——有多少神話能被塞進電話亭？又有多少可以在針尖上跳舞呢？

這個故事的靈感有部分來自穆耶修道院長[49]說過的話——他相信地獄的存在，因為教義中認為有地獄。但沒有人說服他相信地獄有人。這空蕩蕩的地獄景象讓我好著迷。

很好，地獄空空如也，遭路西法遺棄（我把路西法描繪成墮落天使，這個想法出自米爾頓）。地獄是一種非常有價值的精神型態房地產，是兵家必爭之地。我分別從漫畫和古老神話取材（埃及、北

---

48 根據美國南方傳說，狐狸用柏油和松節油做了一個小娃娃，並替它穿上衣服來誘騙兔子。兔子對娃娃開心示好，但因為娃娃沒有反應，所以惱怒之下打了娃娃一拳，沒想到反而黏在上面。驚慌之下，兔子更用力猛拍，卻黏得更緊。狐狸本以為這下可以抓住兔子，但兔子巧妙用計使狐狸幫助自己脫困，一溜煙逃出狐狸的手掌心。

49 穆耶修道院長（Abbé Mugnier）：法國人，一八五三—一九四四，擔任天主教神父，本名為亞瑟・穆耶（Arthur Mugnier），但更以修道院長一職為人所知。他在巴黎的文藝社交圈相當活躍，身後留下一八七八至一九三年的日記。

歐、日本），然後加入天使和惡魔，在實驗的最後一刻，我甚至加入了一些仙子，並且為其結構之堅固紮實，頗為吃驚——它原本會變成一團無法入口的地獄料理，結果卻似乎是碗相當不錯的秋葵濃湯（我要保留煮菜的比喻）。我依舊維持不信心態，但同時，針對神話強韌的生命力現今還能加以運用一事，我更有信心。

創作《睡魔》令人高興的地方在於，這個領域已經打開。我生活在一個什麼都可能發生的世界：歷史和地理、超級英雄和已逝的國王、民間傳說、房屋和夢境。

三

像我之前所說，神話令我著迷不已。為什麼我們會有神話？為什麼我們需要神話？神話需要我們嗎？

漫畫總離不開神話：在《四色漫畫》的奇想世界裡，人類穿著顏色鮮豔的服裝，無止境地在肥皂劇般的戰場上相互對抗（這是給青少年看的簡化版英雄奇幻），當然還有善良的鬼、貌似人類卻有動物特徵的生物，怪物、青少年、外星人等等。在某個年紀來臨之前，我們的腦袋裡會塞滿神話。然後我們會長大，把那些特別的夢境暫時（或永遠）拋在腦後。

但在二十世紀的尾聲，新的神話等待著我們。神話不斷增生：都市傳說中，手帶鉤子的男人在情人巷裡出沒、搭便車的人雙手毛茸，還有一把切肉刀、恍若蜂巢的髮上爬滿害蟲、連續殺人犯、酒吧裡的交頭接耳。我們背後的電視螢幕湧出大量支離破碎的畫面、翻滾著進入客廳，以老電影、新聞快報、談話節目和廣告餵養我們；我們將自身的穿著打扮和吐出的話語變成神話。偶像——搖滾巨星、政治家，環肥燕瘦、各形各色的名人；這些是魔法、科學、數字和名氣打造出的新神話。

這些神話各有功用，都是拿來理解我們棲息的世界的方式；要在這個世界生存沒有什麼輕鬆的技巧，就算有，可能也少之又少。我們每天每天都在想辦法了解這世界。每晚，當我們闔眼就寢，安穩平靜過了幾個鐘頭，不要多久就又睜大了眼、僵硬地躺在床上。

我討論這件事的方式，就是這十本《睡魔》。這是我看待二十世紀最後十年的神話的方式；是我談論性、死亡、恐懼、信仰與喜悅的方式——這一切的一切，都是使我們做夢的元素。

畢竟，我們這輩子有三分之一的時間都在睡覺。

四

恐懼與奇幻（無論是漫畫或其他形式）經常被簡化為逃避文學。有時，這兩種文學可以是前往想像國度的導覽書——那些簡單直接、沒有太多想像的文學能提供快速的情感淨化、人工的幻夢或輕鬆的解脫之道。但其實可以不要這樣。我們很幸運，有奇幻故事做為地圖——想像文學的功用便是將我們已知的世界呈現在眼前——只不過是從另一個方向。

神話通常會被細細檢視。我們把神話提出來講，卻不會去觀察神話代表些什麼，也沒注意它們有何意義。都市傳說和《世界新聞周報》[50]以最簡單的概念告訴我們神話是什麼：在這個世界，事件發

50《世界新聞周報》（Weekly World News）：美國小報週刊，每兩週發行一次，內容以靈異或超自然現象的虛構故事為主。於一九七九年開始發行，二〇〇七年停刊，但在二〇〇九年復刊，改以線上發行為主。

生的根據來自於故事邏輯——並不是「有件事發生了」，而是「這件事本來就應該發生」。

但重述神話是很重要的。檢視神話也很重要。但不必把神話抬到高高的位置，當成某種沒有生命、乾枯空洞的物體（「各位同學，你們從巴德爾[51]之死學到了什麼？」）也不是要造神，出一本新世紀心靈勵志鉅作（「眾神就在你的體內！釋放你內在的神話！」）相反地，我們必須了解到，即使遭人遺忘的失落神話現在成了堆肥，但會有故事從中成長茁壯。

最重要的是，你要以不同的方式重新去說故事，去重述古老的傳說。那些是屬於我們的寶物，應該要好好講述才是。

對於經過刪減的神話和童話我也沒什麼不滿。也許我心中的純粹主義者會對迪士尼搞的那些舊瓶新酒有些感冒，但就故事而言，我是殘酷的達爾文主義者。成功的故事形式會留下來，其他的則會死去，並被人遺忘。讓睡美人在一天之內戳到手、陷入沉睡、然後又被解救，或許符合迪士尼的戲劇目的，但當你重新述說這則故事，在咒語被打破之前至少要經過一百年——就算我們早就遺忘佩羅[52]故事裡那個王子的吃人母親是哪位。現代小紅帽的結局是小孩獲救，而不是被吃掉。因為最後留下的故事形式就是那樣。

很久很久以前，奧菲斯將尤麗狄絲以活人姿態從冥界帶回人間。但流傳下來的故事版本並不是這個。（誠如G．K．卻斯特頓所說[53]，童話不是真的。童話比真實還真實。不是因為童話告訴我們有龍的存在，而是因為它告訴我們龍可以被打敗。）

五

幾個月前，我在遙遠的異國參加一場神話及童話的專題討論（我自己還挺驚訝的）。我是主講者。主辦單位告訴我，我將對來自世界各地的童話學者演講。在此之前，我會先聆聽發表的報告內容，並在討論會上致詞。

我在將要發表的講稿上做筆記，然後接著參加第一場論文發表。我聽著學者頭頭是道、高談闊論〈白雪公主〉、〈糖果屋〉和〈小紅帽〉，發現自己對於某些更深層的東西越來越不耐，而且心生不滿。我不滿的不是內容，而是傳遞這些內容的態度——這種態度使得這些故事與我們再無關係。故事成了冷冰冰的屍體，無法反抗，任憑學者解剖；它們被高高舉起、放在光下，從各個角度檢視，只能拱手交出自己的祕密。

會議上，大多數人樂於接受這種童話理論，並認為童話在一開始是成人談天時的娛樂話題，不流行後才成為屬於兒童的故事（這比喻跟托爾金教授很像，也就是把不流行的、不需要的家具丟進育嬰室。這些東西不是一開始就打算拿來當孩子專用的家具，它們只是大人再也不想要的東西）。「為什麼你要從神話和童話中取材？」其中一名學者問。

「因為故事有力量。」我說，看著臺下的學生和學者狐疑地點頭。因為他們受過學術訓練，所以

---

51 巴德爾（Baldur）：根據北歐神話，巴德爾為眾神之父奧丁的兒子，長相俊美並受到眾神歡迎。後來因洛基的計謀死於以槲寄生做成的飛鏢。

52 佩羅（Charles Perrault）：十七世紀的法國文人，收集歐洲各國的民間故事。

53 作者注：其實是我重新解釋了卻斯特頓的話。

願意接納這種說法或許為真。可他們不相信。

隔天早上，我本來該針對神話和童話發表正式演說。但時間到了後，我丟開那些筆記，沒有對他們演講原本的內容，而是念了個故事給他們聽。

這是白雪公主的重述，但是從壞皇后的角度來講。這個故事拋出一些問題，比方「什麼樣的王子會在遇到裝在玻璃棺木內的女孩屍體後，說自己愛上了屍體，還把屍體帶回自己的城堡？」以此類推，還有「是怎樣的女孩有著瑩白如雪的肌膚，頭髮黑似煤炭，嘴唇紅逾鮮血，而且能像死了一樣躺在那裡那麼久？」聽故事的時候，我們自己也知道其實壞皇后並不邪惡，她只是手段不夠狠；當皇后被關進窯裡，準備要在仲冬宴席上拿來烤，我們就知道：這個故事是活下來的人說的[54]。

這是我寫過最怪異的故事之一。假如你自己來讀，一定會相當不安。而在講臺上由作者念給你聽——而且是一大早、在一場談童話的會議上——對聽眾而言，心中產生的反思必然是一次相當極端的體驗，彷彿喝下一大口以為是咖啡的飲料，結果卻發現有人在裡面加了芥末或鮮血。

畢竟，這其實就只是「白雪公主與七矮人」，但現場幾十位觀眾臉色發白、悲傷不安，彷彿剛從雲霄飛車下來，或最近剛返回陸地的水手。

「如我之前所說，這些故事有力量，」我念完時對他們說。這次他們好像更願意相信我了。

六

往往，我用寫作來釐清自己對於某主題的看法，而非在一開始就先知道。

我的下一本書對我而言，是試圖確立神話定位的一種方式——當代神話、古老神話，落於一張繪製了美洲大陸、巨大又令人迷惑的畫布上頭。

書名暫定為《美國眾神》（正式名稱不會叫這個，但這是書中的內容）。

這本書說的是從遠方來到此地的人帶來的神祇；說的是新神、幾起車禍、電話，還有《時人》雜誌；訴說網路和飛機，公路和葬儀社；說已經為人遺忘的神，祂們早在人類出現之前就在了——水牛和旅鴿的天神、沉睡的天神；現在都已被人遺忘。

所有我一直在乎著或現在感興趣的神話都會被放進書，但我這麼做都是為了釐清形塑美國的神話。

我在美國住了六年，還是不了解這個地方：那些形形色色、詭異而且在地的神話與信仰；還有美國對自己解釋自我身分的方式。

也許我會寫得亂七八糟，但我不覺得我真的那麼擔心（雖然我是該要擔心）。我期待自己能把想法整理出某種秩序，也很期待發現自己到底是怎麼想的。

七

如果你拿槍抵著我的頭，問我信不信自己筆下的神與神話，我得說：我不信。但不是真的不信。別在光天化日，別在明亮之處，別在周遭有人的時候。但我相信神話可以告訴我們的一切；我相信我們可以利用神話來訴說的故事。

54 作者注：這則故事叫做〈白雪、魔鏡、毒蘋果〉，你可以在我的短篇故事集《煙與鏡》找到。

我相信當神話被訴說時讓我們看見的倒影。

如果你夠勇敢，可以試試忘了它或忽視它會發生什麼事——它將依舊真實。因為故事有力量。

本文首次刊載於第三十一期的《哥倫比亞：文學藝術期刊》（Columbia: A Journal of Literature and Art），一九九九年冬季號。不過其實在一九九八年我曾在芝加哥人文藝術節（Chicago Humanities Festival）把這篇文章當作演說發表。

算你有種：美國，以及書寫美國

目前為止，沒人來問那個我一直很怕的問題——我希望沒有人會問。所以我現自己問自己，並且試著回答。

這個問題是：你怎麼這麼有種？

這問題更完整的型態是：

「你一個英國人，怎麼敢寫一本關於美國的書？裡面包含有美國的神話、美國的靈魂？你怎麼敢去寫讓美國成為一個與眾不同的國家、民族及概念的事物？」

身為英國人，我會反射性地回以聳肩，保證下次不會再發生這種事。

但話說回來，我還真的敢做這種挑戰。就以我的小說《美國眾神》，並帶著一種奇妙的傲慢態度去寫這本書。

年輕時，我創作了一個談夢與故事的漫畫，叫《睡魔》。那時我常收到類似的問題。「你住在英國，怎麼能把這麼多故事場景設在美國？」

我則會表示，以媒體角度而言，英國其實就是美國的第五十一州。我們有美國電影，看美國電視節目。「我無法寫出讓西雅圖當地居民滿意的西雅圖，」我以前常會這麼說，「但我可以寫得跟從未去過西雅圖的紐約客一樣好。」

當然，我錯了。我根本沒有達到那個程度。現在回頭看，我反而做了件更有趣的事：我創造了一個想像出來的美國，而《睡魔》就可能發生在這樣的地方：一個超越真實的妄想、一個不可思議之地。

這樣我就很滿足了——直到我大約八年前來到美國。

我漸漸發現，我一直在寫的美國真的都是虛構的。真正的美國——隱藏在所見即所得的表面下的美國——遠比小說詭異。

我懷疑移民經驗普世皆然（就算你是像我一樣的那種移民，緊抓著英國公民的身分不放，簡直像是一種迷信）。一邊是你，另一邊是美國。因為美國比你巨大，所以你試圖去理解她，試圖釐清頭緒——你想理解美國排拒些什麼。美國夠大，收納了足量的衝突與歧異，也因自身的難以理解而沾沾自喜。我，身為作家，能做的就是描述出那巨大整體的一小部分。

即便如此，那部分依舊大到無法看清。

一九九八年的夏天，我人在冰島首都雷克雅維克。到那時我才終於了解自己想要寫什麼樣的書。直到那時，各種劇情片段、為數龐大、不同樣貌的角色和結構雛形終於在我腦中匯聚。無論如何，書的輪廓漸漸成形；它會是一本驚悚小說、謀殺懸疑、羅曼史——公路之旅；內容會是講移民經驗，講述他們來到美國時懷抱的信仰，以及這些信仰的遭遇。

我想將美國描繪成一個神祕之地。

我做了決定；儘管這本早已成形的小說裡已經有很多元素，但我親自走這一趟、看這一回，一定能找到更多。所以我開車上路，一路開，直到找到一個可以停下來寫作的地方；然後我一個地方接著一個地方去；有時在家，有時不在。我這樣持續了將近兩年，不斷在紙頁上填入一個又一個的字，終於把書完成。故事說的是一名叫影子的男人，以及他出獄後獲得的工作邀約；也說中西部的一個小鎮，以及每年冬天發生的失蹤事件。我在寫這本書時終於理解，為何美國最神聖的地方其實是路邊景點；我發現了許多邪門歪道與詭異時刻，它們駭人又討喜，獵奇到不行。

即將完稿之際，後續工作就是把展開的劇情支線收攏。我再次離開美國，窩在愛爾蘭一間寒冷老舊的大房子裡，在泥煤堆升起的火邊瑟縮打顫，將剩下的內容都打出來。

然後這本書便大功告成。我停下打字的動作。如今回顧，我並不是有種，只是別無選擇。

本文最初於二〇〇一年六月刊登在Borders.com上，《美國眾神》同時出版。

書分性別

書分男女。或更精確一點——書分性別。總之，在我心中書就是有分性別。又或者，至少我寫的書是有分的。而這些書的性別（儘管不是每一本）有一部分都與故事主角有關。

在創作這十冊《睡魔》時，我可以輕鬆地在我認為應該是男性的故事線之間調換。比方收進來的第一個故事《前奏與夜曲》（Preludes and Nocturnes），或第四冊《迷霧季節》；以及其他女性的故事，如《你的遊戲》（A Game of You）或《短暫生命》（Brief Lives）。

小說則又有一點不同。《無有鄉》是男孩的冒險故事（有人曾經形容該書是「地鐵北線上的納尼亞傳奇」），裡頭有一個平凡的英雄，每個女性都是刻板角色：討人厭的未婚妻、落難的公主、強大的女戰士、妖媚的吸血鬼。我希望這些角色都做到百分之四十五左右的跳脫，但她們仍是刻板角色。

另一方面，《星塵》則是女孩的書。雖然裡頭也有一個平凡的英雄——年輕的崔斯坦・宋恩。更別說還有那些拚命要殺死對方的勳爵。之所以算成女孩書，可能是因為伊凡妮一登場，很快就成為故事裡最有意思的部分；也可能因為幾個女人之間的關係——女巫之王、伊凡妮、維多利亞、烏娜女勳爵，甚至施美樂夫人——比男孩更錯綜複雜，同時蒙上一層陰影。

《那天，我用爸爸換了兩條金魚》是男孩的書；《第十四道門》（將在二〇〇二年五月出版）則是女孩的書。

在我動筆撰寫《美國眾神》時——甚至早在下筆前我就知道——我已經從C・S・路易斯的名言

中畢業了，不再寫什麼「特殊的事件帶給特殊的人特殊的影響」……太刻意了。《格列佛遊記》之所以成功，是因為格列佛是個普通人。愛麗絲如果是個與眾不同的女孩（現在想想，這麼寫似乎有點奇怪。如果真要點名文學作品裡的特別人物，一定非愛麗絲莫屬），《愛麗絲夢遊仙境》就不會成功。在《睡魔》系列，寫鏡子另一端的世界讓我很開心；如夢之主宰（Dreamlord），乃至於美國皇帝這類歪曲的大人物。

我應該這麼說：關於《美國眾神》，我並沒有太大的掌控權。它自有定見。小說會自行生長。

《美國眾神》的故事，早在我知道自己要寫一本叫《美國眾神》的書之前就開始。那時是一九九七年五月，我冒出一個念頭，而且它揮之不去。那時我發現自己就寢前不斷想著這件事，彷彿在腦中觀看一段電影片段，然後每晚多前進幾分鐘。

一九九七年六月，我在我那臺破舊的Atari掌上型電腦寫下這些句子：

> 有個男子輾轉成為一位魔術師的保鑣。魔術師性格浮誇，他在飛機上見到這名男子——他就坐在他旁邊——表示要給他一份工作。
>
> 接著是接二連三的事件——沒搭上的班機、取消的班機、意外升等到頭等艙，坐在旁邊的男人自我介紹，說要僱用他。
>
> 反正他的人生已支離破碎。所以他答應了。

這差不多就是書的開場白。當時的我只知道這會是某個故事的開頭，但不曉得是哪種體裁。電影嗎？影集？短篇？

創作小說的人一定是從一紙空白開始動筆——我不知道有誰不是。（這樣的人的確可能存在，只是我還沒遇到罷了。）大多時候，你手上可能只有一點什麼：一個意象，或一個角色。大多時候，你也會有個起頭、中間或是結尾。如果有中間的內容，那很不錯。因為等你寫到那兒，開頭就醞釀的差不多；有結尾也很棒，假如你知道故事該如何結束，那麼隨便從什麼地方開始都可以——瞄準目標，馬上動筆（假如運氣好，搞不好真的可以在你希望的地方結束）。有的作家坐下來動筆前可能已經有了開頭、中間和結尾。不過我連他們的衣服角角都碰不到。

所以，四年前我只有一段開頭。如果你要開始寫書，光有開頭是不夠的。假如你只有一段開頭，一旦寫下，你便無路可去。

一年後，我腦海中浮現關於這些人物的故事，於是我試著把他們寫出來：我想到是魔術師（儘管我已經默默決定其實他不是魔術師），現在他好像叫做星期三。我不確定另一個人——就是保鑣——叫什麼名字，所以我叫他萊德，但感覺也不太合適。我想好了一個短篇，是在講這兩個人，還有發生在中西部一個叫「銀邊鎮」的幾起殺人事件。我寫了一頁，宣告放棄。主要因為情節似乎全兜不攏。

那時我做了一個夢，夢見某個過世的妻子，醒來時滿身大汗、滿心困惑。這個夢似乎是屬於這個故事的。所以我把它留起來。

幾個月後，一九九八年九月，我再一次嘗試把這個故事拿出來寫，並改以第一人稱敘述。我將這個被命名為萊德的傢伙（這次我換個方式，叫他「班．科博德」〔Ben Kobold〕。但這名字發出的電波卻是大錯特錯）獨自送到一座鎮上。（我把它命名為「薛爾比鎮」，因為「銀邊鎮」似乎太異國情調。）我寫了大約十頁，然後停筆。這個故事我還是寫得不太順手。

在那時，我做出結論：關於那座奇特的湖邊小鎮的故事……嗯，大概就是這個時候吧，我想，既然這樣，那就把它叫做『湖邊』。這名字拿來當鎮名很一般、很有那麼一回事……這個故事已經無法單純當作小說的一部分。然後，某個故事的雛形就出現了；它已經在我身邊待了好幾個月。

時間回到一九九八年七月。我在前往挪威和芬蘭的途中去了冰島一趟。可能是因為從美國到那兒的距離，也可能是來到太陽午夜還不下山的國度，我睡眠不足。但自然而然，在雷克雅維克某處，這個故事漸漸聚焦。其實也不太算故事——我依舊只有那段飛機上的碰面、一小段的湖邊小鎮劇情——但那是我第一次知道這個故事在講什麼。我有方向了。我寫信給我的出版社，告訴他們我下一本書不會是復辟時期倫敦的歷史奇幻，而是現代美國，它有千變萬化的姿態。我建議書名先暫訂《美國眾神》。

我繼續替主角取名——畢竟名字有魔力。我知道他的名字應該是描述某種狀態，於是試著為他取名叫懶惰，但他好像不喜歡；我改成傑克，他似乎也沒覺得比較好。我把我看到的每個名字都拿來套在他身上看看，而他在我腦中回望我，每次都沒什麼表情。我簡直像在不斷亂猜侏儒矮妖[55]的名字。最後，他總算從艾維斯・卡斯提洛的歌[56]挑到名字了。歌曲由我思樂團演唱，這首歌講的是兩個

---

55 侏儒矮妖（Rumpelstiltskin）：格林童話中，有個農家女因父親自誇能織出黃金，差點遭國王處死，幸得矮妖幫忙，不但沒有被國王處死，甚至成為皇后。但矮妖要脅以新生兒做為報償，如果皇后知道矮妖真正的名字，就能留住孩子。後來皇后巧合得知矮妖的名字，順利保住孩子，而矮妖一怒之下消失不見。

男人的故事，分別是「影子」和「吉米」。我想了想，然後把名字套在他身上看看……影子在他牢房裡的行軍床上不舒服地伸展，瞄一眼對面牆上掛著的北美野鳥月曆，他在心裡默默把日子劃掉，他數算離自己出獄的日子還有幾天。

一有了名字，我便準備動筆。

約莫一九九八年十二月，我寫了第一章。我還是試圖用第一人稱，可是這個故事用第一人稱很彆扭。影子很低調，不太流露情感，用第三人稱來寫已經很難了，第一人稱更是不容易。我在一九九九年六月開始寫第二章。當時我從聖地牙哥漫畫博覽會離開，搭火車返家。（這是一趟為期三天的火車之旅，可以寫完很多東西。）這本書開始了，但我不確定要取什麼書名。那時出版社已經寄來書封草稿，上面大大寫著「美國眾神」的字樣，我才恍然大悟——暫時的工作用標題似乎已拍板定案。

我繼續寫，一面感到驚奇。狀況好的時候，與其說作家，我覺得自己更像故事的第一讀者。這是我在《睡魔》之後很少有的感受。不論影子或是星期三，他們都不是一般的小人物。他們獨樹一格，有時更可說太過標新立異。這樣奇特的人，自然合適他們將要面對的奇特事件。

這本書現在有性別了——絕對是男性。

現在再回頭看，我不禁好奇，是否就是因為這樣，《美國眾神》裡頭才會夾藏短篇。整本書大概有六個短篇散於各處，這六篇（一篇除外）在我腦中絕對是女性的——就連那個賣小飾品的阿曼推銷員和計程車司機也算……大概真的是這樣吧，我也不知道。對於美國和她的歷史，我的確略懂；這些東西展示起來似乎比說的簡單。所以我們跟著幾個人的腳步來到美國，從一萬六千年前的西伯利亞巫師，再到兩百年前的康瓦爾郡扒手。無論是誰，我們都能從他們身上知道些什麼。

寫完短篇後，我還在寫——我寫個不停，不斷寫下去。結果這本書的厚度變成當初預期的兩倍。我認為自己筆下的劇情迂迴曲折，然後又漸漸發現這不是劇情。我寫了又寫，一個字又一個字，最後總字數接近二十萬。

某天，我抬起頭，當時是二〇〇一年一月，我坐在愛爾蘭一間古老又空蕩的房子裡，旁邊是泥煤堆升的火，我完全不在意房裡冷得要命。我把文件存在電腦裡，我知道，我已經把書寫完了。

我思考著自己在這過程裡學到什麼，然後想起了吉恩・沃爾夫[57]六個月前跟我說過的話。「你永遠學不會如何寫小說，」他說。「你只能將你正在發展的故事寫出來。」

本文原於二〇〇一年刊登在Powells.com，配合《美國眾神》一書發行。

56 收錄在專輯《Bespoke Songs, Lost Dogs, Detours and Rendezvous》裡的歌曲為〈影子與吉米〉（Shadow and Jimmy）。

57 吉恩・沃爾夫（Gene Wolfe）：生於一九三一年，知名的美國小說家，作品文類以奇幻和科幻為主。

美國筆會文學獎與《查理週刊》

在紐約美國筆會文學獎晚宴，六位作家各自從他們負責的餐桌離席。擔任某桌的招待，就代表你得和另外八人坐在同桌，這些人買下昂貴的門票來參加盛會，懷著能與真正的作家談天互動的一絲希望，而你的任務就是要進行這個「愉快的作家談話」，而且不可以把酒灑出來。如果你發現桌上所有人都全神貫注盯著某個東西——例如谷歌搜尋，而且坐在你旁邊的人還不知道你是誰——不要露出太失望的表情。

那六位作家之所以離席，是因為當晚要頒發的獎項裡有一座勇氣獎，要頒給《查理週刊》生還的職員。之所以頒發這座獎給他們，是因為這些人在經歷二〇〇一年的爆炸及二〇一五年的謀殺案後，仍繼續出刊。而這六位作者不想在《查理週刊》接受頒獎時在場。

主辦單位問我是否願意擔任晚宴桌的招待。我說當然好。阿特．史匹格曼[58]答應了，漫畫家艾利森．貝克德爾[59]也答應了。

我把這件事告訴妻子。「你這樣是對的，」她說。然後又補充。「你會穿防彈背心嗎？」

「不會。我想自然歷史博物館的保全措施應該是滴水不漏。」

「是沒錯。但你還是應該要穿件防彈背心。不要忘記，我懷孕了，」她提出這點，以免我忘記。「我們的孩子需要父親，不是捐軀的烈士。」

活動當天下午，我的助理克莉絲很抱歉地打電話給我。「要是有多點時間，」她說：「我就能替你準備量身訂做的防彈背心——就是總統穿在襯衫裡的那種。但時間太倉促，我只能找到一件大尺碼的警用防彈背心，你得穿在燕尾服外面……」

我權衡評估了一下：要不是被亂槍打死，要不就是丟臉到死。「沒關係，」我告訴她。「我沒事的。」

我打了個領結，阿特．史匹格曼則繫領帶——上頭的圖案是漫畫《南西》[60]，藉此表示他的漫畫家身分。我們搭地鐵前往上城、抵達博物館。街上、階梯都有警察，電視臺工作人員也在——大部分都是法國電視臺的人。沒人穿防彈背心，倒是有金屬探測器。我們這些作者、官員和貴賓魚貫通過。

我們頭頂上吊了一隻等身的玻璃纖維藍鯨。我想，假如恐怖分子組織的行動就跟電影一樣，那大概早就帶著爆裂物躲在藍鯨中空的身體，上演最高潮迭起的最後一幕——我們這方的英雄與想引爆炸彈的敵人會來場最終大決鬥。於是我明白，假如藍鯨爆炸，就算在西裝外面穿上超大防彈背心，大概也保護不了我。於是我覺得有點安慰。

---

58 阿特．史匹格曼（Art Spiegelman）：生於一九四八年，美國知名漫畫家，以二戰猶太人遭受迫害的題材所創作的圖像小說《鼠族》（Maus）為代表作之一。

59 艾利森．貝克德爾（Alison Bechdel）：生於一九六〇年，美國漫畫家。圖像小說作品《歡樂之家》（Fun Home）曾改編為音樂劇，並獲得東尼獎的殊榮。

60《南西》（Nancy）為美國漫畫家赫尼．布希米勒（Ernie Bushmiller）的作品，以一名淘氣的八歲女孩南西為主角，描繪她生活中的大小事。影響日後多位漫畫家，包含阿特．史匹格曼在內。

首先領獎的是湯姆．斯托帕德[61]，接著才是《查理週刊》。最後，他們頒獎給遭到逮捕的亞塞拜然記者哈蒂婭．伊斯瑪伊洛娃[62]。我不懂為何《查理週刊》接受頒獎一事會讓那六個人不舒服到必須離席。為什麼不能在他們喜歡而且支持的部分在場，覺得不舒服的段落溜去廁所就好？但話又說回來，我其實也不理解「我只支持我喜歡的言論」這種自由。假如言論自由還需要捍衛，大概是因為你惹到某個人。

在我——或我們——這些來自漫畫世界的人眼中，原因似乎顯而易見。我猜那是因為我們很習慣為自己的作品辯護，我們會反抗那些想把漫畫（包含我們）一起趕下架的人。

我第一本領稿費的漫畫是在一九八七年，由喧囂漫畫（Knockabout Comics）出版的《令人髮指的聖經舊約故事》（Outrageous Tales from the Old Testament）。我是其中一名作者。我重述了幾則故事，大都出自〈士師記〉。有一則故事立刻讓我們惹禍上身：這則故事說的是有人企圖性侵來到鎮上的男性旅人，招待旅人的主人想擋下他們，於是提議獻出仍是處女的親生女兒，以及旅人的小妾。接下來則是集體性侵，旅人帶著小妾的屍體返家，分屍成數塊，送到以色列每個部落。（如果你想找原著，來源是〈士師記〉第十九章，內容十分敗德。）

我當時二十六歲，這本漫畫出版不久，我就得上電臺為它辯護。有個保守黨的議員抱怨，這書竟沒有用褻瀆之名起訴，書應該要沒收、相關人等應該去坐牢什麼的。我眼睜睜看著《太陽報》刻意挑起一班群眾對這本漫畫的敵意；再幾年，我看著某瑞典出版社為了在當地出版這本漫畫，拚命奮戰、自我辯護，以抵擋牢獄之災。

我們就直接了當的說吧：《令人髮指的故事》是本會讓人不安的漫畫。（一九八七年時，我們還沒有「圖像小說」一詞。）至少對我來說，這本漫畫的目的就是震撼人心，要指出聖經裡有令人非常不舒服的內容，並且拿出來公開討論，讓大家來談、來看、來交流。這本書之所以存在，有部分目的就是要震懾你，讓你覺得受到冒犯。因為當我們在聖經發現這樣的內容時，就是這種反應。

回想起來，我很高興我沒有因為褻瀆神明被判毀謗，然後跟十年前的丹尼斯・勒蒙[63]一樣入獄。我很高興看到要出「喧囂漫畫」的瑞典出版社全身而退；以及當時的基督教基本教義派激進分子大多只殺做墮胎手術的醫生。據我所知，他們不殺寫漫畫或畫漫畫的人。

漫畫和卡通都能讓人低落、或讓人感到被冒犯；卡通和漫畫也會遭禁、畫家會鋃鐺入獄或遭殺害；有些漫畫你很難替它辯護，尤其如果你喜歡的是比較漂亮的風格、少一點文化脈絡，或希望它細緻精巧。但這並不表示這些漫畫不需要受到保護。

61 湯姆・斯托帕德（Tom Stoppard）：生於一九三七年，知名英國編劇，替電視、電影、廣播、舞臺劇等各種媒體撰寫劇本，獲獎無數。在一九九七年受封為騎士，並在一九九八年因電影《莎翁情史》獲奧斯卡金像獎的最佳原創劇本獎。

62 哈蒂婭・伊斯瑪伊洛娃（Khadija Ismayilova）：生於一九七六年，為亞塞拜然記者，專事調查報導。曾因報導而受亞塞拜然當局監禁。她倡議人權及自由言論，受到西方社會關注，並在二〇一六年獲頒聯合國教科文組織吉列爾莫・卡諾世界新聞自由獎（UNESCO/Guillermo Cano World Press Freedom Prize）。

63 丹尼斯・勒蒙（Denis Lemon）：生於一九四五年，卒於一九九四年。一九七二年創立《同志新聞》（Gay News）並擔任編輯一職。他在一九七六年刊登一首他認為傳達神愛世人的詩作，卻被視為褻瀆耶穌基督。社會運動分子瑪莉・惠特豪斯（Mary Whitehouse）因而提出控告，最後丹尼斯・勒蒙及《同志新聞》皆因褻瀆宗教言論被判有罪。而丹尼斯・勒蒙經此一事件成為全英知名人物。

我們再次回到玻璃纖維藍鯨底下。《查理週刊》的總編杰哈・畢阿爾這樣總結他的演說。他提醒我們：「成為一個成熟公民的條件，就是必須清楚知道，有些想法、文字和畫面能帶來震撼人心的效果。受到震撼是民主思辨中的一環，但遭到槍殺不是。」

本文原先刊載於二〇一五年五月二十日的《新政治家》。該期主題是「說出那不能說的事」，由我和亞曼達・帕爾默擔任客座編輯。

到底（非常不雅的髒話）什麼是童書：齊娜・蘇庶蘭演講詞

我希望在場的各位不是為了求一個答案而來的。作者最知名的特質就是不擅長給答案。我們的確時常提出答案，但都不可靠，太個人經驗，又都是道聽塗說，而且想像成分太多。

假如你希望我們的答案能讓你在生活裡派上用場，上述種種都是擋路大石。但如果談到問問題，上述一切反而不會擋路，都是好的墊腳石。作者很擅長提問，而且我們的問題往往很實在。

我寫作的時候內心是沒有答案的。我寫作，是為了釐清我對某件事的想法。我寫《美國眾神》是因為我住在美國快要十年，好像該是時候檢視一下我對這個地方有何感想。

我寫《第十四道門》，是因為我小時候常好奇：要是某天回家發現爸媽一聲不吭就自己離開，會怎麼樣？

（這是有可能的。因為他們非常忙碌，偶爾會忘東忘西。有天晚上，他們忘記去學校接我回家。某個晚上十點，學校打了一通很哀傷的電話，問他們是否要留我在校過夜，他們才終於去接我回家。某個早上，我爸媽送我去學校，沒注意到當時正在放假。我一個人在上鎖又空無一人的學校晃來晃去，茫然不解，直到被園丁發現，我才得救。所以這種事不是不可能，而是很有可能。）

假如我的父母搬走，來了個長得跟他們很像的人搬進來住，會怎樣呢？我要怎麼看出來？我該怎麼辦？說到這個，是說，在橡木板裝潢的客廳最裡頭的那扇神祕門——那扇打開來只會看到磚塊的門——後頭到底藏了什麼東西？

我寫故事是為了知道我對某件事的想法。
我寫這篇講稿，也是要找出我對某件事的想法。
我想知道：童書是什麼？或者用更強調的方式發問：到底（非常不雅的髒話）什麼是童書？

我住的鎮上有一所迷你的私立學校，我只在那裡念了一年。當時我八歲。某天，有個男生從他父親那裡偷了一本裡頭有裸女的雜誌帶到學校去，我們都圍著看，想知道裸女長什麼樣。我不記得這些裸女的容貌，但我記得照片旁邊短短的幾行介紹：其中一名女子是魔術師助理，我認為她非常厲害。我們就跟所有小孩一樣，都很好奇。

同年春天，我放學回家的路上常遇到的幾個小孩跟我說了個低俗笑話。裡面有髒話成分。我不認為強調那句髒話是刻意渲染；那不是什麼特別好笑的笑話，但絕對很髒。隔天早上，我把笑話告訴學校裡的幾個同學，以為他們可能會覺得好笑——就算不好笑，也可以讓他們覺得我世故老練。

有人當晚就把笑話講給他的媽媽聽。我從此再也沒見過他。因為我的笑話，他的父母要他轉學。他甚至沒有來道別。

隔天早上，校長和學校負責人連番對我進行質問。那個負責人剛買下學校，明年打算把學校賣給土地開發商，從中賺取最大利益。

我已經忘記笑話內容了。他們一直問我知不知道「四個字母的單字」，而我以前沒聽過這個詞。我懂很多單字，而且老師也的確會這樣問八歲小孩，所以我念出我能想到的每一個「四個字母的單字」，直到他們叫我閉嘴。然後他們問我到底聽了什麼低俗笑話、從哪裡聽來的，還有我到底說給哪些同學聽。

當晚放學後，校長和學校負責人把母親找去學校談話。她回家後告訴我，老師說我講了非常糟、非常不好的字。他們甚至無法說出口。是什麼字？

我不敢回答，所以只有附在她耳邊小聲地說。

我說了「幹」（fuck）。

「你絕對不可以再說這個字，」我的母親說。「那是一個人能說出口最糟的字。」

她告訴我，老師說我本來當晚就要受到最嚴厲的懲罰——從那所小學校被開除。但因為另一個男生的父母已經把他從這「汙穢罪孽的獸欄」帶走，學校負責人遺憾宣布，她不想損失兩筆學費，所以饒我一次。

從這次事件，我學到兩件很重要的事。

第一，面對觀眾時，你的選擇必須非常謹慎。

第二，文字有力量。

孩子是相對無力的少數族群，而且一如所有遭到壓迫的人，他們對壓迫自己的人非常了解，遠超出壓迫者對孩子的了解。資訊就像貨幣，這些人是你食物、溫暖與快樂的來源，而這些資訊讓你得以解碼那些強勢壓迫者用的語言、動機和行為，這是最有價值的東西。

小孩對大人的行為特別感興趣。他們想了解我們。

對於成人一些比較特殊的舉動，他們沒興趣知道得太詳細。對他們而言，那些行為大多令人討厭或無聊透頂。你不會去看喝醉倒在人行道上的人，這世界也有部分是你不想參與的，所以你會把頭別開。

小孩非常擅長把頭別開。

我不認為我喜歡當小孩。身為小孩似乎是一種忍受，不是一種享受：像是被判十五年刑期，關在比另一群人住的地方還要無聊的世界。

我盡可能把時間用在了解大人上。我對於大人如何看待小孩和童年非常感興趣。在我爸媽的書架上有一本排演用的劇本。劇名是《在你生命裡最快樂的日子》（The Happiest Days of Your Life），內容說的是大戰期間，一所女校的學生撤離後搬進男校，接著發生各種有趣事件。

我父親在這場業餘演出中飾演學校門房。他告訴我，「在你生命裡最快樂的日子」指的是你念書的時期。

對當時的我來說，這感覺很荒謬，我懷疑那是大人的某種宣傳伎倆，又或者，大多數大人已經完全忘了當小孩是什麼感覺——這個推測與我可怕的預感不謀而合。

在此我鄭重聲明：我討厭學校。我這輩子從沒有這麼討厭一樣東西——而且討厭那麼久。隨機暴行、沒有力量、諸多無意義的事。即使我比較常待在自己的小世界，一半入世，一半出世，大家都能在學校接收到的訊息我都接收不到——也沒有用。

學期第一天我就不舒服、覺得痛苦；學期最後一天，我欣喜若狂。在我看來，「在你生命裡最快樂的日子」，指的是從大人嘴裡說出的那些連他們自己都不相信的事。比方說「這不會痛」之類的話絕對是假的。

為了對抗大人世界，我所做的努力就是盡可能大量閱讀。不管擺在我面前的是什麼，不管我懂不懂，我都拿起來讀。

我在逃避——這當然是在逃避。C・S・路易斯非常睿智，他說那些抨擊逃避心理的人多半是獄卒。但我仍在學，我透過其他人的雙眼往外看，我去體驗我得不到的觀點與角度。我在培養同理心，理解每一個在不同故事裡輪迴轉世的「我」。他們不是我，但他們很真實；他們將智慧和經驗傳給我，讓我得以從他們犯的錯中學習。我當時就明白（就跟現在一樣），有些事不一定非得發生才算真的。

不管找到什麼我都讀。假如封面看起來有趣，假如前面幾頁能勾住我的興趣，我就讀。不管內容，也不管它預設的讀者是誰。

這表示我偶爾會讀到一些我還沒準備好或令我困擾的東西；或是我希望自己從來沒去讀的東西。孩子善於自我審查。他們很清楚自己什麼時候準備好了、什麼時候還沒；他們聰明地維持中立。但維持中立不表示你不會偶爾越界。

我仍記得那些令我惶惶不安的故事。查爾斯・柏金[64]就寫過一個。他描述一對夫婦的女兒在參觀嘉年華會的怪人秀時失蹤，幾年後，他們遇到一頭金眼生物——大概就是他們的女兒。她當年不幸被邪惡醫師抓走，弄成畸形怪物。有一篇標題叫〈殺人節奏〉（The Pace That Kills）的短篇，說邪惡的

---

64 查爾斯・柏金（Charles Birkin）：生於一九〇七年，卒於一九八五年，英國小說家，撰寫文類以恐怖故事為主。

交通警察要求女人在瓶子裡尿尿，要檢測她們的酒精濃度。J・T・麥金塔什[65]寫的短篇故事〈美國製造〉（Made in USA），有個機器人女孩被刀抵住，被迫在一群男孩面前脫衣，讓他們看她是沒有肚臍的。

還有一篇，是我在九歲還是十歲時看的報紙文章。那時我在等爸媽，因為沒有別的東西好讀，所以就看了報紙。結果那是一篇十六頁的紀實報導，附有照片，描述納粹集中營暴力又可怕的行為。我讀了這篇文章，並深深希望自己從來沒讀過。因為我的世界觀從此變得更為黑暗——我原先不知道有數百萬人遭殘殺，我歐洲的親戚也因此所剩無幾。我也不曉得醫療虐待的事，不知道竟會有人冷血卻有效率地將非人行徑加諸在其他無助的人類身上。

這無助感令我悲傷。只要想到有人把我從家人身邊抓走、變成怪物，我的家人還認不出我；想到有人被強逼在瓶子裡尿尿，或被刀抵住，要脅她脫光衣服——對我來說，那是無助，那是羞辱，是做為英國人能想像最可怕的處境。那些故事令我難受，我還沒有能力處理。

我不記得自己是否因為書裡提到性愛而感到困擾，大多時候，我可能沒有真的弄懂。成人作者時常寫出某種彷彿密碼的東西，只有在你本來就知道他們說什麼時，才會理解。

（多年後，我在寫《星塵》這個長篇童話時，也試著用同樣的加密方式寫性愛場景。或許我是寫得太成功了，因為孩子幾乎沒發現，大人卻常常抱怨太露骨，令人發窘。）

的確有些東西令我小時候看了覺得不舒服，但從來沒有任何事讓我萌生不想閱讀的念頭。我漸漸了解，我們會藉著超越自己的界線來發現界線，然後慌慌張張再次回到舒適區，繼續成長、變化，改頭換面。最終，成為大人。

■

我什麼都讀，就是不讀青少年小說。不是因為我不喜歡，我只是不記得在童年或青少年時期讀到任何青少年小說。成人書總是比兒童書多很多，在十一歲左右以後，我們在學校午休讀的、那些互相傳來傳去、傳遍每一個男生的書，是龐德小說、《女金剛智破鑽石案》，是《潘恩書屋恐怖故事集》、丹尼斯．惠特利的獵奇驚悚，以及其他作家。艾德格．華萊士、卻斯特頓、柯南．道爾、J．R．R．托爾金、麥可．摩考克、娥蘇拉．勒瑰恩及雷．布萊伯利等。

有些童書作家的書我還是會讀，而且深深喜愛，但他們大多數人的書我從來沒在書店看到過，除了我家那裡的圖書館外，別的地方都沒有。例如瑪格麗特．史托瑞，她寫的魔法奇幻故事滋養了我的內在，唯一能與之相比的是C．S．路易斯、艾倫．加納[66]或J．P．馬丁與眾不同的系列。故事說的是一隻叫做「叔叔」的富有大象，以及叔叔對抗野人畢佛．黑特曼和貝德福幫的故事。這些都是圖書館的書，可以在那裡看或借走，而且我總是還得不情不願。

我省錢影響了我買書的習慣。當英國貨幣系統改為十進制[67]，物價在接下來的數年間迅速飛漲。我發現用先令標價的書往往比重印版便宜一半，所以我會仔細翻找書店書架，查看書的標價，找尋用先

65 J．T．麥金塔什（J.T. McIntosh）：生於一九二五年，卒於二〇〇八年，蘇格蘭作家暨記者，撰寫文類以科幻小說為主。

66 艾倫．加納（Alan Garner）：生於一九三四年，英國作者，作品類型泰半為兒童奇幻小說，以及民間傳說的重述。作品如《貓頭鷹恩仇錄》曾有中譯。

67 英國在一九七一年和愛爾蘭聯合將貨幣改為十進制。

令定價的書，想辦法用有限的零用錢弄到最多小說。我讀了這麼多爛書，都只是因為便宜。可是我也因此發現了托馬．迪斯科，這就足以彌補一切。

在我童年及青少年時期，無論是成人小說或兒童小說，我都用相同的態度去讀它。不管在什麼地方，我都一視同仁，照樣去讀。我認為這是最好的閱讀方式。

有人問我該怎麼阻止小孩看劣等書，我對此感到憂心。孩子從書上得到的東西與成人不同。成人覺得陳腐無聊的想法，在孩子眼中卻是前所未見，甚至改變了他們的世界。此外，對你而言可能只是普通看本書，孩子卻能將連作者都不知道的魔法注入文字。

十二歲那年，我有一本書被老師沒收。那是大衛．佛瑞斯特[68]寫的政治詼諧小說《我把在牌桌上從胖哈根那裡贏來的小島送給我的姪子艾伯特》。假如我記得沒錯，書被沒收是因為封面上有兩個女人的胸部，分別畫上美國和俄國的國旗。我努力想從老師那裡把書拿回來，拚命解釋說這封面是誤會，書中除了一個做日光浴的年輕小姐之外，沒有任何性或裸體。沒用。到學期末我終於從老師那裡把書拿回來，因為我謊稱這是我爸的書，我沒告訴他就把書拿走。老師才不情願地把書還給我。

從此我學會別在學校看封面有胸部的書。又或者，假使我要看，先想辦法把書封遮起來。

我十二歲時很愛看麥可．摩考克《傑瑞．科尼留斯》系列，書裡有超現實和極露骨的性愛場景，但這系列的書封很純潔，大多沒有胸部。我覺得非常欣慰。

當然，我也從這件事中獲得一些錯誤的領悟。我還是小孩時就愛看成人小說，所以，當我的女兒荷莉在十一、十二歲迷上R．L．史坦恩的《雞皮疙瘩》系列，我立刻衝到我的圖書室拿出一本史蒂芬．金的《魔女嘉莉》，說：「假如妳喜歡那些書，一定會愛死這本。」我告訴她。

少女時期的荷莉只看個性開朗的女主角駕篷車穿越平原、進行各種遊歷的故事，裡面沒有一個角色會碰上各種出人意料的可怕遭遇。於是，即使都過了十五年，現在我要是偶爾提到史蒂芬・金的大名，她會瞪我。

《美國眾神》裡有我不想讓孩子讀的情節，因為我不想對那些讀了書然後來求答案的孩子解釋清楚。不過，我不擔心十歲的孩子拿起這本書看。我認為，只要是還沒準備好看這本書的年輕讀者，一定會覺得無聊。孩子會對自己看的東西進行審查，無聊與否是最終的制止之道。

我一直都是職業作家，靠著文字過活至今三十年。我替成人寫書，也為孩子寫書。我寫了幾本成人書，得到青少年圖書館服務協會（Young Adult Library Service Association）頒發的艾力克斯獎（Alex Award），獲獎理由是這些成人書也受到小讀者喜愛。我寫的幾本童書後來又印製了體面點的版本，因此，成人讀者可以在大庭廣眾下閱讀，不必擔心有人覺得他們幼稚。

我贏得成人書獎，也得過童書獎，而差不多距今十五年前，我出版了第一本童書——《那天，我用爸爸換了兩條金魚》。

---

68 大衛・佛瑞斯特（David Forrest）：兩位英國作家 Robert Forrest-Webb 與 David Eliades 之筆名，並合寫四本小說。《我把在牌桌上從胖哈根那裡贏來的小島送給我的姪子艾伯特》是其中最出名的作品。

因此，當我寫下這件事、在我閱讀這本書時，這五個月來，我三不五時會思考到底什麼是童書？什麼是成人書？我寫的是哪一種？為什麼？

我想，一般而言，定義何謂童書的關鍵就同於何謂色情書刊的定義，是基於一個「看到就知道了」的原則。某種程度上來說，這是事實沒錯。

不過《第十四道門》被當作童書出版要歸功於摩根．狄福芮說的謊。

過去二十五年來，她的母親梅若麗．海非茲一直都是我的文學經紀人，我非常倚重她對書和出版的一切看法。我把《第十四道門》的稿子寄給她，她認為這不是童書。因為對孩子來說太可怕了。

「我看這樣吧，」我告訴她。「要不要把這個故事念給妳女兒聽？假如她們聽了會害怕，我們就把稿子寄給我的成人書編輯。」她有兩個女兒，八歲的愛蜜莉和六歲的摩根。

她把這個故事念給她們聽，兩人都很喜歡，而且想知道接下來的劇情發展。當她念完故事，就打電話給我。「她們不害怕。我要把稿子寄給哈潑出版社的童書部。」

幾年後，摩根．狄福芮快滿十五歲，我坐在她旁邊，一起參加《第十四道門》音樂劇的外百老匯首演之夜。當時我正對現在的妻子亞曼達講述這件事，並表示就是因為摩根不怕，《第十四道門》才會是童書。然後摩根開口了：「其實我嚇得要命，但我不想讓人家發現我怕，不然我就沒辦法知道故事結局了。」

去年我寫了三本書。

我寫了一本圖畫書，書名叫《噴嚏大王阿秋》。內容說的是一隻打噴嚏的小熊貓。這可能是我寫過最簡單的一本書了。只有這次，我是刻意想像著要寫一本可以念給還不會讀字的小孩聽的書。

之所以會有這本書，是因為我的兒童圖畫書沒有一本在中國大陸出版。我的圖畫書在香港和臺灣都有出版，但中國沒有任何一本尼爾・蓋曼撰寫的圖畫書。他們給我的理由是：書裡描寫的小孩都不夠敬重他們的父母，做了壞事也沒有得到適當的懲處。而且書裡有無政府主義、各種破壞、對權威的不尊重……因此，寫一本包含上述條件、並能在中國大陸出版的圖畫書就成了我的目標。

我寫了這本書，並且加了圖示，還拿給藝術家看，然後交給我的出版社，他們再交給亞當・雷克斯[69]，由他替這本書製作更精緻的插畫，我還在等著看這本書能否在中國出版[70]。

總之，這是一隻打噴嚏的小熊貓。

我在寫這本童書時，特別把成人讀者放在心裡。我寫這本書是因為希望中國讀者可以看到我的圖畫書；我寫這本書，是希望孩子去想像、去做夢、開開心心，假裝自己是熊貓、假裝打噴嚏。所以我才寫這本書。我希望大人會喜歡念給孩子聽，而且更重要的是，就算在一星期中念到第十遍，或一個晚上就念了三遍，還是一樣好喜歡。

書裡的世界很簡單：沒有人聽小小孩說話，但其實大家都該好好地聽。因為除了小小孩之外，大家後來都碰上了點麻煩事。插圖很漂亮，細節也豐富。

69 亞當・雷克斯（Adam Rex）。美國插畫家，童書作家。

70 以小熊貓阿秋為主角的圖畫書系列共有三冊，已於二〇一七年五月在中國發行了簡體中文版，系列名稱為《神奇的噴嚏》。

我在創作這本書時用了兩副眼鏡去檢視：我有沒有寫出一本我小時候也會喜歡的書？我有沒有寫出一本身為爸爸也會喜歡的書——又或許很快就要改口說身為爺爺，因為光陰似箭、歲月如梭？

那是第一本書。

我寫了另一本，大概百分之九十是寫給孩子看的。書名是《幸好有牛奶》。當我開始動筆，心中希望這本書跟《那天，我用爸爸換了兩條金魚》一樣短，是同一主題的續集。《金魚》這本書說的是一位父親，雖然他在，但對孩子來說他的心不在，所以他們把他拿來交換其他東西。像是猩猩的面具、電吉他、白兔或金魚，他本人就只是一直在看報。但我認為我應該重新調整一下比例。我要寫一個故事，是父親幫孩子買泡早餐穀片的牛奶時，經歷一段刺激冒險——或至少他是這麼說的。

這本書不斷發展，變得太長，沒辦法做成兒童圖畫書，但在它還沒達到小說的標準前，我又詞窮了。

我的編輯問我的第一個、也是最明智的一個問題是：既然是童書，為什麼主角是父親？難道這本書裡的驚奇大冒險不該、或不能由敘述者——也就是兒子來經歷呢？這就表示，我必須思考一下這類童書是否適合用成人當主角。

我沒有合理的回答。大概是因為寫這本書無論過程、構思甚至發想都不合理。這本書寫的是某個父親出門買牛奶，很晚才回家，然後把一路上各種不可思議的刺激冒險說給他一點兒也不相信、一點兒也不在意的孩子聽。書名是《幸好有牛奶》。創作這本書跟合不合理無關，我是用一種「我只是在描述親身經歷，而且一定要記下來讓全世界知道」的方式來寫。我改變不了故事，因為它就是這個樣子。

所以父親仍維持英雄身分，並帶著牛奶回家。

我的第三本書也是講題的靈感來源，更是我迷惑和思忖的原因。書名暫訂為《小萊緹．漢斯托之海》（Lettie Hempstock's Ocean）[71]。這本書幾乎通篇都用七歲小男孩的觀點述說。裡面有魔法——三位彷彿出自科幻小說的詭異巫婆住在某古老農莊，位於主角家的巷子盡頭。書裡有些黑白分明到誇張的角色，「另一個媽媽」絕對是繼我創造寇洛琳之後最邪惡的傢伙。故事也帶有奇幻及詭譎氛圍。字數僅五萬四千，對成人書來說篇幅很短，但這種長度多年來都被視為青少年小說最佳長度。書裡包含了各種酷炫元素，如果我是個小男孩，絕對會愛得要死……

我不認為這是給孩子的故事。但我也不敢肯定。

這本書說的是孩子的無助，說的是無法理解的成人世界。在本書裡有許多壞事發生——畢竟使故事開始往前走的是一起自殺事件。而我是為了自己才寫這個故事的：我想為了妻子嘗試描繪我的童年，喚醒一個已經死去超過四十年的世界。我把場景設在我從小長大的房子裡，主角幾乎描繪得與我分毫不差；主角的父母也與我的父母很像，還有他的姊妹也是。而且，因為我的小妹沒有出現在這個小說世界裡，我甚至還跟她道了歉。

我邊寫邊自己做筆記。我寫在紙片上、寫在書的空白處，試圖釐清我究竟是替孩子或大人寫書——這雖不會改變書的本質，卻會改變我在寫完之後要如何處理。要由誰出版？該如何出版？我的註記內容諸如「在成人小說裡可以有無聊的部分」以及「假如這是給小孩看的書，他的父親差點把他

---

71 作者注：後來發行時則正式改為《萊緹的遺忘之海》。

淹死在浴缸這幕，應該不能留下……對吧？」

等我寫到結尾，我發現我還是跟剛開始動筆一樣毫無頭緒。這是童書？成人書？青少年小說？跨界？還是就是……一本書？

我曾替一部赫赫有名又動人的外國動畫撰寫英語版劇本。我開工前，電影公司要求我在劇本某處塞一些髒話，因為他們得確認這部電影至少要分到輔導級。但我不認為髒話就是變成成人片的要素。

有時，成人小說之所以是成人小說，乃是因為它描繪了一個只有成人才會理解的世界。

一本成人書若不適合你看，往往因為時候未到，或者說只有在你準備好時才適合你看。但偶爾，你還是會拿起來，並從中獲得你需要的東西。然後，或許等你年紀稍長，你會回頭重看一次，並且發現書竟然變了——因為你也變了，而且書的內容感覺更有智慧——或更蠢。因為你可能比起孩提時代更有智慧或更蠢。

我告訴各位這些，是希望我能夠藉由把這一切全寫下來的舉動，以及與各位進行的談話，釐清一點自己的想法，能為這令人苦惱的問題找到一盞明燈：「到底他媽的什麼才是童書？」

今晚我已經說得夠多，但我懷疑自己還沒回答到這個問題。至少沒有真的回答到。

然而，各位想跟作者要的不是答案，是為了獲得問題才來找我們的。我們真的很擅長問問題。

我希望未來的每日、每星期、每年，以下這些問題會在你最意想不到的時候出現在你心裡——成人小說與兒童小說真正的分界在哪裡？這個界線為什麼這麼模糊？我們真的需要分界嗎？說到底，這些書的讀者是誰？諸如此類。這些問題會使你迷惑不解，而你也實在提不出令自己滿意的答案。

倘若如此，我們一同度過的這段時間就算值得。謝謝各位。

我在二〇一二年齊娜·蘇庶蘭講座發表本文。這場會議每年在芝加哥舉辦，為紀念已故的齊娜·蘇庶蘭（Zena Sutherland）教授。她是世界知名的青少年文學學者。

II

我認識的一些人

沒什麼改變，因為一切都變了。

這不是我們的臉

這不是我們的臉。

我們並不是長這樣。

你以為吉恩．沃爾夫本人看起來就跟他在這本書的照片一樣嗎？珍．尤倫（Jane Yolen）？彼得．史超伯（Peter Straub）？或黛安娜．韋恩．瓊斯？不是的。他們換了一張笑鬧的面貌來捉弄你，一旦他們開始寫作，就把笑鬧的臉摘下來了。

這些面孔為了你以黑白照片形式凍結在那兒，那都只是面具。我們這些依靠說謊維生的人戴上騙徒面具，虛情假意，用這副臉孔欺騙粗心大意者。我們非得如此——如果你真的相信這些照片，那麼我們看起來還真的跟大家一樣呢。

保護色，就是這麼一回事。

看看書吧：你可能會在那裡頭瞧見我們。我們像天神、像傻子、像吟遊詩人、像皇后；我們用歌聲創造世界，無中生有、信手捻來，一番舞文弄墨，將文字化為各種各樣的黑夜。

看看書吧。唯有這時，你才能好好看看我們：我們是被遺忘的宗教的男女祭司，我們全身赤裸，肌膚因塗上芳香的油而發亮，鮮紅的血從手中滴落，生氣蓬勃的鳥兒從我們張開的口中飛出；在火焰的金黃光芒中，我們完美無瑕，又美麗懾人……

小時候，我聽過一個故事。某晚，有個小女孩在某作家窗邊偷窺，看見他在寫作——他將虛假的臉拿下來，並且把那張臉掛在門後。因為在他寫作時換上的是自己真實的面目。她看見了他；他也看見了她。從那天起，直至今日，再也沒人看見那個小女孩。

自那時起，作家即使在寫作的時候，也要跟常人一樣（儘管他們有時會動動嘴，有時凝視天空，比所有生物望得更久，也更專注——除了貓以外）；但他們的文字依舊會說出自己真實的面貌：也就是那張藏在面具下的臉。所以，大多人遇到奇幻作家多半不會太滿意，因為本人與想像相差一大截。

「我以為你會更高，或看起來年紀比較大或比較小——或比較漂亮、比較有智慧。」他們這樣告訴我們。透過言語，或不透過言語。

「我不是這樣的，」我對他們說。「這不是我的臉。」

派蒂・佩芮特（Patti Perret）於一九九六年出版的《奇幻的面容》（The Faces of Fantasy）一書收錄多位作者的照片。我為了該書的個人照寫下本文，以搭配照片。

沉思：論黛安娜．韋恩．瓊斯

若你認識黛安娜．韋恩．瓊斯，大概一不小心就會忘記她擁有多麼過人的才智，或是多麼了解自身的寫作功力。

你見到她，定會為她的友善、風趣、隨和卻有主見而折服。她是一位敏銳的讀者（我曾經在威爾福作家工作坊與她度過歡樂的一週，聽她針對一個又一個故事發表意見）。但她很少去談故事的技術面。她會告訴你她喜歡什麼——而且會告訴你她喜愛的程度有多少——她也告訴你她不喜歡的部分，但她幾乎不太浪費唇舌或情感在這樣的東西上。她談論故事如釀酒師品酒，會討論酒的味道，以及對酒的感受，但不太提及釀酒的過程。這不表示她不懂；她清楚得很。

對我而言，最大的快樂是去讀這些文章和想法，讀她是如何思考花一輩子寫作這件事，以及論人生、論釀酒的過程（這裡是譬喻說法）。

在本書中，她沒提到太多自己，所以我要替各位描述她：她有一頭捲曲烏黑的頭髮，臉上多半掛著微笑，大概會有隨和、滿足到開懷幾種類型，那些能自得其樂的人都有這樣的微笑。她也會捧腹大笑，因為她認為這個世界很有意思，充滿各種有趣事物；她也會笑談自己的趣事，而且真心認為那些事非常好玩；她菸抽得凶，但非常盡情地享受吞雲吐霧之樂；她的笑聲啞得就像癮君子。她沒有落入自大的陷阱；無論愚蠢之人或聰明之人，她都同等熱愛，並且樂於伸出援手。

她非常有禮，除非有人對她無禮。而我認為，就某方面來說她過著普通的人生——假使你暫且忽略出現在她周遭、種種不可思議的危險渦流。相信我，這些不可思議的現象是真的。黛安娜說自己「逢旅必衰」，我本以為她是誇大其辭了。直到某次我們一起搭機飛往美國，我才真的相信。我們原本要搭乘的班機因為飛機門脫落，必須停飛。我們花了好幾個鐘頭才搭上另一架飛機，而黛安娜平心靜氣，接受這是正常旅行的一部分：機門掉落。還有什麼呢？你坐在船上，沉沒的島嶼從底下升起；車子因為無法解釋的原因發動不了；凡黛安娜乘坐的火車，都會開到你從未去過的地方——技術上來說，你根本不可能會跑到那兒去。

她的確是有點像巫婆——攪動滾燙冒泡的大鍋，裡頭烹煮各種靈感和故事。但她總給人一種感覺，好像她寫出的那些睿智的好故事是真的發生過，她只是提筆寫下而已。本書裡我最愛的一篇描述的是她寫作的過程，完整展示出她每本書中出現的各種技巧和細膩之處。

她已成家，若沒有家人，她不會開始寫作。她受眾人喜愛，也值得眾人喜愛。

本書讓我們看見一位技藝精湛的大師。她思索自己的人生與從事的行業，以及她為了成為作家而一塊塊砌上的磚。在這些心之篇章，我們得以見到她巧妙地運用自身獨一無二的童年記憶。（每個人的童年都是獨一無二的吧？或許不是每個人都那麼特別，充滿各種不可思議。但比起大多數人，黛安娜的童年更不可思議。）看她對語言和故事的深入了解、對政治的犀利洞見（各類政治——人與人之間，家庭的、組織的、國際的）。還有教育——一部分是自學（你可以透過本書得知，C．S．路易斯和J．R．R．托爾金都教過她，儘管她一直弄不太懂托爾金的意思）。她擁有這些強大武器，並成為她那一輩之中最優秀的兒童文學作家。

黛安娜沒有拿過她應得的獎項和獎牌，為此我感到困惑。首先，雖然她已二度入圍卡內基獎，但她沒有得過；她曾在十年內出版數本英國最重要的兒童小說：《弓箭手的呆子》（Archer's Goon）、《火與毒芹》（Fire and Hemlock）、《奎師塔門西》系列。這些書甫出版就成為出版界極為重要且創新的作品，應該得到獎項認可才是——結果一本也沒有。讀者都知道她，但他們大多太年輕。

我懷疑阻撓黛安娜得獎的原因有三個：

第一，她寫作起來似乎輕而易舉——太輕而易舉了。厲害的雜技演員或走鋼索的人都一派輕鬆。讀者看不到她工作的模樣，於是認定寫作過程簡單，黛安娜的作品看似不必經過太多思考或力氣就能寫成。又或者，像能夠輕輕鬆鬆找到的東西，某顆未經雕琢的美麗原石。

第二，她不夠流行。本書的幾篇文章中，她提到一九七〇年代至一九九〇年代流行的規定書單，特別受老師、出版社和替小讀者買書的人青睞。你可以從她的描述中得知她有多麼不流行。在這些書裡，主角遭遇的情況都會盡量設計的跟讀者會碰到的情況一樣。這種小說是「對你有幫助」的書。對維多利亞時代的人來說，這可能叫「改進小說」。

黛安娜的小說從來都不走「改進」路線。就算有，維多利亞時代的人或一九八〇年的編輯也看不出來。她的書以常人較為陌生的角度去看一件事。她的男女主角奮力抵抗的龍與惡魔可能與讀者真正對抗的惡魔不同，但她的書非常寫實。她的書想檢視的是：若你成為家族的一分子、或無法成為一家人會怎樣；她處理的是我們的無法融入，以及失能的父母或養護者。

第三項阻撓黛安娜的原因是：她的書很難。但這不表示她的書就沒有樂趣可言。只是，她會把不輕鬆的部分交給你——也就是讀者。若由成人角度去看黛安娜．韋恩．瓊斯，我預設結尾時會讀到一堆書的身影，但我總是非常困惑，而且不斷皺眉，「她是怎麼做到的？」「等等，我還以為……」接下來我會打起精神，終於弄懂她做了什麼。我以此去跟她爭論，她則對我說，孩子比大人讀得更細，而且不太會有這種困擾——的確，當我將黛安娜的書念給女兒瑪蒂聽，我發現這些書都不會讓人頭痛，甚至也不難。一篇一章都是為你而寫，只是你必須注意她寫的一切，並了解紙上的每一個字都有存在意義。

我不覺得她會介意得不得獎。她知道自己有多厲害。好幾世代的讀者都看她的書長大，也深深喜愛著她的書。很多人讀她、喜歡她。隨著歲月流逝，小時候就認識她的讀者長大了，寫下關於她的文章、談論著她、動筆寫下受她影響的小說。慢慢的，為兒童而寫的魔法故事變得常見，她的書一年賣得比一年多，黛安娜知道：她的作品成功了，找到讀者了。說到底，這才是最重要的。

我讀黛安娜的作品時年紀已經太大，早就不是孩子了。我真心希望我在更小的時候就讀過她的書——她一定能夠影響我看世界、思考世界與覺察世界的方式。但反過來說，讀她的書讓我有種熟悉的感覺。二十幾歲時，我把所有能找到的黛安娜作品都讀了一遍。那感覺就像回到家。

假如你跟我一樣喜愛黛安娜的小說，並希望多了解這個人——了解她是誰、她怎麼思考，那麼這本書會給你很大的啟發——而且不僅於此。她的作品聚焦於某一點，她告訴我們她思考文學創作的方式及原因，還有兒童小說的位置究竟在哪裡，她為什麼會成為今日的她，她對自己和寫作事業的理解與願景。本書充滿智慧，也相當易讀，一如黛安娜．韋恩．瓊斯本人，無論是她筆下的世界，或是解釋這個世界為何如此，在她做來都輕鬆自在。

本文是黛安娜・韋恩・瓊斯的文學及非小說作品《沉思》（Reflections）一書的序。

泰瑞・普萊契：致謝

好的。

那是一九八五年二月的某一天，在倫敦一間中國餐館。那是作者的第一次訪談——竟然有人想跟作者談話！（他剛寫下一本非常有趣的奇幻小說，叫《魔法的顏色》〔The Colour of Magic〕。）他的公關驚喜不已，替年輕的記者安排了這場午餐會。這位曾經當過記者的作者戴了一頂小小的黑色皮帽，不過卻有點不適合他——還不適合；記者也戴了一頂帽子。這頂灰帽有點像亨佛萊・鮑嘉在電影裡戴的那頂。不過，戴在記者頭上時看起來不像亨佛萊・鮑嘉，反而像是小孩戴著大人帽。記者發現，不論他多麼努力，都沒辦法成為一個適合戴帽子的人：不僅是帽子讓人發癢、會在時機不對時飛走，還有，他會忘記；他會把帽子留在餐廳裡。現在他已經很習慣在早上大約十一點時去各餐廳門口敲門，詢問他們是否撿到一頂帽子。但之後記者將不必再為帽子煩心，他會決定改買黑色皮夾克。

所以，這兩人共進午餐，訪問內容要刊在《太空旅行家》（Space Voyager）雜誌裡，旁邊搭一張作者照片。照片裡的他在「禁忌星球」書店瀏覽書架。但最重要的是，這兩人把彼此逗得開懷大笑，而且很喜歡對方思考事情的方式。

這位作者就是泰瑞・普萊契，那個記者就是我。我把帽子留在餐廳至今過了二十年；從泰瑞在心中找到那位適合戴上作者帽的暢銷作家，已過了十五年。

我們現在不太常碰面，因為我們住在不同大陸上。當我們來到對方生活的土地，時間則都用來替其他人簽書。上回我們一起吃飯，是在簽書會結束後，一起到明尼亞波利斯一家壽司吧。那天有吃到飽活動，師傅把壽司擺在小船上，用漂流的方式把壽司送到你面前。一會兒後，壽司師傅明顯覺得讓我們吃到飽太不公平、太虧，他放棄送來壽司船，拿出一座鰤魚斜塔交給我們，並且宣布說他要下班。

沒什麼改變，因為一切都變了。

有些事情我在一九八五年就了解：

泰瑞懂得很多。當一個人對某件事感興趣，他會到處去問、去聽、去讀，他就是那種性格。他很懂類型，他知道的夠多，他在那領域中熟門熟路——但他也很懂類型之外的東西，所以才這麼幽默風趣。

他聰明得不得了。

他悠遊自得。泰瑞是少數真心喜愛寫作的作家——不是享受寫完的感覺，或當作家的感覺，而是坐在那裡寫，對著螢幕編故事。我們剛認識時，他還在英國中央電力局當新聞處的官員。他每晚寫四千字——這是他唯一能一面保有正職還一面寫書的方式。一年後的某晚，他寫完了一本小說，但還差一百字。所以他拿了張紙放進打字機，為下本小說寫了一百字。

（他退休當全職作家那天打了電話給我。「我退休到現在才過半小時就已經開始討厭那些爛人了。」他開心地說。）

一九八五年還有另一件顯而易見的事。泰瑞是個科幻小說家，他腦袋運作的方式如下：他會有一股衝動，想把東西全拆開，然後用不同的方式組回去，看要怎樣才能使所有東西穩穩相嵌。這就是催生《碟型世界》的動力。不是「如果——」「要是——」甚至「如果這樣繼續的話——」。而是更細緻又更危險的「假如真的有……那會有什麼含意？那東西會怎樣運作？」

尼可斯（Nicholls）與克魯特（Clute）編的《科幻小說百科大全》（Encyclopedia of Science Fiction）裡有一張年代久遠的木刻版畫，畫的是一名男子將頭探到世界背後，越過了天空，看見驅動大宇宙機器運轉的各個零件。泰瑞．普萊契書裡的人物就是在做這件事——即使有時這麼做的是老鼠或小女孩。人會去學習。人會打開自己的腦袋。

我們發現彼此有著相似的幽默感，文化背景也很雷同；我們都讀了同樣晦澀難解的書，更開開心心介紹對方讀些鬼鬼怪怪的維多利亞時期參考文獻。

我們認識幾年後，泰瑞跟我在一九八八年合寫了一本書。一開始只是拿芮琪茉．克朗普頓[1]的《小威廉》來開玩笑，我們把這本詼諧之作稱為《反基督的威廉》（William the Antichrist）。但故事很快就脫離原本的想法，變成一大堆其他的東西。我們把此書命名為《好預兆》。這是一本很趣味的小說，講世界末日我們所有人的死法。和泰瑞一起工作讓我覺得自己像是中世紀公會的新手小工匠，亦步亦趨跟在大師身邊。他建構小說就有如偉大工匠建造大教堂的拱門，其中當然有藝術成分，但那是先完善竣工之後的事。過程中，更重要的是從建造出符合目標的作品中得到樂趣；我們要讓人去讀、去發笑——說不定還能讓他們去思考些什麼。

1 芮琪茉．克朗普頓（Richmal Crompton）：英國作家，生於一八九〇年，卒於一九六九年，以短篇小說和童書為人所知。描述小男孩威廉．布朗的《小威廉》（Just William）系列小說是她的代表作，從一九二二年出版第一本，持續發行到一九七〇年。曾多次改編為影視作品。

（我們合寫小說的方式是這樣的：我在深夜寫作，泰瑞則在早上；我們下午通電話，通話時間很長，我們要把自己寫出來最好的部分念給對方聽，討論接下來可能發生的劇情。最終目的是要讓對方哈哈大笑。我們來回寄送磁碟片。某晚，我們試著用數據機以每秒300/75的傳輸速率將部分文字從這臺電腦傳到另一臺，橫跨國境。就算那時已經有電子郵件這玩意兒，也沒人通知我們一下。無所謂，反正我們成功了。雖然用郵寄的還比較快。）

（不要妄想，我們沒有要寫續集。）

泰瑞長期以寫作為業，不斷磨練技術，默默地越寫越強。他眼前最大的問題是太優秀：他使優秀的作品看起來不費吹灰之力。大眾看不出技巧。可是，讓困難的特技看起來輕輕鬆鬆，是每個雜耍大師都會的技巧。

早期書評將他與已故的道格拉斯．亞當斯拿來比較。泰瑞依舊熱情澎湃地寫著，但道格拉斯卻極力避免寫書。現在，若要正式與多產的普萊契相比，可能只有P．G．伍德豪斯[2]了。但大多數報章雜誌和書評並未拿他跟別人比。泰瑞一直在一個大家看不到的地方；他有兩個不利因素：他寫好笑的書。在這世上，「好笑」就等於「不入流」。而且他寫奇幻——或更精確，他的故事背景設定在碟型世界，這個扁平的世界位於四頭大象的背上，大象站在某隻烏龜背上，在宇宙裡轉悠。這是一個泰瑞．普萊契能自由發揮的地方，從硬派罪案到吸血鬼政治諷刺再到童書。這些童書有著巨大影響力。畢竟泰瑞用他的吹笛人寓言《貓鼠奇譚》贏得了崇高的卡內基大獎。這個獎是由英國的圖書館館員頒發，就連報紙都得敬它三分。（儘管如此，報紙還是想到了報復的辦法。泰瑞在領獎致詞時提到奇幻小說真正的魔力，報紙誤解了他的意思，還開開心心曲解成他在抨擊J．K．羅琳及J．R．R．托爾金和奇幻類型。）

他最近的作品展現出不同的一面——如《碟形世界特警隊六：時空亂鬥》及《荒唐統治》（Monstrous Regiment），都較陰暗、深沉，更表現出他因人類對待彼此的方式而憤怒，也更因人與人之間的互助而感到驕傲。這些書依舊好笑，但是不再以笑鬧為主，是以故事與人為主。我們時常用諷刺作品指稱沒有任何真正人物的小說，基於這個理由，我不太喜歡將泰瑞稱為諷刺作家。他就是**作家**，世上已經有不少作家了。而我得在此重申，有很多人自稱作家，但兩者是完全不一樣的。

私下的泰瑞親切、有衝勁又風趣，而且非常實際。他喜歡寫作，喜歡寫小說。他能成為暢銷作者是件好事，這讓他想寫多少就寫多少。他是世界科幻大會的榮譽嘉賓——就許多方面而言，這大概是推想小說界頒給貢獻良多的人最好的榮譽獎章——他依然在寫。在座談會之間、在早餐前，他無處不寫。世界科幻大會上、所有DVD都看過的時候、因為天氣不佳無法去花園走走、電話故障了；其他作者會在這種狀況下靜靜度過一天，但泰瑞大概會繼續寫。在座談會、朗讀時、交際時，在傍晚喝下異國飲料時，他自然會盡到賓客的責任——但他同時也會持續寫作。

關於香蕉黛克瑞雞尾酒的事，他沒在開玩笑。雖然上回我們見面，是在他旅館房間裡一起喝冰酒、高談闊論。

我很高興看到他成為世界科幻大會的榮譽嘉賓。他值得這份榮耀。

---

2 P．G．伍德豪斯（P. G. Wodehouse）：生於一八八一年，卒於一九七五年，除了小說之外，也參與編劇工作，以幽默小說文類見長。

此為泰瑞・普萊契獲選二〇〇四年世界科幻大會（World Science Fiction Convention）榮譽嘉賓的賀詞。

談戴夫·麥金

我第一次見到戴夫·麥金時是二十六歲。我當時是個新聞記者，想創作漫畫；他當時二十三歲，在藝術大學念最後一年，想畫漫畫。我們在電話銷售公司的辦公室相遇，得知公司裡有幾個人要為一本新的漫畫選集出資，而且是很酷炫的那種漫畫，只用尚無經驗的新秀——那當然就是我們了。

我喜歡戴夫。他很安靜，留著鬍子，無疑是我遇過最有藝術天分的人。

那個被艾迪·坎貝爾[3]神神祕祕稱為「十字路口的人」的仁兄，其實大家都知道是保羅·格拉維特[4]，他半推半就地在他的《逃亡雜誌》廣告這本新的漫畫。他親自來看，也喜歡戴夫畫的東西和我寫的文字。他問我們兩個願不願意合作。

我們沒問題。我們非常想合作。

我們後來發現了為什麼那本漫畫只想找沒經驗的新人：因為沒人想跟編輯合作，他也沒錢出版，而且這還只是黑歷史的一部分而已……

儘管如此，我們還是替保羅·格拉維特推出一本圖像小說。書名叫《暴力案件》（Violent Cases）。

---

3 艾迪·坎貝爾（Eddie Campbell），蘇格蘭漫畫作家，現居澳洲。最知名的作品為與艾倫·摩爾合作的《開膛手》。

4 保羅·格拉維特（Paul Gravett）。記者，作家，《逃亡雜誌》（Escape）創辦人。

我們變成朋友，帶著同樣的熱情，樂於把新東西介紹給對方。（我介紹史蒂芬・桑坦，他介紹楊・斯凡克梅耶[5]；他告訴我康倫・南卡洛[6]，我則提出約翰・凱爾[7]。如此這般。）我後來見到他女友克萊兒。她會拉小提琴，並正在思考大學畢業後也許不當手足科醫師。

DC漫畫的人來英國發掘新秀。戴夫和我到他們旅館的房間接受面試。當我們走出旅館，大衛說，「他們不是真的想要我們替他們做事，」他說道：「他們大概只是很客氣。」

但我們替《黑蘭花》（Black Orchid）製作大綱，然後交給他們，也給了一些圖讓他們帶回紐約。非常客氣。

那都是十五年前的事了。期間，戴夫和我推出《黑蘭花》、《噪音訊號》（Signal to Noise）、《潘趣先生》（Mr. Punch）和《那天，我用爸爸換了兩條金魚》。戴夫替強納森・卡羅爾、伊恩・辛克萊、約翰・凱爾做書封和內頁插畫，更替上百樂團繪製專輯封面。

我們講電話的方式是這樣：我們談天，談到一個沒完沒了，談到沒有東西好談，準備掛電話……然後先打電話的人突然想起一開始打電話的原因，我們又開始講。

戴夫・麥金依舊蓄鬍。他會在週一晚上打羽毛球；他有兩個孩子，分別是悠蘭達和連恩。他和兩個孩子及克萊兒（她教小提琴、照料戴夫的生活、從沒有當手足科醫師）住在肯特鄉間一幢啤酒花烘乾室改建成的美麗房子。

我在英國的時候去他們那兒小住，睡在一間格局很圓的房裡。

戴夫很友善，彬彬有禮。他知道自己喜歡什麼、不喜歡什麼，而且都會讓你知道。他的幽默感溫和友善，他喜歡墨西哥菜，他不吃壽司，但有幾次會坐在日式餐廳裡喝茶啃雞肉，開開我玩笑。

若要去他的工作室，你會走過一座臨時搭建的木橋，底下的池塘滿是錦鯉。某次我在《奇異時代》（Fortean Times）雜誌（還是《世界新聞週報》呢？）讀到一篇文章說錦鯉會爆炸，我數次警告他這很危險，但他不聽。事實上他還嗤之以鼻。

我寫《睡魔》時，戴夫是最棒也最精明的評論者。他繪製、設計、構成《睡魔》的每一張封面。現在大家看到的封面就是他做的。

戴夫是優秀的藝術家和視覺設計師，他的優秀從未令我困擾，從來沒有。令我困擾的反而是他身為世界級琴師及編曲家的身分。還有，當我飽餐一頓、坐在他的乘客座上，然後看他在肯特的鄉間小路以驚人高速與驚人技術開著車——不過大多時候我眼睛都是閉的。而現在，他成了世界級的影視導演，也依舊能跟我一起創作漫畫（或說更好的漫畫）；他用優渥的廣告工作貼補自己的藝術創作（這些年來，他都沒有妥協），而他的廣告工作雖然只是廣告，依舊處處可見他的機智、誠心與美感……老實說，這就困擾我了。這麼多才華集中在一個人身上似乎不太對勁。而且，我很確定他之所以還活得好好的，是因為他謙虛、通情達理又親切，才沒有人出來「處理一下」。如果是我，我大概早就被幹掉了。

他喜歡好酒，也喜歡巧克力。有一年聖誕節，我跟太太送了戴夫和克萊兒一整籃巧克力。有巧克

---

5 楊・斯凡克梅耶（Jan Svankmajer），捷克電影導演，他製作的動畫與電影多為超現實主義。
6 康倫・南卡洛（Conlon Nancarrow），作曲家。
7 約翰・凱爾（John Cale），英國威爾斯人，美國實驗搖滾樂團「地下絲絨」創始成員之一。

力糖，還有各種巧克力做的東西，巧克力酒，甚至是巧克力做成的杯子，可以用來喝裡面的酒。籃子裡還有巧克力松露和比利時巧克力，這可不是個小籃。我要告訴各位，那籃子裡面可是裝了六個月份的巧克力。

結果籃子到新年就空了。

現在他在英國，我在美國。十年過去，我還是很想念所有朋友，也想念他。只要有能跟戴夫合作的機會，我都會點頭。

最近，《第十四道門》發行。我訝異地發現，那些只看過戴夫數位媒體作品的人因他繪圖筆觸之優雅，感到驚訝不已。我覺得這很有意思。他們不知道他這麼能畫，又或者，他們忘了他會畫畫。

戴夫樹立了某種風格。他有些風格很好辨識。藝術指導會拿戴夫・麥金的作品給年輕藝術家當範例，要他們去做。那往往會是某種特定的風格，可能是他當時為了解決某些問題想出來，又或是做為一個藝術家，他在某處待了一陣子，但後來覺得那不是他想待的地方，又去到別處。

（有一次，我想到阿爾欽博托[8]，還有喬許・柯比[9]以前替希區考克平裝本繪製的封面，而《睡魔：短暫的生命》的封面也可以那樣：一張由許多臉孔組合而成的臉。所以我就提出建議。此時戴夫還沒有電腦，他辛辛苦苦拍照，畫出一個用很多小臉組合而成的頭。藝術指導曾多次請他做相似的封面，其他藝術家也是。我不禁納悶他們知不知道這個靈感來自何處。）

常有人問我最喜歡跟哪位藝術家合作。畢竟我跟眾多世界級的藝術家合作過，他們無庸置疑都是世界級的。當大家問我最喜愛誰，我便回答戴夫・麥金。人們會再問我原因，我就說，因為他總讓我驚豔。

他向來如此。打從我們第一次合作，他就令我驚嘆連連。我們最近合作的是一本全年齡的圖像小說《牆壁裡的狼》。兩週前，我看了他替這本書繪製的插圖。他結合人像、搞笑可怕但細緻的野狼線稿和各種物品的照片（果醬、低音號等），再一次創造令我出乎意料的東西。這跟我腦中預設的完全不一樣，但比我想像力所及更好、更美，也更有力。

我不覺得有什麼事是這位藝術家——戴夫・麥金——辦不到的。（當然有他不想做的事，但這不一樣。）

十六年後，有些藝術家也許已經很滿意自己的成就（而戴夫的「成就」已經塞滿架子，包含世界奇幻獎最佳藝術家的榮譽）。但很少有藝術家能像他，還跟當年那個青年一樣精力充沛、熱情洋溢，不斷找尋做好藝術正確的方式。

本文為世界奇幻大會（World Fantasy Convention）二〇〇二年的節目手冊撰寫之文章。戴夫・麥金為該次貴賓。

8 阿爾欽博托（Arcimboldo），文藝復興時期義大利肖像畫家。
9 喬許・柯比（Josh Kirby），生於利物浦，廣告業畫家。是早期《碟型世界》的繪者。

如何閱讀吉恩・沃爾夫

看看吉恩：他的笑容多誠摯[10]、眼神靈活淘氣、鬍子讓人安心；你聽他的笑聲——但不要被騙了，他手上握有所有牌卡，共有五張王牌，袖子裡還有更多張。

某次我念了一則發生在十九年前，令人難以理解的謀殺案相關記錄給他聽。「喔，」他說：「很明顯呀。」然後立刻對這起凶案及警方無法解釋的線索提出簡單而且可能性非常高的解釋。他有顆工程師的腦袋，能把事情拆開來檢視它如何運作，然後再把所有零件組回去。

我認識吉恩快要二十五年。（我現在才發現這件事，而且驚覺第一次在英國伯明罕見到吉恩和蘿絲瑪莉時只有二十二歲；我現在都四十六歲了。）因為認識了吉恩・沃爾夫，使我過去二十五年的生命更精采豐富，也更有趣。因為我要是沒有認識他，人生大概會慘白無趣。

在我認識吉恩・沃爾夫之前，我認為他智識過人、偉大、冷酷嚴肅；他創作類型書籍和故事，但並不限於此。他擁有冒險性格，時常前去還沒有地圖領航的領域，然後把地圖帶回來。假使他說：「這裡有龍。」——我告訴你，那裡鐵定真的有龍。

這一切當然都是真的。這一切的真實性可能比我二十五年前認識、後來漸漸熟稔的那個沃爾夫更真：他有禮誠懇、知識豐富；他熱愛言之有物的談話，他博學多聞、消息靈通；他淘氣、有幽默感；他擁有能感染大家的笑聲。

我沒辦法告訴你要怎樣見到吉恩・沃爾夫，但我可以建議你幾個閱讀他作品的方式。這些小技巧非常有用。就像是，如果你要在冷天開長途車，我會建議你帶條毯子、手電筒和一點糖果。而且這些都是你不該輕忽的建議。我希望它們多少會對你有點用處。建議共有九項。九是個好數字。

如何閱讀吉恩・沃爾夫：

一、完全信任文本。答案永遠會在那裡。

二、不要「過度」信任文本。信任你能理解的那部分就好。這有些不好掌握，因此也許隨時會超出你的控制。

三、要重讀。第二次讀永遠都會比較好，第三次會更好。總之，當你離開它一會兒，它會巧妙地變個模樣。我第一次讀《和平》（Peace）時，覺得這書真是一本溫和的中西部回憶錄。第二次及第三次讀時，它才搖身一變成為恐怖小說。

四、書裡有狼，藏在文字後方伺機而動。牠們偶爾會現身在頁面，偶爾等到你闔上書後才出來。迷迭香的芬芳香氣偶爾會遮去野狼帶有麝香的氣味。你必須了解，牠們跟現代的狼不一樣，不會低調隱蔽地成群穿越無人之地。牠們是古老、壯碩且獨立的冰原狼，能堅守自己的領域，並對抗灰熊群。

五、閱讀吉恩・沃爾夫十分危險，彷彿擲飛刀表演。而就像所有好看的飛刀表演一樣，在過程中你可能會少了手指腳趾、耳垂或眼睛。

但吉恩不介意。因為他是丟飛刀的人。

---

10 應為Gene與Genial的相似發音。

六、舒舒服服地看書。倒壺茶。掛上「請勿打擾」的牌子。從第一頁開始看起。

七、聰明的作家有兩種。一種會說自己有多聰明，另一種不覺得有必要提。吉恩・沃爾夫是第二種，他覺得聰不聰明跟故事比起來沒那麼重要。他不是要用他的聰明來讓你覺得自己好笨，而是要讓你也變聰明。

八、他彷彿身歷其境。他看著事情發生。他知道他們那晚在鏡中倒影看見了誰。

九、敞開心胸學習。

本文為二〇〇二年的世界恐怖大會（The World Horror Convention）場刊撰寫。我和吉恩都是那場大會的貴賓。

追憶道格拉斯・亞當斯

一九八三年快結束時，我見到了道格拉斯・亞當斯。《閣樓》雜誌一直找我訪問他。我以為自己會見到一位精明睿智、ＢＢＣ風格、說起話就像《銀河便車指南》的仁兄。在他位於伊斯陵頓的公寓門口，我見到的卻是一位高大男子，臉上掛著大大微笑，大鼻子微歪，有點笨拙、有點不受控。儘管他體型高大，卻一副還可以繼續長的模樣。他剛結束在好萊塢的悲慘時光，回到英國——而且為此高興不已；他親切風趣，而且健談。他給我看他的寶貝：他很熱中電腦。當時電腦這東西還很稀有。他熱愛吉他和巨大蠟筆氣球。他在美國發現那玩意，並且花了一大筆錢運回來——然後發現伊斯陵頓就能買到，而且相當便宜。他有點笨手笨腳，後退時會撞到東西或絆倒，或是突然坐到某個東西，然後把它弄壞。

我是在道格拉斯過世當天早上從網路上知道消息的。當時是二〇〇一年五月（一九八三年還沒有網路）。那時有個記者電訪我（記者人在香港），結果螢幕突然跳出道格拉斯・亞當斯的死訊。我嗤之以鼻，對這鬼話不以為意（兩天前，路・瑞德參加《週六夜現場》，總算終結了網路上謠傳他過世的消息）。然後我點開連結，發現自己瞪著ＢＢＣ的新聞網頁，看到道格拉斯的的確確是死了。

「你還好嗎？」那個在香港的記者說。

「道格拉斯・亞當斯死了。」我說，震驚到不行。

「噢，對呀，」他說。「新聞報了一整天。你認識他嗎？」

「認識。」我說。然後我們繼續訪問，我不知道自己還說了什麼。幾星期後，記者又連絡我，提及我得知道格拉斯的死訊後，說的內容亂七八糟，或至少錄音帶錄到的都不能用。他問我是否介意再做一次訪問。

道格拉斯是個親切和善的人。他條理清楚，又樂於助人。一九八六年，在我撰寫《別慌》時[11]，我發現自己似乎太常打擾他的生活。我會去他辦公室角落坐著，翻找舊檔案櫃，抽出一份又一份的《銀河便車指南》草稿，現在已被遺忘的喜劇草稿、《超時空博士》劇本，還有一些剪報。他永遠都樂意回答我的問題，並做出解釋；他幫我跟數十位我必須找到並訪問的人牽線，如喬佛瑞·柏金斯和約翰·洛伊德[12]。他喜歡已經有結局的書（他好像這麼說過）。這也挺有幫助的。

（我突然想到那時的回憶：我坐在道格拉斯的辦公室，一邊喝茶，一邊等他講完電話，這樣才能再多訪一點。他喜歡講電話，喜歡談他替「喜劇救援」組織〔Comic Relief〕做的案子。當他掛上電話，他會向我道歉，然後解釋一下為什麼他非得接那通電話不可——因為那是約翰·克里斯[13]。他會這樣講，就表示能提到這個人讓他很開心：約翰·克里斯剛剛打電話給他，他們就像成熟大人一樣進行了很專業的談話。道格拉斯那時至少認識克里斯九年了，但那天這通電話讓他開心不已，而且希望我也知道這件事。道格拉斯心中一定有偶像的存在。）

道格拉斯是獨一無二的。當然，我們也都是獨一無二。但我們環肥燕瘦、樣貌各異，世上卻只有一個道格拉斯·亞當斯。在我遇見的人中，沒有誰能把「不寫」（Not Writing）提升到藝術的形式；除他之外，沒有誰能夠同時開心又驕傲地經歷那些悲慘的過程；沒有誰擁有那友善的笑容和歪鼻子，也沒有人有那樣靦覥的氛圍，像個保護力場一樣環繞著他。

道格拉斯過世後，我接受很多訪問，要我談談他。我說，就我看來，他雖然生前是暢銷全球的小說家，寫下的書在二十五年後更成為經典，但他從來都不算是真的小說家。寫小說是他在往後退時不小心撞到、碰到，或不小心坐到然後弄壞的東西。

我想，或許我們連能夠精確形容道格拉斯的詞語都找不著。未來學家？釋道者？其他？未來某天，大家會知道，世上最重要的工作就是解釋世界運作的祕密，而且要用一個讓大家難以忘懷的方式。他能輕鬆地向類比世代的族群解釋，所謂「走向數位化」是什麼意思，也能用戲劇的方式呈現出瀕臨絕種生物的苦難（就算不輕鬆，至少也夠精采。道格拉斯做的事絕對都相當不簡單）。不管是否實際，他的夢與想法永遠都巨大得像一顆星球。他繼續向前走，帶著我們與他一同前行。

這本書描述的種種，是在夢想中耕耘的人經歷的一切。

本文是我替M・J・辛普森（M. J. Simpson）於二〇〇五年出版的《搭便車：道格拉斯・亞當斯傳記》（Hitchhiker: A Biography of Douglas Adams）一書所寫的序。

11《別慌》（Don't Panic）是《銀河便車指南》的官方正式介紹書，於一九八八年出版。書名出自《銀河便車指南》裡的名言。

12 喬佛瑞・柏金斯（Geoffrey Perkins）曾是《銀河便車指南》廣播劇的製作人，而約翰・洛伊德（John Lloyd）則撰寫過《銀河便車指南》廣播劇的劇本。

13 約翰・克里斯（John Cleese）生於一九三九年，是英國知名的製作人、編劇及演員，縱橫電視與電影圈。

哈蘭・艾里森：《向世界中心呼喊愛的野獸》

我從小就看哈蘭・艾里森的作品。我認識他很久——認識他妻子蘇珊也很久了——雖然不是故意的。我們在一九八五年格拉斯哥一場大會上認識，他也在同一個場子上，追求他的另一半。

我替《太空旅行家》訪問他。之前兩年，我都替這本雜誌寫稿，直到訪問前，這家雜誌感覺都挺健全的，但是等到收錄哈蘭・艾里森專訪的這期送印……雜誌社卻突然喊停。雜誌印了一半，編輯被開除。於是我拿著這篇專訪去找了另一本雜誌的編輯，他付錢買了這篇專訪……隔天他遭到開除。

我當時認為寫哈蘭的文章似乎不太安全，於是把專訪歸檔收好，覺得大概會一直放到世界末日。我無法再替編輯被開除的事負責，也不能替關門大吉的雜誌負責。

你在這世上是找不到第二個哈蘭的。在我之前就有一些更聰明、更有能力的人發現這點。真的，但這不是重點。

我時不時會想到，哈蘭・艾里森開創的是格曾・博格勒姆[14]那種程度的表演藝術——宏偉巨大、歷久不衰。這整個現象就叫做「哈蘭・艾里森」：蘊含奇聞軼事、故事、敵手、表演、朋友、文章、意見、謠言、爆炸、寶藏、反響與徹底的謊言。人們會談論哈蘭・艾里森，會書寫哈蘭・艾里森；如果把他綁在木樁上點火燒死不會惹上麻煩，人們大概真會這麼做。如果不是他的某些話語使人覺得自己渺小又愚蠢，大概會有不少人臣服在他腳下敬拜他。人們會學哈蘭說故事，有些故事是真的，有些不是；有些要算在他頭上，有些不是……

這也不是重點。

我十歲時講話口齒不清，被送去上演說老師韋伯斯特的課。在接下來六年，她教我許多戲劇演出和公開演講的技巧，差不多第一年就治好了我的口齒不清。她有名字的，但我現在忘了。她非常厲害，是一位矮矮胖胖、滿頭白髮的戲劇圈女同志（根據她學生的猜測）；她抽黑色小雪茄，身邊總是圍繞著一群友善卻蠢蠢的蘇格蘭犬；她非常豐滿，常靠在桌上看著我讀繞口令以及她要我表演的戲劇作品。韋伯斯特小姐大概在十五年前離世。幾年前，她以前的學生在一個派對上告訴我這件事。

只有少數人給我的那些「為我好」建議我會聽進去，她是其中一人。（其實這票人挺多的——現在想想，也包含了哈蘭——他們給我的「為我好」建議多半合理，但我基於某種原因完全忽略。）

總之，我當時大概是十四歲。某天，當我以特別有想像力的方式詮釋卡利班[15]後，韋伯斯特小姐往椅子一靠，點燃一根小雪茄，揮了揮手說：「尼爾，親愛的。有件事你要知道，聽好了：如果想當個怪咖，就要先知道你的圈子在哪裡。」

就這麼一次——我好好地把這話聽進去，也聽懂了。熟知規則後，你想怎麼亂搞就怎麼亂搞。一旦你知道該如何畫畫，你也可以成為畢卡索。你可以照自己的方式去做，但首先，你要知道他們用的是什麼方法。

---

14 格曾・博格勒姆（Gutzon Borglum）：生於一八六七年，卒於一九四一年。為美國藝術家、雕刻家。最富盛名的作品之一便是在南達科他州的拉什莫爾山上雕刻的四位美國總統。

15 卡利班（Caliban）：出自莎劇《暴風雨》，是一個畸形怪物。

我與哈蘭・艾里森有某種私人連結，而且比我真正認識他的時間更久。這是當一個作家最可怕的事。因為你是編故事的人，你會寫下許多事情，你的工作就是這個。但是，人們讀了你的東西後會受到影響，或在搭火車的途中影響力漸漸消失，但不管怎樣，最後他都會被作者感動、改變或得到安慰；不管過程有多怪，閱讀是一種單向溝通。雖然故事並非為此而寫，但這不是謊話，也真的發生了。

我十一歲時，父親給了我兩本卡爾・沃漢（Carr Wollheim）的《最佳科幻》（Best SF）選集，我讀了〈無聲狂嘯〉，因此認識了哈蘭。在接下來幾年，我買了我能找到他的所有作品。那些書現在大多還在。

我二十一歲，碰上我這輩子最慘的一天。（就當時那個年紀而言算很慘了。雖然在那之後還有兩次很慘的日子。但那天比後來的兩天糟很多。）在機場，我沒有什麼東西好讀，只有《破碎日》（Shatterday）。所以我買了，然後搭上飛機，在飛越大西洋的時候看。（那天有多慘呢？慘到當飛機輕輕降落在希斯洛機場時，我竟因為它沒有冒出火花、燒起熊熊大火而有點失望。就是這麼慘。）

在飛機上，我讀著《破碎日》。這是一本選集，收錄了許多超厲害的故事——還有導讀。書中說的是作家與故事之間的關係。哈蘭用〈數著報時的鐘〉（Count the Clock That Tells the Time）告訴我什麼叫浪費時間，我心中想，幹，這樣我搞不好也能當作家。他也說耽溺痛苦只要超過十二分鐘，就叫做任性。他的文字把我從麻木狀態抽出，效果比什麼都好。當我回到家，被痛苦、恐懼、哀痛與罪惡壓著，思考著自己究竟算不算作家。真該死。於是我開始寫，迄今未停筆。

《破碎日》或多或少造就了今日的我。艾里森，這是你的錯。而這依舊不是重點。結論：《向世界中心呼喊愛的野獸》，我在此歡迎你加入。

我手上的版本是一九七九年的潘恩書屋英國版。在這本平裝版的封面上，「血」（Blood）這個角色看起來像隻紫色家貓；他後面的維克（Vic）顯然是個四十歲的幼稚鬼——而且我認為他是用單腳跳著走路[16]。儘管如此，哈蘭多數作品的英國版封面都有太空船，所以我也沒什麼好抱怨。封底說哈蘭是「科幻小說新浪潮大預言家。」並且註明說這話的是《紐約客》。

現在要來定義一下了。這主要是為了一九七〇年以後出生的人。十五年來，「新浪潮」一詞大概就跟「賽博龐克」（cyberpunk）一樣沒啥貢獻。這詞用來描述一群六〇年代後期的作家，他們大致以摩考克時期的《新世界雜誌》（New Worlds）及《危險幻覺》（Dangerous Visions）選集（編輯和這本選集相同）為中心，但不限於此。（如果你想知道更多資訊，可以去找克魯特與尼可斯合編的《科幻小說百科大全》，查詢「新浪潮」〔New Wave〕的條目。）

也許哈蘭是「科幻小說新浪潮大預言家」，但他最重要的預言（也就是本書的前言）似乎也指出：根本沒有這種東西。只不過是有一群作家中有些人想挑戰極限。

我從來不覺得「新浪潮」是什麼跟其他類別有多不一樣的現象。它有可讀性，即使偶爾會令人無法理解，依舊是好讀的好東西。我讀這本書的感覺就跟讀所有成人小說一樣；我把它當作一扇窗，通向一個我還沒有完全了解的世界：我發現史賓拉德（Spinrad）的《巴格・傑克・拜倫》（Bug Jack Barron）非常有趣，我看了摩考克的〈癌症解藥〉（A Cure for Cancer），覺得上癮又很特別。巴拉

16 這個短篇名為〈男孩與狗〉，描述名為維克的男孩跟能夠心電感應、名叫「血」的小狗在經歷核戰的地球努力生存。曾改編為電影。

德[17]有些遙遠，有些詭異，讓我覺得那些故事像是透過遠方機場的廣播系統述說。德雷尼讓我知道文字能夠多麼優美；齊拉尼則創造諸多神話。假如他們就是「新浪潮」，那麼我喜歡。但我當時什麼都喜歡。（「蓋曼，這個就是你的問題了，」哈蘭說。最近他說要把我喜歡的一個作者伴著聖餐拿去獻祭。我有點怨他。「你誰都喜歡。」大多時候這是事實沒錯。）

不過我有一點不同意。

小說是時代的產物。當時代改變，我們對小說的看法也會改變。想想雷根時期的〈聖誕老人大戰S.P.I.D.E.R.〉[18]，裡面寫到雷根最後的微笑「彷彿重獲童年純真，或某種他早已失去的特質。」太可怕了，因為哈蘭從未打算用這種方式描寫一位頭髮梳得恨天高的加州州長[19]。但再過幾年，雷根和他的微笑會失去意義。他的重要性會消失，變成讀者眼中一個屬於過去的名字，一個怪怪的、很有歷史感的名字（我年紀夠老，所以才理解史匹洛・安格紐[20]的哏哪裡好笑）。也因為這樣，科幻新浪潮的代表人物、特質和原因漸漸遁入黑暗。詹姆斯・布朗奇・卡貝爾在他的兩本書中替跟他同時期的名人做註，之前看來（或許有部分）相當諷刺——畢竟，當時誰會花時間解釋約翰・葛里遜[21]、約翰・梅傑[22]還有霍華・史登[23]是誰？但卡貝爾那諷刺的註腳現在卻成了有用的資訊。時間過去，我們會遺忘。一九二五年的暢銷小說是A・漢密爾頓・吉布斯（A. Hamilton Gibbs）寫的《聲音》（Soundings）。什麼？你不知道是誰？不過〈聖誕老人〉這篇依舊歷久不衰，而且，凡是需要解構B級電影的間諜劇情，凡有不公不義存在，這套就依然有效。

書裡其他故事也一樣（雖然這依舊不是重點）。在這本選集裡，唯一令人覺得過時的是前言。哈蘭欣賞吉米・罕醉克斯，說皮爾斯・安東尼[24]是非主流作家。但誰管這個？反正沒人會讀序——承認吧，你把這篇隨便看過去，對不對？

哈蘭的生平軼事，他的故事與傳奇（絕大多數、或多或少八九不離十），以及所有格曾．鮑格勒姆的作品（我應該要替雕刻總統頭像的格曾做個註才對），都會和史匹洛．安格紐、A．漢密爾頓．吉布斯、霍華．史登一起被遺忘。

但故事會在。故事依舊會在。

「要想當個怪咖，」十五年前過世的韋伯斯特老師說。她的聲音在我腦中響起，語調鎮定，朗聲說出，「要先知道你的圈子在哪裡。」在你打破規則之前，先去了解規則；先學如何畫畫，再打破畫畫的規則；先學如何寫故事，然後將前所未見的東西拿給所有人看。

17 英國作家J．G．巴拉德（J. G. Ballard）出生於上海。自傳小說《太陽帝國》曾改編為同名電影，於一九八七年上映。

18〈聖誕老人大戰S.P.I.D.E.R.〉（Santa Claus vs. S.P.I.D.E.R.）這個短篇描述在精神病院裡所爆發的槍擊事件，角色囊括美國政治人物，包含前雷根總統。聖誕老人是情報特務，而S.P.I.D.E.R.是個外星組織，故事裡雖有人推測spider縮寫所代表的含意，但作者似乎沒有加以解釋。

19 前美國總統雷根曾在一九六七年至一九七五年期間擔任兩屆加州州長。

20 史匹洛．安格紐（Spiro Agnew）曾於一九六九年至一九七三年擔任美國副總統，當時的總統為尼克森。

21 作者注：以法律為基礎的懸疑刺激小說作者，在一九九〇年代初期廣受歡迎。

22 作者注：英國議會保守黨成員。在一九九一年接替柴契爾夫人成為英國首相。

23 作者注：其實我不太確定。我想他是做廣播的。

24 皮爾斯．安東尼（Piers Anthony）生於一九三四年，在英國成長，後來移居美國。作品類型以奇幻與科幻為主，皮爾斯．安東尼為其筆名。多本作品被視為相關類型的經典之作。

這就是這些故事的目的。有些相當巧妙，有的爆出火花、發光閃耀；有的帶著傷口，嚎叫不已，有的則不是這樣。但無論在哪個故事，你都能看到哈蘭不斷實驗，不斷嘗試新東西、新技巧、新語氣；他後來再次將技巧和語氣打磨調整，呈現出令人滿意的《死鳥故事集》（Deathbird Stories）。在此書中，他檢視我們信仰的那些神話；他也將調整後的技巧和語調放入《破碎日》，在其中細細拆解作者與故事之間相殺相殘的關係；還有《憤怒糖果》（Angry Candy）中苦澀的輓歌。

他知道他的圈子在哪裡；而且敢走到圈子外面。

替哈蘭寫序很怪，而且很可怕。我從書架上拿下一本本我不斷翻閱、而且小心珍藏的破舊平裝本，看著那一本本書，背後有哈蘭的照片，也許配根菸斗或打字機，我不禁好奇他看起來怎麼這麼年輕（如果說他是我看過最年輕的六十歲人，那就有點扯了——這種說法太過，好像暗示我懷疑他身體機能是否正常，還有沒有辦法分得清麻將上的牌花。但是，多數人到了二十多歲就已消磨殆盡的「驚奇感」，在他身上還是找得到。他過人的精力常常讓我想到我八歲的女兒荷莉——或是一顆幽默感驚人但會致人於死的炸彈。不僅如此，他仍保有信念，以及堅持信念的勇氣）。於是我開始了解我身邊都圍繞的是怎樣的人。我重讀史蒂芬·金為《跟蹤噩夢》（Stalking the Nightmare）所寫的序，那些我猶豫著想說的重點，史蒂芬都一一點出。這跟哈蘭的個性無關，也跟那些哈蘭的傳說或他這個人無關；不是因為我要將世界奇幻大會終身成就獎頒給他，而感到莫名榮幸，也不是與會者聽他發表謙卑且親切的得獎感言時一臉震驚。（我是睜眼說瞎話。他不謙卑也不親切，不過倒是非常幽默，大家都聽得目瞪口呆。）

其實這一切都是關於堆滿架子的書、一疊疊的故事。他的作品歷久彌新——這次我沒有偏離重點；事實上，這就是重點。

哈蘭持續以精湛的功力、熱情與爆發力去寫作。我希望各位多注意他收錄在一九九三《最佳美國短篇故事集》（Best American Short Stories）的〈划船將哥倫布帶上岸的人〉（The Man Who Rowed Christopher Columbus Ashore）。這個作品就跟「新浪潮」以外的作品一樣具實驗性，而且非常成功。他知道自己的圈子在哪兒，而且願意到圈子外頭去探險。

接下來還有十二個故事。

這些故事絕對不該被遺忘。各位之中，應該有人是第一次讀這些故事。準備好，你們就要跟著一位能力卓越的領導者離開圈子了。

我羨慕各位。

本文是我替哈蘭·艾里森的《向世界中心呼喊愛的野獸》（The Beast That Shouted Love at the Heart of the World）一九九四年由疆界出版社發行的版本所寫的序。

（敲鑼打鼓）聲援哈蘭・艾里森

先生？您是說哈蘭・艾里森嗎？願主保佑您。我當然記得哈蘭・艾里森啊。要不是哈蘭・艾里森，我想我大概早就不做這行了吧。

我第一次遇到哈蘭・艾里森是在一九二七年，在巴黎。葛楚德・斯坦[25]在她辦的一場派對上介紹我們認識。「你們兩個小夥子應該能處得來。」她說。「哈蘭是個作家。雖然不像我一樣是個出名的作家，但我聽說他也會編故事。」

哈蘭與她四目相交，開誠布公地把他對她的作品有何看法都說出來。這花了他十五分鐘，從頭到尾沒有重複一個字。等他說完，屋裡響起一陣熱烈掌聲，葛蒂要愛麗絲・B・托克勒斯[26]把我們轟出去，而屋外正在下大雨。我們在巴黎跌跌撞撞，手中抓著兩條溼答答的長棍麵包，還有半瓶味道普通的波爾多葡萄酒。

「去年那些雪呢？」我問哈蘭。

他從衣服裡的口袋掏出一張地圖拿給我看。

「我永遠都猜不到雪最後去了那兒。」我對他說。

「沒人猜得到。」他說。

哈蘭無所不知，也包含這種事。他比獅子更勇猛，比貓頭鷹更有智慧；他教過我一招三張牌戲法，並且說，假使我哪天運氣奇背，這招保證讓我賺錢。

之後我再看到哈蘭・艾里森是在一九三二。在倫敦，我在音樂廳工作。當時的音樂廳生意依舊好，儘管已大不如前。我在某齣讀心術表演中打個小零工，甚至不在節目單上——表演者可是月亮先生與他偉大的虎皮鸚鵡啊——但我只是個小角色。就這樣，一直到哈蘭・艾里森出現。他在哈克尼帝國劇院（Hackney Empire）發現我，看我在那邊白費功夫，想靠直覺猜出那個倡導禁酒的傢伙手上的十先令序號。「小鬼，別搞這荒唐的讀心術了，跟我來，」他說：「你這手天生就是要打鼓，而我呢，需要一個鼓手。咱們可以聯手打天下。」

我們去古爾、斯托克波吉斯、阿克林頓和波恩茅斯；也去了伊斯特本、南海城、朋占斯和托基。我們表演的是文學：在濱海區，用戲劇演出的方式說故事，讓那些舔著冰淇淋的群眾被娛樂得大為感動；我們讓他們從穿著大寬褲的小丑和康康舞女郎身邊走開，也遠離街頭藝人和攝影師的猴子。

不管我們去到何處，都是當期熱門秀。我會敲鑼打鼓地把群眾聚集起來，哈蘭會走上臺，對大家說他的故事——有一個是消逝時間的聖騎士[27]，另一個則是關於划船載著克里斯多福・哥倫布上岸的人[28]。然後，我會把帽子傳下去給觀眾，或直接從目瞪口呆的遊客手中把錢接過來。當哈蘭說完，他們往往會呆呆地站在那裡，嘴巴張得老大，直到表演者換成木偶戲，他們才大夢初醒又困惑不解地轉

---

25 葛楚德・斯坦（Gertrude Stein），美國作家、詩人。喜愛社交，她的沙龍吸引許多知名人士。

26 愛麗絲・B・托克勒斯（Alice B. Toklas），前衛派人士，葛楚德・斯坦密友兼伴侶。

27 哈蘭・艾里森的這篇小說同時也由他編寫為美國電視影集《陰陽魔界》其中一集的劇情。小說和劇本分別在一九八六年、一九八七年獲得雨果獎及美國編劇工會獎項。

28 此為哈蘭・艾里森在一九九二年發表的短篇故事。

去賣螺肉的攤子。

某晚，在黑潭一家賣炸魚薯條的店裡，哈蘭坦白把他的計畫告訴我。「我要去美國，」他說。「那裡的人一定會欣賞我。」

「可是哈蘭，」我告訴他。「我們在濱海區表演，這裡的事業這麼成功。你那個獨白段子——就是講那個沒有嘴巴但得發出尖叫的人——你表演完後帽子裡幾乎裝了三十枚先令吶！」

「美國，」哈蘭說：「那裡才是可以發揮長才的天地，尼爾。」

「那麼你得找別人跟你一起在美國做表演了，」我告訴他。「我要留下來。有什麼是你在斯克格內斯、馬蓋特或布萊頓找不到的？還得去美國？美國的人一個個匆匆忙忙，他們不會靜靜站在那裡等你說那些你編的故事。像你那個蹲苦牢但會讀心術的人的故事，鐵定要花快兩個鐘頭的時間。」

「那個，」哈蘭說，「是我計畫中最單純的部分。我沒打算各地巡迴，一鎮又一鎮；我要把故事寫下來，讓大家去讀。全美國的人都會讀我寫的故事——先是美國，然後全世界。」

我的表情一定看起來有點狐疑。因為他從我的盤子拿起一條爛爛的紅香腸，用來畫出一張美國地圖。桌子上伸出一根小小的箭頭，他用酸酸的番茄醬做顏料上色。

「況且，」哈蘭問。「我要去哪裡找真愛呢？」

「格拉斯哥嗎？」我大膽建議（因為我曾在格拉斯哥帝國劇院以靈能力者的身分「死過一次」。）但他顯然已經沒在聽了。

他吃掉我的爛紅香腸。我們回頭，走在黑潭的街上。等我們走到濱海區，我不斷敲著我的小鼓，聚集起一小批人，哈蘭繼續說故事給他們聽；說有個男人不小心撥了電話到自己家，結果他「自己」

接起了電話，然後接下來一週發生的事。

講完那則故事，帽子裡收到快五十先令。我們均分所得，哈蘭搭下一班去利物浦的火車——他覺得在那裡可以想辦法搭上蒸汽船，跟船上的人說故事。他有個故事，講的是一個男孩和他的狗[29]。他認為這個故事一定會大受歡迎。

我聽說他在新世界過得不錯。來，我們敬他一杯。我自己有時也在文學界耕耘，而且過往曾跟哈蘭．艾里森學東西的（快樂）回憶常會被勾起。從他那兒學來的招，我現在還在用。

總之，先生，這兒是三張牌，它們來來回回轉啊轉，沒人知道會在哪裡停下。您覺得今天手氣如何？覺得您能夠找到夢中情人嗎？

一九九九年舉辦了第十一屆科幻讀者大會（ReaderCon），我為活動場刊寫了這篇文章。內容純屬虛構。

29 哈蘭．艾里森在一九六九年發表一篇標題為〈男孩與狗〉的短篇小說，描述一個男孩及他具有心電感應力的狗，如何在歷經核戰浩劫之後的世界生存下來。同年又將故事加長修改、另外發表，之後又另外寫了兩篇故事，將這三篇收錄在同一本圖像小說。這則短篇小說也在一九七五年改編為電影。

談史蒂芬・金：《週日泰晤士報》撰稿

我剛開始工作時是記者，會去訪問一些作家。我現在沒做了，但我一點也不介意訪問史蒂芬・金。當時正在工作的凱西・蓋文打電話給我，問我願不願意替他們採訪史蒂芬・金。因緣際會，正巧我在佛羅里達寫書，而且離金住的地方不遠。我挪了一天的寫書空檔，駕車往西去。

前言

《週日泰晤士報》要我寫一篇撰稿人札記，談談金與我的瑣事，所以我寫了這段話：

青少年時期，我認為自己從史蒂芬・金身上學到最重要的事，就是來自於《死亡之舞》。他在書裡談他對恐怖與寫作的看法。他提到，假如你一天只寫三頁，約三百字，這樣一年下來就會寫完一本書。這個想法令人感到非常安心——如此巨大且看似不可能的事，突然之間竟變得簡單起來，實在奇妙。我已經是個成年人，當我沒有時間寫作，我就是用這個方法來寫書的。比方我的童書《第十四道門》就是這樣寫成。

這次與史蒂芬・金見面，最讓我印象深刻的是：他對自己在做的事從容自在。什麼該退休不寫了、在重複過去寫過的東西之前一定要停筆……這些話都不再說了。他喜歡寫作，最喜歡的事莫過寫作，而且他似乎根本無意停筆——除非被人用槍抵著要脅吧。

■

我第一次見史蒂芬・金是在一九九二。當時在波士頓，我坐在他旅館套房裡，見到他的妻子塔碧莎。聊天時叫她塔碧就可以了。此外還有他的兩個兒子，喬與歐文。他們那時都還是青少年。我們談論寫作、作家、書迷與名聲。

「假如我的生命能從頭來過，」金說：「我每件事的做法也不會改變，就連不好的部分也一樣。但我不會去拍那支美國運通卡的廣告，什麼『你認識我嗎？』拍完那支廣告後全美國都知道我長什麼樣了。」

他個子高䠷，有一頭深色的頭髮。喬和歐文看起來就像他年輕時的翻版，彷彿剛從複製人機器裡跳出來。

我再見史蒂芬・金是二〇〇二。他把我拉到臺上，跟「墊底滯銷」搖滾樂團（Rock Bottom Remainders）一起吹卡祖笛。這個樂團草草成軍，成員囊括各個會彈樂器和唱歌的作家。當時場上的作家譚恩美扮成SM女王，大唱南西・辛納屈的〈這雙靴子用來走路〉（These Boots Are Made for Walkin'）。之後，我們在劇院後頭的小洗手間裡聊天。只有在那裡，金才能偷偷抽菸。他那時看起來身體虛弱，一頭白髮，剛出院不久。先前他被一個開著小貨車的笨蛋撞到，接著又在醫院因為感染住了很久。他抱怨下樓時身體疼痛。我當時挺擔心他的。

現在十年過去，金從他佛羅里達的家走到停車位來迎接我，看起來氣色不錯。他再也不虛弱了。他現年六十四，看起來卻比十年前更年輕。

史蒂芬・金位於緬因州邦哥的家走的是哥德風，氣派又堂皇。雖然我從未造訪，但我知道他家長什麼樣。我在網路上看過照片，完全就是史蒂芬．金這樣的人居住和工作的地方。大門上還有鍛鐵蝙蝠和石像鬼。

史蒂芬．金在佛羅里達的房子則在一座島上，靠近沙拉索塔，在一塊狹長的海邊區域，跟一些很醜的豪宅並排（「那間是約翰．高帝[30]的房子，」我們經過一間有著白色高牆的巨大建築時，他說：「我們都說它是凶宅。」）金的房子很醜，甚至不能說醜得很可愛；房子是一條長長的水泥玻璃建築，彷彿一只巨大鞋盒。塔碧解釋說，這房子是建購物中心的人拿同一批材料蓋的，很像蘋果提出的那種速成豪宅概念，而且不漂亮。但你只要走進有整面玻璃落地窗的屋內，便能擁有絕佳的視野，可欣賞沙灘和海景，巨大的藍色金屬門彷彿不存在；花園的一角有星星可看，屋內擺放畫作和雕塑。最重要的是金的辦公室：裡面放了兩張書桌。一張是很棒的書桌，坐那兒可以欣賞風景；另一張普通的書桌擺著電腦，還有一張感覺很常坐的破舊椅子，背對窗戶。

那張就是金每天使用的書桌，也是他寫作的地方。他現在正在寫的是《忘憂地》，說的是一個遊樂園的連續殺人犯。房間窗戶底下有圍牆，防護嚴密；一隻龐大的蘇卡達象龜在那裡東聞西瞧，有如一塊會動的巨無霸岩石。

早在我認識史蒂芬．金「本人」之前，我初次在東克羅伊登車站與他邂逅。那大約是一九七五年的事了。我那年十四歲，在那兒挑了一本書封全黑的書，書名叫《撒冷地》。那是金的第二本小說；我錯過了他的第一本小書《魔女嘉莉》，這本說的是一個有超能力的少女。我熬夜看完《撒冷地》，很喜歡這種狄更斯式風格。書中描寫因吸血鬼的到來而遭破壞的美國小鎮。這不是那種正統的吸血鬼，比較像《吸血鬼德古拉》加《冷暖人間》[31]。看完之後，每次只要金的作品一出版，我就會買。

有些書很棒，有些普通。但沒關係，我相信他。

《魔女嘉莉》是金一度動筆卻又放棄的書，而且是塔碧．金從字紙簍裡將稿子撿起、讀過再鼓勵他完成的。他們當時很窮。後來金賣出《魔女嘉莉》，生活全然改變。他繼續寫。

開車南下到佛羅里達的路上，我聽了超過三十個鐘頭的有聲書。是金的時空旅行小說《11/22/63》。書裡描寫一位高中英文老師（金在寫《魔女嘉莉》時也是英文老師），透過一個位於某古老餐廳儲藏室的時間蟲洞，他從二〇一一年回到一九五八年，肩負著阻止李．哈維．奧斯華殺害甘迺迪總統的任務。

金的小說總是會讓你在意，想知道接下來會發生什麼事。他的小說具備恐怖元素，而且有一部分是經過詳細研究的歷史小說，一部分則是愛情故事，但無論如何，他的書都推敲著時間和過去的本質；恐怖元素就像調味料，替他的書增添不同滋味。

由於金的作品涵蓋範圍太廣，你很難說他有哪個作品是「破格」之作。他位在大眾小說的邊界（偶爾也出現在非小說的邊界）；他的生涯（大多數作家還稱不上有什麼生涯，我們只不過是持續寫書罷了）特別像是不沾鍋。他是大眾小說家，以前（或許現在也一樣）這是用來描述特定類型作家。因為你願意看書，他們便以娛樂與劇情回報你。例如約翰．D．麥唐諾[32]（金在小說《11/22/63》中

30 約翰．高帝（John Gotti），曾是美國黑手黨的教父。
31 此處採用同名小說改編成的電影譯名，但撒冷地的中文版導讀有不同譯名。
32 約翰．D．麥唐諾（John D. MacDonald）：知名美國作家，生於一九一六年，卒於一九八六年，擅長驚悚小說。作品之一曾先後改拍成電影《恐怖角》。

向他致敬）。但他不只是大眾小說家，寫什麼似乎都沒有影響，他一直都被當成恐怖作家。我不禁猜測這一點是否會令他沮喪。

「沒。這沒有讓我沮喪。我有家人，他們都過得不錯；我們有足夠的金錢買食物和生活用品。昨天我們在金氏基金會有個會議（這是金成立的私人基金會，涵蓋多種慈善目的），由我的小姨子史黛芬妮籌畫，我們會聚在一起，把錢捐出去。這才沮喪，每年我們把一樣的錢給不同的人……就像把錢丟到水溝。令人沮喪。

「我從來不認為自己是恐怖作家。這樣想的是別人。我從來沒說過半個字。塔碧出身貧寒，我也出身貧寒。從前我們很怕他們會把一切從我們身邊拿走，所以，如果有人認為『你是如何如何』，只要書能賣那就無所謂。我那時想，我要把嘴用拉鍊拉起來，寫我想寫的東西。在你說的那種事發生時，我寫了《四季奇譚》這本書，裡頭的故事都是自然而然、下筆即成：我有了想法，想寫下來。有一個是講監獄〈麗泰海華絲與蕭山克監獄的救贖〉[33]，以及根據我童年回憶所寫的〈總要找到你〉，還有一個描寫的是找到納粹的小鬼的故事：〈納粹追兇〉。我把作品寄給維京出版社，我的編輯是艾倫・D・威廉斯——他是很棒的編輯，多年前過世了。他看作品一向精闢，從來不多問什麼。我把《四季奇譚》寄給他們，他說：『首先，你把書名取叫四季，但你只寫了三季。』所以我再寫了一個故事〈呼—吸—呼—吸〉，於是就成了這本書。我獲得生平以來最棒的書評。大家是第一次想說：『哇，這真的不是一本恐怖小說。』

「我有天在超市，一位老太太從轉角過來。她看起來就是個腦子想什麼就說什麼的人。她說：『我知道你是誰，你是恐怖作家。我沒看你寫的書，但我尊重你有寫恐怖故事的權利。只是呢，我喜歡比較真實的東西，像是那個電影，《刺激一九九五》。』

「我說：『那是我寫的。』她說：『不是，才不是你寫的。』然後她就走掉了。」

這類事情一而再、再而三發生。例如他出版描述長年受恐怖書迷騷擾的《戰慄遊戲》；哥德風鬼故事《一袋白骨》，講的是有個作家向茉莉兒（Daphne Du Maurier）的《蝴蝶夢》致敬——同樣的事也發生了；他獲得國家圖書基金會頒發的美國文學傑出貢獻獎章（Medal for Distinguished Contribution to American Letters）時也一樣。

現在我們不是在巨大水泥鞋盒屋裡談話。金氏夫婦在同一條街上買了另一棟較小的房子，做為客房用。我們就坐在屋內的泳池邊。喬．金以筆名「喬．希爾」寫作，目前正住在這裡。他看起來還是神似父親，不過他現在已經不是複製人青少年，在書籍和圖像小說的創作發展得相當成功。喬隨身攜帶 iPad。他是我的朋友。

在《一袋屍骨》，史蒂芬．金創造的作者雖然已不再寫作，庫存的作品卻仍繼續出版。我不禁好奇，他的那些出版社能隱瞞他的死訊多久？

他笑了笑。「關於《一袋屍骨》裡的這個作者，我的靈感來自數年前。有人告訴我丹妮爾．斯蒂爾[34]每年寫三本書，但只出版兩本；我也知道阿嘉莎．克莉絲蒂藏了一、兩本起來，打算拿來當寫作生涯的封筆作。假如我現在死了，而且大家願意守密，應該可以瞞到二〇一三年。《黑塔》系列有本

33 後改編電影《刺激一九九五》（Shawshank Redemption）。

34 丹妮爾．斯蒂爾（Danielle Steel）：美國作家，一九四七年生，創作類型以大眾小說和羅曼史為主。

新作，叫《穿過鑰匙孔的風》，那本很快會出版；《安眠醫生》也寫好了。所以，假如我像瑪格麗特・米契爾[35]那樣被計程車撞死——這可能不會發生，也可能會發生。《忘憂地》雖寫不完，但喬可以接手，輕鬆完成。他的風格幾乎跟我一樣，點子還比我的更好。在喬旁邊就像在待在輪轉煙火旁一樣。他有各種各樣的想法，不斷發散四射。我的確想要緩一緩。我的經紀人正為《安眠醫生》和出版社討價還價——那是《鬼店》的續集——但我延後時間，不想讓他們看稿子，因為我想要有點喘息的時間。」

為什麼他想寫《鬼店》續集？我沒告訴他我十六歲時看這本書有多害怕，也沒告訴他，我對庫柏力克改編的電影有多麼喜愛、同時又多麼失望。

「我寫續集，因為寫續集真是令人討厭；告訴大家你又要回到從前那本大受歡迎的作品、寫個續集真的非常討厭。別人會回想這書——他們可能是在小時候看的——那時他們讀了，覺得真的好可怕喔。等他們長大，或許讀了續集，於是認為『這本沒那麼好看』。你的挑戰在於，就算是續集也能一樣棒——或者可以不一樣。這真的是挑戰，這給了你一個努力的目標。

「我會想寫《安眠醫生》，是因為我想知道丹尼・托倫斯長大後會發生什麼事。我知道他一定會變成酒鬼——因為他的父親是個酒鬼。在我看來，《鬼店》的漏洞之一就是傑克・托倫斯是個神經兮兮又無聊的酒鬼。他從沒試過自救團體，比方『匿名戒酒會』之類的。我想，好吧，那我就從四十歲的丹尼・托倫斯開始寫起。他會是那種嘴上說『我絕不會變成我爸那種人，我永遠不會像我爸那樣暴力。』然後三十七、八歲，你一覺醒來發現自己根本是個酒鬼。我會想，過那種生活是什麼感覺？他會做一堆低下階層的工作，他會被開除，現在到一間安養中心當工友。我是真心希望他在安養中心工作——因為他有著獨特天賦，能幫助人在死後順利跨越陰陽界。他們稱他『安眠醫生』，他們知道何時該去喊他。當貓走進他們的房中，坐在床邊，就是大限將至。這本書寫的是一個會搭公車、會吃麥當勞的人，偶爾在特殊的夜晚去紅龍蝦海鮮餐廳吃頓飯。我們現在討論的這角色可不會去莎帝餐廳那種地方。」

一九六七年，史帝芬和塔碧莎在緬因州大學圖書館的書架邊相識，他們在一九七一年結婚。他畢業時找不到教職，於是在洗衣公司工作；他去加油、當工友，偶爾寫幾篇故事，補貼微薄的收入。他多半是寫恐怖故事，賣給什麼《騎士》（Cavalier）之類的男性雜誌。兩夫妻窮得要命，住在拖車上，金在洗衣機和乾衣機中間搭起的臨時書桌上寫作。但這一切在一九七四年全部改變了：《魔女嘉莉》的平裝本賣出二十萬冊。金有多長的時間不再為錢煩惱呢？我不知道。

他想了想。「一九八五年。有很長一段時間，塔碧知道我們不必再擔心這些，但我並沒有。我深信他們會把我的一切統統拿走，我又得跟三個孩子住在租來的房子裡。這一切太好、太難以置信了。差不多在一九八五年我終於開始放鬆，想著現在這樣很不錯，一切都會很不錯。

「即便是現在的這些——」他用手比劃：泳池、當客房的屋子、佛羅里達島和那些個速成豪宅。「儘管一年中我只有三個月待在這裡，但這對我來說依舊非常奇怪。緬因州有幾個最窮的郡，我們就住在其中一個。我們常見也常往來的人中，有很多都以伐木、開垃圾車這類工作維生。我不想說我有多懂平凡人，但我真的就是個平凡人，但我有能夠加以運用的天分。

35 瑪格麗特．米契爾（Margaret Mitchell）：美國作家，生於一九〇〇年，卒於一九四九年，代表作品為《飄》，改編為電影《亂世佳人》。她在一九四九年遭一輛失速的汽車撞上，意外身亡。

「在紐約，你在一間豪華偌大的餐廳吃晚餐，得坐在那裡他媽的三個鐘頭。大家在用餐前喝酒，之後喝紅酒，吃三道菜，然後他們要喝咖啡，某人會去問某個他媽的法國出版社一堆鬼話，我覺得再也沒有什麼比這更無聊。對我來說，我覺得最棒的事情就是開車來這裡，去『鬆餅屋』點兩顆蛋和一份鬆餅。當第一間鬆餅屋映入眼簾，我就知道我到南部了。這真是挺不錯。

「他們付給我的錢多到有點不合理，」他說出他的觀察，「這些事情我願意免費做。」

史蒂芬．金的父親在他四歲的時候到門口去抽了根菸，從此再也沒有回來，留下金的母親獨自拉拔他長大。史帝夫和塔碧有三名子女：娜歐蜜是一神普救派的牧師，擁有一個線上教會；喬和歐文兩人都寫作。喬剛寫完他的第三本小說，歐文的第一本小說會在二〇一三年出版。

我有點好奇那些距離和變化。在二〇一二年寫一個藍領階級的人難度有多少？

「絕對難很多。我寫《魔女嘉莉》和《撒冷地》的時候，距離去做粗工只有一步之遙。但真的──喬應該有感受到。如果你身邊有一定年紀的孩子，就很容易寫下有關他們的事。因為你會觀察他們，他們無時無刻都在你的生活裡。

「但等你的孩子長大。對我來說，寫《安眠醫生》裡的十二歲女孩比我描繪五歲的丹尼．托倫斯要難多了。因為我寫丹尼的時候是把喬當作樣本。我不是說喬像丹尼一樣有『特別』經驗，但我知道他的個性：他會怎樣玩耍，他想做哪些事，諸如此類大大小小的事。你看，你會有個大概想像：假如你能想出《美國眾神》裡發生的一切精采情節，假如我能想出某扇魔法門，還有其他一切，就一定還是能運用我的想像力，讓它踏上旅程。而我就是用這個方法想像一個藍領階級、每天工作十小時是什麼感覺。」

我們現在在做的就是作家會做的事：我們談論技巧、談論我們吃飯的傢伙、談論虛構故事討生活——談論這樣一份職業。他的下一本書《穿過鑰匙孔的風》是屬於《黑塔》系列，其中有些情節是金本人在十幾歲時就開始構思。這一大段劇情花了他多年時間才完成，而他之所以有辦法完成，完全是受到兩位助理瑪莎和茱莉的催促。她們再也不想整理那些詢問故事何時完結的來信了。

現在，他把那本原先在思考有多少可以重寫的小說寫完了——如果這本續集對他來說已經算很長，他能寫第二份草稿嗎？他希望可以。目前，「史蒂芬．金」是第五集和第六集《黑塔》裡的角色，而書外的作者本人正在考慮下一份草稿裡可能要把這個角色拿掉。

我告訴他我正在著手進行的故事研究。我說，當我開始找資料，我編造或需要的一切材料全都在那兒等著我。他點頭表示同意。

「的確是這樣——感覺就像只是伸出手，發現東西就在那裡。我經驗中最明顯的一次，是以前的經紀人拉夫對我說：『雖然有點瘋狂……但你有沒有什麼可以寫成系列小說的點子——像狄更斯那樣的？』那時我的確有個拚命要冒出頭的故事，就是《綠色奇蹟》。而且我知道，如果我要寫，就必須把自己埋在那故事裡面。我開始動筆，而且一直輕輕鬆鬆遠超截稿日之前。因為……」他猶豫了一下，想用聽起來比較沒那麼蠢的方式解釋。「……每次我需要靈感，它就在觸手可及之處。當約翰．考菲去坐牢——他就要因為謀殺了兩個小女孩遭到處決；我知道不是他做的，但不知道那個元凶在哪裡，也不知道事情是怎麼發生。但當我下筆，故事早就在那裡等我。你只要伸手去拿就好。一切都搭配得天衣無縫，就像它本來就存在似的。

「我從來不覺得故事是被創造出來;我認為故事是被挖掘出來的。感覺就像是你從地底下把故事扯出,然後撿起來。曾經有人告訴我,說這種話很像是刻意矇騙別人我想像力的程度。或許是、或許不是,但不管怎樣,現在正在寫的故事的確有個懸而未決的問題。不過我沒有因此晚上睡不著。反正,問題該解決的時候答案就會出現……」

金每天寫作。假如他沒寫,心情就不好;假如他有寫,這世界就令人愉悅。所以他寫作。就這麼簡單。「我坐下來,時間可能是早上八點十五分。我一路工作到十一點四十五。在那段時間,一切感覺都很真實,然後『叮!』一聲,工作時間結束。我想我大概寫了一千兩百至五百字,六頁。我想把這六頁付印成書。」

我告訴金我的理論:我認為,當遙遠未來的人想知道一九七三年到今日這段時間的人事時物,大概會有很多人去找金的作品來看。他是一位忠實反映自身所見的大師,他會把一切都記錄下來。錄放影機的興衰、谷歌的出現、智慧型手機的誕生……全在他的作品裡。藏在怪物與夜色背後,看來更加真實。

金對此抱持樂觀態度。「你知道嗎,你是無法肯定什麼東西能持續下去、什麼不會。馮內果說過一句跟約翰·D·麥當諾有關的話:『從現在算起兩百年內,如果人們想知道二十世紀是什麼模樣,他們會去找約翰·D·麥當諾的書來看。』不過我不曉得這是不是真的——他好像已經被大家遺忘了。但只要我來這裡,就會抓時間重讀約翰·D·麥當諾的書。」

和史蒂芬·金談話時,我們往來的內容夾雜許多作家的名字。而且我發現,不論他們是尚在人世或已作古，全都是通俗大眾作家，有上百萬人愛看他們的作品，並從中獲得樂趣。

「你知道哪裡怪嗎？我上週去沙凡那書展——我越來越常幹這種事了。我一出場，大家都起立鼓掌、向我致意，感覺好詭異……他們鼓掌不是因為你變成某種標竿，而是因為你還沒死。」

我告訴他我第一次在美國看到起立致敬是在什麼場合。是茱莉．安德魯斯。她在明尼亞波利斯進行音樂劇《雌雄莫辨》[36]巡迴預演。表演不是很精采，但因為她是茱莉．安德魯斯，所以依舊得到觀眾的起立鼓掌。

「不過，那對我們來說是很危險的。我想要人們喜歡我的作品，不是我這個人。」

那麼，終身成就獎呢？

「他們頒給我終身成就獎，自己在那邊高興得不得了。但大家都不知道，那些獎都拿去放在花園裡的棚架上了。」

然後，塔碧．金來告訴我們晚餐準備好了，又補上一句：他們發現大房子後面那隻巨無霸蘇卡達象龜正在試圖硬上某塊岩石。

本篇訪談經編輯後刊登於二〇一二年四月八日的《週日泰晤士報》。

36《雌雄莫辨》（Victor/Victoria）：改編自一九三三年的同名德國電影，於一九八二年上映，曾獲多項奧斯卡獎提名，並於一九九五年改編為百老匯音樂劇。

喬夫・諾特金：隕石獵人

有些人會變。你小時候在學校的同學，長大變成投資銀行家，或（不幸失敗）變成破產達人。他們發福了，頭也禿了；你不禁覺得他們應該是吃了從前那個小孩——把那個小時候的自己一點一滴、一口一口吃光。那個大家都還小時你認識的聰明、樂觀、懷抱夢想的人，已被吃到一點都不剩。

日子若不順，我便擔心這種事會發生在我身上。

然後我看見喬夫・諾特金。沒事了。都沒事了。

有時，如果他望著正確的方向，我偶爾會看見他父親山姆・諾特金的影子。他很酷，我們以前常聊四〇年代那些晦澀的美國科幻作家。但大多時候，我看到的是喬夫，而他沒有變。

一九七六年，喬夫・諾特金是個衝動、聰明、執著、超有趣又超容易發脾氣（但又很快忘了自己在氣什麼）的人。我們在學校都格格不入。喬夫會這樣是因為他是半個美國人，而我則是因為常在書堆裡打滾。我們因為音樂和漫畫結緣。我帶喬夫去參加路・瑞德在新維多利亞劇院舉辦的演唱會，我們組成一個龐克車庫樂團——真的是在他家車庫。喬夫是鼓手——他打得糟糕透頂卻又充滿熱情。

如果我們都覺得某堂課很無聊，就會坐在教室後面一起畫漫畫。大部分的課都讓我們很無聊。以前我們是那種不怎麼在乎學校的聰明小鬼（我們都喜歡美術教室，我則喜歡學校的圖書館）；我們選擇自學，因為那樣似乎比較有趣。老師不喜歡我們——正合我們心意。然而即使是我們兩個，也逃不過畢業的魔爪。

我們是朋友。我們和同樣的女孩約會（不過從來沒有同時）；我們看一樣的漫畫、聽一樣的音樂（這個就常常同時了），甚至把頭髮染成金色——或者說我們想染。喬夫的父母不介意他把自己的頭髮染金，我父親則對於我把頭髮染成稻草橘很介意，他要我染回黑色，結果看起來更怪了。我們以稚嫩龐克樂團的身分與某家唱片公司簽約，當年的作品早已不復存在。喬夫的櫃子裡大概還有些錄音帶。我想，只要我能趕在截稿期限把前言寫給他，錄音帶就會繼續待在櫃子裡。有個暴躁的聽眾不爽我們這團，把一罐（沒開的）啤酒砸向我，喬夫把我送上救護車，讓我可以去縫我受傷的臉……

我想，大概就是在啤酒事件之後，我放棄了成為搖滾巨星的夢想。

每隔幾年我就會跟喬夫見面，我們的生活像閃光燈般在眼前閃逝：我最後一次見到他的父母，是向他們介紹我剛出生的女兒荷莉，然後感激得知他們原諒了我那晚在喬夫派對上發生的不幸事件；同時我也產生一股強烈的欽羨，嫉妒喬夫能在視覺藝術學校師事威爾．艾斯納，並認識艾斯納、阿特．斯匹格曼還有哈維．柯茲曼[37]。對於一個住在倫敦、夢想有朝一日能畫漫畫的二十四歲記者來說，這些人是神，是半神半人；喬夫．諾特金正炙手可熱，而我則在紐約跌跌撞撞，以撰寫漫畫故事維生。

接著我收到喬夫的電子郵件，他在信裡提到他要去西伯利亞找隕石……

老實說，我從來沒想過有人真的會去找隕石。我猜，一般人只會在（新鮮又搏動著的）隕石衝擊你家，或你的車，或降落在你家草地，接著把你變成某種怪物的時候，你才會注意到所謂的隕石獵

37 哈維．柯茲曼（Harvey Kurtzman）：生於一九二四年，卒於一九九三年，美國漫畫家，曾在五〇年代編輯並撰寫《瘋狂》（MAD）雜誌。

人。我不認為真有人會帶著稀有磁石和心中的一股瘋狂，大老遠跑去找隕石。

我會收看《隕石獵人》，是因為喬夫出現在節目上，而且我很高興地發現，喬夫仍是那個衝動、聰明、執著、超有趣的人，而且當他沮喪或忘了某些事時，超容易（以好笑的方式）發脾氣——但他又可以很快釋懷。他的真性情幾乎透出了電視螢幕，傳到我面前。但真正讓我繼續看的原因是：我上癮了：喬夫一如所有自學成精的人，擁有對知識的熱愛。他持續讚嘆宇宙之奧妙。對喬夫・諾特金而言，碰觸宇宙最快的方式，就是去追尋來自宇宙某個角落、降落在地球上的東西，比方說隕石。

他送我一塊隕石當五十歲生日禮物。那塊隕石裡頭有洞。

我腦中的時間仍是一九七七，喬夫・諾特金和我下午蹺了課，跑去幾間二手書店或唱片行，那裡會賣喬夫喜歡的那些真正從美國進口的龐克唱片，還有我做夢也想要的地下絲絨盜版。喬夫站在路邊，車子從他身旁呼嘯而過，他大喊著說：「我—們—是—認—真—的！」我們還是那兩個穿著制服的小鬼，經過三十五年，一切還是沒變。

他是認真的。字字真心。

本文是我替喬夫於二〇一二年出版的回憶錄《搖滾巨星：隕石獵人的冒險》（Rock Star: Adventures of a Meteorite Man）一書所寫的序。

關於金・紐曼：針對和平與愛企業之成立、告終的一點註解

我想當時應該是一九八三年十月，我那年二十二，人在荷爾邦的皇家康諾特酒吧。英國奇幻學會辦了一場活動。這是我參加的第一場。英國奇幻學會的社交之夜是不定期的；作者、書迷、評論以及遊走在出版圈與電影圈的人齊聚一堂，暢飲了太多酒精，話說得太多。沒議程，沒演講，沒有什麼策劃好的活動，偶爾會有些抽獎。

有個人——大概是編輯暨記者喬・弗萊契——他介紹我認識一名男子。該男子頭戴白帽，身穿一套硬挺的黑色西裝；他留著八字鬍，背心上斜掛一條真正的錶鏈，鏈子下掛了懷錶。他喝的是蘇打白酒，非常有自信。這個人二十三歲，但不知怎麼，感覺起來就是比較老成。看他模樣，應該要配的是手杖劍——不過他沒有。我到很後來才理解原因。

金和我都年輕，兩人都相當自大——之後回顧，我們應該都有些令人難以忍受。我們拿自己的成就來比較：他有一篇故事剛獲得《中間地帶》（Interzone）雜誌採用（假如我記的沒錯，那篇故事叫〈派翠西亞的職業〉〔Patricia's Profession〕），而我有一篇故事被《中間地帶》退稿，但獲得《想像》（Imagine）雜誌錄用。（他的故事收錄在這本選集，相當精采。我又重讀我的故事，決定不收錄在短篇小說集。因為寫得很糟。）我們都年輕——雖然我看得出來，金看不出來，但我們兩人都渴望成功。

接著，對話內容就轉向我們打算寫的故事。金告訴我他計畫寫的某本書，書名叫《裝置》（The Set）。故事裡會有隻巨獾在英國肆虐、到處吃人。我告訴金，我很想做一本內容引用很多科幻小

說的書。

「聽起來真是不錯，」金說。「書的部分可以交給你，電影的部分我來寫。」金當時在做電影影評，替《城市界線》（City Limits）和《英國電影學院期刊》（British Film Institute Journal）寫評論。他已經寫了一本書叫《噩夢電影》（Nightmare Movies），當時還沒交由一家沒多久就破產的可疑出版社發行。（最後，這本書經過修訂、更新，成為後來哈默電影公司[38]時期的恐怖片權威參考書。）

總之，這是我記得的一切。那也是金進入我生命的緣由。我們為兩人要提出的書草擬大綱。你也知道金這人是怎樣、而我這人是怎樣——他完成他負責的大綱後我才要開始寫我的部分。我們將《毛骨悚然難以置信》（Ghastly Beyond Belief）的大綱寄給幾間出版社，箭頭出版（Arrow）買下版權，我和金·紐曼的合作於焉展開。

合作關係持續了大約五年。

金在我們的合作關係裡總是資深的那個。他有信用卡，有才幹；他有一臺電動打字機，他也精力旺盛——我們的工作習慣很不一樣。我總是等著截稿期限迫近，而金一定早在交稿期限前就完成，然後在多出來的時間做其他事。

他那一半的書在交稿期限前兩個月就做完了，我則在交稿期到後的一個月才交出我那部分。之後的工作模式差不多就是這樣。

在《毛骨悚然難以置信》開頭的自傳，我們的編輯——美麗又聰慧的費絲·布魯克——形容我們是「懷有抱負的小說家」。但我不這麼認為。我們的確是年輕的作家，而且非常有自信（完全不被動搖）地認為，在我們嘗試各種文類後，最後大概還是會落在寫小說上。儘管如此，我們依舊什麼都想寫一寫。

金在馬斯韋爾丘租了一間很小的公寓。房間裡幾乎被書、錄影帶和雜誌塞爆；詭異電影的劇照貼在牆上。房裡有張床，有張小桌上擺著電動打字機（他的打字機是有名字的，不過那個故事屬於金，不屬於我）；有張椅子，一臺電視和錄放影機。

金看得下大多數爛電影，不是光看，甚至他還樂在其中。以前的他有著又好又精準的記憶，他現在的記憶力絕對也是一樣：劇情、演員、花邊新聞；高尚文化或低俗文化。他無所不知無所不曉。

金是一位優秀的影評，也是傑出的評論家（就是那種能告訴你這部片是不是你的菜的那種影評。還有評論——總之都是好評論，完全可以清楚告訴你剛才都看了什麼）。他似乎把大多數時間（如果他沒在寫作或看老電影）都花在試片上。

我也開始去看試片了。當時我非常飢渴，也非常年輕。對於自己未來也許真有可能寫點跟電影有關的東西，心中感到有點不可思議。而且我可以看免費的電影——他們會給你雞腿、臘腸和白酒。而且，因為我跟金一起去參加試片，我最後也獲得了兩個電影專欄。

整個八〇年代我們都一起寫作，大多走幽默路線。有很多作品都很好笑。有一回——就那麼一回——我們想合寫異性戀小說，輪流接龍，一個人三百字，要說一個吸血鬼女孩在夜店搭訕的故事——超糟，我們再也沒有合作。

---

38 哈默電影公司（Hammer）發行眾多恐怖、科幻題材的電影，在五〇至七〇年代拍攝大量的哥德風恐怖片，相當出名。

——呃，我的意思是，不是合作這種作品。

之後，我們加入某「和平與愛企業」之類有點難定義的組織，替十幾家媒體寫了上百篇文章；向全世界揭示開膛手傑克的真面目；我們警告大家網路約會的危險；我們寫下權威性的指南，教你如何成為瘋狂科學家（或是統治世界）。

此時回頭看看我們沒做的那些事又更有趣了。我記得我們替一款電腦遊戲構思劇情，遊戲宗旨是要在腦袋爆炸前找出自己的身分。我們卯足全力自由發揮：有個人發明了叫「髒話箱」的玩意兒（箱子放在桌上，當你按下按鍵，就會發出「幹」或「去吃屎」的句子）。

我們為想用廉價劇情拍廉價電影的廉價電影導演構思了四部廉價劇情。金後來把部分劇情寫成小說。把那些劇情寫成小說的效果大概還遠勝低成本電影呢。

當然，那時我們隸屬先前提過的「和平與愛企業」。

「和平與愛企業」從來就不是真正的企業，它是一個銀行戶頭，跟和平或愛都沒有半點關係，雖然整體而言，我認為我們相當認同和平與愛的概念，這個公司大概就是在派對上成立的。我們不在那個派對——派對是金的房東在他家舉行的。但我們（金、史蒂芬・尤沃宣、尤金・拜恩和我本人）睡在金房間裡的睡袋，聽著走廊另一頭的派對熱烈進行。金睡在床上。

派對持續很久，而且很吵，來參加的人（都是老嬉皮）在放嬉皮老歌。

我們躺在黑暗中，開始聊起嬉皮。我們開始咒罵平凡的生活、罵去舊金山的事，還有在頭髮裡灑麵粉。這是一種形式自由的即興脫口秀，只是我們是躺在地上。

隔天，我們把前晚還記得的所有抱怨寫下來，加進一點故事元素，稱為「和平與愛之類之類」，並且寄給某間雜誌社。於是「和平與愛企業」就成立了。

克里夫・巴克[39]對和平與愛企業很感興趣。他一度宣布要寫一篇名為〈端點〉（Threshold）的故事。在這故事裡，金、史蒂芬和我來自遙遠未來，超越了歡樂與痛苦的邊界，一路來到這個地方追捕逃犯。等他終於寫好，標題變成《地獄之心》（The Hellbound Heart）；拍成電影時，片名又訂為《養鬼吃人》。我想這可能意味金・紐曼就是針頭人（Pinhead）的靈感來源。畢竟，他們都挺暴躁的。

金・紐曼和我逐漸成功。這是一段緩慢又奇怪的過程。我想，我們已經歷各種磨練，而現在屬於我們的時代終於到了。金用本名寫小說；當他想開開心心寫那種殺傷力強的小說和短篇時，則走他崇拜的美國廉價雜誌風格，用假名「傑克・約沃爾」（Jack Yeovil），並在一週或更短的時間內完成。

我們終止合作。我們長期以來寫作、耕耘的市場已經枯竭或死去，而且我們兩人都太忙了——金寫了更多小說和短篇、替晨間電視節目做電影評論，成為閃耀巨星；我大多是在創作漫畫。當八〇年代結束，「和平與愛企業」的銀行戶頭也正式關閉。

在這段時間，我還是不覺得自己掌握的程度變得多好。我無法戴上樂觀的眼鏡去看八〇年代中期逝去的幸福時光。除去平凡瑣事，那個年代的確有些令人懷念，我記得那時忙得沒什麼時間，但我們有一點點自信與樂趣，我們狂妄自大，而且非常篤定地認為，我們會繼續做那些讓我們能夠繼續的趣事。

39 克里夫・巴克（Clive Barker），英國作家，導演，藝術家，寫許多奇幻與恐怖小說。

十多年後，金仍堅持著文化融合與非刻意的後現代主義——本書中的故事及金其他作品中的雅俗交織、互有關連、時而交錯，不是刻意想引人注目，只因為他本來就是結合兩種領域的人；他很清楚自己箱子裡都是什麼樣的寶貝。金的故事就是一趟瘋狂旅程，帶你前往從未去過的地方。放輕鬆，好好享受。錯過一些笑話、引用、各種瞬間閃過的影像是很正常的。這些拼貼集合來自電影劇照、影片、舊書、快被遺忘的演員，以及早就完全從記憶消失的影集。所以別擔心。

你當然會錯過。你又不是金・紐曼。

他是個溫文儒雅、優秀傑出、獨樹一格，曾攜帶手杖劍的人。

尼爾・蓋曼。美國某處。遲交了三個月。

為金・紐曼於一九九四年出版的《第一個陰影博士及其他故事》（The Original Dr. Shade and Other Stories）一書作序。

《私家偵探》：書評

我從來沒有真的在舊制度底下工作過。但我無法忍受他們這樣亂搞。是說，我知道那個《園丁的問答時間》[40]的好好先生科倫[41]——應該是那個節目吧，隨便啦——（「啊！這是那個盧頓小姐內褲裡有雪貂的故事對吧？」「不是，恐怕不是。」「那是傑佛瑞．郝爵士囉？」「唉呀！就是那個啦！」）他好像人很不錯，應該不管在什麼情況下都不會選擇廉價品。

總之，絕對跟現在這批人不同。

他們之中有人打給我，說想要一篇評論，這星期交。我說，很合理呀，這星期的哪一天？他說星期二。我說，那就是明天呢。他說，對，就是明天。星期二。

假如我無法準時交稿呢？我問。口氣完全無辜。

電話另一頭沉默半晌。你簡直可以聽到他抬頭望著《潘趣》雜誌[42]辦公室裡幾名身穿黑西裝的男人，並點點頭。

嗯，他冷靜地說，那麼我們就會有一頁空白。我們會在上面登你的照片——可能連你家地址都一

40《園丁的問答時間》（Gardener's Question Time）：這是BBC的長壽廣播節目，從一九四九年開播至今。節目內容主要是由聽眾向節目上的專家請教園藝方面的問題。
41 科倫（Coren）：生於一九三八年，卒於二〇〇七年，英國作家，擅寫幽默或諷刺類作品。
42《潘趣》（Punch）是英國歷史悠久的幽默諷刺雜誌，曾一度停刊，後又復刊，在二〇〇二年再次宣告停刊。

起登出來；而且我們會告訴《潘趣》的讀者，為什麼這週出刊的雜誌會有一頁空白。

我想我再也沒機會進去牙科候診室了。

好吧，我說，就明天。我掛掉電話，大聲說出我對他的不滿。我說「昏脹」——總之聽起來很像我說的那兩個字，我覺得啦。

好了。來寫評論。

唯一的麻煩在於，我上週清理了辦公室。我知道這本書放在某個地方，老是把我絆倒，而且足足有一個月。這本書叫《私家偵探》，是某個美國哲學教授寫的：他放棄一切、成為私家偵探。此書有燙金封面，獨一無二，收在某個安全的地方。總之，我有把書弄乾淨，小心翼翼地擺在某處——某個整齊又安全的地方。大概是書架上——反正就是其中一個書架嘛。

只不過，另一個麻煩在於：這裡的書滿坑滿谷。沒問題，反正我找燙金的封面即可，就在上層書架再上層。我爬上書桌、伸手去拿——哎！差點翻倒。我把書抽出來一看：《美好性愛》。

呿。

我想了一下《潘趣》會不會發現明天早上收到的是《美好性愛》的書評。《潘趣》辦公室裡那些穿黑西裝的男人外套口袋裡有一包鼓鼓的東西，看起來很可疑，而且他們又沒幽默感……

還是先不管《美好性愛》了。

馬上來評論《私家偵探》。反正我記得書名。如果你記得書名，就十之八九。

當然，我沒有這本書，只有《美好性愛》。是說這兩本書都有燙金封面還真妙。我把書翻開，希望眼睛一看到書頁它就變成《私家偵探》——並沒有。「她的軀體姣好滑溜，兩瓣翹臀如夏日水果渾圓光滑，胸部高挺傲人。」

我不禁想是哪種夏日水果。覆盆子？醋栗？

我去查百科全書。

我發現醋栗的顏色可能有白、黃、綠或紅，表面可能毛毛有刺，也可能光滑平整。但書沒說醋栗是不是夏天的水果。大概只有艾倫・科倫知道這種事，畢竟那個《園丁的問答時間》節目……沒提到什麼臀部。

我放棄。

我決定靠記憶來寫書評，只要編得像樣就可以唬人。好的。沒問題的。這位哲學教授想當私家偵探，他叫啥名？叫啥名？——總之他寫了這些講齊克果（還是維根斯坦啊？）的書，是個性格坦率的哲學教授。薪資優渥，已婚有子，但他放下一切，成為洛杉磯的私家偵探。

我原以為這書會很庸俗，像我以前讀過的某本書；我忘了書名，也許是《我的私家偵探人生，以及十五種保你偷腥不被抓的妙招》之類的。又或者是類似錢德勒的「那夫人走進我的辦公室，身材足以讓笛卡兒想到新的命題，讓我的血壓飆高超速，彷彿坐在壓爛的醋栗上。」我很驚訝，也很高興。

因為它並不庸俗。

哲學教授在扮演身無分文的山姆・史培德[43]時找到了真正的快樂。他在辦案時常常閱讀《馬爾他之鷹》。這作家非常好。他在閣樓地板底下發現三十萬賣毒品賺來的錢；找到一個從印度被綁架來的

43 山姆・史培德（Sam Spade）為小說《馬爾他之鷹》的主角，是一名私家偵探。

小孩；想辦法把一個華裔美國人從電椅上救下——還是從毒氣室？總之是其中之一。我忘記接下來怎麼樣了。反正，他覺得做偵探才算真正活著，他前所未有的快樂。書封上的照片是這樣的：此人雙眼布滿皺紋，雖然是個好人，卻陷入困境；他大腿上擺了一本打開的《馬爾他之鷹》。

真希望我記得他叫什麼名字。開頭是L，還是S，或是P。之類的。

這行最好的部分總是漫長無聊，你在車裡等著永遠不會出現的人，在保麗龍杯裡小便。因此我認為自己不想當私家偵探。不過，我很高興有人去做這工作。

優秀的私家偵探什麼都能找到，即使是一本有著燙金封面的《私家偵探》。他們大概會從看起來最明顯的地方找起，大概是書桌底下，隨便往左邊一瞄，翻找作者答應要寫書評當下的那疊書……

該死。

燙金封面。

作者的名字是約書亞·湯普森（Josiah Thompson），書名是《私家偵探》，我就只記得那麼多。書封上寫著：「在所有描寫私家偵探的書當中，這本最為精采。」

我就順著這開頭了。

此為真實事件。一九八九年我應邀替約書亞·湯普森的《私家偵探》寫書評，並首次刊登於《潘趣》雜誌。

模擬城市

城市不是人。但城市跟人一樣，各有不同性格。某些狀況下，一個城市甚至會有多種不同人格——有時會有好幾種倫敦，各種全然不同的紐約。

城市是不同生命與建築的集合，有自己的身分和個性；城市不僅存在於空間中，也存在於時間中。有好的城市——它歡迎你，好像也關心著你，似乎很高興你來到此處；也有冷漠的城市——它真的一點也不在意你到底住不住這裡。城市也有它們自己的問題。有不理人的城市、惡化的城市；即便在健康的城市裡，也有腐敗長蛆的地方，就像被風吹落地的蘋果一樣。甚至也有彷彿少了什麼的城市——有些缺少核心，像是如果是在別的地方、到比較小、比較好理解的地方，它會比較快樂。

有些城市不斷擴張，彷彿癌症或B級電影的黏滑怪物，行經之處將所有一切大口吞下；它吸收城鎮、吞下鄉村，變化為無邊無際的集合都市。也有城市萎縮——一度繁榮的地區空蕩衰敗，建築物裡空無一人。窗戶橫釘木板，人們離開了，但甚至連他們也無法明白地告訴你原因。

偶爾我虛擲時間，做做白日夢，思考著假如城市是人，會有何種面貌。在我腦海中是這樣：曼哈頓說話很快，對人不信任，穿著體面，沒剃鬍子；倫敦身材高大卻充滿困惑；巴黎優雅而且迷人，但實際年齡比看起來大；洛杉磯瘋瘋癲癲但不會傷害人，非常友善。

這是個愚蠢的遊戲：因為城市不是人。

城市存在於空間與時間之中；城市隨時間流逝累積出自己的個性。曼哈頓沒忘記自己還是一片普通農田的模樣；雅典也記得當地人都還自認是「雅典人」的時代。有些城市記得自己還是村子時的記憶；其他（單調乏味、缺乏人格）的城市則靜靜等待自己稱得上有歷史的那一天。驕傲的城市占少數，因為它們很清楚，之所以有此規模，往往是個可愛的小意外，不過是占了地利——寬廣的港口、隘口、兩河匯集之處——它們才能存在。

目前為止，城市待在原處，哪兒也不去。

它們深深沉睡中。

但仍有喧囂隆隆。事物會變。假使明天一覺醒來，城市甦醒了，並開始走動呢？假設東京吞噬了你的城鎮呢？假若維也納邁開步伐、翻山越嶺朝你而來？假如，今天你所居住的城市就這樣起身、一走了之，你隔天醒來發現自己裹著一條薄毯，睡在空蕩蕩的平原上——那裡可能曾是底特律、雪梨或莫斯科？

不要把城市看得那麼理所當然。

畢竟，城市是比你偉大的存在；城市更古老，長久以來一直學習著等待……

一九九五年，如果你去圖書館玩《模擬城市》（SimCity），點選沉思（RUMINATE），這篇彩蛋文就會出現在螢幕上。

從六點到六點

我前陣子已從記者工作退下，但《Time Out》雜誌的瑪莉亞・雷克斯頓問我想不想待在倫敦街道上一整晚，把發生的一切都寫下來。這聽起來挺刺激的呢……

「別去夜總會，」我的編輯說：「已經有人寫了。你可以寫別的地方嗎？」我把仔細計畫好的夜遊清單揉成一團，上面寫著我去過的每一間夜總會——還有幾間我完全沒去過的。那好吧。我就且戰且走。也許在西區的街上晃晃吧。我把這個想法告訴她。她好像有點擔心。「小心點。」她提醒我。我覺得心中一陣暖，立刻打起精神，一邊思考我訃聞要寫什麼，一邊想著即將展開的冒險，跌跌撞撞走入傍晚夜色。

從六點，到六點。

晚上六點

我正與我的銀行經理會晤。在大廳的我們看起來很顯眼，正討論著「幹」這個字出現於現在的雜誌文章的狀況。我跟他說，在《Time Out》雜誌，我可以隨心所欲地使用「幹」這個字。說到這個當兒，正好有個西裝筆挺的人從辦公室裡大步走出，他狠瞪我們一眼。我落荒而逃之際，他能幹的祕書瑪姬銀鈴般的笑聲還揮之不去。

我嘗試在貝克街上攔計程車，但很明顯，當你有需要時，彷彿聖杯般神聖的「計程車」黃色燈號顯然更難以捉摸。於是我搭地鐵到圖騰漢廳路，那裡埋伏了一排計程車，黃燈光亮耀眼。

我往出版商所在的地下室走去，打了幾通電話，在中點高樓的陰影下摸黑去到慕尼黑咖啡店。我在店裡和《暫時危機》（Temporary Crisis）的編輯詹姆斯．羅賓森一起喝酒，等我的出版商來。

我的出版商晚到了，但我意外撞見超級搖滾巨星——大魚（以前海獅合唱團的成員[44]）。我們多年沒見，便敘舊聊聊近況，聊了一半被打斷，因為有個形跡可疑的傢伙弄了個「全英最大慈善組織」，想尋求大魚的支持；還有個傻子請大魚在紙巾上寫下〈凱莉〉（Kayleigh）的歌詞，好讓他可以贏到五十英鎊的賭注。大魚說他不記得完整歌詞，只給那個人簽名，好打發他走開。儘管如此，還是有人賺到五十英鎊。

我的出版商出現了。我們離開，去找點東西吃（老康普頓街上的「到達餐廳」有賣非常好吃的北非小米飯）。我向大魚保證之後會在剛搬過去的天幕俱樂部跟他碰面，他說會在門上標著我們的名字。

晚上十一點十五分

我們到了天幕俱樂部，卻碰上這狀況——「老兄，抱歉——我們十一點打烊。」我十幾歲時，天幕俱樂部（大概是大城市裡最便宜的三溫暖）很少在十一點前開。我們獨一無二的搖滾之夜美夢沒了。我還是不知道我今晚要去哪兒。

我的出版商要去溫布頓，他要修理一臺賣給老朋友的古董雷射影碟播放機。我跟他一起去。

凌晨一點

雷射影碟播放機還是不會動，這就表示我的出版商看不了《邁阿密辣妹》（Miami Spice）。（「《邁阿密辣妹》的女孩們都知道去哪兒招惹火辣的小麻煩……色情泳池派對……熱血女警就要來場浩大的逮捕行動……」嘿嘿嘿……）

凌晨一點三十分

開車經過空蕩蕩的溫布頓後，我們又回到城裡，有輛警車把我們攔下，要我們停在路邊——因為發現後車廂有一臺古董雷射影碟播放機。他們得出的結論也不是不合理：他們認為我的出版商是個賊。他很緊張，把《邁阿密辣妹》藏到椅墊下。下車之後，他把手機交給警察，說他可以打電話證實自己的身分。結果警察一臉哀怨地盯著手機。「他們連這種手機都不給我們用，」他嘆口氣，問我出版商的口音是哪裡的（我的出版商是巴羅因弗內斯人），他說他來自布里林頓，然後就揮手送我們離開。我原本想說可以討伐一下警方暴力——如果是從新聞工作者的角度搞不好可以更棒：在牢裡度一夜——結果刺激夜晚的機會出現又告終。

44 大魚（Fish）本名Derek William Dick。在一九八一年加入海獅合唱團，成為該團的主唱，後來在一九八八年離開單飛。海獅合唱團在八〇年代有多支暢銷金曲，其中一首即是〈凱莉〉。

凌晨一點四十五分

維多利亞車站。在維多利亞一定會有事發生……沒。空曠處充斥螢光廣告板，推銷的是你不會在這種三更半夜買的東西（什麼華爾道夫明蝦三明治啊？）我的出版商說，倫敦的鴿子因為幾十年來近親繁殖和汙染，都已經沒有腳趾了。我跟他說這聽起來很扯。

凌晨兩點十分

經過硬石餐廳。沒人排隊。

凌晨兩點四十五分

蘇活區。我們走過一條冷清的街道，那裡酒吧和書店林立。我的出版商告訴我，這裡在很久以前都是妓院。到了後來，《邁阿密辣妹》和又可以用的雷射影碟播放機召喚他。於是他在夜裡揚長而去。

我決定要漫無目的到處晃；我告訴自己，就算可以找到，也不要隨便進去一間破破爛爛的俱樂部。（那就像是小小的魔術店，會在你想找的時候消失。原店址要不變成一堵磚牆，就是關著門。）

在釀酒人街上，俗豔的霓虹燈射出光芒。一名年輕女子拿著一顆保麗龍人頭，上面套紅色假髮；二手雜誌店的櫥窗裡擺著《OZ》雜誌「學童」的那期。

凌晨三點三十一分

在**旁普尼克先生**——這是一家位於皮卡迪利轉角、通宵營業的小吃店——我遇到艾拉。她是個金髮女孩，臉上的粉紅唇膏糊了，腳踩紅色高跟鞋，手戴螢光手環，看起來十五歲，但向我保證她真的已經十九歲，還跟我說不要吃爆米花，因為「嘗起來像耳屎。」

結果，最後我發現她是在夜總會上班的小姐。我想，這大概是我今晚的倫敦夜生活初次碰上比較醜陋的一面。她搖搖頭，解釋說自己的工作是要盡量多賣點香檳，抽取佣金。如果客人「去洗手間」，她就把杯裡的酒倒到地上。她嘆口氣說，這全是詐欺：一份鮭魚三明治十二英鎊、一包四十根的菸賣十二英鎊，沒有人一晚花的錢少於一百英鎊。上週還有五個瑞典人出五千英鎊要跟她上床。

而她說不要。她不認為自己堅強到可以做這行。艾拉每晚來旁普尼克先生這間小店喝難喝的咖啡，讓自己清醒。她大概一個月前從巴斯來到大城市，人生抱負是要偷一輛保時捷九一一渦輪系列的車，很可能還會去弄張駕照。

早上四點三十分

我又來到釀酒人街了。我面前的路上有六隻鴿子，其中一隻沒腳趾。我的出版商說對了。沃德街，有一小群哥德族聚在一起，走路的模樣小心翼翼。我猜不到原因，也沒人在旁邊威脅他們。但就算有，可能他們也不知道吧。

我有點無聊。周遭其實就是沒人。我開始想像這裡即將發生一場搶案，劃破冷清蕭瑟街道上的單調。如果真那樣，我大概就可以報帳了。

再經過皮卡迪利廣場時，艾拉已經走了。

沙夫茨伯里大道後面有些小巷，我走過幾扇鐵捲門，上面寫了些字，我往那些門走去。上面寫的好像是OPRIG，但應該是「禁止停車」（NO PARKING）才對。可是我回頭看又變成N AKN。我想了一下：會不會有人想告訴我什麼呢？不過我的結論是我累了，或我太無聊。

查令十字路上有位嬌小的中國老太太，她站在人行道上搖搖晃晃，對著無視她的計程車比手勢。她好像迷路了。萊斯特廣場根本空無一人。

快五點了。我攔了兩個整晚都在馬路對面的警察，問他們西區什麼情形——半夜有沒有發生什麼事？他們說沒有，並表示那區十年來名聲一成不變，不值一逛。他們一臉惆悵地嘆口氣。「你可能會碰到怪怪的男妓在皮卡迪利廣場附近鬼混，但他們也只是在那邊鬼混。」

他們上一趟巡到各個危險死巷和充滿神祕氛圍的蘇活街時，看見了三個人。警察跟我差不多無聊，我大概是他們整晚看到最有趣的人了。假如我有手機，我會拿給他們玩玩。他們跟我說，到五點半一切就會熱絡起來。會有清掃人員出現。

早上五點二十分

我經過一家麥當勞。員工已經在裡面忙碌，用麥當勞的方式擦拭麥當勞櫃臺，從麥當勞卡車卸貨，搬出好幾百個麥當勞漢堡包。

早上五點四十分

當我告訴編輯我在街上遊蕩，她的語調中透出關懷，令人十分感動，但也令人不禁思考：她很明顯擔心我會遭遇不測。看來我應該很走運。

早上六點零二分

我搭計程車回家，把這失敗的一晚告訴司機。「問題在於，」他解釋說：「每個人都覺得只有沃德街、釀酒人街和希臘街，只有這些地方會發生點什麼；他們認為大家還在皮卡迪利附近鬼混，毒蟲在那兒等藥單。幹，真他媽夠了，你整個倒退二十年。真正有事的都在諾丁丘。真格兒的好戲一直都在那裡。換地點了，西區被大力掃蕩，早死了。」

我的結論——數據分析：

目睹凶殺：無

飛車追逐：無

刺激冒險：無

外國間諜：無

煙塵女郎：半個（艾拉）

遇到警察：兩個

本文原先刊載在一九九〇年的《Time Out》雜誌。

III

前言與深思：科幻小說

有些話使得書寫還不存在的世界變得可能。
這三句話非常簡單：
假如……怎麼樣的話？
要是……怎麼樣的話？
如果這樣繼續下去的話……

弗里茨・賴柏：短篇故事

弗里茨・賴柏（Fritz Leiber。要念「賴柏」。我認識他之前都以為要念成「李柏」）過世前不久，我見過他一次。這是二十年前的事了。世界奇幻大會的晚宴上，我們坐在隔壁。他年紀看起來很大：滿頭銀髮，高大肅穆，不同於他人。我不禁想起相形之下身材略瘦、長相較俊的波利斯・卡洛夫（Boris Karloff）。他整場晚宴都沒說話，至少在我印象中是這樣。我們共同的朋友哈蘭・艾里森寄給他《睡魔》的第十八集：《一千隻貓的夢》（A Dream of a Thousand Cats）。這是我對賴柏的貓咪故事[1]小小的致敬。我告訴他是他啟發了我。我聽不太清楚他的回答，但我很高興。大多時候，我們不太有機會跟影響我們的人致謝。

我第一次讀賴柏的短篇是九歲。那篇故事叫〈冬季蒼蠅〉（The Winter Flies），收錄在茱蒂絲・梅瑞爾超厚的故事集《SF十二》[2]。那是我在九歲時讀過最重要的一本書——說不定是除了麥可・摩考克的《興風者》（Stormbringer）之外對我最重要的書。因為我在那本書中認識一群後來對我非常重要的作家，以及幾十個我經常一讀再讀的故事，次數之多，我幾乎能朗誦出奇普・德雷尼[3]的〈星坑〉（The Star Pit）、R・A・拉佛提的〈卡米洛伊的基礎教育〉（Primary Education of the Camiroi）和〈狹窄山谷〉（Narrow Valley）、威廉・布洛斯[4]的〈他們沒有永遠記得〉（They Do Not Always Remember）、J・G・巴拉德[5]〈寇洛D的雲層雕刻師〉（The Cloud Sculptors of Coral D），更別提圖利・庫普弗貝格[6]的詩、卡洛・埃姆斯威勒（Carol Emshwiller）、桑雅・朵曼（Sonya Dorman）、基特・瑞德（Kit Reed）等。當時的我年紀太小，讀不了這些故事——但這一點也不重要：我知道這些故事超出我的理解範圍，但我一點都不在意。這些故事對我來說有其道理，超過字面意義。我就是在《SF十二》認識到我熟悉的童書缺少的概念和人物。因為這樣，我開心得不得了。

我當時是怎麼理解〈冬季蒼蠅〉的呢？我最後一次讀這篇故事時認為這是半自傳小說，講的是一個一路走來花天酒地的男人。他的婚姻支離破碎；他手淫到一半，跑去跟一個突然恐慌症發的小孩說話，因此被拉回現實……然後有那麼短暫的一瞬間，他把因為酒精和缺乏溝通而破碎的家庭又縫補起來。九歲的我讀這篇故事時，認為它講的是一個被惡魔糾纏的男人。他跟他的兒子說話，在天上的星星之間迷失，然後又回到家。

從那篇故事起，我就知道自己喜歡弗里茨・賴柏。他是我會去找來讀的作家。十一歲時，我買了

---

1 即〈Space-time for Springers〉，描述一隻擁有高智商的貓。

2《SF十二》（SF12）：茱蒂絲・梅瑞爾（Judith Merril）從五〇年代開始每年編輯一本年度科幻小說選集。於一九六八年出版的《SF十二》是她所編輯的最後一本，後來沒有再推出類似的文選。

3 奇普・德雷尼（Chip Delany）：即作家賽謬爾・德雷尼。

4 威廉・布洛斯（William Burroughs）：生於一九一四年，卒於一九九七年，是美國五〇年代「垮掉的一代」作家之一，也是後現代主義小說的重要作家。代表作品包含《裸體午餐》。

5 J・G・巴拉德（J. G. Ballard）：生於一九三〇年，卒於二〇〇九年。英國作家，出生於上海。自傳小說《太陽帝國》曾改編為同名電影，於一九八七年上映。

6 圖利・庫普弗貝格（Tuli Kupferberg）：生於一九二三年，卒於二〇一〇年，是多才多藝的文人，既是作家，也畫漫畫和組樂團。

《魔法之妻》(Conjure Wife),發現女人都是女巫,知道了什麼是「榮耀之手」[7](沒錯,這本書和這個概念的確有性別主義在裡面,但假如你是個十二歲的小男孩,想要弄懂某種生物——而且很可能是外星來的生物——你也擔心著「萬一真的是外星生物怎麼辦?」這使得不管是在什麼年紀看書都相當危險)。我讀了一九七二年的《神力女超人》,作者是賽謬爾.德雷尼,菲弗瑞德和格雷毛瑟[8]被當作主打,可是感覺一點也不像奇普.德雷尼,我很失望,但卻也因此認識了這兩位冒險家,因為漫畫的魔力得知他們是什麼模樣。我讀了《巫術之劍》(Sword of Sorcery)——就是菲弗瑞德和格雷毛瑟的漫畫,而且是DC漫畫在一九七三年出版的。終於,我十三歲時在萊特先生的英文課教室後面的櫃子找到一本《蘭克瑪城之劍》(The Swords of Lankhmar),(之後我會發現)封面是很糟的英國盜版,盜用傑夫.瓊斯(Jeff Jones)畫的美國版封面。我讀了,並感到心滿意足。

在此之後,我就沒辦法好好看《王者之劍》[9]了。也不是說我不喜歡。但我想念那些巧思。

不要多久,我就發現《大成功》(The Big Time)。在賴柏的這本小說裡,兩個把人類當成棋子的不明反派組織掀起「改變戰爭」(Change War),我讀了之後深深相信,這其實是一齣舞臺劇巧妙偽裝成中篇小說。二十年後我又重讀,喜歡的程度與以前相去不遠(賴柏對待敘事者的方式令我有些不舒服),但依舊認為這是舞臺劇劇本。

賴柏寫了幾本偉大的書,也寫了差強人意之作。他大多科幻小說尤其過時,可以丟棄。他在科幻、奇幻和恐怖等領域寫了一些傑出短篇,而且幾乎沒有拙劣作品。

他是類型文學的巨擘。你很難想像如果沒有了他,今日的世界還會不會是這樣。他之所以是巨擘,其中一個原因就是他跨越了類型界線,他在邊緣遊走,一一將類型收編。他創造出機智又精巧的

「劍與魔法」奇幻——就某種意義而言，這個類型在他寫出來前根本不存在——也替日後都市恐怖文類奠定基礎。

賴柏最優秀的作品也有重複出現的主題，就像藝術家會不斷回溯自己喜愛的題材——莎士比亞、手銬、貓、婚姻、女人、鬼魂，城市、酒、舞臺，他處理惡魔、德國還有道德等議題。從來沒有真的重複，甚至往往比外表看起來的賣點更高深，並以優雅、詩意與機智的風格來書寫。

好的單一純麥威士忌喝起來是一種味道，上好的單一純麥喝起來能嘗到多種味道；它會在你嘴裡呈現千變萬化的層次，留下奇特的後味，等到液體在你舌尖上消失，你會想起蜂蜜、然後柴煙、苦巧克力以及海邊那種高鹽分的貧瘠牧草地氣味。弗里茨・賴柏的短篇故事口感就像上好的威士忌，在你的回憶裡留下餘味；當你翻到最後一頁，情感上的餘韻和心靈的共鳴久久不散。就像〈哈姆雷特裡的四個鬼魂〉（Four Ghosts in Hamlet）中的舞臺經理。我們可以感受到賴柏彷彿花了一輩子的時間在觀察，他擅長將如稻草般細緻的記憶轉為想像力與故事的磚石。他對他的讀者有很多要求——你要好好

7「榮耀之手」（a hand of glory）：古代歐洲人將遭到絞刑處決的犯人左手砍下，經風乾和醃製等處理，認為此手具有魔力。

8 賴柏最著名的作品既非科幻也非恐怖，而是一部奇幻小說，講述了一個名叫弗瑞德的異邦人和他的「小」夥伴——被稱為「格雷毛瑟」的小偷的冒險。格雷毛瑟是一名優秀的劍士，他們是真正的冒險家，也是好友。賴柏在與朋友的通信中塑造這兩個角色，一九三六年發表第一個故事。他的故事可說創造了現代奇幻寫作的模板。

9《王者之劍》（Conan）：羅伯特・E・霍華德（Robert E. Howard）三〇年代創造一系列以史前時代為背景的奇幻小說，並塑造一名叫做柯南的男子。這套系列十分受歡迎，歷年來不斷被改編成各種影視作品及電玩遊戲。

注意、要好好關心——相對的，像我們這樣做到他要求的讀者，他也會給得很慷慨。

二十世紀的科幻類型產出了幾位公認的巨擘——最顯而易見的就是雷・布萊伯利——然而也有一些從未獲得應有認可的人。他們崇高且優秀（但話說回來，布萊伯利也是，而且他很快就從SF類型被揀出來，被視為是國家級珍貴資產）。他們可能也都是巨擘，但沒人注意過他們；他們太與眾不同、太怪異、太聰明了。阿夫拉姆・戴維森（Avram Davidson）是其一，R・A・拉佛提是其二。弗里茨・賴柏從來不算真的受到忽略，至少不是像那樣。他贏得許多獎項；眾人多半公認他是最優秀的作家之一。但是，他從來無法越界進入大眾心中。或許是因為他太複雜——太聰明了。地圖帶著我們一路從史蒂芬・金、拉姆西・坎伯[10]循著一個方向來到H・P・洛夫克萊夫特，然後由另一個方向——經由每一款裡面有盜賊的龍與地下城遊戲回到羅伯特・E・霍華德[11]。然而，賴柏不在這張地圖上。

他應該要在才對。

我盼望本書能提醒書迷為什麼如此喜愛他的作品，但我更希望，本書能將他的新讀者找出來。相對而言，新讀者也能遇見這位一定能夠信任（就像你信任其他作家一樣）並喜愛的作家。

這是我替弗里茨・賴柏二〇一〇年發行的《精選故事集》（Selected Stories）寫的序。

《叢林溫室》

「滅絕一切造物，化為綠蔭中一抹綠色思緒」

——安德魯・馬維爾（Andrew Marvell），〈花園〉（The Garden）

布萊恩・奧爾迪斯（Brian Aldiss）在他那一輩的英國科幻作家中名聲赫赫。他在創作上的名氣持續不墜，已經超過五十年。他憑藉一股無止境的精力和才智，分別悠遊於科幻類型與主流小說兩方，一路上又嘗試傳記、寓言類和滑稽主義（abusurdism）。身為編輯暨文選編撰者，他做了許多許多，足以影響人們在六、七〇年代所讀的科幻小說，也一肩扛起形塑英國科幻讀者閱讀品味的責任。他持續撰寫書評，將自身對科幻領域的觀察寫成《十億年的狂歡》（Billion Year Spree）一書，後來再重新增修，寫成《三十億年的狂歡》（Trillion Year Spree）。兩本都是探究該類型極為精湛的論述。奧爾迪斯主張，這個類型始於瑪麗・雪萊的《科學怪人》，並將之定義為「擊倒狂妄的復仇女神」。他的寫作生涯浩瀚無垠，作品幾乎可與英國的科幻發展史畫上等號。他作品中總是帶有過人機智，有詩有古

10 拉姆西・坎伯（Ramsey Campbell）：知名英國作家，生於一九四六年，作品題材以恐怖、科幻為主，更有英國當代恐怖小說第一把交椅的稱號。

11 羅伯特・E・霍華德（Robert E. Howard）：生於一九〇六年，卒於一九三六年，是著名的美國通俗小說作家，作品橫跨許多類型，知名作品包含日後改編為電影的《王者之劍》。

怪，當然也有熱情；他以主流小說作者之姿，跨越科幻領域，在更廣闊的世界獲得尊敬和注意。

在我撰寫本文之際，布萊恩．奧爾迪斯仍在世，持續在工作、寫作。這位作者毫不停歇，在不同類型之間來去，只要時機適當，便打破類型界線。也因為如此，你很難將他放在特定脈絡檢視。他難以分類。

布萊恩．奧爾迪斯年輕時曾在緬甸和蘇門答臘當兵，見識過灰濛濛的英國無法想像的叢林世界。這段在異地的經歷啟發了《叢林溫室》（Hothouse）一書的世界觀，而且這個說法並非空穴來風，因為它的確讚揚著那些奇異的野生蔬菜。

他在一九四八年退伍，返回英國，在一家書店工作，也一面撰寫科幻短篇。他的第一本書是《布萊頓日記》（The Brighton Diaries），概略地記下一連串販書者的人生百態。不久，他第一批科幻故事成書賣出——《太空、時間與納森尼爾》（Space, Time and Nanthaniel）——他開始做編輯，做書評，將科幻當作一種媒介引薦給大眾。

奧爾迪斯是第二代英國科幻小說作家——他讀美國科幻雜誌長大，嫻熟「黃金時代」的科幻小說語言，並結合非常英國的文學觀點。他受惠於早期的羅伯特．海萊因，也得利於H．G．威爾斯。但無論如何，他依舊是作家——而不是工程師之類的。對奧爾迪斯而言，故事永遠比科學重要。（美國作家暨書評詹姆斯．布利許〔James Blish〕對《叢林溫室》的批評非常有名。他認為書裡所描述的科學是不可能的。但《叢林溫室》的樂趣之一，就是在於它的不合理和不可能——最好的例子就是：月亮是由網子所連起來的。那景象真是如夢似幻——這是此書的優點，而非缺點。）

《叢林溫室》是奧爾迪斯接下來的鉅作，與當時眾多小說如出一轍。在美國是以雜誌連載的方式書寫及發表——五篇環環相扣的短篇小說。這五篇小說在一九六二年一同獲得星雲獎（這個獎等於科幻小說界的奧斯卡）最佳短篇小說。（羅伯特・海萊因的《異鄉異客》則榮獲當年的最佳小說獎。）

在奧爾迪斯之前，有幾位重量級的英國科幻小說家都替美國市場寫作——例如亞瑟・C・克拉克和埃里克・弗蘭克・拉塞爾（Eric Frank Russell）。但奧爾迪斯出現時是所謂的黃金時代結束之後。他開始創作之際，科幻小說正開始走向內省。奧爾迪斯及他同時期的作家，如J・G・巴拉德和約翰・布魯納（John Brunner）都是這波重大改變下的產物。六〇年代後期，眾人全匯集於麥可・摩考克編輯的《新世界》（New Worlds），後來成為大家都熟悉的「新浪潮」：偏軟科學、倚重風格與實驗性的科幻小說。儘管《叢林溫室》早在新浪潮之前出版，依舊可視為創造新浪潮的重要作品之一，或至少代表改變已經出現。

奧爾迪斯持續實驗形式與內容，他嘗試喜劇、心理迷幻和文學性的敘述文字。他的《何瑞修・史塔伯傳奇》（Horatio Stubbs Saga）在一九七一至一九七八年間出版，一連三本，討論的是一位青年的青春時期、教育以及在緬甸的戰場經驗。主角的經歷幾乎可與奧爾迪斯本人畫等號，三本皆是暢銷書——這對奧爾迪斯來說是頭一遭。八〇年代初期，他回到古典科幻，創作《赫星紀元系列》（Helliconia）系列。在這個系列的想像中，某星球有著極度漫長的季節，並繞行兩顆太陽。他去檢視這顆星球上的生命形態和生物循環，以及上頭的人類受到的影響。這是他用來進行世界觀建構練習的驚人之作。

布萊恩・奧爾迪斯有著源源不絕的創造力和旺盛的生產力，他持續創作，一如叢林溫室的地球帶來各式各樣的生命；全都無法預測，卻又令人喜悅，同時也危險異常——一如奧爾迪斯本人。無論是在他的大眾小說、科幻小說，或是其他難以歸類的小說——富實驗性又超現實的《或然率A報告》（Report of Probability A）——他筆下的角色和世界總是忙碌。套一句圖像小說家艾迪・坎貝爾的話，是如生之死亡的舞。

《叢林溫室》是奧爾迪斯第二本科幻小說（內容非常充實）。這是一本散發出各種不妥協的書，同時含有幾個科幻小說傳統（這依舊是科幻小說。雖然故事中心的月亮和地球不轉動、被巨大的蜘蛛網綁在一起等元素其實是奇幻的意象）。

小說中描述的是遙遠未來的地球，時間設定在星球的生命已經滅絕、我們當前的擔憂早不復記憶、城市灰飛煙滅、廢棄荒涼。（在廢墟中高唱遙遠未來某時期的政治口號，應該是加爾各答。這些口號早被遺忘，卻在此時出現，像一種奇異的提醒，訴說百年前遭到遺棄、與我們無關的世界。）

這是一段旅程，我們的男主角格倫踏上橫越世界的路途，歷經難以想像的危險和種種磨難。（而女主角莉莉約的方向則是往上的。）

這個故事匯集種種不可思議的驚奇情節，一如《奧德賽》——這個作品早科幻小說很多。這個種類源於約翰・孟德維爾爵士[12]以及在他之前諸多旅人的各種荒誕不經的故事。描述遙遠彼方充滿珍奇異獸，有無頭的人，臉長在胸膛上；還有長得像狗的人，以及外型看起來是某種怪模怪樣的羔羊，其實卻是蔬菜的東西。

但最重要的是，《叢林溫室》是一本突破所有概念的作品——如約翰・克魯特和彼得・尼可斯在《科幻小說百科大全》所做的解釋。當主角探頭到世界邊緣，窺看天空後方的裝置如何運作，主角和讀者便開始了解先前現實中隱藏的本質。此時此刻，就是所謂的概念突破。在奧爾迪斯的第一本科幻小說《永不停止》（Non-Stop）中，我們得以發現，這叢林是在一艘人類的太空船裡，他們在太空中航行了好幾代——因為時間過得太久，船上的人已經忘了自己是在船上。《叢林溫室》則是完全不一樣的概念突破小說。因為比起探索和發現，各個主角更關心的是如何生存，也把「靈光一現」的瞬間留給讀者：飛人[13]的生命循環、蕈菇在人類演化裡扮演的角色、世界的本質——我們學到的一切改變了我們看待事物的角度。

《叢林溫室》是由地點與事件建構出情節——當然，還有一個又一個的奇蹟。這不是一本角色為主的小說；反之，角色與我們保持距離。奧爾迪斯有意並不斷將我們與角色隔開——從蕈菇上獲得資訊的格倫，也許是最令人產生共感的主角，但即便是他，都讓我們感到疏離，迫使我們從他的觀點（「想要更好的世界」）轉成他的伴侶雅特摩爾的觀點：我們同情殘存於叢林內的人類，但他們不是我們。

有人批評科幻小說側重概念大過角色，奧爾迪斯則一次又一次證明自己是真正的作家。在他的類型作品和主流作品裡，他不但完全理解讀者，也創造出能讓讀者認同的立體角色。只是，我認為上述批評用於《叢林溫室》一點也不為過。批評者當然沒抓到重點。這就跟有人批評披頭四的歌只有三分鐘，而且不停重複副歌一樣——他們不知道自己在說什麼。《叢林溫室》是充滿驚奇的隊列，它思索生命的循環。在這個世界裡，個人生命不重要，動物與蔬菜之間明顯的差別不重要——太陽系不重

---

12 約翰・孟德維爾爵士（Sir John Mandeville）：咸信是十四世紀的《約翰・孟德維爾爵士遊記》的作者。書裡轉載其他遊記，也記錄他個人在各地遊歷的冒險故事。

13 人類受到外太空的輻射影響，變形成為具有飛行能力的生物。

要，真正重要的是生命。生命以美麗的粒子狀態從太空降臨於此，現在再次返回空無。如果要我想出一本讚揚施肥有多美好的科幻小說，我唯一想到的只有這本：事物成長、死去、腐爛，再長出新的。死亡不時發生、變幻無常，你無暇悲傷。死與重生不斷輪轉。生命——還有一些出人意料的事物——會留下來。

科幻小說成功的關鍵之一，正是出人意料。也因為如此，《叢林溫室》才能傳頌得那麼長遠。這部小說維持穩定的水準，難以超越。一直等到快三十年後，他才以三部曲《赫星紀元系列》的《春的騎士》（Helliconia Spring）、《赫星之夏》（Helliconia Summer）和《赫星之冬》（Helliconia Winter）再創巔峰。

《叢林溫室》的世界就是我們的星球，但距離現在有多久則是未知。地球不再轉動，月亮停滯在軌道上，用網線跟地球綁在一起；有一棵長了許多枝幹的榕樹蓋住地球白晝的那一面；樹上住了許多蔬菜生物，還有昆蟲與人類；人類的體型縮小到像猴子一般，數量也不多，就跟動物界剩下的物種一樣稀少。（之後會在故事裡看到幾種動物，而且會和一種叫沙丹耶〔Sodal Ye〕的哺乳動物交談。）然而動物是無關緊要的。當夜晚來臨，地球漫長的午時成為蔬菜生長的時間。就現今而言，原為動物和鳥類棲息的環境也改由蔬菜當家。同時，新的生態棲息地也被加了進來——橫越整個太空的巨大蔬菜「蜘蛛狀」生物，也許是這些棲息地中最令人嘆為觀止的物種。

豐富的生命型態充滿地球的陽光面（而且主角的名字都很有路易斯．卡洛爾風，彷彿是一些聰明的孩子想出來的）。格倫是奧爾迪斯筆下最像主角的角色，差一個字母[14]就能與那無所不在的綠意同名了。故事一開始，他是個孩子。但與其說他是人類，不如說更像動物——他很聰明，但還是動物。

他老得很快，就跟動物一樣。

他的一連串冒險就是一種成為人類的過程。他知道了世上有他不理解的事物存在，他大多的推測都不正確。在他的世界裡，只要出一個小錯誤很可能就會要命。他靠著機緣巧合、聰明才智和運氣存活，同時也努力學習，一路上遇到五花八門的怪異生物；包括吃蓮花的肚皮人（tummy-bellies）。雖然時時穿插幽默橋段，故事卻隨著進展變得越來越黑暗。

在書的核心，格倫遇見了蕈菇——一種聰明的菌瘤。牠既是伊甸園裡的蛇，也是知善惡的知識之果。這種高智商生物與格倫和人類一樣，都是遵循著本能的生物。

沙丹耶是格倫在歷險結束前將會遇到的海豚後代，跟蕈菇一樣聰明絕頂。牠們都比人類更了解世界，也都要依靠其他生物到處移動、見識這個世界，就像寄生蟲或共生生物。

只要回顧過往，就可以知道《叢林溫室》是多麼獨樹一格的作品，也能了解此書為什麼能在將近五十年前獲得雨果獎，同時鞏固奧爾迪斯的名聲。我們拿《叢林溫室》來與同類中最傳統的英國災難小說《三尖樹時代》比較。（作者為約翰．溫德姆。）在這本「比較委婉的浩劫故事」中（套用書評奧爾迪斯的描述），能活動自如的巨大致命植物會刻意傷害眼盲的人類。我們可以假設，在人類重新拿回地球的統治權之前，他們得團結起來，學習如何保護自己。在《叢林溫室》的世界，我們沒有任何地方比植物更優越，而三尖樹在此更加普通，整個被地球溫室中的滑稽怪物比了下去，鱷皮藻（crocksocks）、肚皮榆樹（bellyelms）、殺人柳（killerwillow）、巨莖舌（wiltmilts）等等怪物更厲

14 格倫此名原文為Gren，與綠色green的拼法只差一個字母。

害、更稀奇多了。

不過，《叢林溫室》仍是屬於英國的科幻小說——它的命題與同時期的美國科幻小說非常不同。如果是六〇年代早期的美國科幻小說，格倫可能會繼續去探索宇宙，重建人類智慧，重新把動物帶回地球。然而，奧爾迪斯把每一個能拿來誘惑我們的結局都否決掉了。因為《叢林溫室》並不是一本講述人類如何成功的書，它要談的是生命的本質，以及如何從巨大的層面及微小細胞的層面去看生命。生命的型態一點也不重要：太陽很快就會吞沒地球。但那些來到地球並短暫停留過的生命，將會超越宇宙，找到新的立足之地。到時是什麼型態？你無法想像。

《叢林溫室》是一本奇異的書，不但艱深，而且怪得令人頭都痛了。所有事物都會成長、死去、腐爛，但新事物也會成長。所謂生存，就是仰賴這樣的循環。布萊恩・奧爾迪斯拿出《傳道書》（Ecclesiastes）告訴我們，所有一切皆是浮華，就連聰明才智也可能是種負擔，只是寄居在人身上，而且一點也不重要。

本文是我替布萊恩・奧爾迪斯二〇〇八年企鵝書屋現代經典版《叢林溫室》寫的序。

雷．布萊伯利，《華氏四五一度》，及科幻小說的本質與功用

有些作家寫的是尚不存在的世界。我們有太多這麼做的原因。（因為積極向前看是好事一件，頻頻回頭望則否；因為我們必須照亮前方所選的路，無論那條路是我們所期望的，還是恐懼的；因為比起今日的世界，未來似乎更加誘人、也更有意思；因為我們必須給你們警告、鼓勵、檢驗以及想像。）想寫後天，以及後天之後的每一個日子的理由各式各樣，就跟寫作者一樣多元。

這是一本敲響警鐘的書。它提醒我們所擁有的東西是多麼價值連城，提醒我們有時竟將珍貴的物品看作理所當然。有三句話使得書寫還不存在的世界變得可能（你可以稱之為科幻小說，或推想小說〔speculative fiction〕，你想怎麼稱呼就怎麼稱呼），這三句話非常簡單：

假如……怎麼樣的話？

要是……怎麼樣的話？

如果這樣繼續下去的話……

「假如……」讓我們改變，讓我們離開既有的生活。（假如外星人明天降臨，並給我們想要的一切……我們要付出什麼代價？）

「要是……」使我們得以探索明日的榮耀與危險。（要是狗能說話……要是我能隱形……）

「如果這樣繼續下去……」是富含預測意味的一句開頭，儘管它沒有用亂七八糟、讓人迷惑不已的論調預測真正的未來。「如果這樣繼續下去……」的小說使用的反而是今日生活的元素，它採用清

楚明白、顯而易見甚至大多時候令人苦惱的東西。而且，它叩問的是：如果那樣東西越來越巨大，隨處可見，改變我們思考和行為的方式——那會怎樣？（如果，世界各地的溝通持續透過簡訊或電腦，人與人之間如果沒有透過機器而是直接交談，會變成非法行為。）

這個問題具有警世意味，也促使我們去探索這樣一個世界。

一般人錯將推想小說與預測未來畫上等號，但並非如此——假如這種故事真是在預測未來，大多結果也太糟了。未來是很龐大的，夾帶諸多因素與上億變數，人類的習慣便是先聽聽未來的預言，然後做出不一樣的舉動。

推想小說真正擅長的領域不在未來，而是現在。它會找一個麻煩或危險的角度，然後加以延伸，並由該角度進行推算，使得此時的人得以從不同觀點、不同位置去看自己。這便是警世。《華氏四五一度》是一本推想小說，是「如果這樣繼續下去……」的故事。雷．布萊伯利寫的是他所身處的時代，也就是我們的過去。他在對我們發出警告。其中有些事情的確很明顯，但有一些，即使過了半世紀仍然難以被看見。

聽好了。

假如有人告訴你這故事在表達什麼，他們大概不會說錯。

假如他們告訴你故事要表達的只有這些，絕對是錯的。

每個故事要表達的東西都很多；例如作者；例如作者所見、所面對及居住的世界；例如文字的選擇及使用方式；如故事自身及故事中發生的事件；故事裡的人；有爭議，也有觀點。

關於故事中的立場、意見，作者向來有憑有據，他永遠都是對的：畢竟書是作者親自寫出來的。

作者想出每一個字，他很清楚自己為什麼選這個字，而不是另一個。但作者屬於他自己的時代，即便是他，也會看不清自己書裡要傳達的每一件事。

一九五三至今已經超過半個世紀。一九五三年的美國比較靠近我們年代的媒體——廣播——已經嚴重蕭條。廣播大概縱橫了世界三十年。但現在，電視這令人興奮的新媒介取得優勢，廣播劇和喜劇要不是永遠消失，就是改以視覺呈現，在「呆子箱[15]」中播出。

美國的新聞頻道會警告大家小心青少年罪犯——這些開著車的青少年危險至極，活著只為追求刺激。冷戰還在僵持不下——在俄國與他的快樂夥伴對抗美國與他的快樂夥伴的戰爭中，沒有炸彈或槍子滿天飛。因為單是丟一顆炸彈就可能破壞世界平衡，引爆第三次世界大戰，或導向讓世界再也無法回復原狀的核戰。參議院主持聽證會，揪出隱藏其中的共產黨員，並採納踐踏漫畫書的政策。到傍晚時分，全家人都會聚在電視機旁。

有個五〇年代的笑話說，從前可以從屋裡的燈有無打開判定有沒有人在家。現在，你可以從哪些燈沒打開得知有沒有人在家。當時的電視機很小，而且是黑白畫面，你得把燈關掉才看得清楚。

「如果這樣繼續下去……」雷．布萊伯利心想：「那就再也沒有人會看書了。」這個故事於焉展開。他以前寫過一篇名為〈行人〉（The Pedestrian）的短篇小說，描述一名男子遭警方攔下後被關進監獄，原因只是：他在走路。這篇故事變成他建構的世界的一部分；十七歲的克拉莉絲．麥克萊倫成為無人走路的世界裡的一名行人。

15 呆子箱（idiot box）：當時對電視機的蔑稱。

「假如……消防員的工作是燒毀屋子，而非搶救屋子？」布萊伯利想。他現在握有進入這故事的鑰匙，手上有一個名為蓋．孟泰格的消防員，他專把書從火舌裡搶救出來，而不是把書燒掉。

「要是……書可以救得回來……」他想。假如你銷毀了每一本實體書，還能用什麼方法保存書籍？

布萊伯利寫了一個名為〈消防員〉的故事。這個故事所需的篇幅更長，他創造的世界向他索求更多內容。他前往加州大學洛杉磯分校的鮑威爾圖書館，那兒的地下室有打字機，旁邊擺了盒子，可以投入銅板，以小時為單位出借使用。雷．布萊伯利把錢投進盒子，開始將故事打成字。倘若靈感枯竭、需要振奮精神或想伸伸腿，他會在圖書館裡走一走、看看書。

然後他的故事便完成了。

他致電洛杉磯消防局，請問他們紙張燃燒的溫度。「華氏四百五十一度，」有人這樣告訴他。於是他有了書名。不論這個說法是真是假，其實都不重要。

這本書出版，獲得好評推崇，大家喜愛這本書，而且產生不同論點。他們說，這本小說談的是審查、是心靈控制、是人性；它談政府控制我們的生活；它談的是書。

這本書改編成電影，由楚浮執導，但結局似乎比布萊伯利的原著更加黑暗，彷彿要說，將書的內容暗記在心或許並不如布萊伯利想像得安全，反而成了另一條死路。

我在小時候讀了《華氏四五一度》。我不理解蓋．孟泰格，我不理解他為什麼要做那些事，但我理解驅使著他的那股對書的愛。當時，在我的生活裡最重要的東西就是書。巨大的電視牆對我來說太不可思議，我很難想像——電視上的人能跟我說話，假如我有劇本，就能在劇中軋一角。它從來不是我喜愛的書——太黑暗、太冷冽。但當我閱讀《銀色蝗蟲》[16]裡的〈厄薛二號〉（Usher II），我發現自己認得這個作家被當成罪犯的想像世界。這種熟悉感令人高興不已。

等我十幾歲又重看《華氏四五一度》，它成了一本描寫獨立的書，談的是獨立思考，珍藏書本及藏於書封底下的異議；它講我們先是燒書，最後變成燒人的過程。

我在成人之後再重讀，發現自己依舊對這本書讚嘆不已。上述一切都是這本書談論的內容，但它本身也是時代的產物。書裡描述的四方電視就是五〇年代的電視：綜藝節目加交響樂團，通俗喜劇演員加肥皂劇。在這個世界裡，飆車鬼混的瘋狂青少年想尋求刺激、無止境的冷戰情勢偶會升溫，夫妻中只有丈夫有工作、有身分，妻子似乎兩者皆無；壞人被獵狗追逐（甚至也有機器獵犬）。這個世界像是奠基於一九五〇。若由今日或未來的年輕讀者來看這本書，勢必得先想像過去，然後再想像屬於那段過去的未來。

儘管如此，我們還是沒有觸及本書的核心。布萊伯利所提出的問題依舊鏗鏘有力，而且非常重要。為何我們需要書裡的一切？詩、散文、故事？作家各有各的意見。作家是人，容易犯錯，也很愚蠢。故事畢竟是謊言，講的是從未存在的人，以及從未真正發生在他們身上的事。那麼，為什麼我們該讀故事？為什麼我們該在乎故事？

說故事的人和故事是非常不一樣的。我們絕對不能忘記這點。

想法，尤其是落紙成書的想法是不同凡響的。書寫是我們將自己的故事與想法傳遞給下一代的方式。如果我們失去了這些想法，就失去了共有的歷史。我們失去了許多使我們之所以為人的事物，

16 英國版的《火星紀事》的書名。

而小說賦予我們同理心：小說將我們帶入其他人的立場，賜給我們禮物，令我們能從他人眼中觀看世界。小說是謊，是一次次對我們吐實的謊言。

在雷．布萊伯利晚年的最後的三十載，我與他成為朋友。我非常幸運。他為人風趣溫和（即使到了最後，在他垂垂老矣、雙眼失明，而且必須仰賴輪椅時，他的個性依舊沒變），總是洋溢著熱情。他全心全意關注各種事物；他很關心玩具、童年和電影。他關心書。他關心故事。

這本書談論你會關心的事物。這是一封送給書的情書，不過，我認為它也是給人的情書，更是給二〇年代伊利諾州沃基根的情書。雷．布萊伯利在那裡長大成人，他寫下一本談童年的作品《蒲公英酒》（Dandelion Wine），他在書裡將這個世界塑造成一座永垂不朽的綠之鎮（Green Town）。

如我在開頭所說：假如有人告訴你這故事在表達什麼，他們大概不會說錯；假如他們告訴你故事要表達的只有這些，絕對是錯的。因此，關於雷．布萊伯利這本帶有警世意味的曠世鉅作《華氏四五一度》，我告訴你的種種相關資訊都不夠完整。

是的，這本書囊括一切，但描寫的又不僅如此。本書要討論的是你在書頁之中找到什麼。（最後一個重點：我們現在總是憂心忡忡地爭論電子書到底是不是真正的書。我很喜歡雷．布萊伯利在最後給書的定義：他認為，我們不應從書封評判書的好壞。有些人，也可以是一本書。）

能受邀替二〇一三年為慶祝雷．布萊伯利的《華氏四五一度》出版六十週年的紀念版本寫序，我感到非常驕傲。

關於時間，關於格列佛．福伊爾：阿爾弗雷德．貝斯特與《群星，我的歸宿》

單從女主角的眼妝就可以知道好萊塢的老電影是哪一年拍的；單從頁面上的字，你就可以知道古早科幻小說出版的日期；然而，沒有什麼東西比未來難定義，卻又來得那麼快、那麼詭異。

這條規則並非永遠正確無誤，但在過去三十年的某個時間點（約翰．克魯特和彼得．尼可斯在《科幻小說百科大全》中定義「第一波科幻」〔First SF〕一詞，而所謂的「第一波科幻」的消亡是在史波尼克號〔Spuntnik〕於一九五七年把太空「帶到」地球。喬治．歐威爾的小說結束於一九八四，但威廉．吉布森的故事在同年展開，這個時間點就在這段期間內），我們不意進入了現正居住的未來世界，於是，那些古老科幻小說中的未來世界發現自己突然成了沒人要的剩餘品，獨自站在人行道上，被迫收下養老金退休或被遺棄。但，真的是這樣嗎？

在黃金時期，科幻是一種很硬而且很短的文學，終究還是有許多不確定。科幻說自己是在推估未來，探究每一個「假如……」以及「如果這樣繼續……」的想法；但不管怎麼「假如……」或「如果這樣繼續……」，終有一日會發生，成為不爭的事實——不論那一日是哪一日。

換言之，沒有哪種文類比歷史小說和科幻小說更容易過時。柯南．道爾的歷史小說和科幻小說都是同一類。像福爾摩斯一樣，與街上充滿煤氣燈的維多利亞時期一樣難分難捨；它們過時，卻也沒有過時。

若說過時，不如說它們非常有自己年代的風格。

不過萬事總有例外。阿爾弗雷德・貝斯特的《老虎！老虎！》（Tiger! Tiger!）——一九五六年在英國出版，一九五七年又在美國出版，書名改採此篇小說初次於一九五六年刊登在《銀河系》（Galaxy）雜誌的原始標題〈群星，我的歸宿〉（The Stars My Destination）。該作品徹底違反科幻作家的推想立場，分享了作者對未來太陽系型態的可能看法。但充滿執念的主角格列佛・福伊爾在故事的每一頁都存在感十足，他完全沒有過時。格列佛・福伊爾控制著他周遭的世界，好讓一九五六年的詭異未來不會隨他的偏執起舞，消失到背景之中。而他採用的方式絕對會讓我們聯想到偉大的怪誕文學傳統，會想起愛倫坡、果戈里、狄更斯等暗黑系的人物。假如格列佛・福伊爾沒有這麼固執、這麼殘忍、這麼前衛——他很可能像福爾摩斯一樣變成一種象徵。雖然他已經可以算是了。貝斯特用一個引述創造這個角色。他是拜倫式的苦行僧愛德蒙・唐泰斯（Edmond Dantès，即基督山伯爵）的再現，他向欺壓他的人復仇。復仇過程就是大仲馬花了上千字寫成的《基督山恩仇記》。

當我在七〇年代初期還是個青少年時讀了這本書。（或跟這本書很像的故事。即使是同一本，你也無法用同樣的心情閱讀，就像人無法踏入同樣的河水中。）那時我讀了書名叫《老虎！老虎！》的小說。其實我比較喜歡這個書名。相較之下，《群星，我的歸宿》雖朗朗上口，我卻沒那麼喜歡。這樣的書名帶著一些警告意味，也有崇敬之意：創造羔羊的上帝也造了吃羊的肉食動物。而我們的主角格列佛・福伊爾就是掠食者。我們認識了他，知道他其實是個無足輕重的小卒——接著貝斯特點燃導火線，讀者見狀趕快往後站，看著福伊爾燒了起來。他熊熊燃燒、突然變得耀眼。這個人幾乎不識字，頭腦愚笨簡單、是非不分（不是耍酷，不是時下流行的說法。說穿了，他就是個自私鬼）。他是個殺人凶手（搞不好殺了不只一個）、強暴犯、怪物。他是隻老虎。（而且，因為貝斯特是在英國開始寫這本書，所以用英國的電話簿替角色命名。福伊爾與倫敦最大也最討人厭的書店同名[17]，也跟那位航行於各個奇異國度間的勒繆爾·格列佛[18]同名。此外，達格南、約維爾和雪非耳全是英國的城市。）

現在，我們進入第二階段的科幻介紹。這段不長，因為大家彼此都認識。我從來沒見過阿爾弗雷德·貝斯特。我年輕時不在美國，等他要回英國參加一九八七年在布萊頓舉辦的世界科幻大會，他的健康狀況卻不允許長途跋涉。大會結束後不久他就過世了。

我可以用不帶入個人觀點的方式稱讚貝斯特這個人——他寫下許多優秀短篇，職業生涯的第一擊就推出兩本精采的科幻小說：《被毀滅的人》（The Demolished Man）以及你現在手裡拿的這本。他後半段的職涯寫了三本比較沒那麼出名的科幻小說。但也是精采的心理驚悚，名為《老鼠競賽》（The Rat Race），描寫的是五〇年代的紐約電視圈生態。

他的寫作生涯始於替廉價的科幻雜誌撰稿，之後轉戰漫畫；他寫過超人、綠光戰警——他還創造了「綠光戰警誓言」（Green Lantern Oath）——及許多角色。之後轉換跑道到廣播，替《陳查理》、《影子》[19]寫廣播劇劇本。他在回憶錄裡提到：「漫畫這階段結束了，但我在視覺、武打場面、對話以

17 作者二〇一六年注：這家店已經十五年不討人厭了。

18 即《格列佛遊記》的主角。

19 《陳查理》（Charlie Chan）、《影子》（The Shadow）都是暢銷犯罪懸疑小說。知名導演暨演員奧森·威爾斯更曾經演出《影子》的廣播劇，替主角「影子」發聲。

及經濟方面獲得的紮實訓練，我永遠不會忘記。」

他是少數（或許也可以說是唯一）的科幻作家，同時獲得老一輩（「所謂第一波科幻」）、六〇年代及七〇年代初的激進「新浪潮」，以及八〇年代「賽博龐克」（cyberpunks）尊敬。當他於一九八七年逝世，賽博龐克的盛世進入第三年，貝斯特明顯對八〇年代的類型貢獻良多——這本書最為重要。

畢竟，《群星，我的歸宿》是很完美的賽博龐克：內容包含讓人讀來愉快的原型賽博（protocyber）元素——跨國企業陰謀；推著劇情的「火焰彈」[20]——這玩意兒既危險又神祕，而且屬於超科學（hyperscientific）範疇。另外還有無道德良知的英雄；超酷的女盜賊……

但是，讓《群星，我的歸宿》更有意思的其實是：十年過去，本書與大多賽博龐克作品相比，也不會比較過時。當你看著格列佛．福伊爾在「變形」的過程中找到道德良知，（「變形」往往是為了讓英雄能活得夠長，最後升格為神。）老虎刺青使他學會自我控制，不再將情緒全寫在臉上——也因此使得他超越了掠食本能與憤怒，幾乎像是回到了子宮之中。（本書提供了一連串的子宮意象：棺材、太空船「遊牧號」〔Nomad〕、馬特爾深淵〔Gouffre Martel〕、聖派崔克大教堂〔St. Pat's〕，最後又回到「遊牧號」。）除此之外，它還給了我們：

誕生。

對稱。

仇恨。

小小警告你們一下：由於這本書的年代偏早，因此讀者要自己想像的成分很多，可能會超過一般習慣的量。假使這本書寫於現在，作者可能會直接將性侵場景寫出來，而不是採暗示形式。而讀者也能夠看見草地上的性愛場面；在馬特爾深淵之後的夜晚，在太陽升起之前，她看見了他的臉……

所以，假設現在是一九五六年，你將要遇見格列佛．福伊爾，並學習如何進行「思動」。你，正在前往未來的路上。

過去，或說現在，或說未來，是最好的時代，也是最糟的時代……（假使不是有人早貝斯特一步，他可能也會說一樣的話。）

這是阿爾弗雷德．貝斯特《群星，我的歸宿》，一九九九年科幻大師版，由我所寫的序。

20 火焰彈（PyrE）：書裡所描寫的一種熱核爆裂物，光靠思想即能引爆。

賽謬爾・德雷尼與《愛因斯坦交叉點》

目前被稱作「科幻小說」的文類有兩個普遍的誤解。

第一個誤解：科幻談的是未來，就根本上而言，是預測文學（predictive literature）。（德雷尼寫《愛因斯坦交叉點》時，許多編輯和作家主張用「推想小說」（speculative fiction）來指稱英文字母「SF」的縮寫較適當，但這場論戰很久以前就敗下陣來。）因此《一九八四》被視為歐威爾預測一九八四年的世界會是什麼樣貌；海萊因的《二一〇〇年叛變》（Revolt in 2100）預測的則是二一〇〇年的生活情景。然而，但凡講到老大哥的崛起（無論哪種類型），或反性聯盟（Anti-Sex League）於當前的諸多再現，或基督教基本教義派的迅速茁壯，如果你想要以此證明海萊因或歐威爾等同預測未來，就大大畫錯重點了。

第二個誤解，某種程度也是前者更進一步的誤解。當你要超越「科幻就等於預測未來」的概念時，很容易產生誤解。亦即：科幻說的是已消失的「當下」。特別指科幻作品所在的時間點，也就是寫下故事的時代。因此，阿爾弗雷德・貝斯特的《被毀滅的人》和《老虎！老虎！》（另一個書名是《群星，我的歸宿》），講的都是五〇年代，就跟威廉・吉布森的《神經喚術士》講的是我們現實經歷的一九八四一樣。就現狀來說的確如此，但這個概念無論對科幻或其他類型，在真實度上差別並沒有那麼大：故事一向都是時代的結晶。一如所有藝術類型，科幻當然是時代的產物，它反映、回應或強調該作品寫成時的時代偏見、恐懼和假設。但科幻又不只如此：你不可能只靠閱讀貝斯特的作品來解讀並重建五〇年代。

好的科幻作品中最重要的元素是什麼？是什麼使得科幻作品得以長久流傳？是科幻作品詮釋我們的時代的方式。此時此刻，科幻作品告訴了我們什麼？更重要的是，科幻作品想傳達給我們的訊息是什麼？科幻之所以變成某種隱形的文學分支，就是因為無論作者創作時有意或無意，所談論的一切都遠大過時代精神，甚至更為重要。

《愛因斯坦交叉點》（莫名其妙的俗氣書名。德雷尼原本打算把書名訂為《美好的無形黑暗》〔A Fabulous Formless Darkness〕）劇情的設定是：當人類（就是像我們一樣的普通人類）離開地球，有其他人搬進我們的世界居住，就像侵占空屋一樣進到這個裝潢完善、配備齊全的屋子裡。但他們過得很認真，而且完全沒有意識，只是就這麼過著屬於我們的生活、信仰我們的神、做我們做的夢。故事一邊發展，德雷尼有意無意地編織出某種神話：主角洛比就是奧菲斯——或說飾演奧菲斯的角色。而名單上的其他角色可能會猛然發現，自己扮演的其實是耶穌、猶大、珍・哈露（凱蒂・達琳[21]的偶像）還有比利小子。他們以一種尷尬的方式棲居在我們的傳說中，然而卻格格不入。

已故的凱西・阿克於衛斯理大學出版社出的《特萊頓的難題》[22]一書的自序裡，曾以大篇幅討論奧菲斯以及扮演奧菲斯式先知的賽謬爾・德雷尼。我在此向讀者保證，她在該文所寫的內容都真實無

21 珍・哈露（Jean Harlow）生於一九一一年，卒於一九三七年，是三〇年代相當活躍的美國女演員，當時被視為性感偶像。凱蒂・達琳（Candy Darling）生於一九四四年，卒於一九七四年，美國第一位變性演員，是安迪・沃荷的好友，也演出他的影片。

22《特萊頓的難題》（Trouble on Triton）是德雷尼於一九七六年出版的小說，曾獲當年星雲獎最佳小說提名。

誤。德雷尼是一位奧菲斯式的吟遊詩人，而《愛因斯坦交叉點》中的奧菲斯風格也會越來越清晰。

奧菲斯故事最早的版本，其實只是單純講季節的神話：奧菲斯進入冥界尋找他的尤麗狄絲，將她安全帶出來，再度回到有陽光照耀的世界。不過，我們在很久之前就失去了圓滿結局。然而，德雷尼筆下的洛比不只是奧菲斯。

《愛因斯坦交叉點》非常傑出，因為有高度的自我意識，他甚至懷疑起自身的才智。德雷尼引用薩德侯爵到葉慈等作者的話來建構每一章——這些人難道就是自家遭到侵占的原屋主嗎？同時也擷取自作者本人在希臘群島邊亂逛邊寫書時的筆記。這位年輕作者寫作的環境，跟他另兩本自傳體作品《在水裡的光線動作》（The Motion of Light in Water）和《幸福早餐》（Heavenly Breakfast）是一樣的。而在這本書中，他寫音樂、寫愛情、寫成長以及故事的價值。這些幾乎只有年輕人才寫得出來。

你可以把本書中描繪的意象解讀為超人類（Homo superior）的興起，我們期望藥物和自由性愛能帶來新希望。他們在先前人類居住的世界晃盪，像是身懷魔力的孩童行走在荒廢的都市——他們走過羅馬、雅典或紐約廢墟：這本書中重新詮釋的神話世界，屬於後來為世人所知的嬉皮文化。但是，假如本書所談的只有這些，這就是一個很糟糕的故事，與現代種種的共鳴也不會太多。但相反的，本書持續與我們產生共鳴。

那麼，既然已在此說明《愛因斯坦交叉點》沒有談論哪些議題，這本書到底在講什麼呢？

我將之視為對神話的檢驗，思考為什麼我們需要神話、為何要講述神話，還有神話到底都告訴了我們什麼——不論我們是否真的了解。每個世代都是取代了前一世代；每一世代都以全新的視角發現從前就有的故事與真理，並剝去外殼、細細研磨，分離出其中的精華，挑出廢棄不要的事物。但他們不會知道，也不會在乎，甚至也不了解，在接下來的世代眼中，他們找到的永恆真理不過是一種怪異的流行。

《愛因斯坦交叉點》徹頭徹尾是屬於年輕人的書。這是一本年輕作家的作品，講述年輕人來到大城市，學到關於愛情的殘酷事實；他們成長，然後決定返鄉。（感覺頗像弗里茨・賴柏〈擲骨頭〉〔Gonna Roll the Bones〕的主角。他走了很遠的路回家——繞了世界一圈。）

我小時候第一次讀這本書時學到了一些道理：寫作本身可以非常優美。我學到，有時你不了解或一直無法掌握的事物，其實就跟從書裡得到的事物一樣充滿魔力；我學到，我們有權或有義務用自己的方式說故事。因為那是屬於我們的故事，而且一定要被訴說出來。

在我十幾歲的時候又讀了一遍，又學到了點什麼：我知道了我喜愛的科幻作者是黑人，終於了解了各個角色設定依據的原型；而從作者筆記節錄的內容，我也學會小說是多麼易變：原本黑髮的角色可能會在第二份草稿中變成一頭紅髮和蒼白的肌膚。（同時我也學到草稿是可以有第二份的。）這種想法感覺既危險又刺激。我發現，對書的看法和書本身可以是兩件不同的事。我也很喜歡作者有許多事情是沒告訴你的。就讓讀者自己去看書啊。所有神奇魔法都發生在書裡。

在那個時候，我將《愛因斯坦交叉點》一併納入德雷尼所有作品的脈絡裡。之後的作品有《新星》（Nova）和《戴爾格林》（Dhalgren）。無論在語氣或野心層面，在在如同量子跳躍一般遠超前作，並對寫作的神話結構與本質進行檢驗。在《愛因斯坦交叉點》，我們得以拋開偽裝成科幻的觀念。就某種程度而言，這些觀念才剛開始在真實世界裡萌芽。本書尤其將性愛和性欲的本質呈現在我們眼前：變性人、第三性，以及對世代產生矛盾執念的文化。

最近，我以成人的身分重看此書，並發現這作品還是同樣優美，也同樣詭譎。我發現那些以前覺得模糊不清的段落——尤其是那些峰迴路轉、意想不到的部分——現在卻變得非常清楚。老實說，我現在覺得自己無法相信洛比會是異性戀。這本書當然是個愛情故事。讀這本書時，我認為這是在講死亡小子[23]追求洛比的故事。我有些好奇洛比與書中其他角色間的關係。他確實是位誠實的敘述者，也算是挺可靠，但他畢竟去過都市，都市的身影在他的言談中留下痕跡。德雷尼的才華和想說故事的衝動督促著他寫作，而我發現自己再一次因此心懷感激。這是一部非常好的科幻小說，即便有某些人依舊認為（包含賽謬爾．德雷尼在內）文學作品與科幻小說的價值並不相等。兩者的評判標準——也就是用來論斷的模式是不一樣的。這本書是一本優秀的文學作品，是屬於夢想、故事與神話的文學；它也是傑出的科幻小說——但不管是什麼，它的優秀都是無庸置疑。這本書的寫作方式非常奧妙，但也非常優美，預示了大量的未來景象；它也長期受世人忽略。假使你是在這次的新版才初次閱讀本書，就會清楚地了解這一點。

我記得在十幾歲的時候看過布萊恩．奧爾迪斯在他自己的科幻史評論集《十億年的狂歡》中發表對賽謬爾．德雷尼小說的看法。奧爾迪斯引述C．S．路易斯，他認為德雷尼的故事就是太怪，怪過了頭。故事中講的都是各種怪事如何影響怪角色。當時這句話令我十分困惑，至今依舊不解。因為我從以前到現在從不認為德雷尼的角色有哪裡怪。本質上，他們都是人類。又或者，說精確一點，他們根本就是我們。

小說的目的，就是這個。

一九九八年由衛斯理大學出版社印行的賽謬爾・德雷尼《愛因斯坦交叉點》，這是我為新版寫的序。

23 死亡小子（Kid Death），《愛因斯坦交叉點》中的角色。

星雲獎四十週年紀念：二〇〇五年致詞

歡迎各位來參加星雲獎頒獎典禮，今年也是美國科幻和奇幻作家協會（Science Fiction and Fantasy Writers of America）成立四十週年。如果有人在想送什麼禮物比較好——四十週年紀念是紅寶石。就一個文類的生命週期而言，四十年非常短暫。

我在想，要是我有機會在年輕時——比方說二十三、四歲好了，當時我狂妄不羈、自信滿滿又聰明絕頂——假如那時，我能有機會向一群史上最傑出的科幻奇幻作家致詞，鐵定會準備一篇精妙絕倫的講稿，內容洋溢熱情、感人肺腑；我會抨擊科幻小說的堡壘、呼籲要拆掉一堆隱喻之牆，然後再蓋幾堵隱喻之牆。但不管從哪一方面，我的大聲疾呼都是為了作品的品質——融合科幻與奇幻這兩種文類、揉合再造的優秀故事……我的演說一定會妙語如珠。

然而，我現在的處境有些尷尬，因為我發現自己處於領取第一個終生成就獎與死亡之間的位置。比起年輕時的我，我突然發現，我要說的話少了很多。

五年前，當我寫完《美國眾神》的第一份草稿，我驕傲地對吉恩．沃爾夫表示我已經知道該怎麼寫小說了，而他則向我點明：你永遠都學不會該怎麼寫小說。你只能將你正在發展的故事寫出來。他當然是對的。但這裡的矛盾之處在於，當你終於搞清楚該怎麼做，書已經寫完了。如果你依舊有想創造新事物的衝動，下一本會是完全不同的景況。你得從頭開始——從一個個字母開始。

至少就我的情況而言，我在寫下一本書的時候，總覺得我知道的好像比上一本還要少。

言而總之，紅寶石紀念。四十年前，一九六五年，第一座星雲獎頒發，所以在此提醒一下各位一九六五年獲得最佳小說提名的完整名單，或許會很有意思……

《凡有血氣的盡都如草》（All Flesh Is Grass），克利夫・D・西梅克（Clifford D. Simak）

《複製人》（The Clone），西奧德・湯瑪斯（Theodore Thomas）與凱特・威爾漢（Kate Wilhelm）

《血錢博士》（Dr. Bloodmoney），菲利普・狄克

《沙丘魔堡》，法蘭克・赫伯特

《脫逃軌道》（The Escape Orbit），詹姆斯・懷特（James White）

《種族屠殺》（The Genocides），托馬・迪斯科

《新星特快車》（Nova Express），威廉・布洛斯

《惡魔瘟疫》（A Plague of Demons），奇斯・洛馬（Keith Laumer）

《惡龍》（Rogue Dragon），阿夫拉姆・戴維森（Avram Davidson）

《航行在時間洪流裡的船》（The Ship That Sailed the Time Stream），G・C・愛德蒙森（G. C. Edmondson）

《星狐》（The Star Fox），保羅・安德森

《艾德利治的三道印記》（The Three Stigmata of Palmer Eldritch），菲利普・狄克

我很愛這份名單。真是百家爭鳴——各式各樣的科幻與奇幻作品一同來競爭獎項。無論傳統或離經叛道，全都在此角逐同一座壓克力獎座。

假如你想知道得獎者有誰，以下是一九六五年的星雲獎得主名單：

長篇小說：《沙丘魔堡》，法蘭克·赫伯特

中篇小說：《變形人》（He Who Shapes），羅傑·齊拉尼、《唾液樹》（The Saliva Tree），布萊恩·奧爾迪斯（兩人共同得獎）。

短篇小說：〈他臉上的門，他口中的燈〉（The Doors of His Face, the Lamps of His Mouth），羅傑·齊拉尼

短篇故事：〈「小丑，悔改吧！」時鐘人說〉（"Repent, Harlequin!" Said the Ticktockman），哈蘭·艾里森

……那真是精采的一年。

四十年後，科幻在我們的世界成為眾人默認的存在；科幻擴展到世界各地，形式紛雜的奇幻成為媒體的主要題材。像我們這樣在此文類耕耘的第一批創作人，從廉價雜誌、天馬行空的想像和四色漫畫中建立起一座都市，並逐漸接受、處理我們在這個世界發現的一些狀況——這是他們在一九六五年還不用擔心的事。

首先，今日的當代小說就是昨日的近未來科幻。只不過怪了些，而且不必具備可信度或一致性。

從前，要看出該科幻作品是不是走主流路線的作者寫的，非常容易：比光速更快的旅行法、可下載的人工智能、時間悖論等等題材。作者似乎深信他們所寫的故事是第一本探討這些內容的小說。這

些書往往粗糙，自鳴得意，好像以為自己發明了車輪，但卻做得很糟，完全沒有意識到當前的科幻已經超越他們許多。

然而這已經不是事實了。現在，科幻最稀奇古怪的題材都不過是建構故事的磚塊，不見得屬於我們。我們創造出的世界本來是想像地景的一部分，現在則是某張壁紙的一部分。

很顯然的，我們在想像世界之爭中贏下一城，現在，我們得想想下一步要做什麼。

我一直都很喜歡ＳＦ（科幻）的縮寫代表「推想小說」（speculative fiction）的概念。主要原因是這個名詞似乎能概括一切。例如我們在做的一切都是帶著推想的態度。科幻關乎思考、關乎質疑、關乎虛構。

我們眼下的挑戰是要向前——持續向前。述說有分量、有意義的故事；我們要用有意義的事物、要使用這個想像的文學，達到言之有物的程度。

這就是我們每個人以及未來將出道的作家勢必努力的方向；我們要革新科幻，並且讓科幻作品傳達出我們希望它傳達的訊息。

總之就是這樣。

在這個領域耕耘了大半輩子，也是這文類的終生讀者，有件事我認為值得提出來提醒大家：我們是一個共同體。

在我參與過的各種領域中，科幻圈的人永遠都願意幫助彼此，幫助剛起步的新人。

我二十二歲的時候——那都是半輩子前的事了——在倫敦的「禁忌星球」書店請布萊恩·奧爾迪斯簽名。簽名會後，在隔壁的酒吧，我坐在一位膚色黝黑、長得有點像精靈的男士旁邊。他叫柯林·

格陵蘭（Colin Greenland）。他似乎對這個領域知之甚詳，當我提到自己寫了一些故事，他問我是否能讓他看看。我把故事寄給他，他建議我投稿給某家雜誌。他曾經為他們寫過一些東西，認為他們可能會刊登我寫的故事；我寫信給那家雜誌社，把故事大幅刪減，以便符合他們的字數要求，然後他們真的刊登了那篇故事。

當時，那篇獲得刊登的短篇對我意義重大，與後來發生的許多事情相比，榮耀更甚。（柯林和我一直都是好友。大約十年前，他寄給我一篇短篇，作者是蘇珊娜·克拉克，他在一個寫作坊認識的，而且作者不知道他寄了……但那是另一個故事了。）

六個月後，我為了我第一本類型書進行研究。那是一本引用很多科幻奇幻作品的選輯，內容泰半很糟。書名叫《毛骨悚然不可置信》。（發表這篇演講的時候，我離題聊了一點我和金·紐曼合著的這本書，我引述書中的巨蟹，結果講了太多。噢，還有太空螃蟹。但我不會在這裡提及，抱歉了。）

……關於我在這個領域得到的回應，我又驚又喜。書迷和作者紛紛提出他們喜愛或不愛的作者的作品。我記得自己收到艾西莫夫寄的明信片有多高興。他告訴我，他分不出自己作品的好壞，所以給我可以隨心所欲引用他作品的權力。

我覺得當時的我真的學到了一課，而且受用至今。

我遇見的那些人就是創造出科幻的人，儘管仍有爭議——就跟每一種家族紛爭一樣，多數爭執的起源早就弄不清了——但大家依舊是一家人。在本質上相互幫助，對於年輕且愚昧的創作者更是特別支持。

今晚，我們之所以在此，全是因為我們對這個領域的熱愛。

星雲獎是我們為自己人喝采的方式。星雲獎之所以重要，是因為我們認為它重要。因為我們在乎。

星雲獎是我們的渴望。星雲獎是我們——是這個文類、是這群作家——對寫出傑出作品的人致上的感謝，還有為科幻、奇幻和推想小說出一分力的人。

星雲獎是一種傳統，但它重要的原因不只這樣。

星雲獎之所以重要，是因為它使得那些做夢、推想、發揮想像的人能因為加入科幻這個大家族為傲。星雲獎之所以重要，是因為那尊壓克力獎座表揚了為世人創造未來的我們，也讚揚我們為自己打造未來的方式。

本篇演說發表於二〇〇五年十月三十日，芝加哥，慶祝星雲獎四十週年。

IV

影像、電影與我

這是如夢境般美麗、
卻沒有形體的銀色硝酸鹽殘影的連續鏡頭。
當鏡頭結束，
我總想知道後來會發生些什麼。

科學怪人的新娘

電影以不同方式提供我們娛樂。許多電影第一次看的時候什麼都能給你，第二次看卻沒東西可給了；有些電影則是在第一次看時給得很保留，要到後來才慢慢施展它的魔法，讓人感到越來越滿意。少數電影像夢境，會在醒來時在你腦海解構又重組。就我的意見，這類電影是你後來在腦海深處某個陰影中自己拍出的意象。《科學怪人的新娘》就是這樣一部夢境般的電影。它以一種特別且魔法般的奇特身分存在於文化裡：搖搖晃晃的連續鏡頭，就跟怪物一樣笨拙又美麗，在電影的短短兩分鐘內達到高潮，而且偷偷烙印在全世界人的潛意識裡。

這是許多人都喜歡的恐怖電影。可惡，這也是我喜歡的恐怖電影。但是……

我女兒瑪蒂喜歡《科學怪人的新娘》的概念。她十歲。去年，她非常著迷擺在樓梯上窗臺邊的兩座小雕像：頭戴假髮、頭髮全豎起來，一臉恐懼的艾莎・蘭徹斯特，與格魯喬・馬克思[1]的小雕像面對著面。於是她決定在萬聖節打扮成怪物的新娘。我得替她找卡洛夫[2]和他的新娘的圖片，然後用電子郵件寄給她。幾週前，我發現自己必須獨自照料瑪蒂和她朋友蓋拉・艾弗瑞，於是我弄了熱巧克力給她們喝，我們一起看《科學怪人的新娘》。

她們看得津津有味，在應該扭來扭去尖叫的時刻也有動來動去、發出尖叫。但電影演完，女孩的反應明顯出乎我意料。「結束了嗎？」一個女孩問。「好怪喔。」另一個則很乾脆。這兩位觀眾都很不滿意。

我有點罪惡感——我知道她們會喜歡《科學怪人之家》[3]——還是片名叫《科學怪人之鬼》？就是那部卡洛夫演瘋狂科學家的電影，同時還有約翰·卡拉定（John Carradine）扮演的吸血鬼，更別說還有小朗錢尼（Lon Chaney Jr.）飾演的狼人——這部片是如此豐富！畢竟這是一場嬉鬧的大集合。也許不恐怖，但「感覺」像是恐怖片，能提供讓兩個十歲小孩滿意的所有元素。

《科學怪人的新娘》沒有嬉鬧，而是如夢境般美麗、卻沒有形體的銀色硝酸鹽殘影的連續鏡頭。當鏡頭結束，我總想知道後來會發生些什麼事。我開始在腦中重組劇情。我從小就看過這部電影，甚至已經數不清自己看了幾遍。而我可以（高興地）告訴你，至今我仍不太有辦法重述劇情。不如說，我能做的是跟著電影一起，慢慢把劇情告訴你。然後，等電影結束，故事又在我腦中糊成一團，像夢一樣重新成形。等你再醒來，一切又變得更難以解釋。

電影一開始是瑪麗·雪萊和艾莎·蘭徹斯特，兩人臉上掛著促狹的微笑，穿著那時代那種會露出乳溝的衣服，與單調乏味的拜倫和雪萊談話，介紹原本的科學怪人的續集。故事設定在第一部《科學怪人》之後不久，怪物活了下來，世界則已恢復原狀。

亨利·法蘭肯斯坦（柯林·克利夫飾）即將迎娶性格懦弱的伊莉莎白（瓦萊麗·霍布森飾）。（這位懦弱的伊莉莎白才是法蘭肯斯坦真正的新娘。我想，大概是因為片名的緣故，才讓一般人弄不

---

1 艾莎·蘭徹斯特（Elsa Lanchester）：生於一九〇二年，卒於一九八六年，英國女演員；格魯喬·馬克思（Groucho Marx）：生於一八九〇年，卒於一九七七年，是知名美國喜劇演員，跨足電影和電視圈，以機智見長。
2 鮑里斯·卡洛夫（Boris Karloff）：最出名的角色就是科學怪人中的怪人。
3 尼爾·蓋曼不確定片名的這部電影，正是《科學怪人之家》（House of Frankenstein）。

清楚科學家和怪物的關係。）

厄尼斯特．塞西杰飾演的佩特里烏斯博士是比這個亨利更瘋狂的科學家，他大搖大擺闖進亨利．法蘭肯斯坦的生活，彷彿拿手裡的苦艾酒對著已洗心革面的酒鬼炫耀。佩特里烏斯博士脾氣不好、個性彆扭、令人過目難忘，來自一個比亨利的世界更危險的地方。他說話一針見血，幽默好笑，而且非常搶戲——他與裝在瓶中的迷你小人有一場精采的表演——瓶中有情侶、國王還有教宗，談的是他以煉金術研究該如何創造生命。而我發現，無論我什麼時候看，心中的念頭都與電影無關。我總放在心上，像某種夢境，難以解釋，也許是電影那瞬間的魔法吧。我似乎將導演詹姆斯．惠爾想成佩特里烏斯博士，把瓶中小人想像成他的演員。這些小人被他操縱，隨時都要按他心意去放縱聲色、聽人訓話或自我了結。

亨利．法蘭肯斯坦是個狂熱分子，但詭異的是，他在一部用他的名字當片名的電影中卻不見蹤影——無論是情感面或實際面。柯林．克利夫很快就出現酗酒（可能還有結核病）的症狀，活力漸漸削弱。怪物擁有的生命力可能比亨利．法蘭肯斯坦還更多。當我看著電影、當故事結束，我覺得怪物好像會活得比較久。

卡洛夫飾演怪物。他的面容是此片帶給人的詭異感受之一：自從卡洛夫演了法蘭肯斯坦的怪物。其後，儘管看過很多人扮演此角，但沒有一個人能那麼活靈活現。他們看起來都太過殘暴，或太過滑稽，彷彿是等待上戲的阿達一族。但卡洛夫不同。他敏感纖細、彷彿受了傷，雖一度粗野，但現正學習語言，並渴望著愛。這個怪物沒有什麼令人害怕之處。

反之，我們同情他、憐憫他、關心他。

（與盲眼隱士相處的那段因為《新科學怪人》[4]版本太過戲謔，我一時忘了。當我在《科學怪人的新娘》中看到盲人，不禁擔心他會不小心把熱湯淋在怪物身上，或不小心燒到怪物。看到他們毫髮無傷地度過一餐實在令人放心。隱士看不見怪物，卻反而成為唯一不帶偏見去看怪物的人。）

詹姆斯．惠爾的執導風格優雅且華麗，它建造出一座美麗的地下墓穴。每個設計完美的鏡頭都有著驚人的美感，一如威廉．赫伯特的劇本[5]充滿機智與詩意。

當然，你很難對亨利或伊莉莎白產生什麼興趣，而我懷疑惠爾其實心知肚明。亨利．法蘭肯斯坦在第一部電影是悲劇焦點，現在則成了與此片格格不入的角色。他在一群行動緩慢的滑稽角色中，成了單調無聊的情人。也是因為如此，此片的殺傷力才會那麼強、那麼超現實。在《科學怪人的新娘》中，一切都是為了揭開艾莎．蘭徹斯特的真面目做準備。為了要告訴大家她才是真正的新娘，她才是片名所指涉的人。當她露臉並嘶聲吶喊、驚聲尖叫、害怕不已——但又那麼完美。然而一旦我們看過她，就再也沒什麼好看的了。當卡洛夫飾演的怪物發現連她也怕他，表情立刻從喜悅與希望落入絕望深淵，然後走過去把會炸了實驗室的開關拉下（這已經成為一種傳統了）。

但艾莎與卡洛夫是佳偶天成。他們的形象太鮮明、太有生命力，不會因最後的爆炸而消逝。即便亨利和伊莉莎白從想像中消失，那個怪物，還有他的伴侶永遠都會是怪誕的象徵，活在我們的夢中。

4《新科學怪人》（Young Frankenstein）：一九七四年發行的喜劇恐怖電影，模仿一九三一年的《科學怪人》，以黑白電影的方式拍攝。

5《科學怪人的新娘》劇本由威廉．赫伯特（William Hurlburt）所編寫。

本文原收錄於馬克・墨利斯（Mark Morris）二〇〇五年編撰的文集《恐怖電影》（Cinema Macabre）。

《奇幻面具》：引言

倫敦北邊某處，當我打字撰寫本文之際，戴夫・麥金正辛勤埋首於製作電影《奇幻面具》（MirrorMask）。他又是嘆氣又是皺眉，而且耗費漫長工時。過去十八個月來他都過著這種生活——構成畫面、解決問題。戴夫設計、指導、創作了《奇幻面具》的每一格分鏡，月底必須完成電影交出。如果要說哪一件事他真的沒時間做，那就是寫引言。

以下就是我心中的《奇幻面具》。

時間來到二〇〇一年夏天。某日，電話響起，麗莎・韓森打來，她想問我意見：戴夫・麥金會不會想替他們拍一部奇幻電影——風格有點類似《魔王迷宮》那樣。她說，《魔王迷宮》在二十年前花了吉姆・韓森公司約四千萬拍攝，雖然這個新片有拍攝經費，但不多，只有四百萬。假如你碰巧撿到一個被人丟掉的行李箱，裡面塞滿現金，放在某處一個挖空的樹洞裡，那這是很大的一筆錢。但是，如果是要用來拍奇幻電影，根本做不了什麼。她看過戴夫的小製作，而且很喜歡。可是如果問我認為戴夫有沒有興趣？我說我不知道。

麗莎說，她顯然付不起請我寫劇本的錢，那我說不定可以幫忙劇作家稍微想想故事……？我跟她說，如果戴夫答應執導，我就寫劇本，不用多說，就這麼簡單。

然後戴夫說好。

我有個還不完整的想法，於是寫下來寄給戴夫：一個出身馬戲團的女孩，發現自己遭到精靈女王綁架，被帶到某個仙境，見到一個像帕克[6]一樣不可靠的嚮導。女孩被迫成為（或裝成）精靈公主，而真正的精靈公主則被迫扮成人類。

同時，戴夫做了個夢。醒來時，他認為這個夢或許可以成為一部好電影的基礎——真實世界中，母親病情加重；在另一個面具的世界，女孩必須喚醒沉睡的白雪女王。白雪女王和黑暗女王之間的平衡已經不再、並且破滅。然後他寄給我一封電子郵件，描述那個夢境、還有他對電影的想法，以及其餘想用來傳達訊息的點子。

但我不知道我們是否能將兩個想法結合。

二〇〇二年二月，吉姆．韓森公司派我去英國兩星期。為了省錢，也因為戴夫和我都認為這麼做挺不賴，所以我們待在韓森家位於漢普斯特的住處。自從吉姆．韓森過世，房子都沒有改過裝潢，所以我們算是住在他的世界裡。我們在起居室的櫥櫃找到初期剪輯版的《魔王迷宮》錄影帶，片長超過三小時，角色的配音由操偶師負責，而非演員。我們連看了好幾晚，用以培養情緒。戴夫找了一堆藝術書，有超現實和雕塑類，也有充滿各種意象的書。他認為有的意象也許可以在故事裡派上用場。

那時，戴夫．麥金和我合作了大概十六年，一直相處愉快，我們的合作向來簡單。但這次卻不是。我們發現，會變得不簡單大多是出於一個原因：戴夫和我的寫作方式完全不一樣。他會計畫好一切，把每個想法都寫在小卡片上，在劇本的第一個字寫出來前就要完成計畫；而我則是會不斷去談論我的想法，談到準備好動筆那刻，接著就開始寫，邊寫邊找到剩下的情節。這兩種工作方式不完全相容，而且只是諸多問題之一。剩下的問題則是因為必須用僅有的資金來拍攝。戴夫知道哪些事他能做，哪些不能，而我不是。

「我想要在海倫娜的學校拍一景。」我說。

「辦不到，」戴夫會對我解釋。「太貴了。我們會需要一個班級，要找老師和小孩當臨時演員，」然後他看我臉垮下來，便會補充。「但假如你想，我們可以讓整個世界像紙一樣被揉成一團。那就不會花到任何一毛錢。」

儘管如此，戴夫的可靠還是令人安心。假如你知道界線在哪兒，要做藝術就比較簡單了。拿《奇幻面具》這個例子來說，我總在地下室的廚房裡寫作。那裡很溫暖。（現在呢，我在一幢借住的房子的廚房撰寫此文，這也算是某種一致性吧我想。）而戴夫大多在有好幾層樓的地方工作，因為那裡有光，還有一臺大鋼琴。

泰瑞・吉蘭（Terry Gilliam）有次談起他的傑作：《向上帝借時間》（Time Bandits）。其中有句話成為我們的檢驗標準。他說，他想拍一部聰明睿智而且是給孩子看的電影，但是裡面也會有足以吸引成人觀眾的動作場面。於是我們比照辦理。

我開始寫。

戴夫會提議一些場景，是他希望能用電腦動畫完成，簡單又相對便宜——例如纏繞的影子觸手或是沒有形體的黑鳥。

在那週裡，戴夫數度離開，自己去做場景初稿，然後拿給我看，再告訴我他想表達的意思是什麼；而我會把他的初稿加進來——例如，巨人繞行的事件順序、猴子鳥、找尋夢境中的圓頂，這些都

6 帕克（Puck）：莎劇《仲夏夜之夢》裡的頑皮精靈。

是戴夫的初稿。還有圖書館員的「世界起源」演說。這篇是戴夫早在我們開始這部電影劇本之前就寫好的。我會把這些整理起來，即興加入對白；他呢，會在我背後看著我打在螢幕上的臺詞，只要我的口氣開始變得像泰瑞・瓊斯（Terry Jones）在寫《魔王迷宮》，他會馬上告訴我，然後我會試著把對白變回比較像是我在寫《奇幻面具》。

韓森公司提過，他們認為片中應該要有妖精，因為他們已經先暫時將我們製作的這部片命名為《妖精王國的詛咒》（Curse of the Goblin Kingdom），並且賣給索尼影業。所以我三不五時會把「妖精」一詞放到角色的名字前面——例如「妖精圖書館員」。當時除了「小毛茸」之外沒有名字的角色，初稿裡先叫做「黑暗妖精」。戴夫對這種做法不以為然。「他們想看到妖精，」他警告我說。「戲裡沒有妖精。這樣會有麻煩。」但我則認為我們大概會安全過關。

我們都不確定自己是不是真的在做電影，直到泰瑞・吉蘭有天來屋裡喝茶。我們有張紙，上面滿是句子和塗鴉，是用來提醒自己電影的雛形。他看了看那張紙，「那個，」他說：「看起來像電影。」

啊，我們想，那也許就是了。

那個不可靠的小丑在初稿中叫「帕克」，我們知道必須替他取個更好的名字。在二月的第二週，我們身邊充滿各種海報與暗示，在在告訴我們情人節快到了。因此，我們替他命名為「瓦倫廷」。這個名字稍稍有點華麗，因為不知怎麼，他在我們兩人眼中就是突然變得華麗。

我們把劇本送去韓森公司，緊張地等待。他們當然提出了意見，也相當通情達理——他們想要更多種結局和更多種開場。

戴夫寄來角色、情境和場景的照片，希望我看看他所說的東西——白城（White City）——感覺起來是什麼樣，瓦倫廷看起來是什麼樣。諸如此類。

現在我再看這些圖，總覺得奇妙。因為這些圖完全兜得起來。我可以清楚理解戴夫的意思，還有他當初會寄這些來的原因。這些東西最初寄來時我看了半天，心中納悶這些東西到底哪裡跟我們寫的劇本有關？

不過，戴夫心中很清楚。戴夫一直都很清楚。

現在，我心中的理論是這樣的：先預設電影不會開拍比較好。這樣一來，假如真的如你預期，電影沒有開拍，你就不會有六個月的空白得填補。所以，當我們寫了另一份劇本草稿，戴夫坐下來，小心翼翼地把整部電影的分鏡圖畫出來（就是你在本書看到的同一組圖），而韓森公司似乎相當確定電影真的會拍——假如某個瞬間突然有人大夢初醒，發現某個理由，然後電影永遠不會開拍，似乎就簡單多了。可是沒有人發現不要拍的理由。

在電影世界裡，你等的是一個「綠燈」。就像紅綠燈一樣——綠燈表示可以走，一切都會發生；你要開始拍你的電影。

「我們有得到拍《奇幻面具》的綠燈嗎？」我問。但好像沒人能非常肯定。

然後，到二〇〇三年五月，我在巴黎。這是我在歐洲的巡迴簽書會最後一站。戴夫打電話給我，說：「我們正在對《奇幻面具》的劇本。」我搭上往倫敦的火車，坐在韓森公司倫敦辦公室的一間小房間裡，桌邊圍坐一群演員在朗讀劇本。他們為我介紹吉娜·麥琪和史蒂芬妮·列尼達斯；布萊恩·韓森朗讀了許多奇怪小生物的臺詞。（我對他朗讀小雞的臺詞特別印象深刻。）我又改寫了一下劇本，砍掉一點東西，加了幾句臺詞。只要該笑的地方真的能引起桌邊的人哈哈大笑，我就很心滿意足。

對完劇本後，戴夫和我問麗莎・韓森：所以，我們是不是真的、終於、很認真、很實在地得到一顆綠燈，可以拍攝此片？她試著解釋說此片不是這樣的作業模式。她告訴我們說，沒有，我們沒有得到綠燈，但電影絕對會拍，所以別擔心。但我們當然還是擔心。

然後——有點出乎意料之外——戴夫開始拍攝了。

拍攝的大多時候我不在場，因為我認為不會拍。等到我發現真的在拍了，我卻只能待在那地方一星期左右。

電影工作人員很快就打成一片。他們經歷各種逆境與瘋狂事件，凝聚出像是家人的感覺，或戰火中躲在散兵坑的士兵的革命情感。因為在太陽下山前，你永遠不會有足夠時間重拍最後一個鏡頭，也沒有足夠的錢可以解決問題，好讓麻煩一個個消失；馬戲團樂隊的喇叭手沒來；隔天在醫院拍的鏡頭和戴夫心中想的不同——因為他想拍的魚缸會漏水，而虎皮魚開始吃起燈魚……

因為我不在現場，所以可能永遠都不會懂，為何戴夫做給演員和工作人員穿的T恤上印了「聞我的萊姆」（Smell my lime）這句話。戴夫有解釋過，但我想你可能得在現場才能體會。

他們在六週內讓戲殺青——兩週在拍攝現場，剩下時間都在藍幕前作業。他們在二〇〇三年七月拍攝完成，然後戴夫開始製作。最開始他一共有十五位動畫師加上麥斯。現在，過了十五個月後，只剩戴夫和麥斯。

我在二〇〇四年十月寫這篇，那時戴夫說他快完成了，我完全相信。我看過大部分剪接過的毛片，發現這部片現在的樣子跟我最初想像的天差地遠，我覺得非常開心。我覺得自己就像在藍幕前表演的演員，終於看到自己一直以來在演的到底是什麼。

十八年來，戴夫不斷令我感到驚奇。也許你覺得我早就習慣了，但沒有。我覺得我不會有習慣的一天。

本文是《奇幻面具：電影插圖劇本》（MirroMask: The Illustrated Film Script of the Motion Picture）一書的前言，寫於二〇〇四年。

《奇幻面具》：日舞影展日記

我以前從來沒去過日舞影展，當然更不會以為自己能靠著《奇幻面具》一片來到日舞影展。但總之，我現在在這裡了。我不是說《奇幻面具》不是一部好電影，或算不上獨立製片——此片是藝術家暨導演戴夫．麥金以微薄的資金、親自帶著一群藝術學校的畢業生完成的。而且，這是一部各年齡層的孩童都能觀賞的電影。（我會稱之為「家庭電影」——假如這四個字真的是指闔家觀賞的電影，不像「成人電影」並不等於給大人看的電影。）但我們有透過索尼影業發行——儘管他們不太清楚這部電影到底講什麼，或是誰會對此片有興趣。言而總之，吉姆．韓森公司替此片報名日舞影展，而影展也接受。所以我們就來了。

我在週五傍晚抵達。製片暨導演馬修．范恩是我的朋友，他正在大街上為他的電影《雙面任務》（Layer Cake）舉辦派對。我往大街走去，整條街人山人海、摩肩擦踵，擠滿一堆想看名人的人，我不禁覺得自己有點沒用。因為就算我領到了一本《名人指南》和一副望遠鏡，依舊是個名人盲。每扇門後面似乎都在舉行派對——我走進三條隊伍，最後進入《雙面任務》的派對，發現自己夾在一小群隨行人員中。不久，派對酒吧的貴賓區只剩馬修、我和幾個經理、助理。「這場派對的目的是什麼？」馬修問了一位公關，但好像沒人知道答案。他的電影在那天下午首映。然後這是一場派對。有人介紹我認識電影公司的大人物。

於是我在心中決定：如果這就是日舞影展，那我不喜歡。

隔天，我在大街上與我的導演碰面。我有點擔心。在出發前幾天，戴夫把完整的電影放給演員和劇組人員看，他現在認為這是有史以來最爛的電影。假如他有錢，他會把電影買回去、深埋起來，另拍一部不同的——拍一部他看了比較開心也比較滿意的電影。雖然如此，他看到我好像還是很高興。我們正要閒話家常時，一位攝影工作人員喊了我的名字，然後我就發現自己站在大街上接受關於《奇幻面具》的訪問。

星期天以Adobe的早午餐會做開場（我不知道為什麼），接下來，抉擇的時間到了：我可以去看德勒斯登娃娃在音樂咖啡店的表演，或到動畫座談會上給戴夫．麥金和《奇幻面具》的製片麗莎．韓森精神上的支持——他們都叫我去看德勒斯登娃娃表演，但是我的責任感（以及想要在大銀幕看到我們的預告片的念頭）最終勝出。除了我們之外，所有座談會的與會人都是拍厲害電影的——《魔戒》、《波特萊爾大冒險》、《史瑞克2》、《北極特快車》等等。我不太確定這些東西為什麼會跟日舞影展有關，直到索尼影業的葉爾．藍道說，這些製作上億成本電影的軟體，兩年後會拿來製作低成本電影。我思索了一下他的話。以我們的例子來說，的確如此。

在大街上，每走一段就會有個身穿紅衣、拿著記事板的人把我攔下，問我看了那些喜歡的電影。他們想找出大熱門是那一部片。

那晚，我們去參加《顫慄時空》（The Jacket）的首映。我們後面有個人在用手機敘述當天的一切，熱心地告訴朋友他看到什麼景象。「有安卓亞．布洛迪……西裝很棒，我可以看到綺拉．奈特莉……」好吧，也算挺有用。真希望我們也帶著自己的演員一起來。首映會非常迷人，而《顫慄時空》是一部巧妙且高竿的電影，演員不賴，還加上《陰陽魔界》的劇情。

我真的不喜歡日舞影展。到了午夜，戴夫、麗莎和我站在一條冷颼颼的小巷內，等著進場觀看大衛・史萊德（David Slade）的《網交陷阱》（Hard Candy）。我發現隊伍裡的人都沒這麼光鮮亮麗；那些光鮮亮麗的人在派對上，這些則是影展常客。他們在午夜時分瑟縮發抖等著看新片。還好這片精巧簡潔，是一部兩個演員互飆演技、黑暗又讓人精疲力盡的電影。我開始發現，日舞影展有許多面向是我先前沒注意的。

我們的電影快到影展尾聲才進行首映，但在鹽湖城第一場試片是放給一群高中生看。我們在影片最後二十分鐘到達現場。戴夫・麥金擔心到不敢進去，但我進去了。我看著《奇幻面具》的魔幻意象呈現在大銀幕上。之前，我只在筆記型電腦的螢幕上看過它不同階段的樣貌。這感覺真的很不一樣。

觀眾鼓掌，燈光亮起。我附近有個十五歲女孩，她轉頭對朋友說：「這電影超～～好看。」我大吐一口氣——彷彿這口氣我憋了十八個月。這是我們獲得的第一批影評，戴夫和我回答了些問題，然後替青少年簽名。有個女孩要我們簽在她手臂上。她不知道我們是誰，但總之我們拍了這部電影，而電影令她很開心。

戴夫看起來相當振奮。

我們去看了一部在日舞影展節目單上似乎不錯的電影，結果普普通通——演技拙劣、拍得很糟、劇情又是取自某集《陰陽魔界》。怪的是，即便這樣也令我們心情大好。我們的電影或許不完美，但比這部好多了。結束後，沒有少年少女去找導演在身上簽名。

訪談開始。有些是面對面，有些是電話。但還沒有人看過電影，所以我們什麼都可以告訴他們。

我去看了《功夫》（Kung Fu Hustle）——意料之外，我好愛。這就像是日舞影展給的禮物：無論什麼都好玩。而且羅德・塞林[7]一定不會覺得哪裡眼熟。

星期三早上，我們去看我朋友潘恩・吉列特[8]的電影《上流社會》（The Aristocrats），由保羅・普羅文薩（Paul Provenza）執導。由於心中知道是朋友拍的電影，講的是一百個喜劇演員討論一個不太好笑又有點骯髒的笑話，但無論如何，你得對它有基本的禮貌。我原先已經做好心理準備，結果，戴夫跟我都看傻了，我們真是樂不可支。這是一部超好笑、超髒但又特別淨化心靈的電影，描述藝術的本質，以及我們創作藝術的原因。我們告訴製片人說我們超喜歡他們的電影，他們則告訴我們，他們想來看《奇幻面具》。我們說，你們大概不會感興趣，而且電影裡沒有髒話，但他們依舊堅持。潘恩有高山症（「就一個身高六英尺七的人來說，還真他〇的諷刺。」保羅・普羅文薩說。）所以他大概很早就會回家。

星期三下午，我們收到《好萊塢報導》（Hollywood Reporter）對《奇幻面具》的評論。「假如《綠野仙蹤》出現在二十一世紀，可能就會像《奇幻面具》，」影評在一開頭這麼寫道，接下來，他描述電影是「燃燒著無窮的發明力與創造力」，接著用類似文風寫了好幾欄溢美之詞。那天下午，有記者問戴夫覺得這值不值十八個月的辛勤工作，他眨眨眼說，「之前我覺得一點也不值得。但現在，它真的值得。」

7 羅德・塞林（Rod Serling）：生於一九二四年，卒於一九七五年，是美國知名的編劇，代表作品包括電視影集《陰陽魔界》。

8 潘恩・吉列特（Penn Jillette）：知名美國魔術師，在七〇年代為三人組魔術團體成員之一，後來與另一成員泰勒合組雙人魔術表演團體「潘恩與泰勒」。他們除了定期表演之外，也推出電視節目。

我們把《奇幻面具》放給另一批熱情的高中生觀眾，以及一些有付費的鹽湖城顧客觀賞。我發現自己每次去放映會都很在乎觀眾的反應：為何同一句話有觀眾笑了、有人沒笑？我們每次放的都是同一部電影，不是嗎？

我去觀賞短片精選。是有些失敗作品，但其中最棒的是布瑞特・西蒙（Brett Simon）的《水手的女孩》（The Sailor's Girl）。就跟我記憶中的一樣好。離開的人每個都去搭接駁車。我變成了影展常客。

回到大街，影展還在進行，但群眾已經散去。所有的瘋狂採買都已結束，名人周邊被掠奪一空。我們的電影在週五正式首映。我停下來，跟幾個穿紅衣、手拿著記事板的記錄員說話，他們說自己會在週四離開。就定義而言，我們的電影可以說是毫無話題性。但我真的不介意。我們有《好萊塢報導》。我們在塞滿人的首映戲院放映《奇幻面具》，我不知道大家是喜歡還是不喜歡——觀眾都太彬彬有禮了。我真希望我們能把一些演員帶來——尤其是史蒂芬妮・列尼達斯——她是我們的大明星；我也希望之前有幫設備較簡陋的音響重新混音，讓它從杜比五點一的音響裝置播出去時不會破掉，因此蓋過幾句臺詞；我希望觀眾席上有更多孩子。這些人的問題都很鳥（「你是在產生幻覺的情況下拍這部電影的嗎？」）我發現我真是想念高中生觀眾。

結束後，我拖著兒子去看當日門票售罄的《上流社會》午夜場，因為我覺得這就是那種「你得帶你兒子去看」的電影。後來戴夫・麥金和我把位子讓給史帝夫・布西密（Steve Buscemi），讓他入場。我們一點也不介意，直接去隔壁的酒吧討論下一部電影要怎麼做。

唯一留到日舞影展結束的人是影展常客、真正的人和電影工作者。

週六下午是《奇幻面具》最後一場放映。光是等名單上的人就等了五小時。有些人參加過前晚首映，有些也參加過鹽湖城的那次。觀眾似乎很喜愛這部電影，聽到裡面的笑話會大笑、會歡呼鼓掌。他們在最後提出的問題不但睿智，而且聽得出欣賞之情。

如果這是日舞影展，我想，在影展結束的時候，我應該可以愛上它。

本文初次於二〇〇五年刊登在《Look雜誌》。

感染的本質：關於《超時空博士》的一些想法

前年前，傑出的羅素·T·戴維斯和他的團隊尚未把《超時空博士》帶回眾人的電視螢幕與生活，我寫下這篇文章。

觀看虛構的故事真的會對讀者或觀眾產生影響嗎？歲月流逝，這類爭辯依舊反覆發生。暴力的小說是否使讀者變得暴力？恐怖故事創造出來的觀眾是被嚇壞了，還是麻痺得一點恐懼也感覺不到？

答案並非絕對的「是」與「不是」。應該是「是這樣，可是——」

我小時候，大人老是抱怨《超時空博士》太恐怖。我認為這個意見偏離了重點。《超時空博士》所帶來最危險的效應應該是：此劇有傳染性。

這齣戲當然可怕——或多或少。那些精采情節我都是躲在沙發後面看的，每次到最後幾分鐘吊人胃口的部分，我總是有點生氣，覺得受騙、覺得不安。但是，長大以後那種恐懼對我一點影響都沒有。大人真正應該害怕並抱怨的，其實是這齣戲對我的腦袋做了什麼——它是如何影響我內在的樣貌。我三歲的時候，和派普夫人幼兒園裡的小朋友一起做勞作，然後用學校的小牛奶瓶做出了達力克人[9]，結果惹禍上身（而且渾然不覺）。超時空病毒已經開始生效了。

沒錯，我怕達力克人、扎比[10]和其他角色，但我從週六午茶時間看的影集學到更奇特、更重要的東西。

我學到的第一件事情是：世上存在數不盡的世界，而且離我們只有一步之遙。這種想法影響了我。另一個有趣的哏則是：有些事物外在的大小可能很一般，內在卻有大千世界。說不定，有些人也是這樣。

——而且這還只是剛開始。書助長了這種症狀——《達力克世界》以及各種《超時空博士》精裝年鑑，其中包含了我人生中第一次閱讀的「紙本」科幻故事。看完後，我一直想知道還有沒有這類故事可以讀……

但我還沒講到最嚴重的部分呢。

最嚴重的部分在於：真實的樣貌——也就是我看世界的方式，要是沒有《超時空博士》，就不會存在。確切一點來說，應該是一九六九年〈戰爭遊戲〉[11]那集。這集分成好幾部分播出，並成為派屈克．特勞頓在《超時空博士》的最後亮相。

從我第一次看〈戰爭遊戲〉到現在已超過三十年，我回顧以往，〈戰爭遊戲〉留給我的是這些：博士和助理發現他們身處軍隊交戰的點上——在漫長的一次世界大戰戰場，來自各個時間點的軍隊從原先所在的時間、空間被擄走，放在一起彼此對戰；有團詭異的迷霧分開軍隊和時區，而你可以在不同時區來去——只要使用某種跟亭子很像的東西就好。該物的結構、形狀和大小約等同一小臺電

---

9 達力克人（Daleks）：邪惡的外星生物，企圖征服全宇宙。

10 扎比（Zarbi）：外型如巨大螞蟻的外星生物。

11《戰爭遊戲》（The War Games）：《超時空博士》第六季的最後一集，共分十部分播出。

梯——如果形容得再無趣一點——它像公廁。你可以在一九七〇年走進去，出來的時候會在特洛伊、蒙斯[12]或滑鐵盧。只是你並不是「真的」到了滑鐵盧，就像你並不是真的在一架永存不滅的飛機上，這一切的幕後黑手是一個邪惡首腦，他抓走了軍隊，把所有人放到了這裡；並在時間迷霧的掩護下，用那個亭子將守衛和特工移來移去。

這種箱子稱為「賽追特[13]」。即便才八歲，我也知道那是什麼。

最後，由於別無選擇，實在想不出其他方法結束整件事，所以博士（我們現在知道他其實是個逃犯）召喚時間領主（Time Lords）——也就是他的同胞——來想辦法，而他本人則遭到逮捕，並接受懲處。

對一個八歲小孩來說，這是很棒的結局，其中也有我欣賞的諷刺手法。但如果現在要我重看〈戰爭遊戲〉，我可以確定的說那對我不是好事。不過反正也太遲了，傷害已經造成。真實被重新定義，病毒已在我體內紮根。

現在，身為一個受人尊敬的中年作者，當我進入電梯時——特別是那種牆壁光禿的小電梯——我還是有種不確定又充滿無限可能的感受，覺得自己好像要設定門在哪個年代打開。而即使面前的世界仍是我一開始進去的大樓，但總覺得我沒有不小心跑到別的地方好像只是運氣好罷了——這證明了我們對於宇宙的其餘部分缺乏想像力。

而我並沒有混淆尚未發生的事和不可能發生的事。在我心中，時間和空間擁有延展至無限的特質；可以穿透，脆弱易破。

我想再多坦白一點。

在我腦海中，威廉．哈特奈爾是博士，派屈克．特勞頓也是博士；而其他的博士都只是演員。儘管喬恩．帕特維和湯姆．貝克一樣是飾演真博士的演員，但其他人——就算是彼得．庫辛——都是裝的。

在我腦海中，時間領主是存在的，而且神祕不可知——他們只能意會不能言傳、是沒有名字的原初力量，像是大師、博士等等。在我腦中，所有對於時間領主的家鄉的描述完全沒有任何權威性。他們存在的地方是描繪不出來的——因為超乎想像。那個冰寒之地只存在於黑白世界。

現在想想，從來沒有機會碰觸這個角色，對我也許是件好事，不然我可能就不存在了。

最後，在特勞頓飾演博士（並且流行寬褲）的時代，在某些事對我來說比真實還要真實的時代，再提一個《超時空博士》的聯想——它自己出現在我於ＢＢＣ播出的《無有鄉》。

不過出現的地方不明顯——ＢＢＣ決定《無有鄉》必須以影帶拍攝，大概是一集半小時的長度。我所創造的迪卡拉巴斯侯爵由派特森．約瑟夫飾演，這個角色彷彿我對博士的再現，我想把他塑造成一個神祕兮兮、不太可靠、有點個性的威廉．哈特奈爾。不過《超時空博士》的概念不是出現在這裡，而是在這些想法之中——這個世界底下還有很多個世界，倫敦充滿魔幻氣息又處處危險；地底隧道就跟遙遠的喜馬拉雅山一樣，可能住著雪怪。《無有鄉》播映的時候，作者暨評論金．紐曼向

---

12 蒙斯（Mons）：位於比利時，是第一次世界大戰英國戰區。一九一四年八月二十三日、二十四日，英軍在此與德軍交戰。

13 賽追特（SIDRAT，Space and Inter-time Dimensional Robot All-purpose Transporter）：〈戰爭遊戲〉裡的壞人使用的時空旅行裝置。

我指出，我的故事靈感大概是來自特勞頓時期的〈恐懼之網〉[14]。當他這麼說，我心中知道他完全正確。我想起人們拿著火炬探索地底，光線刺破黑暗，以及那些認為地底還有其他世界的想法……沒錯，《超時空博士》就是我的資訊來源。我染上了病毒，現在，我驚恐地發現，我正把這個病毒傳給其他人。

或許這也是《超時空博士》的創舉之一。不管怎樣，那些病毒都沒有死；它們仍然強大，依舊危險。病毒一直都在，只是躲藏了起來，有如滿是瘟疫的大坑。

你不必相信我。現在還不必。但我會告訴你。下次當你走進一棟破舊的辦公大樓，進入電梯，上升了幾層，在下次電梯門再打開前，儘管只是那麼一會兒，你都會猜想著打開的地方是否會在侏儸紀時期的叢林、冥王星的月亮，或是冰河最核心的某個能提供全方位服務的樂園……

此時你就會知道，自己也受到感染了。

然後，電梯門會打開，發出刺耳聲響，像是宇宙因疼痛而出聲；你會瞇起眼，望著遠方太陽的光芒，突然領悟……

本文摘自保羅・麥考利（Paul McCauley）二〇〇三年出版的《超時空博士》中篇小說《老虎之眼》（Eye of the Tiger）前言。當時若想一解《超時空博士》的癮頭，可能只有散文可讀了。

論漫畫與電影：二〇〇六

我還記得十七年前，大家對於《蝙蝠俠》電影終於問世多興奮。法蘭克．米勒用《蝙蝠俠：黑暗騎士歸來》描繪上了年紀的蝙蝠俠重出江湖的故事；艾倫．摩爾與戴夫．吉本斯合作《守護者》（Watchman）、阿特．斯匹格曼的《鼠族》打頭陣，帶出第一波圖像小說風潮，卻無疾而終。我相信我們需要一部優秀而且認真的蝙蝠俠電影，將漫畫推上高峰，使得漫畫成為眾人眼中的「正經事」，並去改變世界。二十年後，我們生活在一個夏季賣座電影全改編自漫畫的世界。今年夏天是漫威對上DC，X戰警對超人，蜘蛛人則在一旁等著要在二〇〇七年加入戰局。

漫畫和電影一直都是雙向道。回溯至四〇年代，艾斯納的重要作品《閃靈俠》除了取材自奧森．威爾斯和黑色電影，也有廣播劇和百老匯。而在上述兩種媒材出現之前，早就有漫畫改編的電影了。我上週接受採訪時，有人問我，近期的超級英雄電影大獲成功，是否表示沒穿披風緊身衣的超級英雄也有機會躍上大銀幕？「噢，你是說《非法正義》、《幽靈世界》、《MIB星際戰警》、《暴力效應》、《萬惡城市》、《開膛手》還有《小人物狂想曲》……嗎？」

我開始懷疑，幾年前《天降奇兵》出版時可能出現了一波重大的文化改變。這絕對不是第一次有好漫畫被改編成爛片，絕對不可能。但這個世界好像是第一次意識到這件事。有一篇評論指出這部

14〈恐懼之網〉（The Web of Fear）：《超時空博士》第五季，描述雪怪機器人大舉入侵倫敦地底。

改編電影完全缺乏原著漫畫的睿智或才華，甚至連一致性都沒有。

如同我身處漫畫世界的許多同僚，我現在也參與電影製作。在和幾位熟人及記者談過後，我發現踏入電影圈被視為往上爬了一步；這表示我終於離開貧民窟。（儘管如此，電影的「正當性」就到這裡為止。就文化層面，遙遙領先的似乎是歌劇；而書籍——不論有沒有圖——則緊隨在後。）我喜歡電影，不過我還不擅長寫電影劇本，所以我一直對這工作很感興趣。最重要的是，我喜歡它的過程帶給人的驚奇——在走進電影拍攝地點時，你很難不想起奧森．威爾斯對於片廠的形容：「這是所有男孩能擁有最大的電動火車玩具組。」我第一次去好萊塢時，唯一有在看漫畫的是資歷最淺的助理——就是那種不准開口、只可以去拿瓶裝水的人。但那已經是好一陣子之前的事了。現在這些人都經營電影公司。

曾經有段時期，我們這些做漫畫的會想辦法解釋漫畫有哪裡比電影好。「漫畫的特效預算是無止境的，」我們會這麼說。但其實我們抓錯重點了。現在幾乎每一部電影的特效預算都無止境。（去年，我替電影《貝武夫：北海的詛咒》寫劇本，心中憂慮高空飛龍之戰的高潮場景太過頭，於是打電話給導演羅勃．辛密克斯先行警告。「別擔心，」他說。「你能寫出來的東西在鏡頭上都不會花超過一分鐘一百萬美金。」）

不過，這種「特效無止境」的愚蠢想法中隱藏了一、兩項事實——墨水比電影便宜。電影——尤其是高成本電影——常常因為要盡可能受到全球喜愛而妥協。漫畫則比較是小規模、私人的媒介。創作者只要創作、說故事，等著某一些人去讀他們的作品。不一定非要受人喜愛是很自由的。挺令人開心的是，漫畫是一種次等媒介；它從文學、科幻小說、詩歌、純藝術、日記、電影和插畫借來字詞與靈感。其實，認為漫畫（以及我們這些漫畫界出身的人）能為電影帶來某種特色，是滿不錯的。這或許是出於我們的漠不關心，又或許是我們願意在大眾面前學習與實驗的一分心。

而這也是《奇幻面具》拍攝的過程。這部替吉姆．韓森公司製作的電影是由我編劇，而藝術家暨導演戴夫．麥金負責設計和執導。只要我們給索尼影業一部「有《魔王迷宮》風格」的電影，戴夫就可以著手發揮（劇本是我沒錯，但呈現的是戴夫的故事和他的想像）。這片沒有用不完的特效預算——或是說沒有任何一種用不完的預算。但戴夫終究還是想到辦法在銀幕上呈現前所未見的景色——石巨人飄在天空；史蒂芬．佛萊替書做成的圖書館員配音；一群個個都叫「鮑伯」的猴子鳥——只有一個叫做「麥爾孔」。我們在英國倫敦的藍幕片廠拍攝《奇幻面具》，然後戴夫找了十五名動畫師，到位於北倫敦的辦公室工作了十八個月，描繪出海倫娜和她獨特的夢境。

不論漫畫或拍電影，很多事情都是為錢而做，為了總部在美國的跨國公司。他們把你做的東西回賣給英國和其他國家。雖說《奇幻面具》是用索尼影業的資金拍攝，卻是一部很英國的電影。艾倫．摩爾受夠了自己寫的好漫畫被拍成爛片，還有各種好萊塢的烏煙瘴氣隨之而來（包含《天降奇兵》的法律訴訟），他忍無可忍，把名字從近期改編自他的圖像小說《V怪客》的電影中拿掉，與先前的電影完全斷絕關係，做出這樣的大動作就表示他對此事非常認真。而且，他也拒絕收取他的那份權利金。

即便我知道艾倫已跟《V怪客》斷絕關係，我還是想看看電影。《V怪客》和我的關係可以回溯到將近二十五年前，我第一次拿起《戰士》漫畫月刊（Warrior），看見大衛．洛伊德繪製的各個精緻的黑白人物，以絕望的眼神注視著我。（我發現，加入色彩的《V怪客》圖像小說竟令人很不適應。

彩色的《V怪客》感覺起來就跟《大國民》變成彩色一樣，非常不必要。）摩爾描述的是一個孤獨的無政府主義者，他對抗英國的法西斯政權——內容介於英國首相東尼．布萊爾的夢境和艾瑞克．布萊爾[15]的警告之間。這本圖像小說的出版對我和許多漫畫讀者很重要；另外，電影預告片主要取材自《戰士》漫畫月刊的封面意象，更將之連接起來。

艾倫．摩爾本人求去，同時也對漫畫變電影的過程感到可笑又無限酸楚。「漫畫是好萊塢自己吃自己的消化過程之一，」他對我說：「有哪個漫畫改編的電影比原著好？好萊塢需要題材拍電影，這是經濟體的一部分。它可以是某齣舞臺劇、某本書、某部法國片，或某個人們想用大銀幕來觀看六〇年代優秀影集——或是沒人在乎但仍有名氣的六〇年代影集、電玩或主題遊樂園的遊樂設施。我就等著看他們下一個要拍的是穀片吉祥物——劈哩、啪啦、碰啊的相識相知相惜，還是東尼老虎的電影[16]。

「電影不是漫畫的朋友，」他做出結論。「我認為他們其實是在消耗漫畫資源，把漫畫變成讓電影公司採收的南瓜田。」

即使用我最憤世嫉俗的眼光來看，我也不禁好奇漫畫是否只是變成好萊塢的廉價研發實驗室。聖地牙哥漫畫大會從前是夏日的集會，會有數千名漫畫讀者和創作者齊聚一堂，近年則轉為日舞影展風格的大活動，參加人數超過十萬，當年度最重要的科幻、奇幻和恐怖等類型電影會在場上發布消息、播放預告片。《睡魔》奠定了我在漫畫界的名聲。每當又一年過去，沒人把《睡魔》拍成爛片，我承認我總是鬆了口氣。

但我依舊保持樂觀。法蘭克．米勒的《萬惡城市》電影不如漫畫有力，但銀幕上的畫面依舊是他與羅伯．羅葛立茲共同的創作，並沒有因為媒介轉換而做出妥協。《奇幻面具》從第一格到最後一格，無論視覺和音樂都非常戴夫．麥金。第一部蝙蝠俠電影上映將近二十年後，雖沒有讓漫畫在大眾心中變得重要，但這電影依舊是有趣得要命。

本文原刊於二〇〇六年三月三日的《衛報》。

15 艾瑞克．布萊爾（Eric Blair）：即英國作家喬治．歐威爾的本名。

16 劈哩（Snap）、啪啦（Crackle）、碰啊（Pop）及東尼老虎（Tony the Tiger）皆是家樂氏穀片為不同系列產品所推出的吉祥物。

V

論漫畫及做漫畫的人

這是所有好的小說都仰賴的一種魔術：
鴿子藏在盒中以特定角度擺放的鏡子後面；
桌子底下還有一個隱密空間。

演講詞：好漫畫與鬱金香

我在鑽石漫畫（Diamond Comics）第十屆年度經銷商座談會發表了這篇演說。當時是一九九三年四月，漫畫正達到前所未有的商業高峰。

我想談談漫畫。我想聊好的漫畫，聊聊你們為什麼該盡其所能多賣些漫畫。

但首先，我想談談鬱金香。

常有人問我——他們寄信給編輯、或在簽書會上問——要我建議大眾一些有趣的書，或彙整一份閱讀書單什麼的。

好的，《異常流行幻象與群眾瘋狂》（Extra Popular Delusions and the Madness of Crowds）是我很喜歡的一本舊書，內容精采絕倫，作者是一位叫查爾斯．麥凱（Charles Mackay）的紳士；他在將近一百五十年前寫成此書。

書中他鉅細靡遺地描寫各種不同的追尋——聰明與不聰明的都有——甚至還有人為此犧牲性命；他筆下的主題五花八門，有煉金術士、鬼屋、慢性毒殺、路易斯安那州土地大騙局，以及維多利亞時期倫敦流行的叫賣詞。

這本書中每一頁都有盛大卡司。如馬修．霍普金斯（Matthew Hopkins）。此人自封「獵巫將軍」，在一六四〇年代初遊走英國各地、找尋巫師。如果想請他特別來村裡一趟，嚇嚇那些巫師，他會向每座村莊索討二十先令；而每找到一名巫師，處理其首級——再收二十先令；這個找出巫師並把他們送入地獄的工作讓他大賺了一筆。直到某天，他去薩弗克一個小村莊找巫師，而村裡的長老不是省油的燈。他們告訴馬修，他所找到的巫師人數實在令其他人難以望其項背——所以，他的消息如果不是直接從別西卜那裡得來，怎麼可能這麼厲害？霍普金斯還來不及提出合理的答案，就得馬上接受測試。於是乎，他變成已故獵巫將軍。

我想，這故事的寓意就是說呢，發起獵巫行動很不明智，而且……

不過我不是來這裡跟大家說巫師的事，畢竟巫師與眼前超級重要的大生意——也就是漫畫和銷售——沒有什麼關係。

不是這樣。如我之前所說，我想要和各位聊的，跟我們擁有的這個漫畫世界其實更息息相關。鬱金香。

想像一下十七世紀的荷蘭；想像銀幕上泛起波紋，一組剪輯過的景象匆匆浮現：木鞋、風車、水堰裡的手指[1]，以及用紅蠟包覆、味道嘗起來跟黃色塑膠差不多的起司。

然而，這裡少了一樣東西：鬱金香。

西歐的第一批鬱金香來自十六世紀後期的東方，後來在荷蘭大受歡迎。

1　據說在荷蘭的哈倫，一名小男孩看到水堰有洞便用手指堵住、防止潰堤，直到天亮有大人出現，才得以修補破洞。

一六三四年，這股狂熱使荷蘭人著了魔，一般行業被棄置不顧，所有人都投入鬱金香的買賣，就連社會最低下的階層也加入。隨著這股狂熱節節升高，價錢也節節攀升，一直到一六三五……你得用「伯里茲」（perits）來秤重販售——這個單位比穀粒還要小。

一顆鬱金香球莖賣得的價錢可在哈倫的黃金地段蓋十二英畝的房子，另外也可賣四千六百荷蘭盾——換算成現代幣值，大約是一萬美金——還外加新馬車、兩頭灰馬以及一整組的馬具。

曾有一位富有的商人接見一名帶消息來的水手，並賞他一頓燻鯡魚早餐。這位水手對鬱金香一竅不通，順手帶走一顆他以為是洋蔥的東西。等他回到船上，便切來吃——他吃下一顆價值三千荷蘭盾的鬱金香球莖，結果在牢裡待了一段時間。

到一六三六年，荷蘭的每座大城都有鬱金香的交易。鬱金香像股票一樣被買賣。

我想你應該……總之由我引述麥凱的書吧：

炒作鬱金香的人預測鬱金香花價的漲跌，並且買低賣高，因此賺得大筆金錢。許多人轉眼間變成大富翁。眾人面前垂掛無數金色誘餌，大家一個接一個上鉤，一頭栽入鬱金香市場，如蒼蠅圍在蜂蜜罐旁。人人都以為鬱金香熱潮會永遠持續下去，世界各地的富豪將湧入荷蘭購買鬱金香，不論價格多少，皆願意收購。歐洲的有錢人全都會聚集在須德海岸，貧困將遠離荷蘭；貴族、市民、農夫、技師、水手、男僕、女僕，甚至掃煙囪的人與洗衣老婦，全都會加入種植鬱金香的行列。各行各業都將自己的財產換成現金，拿來投資鬱金香。房子和土地都以賤價賣出……

■

這個國家上上下下都著迷於致富賺錢，深信鬱金香是最終極、最完美的投資品，而且情況永遠不會改變。

畢竟，等到世界各地的人趕上荷蘭人的風潮，他們早就擁有全世界的鬱金香，所以現在已經很富裕的生活將會變得更富裕。

——結果，世界各地的人反而不解地注視著荷蘭人。因為他們傻呼呼地對一個很普通的東西大驚小怪。畢竟，那不過只是鬱金香。

荷蘭全國經濟瓦解——我希望這只是誇大其辭，但我沒有。對於局外觀察者而言，他們的瘋狂與愚蠢似乎一目了然。

有人提醒我，曾有一度，南海公司曾用投資的喜悅感染全英國上下。

在所謂的「南海泡沫事件」[2]熱潮的巔峰，倫敦暗巷內到處有股票交易，價值更不斷往上攀升，直到某天……嗯，許多人賠到脫褲。財產沒了，生活陷入悲慘境地。

是說，至少荷蘭人還有鬱金香球莖可吃。

假如各位認為此事和自己無關——其實關係可大了。有太多漫畫店在販賣泡沫和鬱金香——我不是要假扮卡珊卓拉[3]。我手上沒圖沒真相，只是單純想提提這件事。

2 英國於一七二〇年發生的泡沫經濟，起因為專營英國與南美的貿易公司「南海公司」（South Sea Company）誇大業績並內有舞弊，促使全民瘋狂炒股，最後暴跌，許多人血本無歸。

我個人認為，假使漫畫店把數本同樣的漫畫賣給小孩——比方說十六歲以下吧（而且這孩子不知道打哪兒獲得的想法，覺得囤積漫畫就是囤積鈔票），那麼你應該準備一張告訴他漫畫的價值可能下降、也可能升高的聲明書，要那孩子好好看一遍，還要由家長或監護人簽名——如果沒想到其他更好的辦法的話。

我認為，任何組織或商店如果鼓吹「漫畫是一種投資商品」的概念，說好聽是短視近利又傻氣，說難聽是不道德又愚蠢。

你是可以把許多漫畫賣給同一個人。尤其，假如你告訴他們這麼做是把錢投資在保證獲取高額利潤的東西上。

但其實你在賣的是泡沫和鬱金香。泡沫之後會破，鬱金香會在倉庫裡爛掉。

所以我想談談好的漫畫。

我是既得利益者：我寫——或說我努力寫出好的漫畫。我不寫單純用以收藏的東西，也不寫拿來投資的東西。我寫故事；我盡力寫出最好的故事。我寫故事給大家看。

但在我寫漫畫之前，我是一個記者。就像寫漫畫一樣，新聞記者是另一種不需要在早上起床的職業。而只要有機會，我就會寫寫漫畫的主題。

先稍微離題一下。一九八六年，《週日泰晤士報雜誌》委派我寫一篇漫畫的專題報導。我為了這篇報導去採訪很多人——亞倫・摩爾、法蘭克・米勒、戴夫・西姆、布萊恩・波蘭德，以及許許多多其他作者。我為這篇報導嘔心瀝血，這一定會是獨步全國、第一篇在英國主流媒體推廣漫畫的文章……

我把文章寄給委派者，然後就……沒下文。連個屁都沒。

於是過了兩週，我打電話給他。他的聲音聽起來出奇自制。「文章如何？」我問。他說他對文章有一、兩個問題，我表示說可以告訴我問題在哪兒，我可以重寫，寫一篇更好的。

「這個嘛，」他說，「缺乏平衡。」

「怎樣缺乏？」

「這些漫畫——」他停了一下，然後就直接吐實。「你好像覺得漫畫是好東西。」

他想要拿到一篇會讓弗雷德里克・魏特漢[4]引以為傲的文章，但他收到的不是。

我們最後達成協議；我不打算為了他認為的「缺少平衡」重寫，而他寄給我的試稿費是我在別的地方刊登的兩倍。然而我寧願看到這篇文章印行。因為我真心相信漫畫是好東西。

就算我不信，我想我還是會繼續當記者，或替好萊塢多到不計其數的人撰寫一些根本不會開拍的劇本——或去種鬱金香。

我們這時代，是中國人口中帶著些許嘲諷的「特別有趣」的時代[5]。而我喜歡這樣。環境正在變化，創意噴發爆炸。新的路線、新的書和新的宇宙出現又消失，有些漫畫販售的量在

3 典故出自希臘神話。太陽神阿波羅賜與特洛伊公主卡珊卓拉神準的預言能力，但因追求不成而惱羞成怒，詛咒沒有人會相信卡珊卓拉的預言。從此便真的無人相信，儘管內容屬實。

4 弗雷德里克・魏特漢（Fredric Wertham）：美國保守派心理醫師，曾著書大肆抨擊漫畫，認為漫畫與電視等媒體對兒童、青少年有不良影響。

5 其實是以訛傳訛，中國並沒有這種說法。字面意思雖是祝賀能生在一個有意思的時代，但其實是咒人活在亂世。

一九八六年根本是做夢也夢不到的，而漫畫店更如雨後春筍不斷出現。

五年後會變成什麼樣？都還很難說。但我告訴各位：販售並推動優良漫畫的店家會繼續營業。因為閱讀人口還在，而且他們還是會想看。

這裡再提出另一件舊事：費城，一九九〇年。當時我在那裡參加美國一場小型會議，之後是國際漫畫零售商大會。他們請我留下來參加座談。

座談的與會人員包含當時所有大型出版商的行銷代表。有來自鑽石漫畫、首都漫畫的人，而坐在那排最後、一臉茫然的人，是我。

總之，首先所有人都在談漫畫的條碼。所以，關於漫畫條碼的知識，我學到的量完全超出一般人會有興趣的程度；然後他們又討論其他的東西——上架、定價——然後又是條碼。最後我開始納悶自己到底在這裡做什麼。

主持整場活動的史蒂夫．葛斯基大概也在想這件事。「別忘了，在場有位創作者，」他對零售商說。「有沒有人有問題想問創作者？」

沒有爭先恐後、沒有舉手發問，只有零星幾個人一臉困惑。最後終於有人可憐我，問了一個問題。

他問道：「身為一位創作者，創作高價位和低價位商品的差別在哪裡？」

我猜他是想要得到一點證明，例如我會在高價漫畫多放一些貴三、四塊美金的動詞或形容詞——之類吧。

「沒有差，」我說。「我努力在做的只是寫好漫畫。」會場一片安靜，因此我膽子大了起來，繼續補充下去。「我希望各位能做更多推動好漫畫的事。」

足足三百個零售商的雙眼的確是困惑至極。後來有許多零售商來找我，驕傲地告訴我他們往這個方向所做的努力，還有他們是怎樣大有斬獲。

有人問了我一個聰明的問題：我所謂的好漫畫是什麼意思？所以我就告訴他們。有人問我，所謂推動是什麼意思？我的回答就跟我現在要告訴各位的一樣。

我所謂的好漫畫，意思是能看得開心的漫畫。

假如你已經不再看漫畫——我得很難過的說一句：許多零售商都不讀了。可能因為漫畫太多，或是他們有天發現自己不再喜歡看《西岸復仇者》（West Coast Avengers），並且放棄了整個漫畫界，一夕頓悟，茫然環顧四周。你可以去問問朋友，問你的同事，問你的顧客。

但你們大多有喜歡的漫畫；你們應該要去推那些漫畫。

怎麼做？

要做的其實不多——打個比方，你們可以把一整架能令你感到驕傲的東西放在門邊賣。

你們可以多訂幾本真心覺得精采的漫畫，試著去賣。

告訴那些買下你拍胸推薦的漫畫的客人，不喜歡可以退錢。這事不難。

挑一本漫畫當本週精選，嘗試推銷。

對於買了漫畫卻沒看的客人，建議他們還是要看一下——不要只是替客人結帳裝袋。

想辦法讓自己熟悉市面上的漫畫，讓你的口味去影響客人。

假如你們的客人大多是青少年，當他們因為厭倦了比較孩子氣的東西、遠離漫畫——那麼，一定要讓他們知道，在蜘蛛人之外還有其他漫畫可看。稍稍努力一下，你就會獲得一位終身顧客。

這是好事。

我們活在一個漫畫百花齊放的時代。比起以往，現在有更多令人驚豔的作品。我這話是認真的：跟任何時代相比，此時此刻有庫存可購買的作品更加精采，可以一路算到《小尼莫》[6]。

這也是好事。

難道我想讓各位少賺錢？當然不是。

我希望各位都能在自己的凱迪拉克裡裝個按摩浴缸，開設的分店數都數不清——又或者可以想不數就不數。如果你比較喜歡這樣。

既然說到這兒，我希望，各位都能快樂健康，永遠不被電話推銷騷擾；我希望各位的行李都能第一個出現在機場的行李轉盤上；我希望各位的寵物永遠都不會自燃。祝福各位。

但不要忘記你都把什麼樣的東西賣給大家。

我去巡迴宣傳時，很喜歡問大家是怎麼開始讀我的作品的。

大多是口耳相傳。朋友告訴朋友；朋友逼朋友坐下來好好看一看。而有很多例子，是店員告訴顧客他們很喜歡。也偶爾會有「床上」的口耳相傳。

在店員因為喜歡《睡魔》而大力推銷的店裡，我們賣得跟所謂的「熱銷」漫畫一樣好——甚至更好。讀《睡魔》的人或買下，或借給別人看，於是我們獲得讀者，然後又獲得新讀者。

——新讀者會回漫畫店買下所有平裝本，狂追進度以趕上目前的情節，然後多買一本給他們的朋友……

我不想將個人的口味強加給各位。假如我開了一家漫畫店，我會推銷《波恩一家》（Bone）、《賽布洛斯》（Cerebus）、《愛與火箭》（Love and Rockets）、《睡魔神祕劇場》（Sandman Mystery Theatre）、《獸人》（Animal Man）、《狂人》（Madman）、《籠子》（Cages）、《可口的外衣》（Yummy Fur）、《偷窺秀》（Peepshow）、《葛瑞戈里》（Gregory）、《古魯》（Groo）——以上舉的正好是一些我喜歡的作品。

我沒有要各位推銷以上漫畫，不過如果你們想推，我倒也不介意。

我希望各位去推你們認為的好漫畫，把好的兒童漫畫推薦給兒童；好的超級英雄漫畫推給喜歡的人；將好的成人漫畫推給成人。

我真心期望各位把漫畫想成一種讀物、想成娛樂、想成故事。

各位在販賣的不是投資商品。你們販賣的是夢想。

永遠都別忘記這點。

漫畫是用來讀、用來享受的，就像鬱金香是用來種植、開花、欣賞。

下次要是有人告訴你們，漫畫是九〇年代熱門的投資商品，幫個忙，把鬱金香的故事告訴他。

6《小尼莫》（Little Nemo）是美國漫畫家溫莎・麥凱（Winsor McCay）於一九〇五年開始連載的漫畫，描述名叫尼莫的小男孩經歷的神奇冒險。曾改編為電影。

本文是我在一九九三年四月舉辦的鑽石漫畫銷售第十屆零售商大會所發表的演講。會場上滿滿都是與高采烈的人，但掌聲十分零星。我後來聽說有許多零售商認為演講沒內容。實在可惜。因為一年後漫畫界進入衰退期，花了近十年才從蕭條的景氣復甦，接下來幾年，大多數人失去生計與店面，但即便預言成真，我也實在高興不起來。

論專業人士轉換跑道：一九九七年四月，專業漫畫人士大會

首先，我要坦承一件事：我討厭寫講稿。當我受邀來此致詞，腦中立刻浮現的念頭就是：說不定我可以發表一篇之前寫的講稿，而且不會有人注意到。可惜的是，我以前只寫過一篇，在一九九三年的春天發表。在那場演講中，我將「投資客熱潮」與十七世紀的荷蘭鬱金香狂熱拿來比較，警告臺下的零售商聽眾說，假如這股風潮持續下去，只會帶來麻煩。後來所發生的一切，很不幸地證明我是對的。我不認為我今天可以拿那場演講來搪塞，並且不被發現。

最初受邀來這裡發表演講時，我婉拒了。我說自己有點不好意思，而且感到格格不入。因為現在——事實上，打從我做完《睡魔》，這十五個月來除了兩個短篇，我已不再創作漫畫了。

我對那位打電話給我的人說，我覺得自己像個因某種不可告人的原因從高中輟學的女孩，頂著一頭金髮，濃妝豔抹、過度打扮，然後開著粉紅色凱迪拉克回到故鄉，發表畢業演講，口口聲聲強調作人要堅持，強調努力工作的價值。

電話那頭的人是賴瑞．茂德（Larry Marder），他說，「現在情況詭譎，有許多專業漫畫家密切注意著漫畫以外的世界，思考著那裡會不會成為未來一年內去討生活的地方。至少你可以告訴他們在外面等著的是什麼。」

我心想，嗯，他說的有道理。

掛了電話後，我想，老年人和退休人士的責任，好像就是要把自己的知識和經驗分享給大家。你

就像是只會用嘴巴開車的人，自以為是地給人建議。有位詩人曾說[7]，「乖乖的什麼都別幹，放聰明就好。」過去十年，我在漫畫界活躍時的確學到了不少。

所以我們就要來談談這些。我們要來聊聊其他媒體和漫畫。

各位之中，很多人從事漫畫這一行的資歷比我還久，擁有的經驗與知識也與我相左。在各位中，有許多人將在漫畫界之外的地方辛勤耕耘，並可能獲得與我完全相反的經驗。

無論我開始創作、持續創作、或結束創作漫畫的原因，其實都不太正確。這個理由很蠢，也很奇怪。

我創作漫畫並非為了職涯，也不是要賺錢；我不是要撫養家人，當然更不是為了得獎或得到惡名。我開始寫漫畫，是為了實現某種童年夢想。因為在各行各業中，漫畫真的是我能想像最刺激、最好玩的事。我繼續做，是因為好玩；也因為我發現自己愛上了這個媒介，也因為我覺得自己像在進行一個全新的冒險，不論好壞，這件事從來沒人做過。

我停止了漫畫工作，是因為我希望讓創作漫畫能一直那麼好玩；我想要繼續喜愛漫畫、在乎漫畫；我想在我還深深愛它的時候離開。

當我開始創作《睡魔》，我會花兩週寫好一份劇本，每個月還可以留兩週讓我去做其他事。隨著時間過去，我創作的速度變得越來越慢，後來寫劇本需要花上六週甚至一個月的時間。這樣我就沒有太多時間去做其他事。

所以，有很多我想做但無論如何就是沒機會的案子，這也就表示，一旦《睡魔》結束，我就能直接投入這些我想做的事。

《睡魔》結束後，我在漫畫界以外的世界得到怎樣的經驗？——我寫了一本暢銷書、一本童書、為一部六集的BBC影集編劇與共同發想（但成果差強人意）、跟一大票來自好萊塢的人共進午餐。我替BBC第三頻道改編《噪音信號》。這齣廣播劇獲得索尼獎最佳廣播劇提名。我目前手上還在進行一些事，包括兩部電影。

請各位不要忘記，發言的這個人並不認為某種媒介的地位比較正統，也不認為電影或書能拉抬低俗或虛構事物的身價，或賦予它們神聖的地位。

漫畫的樂趣之一，就是不管你畫什麼，墨水和紙張的價錢起伏幾乎不太大。電影和電視是很昂貴的媒體，即便是廉價製作，花的經費之多，你難以想像。

另一方面，漫畫很便宜。假如你有個漫畫的點子，有人願意出版的機率很高。假如他們不出版，而你也非常相信自己的作品，不如就自己出吧。或許你不會因此發財，但作品會有人看。

我有個朋友對漫畫很有想法，自費出版了一陣子（當然沒有賠），最後共出了大約十二期的漫畫，他本人也相當引以為傲。然後，他決定用同樣的手法嘗試拍電影。他找來一群熱情洋溢的業餘人士，借了錢（並且心甘情願刷爆信用卡額度）。然而，當拍片計畫垮臺，他只獲得膠捲盒裡一個十一分鐘長的影片，並且被迫賣掉房子、力挽狂瀾。

漫畫不可能會這麼對你。

---

7 即十七世紀英國的羅徹斯特伯爵二世，約翰・威爾蒙特（John Wilmot），此句出自諷刺詩〈殘廢的浪蕩子〉（The Maim'd Debauchee）。

電影很昂貴。正因為如此，才是一種瘋狂的媒介。

我記得幾年前在倫敦的某個下午，我待在朋友的公寓，眺望運河。那天下午，我寫了兩個不同的東西：一個場景是無盡生靈[8]用陶土捏出一個人，他們用樹枝和泥巴做出這個人的身體各部，將生命注入他體內，然後把他送進一間恐怖駭人的地下密室。那是替《睡魔》寫的一幕。另一幕則是一段邂逅：在大霧瀰漫的橋下，在泥濘的河岸上，有三名旅人和幾個僧侶在拉扯；過程中，其中一名旅人被推倒，跌進泥巴裡。

幾天後，我把邁可．祖利[9]的鉛筆漫畫稿釘在牆上。那跟我的想像如出一轍，那就是我希望劇本搭配的圖。

一年後，我坐在冷冰冰的地窖中，看著十二名被凍僵的演員吐出白白的煙；同時，大約有五十名工作人員（包含化妝師、燈光、電工等）站在一旁瑟瑟發抖，看著演員一遍又一遍被打倒、摔到泥巴裡[10]。

我感覺不到連結，這不是我腦中想像的情景。為了我一年前在某個溫暖房間裡看似不錯的構思，眼前活生生的人為此吃盡苦頭，我覺得很有罪惡感。

在漫畫裡，你不會因為某角色弄斷腿，結果中途少一個人；你前晚原本想拍攝的地點不會突然消失；不會在交出一份二十四頁的劇本後，冒出一個人告訴你畫家畫了三十七頁，所以有十三頁要被拿掉。

最重要的是，在漫畫世界中，只要你一人——或最多二到三人——執行一個想法。身為作家，我認為「我說了算」這件事真的把我寵壞了。當我看著那些服裝草稿，發現與劇本所需一點關係都沒有，那瞬間，我才意識到電視圈裡沒有這種規則。

我認為，會去當作家的人，某種原因也可能是對想像力帶有一定程度的掌控欲。除非你合作的導演心中的畫面與你相仿，否則你可能就會屈居弱勢。

請記住，電視影集的誕生是因為大家至少達成某種共識。《睡魔》的電影（我很高興我沒參與製作）目前為止已歷經八次劇本草稿、三位劇作家外加一位導演。我前幾天聽說他們準備請新的導演來拍——最新指示是要拍成浪漫愛情片。

《無有鄉》拍完後，我跟我的經紀人說，請把我替他們做的另一齣電視影集抽掉，除非我能以作家身分掌握更多控制權，否則我不想做。在奇幻界，聲音和語氣、眼神與感覺、拍攝的手法、編輯的手法，都至關重要。我想要有能力主導這些。

我同意參與《死亡》[11]的電影製作，是因為面前吊了一根誘人的紅蘿蔔——可以由我來導戲。且讓我們看看此事是否能成真——還有當那一刻來臨時，我是否會是個好導演。

這就是對於電影我要給你們的金玉良言。

書呢，我就可以直接一點了。

幾年前，當我還會逛BBS，我在「CompuServe」的漫畫論壇讀到一位漫畫作家的文章。他氣

---

8 Endless。《睡魔》中的七大生靈。

9 邁可・祖利（Michael Zulli）：生於一九五二年，美國藝術家、漫畫插畫家。多次與尼爾・蓋曼合作。

10《無有鄉》於一九九六年改編成六集的迷你電視影集。

11 這是睡魔之後的延伸，但電影計畫一直沒成。

急敗壞地表示他要去寫真正的散文，因為他想要有「觀眾」。

我告訴他，除非情況特殊，不然就第一本小說而言，看他畫漫畫的讀者將遠超看他的小說的讀者。我的建議在他眼中成了一種攻擊，我認為他並未證明自己擁有寫文章的能力，可是這也不是我的原意。我只是陳述當時的狀態——即使在今日這樣黯淡的時期，我相信大多數小說家要是能賣得跟那些還算不錯的漫畫一樣，一定會很高興。

不過，對我來說——至少以創作者的眼光評斷——漫畫比小說有趣多了。相較於小說，關於讀者要如何獲取漫畫裡的資訊，作者方有更大的掌控——不論是控制讀者的視線，以防他們跳到前面去看，或者只是單純想要確定他們眼中的角色跟自己想的一樣。

漫畫擁有你在小說中永遠不會看到的喜悅：在漫畫世界，你可以快樂地享受自己的作品。我沒辦法欣賞我自己寫的故事，但可以享受戴夫・麥金、查爾斯・范斯、強・穆斯（Jon Muth）或P・克雷格・羅素（P. Craig Russell）替我的故事畫的畫。

但小說還是有優點。你可以拿給親戚，不用擔心自己會聽到對方說「噢……親愛的，我……我不看漫畫……」你可以在機場書店買到；比起漫畫出版商，書商更容易在漫畫界之外打廣告。但是，對於想要合作的人來說，漫畫有趣多了。

而廣播——我愛廣播劇。對作家來說，廣播劇與漫畫的距離近得出奇：在一個媒介上你是用圖畫說故事，而在另一個媒介，除了圖畫以外你什麼都能創作。那與你的想像非常接近，而且便宜又簡單。美國沒有廣播劇，如果想在英國固定做這行，大概得派我的孩子到街上去跳舞，討個幾便士。通常，這也不是我會推給不寫作的藝術家的一種媒介。

所以，對於漫畫界以外的媒體，這是我的一點小提醒。

現在，我要來分享我在漫畫界幾十年來學得的智慧。

以下是我所學到的東西。沒有按照特別順序。

一、大不見得糟。小不見得好。

漫畫創作者是強調個人特性、特立獨行又叛逆的一群人。我曾經為某漫畫寫過一句大標：「想辦法讓一千隻貓同時達成共識。」與漫畫創作者相比，貓算是好控制的了。這群人沒有組織，也不信任組織。你們這麼多人在此齊聚一堂，算得上是某種奇蹟。當然，你們也代表了每一種意見、政治和信仰。

漫畫界以前（可能現在還是）認為每一種組織的本質就是要被人懷疑。就公司來說，規模小一點的公司就是比較好。獨立這兩個字，不論你如何定義，都是很重要的。

假如你是戴夫・西姆或傑夫・史密斯，你有自己的出版社，而且是一位優秀的藝術家暨作家，對自己的命運有完全的控制權，那麼你就會擁有獨立性——或在市場允許範圍內有多一點的獨立性。

企業非常巨大、緩慢、愚笨且沉重，腦袋長在屁股上。這或許是事實，但他們也是有能力去學習、去改變。

不論大公司、小公司都可能把你搞得慘兮兮。我不是說你就不會受騙上當，我想說的是，沒有任何一種道德規範不准小公司欺騙你。

我真的是花了很久時間才學到這個道理。我一直都替小型獨立公司作業或寫書，因為這麼做感覺起來很對，也因為我深深認為（就我的例子而言）ＤＣ漫畫是個龐大、單一，最終還是會等我降低戒心、對我發動攻擊的邪惡組織。就像之前騙了席格和舒斯特一樣[12]等著騙我。

這件事沒發生。在我合作過的出版社中，ＤＣ最負責任，也最能講理、最好連絡，財務上也很可靠。但這並不表示跟ＤＣ某些部門打交道時不令人挫折。我只是要說，他們的權利金報告會準時寄到，而且很好懂。假如有看到什麼不對勁的地方，作者完全可以打電話給會計部門，他們會解釋給你聽，或是因為不小心搞砸而致歉，並修正錯誤。

就這一點來說，很多事情都可以原諒。

回顧過往，我和日蝕漫畫合作的遺憾，就是沒有在他們破產之前先查帳。他們的數字不合理，你只有在威脅他們之後才收得到權利金。某種程度上，我曉得一定有類似詐欺的情況。但日蝕漫畫會被抓到是因為托倫・史密斯（Toren Smith）把他的漫畫作品從日蝕漫畫轉移到黑馬漫畫（Dark Horse）——儘管條件一樣，銷售也穩定，他的權利金卻竄得如天高。

我真心認為，大企業或是在熟悉領域之外工作的人，道德層面的分數取決於負責任和誠信；當然，最重要的還有能力。

二、學會說不。

至今我仍學得很吃力。我想大概是因為身為自由工作者的心態吧。我們太習慣主動攬客，焦急地到處兜售我們的技藝；因為希望獲得青睞，或得到重用，或有人被我們的刻苦而感動，給我們一份工作。所以來者不拒。

我記得在八〇年代初期，我還是個苦哈哈的自由作家。假如對方附上支票，我什麼都拍胸保證一定辦到。這就表示我常常會發現這個任務根本超出我能力範圍——像是訪問美國太空總署署長，或在某個詭異的一週，我跑去編輯《健身雜誌》——我不太記得了，但在想像中，那通電話的內容大概是這樣：

「尼爾，你會編雜誌嗎？」

「你問我會編雜誌嗎？」

「唉我問這什麼笨問題……那個，你知道《健身雜誌》嗎？」

「你問我知道《健身雜誌》嗎？」（這算是一種暗示。表示就算我不懂什麼健身房、緊身衣，也不需要在意。請注意，我沒有說：「這個嘛，我在學校的時候去過一、兩次健身房。我有看《健美續集：女子版》[13]」之類的話。因為我以前是個常常挨餓的自由作家，我總是點頭如搗蒜。）

身為漫畫工作者，太容易點頭了。

現在再回去看，我以前做的好多事真是蠢透了（而且我的朋友隨時都準備要吐槽我）。我會做那些事，是因為有人找我做。真該死，這些事情當時看起來感覺似乎很不錯的啊。

但接下來你就會看到一些讓人讀不下去、甚至得罪人的漫畫上印了你的名字，但是你從來沒寫

---

12 在一九三八年，傑瑞．席格（Jerry Siegel）和喬．舒斯特（Joe Shuster）以一百三十元美金將他們所創造的漫畫人物「超人」所有權賣給了DC漫畫的前身。

13《健美續集：女子版》（Pumping Iron II: The Women）為一九八五年發行的紀錄片，拍攝幾名參加世界健美大賽的女性的準備過程。

過——或者你有沒有寫都沒差了。

我很早就學到這件事：一個行業裡大多數佼佼者——我不單指漫畫，而是泛指所有行業——都是個性最好的人。他們好相處，就算驕傲，也只有一點點。我也發現那些堅持自己是VIP、不管什麼都要大聲嚷嚷——就是那種真的會說出「你知道我是什麼人嗎？」的傢伙——都是B咖，是那些以前做不出成績、以後也不可能做出成績的人。

我花了很久時間才學會，你真的可以說不。而且這麼做其實很容易。這可以幫你訂出界線。

三、要白紙黑字，黑紙白字也可以。

這很重要。有幾次，我沒有白紙黑字記下來，後來真是懊悔不已。目前我卡在一個吵得不可開交、到現在都還沒解決的狀況，是跟某家出版社在人物、玩具、衍生漫畫和其他我替他們創造的一堆人物的費用有關。我們的爭執有部分來自四年前電話上的口頭同意。假如我們當時把同意的內容寫下來——我說的還不是合約喔，我是說只要把談話內容寫下來，然後傳真一份給他，附上一句「確認一下我們剛才說的」——現在就簡單多了。

四、一切都好說。

假如有人寄給你一份合約，不論你是自己處理，或找別人幫忙審查合約（律師、經紀人，或就是個「別人」），不要忘記，一切都可以商談。我以前都會認為合約就是一種「要麼接受、要麼拉倒」的提議。但它並非如此。

同理可證，合約也可以「重新」協商，這是我在第一年出版《睡魔》時第一次學到的事。我想要被列在角色的共同創作人，以及享有作者持有權（creator share of the character），而根據DC漫畫原先的「要麼接受、要麼拉倒」合約，這些全權歸他們。所以我寫了一封通情達理、非常友善的長信，寄給保羅・李維茲（Paul Levitz），向他解釋為什麼給我這些所有權會是件好事；這表示我所創造的睡魔已經不再是賽門和柯比創造的睡魔，也不是李和迪特科的睡魔[14]。經過來來回回幾次討論，他們重擬合約，給了我持有權。

我之所以做這件事，是因為幾年前我發現，只要有人對DC漫畫公司發出最後通牒（不論責任是否在DC漫畫），他們的彈性空間就完全沒了。或許是這個企業過去的經歷所致吧：席格和舒斯特想要拿回超人的版權，卻得到不公的對待，最後只拿到超級小子的權利[15]。他們又重啟另一輪法律訴訟，結果連那場官司也輸了。同時，巴勃・肯恩[16]卻受到「很好的照顧」。

別怕協商。假如你身邊有本來就該替你進行協商的人，別害怕找他們幫忙；也不要亂接受建議，你不是在挑人家給的禮物的毛病，合約也不會因為你找別人檢查一下就會跑不見。

14 喬・賽門與傑克・柯比、史丹・李與史蒂夫・迪特科（Steve Ditko）都曾在漫畫作品裡創作了名為「Sandman」的角色。雖然名稱一樣，但人物概念卻是大相徑庭。在賽門和柯比的創作裡，Sandman是超級英雄，在李與迪特科的創作，他卻是蜘蛛人的邪惡對手。

15 在一九三八年，傑瑞・席格和喬・舒斯特將他們所創造的漫畫人物「超人」賣給了DC漫畫的前身。兩人於一九四七年提出訴訟，認為當年所簽的合約有問題，應當作廢。結果敗訴，這場官司繼續纏訟多年。

16《蝙蝠俠》的原始作者。

以上這番話出自一個曾有切膚之痛的人。有時候，原本該是完美合約的東西，卻因為漏看條文害慘作者；更有時候，你會因為對方在合約裡是如此漫不經心，吃驚到下巴掉下來。

五、信任自己的執念。

我記得在八〇年代末期，亞倫．摩爾告訴我說，他在電視上看了一部有關開膛手傑克的紀錄片。接下來幾個月，他告訴我他在讀開膛手傑克的書。等到他來找我替他到大英博物館，尋找幾本可能已經沒人記得、非常珍稀的開膛手嫌疑犯傳記，我開始認為自己應該很快就會看到開膛手傑克的漫畫。要是亞倫沒有抱持著「不知道我今天會寫什麼呢」的想法，《開膛手》大概不會有出現的一天。這部漫畫始於執念。

信任你的執念。這算是我有點意外學到的一課。

偶爾有人會問我，創作時，我是因為正在研究某件事，還是突然間被靈感打中。我則回答：通常最先出現的是執念。例如，我突然發現自己猛讀英國十七世紀的玄學詩（metaphysical verse）。我知道這種詩將來可能會出現在某處——先暫且不管我是否會拿其中一名詩人替角色命名，或挪用某段時期，或在故事裡用到某首詩。這我都不知道。但我知道跟這個有關的資訊會在未來等著我。

你不會一直用到執念。有時，你會把執念放在腦海的堆肥區，它會漸漸腐爛，沾黏到其他東西上，有一點被遺忘。然後在未來某日，變成一個派得上用場的東西。

讓你的執念帶著你；寫下你無論如何一定要寫的文字；畫出你一定要落於紙上的畫面。

你的執念或許永遠不會把你帶往商業取向（或看起來很商業）的地方。但要信任你的執念。

給作家的一點補充說明：

和新的藝術家合作《睡魔》時，我會問的第一個問題是「你想要畫哪種東西？」第二個問題是「你不喜歡畫哪種東西？」我發現這兩項資訊非常有用，得到的結果常常也令人吃驚。

把藝術實力發揮出來，這麼做能讓你看起來至少有模有樣；如果你是個藝術家，把個人特色發揮出來——但不要一鬆懈就流於賣弄，或是流於其他狀態。

六、不要停止學習。

不管你在哪個領域，能力都很容易在到達一定程度時就停滯。能力是一回事，然而，作家和藝術家就像鯊魚：只要停止移動，我們就會死。（這是我小時候看《大白鯊》時學到的。我不知道鯊魚是不是真的一不動就會死，還是說其實會繼續活蹦亂跳，但我現在非常篤定，就像只要聽到低音提琴的前奏樂聲響起，鯊魚就要展開攻擊了。）

我個人認為「技巧」就像放在花園那頭棚裡的園藝工具，（這是一種英式講法，我不知道美國是否有相對應的形容。）裡面有耙子或鋤頭掛在鉤子上，可能是之前的人留下來，而且沒人知道該拿它們怎麼辦。

幾個月前，在佛羅里達有一場威爾．艾斯納的八十五歲生日派對。威爾前陣子做的石版畫令我非常印象深刻，因為這些是他六十多年前離開藝術學院至今做的第一批石版畫。他認為這是他要去精通的技巧。

你永遠不會知道你需要用到什麼工具。三不五時，我會給自己出個寫作練習——各種正式的詩歌，或是其他時間空間的寫作風格。偶爾我會出乎自己的意料，最後寫出很棒的作品。偶爾，我寫出的東西會讓我希望死之前一定要找機會處理掉。因為那東西要是一不小心在我死後出版，我會再死一次。但不管是哪一種，就字面而言，我真是學到了不少。

要以一個藝術家的身分去研究其他藝術家，看看他們做了什麼；研究一下生命，看它造成什麼影響。

要以一個作家的身分去讀其他作家的作品——好的作家、你不喜歡的風格的作家。看看別人怎麼寫作；忘掉小說，忘掉漫畫，什麼都讀，然後學習。

七、做你自己。別淨想著成為一個更商業化的人。別想要變成別人。

這與藝術脫不了關係，或許也與商業脫不了關係。但從我們對於自己從事的行業的描述，我們自身也是藝術形式的一種。我們或許是因為天分而進入這一行，我們會在這裡，是因為我們是藝術家。我們是創造者。在創作的一開始——無論個人或合作——永遠都始於一張白紙。當我們完成了作品，會給予人們夢想和魔法，讓他們進入永遠不可能碰觸的心境與人生。這點，我們絕對不能忘記。

我不希望自己聽起來走心靈雞湯路線。「做你自己，盡力展現出最好的自己。」但這點真的很重要。這是我們在最初最容易失去的東西。因為我們從很小的時候就在漫畫圈中，但是，做為一個藝術家或作家，我們不知道自己是誰，或是不知道自己的聲音是什麼樣。

年輕的藝術家想成為勞勃．萊菲爾德[17]、伯尼．萊特森[18]或法蘭克．米勒；而年輕的作家想當亞倫．摩爾、克里斯．克萊蒙[19]或者是——呃——法蘭克．米勒；你看過他們的作品，你讀過那些劇本。

我們起步時都是用偷的。我們依樣畫葫蘆，我們去複製、去仿效。但最重要的在於，最終你要說自己的故事、畫自己的畫，做別人都做不到、只有你才能辦到的事。

年輕時的戴夫・麥金剛從藝術學校畢業時，帶著自己的作品到紐約拿給一家廣告公司的老闆看。那個人看著大衛的某幅畫說——「真是很棒的鮑伯・匹克[20]作品，」他說：「可是我為什麼要用你？假如我想要有一個這樣風格的東西，我打電話給鮑伯・匹克就好。」

你或許能畫得像勞勃・萊菲爾德那樣，但未來可能沒有人想要廉價版的勞勃・萊菲爾德複製人——搞不好現在就是了。所以你要學習畫出自己的風格。

身為作家或是說書人，你要試著去說只有你才能說的故事，去講你忍不住想講的故事；去講述那些就算沒有觀眾，你還是會說給自己聽的故事。就說出來吧。去述說那些不小心洩漏出真實的你的故事。

我認為，寫作就像是裸體走大街：無關風格、無關類型，但與誠實密不可分。對自己誠實，不管你在做什麼，都要誠實以對。

17 勞勃・萊菲爾德（Rob Liefeld）：生於一九六七年，為美國漫畫家。

18 伯尼・萊特森（Bernie Wrightson）：生於一九四八年，卒於二〇一七年，為美國藝術家，以恐怖漫畫聞名。

19 克里斯・克萊蒙（Chris Claremont）：生於一九五〇年，為英國漫畫家，協助創作《X戰警》系列。

20 鮑伯・匹克（Bob Peak）：生於一九二七年，卒於一九九二年，為美國插畫家，知名作品包含當代電影海報，例如《西城故事》、《超人》、《現代啟示錄》等。

不要擔心是否該刻意發展風格。風格就是你忍不住想做的事。如果你寫得夠多、畫得夠多，不管你是否刻意發展，都會有自己的風格。

不要擔心你夠不夠「商業」。說你的故事，畫你的畫，讓其他人來追隨你。

針對剛才的推論，我再說件別的事。

在我們身處的這個詭異又狹小的市場，沒有誰是無所不知、無所不曉。計畫趕不上變化。五年前肯定大賣的暢銷作，很可能在看起來就要成功之際輸得一塌糊塗；而五年前感覺詭異得要死、不可能有人注意的小眾漫畫，如今在商業上的成功卻如此無法動搖——強韌的程度大概就跟現下詭譎的世態一樣。

假如你真心相信，那就去做。假如有個你一直好想去做的漫畫或是案子，就放手去試試。如果失敗，至少你試過；如果成功，那麼就代表你在你想做的領域裡獲得了成功。

八、最後，你要知道何時該下臺。

謝謝各位。

本篇演講於一九九七年四月專業漫畫大會（ProCon）發表。舉辦場地在加州奧克蘭，是給專業漫畫人士參與的聚會。

「但那和巴赫斯有什麼關係？」：艾迪・坎貝爾與《死面》

我想談談艾迪・坎貝爾。英文字「tragedy」（悲劇）源自希臘文的「tragos-oide」，意指山羊之歌。任何一個聽過山羊歌聲的人大概都會知道箇中原因。

有個叫做泰斯庇斯（Thespis）的人，他被稱為「悲劇之父」。在大約西元前五三五年時，他是一名巡迴演員，會駕著牛車在希臘各個鄉鎮間遊走。牛車不僅是他的交通工具，也是表演的舞臺。他在每一座城鎮朗讀自己的詩作，而他的演員（看起來也很新奇）臉上都「塗了葡萄酒渣」娛樂群眾——這大概是史上最早的舞臺妝。

據說，在此之前，所有的歌曲與表演都與酒神巴赫斯有關。泰斯庇斯起先做了實驗，嘗試將以巴赫斯為題所寫的簡短詩歌安插在曲子裡，民眾在容忍範圍內也大方接受他的創新。然後他決定將實驗往前推一步：他開始述說並朗誦其他故事。

此舉失敗收場。

「那和巴赫斯有什麼關係？」人們這樣問他，還大聲斥責。然後他只好再把主題拉回酒神身上。在他們心裡，真正的歌曲、詩歌和故事，全都跟巴赫斯有關係。

他們一定也會喜歡《死面》（Deadface）。

所以巴赫斯是何許人也？

如同大多數天神，他累積了不少名號——有「戴奧尼索斯」（Dionysus）——意為「來自奈薩山的天神」；「畢馬特」（Bimater）——意為「二度出生」；「歐瑪迪歐斯」（Omadios）——「食生肉者」；「布洛米歐斯」（Bromios）——「吵雜」；「巴赫斯」（Bacchus）——「粗暴吵鬧」。當然還有「伊諾奎斯」（Enorches），意即「有睪丸者」。

他是宙斯與賽美莉（Semele）之子，酒與戲劇之神；他教導人們如何耕種大地；如何用酒、如何採集蜂蜜；冷杉、無花果、藤蔓及葡萄藤對他來說神聖不可侵犯，所有山羊（無論唱不唱歌）對他來說都是神聖的動物。在天神之中，他最俊美（儘管他經常以頭上有著獸角的形象出現）；關於他的生平與神蹟，多處都與耶穌基督（替他作傳的人可能捨棄了這部分）和俄賽里斯（大概是一開始就借用他的傳說）有驚人的相似。

歐里庇得斯（Euripides）最好也最特別的劇作，或許就是《酒神的女信徒》（The Bacchae）。故事講述底比斯國王彭透斯（Pentheus）拒絕承認巴赫斯這位新立天神的神聖性，於是遭巴赫斯報復。彭透斯被他自己的母親和兩位阿姨撕成碎片——不是比喻，是真的。

惹火巴赫斯的人會遇上倒楣透頂的鳥事。真是悲劇。

但這又跟艾迪·坎貝爾有什麼關係？

我想，就神話層面而言（除此之外，都會少掉最重要的元素），我想大概沒有人（除了我以外吧。而且我對這種事情很偏執）會在乎《死面》有多正確，細節上也多麼恰到好處。不過《死面》本來就是這樣的作品：它既有趣又好笑，魔幻而且睿智。

同時，它也是一齣悲劇——真的。（關於山羊唱歌那件事我是開玩笑的。我想會有那個字是因為最厲害的悲劇歌者得到一頭山羊當獎品。）這個悲劇故事說的是一個帶有悲劇缺陷的英雄，他的自尊

（大概介於驕傲與自大之間）被涅梅西斯[21]擊潰。這件事對《死面》中的喬・鐵修斯來說是悲劇，但對巴赫斯而言，當然是喜劇。

絕大多數內容都可以回溯至巴赫斯身上。

你將會在本書發現新舊神話的相互參照。眼球小子（The Eyeball Kid）、冥界血蛭（Stygian Leech）與老天神和英雄肩並肩；劫機與古代天神、黑幫場景和古老傳說、警方辦案和神祕奇幻、泳池清潔工和經典文學。《死面》揉和這些不同元素——當然，這種劇情聽起來不太可能成功，但結果卻效果極佳。

可是這又與艾迪・坎貝爾有什麼關係？

嗯，艾迪・坎貝爾是被埋沒的漫畫之王。當我們在一個自己想像出來的地方（還誤以為是奧林帕斯山）做苦工，艾迪卻從一個島玩到另一個島；一手拿著酒神杖，另一手拿墨水筆、網點紙；身旁圍繞一群耳朵毛毛的矮男人，以及吸吮黑豹奶水、吃人肉的女人。所有人都喝多了，都縱情聲色。（在這個例子裡，西勒諾斯[22]就是艾德・西里爾[23]。他在本書後半段加入，以墨水描繪艾迪的鉛筆畫。）

我希望艾迪的這本書，以及其他由日蝕漫畫發行的作品能將作者拉到該有的聲譽和地位——譬如他的《艾歷克》故事集。這本不太一樣，沒有殺戮或飛行、沒有到處跑來跑去的趣味橋段。但依我之

21 涅梅西斯（Nemesis）為希臘神話裡的復仇女神。
22 西勒諾斯（Silenus）在希臘神話裡，為酒神的老師及伙伴。
23 艾德・西里爾（Ed Hillyer）為英國藝術家、漫畫家，曾與艾迪・坎貝爾合作這套漫畫作品。

見，也是一本優秀的漫畫；《開膛手》，登在蜘蛛娃藝術書系的《禁忌》[24]，繪圖者是艾迪，寫故事的人是才華洋溢、一位名叫亞倫·摩爾的英國人——如果你問我意見，我會說這傢伙絕對值得關注。他是天才，沒有第二句話。

假如你是在書籍第一次出版就讀過的幸運兒，那就毋須我更進一步的推薦或讚美，因為你早就知道這書有多厲害；假如，你是第一次注意到《死面》，我對你滿懷羨慕，因為面前有個非常棒的故事在等著你。

但這和巴赫斯有什麼關係？或跟艾迪或眼球小子有什麼關係？

繼續往下讀。

你就會知道。

本文是替艾迪·坎貝爾一九九〇年出版的《死面》第一冊《永生不死非永遠》（Immortality Isn't Forever）寫的序。

告白：論《星城》與寇特·畢西克

聽好，小心地讀這篇序，因為我要告訴你一件非常重要的事——不只如此，我還要告訴你一個業界的祕密。我是說真的。所有好的小說都仰賴這種魔術：鴿子藏在盒中以特定角度擺放的鏡子後面；桌子底下還有一個隱密空間。

亦即：

永遠都要留個空間，讓事物超越其字面意義。

就是這樣。

這對你來說不重要嗎？你覺得很一般？你覺得我隨便用一個從幸運餅乾拿出來的句子，試圖給你更深層、更明智的建議？相信我，我可是跟你講了一件超級重要的事。我們等下再繞回來。

依我之見，超級英雄在大眾小說裡有兩種主要用途。第一，簡而言之，超級英雄就是字面那個意思。第二，超級英雄的確如同字面意思，但又不僅於此——一方面他代表流行文化、希望與夢想；另一方面，可能代表希望與夢想的相反，以及純真不再。

超級英雄的背景可以回溯到——很明顯，最初是三〇年代，然後是報紙上的連載漫畫，接著進入文學，沿路隨機挑選福爾摩斯、貝武夫和各種英雄天神加入陣營。

---

24 蜘蛛娃藝術（Spiderbaby Grafix）是DC漫畫旗下的一個書系，《禁忌》（Taboo）一共發行七本。

羅柏・梅爾（Robert Mayer）的小說《超凡人類》（Superfolks）以超級英雄隱喻美國七〇年代的各種化身：美國夢的失去正如字面意義，反之亦然。

約瑟夫・托奇亞（Joseph Torchia）選用超人的外貌，創作《氪星小子》（The Kryptonite Kid）。這是一本非常有力而且優美的書信體小說，講述一個真心相信超人存在的孩子。在書中一系列寫給超人的信件中，超人必須與他的生命和心靈達成某種妥協。

八〇年代，作家首次開始創作超級英雄漫畫，故事裡的超級英雄對其他超級英雄各有意見。這股風潮由亞倫・摩爾領頭，以及法蘭克・米勒（Frank Miller）。

在那段時期，其中一個再度與漫畫融合的要素就是以小說處理某些主題：《超凡人類》、《氪星小子》；一些短篇故事，如諾曼・史賓拉德（Norman Spinrad）的〈是鳥！是飛機！〉（It's Bird! It's a Plane!）、一些文章，如拉瑞・尼文（Larry Niven）談到關於生育的《超人的性生活》（Man of Steel, Woman of Kleenex）——你想的沒錯，就是字面上的意思。

衝擊漫畫的這股復興風潮也出現在小說中——喬治・R・R・馬汀早期編輯作品《百變王牌》（Wild Cards）故事集。在文章的脈絡中成功喚回見到超級英雄的喜悅。

而八〇年代中期那些有趣的超級英雄捲土重來的問題在於，最不該拿來學的重複橋段偏偏最容易被抄去。《守護者》和《蝙蝠俠：黑暗騎士歸來》衍伸出太多拙劣的漫畫了：不幽默、灰暗暴力、無趣至極。《百變王牌》中對漫畫的評論使它閱讀起來趣味橫生，但當此書變成漫畫，原先的趣味也就消失殆盡了。

因此，在摩爾、米勒和馬汀帶出第一批超級英雄之後（不是解構，只是致敬一下），一切又恢復原狀。九〇年代初期，這種狀況起起伏伏，導致超級英雄漫畫變得毫無內容可言。它們寫得很糟、流於表面，甚至有間出版社的宣傳點是該漫畫是由「某優秀作家」創作，把這個當作行銷花招就像打凸加彩色金箔印刷的精美封面一樣。

在字面之上絕對還有想像空間，每件事物都可以有言外之意。因此《第二十二條軍規》說的不只是二次大戰的戰鬥機飛行員；〈無聲狂嘯〉不只是關於一群困在超級電腦裡的人；《白鯨記》寫的絕對不只捕鯨。（跟你賭五萬個感到絕望的大學教授，我此言不虛。）

我現在談的不是什麼寓言、隱喻或啟示。我談的是故事到底是什麼。接下來，我會聊聊故事到底要說什麼。

每件事物都可以有言外之意。這就是將藝術和非藝術分開的分界線——或者許多分界線之一，你懂的。

目前的超級英雄小說似乎分成兩種：由那些拚命（或隨隨便便）創作的作者大量產出，是較普通的廉價作品。以及另一種，這種的數量相對較少。

眼前有兩個較顯著的例外——亞倫．摩爾的《超級》（Supreme）。這是一個創作練習，重新將超人五十年的時光寫成另有含意的經歷。

接下來——你們可能覺得我忘了，畢竟這篇序已經寫了這麼多，到現在都還沒提到介紹的重點——《星城》（Astro City）。可以追溯的方向有兩個——古典超級英雄原型的世界，以及氪星小子的世界。在這個無聲卻美好的四色漫畫世界，帶有真正的情感重量與深度，其意義比表面所見更加深遠。

這就是《星城》厲害的地方，就是因為這樣，它才會讓人讀起來滿心歡喜。如果你問我怎麼想？就超級英雄而言，我已經倦了。如果要更誠實——我膩了、累了、精疲力盡。雖然並不到完全失去力氣。我想應該是兩年前，我和寇特・畢西克（Kurt Busiek）及他可愛的妻子安一起搭車。（我們當時開車去拜訪斯科特・麥克勞德〔Scott McCloud〕和他的妻子艾薇及小女兒。那是令人難忘又非常重要的一晚。斯科特和艾薇的女兒意外在冬季誕生。）一路上，我們在車裡聊起蝙蝠俠。

寇特和我沒多久就一起規畫出完整的蝙蝠俠劇情——不只是一個普通的蝙蝠俠故事，這是超乎你想像、最酷、最怪的蝙蝠俠；在蝙蝠俠世界裡，每個相互關係都徹底翻轉，並且遵照優秀的漫畫傳統：你以為你知道的每件事都是騙人的。

我們這麼做是為了好玩，大概不會有誰做出什麼實際行動。我們只是自己玩得挺開心罷了。但是，好幾個鐘頭下來，我發現自己真的非常在乎蝙蝠俠。我不禁懷疑這會不會是寇特・畢西克的特殊天分。假如要另寫一篇不同風格的序，我或許會下標叫「超能力」。

假使那些風格簡單優雅、人物色調也很基本的老漫畫別有意涵，就會成為像《星城》這樣的作品。又或者，如果它們真的想傳達些什麼，那麼大概只是一時疏忽遺忘。

這座城市受到史丹・李、傑克・柯比、加德納・福克斯、約翰・布魯姆以及傑瑞・席格和鮑伯・芬格等人的世界觀啟發。在這座城市裡，什麼都可能發生。接下來會有——我很努力不要爆太多雷——打擊犯罪者的酒吧、連續殺人事件、外星人入侵、對於穿著制服的英雄進行鎮壓、英雄的祕密……歡樂又二流的漫畫元素數也數不盡。

不過，在《星城》的其餘部分，寇特・畢西克成功地讓上述所有元素擁有超出字面的意義。

（再次聲明，我說的不是寓言。我談的是故事，是能夠讓某些故事散發魔力的元素。其他的故事不過是旁邊某個毫無生命力的無聊物體。）

《星城：告白》（Astro City: Confession）是一篇講成長的故事，在故事中，某個年輕人學到了一些事。（海萊因在四〇年代寫過一篇文章，收在一本科幻作家的文集裡，標題叫《世界之外》〔Of Worlds Beyond〕。文中的羅伊・亞瑟・艾許貝齊說，只有三個故事我們會一讀再讀。他說，他以前認為只有兩個：〈男孩遇見女孩〉〔Boy Meets Girl〕及〈小裁縫〉，直到L・朗・赫伯告訴他說，還有一個，叫做〈有人學到了一課〉〔A Man Learns a Lesson〕。而海萊因主張，如果你放入該假設的相反——某人沒有學到一課、某兩人沒有墜入愛河之類的——你也可以獲得各種各樣的故事，但我們接下來就要超越表面的意義了。）這是一個談成長的故事，場景設在寇特心裡的那座城市。

我最喜歡《星城》的地方在於，寇特・畢西克在書封上列出他所有的合作者。他非常清楚上頭的每一個人對於最後的成果多重要。每一顆螺絲釘都專注地做好它該做的事，每個零件都表現得比預期還要好一些：艾力克斯・羅斯（Alex Ross）將每期的封面都製作得超逼真、超寫實；布倫特・安德森（Brent Anderson）的鉛筆稿和威爾・布萊柏格（Will Blyberg）的墨水稿畫得極出色，完滿展現故事效果，而且絕不突兀，非常有說服力；艾力克斯・辛克萊（Alex Sinclair）的上色，漫畫技藝公司的約翰・羅素艾爾（John Roshell）處理的標準字恰到好處——如果更精闢地說，就是夠低調。

在寇特・畢西克與合作夥伴艾力克斯・羅斯手中，《星城》成為藝術等級的作品，更是優秀的藝術品。它認可漫畫英雄的優點，創造出了——某個地方，又或許是某種媒介，或某種聲音。好的故事能透過這種方式去傳達。一件事永遠可能擁有超乎表面的含意，在《星城》之中，這是絕對的真理。

在久遠的未來，我期望能有機會拜訪此地。

本文是替一九九九年的寇特・畢西克的《星城：告白》寫的序。在本文中，我提到開車時想出的蝙蝠俠故事。後來這個故事變成我最愛的《披風鬥士的命運》（Whatever Happened to the Caped Crusader?）續篇。我在十年後寫了出來。

蝙蝠俠：封面藝術集

我幾乎沒寫過蝙蝠俠。但是，吸引我進入漫畫世界的就是他。六歲時，我父親說美國有一部叫《蝙蝠俠》的影集，我問那是在演什麼，他則告訴我，這個影集是在講一個打扮成蝙蝠的男人，到處打擊犯罪。這個時期的我聽到「蝙蝠」（bat）唯一能想到的是打板球的棒子，不禁好奇到底誰會扮成一根板球棒？一年後，這部影集開始在英國電視播，我深深著迷，它抓住了我的心，就像有人用魚鉤勾住我的嘴一樣。

我用自己的零用錢買下重新發行的前代蝙蝠俠漫畫平裝本：兩格黑白分鏡，一整頁都由路・賽爾・休華茲（Lew Sayre Schwartz）和迪克・史普倫（Dick Sprang）繪製，蝙蝠俠對抗小丑、謎天大聖、企鵝和貓女（她得先在這裡擠一擠）。我要我父親買《嘩！》（Smash!）的翻印版，這是一本英國漫畫週刊。但現在我不禁懷疑，老闆一定是把美國報紙每天連載的蝙蝠俠拿來當標題特刊。有一回，我被家附近的報商從店裡攆出去——我是真的被老闆整個人拎起來丟到人行道上。因為我花了太久時間思考要把錢貢獻給哪一本蝙蝠俠，將一整疊五十本的漫畫拿起來一本一本檢視。（他們把我拖出去時，我還在喊著「不要！等一下！我已經決定好了！」只是為時已晚。）

每次吸引我的都是封面。DC漫畫的編輯稱得上是封面藝術的大師。每回封面呈現的謎團好像都沒可能解決——為什麼蝙蝠俠被關在一個巨大的紅色鐵蝙蝠裡，連綠光戰警也救不了他？羅賓會在日出的瞬間死亡嗎？超人真的比閃電俠還快嗎？但是故事本身也很容易令人失望，疑惑就像嘶嘶響的高溫，聽起來永遠都比等同牛排肉的解答更可口。

第一次的經驗是永遠不會忘記的。以我為例，我的第一本蝙蝠俠封面是卡邁恩・英凡帝諾做的[25]。他的筆觸優雅、精鍊又從容，對於一個因影集而愛上蝙蝠俠的小孩來說，是個很適合的出發點。那些寫滿字的封面講的都是角色間的相互關係——蝙蝠俠變成夾心餅乾？你看毒藤女初次現身的場景——她會破壞蝙蝠俠與羅賓之間的夥伴關係嗎？當然不會。這種雞毛蒜皮的小事我幹麼擔心呢？——她看起來簡直像從綠巨人玉米罐上逃出來似的。蝙蝠俠認為她很可愛，羅賓覺得不怎樣。當時還是小孩的我想從蝙蝠俠封面得到的，就是這樣的東西：顏色明亮、令人安心。

人性傾向保守，會死守著自己喜歡的東西。小孩是很保守的：他們希望什麼事情都跟上週一樣不要變，世界要恆常不變。我第一次看到尼爾・亞當斯（Neal Adams）的作品是在《勇敢和大膽》（The Brave and the Bold），我想那個故事叫做〈……但博克能傷害你〉（……But Bork Can Hurt You）——我讀了，但不確定喜不喜歡。分鏡的角度很怪，夜色的藍很怪，而且這個蝙蝠俠和我知道的那個蝙蝠俠不太一樣。他比較瘦、比較怪，而且犯好多錯。

儘管如此，當我看見亞當斯畫的《哥特府邸的惡魔》（The Demon of Gothos Mansion），《蝙蝠俠》二二七期，我很清楚這是與眾不同的——而且不是錯的——世界已經完全改變。哥德文學主角通常都是女性。她們會穿著睡衣，逃離古老的大房子，可是從來都沒有清楚解釋她們逃跑的原因，高樓房中也總是點著一盞燈。這些淑女時常拿著大燭臺狂奔，而在這個封面上，有個看起來很有事的邪惡鄉紳在追趕我們的女主角，身旁跟著兩頭疑似野狼的動物；而身邊沒有羅賓，恍若鬼魂的蝙蝠俠並沒有從某處盪過去，只是畫面上方一抹灰白的存在：這個故事確實是走哥德風，讓我們知道蝙蝠俠是一個哥德式的英雄，或至少是哥德風的產物。或許那時的我只有十歲，但只消一眼就知道那到底是不是哥德風。（雖說我不可能知道亞當斯的這個封面是要回應《偵探漫畫》三十一集，而且這個封面也是哥德傳統的一部分——有個叫「僧侶」的壞人，讀者應該可以聯想到馬修・「僧侶」・路易斯〔Matthew "Monk" Lewis〕的小說《僧侶》〔The Monk〕。而且，兩年後，我在《百頁超級奇觀》〔100 Page Super Spectacular〕中讀到這個故事的翻印版，這個故事中的「僧侶」是統領狼人的吸血鬼主人——但也可能是反過來。畢竟那本書是我很久以前讀的。我確實記得蝙蝠俠最後打開僧侶的棺材，並且用了他的槍——那是我印象中他唯一用槍的一次——以一顆銀彈射中裝在棺材裡的僧侶。因此我永遠搞不清楚「僧侶」其實是狼人還是吸血鬼。）

到我十二歲，藍・溫（Len Wein）和伯尼・萊特森（Bernie Wrightson）的《沼澤怪物》（Swamp Thing）成了我最喜歡的漫畫。我認為，就是這本書讓我想在長大後創作漫畫。《沼澤怪物》第七集《蝙蝠之夜》（Night of Bat）奠定了蝙蝠俠在我心中的哥德派地位。這本封面只有對內容做一點暗示：蝙蝠俠的巨大斗篷在身後，朝著滿身泥巴的沼澤怪物擺動。感覺像是發生在晚上的事；人工的照明，地點位於城市，觸手可及。但我會把這個封面記得那麼清楚，其實是因為裡面的內容——伯尼畫的蝙蝠俠沒有現實主義的矯作，跟亞當・韋斯特[26]畫的相差十萬八千里：蝙蝠俠身後吹起的斗篷長到根本

---

25 卡邁恩・英凡帝諾（Carmine Infantino）：生於一九二五年，卒於二〇一三年，美國漫畫家暨編輯。他使得漫畫界復甦，使超級英雄漫畫系列重新受到注目。

26 亞當・韋斯特（Adam West）：生於一九二八年，卒於二〇一七年。為美國演員，在一九六〇年代的蝙蝠俠電視影集裡扮演蝙蝠俠一角，算是第一位扮演此角的演員。

無法穿——有十五英尺嗎？還是二十？五十？還有那耳朵——像惡魔的角一樣往上戳，甚至比巴勃・肯恩（Bob Kane）在《偵探漫畫》三十一集封面的蝙蝠俠還長。萊特森的蝙蝠俠不是人——這個人走路時會被斗篷絆倒、耳朵會在天花板上戳出洞——他是夜晚的一部分；是抽象的概念；是哥德風。

蝙蝠俠概念的最大樂趣之一，就是他沒有特定樣貌。他集合過去六十五年來行走於高譚市街上的蝙蝠俠、英凡帝諾的優雅蝙蝠俠、史普倫與休華茲高大又蒼白的男童子軍、法蘭克・米勒的黑暗騎士。他們都不比對方更真實、更正統、更如假包換。但在我心裡，他是幽靈般的存在，完全就是哥德浪漫小說的產物。對我來說，他在我心裡永遠都是這個模樣。

此文為二〇〇五年出版的《蝙蝠俠：封面藝術集》（Batman: Cover to Cover）所寫。這本書收錄蝙蝠俠漫畫所有的封面，加上幾篇文章。如果在網路上搜尋，就會看到我在本文提到的封面。

《波恩一家》：前言，以及一些後續想法

一、前言

我算是在最開始就看了《波恩一家》。在多倫多一場簽名會結束後，馬克．艾斯克威思（Mark Askwith）給了我這套漫畫的前兩集。他說：「你會喜歡的。」接著我開始買《波恩一家》的漫畫，直到我認識傑夫．史密斯，他開始把漫畫寄給我，所以我不再買了。過了一個月又一個月，一年年過去，這套漫畫我就這麼讀到結束。

我甚至替《波恩一家》的第二集《盛大的賽牛》（The Great Cow Race）寫序。（因為收錄序的版本已經絕版超過十年，我想你大概沒讀過——就算有大概也都忘了。所以我現在要在此重述這篇序言。）

提到赫曼．梅維爾偉大的《白鯨記》，讀者多半有兩種反應。讀者把它當成航海冒險故事。他們對書裡那些龐雜、驚人又偏執的旅行日誌反應熱烈，卻匆匆略過梅維爾的章名。「抹香鯨的頭顱——懸殊的觀點」（The Sperm Whale's Head—Contrasted View）；又或者，他們發現自己執著於梅維爾對捕鯨流程與鯨魚的外貌鉅細靡遺的描述，也喜愛「裴廓德號」上狂風呼嘯、雙手染血的文字層次，帶有某種實驗性，並且十分詭譎，卻對亞哈[27]和莫比．迪克的故事失去耐性——還有，為什麼莫比．迪克放在書名時中間加一槓（Moby-Dick），可是書裡卻沒有？這是難

27《白鯨記》裡「裴廓德號」的船長亟欲捕獲名為莫比．迪克的鯨魚來復仇。

以理解的世紀謎團。

我第一次讀《白鯨記》是十歲的時候。一開始是為了刺激橋段才看這本書的。（那時看完，我就深深相信它可以改編成一部超棒的漫畫——印象中，大概也是在這個年紀，我看完《所羅門王的寶藏》也超肯定它可以改編成超強的音樂劇。現在想想我一定是個很怪的小孩。）最近，做為一個成熟的三十三歲紳士，在傑夫．史密斯的催促外加一、兩趟長途飛行的機緣下，我重讀《白鯨記》，發現自己非常喜歡這本書：一隻巨大、畸形而且駝背的鯨魚，身體兩側還有先前斷掉的矛。

就某方面而言，這種閱讀經驗跟《波恩一家》很相似。我第一次閱讀收在整本書中的故事時，我欣賞的是那些讓人移不開眼神的重點場景：狀似老鼠的愚蠢生物、尋找蜂蜜、盛大的賽牛、風恩．波恩動人且揪心的情詩。這是《波恩一家》裡面比較好懂的符碼，可以馬上理解。到第二遍——精確地說，一次把六篇從頭到尾讀完才叫一遍——我才得以欣賞到更幽微的故事背景，關於索恩童年那如夢似幻的精巧暗示，以及巨大的力量對純真的人會造成什麼影響。

當你大口飲下《波恩一家》的故事，會嗅到一種華特．凱利[28]的香氣，還有新鮮強勁的查克．瓊斯[29]。不過，殘留餘味的將會是第二口。就在這時，你會領悟故事其實不只如此。它有點托爾金、有些馬羅里[30]，甚至還帶了一點點格林兄弟……

是馬克．艾斯克威思介紹我看的。我把這個祕密告訴你們，完全是賭上了我個人的生命安全——他就是傳說中每個黑幕後面的藏鏡人之一。我在多倫多參加了一個馬克製作的電視節目，接受訪問——就是才剛停播的《重力犯人》[31]。他給了我《波恩一家》前幾本，我在機場候機室讀，邊看邊大笑、皺眉外加佩服。自此以後，我對這套漫畫的創作者和出版社的欣賞只有增加，沒有減少。

在漫畫界，傑夫．史密斯處理玩笑的節奏可說是比誰都好。（唯一能挑戰他的人是戴夫．西姆。）他的對話都十分討喜，我喜愛他的每一個人物，更別提他筆下的動物、反派、甚至連蟲我都愛。第二本選集中包含許多你一定會喜歡的時刻。（雖然我不認識你，卻這麼篤定地說，似乎對於我們相互認識的程度上有點僭越了——畢竟我們只是「寫序的作家」與「潛在的讀者」。但我還是敢說：我猜的一定沒錯。）而且，我再重申：這作品經得起一讀再讀。

《波恩一家》的地理位置是想像的。「不在任何一張地圖上。」梅維爾口中的科科沃科島便是如此。「真正的地點從來都不在地圖上。」

《波恩一家》的世界是一個真正的世界。地圖只不過是謎團的另一部分……

好了，接下來，我就把你交給傑夫．史密斯。你將會被照顧得妥妥當當。若要策劃一場賽牛，除了他之外我不會相信任何人——也許梅維爾除外吧。但他辦的賽牛絕對跟好笑扯不上任何關係。

尼爾．蓋曼，寫於一九九五年

---

28 華特．凱利（Walt Kelly）：生於一九一三年，卒於一九七三年，為美國動畫師、漫畫家。曾參與迪士尼動畫電影如《幻想曲》和《小飛象》等片。

29 查克．瓊斯（Chuck Jones）：生於一九一二年，卒於二〇〇二年，為美國動畫師、編劇。作品豐富，曾製作執導多部華納電影公司的卡通。

30 湯馬斯．馬羅里（Thomas Malory）生年不詳，卒於一四七一年。曾受封為騎士。他將自身經驗融入亞瑟王的傳說，寫成《亞瑟王之死》一書，此書對後世的文學作品、甚至近代的影視作品都有深遠影響。

31《重力犯人》（Prisoners of Gravity）是加拿大公共電視臺的節目，內容介紹科幻、奇幻、恐怖小說及漫畫等，於一九八九年首播，在一九九四年結束。

二、一些後續的想法。

好的。我十四年前寫序時就是那麼想。然後，雖然是後見之明，我要很高興地告訴你，我沒有任何想收回或補充的內容。

儘管如此，隨著漫畫持續連載，我開始懷念早期的幾集——套一句伍迪．艾倫的話，就是「之前那些好笑的東西」。我想念滑稽的場景、節奏完美的笑點、賽牛、鬧劇。我不認為目前似乎轉成冒險漫畫的《波恩一家》可以取代。

《波恩一家》已經完結、彙整、收錄成一輯。此刻重讀，我赫然發現自己先前的誤解多深、傑夫．史密斯又有多麼正確，以及——這部作品毋庸置疑散發一股緊張感，但我不禁認為，正是這股緊張感形塑了《波恩一家》。

長篇漫畫故事的經濟模式（大概）是根據以下制定：創作者一日一頁，外加每日用餐的費用。因此，是否有地方遮風避雨、吃飽穿暖，端看出版社支付給（長篇作品）的預付款是否充足。比較常見的是固定稿酬支票——因為故事是分期創作。所以正常的模式（也就是《波恩一家》的模式）就是每月出版約二十頁的漫畫。這些漫畫經過整理，差不多在每年的這個時候集結成冊，以單行本的方式出版。創作者也能吃飽住好。如果是成功的漫畫家，還可以穿好衣服、好鞋子。

因此，文字工作者或藝術工作者的挑戰，就是要在作品連載時能夠成功——即使只是完整作品的一部分，也要成功。一個時程約一個月的故事中，你得回顧一個上回出現可能是四年前的角色背景、條列一些重要劇情，或只是要提醒你的讀者他們上個月看到什麼內容。（在一個月的時間裡，讀者可能發生了很多事。）你得給讀者一看就能會意的時刻與主題、收攏回來的鋪陳。最重要的是，你要把「花錢購買系列作品」這件事變得合情合理。

狄更斯也遇過類似問題。

但是，你創作的刊物最終又會集結起來。每集的前情提要可能會把你現在的設定完全推翻，整個故事的節奏（以《波恩一家》為例，每則故事的篇幅達一千頁以上）、最後匯集的部分，與按月發行的漫畫都會有不同的要求與需求。

收錄的《波恩一家》前兩章中，這個問題最明顯。當主控者仍是華特・凱利、當傑夫・史密斯最迫切的需求，是讓作品好讀易懂、還能吸引讀者，它的節奏比起連載漫畫更像報紙的週日版，而故事反而變成次要（或感覺起來變成次要）。

身為一個一期一期慢慢讀的月刊讀者，當故事走向轉為黑暗，我不禁懷念前幾年的調性。我想念「把玩笑的節奏處理得比誰都好」的傑夫・史密斯，因為笑點越來越少了。我猜可能是因為漫畫的本質變了，我擔心漫畫中華特・凱利和卡爾・巴克斯[32]的風格會漸漸退位，變成接近托爾金的路線，使整體失去平衡。

但如我前面所說：我錯了。我明明知道自己錯了，還是要到重讀《波恩一家》後，才了解我以前錯得有多離譜。

32 卡爾・巴克斯（Carl Barks）：知名美國動畫師，曾參與唐老鴨的形象設定及卡通製作。創造了史高治・麥克老鴨（Scrooge McDuck）這個大富翁的角色。

波恩一家跟一般人是不同的。一如史高治叔叔、唐老鴨和他三個姪子[33]，可能只是翻個山就闖進一個不可思議的世界。他們格格不入，很明顯與他們身處的世界脫勾——明明是二十世紀的生物，卻活在中世紀的奇幻世界。我不禁懷疑，敘事的張力是否就是這樣形成的。在正式的卡爾．巴克斯式敘事風格之中，那些外貌看起來像波恩一家的生物，住在跟我們的世界很像的地方，他們從我們的世界進入另一個更加原始的世界——穿越沙漠和濃霧籠罩的山谷、走過幾乎無法橫越的山脈。這些東西就是阻擋我們進入奧茲國或失落世界的障礙。他們展開冒險，讓世界變得更美好，然後再穿越疆界回到自己的世界。

但是，他們進入的世界卻遠比他們——或我們——最初以為得更複雜。最初好像只有搞笑功用才上場的角色背後卻有龐大的故事。《波恩一家》的故事漸漸給人一種「這只是冰山一角」或「這只是某頭巨獸的尾巴末端」的感覺。《波恩一家》令人欣喜的地方，就是傑夫．史密斯知道的比我們更多。故事中的各種事件都被過去發生的事推動著往前。有趣的客棧老闆路修斯和班奶奶過去有段歷史，班奶奶也是玫瑰皇后；斗篷之人是她的姊姊，索恩。索恩、路修斯和玫瑰之間的愛情三角是推動劇情的動力之一。儘管如此，他們的故事看來都像鬼蝗蟲和龍的傳說的補遺，而劇情就像俄羅斯娃娃，而藏在裡面的那個拿出來時甚至還比前一個還大，完全自相矛盾。每一個人類角色改變的幅度都很大，不管是我們對他們的觀感、他們的過去，或是為已開展的故事畫上句點。

波恩堂兄弟倒是沒什麼變。就跟巴克斯的那幾隻鴨子一樣。他們沒有因為經歷冒險而改變。佛尼生性貪婪，不管什麼計畫都會弄巧成拙；史邁利總是一派天真、心腸又好，容易被牽著鼻子走；風恩．波恩歷經苦難，心也碎了，鬼蝗蟲的一部分也被帶進他自己的靈魂。但即便是他，在結局時也跟一開始沒什麼兩樣。雖然變得比較沉穩，但還是沒什麼變。我們都很容易忘記自己學到的教訓。要是傑夫．史密斯讓波恩家的三個男孩踏上另外一場冒險——就這個類型而言完全合情合理。雖然，這麼做會使第一個故事的衝擊力道變小——就是波恩與哈維史塔一家（Harvestars）的故事。波恩一家是漫畫中的人物（在看彩色版的《波恩一家》時，你會特別意識到單色的效果還是最好，好像會特別真實。明暗技巧用在其他東西上能產生很好的效果，拿來用在波恩一家身上，卻讓我們覺得以圓弧筆觸畫成的角色太逼真——比方說路修斯——似乎就削弱了波恩一家的存在感）。

將連載階段和完整的《波恩一家》中間的巨大空白連接起來的，其實就是波恩本身。他們是緊繃劇情中令人放鬆的橋段，是次要的劇情，是一個「段落」，讓可能不太了解多年前設定的重要情節的讀者能馬上抓到重點——這裡的「多年」不是譬喻，是真的。但最重要的是，波恩一家帶來戲劇張力，他們推動劇情前進。（畢竟，要是沒有佛尼的氣球，一切都不可能發生。）他們要我們慢慢開始在意、並深入了解。如果傑夫．史密斯只是告訴我們索恩的故事，我們可能不會特別在乎或去了解劇情。他們的存在為一整個故事解套，也幫一期期的故事解套。

從這個分鏡到下一個分鏡，從這一期到下一期，我一直很清楚傑夫．史密斯的能耐。但是，經歷了漫長又艱苦的過程，看他終於證明了自己的大師地位，卻特別令人欣喜。

---

33 史高治叔叔後來在迪士尼的系列卡通《唐老鴨俱樂部》（Duck Tale）成為要角，和唐老鴨的三個姪兒路易、修易和杜易一起展開冒險。

威克斯納中心（Wexner Center）在二〇〇八年舉行傑夫・史密斯和《波恩一家》的展覽，本文是替該展的場刊目錄《超越波恩一家》（Bone and Beyond）所寫，並包含原先替一九九六年出版的《盛大的賽牛》所作的序。

傑克・柯比：漫畫之王

我從來沒見過傑克・柯比，所以，比起其他人（大概有一千個吧），我好像比較沒資格寫這篇介紹。

我看過傑克本人一次，在旅館大廳對面，正在跟我的出版商說話。我想走過去，看能不能有被引薦的機會，但我的飛機已經快來不及了。所以我想，總有下一次機會。

結果沒有下一次的機會。我沒機會見上傑克・柯比一面。

不過我一直都很熟悉他的作品。大概從我可以閱讀就知道了，不管是在進口的美國漫畫或從小看到大的雙色英國翻印版。他和史丹・李一起創造了最初的X戰警、驚奇四超人（以及所有我們在漫畫裡看到的角色。例如異人族、銀色衝浪手及其他）、神力索爾——我對神話的迷戀大概就是從這裡開始吧。

然後，我十一、二歲時，比起微笑史丹和快活傑克[34]，柯比更常占據我的腦海。我讀的DC漫畫裡有他們自家的廣告，大大宣傳著「柯比降臨」。而他降臨的作品是……《吉米・歐森》[35]。這實在

---

34 微笑史丹和快活傑克分別指史丹・李和傑克・柯比。

35《吉米・歐森》（Jimmy Olsen）是《超人》漫畫裡在報社工作的一名職員，是超人的另個身分「克拉克・肯特」的同事。後來衍伸出以他為主角的漫畫，超人等超級英雄也在此系列出現。

不太可能是柯比會想出的標題。但他確實出了《吉米・歐森》。我很快就愉悅地掉入這不可思議的漩渦中掙扎；這個概念證明有前往全新宇宙的通道存在。

柯比的「第四世界」徹底顛覆了我的想法。這是一齣規模宏大的太空歌劇，主要場景設在地球，（在諸多角色中）這個漫畫的重點是一群宇宙嬉皮、一位超強的脫逃藝術家，以及一群萬眾矚目、力量強大的「新天神」。在一九七三年看漫畫真是幸福。

每當想到傑克・柯比，我就會想到伊吉・帕普（Iggy Pop）和丑角樂團（The Stooges）一九七三年發的專輯。那張專輯叫做《原始力量》（Raw Power）——那就是傑克擁有的力量。而且他掌控力量的方式也是前所未見。那股力量純淨、純粹，感覺就像拿勾針戳進插座。傑克透過黑點和曲折的線條召喚出力量，這些點與線都轉化為能量、火焰或爆裂的小宇宙。他時常被人模仿——不管他做了什麼——但仿造出來的都不太成功。

傑克・柯比創造了一部分的漫畫語言，超級英雄漫畫的語言大多來自於他。雜耍表演一到他手上就變成歌劇；靜態媒介到他這邊就動了起來。在柯比的漫畫裡，角色都在動，一切事物都是動態的。傑克・柯比使得漫畫動了起來，他使漫畫發出聲響，會撞毀、爆炸。他甚至創造……

他會拿一些點子和想法當作發展基礎。他會重新發明、重新想像，然後創造出全新的東西。他不斷從前所未見的素材中拿材料來創作。人物、世界觀、宇宙、巨大外星機器與文明。即使他拿到別人的點子，他也會造出一個超乎想像又全新的東西。感覺就像你叫他修理一臺吸塵器，結果他卻把吸塵器改造成噴射背包。

（讀者很愛，後世也超愛。我個人覺得，當時出版社應該只是想要個吸塵器而已。）

一頁接一頁，想法一個接一個。但最重要的是努力；他的努力從沒有停過。

我喜歡「第四世界」，接下來的作品也一樣喜歡——魔法恐怖類的《惡魔》（The Demon）；他重新想像《決戰猩球》（他那時還沒看過電影）的世界，創造了《卡曼帝：地球上最後的男孩》（Kamandi: The Last Boy on Earth）。我甚至也挺喜歡《失敗者》（The Losers）——這連我自己都很驚訝——一部講二次世界大戰的漫畫（因為我不看戰爭漫畫，但我依舊跟著傑克・柯比上山下海）。我喜愛《一人大軍》（OMAC: One Man Army Corps），甚至喜歡《睡魔》[36]——這是喬・賽門寫的兒童故事，第一集由傑克所繪。這套漫畫對我之後的生命產生巨大的影響。

柯比的想像力無窮無盡、獨一無二。他畫的人、機器、城市和世界超乎想像——總之是超乎了我的想像。他的世界宏偉、浩瀚而壯麗。但現在再回頭去看，吸引我的卻總是他的敘事手法。相較於圖像和不可思議的壯闊世界，柯比描繪渺小人類時更令我著迷。那些瞬間大多相當溫柔，人與人之間善良對待彼此、相互幫助。我認為每位柯比的書迷心中至少都有一個故事——不是震懾他們的故事，而是感動他們的故事。

我沒見過傑克・柯比——沒有見過本人。我真希望當初在那個時空下有過去和他握手。最重要的是：當面跟他道謝。但柯比對我的影響就像他對漫畫的影響，早就根深蒂固。他充滿能量的黑點，還有帶著原始之力的閃電刻劃在星辰之間。那些，才是最重要的。

36 蓋曼的sandman標題一般中譯為「睡魔」，可是喬・賽門和傑克・柯比所創造的睡魔卻是打擊犯罪的超級英雄，但還是有傳承的關係，所以他的這系列漫畫沿用此譯名。

尼爾・蓋曼

寫於倫敦，二〇〇七年九月

附註：

在完美的宇宙之中，你將會走在一間寬廣的柯比博物館，仔細注視柯比的原稿，以及印刷版和上色版的作品。馬克・艾文尼爾（Mark Evanier）會陪在你旁邊慢慢走著，告訴你現在看到的是什麼、它代表什麼，還有傑克是什麼時候創作的，怎麼創作、為什麼創作。馬克睿智又風趣，大概是你能找到最見多識廣的導覽。他什麼都曉得。可是這個世界不完美，剛才說的博物館還不存在，所以你就先在紙上將就看看馬克・艾文尼爾的文章吧。

本文為二〇〇八年出版，馬克・艾文尼爾所著《柯比：漫畫之王》（Kirby: King of Comics）一書的序。

賽門和柯比筆下的超級英雄

我寫過柯比。我談過他的作品及敘事傳達出的力道與能量。漫畫產業能有今天的規模，他絕對是推手之一。在二十世紀的漫畫界，他最活躍、最有創新精神、最具創造力——就算只談量不談質，算上傑克和別人合作的那些重要漫畫角色，他仍然是位巨匠。

我們不妨接受事實：這是千真萬確的。你將在本書看到賽門及柯比美麗的作品：你會看著傑克從四〇年代多變、有力的風格，慢慢變得更接近他後來的「柯比風格」——下巴更粗獷、畫面的呈現結構與方式更個人化。你也會看到其他人協作的作品：迪特科的作品是個意外之喜。（我很確定傑克《特技人》〔Stuntman〕的線條中必定有一絲迪特科的筆觸存在。）

傑克．柯比獲得許多讚美，但這不是我想寫這篇前言的原因。我是想藉機提起喬．賽門。我從未見過喬．賽門，但他存在我生命超過四十年。我有時會想，如果沒有喬．賽門，今日的我會變成什麼樣。

畢竟喬．賽門創作了《睡魔》。首先，他和傑克重新塑造了那位戴著防毒面具的神祕暗夜復仇者。（給他黃紫相間緊身衣外加一個小鬼跟班的不是他們，但這兩人卻是把該設定推向成功的主要推手。）然後，三十年後，喬．賽門重新召回睡魔。他與傑克．柯比多年後也就只合作了這麼一次。夢境溪流（Dream Stream）化身的睡魔，與之前的版本除了名字外完全沒有共通點；他是一個「身處時間之外，永恆的存在」，與夢魘「殘忍」（Brute）和「團怪」（Glob）攜手合作，拯救一個叫傑德（Jed）的男孩逃出噩夢（和造成噩夢的元凶）的魔爪。我從倫敦南區一個漫畫商那裡買了第一集的《睡魔》，立刻收進袋子，然後開始亂猜這個衣服紅黃相間的怪傢伙是何許人也。對我而言，即使是他沒有解釋的段落，力道絕不少於他有解釋的情節。

近二十年後，我會創造《睡魔》。

喬·賽門（他也創造出美國隊長和許多角色）的觸角廣泛，絕對不只漫畫。但喬·賽門原本就是一位了不起的漫畫家。在四〇年代的輝煌時期，他的漫畫總是力道十足，充滿能量、極為狂野，有種永遠停不下來的感覺。他的漫畫有許多與眾不同的角色、奇怪誇張的壞人。它們是非常純粹的故事，喬·賽門特有的能量源源不絕。而且，就算故事時常一面倒，還是很好笑。

六〇、七〇年代，他替DC漫畫做了一些工作；他寫《怪人力量兄弟》（Brother Power the Geek）——說的是裁縫師的假人模特兒活了過來、變成嬉皮，然後被引火點燃、射進太空；《普萊茲》（Prez）描述美國第一位青少年總統。這兩本漫畫的繪者是傑瑞·葛倫敦奈提（Jerry Grandenetti）。在《沼澤怪物》上我唯一寫過的一期，我把怪人力量兄弟送回地球。之後，我和藝術家麥可·歐瑞德（Michael Allred）組成搭檔，從《普萊茲》的第一集重述主角的故事，簡直像是對觀福音書[37]。我非常喜歡把玩喬·賽門的玩具。我向DC漫畫提議的案子之一，就是重出《男孩突擊隊》（Boy Commandos）——而且要一九八七年風格。這是賽門和柯比四〇年代共同創作的漫畫。

但是，沒有任一本漫畫改變我的生命——除了《睡魔》以外。最初是賽門和柯比七〇年代創造的睡魔——試想，如果你更當真一點，會怎麼樣？想想看，他為什麼這麼打扮？那些沙子又是做什麼用？——假如他在別人的夢中，看起來會否不同？

DC漫畫的前總裁珍奈特・坎恩（Jenette Kahn）和編輯凱倫・伯格（Karen Berger）到英國時，我跟她們討論了我的想法。幾個月後，我受邀替每月出版的《睡魔》寫一集劇本，但用的是我對喬作品的想法為起點。（因為作家洛伊・湯瑪斯[38]是要用賽門和柯比的睡魔來寫他自己的故事。）這件事改變了我的生命。喬・賽門惠我良多。

我認為，賽門的故事之所以吸引人，就是因為他跟其他人的故事非常不一樣；他的故事充滿旺盛的生命力。他創造了特立獨行的壞人：有點卡通、有點諷刺漫畫，有點像是他將自己想談論的議題具像化。當漫畫的潮流靠向文壇的寫實主義，喬・賽門卻邁開步伐，反其道而行，創造屬於他自己的寫實。哈利・史蒂芬・基勒（Harry Stephen Keeler）是我很喜歡的二十世紀初美國作家。這位懸疑作家無論在劇情、對話甚至地理位置都與眾不同。當時他因此受到嘲諷，但現在他的作品卻集結成冊，而且一直被人記得——許多與他同時期的作者早被遺忘。他是個古怪的作家，而喬・賽門對劇情的構想比基勒更有效率，但他跟基勒一樣，寫的也是別人寫不出的故事。而這些故事長存於大眾的記憶和心中。

喬・賽門作品的怪，就是他的力量所在。

喬・賽門的故事——以及你在本書看到的那些賽門和柯比的合作結晶——從沒有打算偽裝成他人

---

37 Synoptic gospel。源自《馬太福音》、《馬可福音》與《路加福音》。由於這三本福音書內容、敘事、句子結構都相似，收錄內容也幾乎相同，因此被稱作對觀福音書。

38 洛伊・湯瑪斯（Roy Thomas）生於一九四〇年，為美國漫畫編輯、作家。

的作品，或他人的故事。它們可說一直處於動態：起頭是某件事發生，然後是事件層層堆疊，什麼時候結束？在最後一個分鏡或倒數第二個分鏡結束。這裡會留下最後一個分鏡來解釋一切，同時以回顧方式收攏劇情。情節飛馳猛衝，直到停止瞬間。

在本書，你將不斷看到這個模式出現，也會看到原本感覺不太可能成功的情節與角色——或者說，別人來畫可能不會成功——在這裡卻大獲全勝，簡直像做夢一樣。傑克．柯比是模仿不來的；而賽門加柯比的組合更是獨一無二。喜愛漫畫的人都知道。

但你知道嗎？世上不會再有另一個喬．賽門。

本文為二〇一〇年出版的《賽門與柯比的超級英雄》（The Simon and Kirby Superheroes）所寫的序。

一九七五年的閃靈俠

我買的第一本《閃靈俠》（The Spirit）是哈維漫畫[39]發行的《閃靈俠》二號刊。我從艾倫．奧斯汀（Alan Austin）的店裡買來的。但那裡其實也不太算是一間店，只是個位於倫敦南區、偶爾開門作生意的地下室。不過，七五年的太古時代根本沒有漫畫店。

那是學期最後一天。結業式的各種例行公事我全都沒做，反而溜出學校，和我的朋友戴夫．狄克森一起搭公車前往倫敦南區。戴夫的個頭比我小很多，前陣子弄傷了腳。（我已經十五年沒講這個故事了。但以前假如講給別人聽，戴夫人在旁邊，他會搶先一步跳起來，一開頭就跟人家說他腳受傷，讓他們都知道。）我們在去車站的路上被搶了，有夠慘——「慘」這個字大概不足形容，或許「蠢斃了」更接近事實。搶匪的年紀只大我們一點，瘦巴巴又緊張兮兮。他尾隨在我們身後。

「欸。」他大吼。我們繼續走。

「欸！」他又說一次。我們離他越來越遠。

他跑到我們旁邊大叫。「喂！我口袋裡有刀喔，把你們的錢給我。」

我上上下下打量他，擺出十四歲男孩的傲慢與反抗姿態，希望有點說服力。我跟他說：「你口袋才沒有刀。」

---

39 哈維漫畫（Harvey Comics）：於一九四一年在美國成立的漫畫出版社，後來轉型成影視娛樂公司。

「有，我有。」

「你沒有。」

「我有。」

「你口袋沒有刀。」我覺得他沒有刀。我幾乎很肯定他沒有刀。

「我有。」

「沒有，你才沒有刀。拿出來給我看。假如你有刀，就拿出來給我們看。」

我開始認為自己能在這場詭異的辯論賽中勝出。總之他說：「給我聽好，不管我口袋裡有沒有刀，把你們的錢給我就對了。」

「不要。」

「為什麼？」

「因為，」我斷然表示。「那是我的錢，不是你的錢。快滾。」

他好像打算離開了。但真的很害怕的戴夫．狄克森（請記住，他的腳受傷了）結結巴巴說出整個搶劫過程的第一句話。

他說：「你要多少錢？」

這位搶匪轉回來面對我，說：「你有多少錢？」

我想了想：我身上有四十英鎊，這是我存了一學期的錢，特地要在學期最後一天去買漫畫——我要大買特買。這是我活在這世上十四年來身上錢最多的時候。（這筆錢在一九七五年大概等於一百塊美金。）

「我有二十便士，」我心不甘情不願地告訴他。「但我需要十便士搭公車回家。」

「那你給我十便士。」搶匪說。

所以我給他十便士，他就走了。「你真是幫倒忙。」我跟戴夫說。

「我的腿受傷了，」他說。「所以我跑不了。你倒好，你可以跑走。」

等我們去到地下室漫畫店，店門關著。我們拚命敲門，敲到終於有人來開。

「走開，」艾倫·奧斯汀說。「我們打烊了。」

「可是，」我說，「我們從克羅伊登來，路上還被人搶劫，我把我存了一學期的錢都帶來了！」

我想，比起錢，應該是我們遭搶的經歷令人印象深刻。總之，他們開門讓我們進去。我買了很多舊漫畫，但現在印象最深的是《睡魔》一號刊、《詭異》（Creepy）一號刊和《閃靈俠》二號刊。我們在返家的公車上看。我覺得世上沒有什麼可以比《閃靈俠》更酷。

「我是巴黎的普拉絲特、蒙馬特之花，我忠於我的愛人，至死不渝！」那是書裡其中一個故事。但我不知道自己讀的其實是三十年以上的翻印版；這些故事對我而言，就跟從前讀過的任何一本書一樣，既貼近當下又新潮。

我總是想成為漫畫作家。但此時此刻，我決定長大以後也要當漫畫家。為了慶祝自己做了這個決定，我畫了一張閃靈俠——我畫他襯衫撕碎的模樣，把這張畫寄到《漫畫無限》（Comics Unlimited）——這是一本英國的同人誌，編輯正是那位開了地下室漫畫店的艾倫·奧斯汀。艾倫把我的畫寄還，附加一封信，信上說明他們最近拉高了動漫同好的標準，而且請到了像尚·丹尼爾·布瑞克（Jean-Daniel Bréque）等級的人替他們畫畫，所以無法刊登我的作品，非常抱歉。我決定我長大還是不要當漫畫家好了。

等我十七歲，已經不再買漫畫；我在漫畫中再也找不到我想看的東西；我對這個媒介有許多挑剔——除了閃靈俠之外。我繼續讀、也繼續買《閃靈俠》翻印版——較久以前的華倫版[40]，以及目前的廚房水槽版[41]。這些故事我永遠看不膩，閱讀它們的喜悅從未消失。（兩年後，我成為一個年輕的新聞記者，非常嫉妒我的同學喬夫·諾特金。他就讀紐約的視覺藝術學校，拜在威爾·艾斯納本人門下——真是太不公平了，簡直像是跟上帝在同一個讀經小組。）

然後時光飛逝，突然間，我寫起了漫畫。

自從我成為寫漫畫腳本的人，就開始在全世界許多場合遇到威爾：德國、聖地牙哥、達拉斯和西班牙。

我還記得自己看著威爾在德國領取終身成就獎，上千人起立鼓掌，手都拍痛了還繼續，我內心激動不已。威爾看起來有點不好意思；安·艾斯納臉上露出燈塔般耀眼的笑容。

我們最後一次見面是在西班牙的北海岸，那裡的風景褪了色，轉成溫暖的秋天濛霧。我們相處快要一個星期。威爾和安、傑米和可可·赫南德茲[42]兩夫妻，加上我。我們五個都不會說西班牙語，卻成為脣齒相依的一群人。某天，安、威爾和我沿著海邊散步，走了兩英里，一路聊著漫畫這個媒介；聊它的歷史、它的未來、閃靈俠，還有威爾認識的人。那就像一趟導覽，一路走過我們熱愛的漫畫。我發現自己暗暗希望，等我到了威爾的年紀，也能夠像他一樣精明、睿智、風趣。

聊天時，我告訴威爾，在我不再看漫畫的時期還是閱讀《閃靈俠》，而且我告訴他，正是他的閃靈俠讓我想創作漫畫；睡魔就像閃靈俠，是刻意設計成一個說故事的媒介的。

但我沒告訴他的是，我的漫畫家生涯始於那張閃靈俠，也結束於那張閃靈俠；我也沒告訴他，我在去買人生第一本《閃靈俠》的路上，碰上一場轟轟烈烈的搶劫。

一九九六年，我替芝加哥漫畫大會寫下這篇「煙灰缸」文[43]，獻給威爾・艾斯納。

40 華倫漫畫（Warren）：於一九五七年成立的美國雜誌出版社，專營漫畫。
41 廚房水槽出版社（Kitchen Sink）：於一九七〇年成立的美國出版社，專營漫畫。
42 傑米・赫南德茲（Jaime Hernandez）：生於一九五九年，美國漫畫家。
43「煙灰缸」（ashcan）意指為了確保獲得版權、不為同行搶先盜用製作的版本，不對外發售。通常確認法律所有權後便予以銷毀。

閃靈俠精選集

要我寫威爾．艾斯納依舊不是件自在、容易的事。因為他太重要了。邊寫著這篇序的筆記，我不斷想起自己是多麼想念這位朋友。重讀這本書裡的故事也在在提醒著我自己有多懷念威爾．艾斯納——一位說書人、工匠、夢想家和藝術家。假使我們要坦然地來讚嘆威爾．艾斯納的作品，從這邊講起可能是錯的，但它又可以說一點也沒錯。

威爾．艾斯納過世時，已受到全世界的敬重及尊崇，程度就跟受我們敬重及尊崇一樣。他是老師，一位發明家；他從一開始就遙遙領先，這個世界花了六十年才追上他。

總括來說，威爾的一生就是美國漫畫史。他是最早幾位靠經營工作室來製作商業漫畫的人之一。當他的同儕夢想離開漫畫的貧民窟，進入獲利更高、看起更體面的地方——可能是廣告業、插畫甚至是純藝術——威爾沒想過逃跑。他仍努力創造新的藝術形式。

時至今日，關於威爾是不是創造「圖像小說」（graphical novel）一詞的人，仍有諸多爭議。他將這個詞用在他的短篇集《與神的契約》（A Contract with God）。這本書開啟了威爾創作人生的第三幕。不過，關於威爾在四〇年代透過閃靈俠推動的一切，或是整個創作生涯對漫畫世界有什麼影響，以及他的故事無遠弗屆的力量——就沒什麼太大爭議了。

現在來說說我自己。一九七五年，我在倫敦南區一間位於地下室的漫畫店買了人生第一本《閃靈俠》。我看到書陳列在牆上，不管那本是什麼玩意兒，我知道我就是想要它。那時我應該是十四歲，那本書是哈維漫畫翻印的第二集《閃靈俠》（同時也是最後一集）。我在返家的火車看這本漫畫，完全不知道我讀到的故事已經有三十年的歷史——因為它比我看過的所有漫畫更新、更巧妙——因為只有七頁，所以你就是會把一切與故事無關的枝節全捨棄——這個精采的故事述說美麗的女子與不幸的男人、人類的不可靠、時而出現的救贖情節。而閃靈俠遊走其中，時而困惑茫然，時而遭到修理。他，基本上就是戴著面具和帽子的劇情動因。

我那時愛《閃靈俠》愛得不得了。我喜愛威爾做的選擇，喜愛他的自信、畫作與融合故事的方式。我讀了之後，也想創作漫畫。

兩、三年後，我不再看漫畫，以一個十六歲孩子的身分，從這個媒介感受到最大程度的失望與破滅。但即便處於這種狀態，我仍繼續看《閃靈俠》——我會去倫敦，買回廚房水槽出版社以及華倫漫畫的翻印版，用最純粹的享受心情閱讀。二十五歲的我認為此時應該來學學怎麼創作漫畫，所以我買了威爾．艾斯納的《漫畫與連續性藝術》（Comics and Sequential Art），認真勤讀，彷彿研讀摩西五經的猶太教神學生。

二十年後，身為一位體面的成人，威爾．艾斯納的《閃靈俠》讓我想起創作漫畫的初衷。

差不多是在一九四五年，艾斯納從戰場歸來，重獲漫畫的控制權，《閃靈俠》馬上確立了日後將攀上頂峰的地位。（《閃靈俠》當時刊載於報紙的週日增刊版，艾斯納一直都是聰明的生意人，這筆收入使他得以擁有作品的控制權和所有權。這是他當時永遠不可能在書報攤上獲得的東西。）《閃靈俠》的美好不只是在文字中，也不限於圖畫裡，而是它的流暢和巧思，以及不斷去實驗說故事的方式。在短短七頁裡面（通常少於六十格分鏡），艾斯納有能力建構出媲美歐亨利[44]的短篇，內容或逗趣或悲慘，或多愁善感，或堅忍不拔，又或者只是怪誕。這些作品是極為獨特的漫畫，它的獨特不單指文字或圖畫，而是文字**與**圖畫，文與圖相互參照、彼此加乘。艾斯納的故事受電影、戲劇、廣播影響，但最終，它依舊是自成一格的媒介，是一個將漫畫看作藝術的人創造的。之後也證明他的想法沒錯。但是，若不是由他建立起如此扎實的作品體系——《閃靈俠》，以及他從一九七六年至死前的所有創作——若不是他不斷教學、啟迪後世，可能也無法證明他是對的。

《閃靈俠》有很多有趣的地方，可以透過這個作品觀察艾斯納發明、發現的全新敘事方式——使用留白與分鏡在某故事中表示自由和囚禁；另個故事則以雙分格製造呼應與對照的效果，並在某一個故事改用殺人凶手的觀點。本書的故事除了有非常高的娛樂性外，也是教導我們如何用漫畫說故事的教科書。每期《閃靈俠》翻開來的滿版圖右上角，會大大寫著「**動作！懸疑！冒險！**」——除了這三樣要素，你還可以加上幽默、巧計、痛苦、智慧以及最美（也最危險）的女人。

在圖像小說普遍能被大家接受的年代——就是那些受到重視、巨大厚重的漫畫精選。書店、圖書館員——甚至一般人都想知道到底哪些圖像小說非常重要、架上絕對要擺。有些作品是只要稍微內行的圖像小說集都應該要收入——《鼠族》（Maus）、《守護者》、《吉米．科瑞根：地球上最聰明的小子》，或是《波恩一家》。這本書是個很好的例子，完全展現出威爾年輕時代的能力，因此我提議把這本書加入書單，並在圖書館的架上為它保留一席之地。即便嚴格去定義「傑作」這個詞，戰後的《閃靈俠》依舊配得上這兩個字。這件藝術作品讓你看見，當年踏上旅程的年輕人已經成為這一行的佼佼者。

假如你喜歡這些故事，我要很高興地告訴各位，在這本書中還有更多更多。數年來，DC漫畫印行《閃靈俠文庫》（The Spirit Archives），你現在手中這本書的素材都是出自該處。有幾篇早期的故事可以讓你看看前後脈絡，有的就跟其餘的《閃靈俠》一樣精采、有趣又刺激。如果你追求的是「**動作！懸疑！冒險！**」（這裡就不說其他五花八門的元素了。）那麼，絕對不會有比它更精采的書了。

本文是我在二〇〇五年替閃靈俠精選集（The Best of the Spirit）一書所寫的序。

44 歐亨利（O. Henry）：生於一八六二年，卒於一九一〇年，是美國知名小說家，甚至有「短篇小說之王」的稱號。代表作如〈最後一片葉子〉和〈聖誕禮物〉。

威爾・艾斯納：紐約故事

當我重讀本書收錄的四本原創圖像小說，我做好了心理準備，知道自己一定會變得多愁善感——但我卻驚訝地發現，書裡許多故事都很暴力。就像一座城市，暴力又冷漠：兩名製衣工人和一個嬰兒在大火中喪生；外來移民唯一用水來源——消防栓——遭到封鎖；老婦人遭搶，眼睜睜看著事件發生的目擊者卻在冷笑，什麼都不做；只是報紙上一個錯字，就毀掉某人的生活。確實，本書是多愁善感的，因為多愁善感是人的一部分，在觀察人性時如果漏掉這點，那就太愚蠢了。（狄更斯當然不可能漏掉，）而威爾・艾斯納是個非常厲害的觀察家，但依舊有那麼一點多愁善感。

在《都市人筆記》（City People Notebook）中可清楚見到艾斯納的身影。他在整座城市裡繪畫、觀察、行走。而對於這個人以及他遮掩起來的臉，你其實認識不多，所以我從自己心裡的筆記抽出一些片段來做前言。

初次見到艾斯納，他早已超過大多數人退休的年紀，但你在他身上卻感覺不到老態——他行動的方式（總有目的、總是從容）；他思考、微笑或對待其他人的方式。只有在跟他提起一些新冒出的皺紋、討論能改變漫畫世界長久以來操作方式的點子，你才會突然驚覺：威爾搞不好創世紀之初就在漫畫界了吧。「我們在一九四二年嘗試這方法的時候呢……」他會這麼說，他會告訴我們這個方法當時有沒有成功，以及為什麼再也不使用。

威爾・艾斯納的職涯幾乎可以算得上一齣三幕劇。第一幕，正如威爾半自傳的紀實小說〈夢想家〉（The Dreamer）所述，他認為漫畫是媒介。他能寫能畫，創造出精湛的作品——尤其是《閃靈俠》。這或許是該類型漫畫中最優秀、最始終如一、也最有野心的創作。他創造了一個商業模式，留住自己作品和創作的所有權。第二幕，當漫畫的未來漸趨慘淡，威爾．艾斯納一度離開漫畫界，此時刊登閃靈俠的增刊數量也在下滑。沒人認為畫漫畫給成人看是可行，因此威爾便離開了。他帶著自己對漫畫的知識，替美國陸軍做了一本維修雜誌——《PS》。教育性質漫畫，主要是給大人看的。在這本雜誌印行的期間，前二十年都是他親手繪製。第三幕則是由他一整個生涯組成，始於——多數人計畫退休的年紀——他推出一本短篇故事集《神的契約》。綜觀艾斯納的作品，可以見到一個了不起的體系。他產出作品的時間超過六十年，眼光精準，始終如一。

威爾．艾斯納為人和藹可親，溫和友善、平易近人、激勵人心。但私底下的他卻有著鋼鐵般的堅毅性格。他個性實際，很清楚人類的脆弱與不可靠，也擁有寬厚且慷慨的靈魂。艾斯納生涯第三階段的作品展現出身為美國說書人的功力，一如雷．布萊伯利、歐．亨利等等，他是個渾然天成的平民主義者，為那些還沒來到世上的一般人民書寫故事。

如果只把書中的故事當成寫給大都市——或直接就說紐約——的情書，未免太過簡化，而且也不對。然而，假使它們真是情書，也是一封極為奇特的情書——一連串無法圓滿的欲望、無法邂逅的愛情、交錯的命運、逃不開的命運，還有人——遍體鱗傷、瘀青滿身的人。在走向墳墓的路上，或懷抱希望，或感到絕望；或擁有彼此，或孑然一身。

《大都市》（The Big City）是一連串的片段與短劇的匯集。有些無聲，有些有聲；有些是故事，有些則只是吉光片羽。艾斯納包辦本書大部分的圖畫，同時還一邊在紐約視覺藝術學校任教。這些故事（尤其是極短篇）或多或少透出一種老師的觀點。艾斯納擅長以無聲的方式說故事；他的技巧在其中尤其明顯。若使用對話，多半只是大略帶過；雖是對話式的卡通，但永遠連一個字都不浪費。可是，他捕捉紐約客說話方式的能力卻相當驚人。偶爾重讀這些故事，會讓我想起超過半世紀前，那時朱爾斯·菲佛[45]曾是艾斯納的助理。「查理，你去工作去，」〈垃圾〉（Trash）裡面的妻子反覆這麼說。她將查理的鴨舌帽，連同他的希望、夢想和青春全一起扔出去。查理說：「我覺得很不舒服。我累了、我腳痛……也許我不該拎這麼多樣品，那個包包一天比一天沉。」他拎著沉重的包包經過倒垃圾的人，那些人正在丟棄他的過去。

如我所言，艾斯納終其一生都在觀察他人。在《都市人筆記》的故事和片段中，你會發現，它正如標題所暗示的「觀察人生百態」——而且就從筆記開始。故事從筆記的頁面組織建構，從速記到完整的短篇都有。這些故事說的是空間與時間，而在城市之中，空間與時間不見得是同一回事。

〈大樓〉（The Building）是一篇鬼故事，裡面有四個鬼魂，但他們活著的時候其實就跟死了差不多。曼許救不了孩子；吉爾妲·格林嫁不成詩人；街頭小提琴家唐納提在大樓不在時，魂也不在了；開發商漢蒙——他個性非常急躁。不過，〈大樓〉的快樂結局卻與《隱形人》（Invisible People）最後的三個短篇形成痛苦的反差。〈密室〉（Sanctum）、〈生死戰〉（Mortal Combat）和〈力量〉（The Power）的主角很可能來自四十年前《閃靈俠》裡的角色，但《閃靈俠》世界最基本的熱情及正義（有時稍嫌諷刺），卻被宛如卡夫卡的荒涼冷漠取代。這裡沒有公平正義可言；這世界沒有你的立足之地。魔法不會幫你，愛也不會。最後三個故事冰冷無情，完全不帶一絲悲憫。

威爾在一年前的今天過世，我還是很想念他。他謙虛又睿智，但最重要的是，他對世上一切永遠充滿好奇。

「支撐你工作下去的理由是什麼？」二〇〇一年，我在芝加哥人文藝術節上問他。他、我、阿特・斯匹格曼和斯科特・麥克勞德是活動來賓。這種事情是在三〇年代威爾開始畫漫畫時完全無法想像的事。我當時訪問他，我想知道他持續前進的原因。當他的同儕早就退休——如巴勃・肯恩——不要忘記，這是在他創作蝙蝠俠之前的事。這些人不再創作、不再說故事，甚至不在世上，他卻依然堅持創作漫畫。

他跟我說了一部他曾經看過的電影，裡頭有位爵士音樂家，他之所以持續彈奏，是因為他還在找尋那個特定的音符。那個音符就在某處，他要繼續找。而這也正是威爾前進的原因：他懷抱著希望，也許有朝一日能夠做出令自己滿意的作品。他依然在找那個音符……

本文是我替二〇〇六年出版的《威爾・艾斯納的紐約：在大城市的生活》（Will Eisner's New York: Life in the Big City）所寫的序。

45 朱爾斯・菲佛（Jules Feiffer）：生於一九二九年，為美國漫畫家、作家暨編劇。雖然威爾・艾斯納起初認為他的能力普通，但最後還是給了他一份薪水微薄的工作。同時也發現菲佛的寫作能力更勝繪畫能力，所以漸漸交由他來處理文字的部分。他後來更與威爾・艾斯納一起創作閃靈俠。

二〇〇三年艾斯納獎專題演講

身為艾斯納獎的講者是莫大的殊榮。不只因為這是艾斯納獎——這座獎是我們這行、也是這類藝術之中的奧斯卡、普立茲和東尼獎——而是因為，你真是很少有機會在不被打斷的情況下，對著上千位真的在畫漫畫、販售漫畫、而且真心在乎漫畫的人演講——噢，還有，因為今晚時間還早，也還沒開始頒獎，大家得假裝聽我說話。

我想，想要談的是這個獎座，以及它有多麼重要；我會談漫畫，以及漫畫多麼重要；我要談做藝術，以及做藝術為什麼這麼重要。

我沒有什麼重要又很爭議的事要講。上回我說出有爭議的話是在十年前：我跟零售商說，不要掉入看似壯觀的泡沫榮景。後來也如我預測，那些榮景很快就像荷蘭鬱金香的泡泡一樣全破光。創作者、出版商和零售商就跟小氣的史高治叔叔一樣自顧自泡在錢裡，而我挺身而出，告訴他們景氣很快就要變差，所以最重要的應該是賣大家喜愛而且想讀的故事。

奇怪的是，我的預言大多數都成真。

十年過去，現在應該是檢視目前環境的好時機。來看看漫畫界是什麼狀況，假使各位願意……我們做得挺不錯的。

大約十七年前，我開始我在漫畫界的工作。在此之前，我是一個記者；但只要有人給我機會創作漫畫，我就做。如此這般差不多過了兩、三年。

當時，我會在夢中看見漫畫的桃花源。一個未來的黃金年代。

所以，讓我們一起來回顧、並想想漫畫的桃花源會是什麼光景。

首先——同時也最重要的是：我希望所有漫畫都能得到正視。

這並不表示我希望所有漫畫都走嚴肅路線。我希望有各種漫畫的存在，我希望漫畫維持正統且獨到的說故事方式，與戲劇、電影、書籍、電視和歌劇平起平坐。或許漫畫仍是個相當年輕的媒介，尚未出現很多偉大作品。但一個媒介不該只因為存在就遭訕笑。如果一個媒介單是名稱就可用做貶義，那麼，它還有好長的路要走。

在我還是個記者的過往歲月，我會請編輯給我撰寫漫畫報導的權力。通常我會被狠念一頓，說不能寫《守護者》、《鼠族》、《黑暗騎士》或《愛與火箭》（Love and Rockets），因為前年已經寫過漫畫了。英國漫畫人物「絕望的丹」（Desperate Dan）的四十歲生日快要到了，光是提及此事就可能會占去所有可用的欄位。我很努力地解釋，只是告訴大家某本書或某電影的存在，與未來的作者或導演訪問一點也不衝突。有時他們會鬆口讓我寫漫畫報導——這樣才能讓我閉嘴。假如有刊登，報導的標題可能會是「劈哩啪啦碰！漫畫也可以很成熟！」全世界的編輯都認為這是超創新又超聰明的標題。

所以，在我的桃花源裡，假如有記者想寫漫畫，或是跟創作者相關的報導，他的編輯會說：「當然沒問題。」

我想說一下為何大家應該知道亞倫．摩爾和阿特．斯匹格曼是何許人，以及為什麼要認識荷南德茲兄弟與法蘭克．米勒，還有，我們為什麼應該在乎。

我希望大家能認識威爾．艾斯納。

我希望住在平行宇宙。在那個地方，以前那些超酷的漫畫、我在同人誌看到、但從來不敢奢望能真的讀到的書，諸如傑克・科爾[46]、伯尼・克林斯坦[47]、溫莎・麥凱[48]和喬治・海里曼[49]。市面仍有他們的書，也都還能買到。在這個世界，有好多人收集這些精采的長篇；在這個世界，圖書館裡擺滿圖像小說；在這個世界，女孩讀漫畫，女孩和女人也畫漫畫。

我希望，在這個世界裡有很多人收集漫畫，而且漫畫跟其他東西一樣在固定地點、固定販售——例如書店。

我希望漫畫英雄都存在，都過得不錯；在這個世界，還有空間可容納各種大家想像得到的漫畫。

而且，其實我們也正往那個方向走。或許現在還到不了璀璨閃亮的漫畫桃花源，但我們快到了，情勢已經不同。現在這個世界，克里斯・衛爾（Chris Ware）的《吉米・科瑞根：地球上最聰明的小子》可以贏得《衛報》的最佳出道小說獎，這就是我想要的未來。這是一個平行宇宙……

我讀了幾篇最近上映的電影影評，絕大多數的抱怨，都是電影工作者把一本機智且聰明的漫畫變得很愚蠢。多年來，這種事發生過很多次，這次並沒有什麼特別——但其實這很特別，因為大家注意到了——寫影評的記者注意到了。這就是我從事這一行至今想要的未來。

不論好壞，我們都在自己想待的地方：另一個媒介。彷彿藝術和商業私相授受的產物，就算不那麼體面，至少也不比其他媒介差多少。

所以，我們現在應該懂了，早知道許願時就小心一點……

一方面來說，現在——此刻——我們身處黃金年代。這其實很簡單：跟以往相比，現在有更多好漫畫可讀；有更多經典書籍，有更多近代佳作。

去年夏天，美國圖書館協會有一批漫畫界人士受邀對圖書館員演講，我是其中一名。我去了。我本以為自己是要對兩百五十個小時候是漫畫迷、長大變成圖書館員的人演講——我真是大錯特錯。圖書館員從讀者那邊感受到壓力，知道圖像小說（之類的東西）很受歡迎，他們想知道什麼是圖像小說。所以他們找了我、傑夫・史密斯、柯琳・多倫（Colleen Doran）、阿特・斯匹格曼和其他幾個人，來傳達我認為他們該知道的一切資訊——然後圖書館開始下單訂書。

但這當然也有潛在的缺點。漫畫做為一個產業，似乎特別容易碰到詭異的景氣暴漲或暴跌。這是一個商業凌駕藝術的世界。我們會突然發現自己盯著滿貨架的商品——一大堆大家上個月才在狂買的東西——不過品質不均。拙劣的漫畫、拙劣的圖像小說，彷彿劣幣驅逐良幣。然後，六個月內或兩年內，我們發現自己又盯著空盪盪的店鋪和貨架。

讓我們努力不要讓這種場面再發生。

能夠防止下次崩盤的方法之一，就是想辦法把自己的工作做好：做到最好——然後更好。

就跟大大小小的獎一樣，艾斯納獎也有缺點。但這座獎反映了一件非常重要的事：努力追求

46 傑克・科爾（Jack Cole）：生於一九一四年，卒於一九五八年，為美國漫畫家，曾創造知名的英雄人物「塑膠人」（Plastic Man）。

47 伯尼・克林斯坦（Bernie Krigstein）：生於一九一九年，卒於一九九〇年，為美國插畫家、藝術家，曾接受正統藝術訓練，並對漫畫創作有創新及深遠的影響。

48 溫莎・麥凱（Winsor McCay）：出生年不詳，卒於一九三四年，為美國漫畫家、動畫師。

49 喬治・海里曼（George Herriman）：生於一八八〇年，卒於一九四四年，為美國漫畫家。

卓越。

五、六十年前，威爾．艾斯納是異數、是怪胎。在漫畫界，人們只會在找到更體面的工作之前，才創作漫畫、畫漫畫；假使問到工作，他們會對朋友說謊，等不及想離開這裡，去賺真正的錢、做真正的藝術。在這樣的世界中，像威爾一樣相信這種剛剛萌芽、揉合文字與圖畫的媒介也是藝術的人很少。其他人認為漫畫能迅速致富，威爾則忽視擺在眼前的諸多證據，很堅定地認為，寫得好又畫得好的漫畫、連續圖片與文字建造出的故事、屬於漫畫的神奇魔法真的有力量；它們獨樹一格，又真實無比。

這種想法在當時是事實，今日依舊不變。這是一種富含魔法的藝術形式——給孩子的，或給大人的。現在的眾多獎項為的就是這個。儘管有人認為漫畫只是好萊塢的廉價進料裝置，但這就是這場盛會的目的。

刻上威爾名字的獎座也一樣。這些獎座並不只是給我們的摸頭安慰；不只用以行銷宣傳；假如你得獎，它也不只是掛在牆上引以為傲的裝飾；如果你還沒得到，也不是用來讓你嫉妒或鄙夷的。

獎座代表努力追求卓越，盡力做好，還要更好。

獎座是要改進這個媒介。如果你想要得到艾斯納獎，就努力追求卓越。假如你覺得獎座給錯人，得獎的應該是你，那麼，你就在明年表現得更好——不管你要做的是什麼。努力追求卓越，假如評審沒有把你放在艾斯納獎的名單上——去他的，讓後人做你的評審；假如你覺得有其他偉大作品無人認可，或沒有得獎，那麼就大肆宣傳。告訴大家你知道這個作品。口耳相傳仍是最佳行銷方案之一。

沒有人想看三流仿作。畫只有你能畫的漫畫，說只有你能說的故事。要接受一個事實：這個產業可以創造真正的藝術。

然後，追求更好的表現，並且愛你的工作。

頒發二〇〇五年艾斯納獎前，我以探討美國漫畫在創意上的成就一文做為演講發表。

二〇〇四年哈維獎演說

哈維獎（Harvey Awards）的命名來自身兼作家、藝術家、編輯的哈維・柯茲曼，我想，此獎與艾斯納獎大概就是漫畫界的奧斯卡與金球獎。兩座獎項都享譽盛名。哈維獎多半由漫畫界的專業人士投票選拔，不是人人皆可。本篇講稿是我在二〇〇四年的哈維獎頒獎典禮發表的，因為我在二〇〇三年的艾斯納獎也做過演說，所以決定要對觀眾席上的創作者致詞。本文也是我八年後發表的〈做好藝術〉演說原型。

我正在寫小說。這個世界跟愉快的漫畫界不一樣。在漫畫界，你要天天跟編輯和畫家講話，跟文字書寫員、上色繪師或封面設計溝通。寫小說是獨自去做的事。只有我，還有一大疊紙。甚至連家人都離我遠遠的，讓我一個人去寫作。

這就表示，在我終於有機會說話時，我必須先為自己生疏的口條致歉，然後再開始天花亂墜、胡說八道。

如果我不知所云，請各位見諒。

哈維・柯茲曼是個天才。但他的作品之所以特別，不只是因為這樣。漫畫界的天才很多，至今亦然；有些精采的作品很冷；有些東西被欣賞，卻不被喜愛。

柯茲曼這人隨心所欲，想做什麼就做什麼，而且都樂在其中。他很樂意重寫規則，只要你是在創造藝術，規則搞不好根本就不存在。

大多數人只要能創作一本改變人生的世界級作品就很高興了，但哈維不只一本；我們所在的世界根本就是他創造的。

他熬過參議院聽證會、商業剝削；他看著一些捧在手心的創作滑鐵盧；他一路上創造永垂不朽的藝術作品，啟發了許許多多的人，名單列出來可能比你的手還長。大家都看著哈維努力追求極致、突破創新、說新的故事。這其中有些人後來成為漫畫家、作家或電影工作者——例如勞勃·克朗姆（Robert Crumb）或泰瑞·吉蘭（Terry Gillian）。其他人則發現哈維·柯茲曼帶給他們的世界與願景，感到自己的世界也因此改變，就像真正的藝術啟迪。他們被賦予新的視野，或許還多了更加憤世嫉俗的世界觀——但絕對非常實際。哈維的世界永遠都是不公平的——至少在EC漫畫的詮釋是這樣。你會得到想要的東西，也會得到本該屬於你的東西，但你也會付出慘痛代價。

我很幸運，我見過哈維·柯茲曼本人。那是一九九〇年達拉斯奇幻大會（Dallas Fantasy Fair）。他告訴我他非常欣賞我做的事，而我認為，他這麼說並非表示他讀過我寫的任何東西，而是表達對於年輕一代漫畫家和藝術家的驕傲。能看到聰明而且年輕的創作者，認真將漫畫當成一門藝術，對哈維·柯茲曼非常重要。他將生命投注在一股狂熱的信仰上，漫畫是藝術，不是什麼該羞愧抱歉的東西。他投資的一切將會在這些受漫畫影響的生命裡收成，也就是我們這些抱有相同信仰，並且依此行動的人。

年輕時，我創作漫畫的夢一步步成真。我開始認識漫畫界的人。這些都是我十幾歲時仰望的名字，是我在二十幾歲時當成天神一般的人，是我非常尊崇的人。在成長的階段，凡是跟他們有關的東西，我只要能找到都讀。當時這些作品來源有限，而迄今仍在發行的甚至更少。

而現在，我要見這些人。

令我驚訝的是，我發現他們很多都是脾氣不太好的老猶太人（或者就快成為脾氣不好的老猶太人）。不過他們都有點太活在自己世界，所以也沒那麼常發脾氣；另外，也不是每個都是猶太人。

現在，我步入四十中後，距離創作第一本漫畫已經過了十八年，我發現自己躺在通往壞脾氣老猶太人的輸送帶上。我處於一個他們會開始暗示要頒給你終生成就獎的年紀——而你希望他們不如不要頒給你。因為這可能是在偷偷地跟你說：你最好還是坐下、把嘴閉上吧。

但是，有朝一日，當我真的變成壞脾氣的老猶太人，就必須給跟隨我們的未來世代一點建議（這也是他們的權利）。雖然你們有些人是我的同輩，有些是前輩，但我還是提個建議吧。我的第一項建議是：

不要理會建議。

依照我的經驗，最好玩的藝術都是那些沒聽過規則的人做出來的，有些事情不是不能，只是還沒有人做——因為不知道，所以他們去做了——跨越界線、大鬧一場、大玩特玩。

第二，看一些漫畫以外的東西。從非漫畫世界學習，不做別人做過的事，去無人踏足的領域偷經驗——走到外面的世界。多年前，幾乎沒人聽過找個外國人來寫美國漫畫這種事。大家常問，英國作家有什麼不一樣嗎？這我不知道。我跟亞倫・摩爾或是葛倫・墨利森[50]那樣的人寒暄聊天，談的大多不是漫畫。我們談論詩歌的前衛、談非小說作者、談我們的怪事見聞。葛倫・墨利森發現了一位被人遺忘的維多利亞時期兒童文學作家：露西・克利夫（Lucy Clifford）。最後，她影響了《末日巡邏隊》（Doom Patrol）；然後在更久以後，影響了我的《第十四道門》。我們深愛漫畫，但那不是我們的一切，在那之外還有一整個非常酷的世界。好好去利用。

第三，盡你所能去看所有漫畫。知此知彼。

漫畫的歷史沒有很長，也沒有很難打探。我們可以來討論象形文字或《貝葉掛毯》（Bayeux Tapestry）之類的東西到底是不是最早的漫畫。但不管怎樣，我們的歷史還沒有太久。你可以認識這段歷史；你可以去學這些歷史。這件事現在做起來比以前容易多了。漫畫在上個世紀的高峰相當驚人。溫莎・麥凱以《小尼莫》創造的成就至今無人能及。身為作家和說故事的人，你應該要熟悉哈維・柯茲曼、威爾・艾斯納、勞勃・克朗姆做過哪些事，並從中學習。

現在有更多經典和重要作品仍在發行，而且價格實惠。從這些東西獲得啟迪，觀察那些重要人士過去是如何使用這個媒介，看他們決定帶著這媒介走到多遠的地方。

牛頓——即便他為許許多多科學打下基礎——也這麼說：假如他看得比大多數人更遠，只是因為他站在巨人的肩上。我們從巨人手中接過這個藝術形式——有些巨人就是壞脾氣的老猶太人，但有些不是，有些甚至脾氣也不壞。

再一個建議：

50 葛倫・墨利森（Grant Morrison）：生於一九六〇年，為蘇格蘭漫畫作家、編劇。

多年來，我學會一件事：不管是什麼工作，或多或少，勞動量都差不多，所以你可以把眼光拉高，努力去做一些非常酷的工作。

普通、基本、任何人都可以做的工作，社會上有其他人可以去做：就讓給他們。你呢，去做只有你能做的藝術；說只有你能說的故事。

你在這條路上可能遇到各種難題。如果要我提個解決之道，我的建議是：做好藝術。

非常簡單，但似乎非常管用。人生崩壞？做好藝術。真愛跟送牛奶的人跑了？做好藝術。銀行不讓你拿回房子？做好藝術。

繼續前進，學新能力。好好享受。

我獲得高評價的大多作品，創作時往往會不斷在猜測它可能獲得什麼下場——如果我夠幸運，就會做出一個超酷的東西，大家會掛在嘴邊討論個一陣子；又或者我會做出一個讓大家看笑話的東西，只要他們聚在一起，就會討論這個尷尬錯誤以及先前諸多愚蠢錯誤。

但請你以自己的錯誤為傲。好吧，可能用「傲」不太正確，但尊重錯誤、珍惜錯誤，對錯誤放寬心，從錯誤中學習。

更重要的是——真的重要：去犯錯。

犯錯。犯很大的錯，犯美好的錯，犯光榮的錯。最好犯下一百個錯——但不要徒然盯著一張白紙，害怕做出錯事，然後因為太害怕什麼都沒做。

評論者會抱怨紛紛——他們當然會抱怨。評論本來就是這樣的。身為藝術家，你的職責就是讓他們氣到胃潰瘍，甚至氣到中風。

多年來，我在大多事情上都做得挺正確，可是我能做得正確，是因為我一開始搞錯了。我們做藝術的就是這個樣子。

身為去年艾斯納獎的講者，我當時說，一九八六年還是個年輕小記者的我，夢中理想的漫畫界與現在相比，此刻簡直是黃金年代。

在某些圈子，我因為說了這樣的話被追究責任，好像我的意思是，漫畫能有現在這種成績已經算不錯，或者漫畫界一點問題也沒有。很顯然，這兩句話都不是真的。

現在是二〇〇四，戴夫・西姆和蓋哈德（Gerhard）畫完了三百期的《賽布洛斯》（Cerebus）；這一年，傑夫・史密斯完成了《波恩一家》。上述兩個作品都非常了不得，而且獨一無二。《賽布洛斯》不能拿來跟任何人創作的任何作品比較。這套漫畫的主題及其創作者都不斷在進化、改變，因此沒有任何作品可以相比；《波恩一家》從開始到結束都是漫畫界最棒的奇幻鉅作。它讓我對未來充滿希望。

我女兒瑪蒂在這一年看到了《貝蒂與薇若妮卡》（Betty and Veronica）——那也讓我充滿了另一種希望。如果在這個世界，一個九歲女孩可以因為太喜歡一個故事，變成狂熱的漫畫收藏者，那這就是一個美好的世界。

我認為網路改變了一切。

過去這十八個月來，人們兩度利用網路對需要幫助的出版商伸出援手。有些不錯的出版社有現金流的問題，他們發聲請大家幫助，告訴大家此時不買、更待何時？人們也行動了。利用網路，就意味把資訊傳遞給需要的人。

上週，一個擁有廣大讀者的網路漫畫家對讀者說，假如他們能提供他在正職工作賺到的薪水，那他真的願意辭職，把時間投入在漫畫工作上。於是他的讀者掏錢，這裡給個五塊，那裡給個十塊，提供他正職工作賺取的年薪。

網路提供你便宜的管道接觸漫畫世界，而且不用印刷費。雖然目前還沒有想到付費給創作者的可靠方式，但蘭帝・米爾荷蘭（Randy Milholland）昨天辭了職，以便全心投入《正面的事》（Something Positive），而「上層漫畫」（Top Shelf）和「幻想圖像漫畫」（Fantagraphics）這兩家出版社也都還健在。

儘管會聽到各種刺耳抱怨，但我認為網路是我們的福音，不是詛咒。

假如要我預測，很簡單：常聽到的「漫畫已死」不會發生。是，會有更多暴漲與暴跌，就跟所有事物一樣，漫畫界也會有流行風潮，而流行就是這樣，終將結束，而且往往伴隨一把鼻涕一把眼淚。但漫畫是媒介，不是流行；漫畫是一種藝術，不是時尚。小說曾被人以「流行」形容，因為那的確是個新奇的東西。但它也撐了下來了。依我之見，只要經過一些調整，圖像小說（不管形式為何）也能延續下去。

已經有些事開始改變：

我開始創作漫畫的時候（甚至在那之前），我想要的是一個漫畫可以跟其他媒介平起平坐的世界。在這個世界，我們能得到跟其他媒介一樣的尊重，就像小說、電影和那些偉大藝術一樣；我希望我們能得到文學獎；我希望漫畫能出現在書店的架上，而且就放在暢銷書榜的旁邊——或許有朝一日，它甚至能出現在《紐約時報》暢銷榜。

這些我們現在都有了。而我認為其實那些一點都不重要。今日，我真心相信，漫畫最棒的地方在於，它是很草莽的媒介。我們這些人不知道用哪根叉子才對，我們以手就口；我們是創造媒介的人，我們以特定藝術型態來做藝術；我們還生氣勃勃、強而有力；我們能做其他媒介做不到的事。

我認為能透過漫畫去做的事，都被做過了。

目前，我認為我們只稍微談到一點皮毛。

而我認為這是很讓人興奮的事。我不知道漫畫這種媒介未來會去向何方，但我想要看到震懾人心的新東西；我覺得這不是什麼困難的事。

我相信，在未來——不論你幾歲、什麼種族、性別或族群——等到你也變成壞脾氣的老猶太人，站在這個地方發表演講，這件事也永遠不會改變。

本文為二〇〇四年哈維獎演講。

二〇一〇年最佳美國漫畫

第一頁　分鏡一

太空。浩瀚無垠。由於要全放進一個分鏡框有點難，所以你大概得稍微暗示讀者一下。這裡的意思是，假如你能把整個宇宙放進去，那就去做。否則就直接用銀河系。

沒有對話

第一頁　分鏡二

從太空遠望地球。我認為最好意象一點，而不是走寫實路線。（如果從太空看去，我們認得出地球真正的模樣嗎？）北方應該在上面，北美洲應該要很容易找到。

沒有對話

第一頁　分鏡三

大一點的分鏡。這是美國這個國家在太空看起來的樣子。上面可以看到一點加拿大，底下可以看到一點墨西哥。一整個美國，你想標記哪裡就標記哪裡：波浪起伏的琥珀色稻穗，這裡加上「波浪起伏的琥珀稻穗」的標籤；紫色山脈也一樣壯麗，還有曼哈頓的摩天樓、佛羅里達的鱷魚、舊金山的纜車。明尼亞波利右邊一點點是箭頭的尖端。這裡被標起來了。

箭頭指著：你的編輯。

第一頁　分鏡四

你抬頭仰望世界，上方是這期的編輯。他將近五十歲，需要理髮；臉上有眼袋，身穿黑色T恤和牛仔褲；他有點啤酒肚——大半輩子坐辦公桌的人都會有啤酒肚；他一臉焦慮，與世界毀滅只有一條死線的距離；他的雙手插在口袋，抬頭看向我們虛擬的攝影機鏡頭——攝影機拉近特寫——他在對我們說話——

編輯：整個就是錯了！

大概就是這個時候，我想我可能要對讀者好一點，不要把剩下的序以漫畫腳本的方式寫完。漫畫這種媒介，會透過視覺圖像加上文字描述呈現你看到的事物。但我把整篇序寫成像漫畫一樣，其實不是一種可以迅速消化資訊的方式。

漫畫自然是消化資訊最快的方法，至少美國中央情報局八〇年代做的研究是這麼說。但漫畫劇本像某種詭異的合成獸：一部分是藍圖，一部分用以傳遞訊息，一部分又像理論的菌種。總之，我們來說說敘事的部分。

想像一下我這樣說話：我本人，正在明尼亞波利一小時車程外，某棟「阿達一族」風的老房子花園外面。

整個錯了。

整個錯了，而且我想裝沒事都不行。真該死。我是這起瘋狂事件的共謀者之一。

我幫你掛名、背書；給你我的時間，因此把你也拖下水。我使出渾身解數，讓你覺得你手裡拿的這一本是「年度最佳美國漫畫」，你只要買下來，就能夠完全攻略最頂尖的作品——反正，封面上是這麼說的。

買下來、讀讀看，對漫畫界的大小事就會有一定程度的了解……

嗯，一定程度啦。

以年度為例。在這個例子中，所謂一年是從八月算到八月。我認為二〇〇九年最大、最重要又最迷人的漫畫是勞勃・克朗姆重新詮釋的創世紀。我們之所以能把這本書擠進來，是因為有試讀刊在《紐約客》上。

有些作品是首次於二〇〇八／二〇〇九刊出，有些只是正好在那段時間收集到。我喜愛的作品沒有收錄，先前的編輯沒選到，之後的編輯也不會挑出來。可惡，不公平。

「最佳」真是個奇怪的詞。這本選集的銷售期間，美國出版的漫畫我沒有每本都讀。我真希望我有，如果有的話一定會很有趣。潔西卡・艾伯和麥特・麥登也沒有讀美國的每個出版品。二十年前已是不太可能，今天根本像在做白日夢。

（我記得我和斯科特・麥克勞德爭論他在二〇〇〇年出版的《重新發明漫畫》〔Reinventing Comics〕一書。我們爭論的是他的假設：漫畫能在網路上找到好出路。我予以嘲笑，並且提出漫畫上傳要花超久、紙張永遠都會是年輕漫畫家最需要的避風港。結果，除了怎麼讓大家收到作品酬勞外，在其他問題上我都是錯的。抱歉，斯科特。你是對的。）

我們盡力了。儘管如此，在某些夜裡，我會醒著，躺在床上，思考自己做的決定，心中疑惑：到明天我會不會突然又想選別的作品。

「美國」？即便在最好的時期，這仍是一個很棘手的說法。到了今日，則滑溜得像水銀一樣，從你的指間滑過。就這件事而言，「美國」這種說法實在狹隘，嚴格說起來根本沒有關聯，而且非常難定義。漫畫社群在全球各地；有些不是美國人、但符合美國人身分的作者創作的漫畫在美國出版，但也有漫畫不是這種狀況。（我喜愛的一篇短篇連環刊在美國出版的雜誌，結果作者是一個瑞典人，因此沒有收錄在書中；艾迪．坎貝爾沒出現在《最佳美國漫畫》，純粹因為他是住在澳洲布利斯班的蘇格蘭人。）（你的編輯是英國人，他住在美國。在他文字工作的生涯裡，他創作的大多數漫畫都在美國出版。我搬來這裡之前，那些也算美國的漫畫嗎？這我不曉得。麥特和潔西卡在法國巴黎編這本書。但我知道，如果是讓我來做，我一定會宣布所有漫畫作家和畫家都是榮譽美國人，讓大家不用去在意這個議題。）

最後，最令人沮喪、最瘋狂、最獨特又最難以捉摸的「漫畫」二字。不管怎樣，一百年前最初的模樣是四格漫畫和週日增刊，然後在篇幅較長的期刊裡有八頁連續場景，然後在月刊擴展為二十多頁的故事，最後變成書和網路漫畫（本質上最接近的大概是連環漫畫和週日增刊），再轉成圖像小說。（我忍不住想，也許你希望它們是什麼，它們就是什麼。）

有這麼多漫畫被創作出來，而且要集結成書、用篇幅較長的故事來呈現。一方面來說是好事，因為我們得到絕佳的藝術之作；但相對也有缺點：書就是書，篇幅長，書裡充滿情節的翻轉、角色、劇情和事件。它是一場瘋狂的馬拉松，是讀者和創作者的攜手合作。如果從篇幅長的作品節錄一段，不管你選得多好，依舊只是節錄：真正的藝術是篇幅長的，是有開頭、中間和結尾，而且往往要以這個順序呈現。

在這本選集裡，我很努力地找出獨立閱讀也能發揮效果的段落；讓你稍微感受到完整故事的味道，讓你產生興趣、覺得有意思，甚至讓你有點不爽。這樣或許能激你去買完整的故事來看，儘管你一直都知道自己看到的不是完整作品。

（這裡插入無聲的分鏡。編輯注意著我們，他看起來不太高興，不過他也抱怨碎念、發脾氣發牢騷了好幾頁，現在已經沒有我們想像中那麼心情不爽了。）

但說了那麼多……

漫畫的力量——一言以蔽之——民主。它是最公平的競賽場。

二〇〇九年我最喜歡的一本漫畫沒收在書裡，純粹是怕會重複，以及會有過多的自我指涉。琳達・貝瑞在此系列前一期的序裡有提到究竟什麼是漫畫、漫畫的長處到底是什麼。她甚至揭開了漫畫界最大的祕密：誰都可以做漫畫。

只要有畫畫的工具、知道要畫些什麼；有一枝筆、幾張紙；一套電腦程式。你不需要什麼都會，你只要畫就好。把漫畫做出來，就可以發送給全世界。

你什麼都可以畫：卡崔娜颶風及災後狀況的記錄；小鎮龐克搖滾冒險；一個逃離生活的失敗建築師的日常與愛情；兩個機器人爭執地精——或重述世上第一本聖經。這都是漫畫；是一塊塊馬賽克般的方形彩色玻璃，拼成本年度的漫畫風景。它們是一種既美好又很基本的媒介，卻時常被誤認屬於類型的範疇。

假如本書能讓一些人更深入地鑽研漫畫世界，或某處有個青少年在圖書館拿起本書，發現自己能將腦海中的畫面帶入他人腦子裡，因此開始畫起自己的漫畫，那麼本書就盡到了應盡的責任。

第四頁　分鏡四

現在，另一個無聲分鏡。編輯顯然心情為之一振。他的髮型好像也振起來了，戳向四面八方，彷彿他是一邊用手梳理頭髮一邊說話，像某種進行溝通必要的輔助動作——雖然在這個例子中，是事實沒錯。

沒有對話

第四頁　分鏡五

倒數第二個分鏡。他浮現一個想法。時間很晚了。他舉起一根手指，做出一個提議。

編輯：你知道嗎，假如你假裝本書真正的書名叫《選集：真正的好漫畫，長篇中可單獨閱讀的部分之節錄》，那你可以忽略我目前為止說過的一切。

第四頁　分鏡六

最後一個分鏡。我們把鏡頭拉遠一些。星星出來了。我們還在注視編輯。現在編輯把心裡話全說出來，看起來鬆了一口氣，似乎感到滿意。他終於算是露出微笑，有點緊張，或許還把雙手深深插入自己的口袋。身為一個英國人，他容許自己可以因為推薦了這本書，接受他人最高的讚美。

編輯：其實，還挺不賴的。

本文是我替《二〇一〇年最佳美國漫畫》（The Best American Comics）一書寫的序。

VI

導讀和衝突

讓故事有一個開端，
給故事一個進行的舞臺，
是非常重要的事。

某種程度的詭異：艾德格．愛倫坡的絕美文字

我們今日在此齊聚一堂，也讓我得以跟各位（和我自己）聊聊幾件有關艾德格．愛倫坡的事，以及幾則由他所寫、收錄在本書的奇異故事與詩作。他曾說，他的「姓氏之後加上T，即為詩人[1]」。

我最初是在一本叫做《五十個給男孩的故事》（Fifty Stories for Boys）認識愛倫坡。當時的我十一歲，書裡有個故事叫〈跳蛙〉（Hop-Frog），述說了一個極為精采又恐怖的復仇故事，跟其餘那些男孩在荒島上發現挖空的植物、裡面藏了祕密行動的冒險放在一起，相當格格不入。當國王與他的七位朝臣被淋上焦油、用鎖鍊綑住被人往上拉，當那個被他們叫做「跳蛙」的弄臣爬到鎖鍊，手上抓著熊熊燃燒的火把，我竟對愛倫坡悚人聽聞（卻又合情合理）的復仇情節感到驚訝又開心。我不認為《五十個給男孩的故事》裡有其他講謀殺的故事，當然，也沒有這麼生動又令人滿意的角色，更沒有如此駭人卻又恰到好處的殘酷。

突然間，愛倫坡似乎無所不在。我找到福爾摩斯探案，在第一篇〈血字的研究〉，福爾摩斯譴責愛倫坡筆下的偵探奧古斯特．杜邦——但他譴責杜邦的方式卻反而凸顯他的確是福爾摩斯文學上的前身，而雷．布萊伯利的〈厄薛古屋的續篇〉讓我更加確定這件事。這是一個短篇（混合不同元素，就像把布萊伯利的《華氏四五一度》設在《火星紀事》的火星上），一群小說類、奇幻類、恐怖類的惡毒評論家和改革者，在一棟塞滿了愛倫坡故事的屋裡，一個個遭到謀殺——殺害他們的是陷阱與鐘擺[2]、凶殘的猩猩機器人，諸如此類。

因此，我在十三歲生日時指定禮物，收到了一本《愛倫坡故事及詩作全集》（Complete Stories and Poems of Edgar Allan Poe）。我不知道愛倫坡適不適合十三歲的男孩讀，但我無法忘記，當M·瓦爾德馬從催眠狀態甦醒，卻瞬間慘死；我記得第一次讀到〈紅死病的假面具〉，普羅斯佩洛試圖維持宴會的企圖，註定帶來厄運，還有這篇的最後收尾有多完美；我記得當我讀到〈告密的心〉一開頭，敘述者不斷強調自己沒有發瘋，而我很清楚他在說謊，那愉悅的恐怖感刺著我的後頸；我記得過去的我納悶不已（現在亦然），佛亭納多到底做了什麼事侮辱到蒙崔索，才會引來那趟陰溼可怕的地下墓穴之旅，尋尋覓覓一桶阿蒙提利亞多酒——那都已經是三十年前的事了。

即便到今天，我仍時不時會重讀愛倫坡。有聲書裡文森·普萊斯（Vincent Price）和貝錫·羅斯本（Basil Rathbone）朗讀的愛倫坡及其詩作，在美國中西部開到佛羅里達州的漫漫車程中一路陪伴著我。因為這次的經驗，我發現自己以全新的方式去感受那些文字——開著車通過黑暗、一邊聆聽那些受到劇烈且不適的症狀侵襲的病患；或是呢喃著「既非禽獸亦非人類，乃是食屍鬼」與「敲響的鐘聲響徹……」的字眼[3]，或「我真的已經忘了是在何時或何處，甚至是怎麼認識莉吉亞的」[4]。年老的文森·普萊斯以溫軟的嗓音朗讀著。當我在午夜時分開進田納西州的山區，我邊聽邊開始擔心主角的精神狀態；他迷上一個差點成為他母親、但已過世的已婚女子，然後她的屍身穿著壽衣重返人間，

1 原文為Edgar, a poet to a T。
2 愛倫坡一八四二年的短篇故事。
3 出自愛倫坡的詩作〈鐘〉（The Bells）。
4 出自愛倫坡的短篇故事〈莉吉亞〉（Ligeia）。

成為他第二任妻子——結果我因此錯過了交流道……

艾德格．愛倫坡什麼都寫；詩、故事、評論、新聞報導。他是個全職作家，生活所需大多靠寫作支撐。他盡最大力量照顧妻子維琴妮亞和她的母親瑪蒂。他的妻子也是他的表妹，他娶她時她才十三歲。然而她在二十五歲過世，和他在一起的大多時候都纏綿病榻。愛倫坡自負、善妒——心地善良——可是病態又憂鬱，但又是個夢想家。他發明了我們現在看到的偵探故事框架；他寫下恐怖的故事、令人畏懼的故事，就連評論家都承認這些作品是純然的藝術。他大半輩子在金錢與酒上都有問題。一八四九年，窮困潦倒的他在醫院中病逝。他生命的最後一週去向不明——很可能又是孤伶伶、醉醺醺。

在世時，他是美國最優秀的作家、詩人與大師。但他的作品帶來的收入少得可憐，即便他的詩——例如〈渡鴉〉——受到廣大喜愛、戲謔或推崇，但他嫉妒的作家，如朗費羅，卻在商業上更為成功。儘管如此，愛倫坡短暫的一生與他並未完全發揮的潛力，時至今日仍擁有大批信徒。他最優秀的故事成功的程度，是任何人都渴望達成的。那些故事易讀性高，又兼具現代感。作古文人的風潮來來去去，但我很確定，愛倫坡是超越潮流的。

他寫死亡，他寫很多類型，愛倫坡的作品充滿死亡、死而復生、死亡的氣味、聲音、回憶——一如艾略特詩中的劇作家約翰．韋伯斯特，他說愛倫坡「對死亡非常著迷。他能從皮膚看見底下的頭顱[5]。」不過，愛倫坡不同於韋伯斯特，他除了看見頭顱，也沒有忘記覆蓋在頭顱外面的那層皮。

（在一篇討論〈渡鴉〉的文章裡，愛倫坡談到「毫無疑問，美女之死是世上最詩意的題材。」）

今日，人們仍會去研究坡的生平，試圖藉此詮釋他的作品。他的父母是演員——父親下落不明、母親在他三歲時過世；他與繼父約翰・愛倫坡的關係緊張；年幼的妻子及她的肺結核；他的酗酒問題；神祕早死（他四十歲就過世）。他的人生不僅短暫，更糾結怪異；不但成為其作品的框架，更給了他發揮的內容，建構出無人能解答的神祕故事，還有許許多多等著每一個新世代讀者去挖掘的故事與詩。

而我們也的確挖掘出了這些作品。

坡最傑出的作品從未過時。〈一桶阿蒙提利亞多酒〉完美刻劃了復仇的樣貌，架構無懈可擊；〈告密的心〉讓神智清晰的人透過瘋狂的雙眼看世界；〈紅死病的假面具〉似乎隨著時間經過，與我們越來越息息相關。那些故事讀來依舊愉快，我總覺得它會一直讓大家愉快下去。

但不是每個人都適合看坡的作品。他太容易讓人頭暈腦脹、無法承受。可能不適合你看，但欣賞坡是有方法的。我可以偷偷告訴你一個最重要的祕密：大聲把他的作品念出來。

把詩大聲念出來，故事也大聲念出來。去感受文字在你嘴裡的感覺，感受音節彈跳滾動、急迫與重複——或只是有點重複。就算你不會英文，坡的詩也還是很美。（真的，尤其像〈尤娜路姆〉（Ulalume）這種詩，就算懂英文，也還是不好理解。這首詩藏了太多含意，但它不提供你任何出路。）如果在紙上讀這一行行的詩句，感覺似乎有些做作，重複變得不太必要，甚至會令人感到乏味。可是當你大聲念出來時，它的形狀和配置卻好像換了個模樣。

（大聲念出來可能會覺得怪怪的或不太好意思。如果你喜歡自己一個人朗讀，我建議你可以找一

---

5 出自T・S・艾略特的詩〈不朽的呢喃〉（Whispers of Immortality）。

個祕密地點；如果你想要有觀眾，找一個喜歡聽朗讀的人念給他聽。）

許久以來，我最喜歡的一本「範例書」是愛爾蘭彩繪玻璃藝術家哈利．克拉克負責插畫的《顫慄的角落》（Tales of Mystery and Imagination），他帶有情緒的、瘋狂的、光影強烈以及角度錯亂的筆觸，與坡的夢魘風格搭配得天衣無縫。

坡的故事無論如何一定要有插圖。他的故事有主要意象與基本意象，彷彿打翻調色盤那樣嗑藥般的視覺輪廓（想像：一隻巨大的黑色渡鴉停在蒼白的雅典娜半身像上；普洛斯佩羅親王那慘絕人寰的王宮有這麼多隔間，卻只覆蓋一種色彩；蒙崔索地下墓穴裡的酒瓶與骷髏；牆上一隻黑貓，蹲在一名死去的女子頭上；地板下方，有顆告密的心在狂跳……）你讀故事的時候，畫面會自動跳入腦海；你會自己在腦中描繪出場景。

坡的故事——即使是他的幽默故事，甚至偵探故事——齊聚了所有健忘之人與患上強迫症的人；還有忘不掉想忘記的事的人，而且述說故事的總是瘋子、騙子、情人和鬼魂。那些坡沒說出口或有講出來的一切，都賦予故事力量，而每一個故事都包含既深又險的裂縫——斷開故事、將之碎裂，一如羅德瑞克．厄薛和梅德萊．厄薛[6]那棟陰森大宅中蔓延的裂痕。

你們之中可能有些人是初次接觸愛倫坡，其餘可能早就很欣賞他的作品，或者喜愛珍藏美麗的書本與詩作。不管如何，就像愛倫坡在〈莉吉亞〉中告訴我們的：「任何絕美的事物，都包含某種程度的詭異……」

二〇〇四年邦諾書店發行豪華版艾德格·愛倫坡《詩歌故事精選》（Selected Poems and Tales），馬克·桑默斯（Mark Summers）繪製插圖。本文選自該書的前言。

6 出自愛倫坡的短篇故事〈厄薛古屋的崩塌〉（The Fall of the House of Usher）。

論《吸血鬼德古拉新註釋版》

幾天前，英國報紙上有篇文章表示，現在學校歷史教得很差，或多或少顯示出英國人對歷史的無知。從該篇文章可以得知，許多英國青少年深信溫斯頓・邱吉爾和獅心理查[7]是神祕或虛構的人物，而且有半數以上青少年相信福爾摩斯真有其人——就跟亞瑟王一樣如假包換。但文章裡沒有提到德古拉——或許因為他不是英國人吧。儘管帶著他進入大眾意識的故事很英國；儘管，記錄者是個愛爾蘭人。

不知道大家被問到這個問題會怎麼回答：有多少人相信德古拉是真的？（我說的不是歷史上的德古拉，不是那位弗拉德・德古拉〔Vlad Dracula〕，或龍之子〔son of the Dragon〕，或穿刺公〔the impaler〕——這號人物是真的存在，雖然我們不知道他是否只有名字跟真正的德古拉一樣，其餘都與歷史記載相反。不管怎樣，德古拉是個頗有爭議的人物。）

我認為他們會相信。

我真心這麼認為。

我第一次讀布蘭姆・史托克的《德古拉》，是大約七歲的時候。我在朋友的父親書架上找到這本書。雖然當時我所遇見的德古拉只有第一部分：就是強納生・哈克前往德古拉古堡的那趟不幸旅程。我飛快讀到結尾，看了又看，看到確定德古拉真的死了，而且再也無法從書裡冒出來傷害我。等我確認完，我把書放回架上，再也沒有拿起來看過。直到我變成青少年，受到史蒂芬・金的吸血鬼小說

《撒冷地》和《死亡之舞》的驅策（後者是他對於恐怖類型小說進行的某種測試），才又重看。

（我在八歲時看了電影《吸血鬼之子》，心中好奇年輕的昆西・哈克會否如我所想，長大之後變成吸血鬼。結果我很失望地發現，所謂的「兒子」只是德古拉本尊。他在河口地帶自稱「伯爵拉古德[8]」。就算在那個時候，這名字也很好理解——不過我離題了。）

三不五時，會有其他書讓我又回去重讀《德古拉》。如弗雷德・薩卜哈根（Fred Saberhagen）的《吸血鬼錄音帶》（The Dracula Tape）、金・紐曼的《德古拉元年》。透過書中事件或結果的再想像，這些故事給了相當清楚的脈絡，讓我很想親自再去探訪一次城堡、精神病院和墓園。我沉浸在信件和剪報和日記之中，再次對德古拉的行為與動機感到好奇，猜想著故事中那些無人能解的事；裡面的角色不知道的，我們也一樣不知道。

《德古拉》製造出大量的德古拉現象——五花八門的吸血鬼（Nosferati）、電影版的德古拉、貝拉・盧戈西[9]以及他後頭一大群長了尖牙的跟班。根據維基百科，超過一百六十部電影以德古拉為主角（數量僅次福爾摩斯），而以德古拉本人為主角或從德古拉得到靈感並發想出的小說，更是無以計數。另外也有小說直接走進德古拉的世界，或是從那裡出發。就連可憐兮兮、發瘋又吞蟲的倫飛德，也有兩本以他為名的小說，分別由兩位作家撰寫——更別提還有本圖像小說，完全由他的觀點來

7 獅心理查（Richard the Lionheart）：生於一一五七年，卒於一一九九年，即英王理查一世。之所以獲得「獅心理查」的封號乃是因為他驍勇善戰。曾參與十字軍東征。

8 Alucard，就是Dracula顛倒過來的寫法。

9 貝拉・盧戈西（Bela Lugois）以在電影裡飾演德古拉伯爵而聞名。

敘事。

到二十一世紀，只要看到類似吸血鬼文學或吸血鬼寓言的東西，你就會有種彷彿聽到同一首主題曲變調的感覺。而且你耳邊開始響起的主旋律不是《吸血鬼瓦涅爵士》，更不會是《卡蜜拉》[10]，而是布蘭姆·史托克的《德古拉》。

即便如此，我仍在思考《德古拉》為什麼能繼續流傳、昇華到藝術層面，為什麼能成為一種用以闡述與解釋其他現象的東西。原因很矛盾：因為它是破綻百出的小說。

《德古拉》是屬於維多利亞時代的高科技驚悚小說，它走在科學發明的尖端，諸如使用留聲機聽寫、輸血、速記、在頭上鑽孔等等概念。故事中有著勇敢的英雄與命運多舛的美女。通篇以信件、電報、新聞剪報之類的媒介來講述，對我們說故事的角色沒有一個知道真正的來龍去脈。這意味著《德古拉》是一本迫使讀者必須自己填空的書；我們要自己去假設、想像、推測；我們只知道該角色知道的事，而他卻沒有將所有知道的事情全寫下來，也不曉得自己提到的事有多少重要性。

因此，惠特比那兒究竟發生什麼事，全靠讀者來填空了：我們要將倫飛德在安養院裡的胡言亂語和奇怪舉止連到在隔壁棚發生的事；我們要編造出德古拉真正的動機為何。同時，凡赫辛到底知不知道藥的事，也要靠讀者決定。德古拉最後是否崩裂成一堆砂，或甚至要思考，大彎刀加波伊刀最終是否殺死了吸血鬼（儘管很難相信），然後他化做一陣輕煙消失不見……

故事只有大致的框架，然後就任憑我們堆砌想像、補完故事經過。整個情節呈網狀分布，我們會開始猜想在那些空隙之間發生什麼事。就我個人而言，我挺懷疑昆西·墨利斯的動機。（我深深相信他其實是德古拉的傀儡——或根本就是德古拉本人，這種可能性絕對無法完全消除。我甚至可以寫一本小說來證明——不過這種行為太瘋了。）

《德古拉》是一本需要大量註解的書。它所描述的世界不再是我們的世界，地理狀態大多與之相背。如果你要讀這本書，身旁最好要有一個知識淵博、見多識廣的人。

萊斯・克林傑（Les Klinger）正是這樣的人。白天他是一名律師。我第一次碰到他的時候，是在貝克街小隊的年度餐會上。這個團體就像百分之五十八的英國青少年，開開心心相信福爾摩斯真有其人。克林傑先生最為人所知的壯舉，就是他替福爾摩斯探案做的註釋：他對維多利亞時代的犯罪（外加旅遊）知之甚詳。他的熱情令人愉悅，而且有著感染力；他確認過的事實與發現，自然也都有他的獨到之處。

克林傑先生的註釋之精采，其中一個原因就是深具啟發性——無論你相不相信這本書中提到的理論；不論德古拉現在依舊存在，還是只存在於過去；不論是不是布蘭姆・史托克去收集故事、編撰此書，或者他到底是不是作者——不論你決定相信哪一方，依舊可以學到喀爾巴阡山脈的地理知識，以及維多利亞時期的醫學理論；你將會發現《德古拉》精裝本和平裝版的差異；你會注意到，射擊者小丘（Shooter's Hill）的位置似乎游移不定。

閱讀不同版本的《德古拉》的缺點就是，它們就跟這本書一樣會有篇序；序會告訴你《德古拉》該怎麼讀才對。這些序告訴你書中內容，或者這本書「探討」的是哪個方面。這裡會「探討」維多利

10《吸血鬼瓦涅爵士》（Varney the Vampire）是一八四五年至一八四一年連載於廉價刊物上的吸血鬼故事。《卡蜜拉》（Carmilla）則是於一八七一至一八七二年連載在雜誌上的吸血鬼故事，並影響後來布蘭姆・史托克的版本。

亞時期的性欲，「探討」史托克據說飽受壓抑的同性戀傾向，或他與亨利・歐文[11]之間的關係，或與奧斯卡・王爾德為了贏得佛羅倫斯・巴爾康提[12]的芳心相互較勁。這類前言會以情色小說來諷刺史托克的作品。《德古拉》一書含有大量的性，它本來就沒打算走隱晦路線；它沒有藏在字裡行間，就直接在文本裡呈現了。

本前言不打算告訴你《德古拉》到底講的是什麼。（當然是講德古拉，但在書裡很少看到他，我們希望可以多看他出場。他不會因為戲份太多而惹人厭，這跟凡赫辛沒什麼關係——如果可以少看到他一點，我們搞不好還會很高興。或許這本書探討的是情欲或欲望、恐懼或死亡。或其他。）

這篇序沒有提及你手中這本書的內容，只是要警告你一聲：《德古拉》彷彿黏蒼蠅的陷阱。一開始你會隨意翻開，但當你把書擺到一邊，可能會發現自己無意識（或無法抵擋）地開始思考那些藏在故事縫隙的東西——那些悄悄暗示的、意有所指的東西。一旦你開始想了，接下來只是時間問題。不要多久，你就會發現自己在月光中走著，抗拒不了一股衝動——覺得好想將各個配角和插曲寫成小說或短篇——或更糟，你會跟發瘋的倫飛德一樣，先把蜘蛛和蒼蠅拿來分類，最後把那些蟲吃掉，然後你甚至會發現，自己默默在幫書加註釋……

本文是我替萊斯・克林傑於二〇〇八年《德古拉新註釋版》一書所寫的序。

魯德亞德・吉卜林《恐怖奇幻故事集》

多年前，我才剛開始寫《睡魔》不久，有家早已停刊的雜誌來訪問我。其中一個問題是請我列舉幾位喜歡的作家。我高高興興地列出名單。幾個月後，這篇訪談刊出，有一封署名給我的信寄至DC漫畫公司、轉交到我手上，寄件人是三名年輕男性，他們想知道我怎麼會把吉卜林列在喜歡的作家名單上——畢竟我是個夠潮又夠開明的年輕人。他們說吉卜林是個法西斯主義者，有種族歧視，而且很邪惡。

從這封信可以明顯知道，這些人從來沒有真正讀過吉卜林。我說明白一點好了：他們應該是受到告誡，不要讀他的書。

我在腦中回覆了信件，可是永遠不會寄出。我腦中的回信寫了很多很多張，而我從來沒有真正寫到紙上或寄出。而且我認為會這樣的不只我一個。

事實上，吉卜林的政治觀與我不同。但話說回來，如果我們只讀那些意見和觀點與我們完全相同的作家，那麼這世界會變得狹隘。假如我們不願花時間去認識那些想法不同的人、那些從不同角度看

11 亨利・歐文（Henry Irving）：生於一八三八年，卒於一九〇五年，是英國知名舞臺劇演員，也是第一位受封為爵士的演員。史托克曾與亨利・歐文在戲院共事，對他十分崇拜，據說也是德古拉的靈感來源。

12 佛羅倫斯・巴爾康提（Florence Balcombe）：生於一八五八年，卒於一九三七年。她是美麗的名媛，追求者眾，後來在一八七八年與史托克在都柏林結婚。

世界的人，世界將變得了無生氣。吉卜林跟我非常不一樣。我欣賞的作家跟我不同，我很喜歡這樣。況且，吉卜林是了不起的作家，他可說是短篇小說中的佼佼者。

我想跟寄信給我的人解釋——身為讀者、身為作家，〈園丁〉（The Gardner）對我有多麼深遠的影響——我讀過這個故事，深深相信它的每一個字，從開頭，到結尾，並理解那名女子的遭遇。然後我會從頭開始，再次感受聲音語調，去理解這個故事要告訴我的是什麼。這是一篇傑作，談失去、談謊言、談人的意義、談祕密，還有祕密會讓你心碎，你也該因此心碎。

我從吉卜林身上學習。要是吉卜林沒有動筆寫作，我至少會有兩個故事（外加一本我正在寫的童書）不會誕生。

吉卜林寫人，他筆下的人物感覺非常真實，他的奇幻風格時而令人戰慄，時而啟發人心；有時恢弘，有時悲傷；他的人物會呼吸，也會做夢；他們在故事開始之前就已經是活著的，有許多角色在讀者讀到最後一句時，還會繼續活下去。他的故事挑動你的各種情感反應——這本選集中至少有一個故事讓我的不適感乘以百倍——我做了噩夢。即便如此，我還是不願意錯過這些故事：我會告訴那些寄信給我的人說，吉卜林是位詩人，是遭到放逐的詩人，也是帝國的詩人。

那個時候，這些話我從沒說出口——真希望我有。而現在，我說出來了，我告訴了你們。就像史蒂芬·金曾經說過：「相信故事，但別相信說故事的人。」簡而言之，魯德亞德·吉卜林的故事，就是英文語系中最優秀的故事之一。好好欣賞。

本文是替史蒂芬・瓊斯（Stephen Jones）於二〇〇八年編輯的魯德亞德・吉卜林《恐怖奇幻故事集》（Tales of Horror and Fantasy）一書所寫的序。

來自未來的過去：H・G・威爾斯《盲人國與其他故事集》

H・G・威爾斯的父母喊他柏堤（Bertie），他朋友叫他HG，他和凡爾納都是將浪漫的科幻故事帶給我們的作家；他們是現今為人所知的文學類別「科幻小說」的先驅。他的短篇、原初科幻（proto-science）持續不墜，迄今仍有人捧讀，許多在他心中更重要的主流小說卻早已消失，而且大多被人遺忘。或許是因為那些小說與它們的時代連結太深，因而在時間變遷的洪流下遭到吞噬，而某些科幻與奇幻，儘管帶有維多利亞時期或愛德華晚期的設定，卻是永垂不朽。

威爾斯的小說立下了形式。他的故事包含某個在小島上用動物「創造」人的瘋子，或是時空旅行，不管有意無意，全都被後人仿效，並且成為上百甚至上千作者的樣板：隱形人來到索塞克斯小村——這位聰明但被遺忘的主角一直沒人介紹，他把自己關在房間裡，大概過了一百頁後，關於這個陷入瘋狂的可憐白子的真相終於揭曉，我們得到一點解釋。但這不只是《隱形人》的故事架構，而是一個樣版，是「有些東西是不能讓人類知道的」故事敘述法。在這些故事裡，科學與瘋狂之間的界線模糊不清。威爾斯的科幻小說是某種概念，也是講人性的小說——或者說它們講的都是階級，不論是隱喻——《妖獸出沒的島嶼》（The Island of Dr. Moreau），莫羅博士創造出獸人的下層階級；《時間機器》（The Time Machine），時間旅者在遙遠未來遇到衰老的上層階級和醜惡的下層階級，或直接點明——發瘋的白子，其實就是僭越階級的中下階層。

（大多）短篇故事都別有深意——對威爾斯來說是這樣的。

據說，閱讀科幻小說最好的時期是十二歲。當然，你可以說威爾斯是替十二歲的小孩或大人心中的十二歲小孩所寫。他的幻想主義（Fabulism）通常不含性的描寫，不引發疑問，不拐彎抹角。（但我要說：大概在十一歲時，我已經差不多讀完全部了。我在教室書架上發現一本紅色封面而且很厚的《H・G・威爾斯科幻短篇故事》〔The Science Fiction Short Stories of H. G. Wells〕，接下來的兩年，我數次重讀這本書，被迷得亂七八糟、熱愛不已。故事絕對很舊，但卻不會讓人覺得老套、不合時宜甚至過時。那奇異的蘭花盛開令我不安[13]；魔法商店[14]留下許多不圓滿，令我納悶至今。但這本書真的很棒。）

這些故事說的是執念、啟示與發現。裡面有些打鬥，有時有冒險。不過，就某種程度而言，大多時候是在提醒我們，這些故事都是親眼所見，雖然受到某種力量限制。它們不斷告訴我們那些角色看見了什麼——但又不說太多，讓我們自己去推論，留我們自己去猜想。那人是否被傳送到四度空間？他在那裡是否看見飢餓的幽魂？——那真的是他所看到的嗎？會吃人的頭足類動物真的在冷冷的英國海灘上岸了嗎？而且在那裡大啖人肉？他們在海底深淵中膜拜的是什麼？水晶蛋是怎麼來到店裡的？現在又跑去了哪裡？我們只知道自己見到的那一小部分，但它依舊令人信服。

俗語有云，短篇故事中只會發生一件事。威爾斯的短篇正是個好例子。他的故事有感染力，而且恰如其分，帶著一點點的裝飾音。最棒的是，他的短篇造成的餘波往往令人難忘。

13 小說〈奇異的蘭花〉（The Strange Orchid）。

14 小說〈魔法商店〉（The Magic Shop）。

很多時候，故事揭露的是各種失敗。在威爾斯的世界，人之所以沒有吃下知識之果，並非因為恐懼或有何困難，而是困窘——我們反覆失去知識，或者擁有類似神奇效用的東西（製造鑽石的祕訣[15]、告訴我們火星上有生命的蛋[16]、能夠隱形的配方[17]）。這些故事走到結局，你會發現世界根本沒有改變——又或者已經全然改變、再也無法回頭。假如科幻小說的社會功用是讓我們做好準備、接受改變，那麼威爾斯的故事就是揭起的序幕。達爾文畫出改變的輪廓。威爾斯是一個科學家（至少年輕時是科學老師、科幻作家），受教於達爾文，他不畏懼科學概念或實踐，當他提醒眾人變革的真正意義時，也用小說為其點亮明燈、歡呼慶賀。

威爾斯最成功的短篇其實不太像我們今日以為的形式。他寫的多半是趣聞軼事和新聞報導：故事裡有吃人的大章魚[18]，讀來彷彿世紀交替之際的科學論文。體內有毒藥的螞蟻[19]出現在歐洲五十年後，結束了牠們精采的一生（那時貨櫃船和噴射機都還沒出現，日子過得緩慢又悠閒）。這並非缺陷——這些故事的重要性、力道，還有感染力正是來自於此，並被視為科幻小說初期體系的分支。所謂科幻，有一部分是文學上的概念，而有好幾篇故事幾乎只是純粹的概念，劇情或敘事關連的程度並不大。儘管如此，若依照今日的標準（以及威爾斯時代的標準），這些故事都不算數，不能算是合格的短篇——這類批評令威爾斯耿耿於懷。他在一九一一年的《盲人國與其他故事集》（The Country of the Blind and Other Stories）前言寫道：

> 從前跟現在一樣，我們都吃足了推理評論者的苦頭。評論者說某某劇作家之輩的作品有趣討喜，但「不是一齣戲」。我們在短篇故事上談了很多，發現自己被各種武斷的標準品頭論足。這些標準很

容易把短篇當作十四行詩，是一種可以定義的形式，而不是有勇氣、有想像力的人在二十分鐘內讀完的東西。發明區分短篇故事與軼聞標準的人，是強烈反對「吉卜林風格」的愛德華・加涅特先生[20]，或喬治・摩爾先生[21]。短篇故事就是莫泊桑；軼聞就是可以讓人狠狠批評的東西。

這是相當無情的說法，因為它絲毫不留給你辯解的餘地。一定會有傻子抓住這種標準，自由挪用。在藝術創作領域中，沒有什麼比詆毀的言語更具毀滅性。人人都可以說一句「只是小八卦嘛」，就好像你可以隨便批評一聲「前後不連貫！」，不管是罵小說或是奏鳴曲都可以，儘管它們不是故意那麼單調。我之所以對這類簡潔卻有趣的形式熱情不再，自是因為我對於那令人氣餒的侮辱耿耿於懷。面對那些令人無語又無力的指控，我失去一切希望，脆弱毫無防備；明明在自己的想像花園裡那麼閒適快樂，卻一而再、再而三受到這種威脅破壞。苦惱悄悄竄入心頭，一如春日清晨的海霧一樣迷濛，無法驅散，我開始顫抖瑟縮，只想躲進室內……一個書寫幻想的作家竟對周遭的氛圍如此敏感，實為荒謬。

15〈做鑽石的人〉（The Diamond Maker）。
16〈水晶蛋〉（The Crystal Egg）。
17《隱形人》（The Invisible Man）。
18〈海洋入侵者〉（The Sea Raiders）。
19〈螞蟻帝國〉（Empire of the Ants）。
20 愛德華・加涅特（Edward Garnett）：生於一八六八年，卒於一九三七年，為英國作家、編輯及書評。
21 喬治・摩爾（George Moore）：生於一八五二年，卒於一九三三年，為英國作家、劇作家、詩人等。

威爾斯痛苦地發現，他最有力道的短篇，探索的都並非角色或事件。對於這點，他相當不安。但他其實不用擔心。事實上，這些故事之所以成功，就是因為它們的缺陷——偶爾是劇情，偶爾是角色。因為這樣，這些故事反而簡潔且令人信服。柯南・道爾一萬一千字的〈當世界尖叫〉若換成威爾斯下筆，長度會剩下原來的一半，而且會是報導形式，除去了人物，只談事件。威爾斯最傑出的短篇是其中一種可能，談論科學上或社會上的突破，或是能改變世界的未知事物。

故事——尤其是神奇的故事——最好閱讀；它們彷彿是已成過去的平行宇宙寄來的明信片。那些講述未來與改變的故事有很多已被時間和記憶帶走：在這些故事落於紙上的百年後，其實已經很難繼續維持在頂峰。

威爾斯說，短篇故事的技藝是「編織出睿智而且動人篇章的美好技藝；有時可怕、有時可悲，有時幽默、有時美好，有時意義深遠、發人省思，要帶有這些特質，而且只要花十五到五十分鐘。其餘就看你的創造力、想像力和當時的心情能給你什麼——在繁忙的一天或前所未見的世界中碰到的小小惡作劇，然後在抱持各種期待的心情下，讀這些故事。」

這個建議，無論是在他動筆的當下，還是現在這個時代，都是金玉良言。

（讀者請注意，以下段落會提到部分故事內容。）

〈發電機之王〉（The Lord of the Dynamos）——這個故事會讓我們看到一些新科技，描述「騙子和黑人阿祖瑪奇」的故事。阿祖瑪奇從東方來到英國，認為發電機「比他在仰光看到的佛像更巨大、更祥和」。這個故事告訴我們，我們不能再將某些態度與語言視為理所當然。另外也揭示科幻小說的主題之一；如果我們放任忽視，機器將成為我們的神。

〈德維森的眼睛之奇案〉（The Remarkable Case of Davidson's Eyes）——這個短篇展演出威爾斯的技巧，他提供讀者一個不可能的事件，然後以充分的細節撐起內容，使得故事能令人信服。

〈飛蛾〉（The Moth）——這篇講的是科學家，但覆上一層鬼故事的面紗。我們的視角一點一點陷入瘋狂，然後慢慢轉為詭異的童話。當主角（也就是科學家）接受只有他看得見飛蛾的事實，他擁抱瘋狂——這才是真正的恐怖。

〈浩劫〉（A Catastrophe）——一篇令人心碎的自傳——但有快樂結局。實際上，威爾斯的人生倒是用災難畫下句點。此篇走的是「如果……就好了」的路線。但現實中威爾斯的父親失去店鋪，母親替人幫傭。這個範例就是透過小說進行時間旅行，去修正一些無法修正的事。

〈圓錐體〉（The Cone）——悲劇的、永恆的、小小的三角關係（圓錐體就是三度空間的三角形）。這篇會讓你想到五〇年代的美國ＥＣ漫畫，故事中的各種恐怖與報復橋段並非隱喻，而且招招致命：畫家和戴了綠帽的丈夫都熱血沸騰——而且對其中一人來說，這可不只是形容而已。整個劇情由這種手法主導，不禁令我們想起〈發電機之王〉。而且最後結局的犧牲也是類似的。

〈空中的阿爾戈號英雄〉（The Argonauts of the Air）——比較短的科幻小品，現在已經完全被另一個過去掩蓋。在這引人入勝的篇章中，威爾斯做的每一個猜測與直覺推斷都是錯的——只除了一個：他知道之後人類能在空中旅行，而且比大多人認為的時間點更早實現。儘管故事最後是用死亡收尾，但這不是悲劇，其實可以算是太空航行的故事——雖然有點太早。威爾斯早期發想的那種比空氣還重的飛行器並不正確。這不是有錢人限定的工具，而是相對便宜的遊樂場。雖然關於太空旅行的看法他是對的。那的確是富豪的遊戲——只是鍍上了鋁。

〈手術刀下〉（Under the Knife）——全宇宙皆知的一場死亡，我們凝視著上帝的作品與祂的手（雖然看不到臉）；我們的未來如何，全取決於改變的規模。

〈顯微鏡下〉（A Slip Under the Microscope）——它之所以是科幻，是因為故事裡有科學家。這篇讓我們想起威爾斯早年畢不了業的往事。再者，這篇不管怎麼看都是在講階級；它要說的是對抗，此處上演的是一齣道德劇，針對兩種類型非常不同的人，成功和失敗有著天差地遠的差異。

〈普拉特納的故事〉（The Plattner Story）——沒錯，又是小軼聞。我們在一開始目睹事物左右顛倒的畫面，彷彿普拉特納分布到另一個空間，然後再以鏡像顛倒的方式回歸（這個分支被稱為掌性[22]），但在驚愕過後，卻也接受了這個事實。我們見證鬼魂，以及一個歷時九天的奇蹟（威爾斯的故事裡總有這類奇蹟——我們在這個故事剛開始的時候，就以各種方式被告知——有個非常了不起的東西，在全體人民的想像中，已經有某個東西被悄悄替換；現在，我要告訴你一些你還不知道的事。）

〈已故艾爾維山姆先生的故事〉（The Story of the late Mr. Elvesham）——一個身體交換的故事。可憐的伊登被放入神祕的艾弗斯海姆先生體內。這類原初科幻慢慢轉為純然的驚悚小說。

〈在無底洞〉（In the Abyss）——同樣是片段式的軼聞。我們可以略微瞥見一個存在於世界之下的世界，但它又迅速地從手中溜走。

〈海洋入侵者〉——我最後一次讀這個故事是在十二、三歲，而且我深深記得自己感受到的恐懼：因為在那些我很熟悉的地方，竟可能潛藏某種侵略性高強的危險外來生物。世界大戰——又來了。不過這裡的威脅來自地下，而非火星[23]。本篇走的是新聞報導風格，純粹是要讓讀者能夠信服。但結尾是開放式，更增添一種真實事件改編的感覺——一如威爾斯的描述。

〈水晶蛋〉——討論觀看的本質。呼應威爾斯諸多短篇的主題（〈德維森的眼睛之奇案〉亦同）。這篇的設定是從遠處觀看。這又是一次不完全的真相揭露，外層更包上了一個個謎團，而最後，我們之所以再次失去真相，並非因為人類的惡意，而是人類的不可靠。這篇故事（和那顆蛋）讓我們窺見的世界，是超凡脫俗又令人不安的。可憐的凱夫，這位緊張不安的小小商人，他的一切都是靠著對另一個世界的想像支撐。這是一個典型的威爾斯式角色。他賦予這篇故事一種奇特的人性，否則它就只會是星際電視面世前的一則軼聞。

〈石器時代的故事〉（A Story of the Stone Age）——現在已經沒什麼人記得它了。它感覺很像一本寫到一半就放棄、但實在應該繼續寫完的小說。威爾斯是該類型非常前衛的開拓者，其他人在多年後才回顧那個領域。石器時代有個想法非常突破的人——在那個時候，無論什麼想法都很新穎。主角是第一個騎上馬的人，也創造出最早的末日兵器：在一根棍子上插獅子的牙齒。他帶來的故事讓人感到滿足，讀起來會覺得威爾斯應該會繼續把它寫完吧。如果他真的繼續寫，很可能會成為那時的《愛拉

---

22 chirality，來自希臘語的「手」，分子若對鏡照出的鏡像，將會跟本身不同、而且無法重合。

23 H．G．威爾斯的代表作之一，描述火星人進攻地球的長篇小說《世界大戰》（The War of the Worlds）。曾多次改編為影視作品，其中最知名的屬奧森．威爾斯的廣播劇，因為模仿真實新聞報導，因而造成民眾恐慌。

與穴熊族》（Clan of the Cave Bear）。

〈新星〉（The Star）——威爾斯非常喜歡利用規模變化的方式，慢慢從個人觀點拉回宇宙，使用各種技巧，創造出最大的效果。

〈製造奇蹟的人〉（The Man Who Could Work Miracles）——這篇故事會出名非常合情合理，而且也經常改編為戲劇——拍過電影，數次改編電視劇和廣播劇。如同威爾斯許多奇幻故事，它繞了一圈，再次回到起點。

〈世界末日之夢〉（A Dream of Armageddon）——威爾斯創造了一個「未來的歷史」——邏輯合理的歷史。他設定了幾起事件。這個故事講的是還沒發生的事件的預知夢。有未來的戰爭、政治層面的問題，以及個人層面的災難，還有死亡；這一切的一切，都與該歷史嵌合得天衣無縫。

〈新型加速劑〉（The New Accelerator）——節奏飛快、惡搞加倍的歡樂篇章。這個故事非常有趣。總算有一次他的加速器沒壞也沒弄丟了——而且也沒讓人發瘋或死掉，結局還充滿各種可能性。

〈派克萊夫特的真相〉（The Truth About Pyecraft）——一般而言，你會很難將敘事者與威爾斯分開。但〈派克萊夫特的真相〉就不是這樣了。主角是個印度裔的清瘦男性。派克萊夫特覺得自己想要減肥，但其實只是不想那麼胖。這是一個真實的角色，跟比利・賓特[24]有點像。他非常立體，令人印象深刻——「一個巨大、肥胖又任性的男人」。這真的是一個幽默的幻想故事，而且從一開頭就趣事不斷。

〈盲人國〉——對我來說，這是威爾斯最有趣的故事之一，而有部分是因為他認為自己必須在幾十年後重寫這個故事。或者說，他認為這個故事需要一個新結局。無論在哪個方面，你都可以注意到這個故事有多不尋常：它輕易地做了一個反轉常理的動作。例如在盲人國裡，獨眼人稱王；例如主角的無力溝通；例如，當故事中的感官資訊變得多餘，所有的概念都變得毫無意義。

該故事初次重寫時（根據此書中標記的年代，是一九〇四年），使用的是很經典的威爾斯式短篇：「突然有件不可思議的事發生，之後雖然解決了，卻未盡圓滿」。但故事本身的詭譎感卻讓我們心服口服。

後來的版本雖令人滿意（一九三九年，少了最後三百字，另加上兩千字），也令人失望——這個小故事的可信度變高了，它變成真正的短篇，形式更令人熟悉。故事中還有視力的人除了逃亡外，也因為自己看得見，所以有能力回到村裡、警告村民，就像特洛伊公主卡珊卓拉一樣，回去告訴村民大難將至，結局有情人終成眷屬，故事的力量將新聞式的文字帶到藝術層面。這則故事的每個版本都很讓人滿意，但第一個結局的即時性和可信度卻被換成別的元素。要是威爾斯還有精力，說不定能在人生的九局下半創作出扣人心弦的奇幻短篇。（倒不是沒有人找他寫，也不是他沒有市場，而是因為他源源不絕的點子已漸漸枯竭，他的心思和注意力都轉到了別處。威爾斯在某篇致歉中解釋道：「我覺得，要解開限制我天馬行空狂想的原因，有那麼一點困難。我發現，儘管編輯和讀者的親切鼓勵不斷湧來，但『那件事』不但發生在其他人身上，也發生到了我的頭上。我生命裡曾有一段時期，各種短

24 比利·賓特（Billy Bunter）是小說家查爾斯·漢米爾頓（Charles Hamilton）所創造的青少年。他是個超重又貪心的男孩，集許多惡劣特質於一身：貪吃、種族歧視等等。但他偶爾也有端正的表現。由於故事娛樂性十足，他相當受歡迎，曾數次改編為廣播劇、電視劇等。

篇不斷出現，總有故事浮現在腦海，所以不是因為我刻意改變，不再創作。」）

〈螞蟻帝國〉——是一篇講生態浩劫的故事。從現在的觀點來看，這個概念是個反作用點，這就是故事的重點，合情合理，概念絕對原創，因為威爾斯是非常厲害的說書人。故事的最後以敘事者憂心忡忡的建議畫下句點。威爾斯個人認為，這次災難的第二幕將於五〇或六〇年代發生在歐洲。

〈牆中之門〉（The Door in the Wall）——這是我最喜歡的故事之一（甚至不限威爾斯），它令人久久不能忘懷，既神奇、又悲傷，雖然完美到很好預測，但讀來依舊令人滿足。它就像默劇，觀看時的樂趣不在於發生了什麼，而是一整個連鎖反應中的每一個環節，是如何在最完美的那一刻發生。

〈惡魔的野驢〉（The Wild Asses of the Devil）——一點硫磺，一點政論。夫復何求？

不管在任何領域，短篇故事問世百年後仍有人閱讀，這種成就沒有多少作家能達到。尤其科幻小說的有效期限都很短暫，只有優秀作家能超越這種限制。雷．布萊伯利的火星短篇故事超越了我們認為火星上沒有運河，也沒有大氣的知識；太多優秀作家的近未來創作只是因為某起事件或科學上的突破，於是最後變得不被需要。H．G．威爾斯的故事——一如這本選集所呈現的——可讀性仍驚人的高。說到底，閱讀這類書最令人愉快的一點，就是因為它會持續被讀者捧讀。不單單是因為對過去的東西感到好奇，而是因為它的生命力。威爾斯是這樣描述自己的短篇的：「我對這些故事沒什麼要求，也不感到抱歉；只要還有人讀，它就會一直繼續下去；被寫下來的文字如果無法存活，最後就是消失……」而對於這些故事，你應該做出怎麼樣的評論？我認為最好的評論就是：這些故事被寫下之後，仍長存於世。

本文是我替企鵝書屋二〇〇七年現代經典版H・G・威爾斯《盲人國與其他故事集》的序。所有威爾斯作品引述皆出自他於一九九一年出版的《盲人國與其他故事集》自序。

改裝期間，照常營業：談柯瑞．多克托羅的《資訊分享，鎖得住？》

喬治緩緩搖頭。「約翰，你錯了。不是回到過去那樣。今天早上我們面對的是匱乏的經濟。今晚我們面對的是富裕的經濟。今天早上，我們面對的是貨幣——信用額度再重要也一樣是貨幣經濟；今晚就變成信用額度，百分之百的信用經濟；今天早上，你和助理販賣的是標準化；到了今晚，賣的是多元化。」

「我們社會的整個結構被弄得亂七八糟啊。」他狐疑地皺了皺眉。

「不過你說的也沒錯，其實看起來沒什麼多大改變，依舊是同一套激烈競爭。我也不知道。」

——〈改裝期間，照常營業〉（Business as Usual, During Alterations），由雷夫．威廉斯（Ralph Williams）所著（選自一九五八年出版的《傑出科幻小說》〔Astounding Science Fiction〕）。

十幾歲時，我跟父親的朋友買了一箱他一直收在車庫裡的廉價科幻雜誌。最重要的是，裡面有英國版的《傑出科幻小說》。雖然我大概從能閱讀的時候就是科幻小說的讀者，但這裡面的作者我幾乎一個都不認得。

我付出的錢遠遠超過我的能力之上。

不過，我認為搞不好會有某個故事值得這一切。

那是某個思想實驗。我已經忘了故事開頭（好像是外星人打算來弄我們），但我記得接下來發生了什麼。

我們在一間百貨公司，有人在那裡放了兩臺物質複製機。機器上有盤子，你可以把東西放在一個盤子上，按下按鈕，一模一樣的複製品會出現在第二個盤子上。

我們一整天都在百貨公司裡，他們盡可能用低價賣出商品，用物質複製機來複製，每賣出一個就複製一個，使用支票和信用卡交易，不用現金（你可以完美複製出鈔票——顯然那已經不再是法定貨幣了）。來到故事尾聲，他們停下來，觀察面前的新世界，發現所有規則都已改變，唯獨匠人與工程師的需求高得前所未有。畢竟公司不可能製造數以百萬相同的東西——他們需要製造的是百件或千件「稍微有點不同」的東西。他們的商店將會成為這些東西的展示處，倉庫都將成為歷史。這會改變許多領域的基本層面，包含五〇年代路線的零售方式。套一句一九八五年之後出現的話——長尾效應。

做為《傑出科幻小說》，這個故事蘊含的寓意與收錄在本作百分之九十五的故事一樣，簡言之：人類是很聰明的。我們可以應付。

九〇年代，我的音樂家友人最初先是悲傷地抱怨，說大家在Napster偷走他們的音樂，於是我就告訴他們這個物質複製機的故事。（我忘記故事的名字，也不記得作者是誰。直到同意寫這篇序，才發電子郵件去問朋友。再後來，我用Google找到資料，於是，這是我幾十年來第一次重讀這篇故事。）

對我來說，複製音樂不算偷。那是另一回事。那其實就是物質複製機：你按下按鍵，盤子上會出現一個東西。我忍不住想，這也就意味，如果把音樂當作一種物品（CD、黑膠唱片、錄音帶），它將會失去價值。而其他的物品——不太能被重製的東西，如現場表演和個人通訊錄——將會增值。

我記得查爾斯・狄更斯在一百五十年前做了一件事。由於當時的版權法規，他的版權在美國毫無價值——很多人讀，但他沒有因此賺到一毛錢。所以他把盜版當作一種廣告宣傳，到美國各地的劇院巡迴表演，朗讀自己的小說。他不但賺了錢，還在美國遊歷了一番。

於是我開始進行《與尼爾・蓋曼共度夜晚》（Evenings with Neil Gaiman）的活動，替「漫畫書法律辯護基金」（Comic Book Legal Defense Fund）募款，並且一面學習這活動該怎麼進行。這個「夜晚」只會有我、舞臺還有我寫的東西，所以我一定要想辦法把這段時間變得有趣。我認為，這麼做有部分是因為，如果你還要用傳統方式販賣故事，可能就不再那麼簡單，但這類產業可能或多或少還是會繼續下去。因此，在轉變的過渡期，只要有我可以做的事，都該去嘗試一下。

一如販售音樂的本質徹底改變，我也站在一旁輕輕點頭，注視著書籍出版的性質改變。說自己知道十年之後出版業會變成什麼模樣，這些人要不是傻子，就是自欺欺人。有些人覺得天要塌了，我也不會怪他們。

我從來不擔心世界末日，因為我青少年時，在某本我出生前兩年出版的廉價科幻雜誌讀到一項思想實驗，令我大開眼界。

我知道未來的觀點將會非常不同，作者會從各種各樣的地方得到報酬；我很確定，不是每個作家都能成為查爾斯・狄更斯；有很多人之所以成為作家，就是因為不想站到舞臺上。那不是適用每個人的解決之道。

幸好，柯瑞・多克托羅寫了這本書。書中智慧滿溢；有思想實驗、有讓你腦子稍微錯亂的東西。柯瑞曾經在我們爭論時提出一個比喻：他將哺乳動物和蒲公英類比，用以解釋我們眼前的世界。我聽完後，再也無法用同樣的眼光看待一切。

我沒辦法闡釋得跟柯瑞一樣好，但他是這麼說的：哺乳動物在下一代身上投資許多時間和精力，例如懷孕、將下一代撫養長大，他們費盡了心力；蒲公英則是讓種子隨風而去。它們不哀悼失敗的種子。至今，為了獲取報酬而創造知識內容，一直是哺乳動物的概念。現在，造物者必須接受一件事：我們正慢慢轉變為蒲公英。

世界沒有末日。就像《傑出科幻小說》一直以來所說，只要人類夠聰明，不管我們是怎麼鑽進牛角尖，我們絕對有能力再鑽出來。

我不認為未來的下一代會理解我們在苦惱什麼。就像我在孩提時代，也不解維多利亞時代音樂廳的消失，也不理解表演者的心情，他們每次可能只有十三分鐘能上臺，在一座又一座的城市巡演那十三分鐘，直到電視出現，毀了一切，而我只是為他們感到遺憾。

無論如何，改裝期間，我們照常營業。

本文是柯瑞．多克托羅於二〇一四年出版《資訊分享，鎖得住？：還在抱怨盜版？可是，網路科技已經回不去了》（Information Doesn't Want to Be Free: Laws for the Internet Age）序言之一。

G．K．卻斯特頓，布朗神父的祕密

布朗神父的故事並不是缺乏色彩。卻斯特頓是個藝術家，幾乎每篇開頭都在描繪光線。「傍晚在街上灑滿明亮的光，乳白，而有些空洞。」（〈甬道裡的人〉〔The Man in the Passage〕）；「初冬時期凜然蕭索的下午，白日的光線呈現銀白色調，而非金亮；是青灰，而非銀白。」（〈銅鑼之神〉〔The God of the Gongs〕）；「天空的顏色是普魯士藍，這是在波茨坦才能見到的藍天，然而卻更像孩童從水彩盒裡拿出的厚實且發亮的藍。」（〈消失的兇器〉〔The Fairy Tale of Father Brown〕）——以上三例都是從《布朗神父的智慧》（The Wisdom of Father Brown）隨機挑出，每個都是該篇開頭的第一段。

我們初次見到他，是在〈藍色十字架〉（The Blue Cross）。笨手笨腳的艾塞克斯助理神父抱了一堆牛皮紙信封，拿著一把雨傘。卻斯特頓借了友人約翰．歐康諾神父的形象——包裹、雨傘，或許連本人都一起借來了。這位神父發現後嚇了一跳，他沒想到這個角色竟如此入世（一般而言，在社會大眾的認定中神父是不入世的），而且跟世上的罪惡關係緊密。〈藍色十字架〉挑明此項原則：大盜傅南彪的每一步都被這位小神父洞燭機先——因為他很熟悉偷竊。

他穿著黑色的神職人員服裝，頭戴扁帽；一頭淺褐色頭髮，灰色雙眼「如北海一般空洞」。他，就是布朗神父，（名字縮寫疑似是J，但也可能叫做保羅）。他是偵探小說之中最平淡無趣的角色之一，出現在約莫六十個短篇故事裡。他較不在乎追逐罪犯，只是淡然地將罪犯交由法律制裁；他不在意解不解決罪行，反而會去原諒犯罪者，或只是做為一個說明「卻斯特頓式矛盾」的媒介。其他偉大的小說偵探都有傳記，會有書迷替他們的生平和功績填上各種細節（華生到底傷在哪裡？）；但布朗神父抗拒了任何想替他腦補生平資料的企圖。他沒有家庭生活，沒有早年經歷，沒有「最後致意」。他沒有色彩。

卻斯特頓指出，他的《曾是星期四的男人：噩夢》（The Man Who Was Thursday, A Nightmare）的副標很容易遭到忽略，但其實，容易遭到忽視的是卻斯特頓本人。或許這也解釋了布朗神父故事中的某種特色：它的邏輯如夢似幻。小說裡的人物在故事開始前的存在感微乎其微，故事結束後根本一點渣都不剩。每組角色中的無辜者及反派，作用只是要讓故事能成功，沒有其他存在的理由。他的故事不是推理練習，因為讀者多半拿不到什麼線索和邏輯破綻，可思考案子的解決之道。反之，這比較像是魔術大師在某處得到靈感，因而發想的魔術表演，或利用錯視畫裡的一點棕色，轉眼就把某東方宗師變成一個小祕書；自殺變成謀殺，一切再度翻轉。

布朗神父探案像是面具遊戲，你不太會看到他們脫下面具。到最後結局，通常不會發現一堆誤導的線索，揭示的是角色的真面目。

據說，卻斯特頓並不以布朗神父為傲。傳聞，他寫這些故事主要是為了創立《GK週刊》，他用這本刊物為分配主義理論發聲——有點像是田園路線的社會主義，每個健全的英國人都會擁有自己的牛，還有一塊土地能讓牛吃草。布朗神父的數個故事的確有點自我抄襲的嫌疑，畢竟面具就這麼多，一個人自我偽裝的次數也很有限。但是，即便是最糟的故事，還是具備了神奇與罕見的條件：可能是一個黃昏的場景，又或是畫龍點睛的最後收尾句。

卻斯特頓本人活得多采多姿、與眾不同。別人可能以為他會創造出一個氣勢非凡的偵探——他的主角會是傅南彪[25]，或星期天[26]。但另一方面，他創造的布朗神父其實不是偵探，而是對偵探界的一種回應。卻斯特頓曾經抱怨：「書封先跟你說有人中槍，封底馬上爆雷說是誰幹的。」（「一種商業上的直率。」）

你無法讚頌布朗神父，因為這人根本不存在。在卻斯特頓的面具遊戲中，偵探是推動劇情的元素。就是因為本身微不足道，才更顯重要。一個平凡無奇又渺小的男子，隨著故事推進，你會發現他不再那麼慌亂不安；但在他走過鏡前、走在千變萬化的光芒中，你依舊看不見他身上的顏色。

卻斯特頓聊到他喜歡用粉筆在牛皮紙上作畫時，這麼說道：「畫在牛皮紙上的圖告訴我們一個既睿智又可怕的事實：白色，也是一種顏色。」在許許多多的偵探之中，一個最單調無色的偵探，卻用以彰顯偵探小說中最繽紛燦爛的故事。這，也是一個既睿智又可怕的事實。

本文選自於一九九一年出版《百位偉大偵探》（100 Great Detectives）一書。

夢與夢魘：H・P・洛夫克萊夫特的夢境故事

如果文學是一個世界，那麼，奇幻和恐怖兩大類型就像某種雙子城，中間由一條黑色的河流隔開。看來恐怖的區域也的確比較危險（本來就是這樣）。所以你可以只走在奇幻那一區。

如果，恐怖和奇幻是兩座城，那麼H・P・洛夫克萊夫特就是一條長長的街道，從一座城市的市郊，延伸到另一座城市的某一角。最初只是次要道路，現在變成一條六線道的寬廣大路。

那便是H・P・洛夫克萊夫特。他是一種現象。H・P・洛夫克萊夫特在四十七歲過世。這已經是五十年以前的事了。

此人身形瘦弱、禁欲苦行，與當代格格不入。

我家樓梯上擺了一座世界奇幻獎，每每經過，我就會拍拍獎座的頭——那是蓋恩・威爾森[27]雕的霍華德・菲利普・洛夫克萊夫特半身像。該肖像勾勒出一名薄唇的男子，高額長下巴，眼睛很大，看起來有些局促不安，有點異國輪廓，恍若復活節島上的人像。

---

25 傅南彪（Flambeau）為布朗神父探案裡的知名大盜，此為他的化名。兩人曾數次交手。

26 星期天（Sunday）為小說《曾是星期四的男人》的角色之一，是個謎樣的人物。

27 蓋恩・威爾森（Gahan Wilson）：生於一九三〇年，為美國漫畫家、作家、插畫家，以恐怖奇幻類型聞名。他在一九七五年替世界奇幻獎設計以霍華德・菲利普・洛夫克萊夫特半身像來當作獎座。

他獨來獨往，住在羅德島的普洛維登斯；他以信件和外界溝通，有些信件篇幅堪比短篇小說。

他替廉價雜誌撰稿——就是那種看完即可扔的刊物，走藝術路線的封面總隱約影射拉子的綁縛性愛場面——例如《怪談》。他捉刀寫了一篇胡迪尼的故事，幫新秀作家修改作品；他將兩個短篇賣給《傑出小說》（Astounding Stories）——〈在瘋狂山巔〉（At the Mountains of Madness）以及〈來自時間的影子〉（The Shadow Out of Time）。

他信仰種族優越宗旨，（這令人相當不舒服），而且是個英國痴（Anglophile）；他師事恐怖。關於他的生與死和他作品的根源，有諸多揣測，但無論如何，這些都只是理論。

他在世的時候不是重要作家，甚至連小咖也稱不上。他是替廉價雜誌寫稿的無名小卒，就跟他同期又同類的作家一樣過目即忘（來！你有辦法說出五位在二〇、三〇年代《怪談》雜誌撰稿的作家嗎？）但在這之中有個存在（一如洛夫克萊夫特的克蘇魯神話）並未死去。

（可憐的羅伯特．E．霍華德〔Robert E. Howard〕，他是創造王者之劍和庫爾國王〔King Kull〕的作家，也是《怪談》的作者群中唯一還留在大眾心中的人。西貝瑞．昆恩[28]和許多作者都已煙消雲散，你只能從註解中看到他們。一九三六年，霍華德聽到他母親將死的消息，於是自殺，他當時只有三十歲。還有羅伯特．布洛克[29]，他十八歲時在《怪談》發表第一個正式短篇，之後持續了好長一段職業寫作生涯，而且相當傑出。）

洛夫克萊夫特帶來的部分影響出現的很快。跟他通信的人和作家同僚（布洛克、弗里茨．賴柏、門利．韋德．威爾曼[30]等等）玩味著他所創造的神話：我們所存在的世界其實位於一個很小的時空，無論內在與外在的空間都更廣闊無垠。在那些地方棲息著各種想要傷害我們的生物，我們在他們眼中，根本比宇宙微塵還要渺小。然而，洛夫克萊夫特帶給小說的影響，卻是在他死後快五十年大家才注意到。

他在世時，小說並未集結成冊。有位住在威斯康辛州的作者，名叫奧格斯特・德萊斯（August Derleth），他與唐納德・萬卓萊（Donald Wandrei）合開一間名為「阿肯書屋」（Arkham House）的小型出版社，只為出版洛夫克萊夫特的小說：德萊斯先收集了洛夫克萊夫特的故事，集結為《局外人及其他》（The Outsider and Others）一書，在洛夫克萊夫特死後兩年出版。從那時開始，洛夫克萊夫特的故事就在世界各地遊走；被重新收集，出現在許多選集中，排序方式各種各樣。

這本選集主要說的是夢境。

> 夢是一種奇妙的東西，它危險又古怪。
>
> 昨晚，我夢見自己在中歐某處逃避政府追捕——腐敗的共產政權最後的抵抗基地。祕密警察綁架了我，把我扔進一輛廂型車後面。我知道祕密警察真正的身分其實是吸血鬼，而且他們怕貓（在我的夢裡，所有吸血鬼都怕貓）。我記得我在某紅綠燈旁從廂型車逃了出去，在城裡狂奔，躲避他們的追

---

28 西貝瑞・昆恩（Seabury Quinn）：生於一八八九年，卒於一九六九年。他在《怪談》雜誌所發表的作品最為人知曉。

29 英國導演希區考克的代表作之一《驚魂記》即是改編自羅伯特・布洛克的小說。

30 門利・韋德・威爾曼（Manly Wade Wellman）：生於一九〇三年，卒於一九八六年。為美國作家，作品類型以科幻和奇幻為主。曾多次獲得提名並得獎。

捕，試圖在城市裡呼喚幾隻不回應我的貓：這些貓咪灰溜溜、滑又亮，易受驚嚇，渾然不知自己能救我一命……

如果想找到夢的象徵，想跟生活中的元素一一對上，你最後可能會發瘋。但這些貓屬於洛夫克萊夫特，而這些吸血鬼祕密警察（就某種程度）也是屬於他的。

洛夫克萊夫特漸入佳境。

這麼說還算客氣了。

在最一開始，他寫得很糟。他沒有能聽見文字旋律的天賦，對於故事到底該怎麼走，他完全沒有頭緒。他早期的作品並沒有那種感覺——作家將生命、腦海中的一切轉成紙上的文字。相反地，我們會看到洛夫克萊夫特笨拙地模仿他人、東拼西湊——這裡一點愛倫坡、那裡一點羅伯特．W．錢伯斯（Robert W. Chambers），在他紛亂混雜的多種調性中，最明顯的就是仿鄧薩尼爵士的彆腳英國腔——他是一位愛爾蘭貴族暨幻想家。但洛夫克萊夫可能只是太崇拜這個人，跟他寫的小說沒有任何關係。

鄧薩尼是個相當有獨創性的人。他的敘事口吻彷彿東方人重新詮釋英王詹姆斯欽定版聖經；他說的故事都是遙遠土地上的詭譎神祇；他談及自己探訪夢境，述說那些名字雖怪但很巧妙的人的故事；他們總是神神祕祕，一派超然姿態。你在這本選輯中看到的諸多故事，如〈睡神〉（Hypnos）或〈伊若農的追尋〉（The Quest of Iranon），都有些許鄧薩尼的口吻。

然而，隨著時間過去，洛夫克萊夫特自己的敘事口吻漸漸浮現，寫作起來也變得較有自信，那些景象慢慢成為洛夫克萊夫特自己腦中的畫面。

■

一九八三年九月，英國中部伯明罕新帝國旅館，我到這裡參加英國奇幻大會，替幾本英國雜誌訪問作者，如吉恩・沃爾夫和羅伯特・席維伯格（Robert Silverberg）等。

這是我第一次參加這種大型活動，我盡可能去參加座談，雖然我現在只記得一場的內容。如果我的印象沒錯，那場座談的與談人包括布萊恩・勒姆里（Brian Lumley）、拉姆西・坎伯，已故的卡爾・愛德華・瓦格納（Karl Edward Wagner）和愛爾蘭插畫家戴夫・卡爾森（Dave Carson）。

他們談起洛夫克萊夫特對自己的影響——坎伯那迷幻的都市威脅傳說、勒姆里的肌肉恐怖（muscular horror）、瓦格納的黑暗之劍、現代黑魔法等別具心裁的故事；他們談論洛夫克萊夫特夢魘般的內心想像，談他們是如何在洛夫克萊夫特的作品找到自己的共鳴及靈感。而他們是三位非常不同的作者，有三種非常不同的做法。

觀眾席上有位削瘦的年長紳士，他起身表示自己有一個理論，他詢問座談會的來賓是否有想過——所謂「昔日統治者」（Great Old Ones）——也就是那個名字中有許多子音、非常洛夫克萊夫特式的野獸，牠們只不過是在最終回歸前先利用可憐的霍華德・菲利普・洛夫克萊夫特跟這個世界交談，培養眾人對牠們的信仰。

我不記得他們是怎麼回答這個問題。但是我印象中，他們不同意這種看法。

接著有人問三人為什麼喜歡洛夫克萊夫特，他們提到，他想像出的景象無邊無際，他的小說內容（從性到異邦人）以隱喻的方式描繪我們未知且畏懼的一切；他們談論了那些相當深層的東西。

然後，麥克風傳到大衛・卡爾森的手上。「去他的〇〇。」他愉快地說（他喝了不少酒）。那些跟洛夫克萊夫特有關的廣義心理學理論，他都置若罔聞，直接切入重點。「我愛H・P・洛夫克萊夫特，因為我就是喜歡畫怪物。」

觀眾哈哈大笑，幾秒後，當大衛的頭輕輕碰到桌面，笑聲又變得更大。接著，卡爾・愛德華・瓦格納從大衛手裡拿走麥克風，請觀眾提出下一個問題。（十年之後，大衛・卡爾森還陪在我們身邊。我們最後一次聽到他的消息，是在伊斯特本碼頭釣魚。他大概是從英吉利海峽深處釣起某隻洛夫克萊夫特式的詭異野獸——他很擅長畫這樣的東西——不過酒瓶帶走了可憐的卡爾[31]。）

無論如何，這是真的。洛夫克萊夫特影響了各式各樣的人。如史蒂芬・金、柯林・威爾遜（Colin Wilson）、安伯托・艾可和約翰・卡本特。你在文化地景中到處都能看見他的身影。但凡提及洛夫克萊夫特的概念，電影、電視、漫畫、角色扮演遊戲、電玩遊戲、虛擬實境……

洛夫克萊夫特是引發強烈共鳴的浪潮，就像搖滾樂。

在此，我要介紹一本故事集，這是帶著我們穿過H・P・洛夫克萊夫特之夢境的小說；其中的奇幻與恐怖交織成一張巨大織錦，而他的夢境就織在裡面。本書中有一個故事：〈匹克曼的模特兒〉（Pickman's Model）。這篇是非常純粹的恐怖，是復古風格的洛夫克萊夫特，主角理查・厄普頓・匹克曼鬼祟行過〈未知的卡達思古城夢境追尋〉（The Dream Quest of Unknown Kadath）……故事的安排按時間順序，散發古怪氣息，詭異的夢與夢魘，吸血鬼，還有貓。

在洛夫克萊夫特的故事與世界中有某種元素，不知怎麼，就是對奇幻或恐怖類作家有著吸引力。我寫過三個洛夫克萊夫特式的故事：在《睡魔》裡有個比較拐彎抹角、卻又平靜得如夢似幻的故事。

這是《世界末日》（Worlds'End）系列的第一篇。你一定看得出那是洛夫克萊夫特風格，因為我在故事裡用了「獨眼」（cyclopian）一詞。另有一篇是冷酷的《馬爾他之鷹》的變形，用狼人當主角[32]，收錄在史蒂夫．瓊斯（Steve Jones）精采的《印斯茅斯疑雲》。第三個，是我在年紀更輕的時候寫下的，節選自克蘇魯自傳——而且很不好笑。假如我再回去複習洛夫克萊夫特（至少死前我一定會重讀他的作品），大概會寫出完全不一樣的東西。

所以，為什麼洛夫克萊夫特能讓我一再溫習？讓我們大家一再溫習？我不曉得。我想，也許是因為他給我們一個在心中描繪出各種怪物的機會吧。

假如你第一次探訪H．P．洛夫克萊夫特的世界，起步可能會有些顛簸，但請繼續前進。不要多久，你就會發現自己正走在一條路上，這條路會帶你穿過那兩座雙子城，遠離剛進來的那片黑暗。

假如文學是一個世界——

它的確是一個世界。

---

31 後來因為長期酗酒，在一九九四年病逝。

32 這篇短篇是〈又是世界末日〉，中文版請見《煙與鏡：蓋曼短篇精選一》（繆思出版）。《印斯茅斯疑雲》（Shadows over Innsmouth）一書收錄H．P．洛夫克萊夫特的短篇小說，以及現代作家向他致意而寫的作品。印斯茅斯是作者所虛構的小鎮，設定在美國麻州某處。

本文是我替一九九五年出版《H・P・洛夫克萊夫特的夢境循環：恐怖與死亡之夢》（The Dream Cycle of H. P. Lovecraft: Dreams of Terror and Death）寫的序。

談詹姆斯・瑟伯的《十三個鐘》

有個前所未見的玩意兒從樓梯上滾下來、穿過房間。

「那是什麼東西？」公爵一臉蒼白。

「我不知道那是什麼東西，」哈克說，「但世上就這一個，絕無僅有。」

這本書，就是你現在拿的這本，是詹姆斯・瑟伯（James Thurber）的《十三個鐘》（The 13 Clocks）。這可能是全世界最棒的一本書。

就算不是最棒，也是前所未見。就我所知，真的是前無古人、後無來者。

某晚，有個朋友哭著打電話給我。她跟男友吵架，跟自己家人爭執、養的狗生病，生活一團糟。而且，不管我說什麼——真的是不管我說什麼——只會雪上加霜。所以我拿起《十三個鐘》開始大聲念。沒多久，我朋友就笑了。她有點困惑又有點高興；她把煩惱拋諸腦後。我總算說對了一次話。

這本書就是這樣的。很獨特，很像冰淇淋，讓人們快樂。

寫這本書的詹姆斯・瑟伯是位知名的幽默作家（他大多故事和文章都是寫給大人看的）；同時也是一位繪畫風格相當特出的漫畫家。（大片色塊呈現的男女角色看起來帶有布的質地，表情困惑，被老婆欺負、可憐兮兮。）他沒有替本書畫圖，因為當時他的視力嚴重惡化，本書改由他朋友馬克・西蒙（Marc Simont）繪製，英國則由漫畫家羅納・瑟羅（Ronald Searle）擔任。我八歲時讀到的就是這個版本。當時，我非常確定這是我讀過最棒的一本書。這本書的有趣之處很不一樣。書裡都是文字——雖說所有書裡都是文字，但這一本不太一樣——這本書裡裝滿的是美好、可口又有魔力的文字，三不五時會有種詩歌的韻律感，讓你想大聲念出來，只為了聽聽看是什麼感覺。我念給妹妹聽；等我再大一些，就念給我的孩子聽。

《十三個鐘》不算童話，也並不算是鬼故事。但它足以讓人感覺像童話，覺得整個故事就發生在童話世界。這本書的篇幅很短——但沒有太短，是剛剛好的程度。在我還是個年輕作家時，我喜歡把寫作想像成將自己筆下的每個字「付」給別人，而不是用這些字換來稿費。我用這個方式約束自己只使用最必要的字眼。我看著瑟伯將故事緊密嵌入文字，更把玩著那耀眼的優美詞藻，像個快樂的狂人一樣拋擲出各種詞彙，用來解說、揭露或當成某種屏障。這一切彷彿奇蹟。我認為，你們可以從這本書學到所有說故事要用到的技巧。

聽好了：書裡有一位王子，一位公主，以及一位有史以來最邪惡的公爵。有噓、悄悄（和聆聽），還有哈嘉，她的眼淚是寶石。最可怕的是，還有一個托達爾。但最神奇又最令人難以置信的是，書裡有一位戈盧士[33]，他戴著一頂筆墨難以形容的帽子，警告我們的主角：

「我去過的大半地方都不是真的，是我編出來的；我說那些地方有的東西，大多都是找不到的。我年輕時跟人說過一個被埋起來的金子的故事，我們有個夥伴在森林裡挖了半天，我自己也跑去挖掘。」

「但為什麼呢？」

「我以為寶藏可能是真的。」

「可是你說那是你編出來的。」

「我知道我有說過，但後來我又忘了。很多事情我都忘了。」

每個故事都需要一個戈盧士。我們很幸運，這本書裡就有一個。有些故事若有前言介紹，對故事會產生很大的幫助。在你開始閱讀之前，總要有人來解釋給你聽。前言可以先稍作說明；寫前言的人手提燈光，可將暗處照亮，而亮處更加耀眼，就像打磨過的寶石，擺上很棒的臺座，這麼一來，比起放在布滿灰塵的角落或某位公爵的骯髒手套中好看許多。只是，《十三個鐘》不是那樣的故事。它不需要前言介紹——不需要我。這個故事就像哈嘉的珠寶，如果檢查過久或太仔細，很可能會煙消雲散。

這不是童話故事，不是詩，也不是宗教傳說、動物寓言；不是小說或笑話。真的，其實我也不知道《十三個鐘》算什麼。但不管它是什麼，都如同某人在這篇前言最開始所說的那樣，僅此一個，絕無僅有。

本文是為二〇〇八年《紐約時報》書評版的詹姆斯·瑟伯《十三個鐘》寫的序。

33 Golux，書裡的黑暗怪物與謎樣人物。

約翰・詹姆斯的《沃坦與其他小說》

當作家最難的一點（尤其是靠寫小說維生的作家），就是越來越難重讀以前喜愛的書。關於小說的手法、寫作的技藝、排列組合的方式，還有調動文字順序以創造效果，這些技巧你懂得越多，重讀舊時影響你的書就越難。你會突然看見那些明顯的接縫、未盡完善的破綻、笨拙的文句、單薄的人物。你知道的越多，越難去欣賞曾經給你帶來喜悅的書。

但有時候，也不完全是這樣。有時你重讀一本書，會發現它比你記憶中還好，甚至比你想像的更好。你以前喜歡的特點都還在，但發現了更多你現在更能欣賞的東西；故事內容變得更深刻、更簡潔、更有智慧。書之所以變得更好，是因為你知道更多，有了更多經驗、遇到更多事情。假使真是如此，你一定會想跟書背寫的宣傳文字一樣，讚嘆著能有這樣一本書。

那麼，我們來聊聊《沃坦》（Votan）。

我真的是很晚才開始動筆寫序，主要是因為我一直在思考該怎麼介紹《沃坦》才不會爆雷。我不想解釋那些笑點，在我把書拿給某人讀之前，也不覺得有必要指派什麼作業。但是，假如你可以熟悉北歐神話，應該也不是什麼壞事。讀北歐神話能夠加深《沃坦》的層次，讓閱讀變成某種鏡像對照的遊戲，重新溫習一遍。先讀《馬比諾吉昂》[34]和愛爾蘭的《唐》[35]可能也不錯，等你讀《就算拿全愛爾蘭所有的黃金也不行》（Not for All the Gold in Ireland），就會笑得更開心，嘖嘖稱奇，還一邊狂搖頭。

所以呢，首先你應該拋開這篇序不讀，直接看書。你現在手中拿的這本美麗書籍是由一位了不起的作家所寫；書中收錄三個故事，有兩個說的是一個叫佛提納斯（Photinus）的希臘商人。我敢發誓，他跟喬治．麥當諾．弗雷瑟[36]的《劍客》比起來，至少算的上好一點的流氓加說書人，更是威爾斯英雄史詩作品的黑暗版本，或說重述版本。

年輕時，我讀過這幾本書。八〇年代初，它們包裝為奇幻小說、重新發行；六〇年代則是當成歷史小說出版。它們不是奇幻，嚴格來說也不是歷史。佛提納斯系列（只有兩本，雖然暗示可能有第三本，但可惜，從未寫出來）的根據是神話和魔法故事。（《前去卡翠瑞斯之人》〔Men Went to Cattraeth〕較單調，而且是根據一首源自威爾斯地區的古詩〈高多汀〉[37]寫成。）

如果你願意細心聆聽，就會發現佛提納斯的心理、觀點和聲音都不屬於我們。在我心中，唯有他的聲音是停留最久的。他的姿態與世界都屬於過去。偶爾，他會犯下暴行；他沒有二十一世紀的智慧。許多歷史故事裡的人物都能和我們畫等號。他們與我們共享觀點，只是披上更華麗的外衣。但沃坦一點也不華麗。認為歷史小說的主角一定要跟我們的價值觀、偏見和欲望有共鳴，未免有點過於理想（我也曾這樣過）。於是，創造與我們個性和信仰都不同的角色，更甚，就連看待事物的方式都與我們和我們的時代格格不入，就更困難、更冒險了。

34《馬比諾吉昂》（The Mabinogion）為英國中世紀文學。
35《唐》（Táin）為愛爾蘭早期傳說故事。
36 喬治．麥當諾．弗雷瑟（George MacDonald Fraser）：生於一九二五年，卒於二〇〇八年，是英國知名小說家、編劇。
37〈高多汀〉（Y Gododdin）是中世紀的威爾斯古詩，為在戰爭中犧牲的英雄所做的輓悼之詩。

在我自己的小說《美國眾神》有個段落。主角（也就是影子）像奧丁一樣連續九晚倒掛在樹上，自我犧牲。我寫《美國眾神》的那幾年根本不敢重讀《沃坦》。當我把書寫完，這本書就成為我用以娛樂讀的書。就像小時候，我會把巧克力收好，留到最完美的時間點再吃。我很緊張（但其實我不該緊張），可是我沒想到自己竟然在那麼熟悉的書裡發現一個全新的世界。（我可以確定影子倒吊在樹上的橋段一定要感謝《沃坦》的劇情。）

總而言之，以下我告訴你的事情，可能會讓你讀這本書的樂趣加倍。

《沃坦》講的是一個叫做佛提納斯的男人。這個年輕人是個希臘商人，也是一位魔術師。他個性無情無義、只為利益。他在尋找琥珀的途中得到財富與友誼——也遇見了北歐天神、眾神之父奧丁。你可以從這裡看到我們聽過的一切亞薩族、奧丁、索爾／唐納[38]史詩、故事和詩歌，彷彿透過了黑暗的鏡子另一邊。這些故事淒冷而且黑暗。

詹姆斯並非去除這些故事的神話性質，脫去所有美麗和魔法的外衣；他給我們的是故事的倒影。在最佳狀態下，讀這些書就像跟兩千年前的某個人交談。有時候詹姆斯太聰明或太諷刺（佛提納斯的觀點到底有多少是常識、又有多少大錯特錯，是相當值得觀察的一點——例如琥珀的成因，還有拿煤炭當商品的可能），但這些片段都被徹底挪到其他比較光明的故事了。

你知道得越多，就能找到更多資源。我不想洩漏詹姆斯完美藏在文本裡的東西。但我要在此免費提供你兩條線索：洛基是亞薩族，卻不是他們的一分子，他在奧特嘉（而不是在阿斯嘉的基地）代替他們進行交易。在另一則比較廣為人知的北歐傳說，我們和索爾一同造訪巨人族所居住的兀特嘉，跟狡猾的騙徒、巨人族的國王兀特嘉洛基見面。（洛基半是巨人，半是亞薩族）。在北歐史詩，芬里爾（源自古北歐語，意為「居住在泥沼地」）是一頭怪物般的狼，牠是洛基的孩子，咬斷了提爾的一手。本書中，提爾述說了他與芬里斯相遇的故事。

北歐眾神的故事很黑暗，結局也不太愉快：諸神黃昏一直都在等待著他們。那是一切的結束，阿斯嘉、亞薩族以及他們珍惜的一切都要毀滅。當佛提納斯／沃坦成為天神，他其實是在服侍另一位天神——其實就是阿波羅的一個化身。他想要混亂，要以自己的方式慢慢布置一個火焰毀滅世界的天羅地網。我們將在本書見到天神，而故事布局有點讓我想到吉恩·沃爾夫的萊裘洛[39]。

別忘了，你讀這些書的時候，Google是你的好朋友，維基百科也是你的好朋友。只要好奇，就去查一查。在加拉太（Galatea，也就是現在的土耳其），英國人真的會有塞爾特人親戚，而且他們還說類似的語言嗎？（當然有啊，真的。維基百科說，有三個高盧部落向東南方行去：（特羅克米族〔Trocmi〕、托列斯托波伊族〔Tolistobogii〕和特克托薩季族〔Tectosages〕。他們最後會被希律希底國王一世〔Antiochus I〕擊敗，在這場戰爭中，希律希底的戰象嚇壞了塞爾特人。）真的有一個叫「vomitoria」的地方可以讓羅馬人專門用來嘔吐？（沒，真心沒有。這是個常見的誤解。「vomitoria」其實指的是一種通道。但這種誤解算是少數。）

《就算拿全愛爾蘭所有的黃金來也不行》讓我們看到年紀再長一些的佛提納斯。我不確定他是否變得比較有智慧，但的確變得比較柔和，沒那麼嚇人。他也更風趣了些（兩本書都很好笑，儘

38「打雷」在古高地德語裡是「Donar」，在德語裡是「Donner」。

39 萊裘洛（Latro）是吉恩·沃爾夫筆下的羅馬商人，此系列共有三集。

管《沃坦》走的是黑色幽默路線）。他要去拿回一份文件，會在路上走很長一段時間，並發展出許多故事。他會成為里爾（Llyr）之子馬納威坦（Manawydan）；這是偉大的威爾斯散文作品：《馬比諾吉昂》裡的幾個支線故事的主角。（這一路上你也會看到很多人——普萊卓〔Pryderi〕、芮恩能〔Rhiannon〕，也會有塔利埃森〔Taliesin〕，比我們印象中的塔利埃森傳奇早了幾世紀。但我們慢慢就會知道那都只是稱號，不是真的名字，只是從一個吟遊詩人傳給下一個。）

書中也成就了一些奇特又壯麗的事蹟：的確，他們是人，但他們也具有神性，卓越超群。他們與我們在文化層面上以為的英雄、天神形象不同，是全新的模樣。他們只是天神、英雄的化身：他們真的是傳說裡的奧丁、洛基和索爾，或者只是他們的倒影？天神和英雄是否獨立於佛提納斯和他的船員之外？我們的主角和他們的友人，是否被強加到一定要存在的故事中？

當故事繼續進行，我們見到其他英雄（佛提納斯算英雄嗎？至少他是自己故事裡的英雄），當我們遇見瑟唐特（Setanta），這位愛爾蘭英雄的姓氏為庫胡林（Cú Chulainn），所以我們可以預料到接下來**真的**會從《馬比諾吉昂》進入《唐》的劇情。《就算拿全愛爾蘭所有的黃金來也不行》的結尾風格沒有走調，一如我們所讀的這本書，同時它也留了伏筆，或許是要為另一本書打底。我猜，在那本書裡，佛提納斯會找到類似阿茲提克人的奎札科亞特或馬雅人的庫庫爾坎[40]。

那本書一直沒有寫出來。約翰．詹姆斯沒有再回到佛提納斯的世界。他去寫了其他優秀又厲害的小說，而且風格大不相同。這些書都有再版，因為喜愛這些書的人不希望它們遭到遺忘。佛提納斯的其他名字有沃坦、馬那南（Manannan），以及許許多多別名，他一心只想要增加家族財富，跟其他丈夫不在又主動的軍官之妻上床。假如你願意與他同行，他會好好報答你——雖然他不會給你琥珀，也不會給你長毛象的牙，更不會給你愛爾蘭黃金，但他會送你故事。那是世上最棒的禮物。

本文是替二〇一四年的奇幻經典版《沃坦與其他小說》一書寫的序。

40 雖然名稱不同，但兩族所指的是同一位重要的天神。傳說祂的身體是響尾蛇，有鳥的翅膀。

論《維利科尼恩》：前言註解

人總是把自身的幻滅、腐敗和衰老化為蛹。當他們的臉龐變成二十年後的模樣，怎麼會從未懷疑自己將來會變成什麼德性？

——〈一名年輕人前往維利科尼恩之旅〉（A Young Man's Journey to Viriconium）

當我閱讀M．約翰．哈里森（M. John Harrison）的《維利科尼恩》系列[41]，不禁思考：不曉得《粉彩城市》是否知道自己將於《在維利科尼恩》（In Viriconium）幻化為蛹？又或者〈一名年輕人前往維利科尼恩之旅〉裡的那些心碎故事，是否知道自己將走向何種結局？

幾星期前，我繞了世界半圈來到波隆那。這座渲染日落色彩的中世紀高聳城市，靜靜在現代的義大利城鎮中等待。我在一家小型二手書店，有人給我一本《塞拉菲尼抄本》（Codex Seraphinianus）細細檢視。這本書是由藝術家路易吉．塞拉菲尼（Luigi Serafini）所著，可能是一件藝術品；書中有文字，但字母恍若外星人的代號，插圖跟我們熟悉的一切相似度極小（涵蓋層面如園藝、解剖學、數學、幾何學、牌戲、飛行裝置和迷宮等）。某幅畫中，有一對正在做愛的情侶變成鱷魚，慢慢爬走；動物、植物和各種概念都怪得不得了，你只能推測這本書也許來自遙遠的未來，或遙遠的某處。我們找不到別的解釋，只能說這就是藝術。當我離開那間小店，走在柱子如林的波隆那街上，手上抱著這本不可思議的書，我幻想自己就在維利科尼恩。這感覺很奇怪，因為我是直到此刻才明確地將維利科尼恩與英國畫上等號。

M．約翰．哈里森創造的維利科尼恩，基本就是午後時刻的粉彩城市；兩者為一體，這個地方的故事邏輯全都不通，除了五花八門的地名——儘管我一直不確定兩個故事裡的地名是否指的是同個地方。鉲小酒館（Bistro Californium）一直都在嗎？亨利葉塔街（Henrietta Street）也是嗎？

M．約翰．哈里森的朋友都叫他麥克；他是個身高中等、愛嘻鬧的人；他非常熱心，個性強烈。第一眼看到他會覺得他很纖瘦，再看第二眼，就會知道他經歷千錘百鍊、受過嚴格訓練，就算某天突然發現他是攀岩好手，你也不會太意外。你可以輕鬆地想像他在某個溼冷的日子爬在岩石上，在幾乎找不著的縫隙裡找到可以抓緊的地方，不斷把自己往上拉。人類與岩石的對抗。我認識麥克已經超過二十年。剛認識他的時候，他的髮色已經轉淡，變成帶著些許權威感的銀白。可是不知怎麼，他似乎越來越年輕。我一直都很喜歡他，喜歡的程度就跟畏懼他的文字一樣。當他談起寫作，整個人就會從笑鬧狀態轉為著魔模式。我還記得麥克在當代藝術中心試圖向觀眾解釋奇幻小說的本質：他描述著某個人站在一條風勢強大的巷子，從商店的櫥窗玻璃注視世界的倒影——霎那間，他竟莫名在玻璃中看見一陣火花。這個畫面使我寒毛倒豎。我一直忘不了，而且我找不到解釋原因。這就像是試圖去解釋哈里森的小說，像是我想在這篇序中達到的成就——而且我很可能正走在一條慘敗的路上。

41《維利科尼恩》（Viriconium）系列主要包含了兩本長篇小說及一本短篇小說集。《粉彩城市》（The Pastel City）最早於一九七一年出版，是系列的第一集。接著是在一九八〇年出版的《振翅風暴》（A Storm of Wings），然後是在一九八五年出版的短篇小說集《維利科尼恩之夜》（Viriconium Nights）。

當然，世上也有作家中的作家。M・約翰・哈里森就是其中之一。他在各個類型遊走，姿態優雅且充滿熱情，他的作品光芒耀眼，蘊藏智慧，貼上科幻或奇幻的標籤出版，當然也有恐怖或主流大眾小說。無論在哪一種棋局，他都獲獎無數，彷彿得獎只是家常便飯。他的作品會讓人誤以為寫起來輕鬆自在，然而每個字都是經過精雕細琢，能擊中你內心最深處，造成最大的傷害。

維利科尼恩這些故事承接了一組名稱，以及某種令人坐立難安的感受。這一切都是因為英國一座早已被人遺忘的羅馬城市。（有個歷史網站告訴我們：「英國古文物學者比較喜歡『Uriconium』，外國學者喜歡『Viroconium』或『Viriconium』，也有人建議『Vriconium』比較好。關於這些古代資料來源的證據，令人稍稍感到困惑。」）這些都是奇幻故事，以三本小說外加一些其他故事，檢驗藝術、魔術、語言及權力的本質。

如我先前所說，你會發現維利科尼恩沒有一致性。我們每次回去重看就會發現，若不是它變得不同，就是我們變得不同。事實的本質會移轉並改變。維利科尼恩是一種重述，你可以在表面之下見到其他的故事與城市，故事又描在其他故事的輪廓之上，各主題和角色反覆出現，像塔羅牌洗過後又重新發牌。

《粉彩城市》簡單地闡明哈里森的主題。相較於接下來的故事，它比較像錯綜複雜的音樂劇主旋律。你會先聽到行進間的銅管樂隊演奏：那是遙遠未來的科幻場景瞬間化為奇幻的一刻。整個故事讀起來像一部華麗電影的劇本，劇情中有背叛、有戰爭，巧妙地灑上所有低廉小說的調味料。（這讓我想重讀一下麥可・摩考克的作品；書中那股世界末日的氛圍與倦怠，令我想翻一下傑克・萬斯和寇德懷納・史密斯[42]。）提格斯・克洛米斯爵士（Lord tegeus-Cromis，他覺得自己是比劍客更厲害的詩人）將傳說中的梅斯文僅有的一切資源聚集起來，守護維利科尼恩和它年輕的王后，不受北方入侵者的危害。故事裡有矮人、英雄、公主、發明者、受到威脅的城市。話雖如此，書中依舊充滿你一般不會在小說中見到的苦澀與甜蜜。

《振翅風暴》從第一集挑了一句話當書名。這是第一集的續篇，也是接下來衍生故事的橋梁。我有時會懷疑，這本書的口吻比第一集更不容易懂。這集的情節豐富、場面華麗，令我想起馬溫・皮克[43]的時代。另一方面，也像是對於文字延展程度的一種測試，看看能用這些字彙、句子和情節做出什麼。

然而，M・約翰・哈里森的故事不再走華麗路線，他變得更透徹，卻也增添危險度與不可信度。一如前作，《在維利科尼恩》講的是英雄企圖拯救公主，談到矮人、發明者、受到威脅的城市。但是第一集那塊幅員廣闊的畫布主題已經變成心碎、祕密與回憶及相當私人的故事。小說中的天神個個粗鄙，而我們的主角幾乎對自己身處怎樣的世界一無所知。與先前相比，他似乎離家更近，在稍早的故事裡，各種幻滅與腐敗已結成了蛹，並在這裡破蛹而出——可能是蝴蝶，可能是金屬禽鳥——總之它獲得了自由。

在三本書中交織的短篇故事都是在談逃亡——而且往往失敗收場。它們談權力與政治，談語言和檯面下的現實結構，還有藝術；它們跟水一樣難以掌握、如煙火般轉眼即逝、跟岩石的生成一樣永恆

---

42 寇德懷納・史密斯（Cordwainer Smith）：生於一九一三年，卒於一九六六年。為美國作家，著作豐富，這是他專門用於科幻小說創作的筆名。除了科幻小說，他也書寫其他類型小說及政治、歷史論述。孫逸仙是其教父。

43 馬溫・皮克（Mervyn Peake）：生於一九一一年，卒於一九六八年。為英國插畫家、作家。出生並成長於中國，後來返回英國求學。

而且自然。

維利科尼恩的短篇和長篇涵蓋生活各種層面，如園藝、解剖、數學、幾何學、牌戲、飛行裝置和迷宮。當然，也討論藝術。

放下維利科尼恩後，哈里森又繼續創造了幾本經典之作，把整個類型摸得一清二楚：《攀爬者》（Climbers）描述的是攀岩者和逃避主義，文風驚人，它將〈一名年輕人前往維利科尼恩之旅〉的題材轉為大眾小說；《心之路程》（The Course of the Heart）則將之帶入奇幻範疇——或甚至恐怖的國度；他更為傑出、更峰迴路轉的科幻作品《光》（Light）描寫一場失敗的逃亡。我們逃不開自己、逃不開我們的世界與限制。

對我而言，初次讀《維利科尼恩之夜》和《在維利科尼恩》彷彿某種啟示。那是在我年輕的時候，都是半輩子前的事了。我記得第一次讀他的小說感受到的冰冷彷彿山泉水。我腦海裡原有的故事與我第一次讀這些書的時間點糾結纏繞——柴契爾夫人的時代似乎已遁入神話；現在這個時代是多麼多采多姿，而我數次在這些故事的城市中嗅到倫敦的氣味；巫莉媽咪[44]的邪惡舉止有些許柴契爾腐敗且寡廉鮮恥的氛圍。（由伊恩．米勒插畫的圖像小說版〈腦袋的運氣〉（The Luck in the Head），巫莉媽咪明確地被描繪成瑪格麗特．柴契爾的模樣。）

如今我再次重讀，十分欽佩哈里森文字的清晰，也發現自己比從前更欣賞他的人物。他們有缺點、會受傷，不斷在尋找與彼此溝通的方式，也不斷遭到語言、傳統——與自己——的背叛。對我來說，我現在造訪的每一座城市都恍若維利科尼恩的一個面向。東京、墨爾本、馬尼拉、新加坡、格拉斯哥和倫敦，都有上城和下城，你可以在鉾小酒館裡找到它，或在任何你需要它的地方。又或者，其實那裡就是你在找的場所。

作品裡的M・約翰・哈里森緊緊抓住陡峭的岩石表面，在那裡找到原本不該會有的抓握處和立足點。他把你拉起來，跟他一起走過整個故事；他把你拉上來，通過鏡子，來到另一邊。那裡的世界看起來彷彿一模一樣，只是其中有些火花……

本文是為M・約翰・哈里森於二〇〇五年出版的《維利科尼恩》一書所寫的序。

44 巫莉媽咪（Mammy Vooley）是維利科尼恩的女王，年老體衰。

《掰掰，謝謝你們的魚啦》：前言

前言作者致讀者：假如你以前沒看過這集，之所以會出現在這裡是因為剛看完前三集，那你應該跳過前言，直接開始。我會洩漏劇情，等下一定會有劇透。所以你直接看書吧。

我等你回來，我會一直在這裡。

沒開玩笑，我是認真的。

我放幾個星號在這兒。你先看書，等結束後我們再相見。

＊＊＊

道格拉斯．亞當斯個子很高，很聰明。我這輩子見過幾個天才，我認為他是其中之一。他不善表演，但很懂得詮釋與溝通，也是個滿腔熱血的人。他是一位了不起的漫畫作家，寫得出名言佳句，讓讀者改變看世界的方式，並用精心設計的隱喻，將複雜且困難的議題一言以蔽之；他結合科幻小說和深奧的社評，加入足量幽默感，創建出一個嶄新的世界。他熱愛電腦；進行公開演講時辯才無礙、滔滔不絕。他是一位暢銷作者，也是技巧高強的吉他手、環遊世界的旅人、環保人士。他舉辦的派對非常有趣，更是一位美食家。

他不算小說家——這麼說好像有點詭異，尤其你想想他寫了多少本書、賣了多少本書，而且不但寫得好，名聲又高……我敢大膽預測，這應該是他最怪的一本小說。

《掰掰，謝謝你們的魚啦》是道格拉斯第一本從頭寫起的小說。從許多方面來看，這本書都可以視為某種實驗，是前三本銀河便車指南，加上更以地球為中心、屬於德克．傑特利的冒險的過渡故事。畢竟，這本書是脫離他創作力最豐沛的時期的第一本作品——這段時期始於他的前三本作品加銀河便車指南的廣播劇，一直到結束《超時空博士》的劇本工作。他的前兩本——《銀河便車指南》和《宇宙盡頭的餐廳》——打下穩固的基礎。這兩本書奠基於道格拉斯與約翰．洛伊德（John Lloyd）一起為BBC第四頻道的影集創作的《銀河便車指南》原始劇本。第三本書《生命、宇宙及萬事萬物》改編自道格拉斯替《超時空博士》電影《超時空博士與克里克特人》（Doctor Who and the Krikketmen）寫了但沒採用的大綱。他的下一本書，了不起的《全能偵探社》（Dirk Gentley's Holstic Detective Agency）則改編自一集道格拉斯沒拍出來的《超時空博士》——〈夏達〉（Shada）——然後再另外加上一些已經拍出來的《超時空博士》〈死亡之城〉的元素。

《銀河便車指南》系列的第一本，是道格拉斯年輕時在無人期待的情況下寫成，並直接用平裝本發行。如今，他的作品第一次以精裝本上市。他是一位暢銷小說家，卻還沒寫出一本能讓他引以為傲的書。有部分原因大概是因為他不太算是小說家。

先前有人付了他一大筆錢叫他寫本小說，於是他現在得把書寫出來了。他的會計幾乎把錢盜領一空，最後走上自殺一途。為了將《銀河便車指南》拍成電影，道格拉斯．亞當斯去了一趟好萊塢，但這初次旅程戛然而止。他住在當地一年多，替電影劇本寫草稿，在那裡過得很不快樂，受到一些震撼教育，灰頭土臉。後來他回到自家那棟位在伊斯陵頓上街、由馬廄改成的小屋。最終，因為壓力過大，他延後了手上的《掰掰，謝謝你們的魚啦》。

他的出版社潘恩書屋在一九八四年初發現，他們邀請他寫的書根本動都沒有動，而且也沒有劇情大綱。原本的封面以特殊印刷印上一隻變成恐龍的海象，因為道格拉斯說過書裡會有海象。

這本書裡不會有海象。

最後的這個事件也成為故事的一部分。由於出版日期一天天逼近，這本書又沒有進度，出版人桑尼・梅塔訂了一間旅館套房，直接把道格拉斯關在裡面寫書，一拿到他寫好送出門外的數頁文稿就馬上編輯。用這種方式寫完一本書挺怪的，而只要這本書被抓到任何問題，道格拉斯都會拿這來當擋箭牌。

但我記得，這本書出版時他依舊以此書為傲。

道格拉斯・亞當斯已從美國回到伊斯陵頓，《掰掰，謝謝你們的魚啦》的場景發生在一個不是南加州的地方。然而道格拉斯筆下的外太空和南加州都有道地的加州樣貌：搖滾巨星坐在旅館泳池旁讀《語言、真理與邏輯》；福特・派法特想拿美國運通卡在酒吧付帳，這些地方都不是在遙遠的銀河系。另外，為有錢人提供特殊服務的妓女隨處可見。

在先前的故事，亞瑟・丹特是個非常乏味的角色，存在意義只有不斷被迎面而來的各種瘋狂事件（而且事件從未停過）嚇得要命。但到了這一集，他變得跟道格拉斯很像。道格拉斯從美國回到英國，對照亞瑟搭便車踏遍所有時空，又回到讀者深信已被毀滅的地球，而他給眾人的解釋是：他先前一直待在美國。

就一個被當成社會諷刺作家的人而言，在暢銷系列的第一本開頭前幾頁就毀了地球，可能會造成問題。但從正向的角度來看，要是提太多細節，你偵測幽默的雷達就會施展不開。道格拉斯或許不算小說家，但他絕對是個善於觀察又幽默的大師。

儘管如此，我認為此書一開頭就讓地球復活還有其他原因。不管你喜不喜歡，反正此書剛出版時就是有人喜歡、有人討厭。《掰掰，謝謝你們的魚啦》是一個愛情故事。這本書讓地球復活，否則愛情故事就無法繼續。在光鮮亮麗的表面下，亞瑟和芬喬其相遇時各種不可思議的情況、他們的愛情，以及這其中的艱難，才是本書真正的主題。

隨著年紀增長，我們的讀書習慣也跟著改變。我年輕時寫了一本跟《銀河便車指南》和道格拉斯．亞當斯有關的書。我記得自己挑出了第二十五章有些彆扭的地方，以及道格拉斯的修辭問題——就是亞瑟．丹特到底有沒有……

「……精氣神嗎？他沒熱情嗎？一言以蔽之，他不滾床嗎？」

想知道答案的人應該繼續看下去。其他人或許想跳到最後一章，那很精采而且有馬文出場。*

當時，我認為道格拉斯蔑視讀者，認為他們很彆扭，並因此感到不快。當我在過了四分之一世紀之後重讀，我發現自己在其中感受到一股強烈的憂心，彷彿擔心自己超過能力所及，並想對書評或是潛在讀者有所回應。但我仍忍不住去想，如果有時間重寫、重想、重修訂，那種打破第四道牆的行為，以及作者與讀者間的詭異關係或許永遠不會存在。

就算這本書不是在旅館房間寫就，隔壁房也沒有桑尼．梅塔在看錄影帶，我也不認為這本書就會變得比較好。畢竟《掰掰，謝謝你們的魚啦》迷人的地方，就是那種不刻意設定，彷彿一不小心就寫出來的感覺。就像從作者腦中直接抽出思緒、製作成書，不經任何檢查、不要多想一刻——或多想一次或千次。非常的超現實。各個角色出現又消失，如夢似幻，現實變得脆弱。整個故事都繞著一個畫面打轉：一對裸身情侶飄在雲上，在飛翔的夢境中交合。這完全是詩的情境。

《掰掰，謝謝你們的魚啦》在優雅的表象底下有著最簡單、最輕鬆、最傳統的劇情：男孩遇見女孩，男孩失去女孩，男孩找到女孩，在雲端上與她翻雲覆雨，與她一起去尋找上帝送給祂的子民最後的訊息——而且也找到了。畢竟，這本書從最開始就充滿陰暗與悲傷、它的世界觀雖然有點邪惡，但不真的那麼邪惡——《掰掰，謝謝你們的魚啦》算相當樂觀了。例如第十八章成功讓我們看見《銀河便車指南》宇宙從沒出現過的東西。儘管短暫，而且幾乎不存在——但它的確存在：喜悅。

他以前不知道生命會用一種聲音跟你說話，一個回答你持續質問它問題的聲音，只不過你從來沒發覺或是認出它的聲調，直到它對你說了以前從來沒說過的話，那就是：「好」。*

此文是潘恩書屋於二〇〇九年重新發行的《掰掰，謝謝你們的魚啦》一書的前言。

*此處中譯引自木馬文化出版，《掰掰，謝謝你們的魚啦》，丁世佳譯。

黛安娜．韋恩．瓊斯的《神犬天狼星》

別讀這篇序。

先讀小說。

因為，大致而言，我要討論的是結局，還有黛安娜．韋恩．瓊斯，兩者不能分割。（畢竟他們互有因果關係。）所以最好的辦法是你先讀過小說，再來看我寫的序。雖然順序不對，而且混在一起，但這也是沒辦法的事。

假如你得先看序才能看書，那我可以稍微介紹一下。這個故事講的是天狼星這顆犬星，他因一起罪行受罰，輪迴投胎，真的來到地球成了一隻狗。這是一個偵探故事，也是一段冒險；這是奇幻，有時也有點科幻。它打破所有規則，將神話也融進去，也因為它融合得很好，所以你會發現，其實真的不需要任何規則。只要曾經養過狗或很想養寵物的人都適合看這個故事——如果你是很想成為人類的動物，也可以。故事非常有趣，驚險刺激，滿懷真誠，也有一點悲傷。

你只要讀了，一定會喜歡。

相信我，你先去把書看完，再回頭看序吧。

＊＊＊

歡迎回來。

如果要列舉有史以來最優秀的書，其中必定有幾本是黛安娜．韋恩．瓊斯的。一九七三年出版的《威爾金的牙齒》（Wilkin's Tooth）（又名《女巫之事》〔Witch's Business〕）是她寫的第一本兒童小說。之後她筆耕不輟，持續到二〇一一年三月過世為止。

我們在一九八五年的英國奇幻大會上認識，而且在開始之前就見到了，因為我們很早就到會場。所以，我向她自我介紹，告訴她我很喜愛她的作品，我們一拍即合，這段友誼持續二十五年以上。她很好相處，聰明風趣，充滿智慧，體貼又真誠。

在最巔峰的時期，黛安娜的故事感覺非常真實。那些人物的愚蠢與夢想之真實，彷彿被施了魔法一樣。她在本書中帶你進入一隻正在學習怎麼當狗的人的腦中，這感覺太真實了。那些角色都很真實；貓很真實，陽光的低語聽起來也很真實。

她的書不好讀。黛安娜的故事不會在你初次閱讀時就讓你看到全貌。如果我要讀黛安娜．韋恩．瓊斯的書，一定得做好心理準備：我一定會回頭重新讀細節，才有辦法把故事徹底弄清楚。因為她先預設你是聰明的，所以會給你所有拼圖碎片，讓你自己去拼出來。

《神犬天狼星》並不簡單——不到難，但也不能說容易。這個故事從中間切入，一開場就是一場判決的結束。天狼星在庭上接受同僚的審判，這是科幻小說的起手式。當我們進入故事設定，也跟天狼星一起被扔進新生幼犬的腦中，從小狗的視角看世界。

《神犬天狼星》的魅力在於，這本書講的是如何當隻狗。這本書談論星座，講述愛情，而黛安娜．韋恩．瓊斯寫的愛情故事並不多。通常，在她寫的愛情故事裡，愛情都是有缺點、不完美的，但這隻狗對女孩的愛，以及女孩對狗的愛，不但完美，而且不要任何條件。只要一看到凱瑟琳這個角色，我們立刻明白這分愛是如假包換。我們很清楚她的生活——她的家庭、政治環境，以及讓她處於這種環境的複雜政治情勢[45]。

如果黛安娜單純寫下一個講凱瑟琳和她的狗的故事，並從狗的角度來述說，其實也不會缺少真實度與精確性，一樣會是一大成就，但她並不滿足：她創造了光之宇宙——住在星星上的生物，或者說，其實他們就是星星。天狼星必須在時限之內找到一個叫麒麟石的東西。然後，黛安娜又加入狩獵橋段、亞若恩的獵犬、塞爾特文化裡的冥界。當然，她也沒忘記故事最核心的人性。

我記得自己把《神犬天狼星》念給我最小的女兒聽。那已經是將近十年前的事了。

我念完故事的時候，她沒說什麼，只是看著我，歪著頭說：「爸爸，所以那是快樂的結局嗎？還是難過的結局？」

「既快樂也難過。」我告訴她。

「嗯，」她說。「我也是這樣想。我很高興，但也想哭。」

「嗯，」我坦言。「我也是。」

我也因此理解黛安娜是如何把結局寫得這麼好、這麼成功又這麼令人心碎。我希望自己也能達到這種程度。

三週前，我在英國布里斯托的一間安寧療護中心，這裡專收臨終患者。我坐在黛安娜・韋恩・瓊

---

45 此書故事的背景為北愛爾蘭與英國之間的嚴重衝突問題，在六〇、七〇年代爆發許多暴力事件。

斯的床邊。

我感到非常孤單、無助。看著你喜愛的人漸漸死去是一件非常艱難的事。

然後，我想到這篇序。我一直期待要寫這篇序。我期待跟黛安娜談這本書，但這件事永遠都不會發生了。我想，假如黛安娜是顆星星，不知道會是哪一顆？我想像她在夜空中閃耀的模樣，心中感到安慰。

很久以前的人認為英雄死後升天，會成為夜空裡的星星或星座。黛安娜・韋恩・瓊斯是我的英雄，她是一位才華洋溢的作家，為數個世代的讀者寫出一個又一個令人心滿意足的故事。這種作家的作品會被世人記得，她也會永遠受人喜愛。黛安娜本人就跟她的文字一樣風趣、伶俐、真誠、睿智；在未來的日子，她也會持續閃耀。

（我的朋友彼得・尼可斯也是黛安娜的朋友。他告訴我。他認為黛安娜會是參宿五，也就是一個女戰士，獵戶座左肩上的星星。我認為這個想法很棒。黛安娜是一名戰士，即使她的武器不是劍。）

本書是她最好的作品之一，雖說她很多本書都很傑出，但每一本都各有不同。我希望本書能讓你既快樂、又悲傷。

本文為黛安娜・韋恩・瓊斯所著《神犬天狼星》的序，寫於二〇一一年。

亞倫・摩爾的《火焰之聲》

「測量一個圓時，無論從何處開始皆可。」在探究維多利亞時代的《開膛手》一作中，亞倫・摩爾一開場便引用查爾斯・福特[46]的話。圓本該是地理層面的，但在這裡，卻是時間層面的。這個圓由黑狗、十一月的火焰、死人的腳、幾顆頭顱、渴望、失落與情欲組成，這個圓會帶著你去到數英里遠處，到六千年之前。

在荷蘭某座時代不對的維多利亞風城堡，我坐在房間內，正為亞倫・摩爾的《火焰之聲》（Voice of the Fire）作序。這並非本書最好的序。最好的那篇在最後一章，是一九五五年十一月，亞倫・摩爾在煙霧瀰漫的房間裡，坐在堆積如山、用來查資料的書之間，為他的魔法和信仰大作寫下這篇早已準備好的收場白——口吻非常的亞倫・摩爾，冷冷的幽默，精妙的語言——完全超出了我們能承受的程度。

測量一個圓時，無論從何處開始皆可——但不是這樣。當然不是什麼地方都可以。不是任一個圓，任一個地方都行。畢竟，這講的是北安普敦的故事。

假使我們是線性敘述，我們會在北安普敦，循著一個聲音又一個聲音，一個人到另個人、一顆心到另顆心，從豬圈中的駑鈍青年到漢姆城，再到繁忙的中世紀小鎮，再到今日。就像這座城鎮，除非

46 查爾斯・福特（Charles Fort）：生於一八七四年，卒於一九三二年，為美國專家，專事研究靈異現象。

你希望故事以直線敘述，它才會是直的。所以，如果你希望自己因為終於走到結局而獲得獎賞——那可以不用想了。這是一趟旋轉木馬般的旅程，並非一場比賽；它是魔法歷史的導覽。與其談論它的革命性，不如思考它的演進史。你唯一會得到的獎賞是故事中的形式、角色和聲音；受傷的雙手，一跛一跛的雙腳，黑狗，劈啪響的十一月火焰，彷彿一組一組瘋狂的塔羅牌一樣不斷重複。

本書於一九九六年出版時，似乎沒有達到該有的曝光程度：它以平裝本出版，沒有太多解釋，直接進入敘述，描述在石器時代末期一個弱智的大男孩——母親死了，他的部落拋棄他，他要面對那些比他聰明的人的惡意與詭計——但大家都比他聰明；他也會認識愛情，知道什麼是謊言，得知霍布的豬圈裡那些豬隻的命運。同時。他也會以從羅素．霍本的《瑞德利沃克》[47]以來最特別的方式說他的故事——但你也可以說是亞倫．摩爾《沼澤怪物》中的外星人波格（Pog）；詞彙很少，全使用現在式，讓你分不出夢境與現實。用這種方式起頭並不容易，但卻是精心設計的橋段，同時訂立了之後將再度出現的一切元素。惡靈（shagfoal）、在夢裡和黑暗中奔跑的巨大黑狗、死於橋下的女子頭髮被剪斷、男孩的母親從墳墓裡伸出了腿、令人心碎的篝火。時值十一月，人稱「蓋．福克斯之夜」的日期即將來臨。時至今日，蓋．福克斯的肖像依舊會被擺在火上燃燒，讓孩子在旁觀看。

閱讀本書的喜悅在於，你可以看到說故事的達人借用死者之聲發話：一個心理變態的無名女孩，身上只有一個偷來的名字和一副銅製項鍊，她去找把城鎮地圖刺在身上的霍布。這個情節被包裝成青銅時代的偵探故事。而女孩的下場是死於篝火——出人意料、殘忍無情，卻又那麼合適。這個女孩知道自己有多聰明，也相當高傲，她就跟假扮成賣內衣褲的流動小販一樣危險。而這個小販將在「蓋．福克斯之夜」燒一座他自己的篝火，燒毀他的車和可悲的生活——他的口吻像個游手好閒的小混混，隨意向我們撒謊。有那麼一瞬間，我們彷彿看到摩爾變成英國版的吉姆・湯普遜[48]，而這個角色——不用懷疑，當然也像出自他的手筆——一個羅馬偵探，到此調查一枚仿冒的戒指。這位偵探的腦子與身體都有慢性的鉛中毒，因為羅馬的溝渠含鉛（現代英文中的「水電工」〔plumber〕一詞，源自拉丁文「工作時會用到鉛的人」）。他知道鉛正以另一種方式毒害這個帝國，也就是印在圓形硬幣上的皇帝頭像。圓會被測量、被拿來比較，而且你會發現有人很想要它。

我們假設，當你閱讀某本書，裡面提供的歷史知識都是牢靠的。摩爾提出的聖殿騎士團祕密真相或許不是真的（本書中沒有一件事是真的。就算真發生過，可能也不是你想的那樣），但卻符合事實。（受到重創的頭骨及北安普敦的聖殿騎士團教堂確有其事）。一如法蘭西斯・崔許海姆[49]悲慘的頭骨，讓我們得知他的生平和歷史。故事就是一只裝載著神祕事物的箱子——裡頭大多事件都懸而未解，我們得到的一切解答，反而又開了一扇通向高難度障礙的門。或者也可以這麼說：《火焰之聲》就某種程度是真實事件——即便那是小說、歷史和魔法。因此，你所得到的解釋永遠只會是部分的，

47 羅素・霍本（Russell Hoban）：生於一九二五年，卒於二〇一一年，是知名美國作者，後來移居並長住英國。作品橫跨奇幻、科幻、童書等各種類型，《瑞德利沃克》（Riddley Walker）是他的代表作之一。一九八〇年出版的科幻小說，場景設在人類世界因核戰毀滅後的兩千年。書中有大量作者自創的語言和支離破碎的英文，使得此書不易閱讀。

48 吉姆・湯普遜（Jim Thompson）：生於一九〇六年，卒於一九七七年，美國作家及編劇，以犯罪小說作品最為出名，代表作包含《體內殺手》。

49 法蘭西斯・崔許海姆（Frances Tresham）：與蓋・福克斯同為策劃爆炸案推翻英王的成員。遭捕後被關在倫敦塔內處刑。

而且不會令人滿意；故事就跟我們的生命一樣，沒有正確答案，不可能毫無破綻。

閱讀和重讀的樂趣就在這裡。你可以依照你的心意，從什麼地方開始都可以：無論開頭或結尾，都很不錯。但一個圓可以從任何地方開始，火堆也是。別太相信故事，也別太相信城鎮，甚至連說故事的人都別相信。你，只要相信火焰的聲音。

本文是我替二〇〇三年版的亞倫．摩爾《火焰之聲》寫的序。這是我在腦膜炎好了後寫的第一篇文章。我忘不了自己在紙上寫字時有多害怕。

吉姆・史坦梅爾所著的《藝術與詭計》

十年前，我發現自己受邀參與一場「集思會」，與會者有來自各領域的大師和達人——未來學家、控制論學家、音樂家等等——不知道為什麼，我也受邀了。這些人齊聚一堂，一同討論未來，想像未來幾年事物會如何變化。我們有些預測成真，有許多事弄錯。朱爾斯・費雪（Jules Fisher）也是與會者，他的確是舞臺燈光領域最頂尖的專家。他以前當過魔術師，我們最後討論起魔術和戲劇。幾個月後，他突然寄給我一本《藝術與詭計》（Art and Artifice），那是首刷限量版，我迄今依然相當感激他[50]。

幻術含有某種魔法的特質。你坐在觀眾席上，看著臺上的女孩（或驢子）消失，或是飛到空中；你望著某人穿牆而過，憑空變出一把鋼板。你看到的是這樣的魔法。你不再心存懷疑，萬物的自然順序已然改變，世界在那個瞬間重新設定。那種刺激感非常容易因為解釋手法而被戳破——剛剛明明因為幻術而讚嘆不已，此刻卻覺得那些奇蹟都像作弊，散發一股廉價感。因為你看到奇蹟遭到揭穿，知道它不過是種手法——部分因為視覺幻術，部分因為一些滑動板，也有部分是明目張膽地騙你。所以魔術師都對自己的祕密保護到家，遭人揭穿時他們會火冒三丈、難過悲傷；他們無論如何都不希望自

50 作者注：二〇一六年再記，參加那場集思會的人還有丹尼・希里斯（Danny Hillis），過了二十年我們才變成朋友。嗨，丹尼。

己的魔術被奪走。

但還有另一種魔術，它也一樣能達到效力，而且在理解這些魔術的原理後，你會讚嘆不已。機械、人類智慧和想像力被拿來欺騙、作弄、迷惑觀眾；科學與表演藝術和想像力的交集，令人眼花撩亂又欣喜。有句老生常談說，「一切都是鏡子戲法」，但這根本解釋不了查爾斯．莫里特[51]做的一切。「魔術成功的關鍵」與魔術的奧妙之處說的完全是不同國度的語言，這才是重點所在。若談到它巧妙的描繪，以及將情節安排與創新美學融合的愉快，沒有人能勝過吉姆．史坦梅爾（Jim Steinmeyer）。

潘恩與泰勒[52]有個例行表演叫「為愛發射」（Liftoff for Love）。泰勒會被放進櫃裡，櫃子會切成好幾節，在舞臺上移動，頭部的那節打開，可以看到泰勒的頭還在裡面，接著櫃子又組在一起。（以前沒別的節目好播時，電視上常會播這種幻術秀。）接下來他們又從頭來一遍，這次改成透明的。你會看到泰勒從活板門噴射出去，在舞臺下來來回回地跑，再把頭露出來一次，彷彿正在表演一場瘋狂的芭蕾。整個過程十分神奇——那些能量、對幻術的投入、為進行幻術所灌注的努力，嚴格說比幻術更令人印象深刻。

這本書就是這樣的。

這本文集不是給那些想知道「怎麼變出來」的人看，又或者說，這本書是要給想知道「為什麼有人想這樣做」的人看。這本文集談論追逐的喜悅，是史坦梅爾最優秀的作品，他彷彿追尋著某個與愛德華時期的魔術師一同入土、早被人遺忘的幻術；他從不經意記下的畫面與想法中摸索出一些線索，再從回憶錄收的那些半分真實、半分軼聞的事件中，再理出一些證據；他利用自己對歷史和魔術技巧的知識，一步一步拼湊出幻術的整個過程：後臺那些只有一半的磚塊、水管和舞臺地膠，簡直比幻術還要魔幻。

史坦梅爾透過《隱藏大象》（Hiding the Elephant）一書帶領大眾踏上一趟旅程，穿越劇院魔術的歷史；而《藝術與詭計》則是走入後臺。本書非常適合喜愛偵探工作、以及追緝真相的刺激感的人——也就是我們——只要聽到狄方特的「吉祥飛蛾」[53]或莫里特的驢子戲法[54]，就興奮得不得了。我們總是希望自己能在現場，可以直接表達出心中的讚嘆、狂喜和驚奇，猜想著這戲法到底是怎麼變出來的。書中的描述非常清楚，所有祕密的面紗都被揭開；史坦梅爾的熱情加上他淵博的知識，得出的結果令人喜悅不已。

朱爾斯・費雪給我的這本《藝術與詭計》時不時會消失蹤影，這就是表示，過去十年來我有好幾次深深感受到買本新的有多困難——而且，每次我一放棄尋找，原來那本就會冒出來。所以現在當我發現它不在書架上，我已經放棄猜測它到底是去了哪裡……我大概也不會太喜歡答案。因此，如今《藝術與詭計》因應為數眾多的讀者需求，再次發行上市，我感到非常開心。祝各位閱讀愉快。

---

51 查爾斯・莫里特（Charles Morritt）生於一八六〇年，卒於一九三六年，英國魔術師。

52 潘恩與泰勒（Penn and Taylor）：美國知名魔術師搭擋。

53「吉祥飛蛾」（Mascot Moth）戲法，魔術師作勢抓住在臺上的女子，而女子收起裙尾，瞬間消失在眾人面前。

54 莫里特的著名戲法之一。將驢子放進底下置有輪子的特殊箱子，當箱子再度打開，驢子已經從觀眾眼前消失。這個戲法後來賣給胡迪尼，他將驢子換成了大象。

本文是我替吉姆・史坦梅爾二〇〇六年出版的《藝術與詭計》寫的序。

蛾：前言

他們給我一張清單，列出策劃人要我在紐約舉辦的「美國筆會世界之聲節」做的每件事。每個項目都很清楚明白——除了一個以外。

「這個蛾（The Moth）是？」我問。那時是二〇〇七年四月。

「是一個說故事的活動，」他們跟我說。「在觀眾面前聊聊實際發生在你生活中的事。」（是說，人類歷史上絕對有這種「乍看沒有任何問題，但嚴格說起來什麼都沒回答到」的答案——可是我現在想不出例子。）

我對蛾一無所知，但我同意去說故事。這感覺是在我舒適圈之外的任務，但應該是個很明智的舉動。他們告訴我，蛾的總監會打電話給我。

幾天後，我與這位蛾總監通電話，心中充滿困惑：為什麼我要跟別人聊我的生活？為什麼會有人來告訴我，「我的」故事要講什麼？

我還是沒搞清楚蛾到底是怎麼回事，等到我參加排練、認識了艾德格・奧立佛（Edgar Oliver），才終於了解。

那晚要說故事的人中也有艾德格。在這本書中，他也說了一個故事。如果你是在紙上看到故事，也許感受不到他溫文儒雅又開明的性格，聽不到他悅耳的口音——他像一名憧憬著舞臺生涯的外凡尼西亞吸血鬼，用莎劇的口吻、優雅的手勢姿態，去演繹、強調、闡述他的故事——不管是南方哥德風或紐約小品文。我看著艾德格在排練時侃侃而談（當他正式上臺，不知怎麼砍了大約十分鐘，結果變成一個我從沒聽過的故事），心中想著：不管這到底是什麼活動，我都想成為其中的一分子。

我說了我的故事：故事裡的我十五歲，獨自困在利物浦街站，等著從頭到尾都沒出現的爸媽。觀眾傾聽、發笑、偶爾皺眉，在尾聲時鼓掌。我覺得自己像是行過火中，受到眾人擁抱、喜愛。

不知怎麼，我似乎在無意間成為蛾家族的一分子。

我訂閱蛾的podcast，每週都會有人告訴我一個發生在他們身上的故事。就算再短，也改變了我的生活。

幾年後，一輛古老的校車載著我和一群說故事的人穿越美國南部，前往酒吧、美術館、退伍軍人會堂和劇院，述說我們的故事。我告訴他們我是如何在路邊找到救了我一命的狗，我談及我的父親、聊到我的兒子；我提到自己八歲時從年紀大一點的男孩那裡聽來粗魯的笑話，並把它講給同學聽，結果在學校惹上麻煩。一個晚上接一個晚上，我看著其他說故事的人講述自己的片段：不帶小抄，不背稿子，內容大多相似，卻又那麼真實，因此總像是第一次聽到。

我參加過其他的蛾——「說故事比賽」（StorySLAM）。隨機挑個人，他們走到臺前，想要以故事獲得觀眾的喜愛與敬重。我聆聽他們說的一切，也在那裡述說我的故事（但不算在比賽內。我會在賽前或賽後才上臺）。我曾看過有些人講得不太成功，也看過有些人也許激勵了在場聽眾，卻也讓大家悲傷心碎。

奇妙的是，在蛾的那些故事中，我們為了獲得喜愛與敬重用出的每個技巧，都沒有達到想像中的效果。那些講述自己有多聰明、多睿智、戰無不勝的故事大多不受歡迎；那些練得超熟的玩笑和風趣詼諧的俏皮話，全在蛾的舞臺上一敗塗地。

重點在於：要真誠、要示弱，要讓大家看見進退維谷或處於絕境的你。這是最重要的。讓故事有一個開端，給故事一個進行的舞臺，是非常重要的事。說你自己的故事，盡可能誠心誠意，不需要的東西都捨棄別提，這也很重要。身為人類，蛾將大家連在一起；因為任誰都有故事——或者，就因為我們是人類，所以自然而然聚所有故事於一身。而那些阻隔在我們這些人類之間的海灣，就是我們注視彼此時只見到的表面：臉孔、膚色、性別、種族或敵意。然而我們拒絕看見、也無力看見那些故事。一旦我們聽到彼此的故事，才會瞬間明白，那些將我們隔開的各種條件不過是假象，都是假的；我們之間的牆甚至不如舞臺布景。

蛾教我們不以貌取人；它教我們去聆聽；提醒我們要有同理心。

現在，蛾用這五十則精采的故事，教我們閱讀。

本篇為二〇一五年出版《飛蛾：絕非虛構》（The Moth: This Is a True Story）的序。

VII

音樂與做音樂的人

我認為那晚可以延續千年，
一晚獻給一片海洋。

喔嗨，你好：多莉·艾莫絲

喔嗨，你好。

我先是在錄音帶上認識她，接下來我們開始講電話講到半夜，後來有天晚上，我去看她自彈自唱的現場表演。

那是一間位於諾丁丘的法式餐廳。我到的時候，多莉已經開始表演。她看見我進來，露出一個有如燈塔亮起的微笑，一面表演〈在你手裡的眼淚〉（Tear in Your Hand）一面歡迎我入內。裡頭幾乎空無一人，只有老闆；他坐在餐廳正中，享用生日大餐。多莉演唱生日快樂歌，然後唱了一首最近完成的作品〈我與槍〉（Me and Gun）。純粹、黑暗、孤單。

之後，我們散步走過諾丁丘，聊得起勁，有如終於見到面的老友，然後在空蕩蕩的地鐵月臺上，她又唱又跳，重現當時為〈沉默了這些年〉（Silent All These Years）拍攝音樂錄影帶做的表演——上一刻是關在箱子裡的多莉，箱子滾啊滾；接著變成小女孩，邊跳舞邊走過一架鋼琴……

那是好幾年前的事了。

與當年那晚相較，我現在也只多認識多莉一點點，但是她給我的驚喜與美好並未因為歲月流逝或熟稔而消失。

多莉甚至不會打電話給我，而是透過其他方式傳給我各種稀奇古怪的訊息，於是我會在奇奇怪怪的國家追到她的下落，透過國外的總機想辦法連絡她。上回，她想告訴我錄音室對面有個地方在賣非常好吃的南瓜冰淇淋——但那是在另一塊大陸上。

她說她要留一點給我吃。

她想告訴我，她在《紅粉心事》（Under The Pink）唱了一首關於我的歌。「妳唱了什麼？」我問。

「『當你需要尼爾的時候他人在哪裡？』」她說。

多莉這人聰慧、古靈精怪又純真。如你眼前所見那樣表裡如一：一點瘋狂，加上許多快樂。她的體內流著仙子的血[1]；與生俱來的幽默閃亮耀眼，翻轉了整個世界。

她一開口有如天籟，演唱有如紅髮魔鬼。

她是個小小的奇蹟。她是我的朋友。

當妳需要我，我不知道自己會在哪裡，但我希望在我找到那個地點之前，南瓜冰淇淋還沒有融化……

本文是我替多莉・艾莫絲一九九四年出版的巡迴演唱書《紅粉心事》而寫。

1 作者注：我的意思不是說她生下來就有這個特質——她搞不好是對純真的仙子下了什麼毒手才弄到的。

奇妙的酒：續・多莉・艾莫絲

我搭著火車穿越美國，看到這個國家想隱藏起來的一面：一個貧窮而且危險的世界。這裡有貼著防水布的小屋，搖搖欲墜；一輛輛被拋棄的車，一棟棟釘上木板的房屋。此時此刻，在打這篇文章的當下，我正在德州北部某處，坐著火車穿越沼澤，看見一隻正在盤旋的老鷹，閃動的光線射透灰濛濛的樹葉。我正隨著多莉的歌聲到金星遊歷了一趟再回來。

「麂皮，」她唱著，樂曲纏繞她的歌聲，如同沼澤裡的漩渦在打轉。「誰都知道你能在月的暗面，用魔法變出一切。」這首歌就像黑巧克力和煙燻氣味，閃閃爍爍，恍如位在遠方。「麂皮，」她唱道。

外頭太熱了，但無論如何，想像力能造出冬天，像被遺忘的桃子一樣，在夏日薄霧中漸漸腐敗。專輯反覆播放著。

我想起初夏時節第一次聽到這些歌。那時我一整天都在達特木的朋友那裡。（泰瑞的前拉斐爾風格小屋裡頭有神奇的廚房，每面牆上都寫著優雅的金色訊息；我在弗勞德[2]的房子裡閒逛。那棟房子顯得更加遺世獨立，因為他們並不是真的住在那裡。在這個猶如六角手風琴般的迷宮裡，只有布萊恩的畫作和溫蒂的精靈玩偶從四面八方斜睨著你，對你微笑。）那日將盡時，我最後一站來到火星人工作室，彷彿一頭需要歸宿的流浪狗。

現在，火車窗外的景色是這樣的：一面紅土牆上滿滿掛了一百只玻璃瓶；從校車扯下來的某張椅子孤零零地擺在樹下；還有松樹、柳樹，以及一大片野生忍冬。

那天晚上，當全世界安靜又黑暗，我問多莉說：「這是什麼紅酒？」

「我會送你一瓶。」她說。那是一瓶上等美酒，溫和而有底蘊。

我們坐在沙發上分享祕密：我告訴她食夢貘、狐狸和僧侶的故事[3]；她彈新專輯給我聽，告訴我專輯的祕密和故事。她把〈欲〉（Lust）和〈樂〉（Bliss）兩首歌混在一起，並因為混音混得太粗糙而道歉（我是相信她，可是我聽不出來），然後我舒舒服服坐著，仔細聆聽。

奇妙的酒讓我喝下後能暢所欲言。我想像自己會為它寫出什麼樣的故事——我會用十二張想像出來的專輯，來訴說每一首歌的故事。

這會是張超級精選輯，來自平行宇宙，我告訴她。

當然囉，她說。

我認為那晚可以延續千年，一晚獻給一片海洋。最後我睡在沙發上，因為喝下上好的紅酒，像個娃娃一樣癱倒在那裡，夢想著八〇年代的榮光，思考著那時我為何從來沒注意過。

旅程平穩前進：經過新墨西哥的山丘，那裡下起一陣突如其來的大雷雨；然後是壯闊的加州風車發電場。那是在昭告著列車正在遠離真實的美國，進入想像的世界。

原本我想告訴你們我做的那個快樂的鬼魅之夢。我想告訴你們鬼魅微笑的模樣，以及它說了什

---

2 布萊恩・弗勞德（Brian Froud），英國知名插畫家，畫風以奇幻為主。他的妻子溫蒂・弗勞德（Wendy Froud）則以雕刻和製作人偶見長，曾參與電影《帝國大反擊》的尤達、《魔王迷宮》等電影的人偶製作。

3 出自《睡魔》第十七集，取材自日本民間傳說。

麼。「我知道我已經死了，但他們為什麼要大驚小怪咧？」我想聊聊她微笑起來的模樣。但我們現在要進入洛杉磯了，該是停筆的時候。

我因為幾個月前喝下的奇妙的酒而醉醺醺，我去了一趟金星，又回到地球。

這是替多莉・艾莫絲一九九九年出版的專輯書《到金星一遊》（To Venus and Back）所寫。

洪水：明日巨星合唱團二十五週年紀念版

坦白說，在我看來，什麼「對我來說有重大影響的音樂」、「改變了我的專輯」這種東西已經不適合我，我年紀太大了，談什麼買單曲也真的太老了。我那時二十八，正驅車前往蓋威克機場，從廣播上聽到〈在你靈魂裡的鳥屋〉（Birdhouse in Your Soul），這首歌改變了我的一生。怪的地方就在於：我以前是不聽音樂性廣播電臺的。那時的我就跟現在一樣，不是聽BBC第四頻道，就是聽錄音帶。但我開車時會聽音樂廣播電臺。〈在你靈魂裡的鳥屋〉傳出來時，我記在心裡，並記住樂團名字——明日巨星合唱團，就跟那種同名電影一樣，喬治．C．史考特也把自己當成福爾摩斯[4]。（這是來自《唐吉訶德》。唐吉訶德將風車當成巨人，與之對打——但萬一他是對的那該怎麼辦？）

我去倫敦時，直接到唱片行買下店裡所有明日巨星合唱團的專輯——《林肯》，還有《明日巨星合唱團同名專輯》——他們沒有〈在你靈魂裡的鳥屋〉。《洪水》（Flood）尚未面世。

我之所以喜愛明日巨星合唱團，是因為他們會創造故事。那些文字組合起來的方式留了一些缺洞給我，讓我為了想知道發生什麼事而填東西進去。無論喜不喜歡，我都會成為歌曲的一部分。

---

4 明日巨星合唱團的團名取自一九七一年的英國電影《迷幻偵探》（They Might Be Giants），原文團名與片名相同。而這句「They Might Be Giants」是取自小說《唐吉訶德》。故事描寫由喬治．C．史考特所飾演的富翁在妻子過世後，陷入自己的想像，以為自己是神探福爾摩斯，從打扮到行為，活脫脫就是真人版的福爾摩斯。

我打電話給泰瑞・普萊契（因為他也喜愛故事），而且我告訴他，我發現自己可能找到了比巧克力更令他喜愛的東西。〈有牙齒的鞋拔〉（Shoehorn with Teeth）變成《好預兆》巡迴簽書會的主題曲。在壓力之下，我們會一起唱這首歌。我們真是承受了很大的壓力。

我買了《在你靈魂裡的鳥屋》這張單曲。這是我買的第一張單曲CD。裡頭也收錄〈螞蟻〉這首歌。螞蟻在三更半夜爬到你背上[5]。

《洪水》一在各大店鋪上架我就立刻買了。它打破了明日巨星合唱團的習慣，聽起來竟然沒有在某人的密室裡錄製的感覺。裡頭有來插花的樂手、豐富的樂聲、有點怪的樣本。聽起來依舊是明日巨星合唱團，不過這回，他們已是超級巨星。

這些歌曲絕大部分來自某平行宇宙，那一片片零碎的故事與生命是我們永遠都無法理解的。然而這不會阻擋我去思考這些事，或是寫點小故事來搭配這些歌。

首先，這是第一張擁有自己主題的專輯。世界會毀滅——但無所謂，因為這張專輯已經起了個頭。沒錯。專輯裡有收〈在你靈魂裡的鳥屋〉，演唱者彷彿燈塔上那座強力的夜間照明燈，專輯也收錄〈幸運球和鎖鏈〉（Lucky Ball and Chain），回顧的是一段不尋常的婚姻關係。

還有〈伊斯坦堡（不是君士坦丁堡）〉（Istanbul〔Not Constantinople〕）。但我很難過地發現，「威爾森、凱帛及貝蒂表演團」從來沒有拿這首歌來搭配他們的沙子舞[6]；〈死了〉（Dead）這首講的是死前的最後遺願和人生意義；然而，只要我發現自己在談話中以「我沒有種族歧視，但是……」開頭，腦海就會浮現〈你那有種族歧視的朋友〉（Your Racist Friend）。

〈粒子人〉（Particle Man）是最棒的超級英雄。泰瑞・普萊契非常喜歡〈粒子人〉，因為太喜歡，還乾脆把「永世指針」[7]寫進他的故事。我認為他這樣很偷吃步，因為我也想把這個點子偷來用在我的故事裡。

〈扭曲〉（Twisting）一曲令我難過——我知道這首歌一定跟自殺有關。〈我們想要一塊岩石〉（We Want a Rock）講的是超現實；你只能從字面去理解，這首歌才有意義——而且還會增添一些夢幻感。畢竟，可能人人都想要個人工額頭吧。

我認為〈有人一直在搬動我的椅子〉根本應該改叫「恐怖先生」；然後我個人害怕的是「醜陋先生」[8]。

〈助聽器〉（Hearing Aid）講的是電椅——但不知怎麼卻洋溢著貼心和溫柔。

〈最低工資〉（Minimum Wage）讓我腦海中浮現一群驚慌失措的奔馬，還有牛仔在一旁高舉牌子；〈信箱〉（Letterbox）像是一部裝在我喜歡的盒子裡的恐怖片；歌詞內容反反覆覆，扭曲怪異。

〈在黑暗中吹口哨〉（Whistling in the Dark）描述的是，當你碰到一個其實也沒那麼壞的人，但他

---

5 此句出自〈螞蟻〉（Ant）的歌詞。

6 威爾森、凱帛及貝蒂表演團表演團（Wilson, Keppel and Betty）是二十世紀中葉的英國表演團體，團名即三位成員的姓氏組合而成。他們模仿古埃及墓室裡壁畫的人物動作，設計出名為「沙子舞」（sand dance）的表演橋段，轟動一時。

7 在〈粒子人〉（Particle Man）這首歌裡有一句歌詞「他有一隻手錶，上頭的指針指向分、百年、永世」（He's got a watch with a minute hand, a millennium hand, and an eon hand）。

8 「恐怖先生」（Mr. Horrible）及「醜陋先生」（Ugliness Man）出自這首歌〈有人一直在搬動我的椅子〉（Someone Keeps Moving My Chair）的歌詞。

依舊傷害了你，你最後會做些什麼。

〈熱茶〉（Hot Cha）永遠回不來；回頭的浪子永遠不會被吞噬。

〈女人與男人〉（Women and Men）在我腦中彷彿艾雪的畫。詞中還有詞。人們橫越海洋，進入叢林，直到永久；〈純愛的藍寶石子彈〉（Sapphire Bullets of Pure Love）這幾個字極為完美，幾乎就跟「地窖門」一樣完美[9]。在我腦中的銀幕上，這首歌是一部黑白電影，多了藍寶石般的色彩。

明日巨星合唱團為自己寫了一首歌，解釋了樂團的名稱和他們的大小事。要抓牢旋轉木馬喔。

我們所有人都生活在〈到柏林的公路電影〉（Road Movie to Berlin）裡。或者，至少我們都在同一部公路電影裡面。我們有些人最後會在一九八九年抵達柏林，假使我們繼續前進的話。

現在已經是未來了。《洪水》這張專輯很久很久以前就已發行。洪水順著海平面，依舊不斷往上漲。有些事情是永遠不會褪流行的。

此為明日巨星合唱團《洪水》發行二十五週年紀念版黑膠唱片的封底文字。

紀念路・瑞德：「我生命的原聲帶」

「有些歌寫來是為了好玩——歌詞若少了旋律，就無法存在。但我大部分寫的歌、創作背後的概念，是想試著帶入小說家的觀點，嘗試在搖滾樂的框架中加入歌詞。這麼一來，喜愛賞析歌詞的人既能這麼賞析，也同時能享受搖滾音樂。」路・瑞德在一九九一年這麼告訴我。

我是個作家，寫的大多是小說。有人問我受哪些人影響，期望我談談其他寫小說的作家，所以我就提了幾位小說家的大名。有的時候，如果可以，我也會把路・瑞德放在這份名單上——從來沒人問我他為什麼在名單上。非常好，因為我不知道該怎麼解釋，為何寫歌的人會影響我看世界的觀點。

他的歌曲是我生命的原聲帶——顫抖的紐約嗓音；音域不廣，唱著疏離與絕望；歌聲中閃現不可思議的希望；短暫的日與夜，我們總希望能永遠持續下去的美好。這些時光之所以重要，是因為它終有結束的時候，而且非常稀少。曲子中有很多人，有些有名，有些無名；他們大搖大擺、腳步蹣跚、如浮光掠影閃過，搖擺著，晃動著，只要舉手搭個便車就能成為注目焦點——但一瞬間又會失去光環。

這些歌全都跟故事有關，字面下暗示的比說出口的還多：我聽了歌後想知道更多；我想要去想像、想由我自己來說這些故事。有些故事根本不能拆解，有些故事——像〈禮物〉（The Gift）——是以傳統方式建構的短篇。每張專輯都各有各的個性，每個故事都各有自己敘事的聲音——而且往往疏

---

9 在英語裡，「地窖門」（cellar door）一詞被認為是發音悅耳的語詞。

離麻木，不帶任何批判。

我試著在腦海中重建這一切：最初使我著迷的根本不是音樂。差不多在我十三歲的時候，一九七四年，我在《NME》音樂雜誌讀了一篇他的專訪，深深為之著迷——他的想法、個性、世故，還有對於訪問者的厭惡。當時是《莎莉不會跳舞》（Sally Can't Dance）的時期，他嚴重受到毒品影響。這張唱片是他音樂生涯中商業上最成功、卻也最受嘲諷的專輯。由於我想知道路．瑞德是何許人也，所以用盡一切方法去借、去買、去尋找一切跟他有關的事物。訪問也是種故事——而且是日後也會變成歌的故事。

我是大衛．鮑伊的樂迷，這就表示我在十三歲便買了或是借了《變形者》（Transformer），然後有人給我一張醋酸鹽材質的《麥克斯的堪薩斯市俱樂部現場演唱會》[10]唱片。而現在我成了路．瑞德和地下絲絨的樂迷。我盡可能把所有相關的東西都找出來，在唱片行裡拚命搜尋。路．瑞德的音樂完全就是我青春期的原聲帶。

我十六歲的時候第一次和女朋友分手，那時反覆播放《柏林》（Berlin），聽到我朋友都開始替我擔心。喔，還有，我常常走在雨中。

一九七七年，我第一次答應在龐克樂團獻唱。因為我決定這樣想：你不一定非得要有好歌喉才能唱歌。不管嗓音如何，路就是唱得精采。你只要願意在歌曲裡說故事就好。

布萊恩．伊諾說，地下絲絨當年發行第一張專輯時只有一千個人買，但這些人全都組了樂團。他說的有可能是真的。不過，也有人把《裝滿》[11]這首歌聽了一遍又一遍，然後開始寫故事。

我在自己閱讀的故事中看見路的歌曲浮現。威廉．吉布森寫了一篇故事，叫〈燃燒的鉻〉（Burning

Chrome）。這是他對地下絲絨〈蒼白藍眼睛〉（Pale Blue Eyes）的想法。而沒有樂曲，就沒有使我成名的漫畫《睡魔》。《睡魔》用穿透力強大的花腔歌頌著邊緣化，還有活在邊緣的人。另外一部分討論的是更大的主題：與睡魔同名的夢神夢菲斯（Morpheus）。他擁有另一個對我來說最最重要的稱號——「故事王子」。這個稱號是我從〈我被釋放〉（I'm Set Free）偷來的——我一直遭到蒙蔽但我現在得以看見／我到底是發生什麼事了？／故事王子就走在我旁邊。

當我要寫場景設在冥府的《睡魔》，整整有兩個星期，我天天聽路的《金屬機器音樂》（Metal Machine Music）。我是這樣描述的：「四面錄音帶嗡嗡作響，發出的頻率使聽力特別敏感的動物聽到後會自己跳下懸崖喪命，並引發群眾盲目而且不理性的恐慌。」的確是有點幫助。

他唱的一切都於法不容，永遠在不可說出口的邊緣遊走：有人挑出了〈走在狂野的一邊〉（Walk on the Wild Side）裡的口交場景，但現在再回顧，《變形者》以稀鬆平常的口吻說出剛萌芽的同志文化，並且將之變成主流。這樣簡單的性別改變更為重要。

不管發生了什麼，路．瑞德的音樂永遠都是我生命的一部分。

我以安迪．沃荷御用的變裝女星荷莉．伍德勞恩替女兒命名。我是在〈走在狂野的一邊〉中發現這個人的。荷莉十九歲時，我把她小時候的歌統統做成一張播放清單給她——那些她愛聽的、還記

10《麥克斯的堪薩斯市俱樂部現場演唱會》（Live at Max's Kansas City）是地下絲絨於一九七二年發行的現場表演專輯。「麥克斯的堪薩斯市」俱樂部位於紐約，曾是音樂家、藝術家及政客聚集的熱門地點，已於一九八一年歇業。

11《裝滿》（Loaded）是地下絲絨一九七〇年發行的專輯，也是路．瑞德離開地下絲絨前參與製作的最後一張專輯。

得的，還有忘記的歌。這個動作最終導向屬於我們的「超重要談話」。我把她童年時的歌曲全拿出來放入清單——〈無法與你相比〉（Nothing Compares 2 U）、〈我不喜歡星期一〉（I Don't Like Mondays）和〈這些蠢事〉（These Foolish Things）；然後是〈走在狂野的一邊〉。當開頭的貝斯聲響起，荷莉說：「你用這首歌替我取名字對不對？」

「對。」我說。然後路開始唱。

荷莉聽完第一段。這是她這輩子第一次真正把歌詞聽進去。「『刮她的腿毛，然後他是個她……？』男生的他？」

「對，」我咬緊牙關。我們正在進行「超重要對話」。「妳的名字取自路．瑞德歌裡的變裝皇后。」她露出燦爛的微笑。「噢，爸，我好愛你。」她說，然後拿起信封，在背面寫下我剛說的話，以免忘記。我不確定這場對話是否與我心中的期待相符。

一九九一年，我在電話上訪問路．瑞德。當時他在德國，正準備登臺表演。他很感興趣，也很投入。他很聰明，真的很聰明。他出版了歌詞集，並附上註解。感覺就像一本小說。

大概一年後，我和他共進晚餐，同桌的還有我在DC漫畫的發行人。路想要把《柏林》改編成圖像小說。他在席間也沒有鬆懈。他易怒、風趣、有主見、聰明、好鬥：無論如何，你都必須證明自己。我的發行人說自己是沃荷多年的朋友，於是接受路的嚴刑拷打，證明她所言不虛。在跟我談漫畫之前，他問了我很多五〇年代EC恐怖漫畫的事，簡直像在口試。由於我在某期《奇蹟人》（Miracleman）裡用了他的一句話，他對我發出挑戰。我則告訴他，我從他在《獻給德瑞拉的歌》（Songs for Drella）的歌詞中認識了沃荷的聲音，獲得的資訊比任一本傳記或沃荷的日記還要多。他似乎很滿意。

我通過了他的考試，但沒有興趣再來一遍。反正，我在這圈子打滾多年，很清楚作者本人不見得與作品畫等號。路告訴我，「路．瑞德」是他用來與人保持距離的角色。我也很高興地保持著屬於我的距離，乖乖回去當個樂迷；高高興興地為眼前的魔術秀喝采，儘管沒有魔術師。

我今天感到很傷心。他的朋友紛紛寄來令我心碎的電子郵件。世界變得更加黑暗。路很熟悉像今天這樣的日子。「每樣東西裡都有一點魔法，」他這樣告訴我們，「然後是一些失去，因為有失才有得。」[12]

本文原先刊載於二〇一三年十月二十八日的《衛報》。在我得知路過世的隔天，便在倫敦往布里斯托的火車上寫下本文，並從我一九九一年寫的訪問中擷取了一些片段。我現在刪去從專訪援引的大部分文字，因為本書的下一篇就是專訪。不過有些句子可能會稍稍眼熟。

12 出自路．瑞德於一九九一年發行的專輯《魔法和失去》（Magic and Loss）中的〈魔法和失去：總計〉（Magic and Loss: The Summation）。

等待路・瑞德

一

十四歲的時候，我在家附近的書店找到一本路・瑞德的歌詞。那是一本廉價油印的書，又薄又脆的封面上有個路的點描漫畫頭像在嘶吼。這是盜版的。

我非常想要這本書，但買不起——而且警方剛破獲我們學校的少年扒手集團，弄得我得把吉姆・赫金斯（他有點像是九年級的約翰・狄林傑[13]）偷來賣給我的《路・瑞德現場》（Lou Reed Live）還回去。那比唱片行賣的便宜太多。所以，就連偷竊的選項也出局了。

我站在書店裡看這本書，儘管有錯字什麼的，我統統不管。兩天後，我又再回去書店，可是書已經不見了。

從此以後，我一直在找這本書。

二

一九八六年，我還是個記者。當時在RCA唱片公司的新聞室，有個求我免費送他一張《無效審判》（Mistrial）專輯的朋友也在。

「尼爾想要訪問路・瑞德。」我朋友說。

「路・瑞德？老天，這種事就連狗都不做，」他的宣傳人員說。「他對訪問他的人糟透了。假如你說錯話，他就會走掉不理你——大概還會叫你滾開，或是不回答你的問題——之類的。」

然後他們繼續談幾年前的事。他們說，有個年輕小夥子訪問肉塊[14]，劈頭就問他超重是否跟腺體有關，結果訪問根本就沒辦法繼續。

三

一開始只是不經意的閑聊，我和一位編輯共進午餐時講起。距離那時的三年前，我為了寫小說放棄記者的工作。提起那件事時，我說，雖然沒有任何一件事可能讓我重操舊業，但我一直都希望有機會訪問路·瑞德……

「路·瑞德？」跟我聊天的編輯耳朵豎了起來。「他下個月會在歐洲，但我們已經在考慮或許要請馬丁·艾米斯跟他談談。」

但是我說，我是自願的哦，馬丁·艾米斯可沒有。一切就這樣開始了——或者至少兩通電話就這樣打下去了。

書在一個月後寄來。

《在思想與表達之間：路·瑞德歌詞精選集》（Between Thought and Expression: Selected Lyrics of

---

13 約翰·狄林傑（John Dillinger）：生於一九〇三年，卒於一九三四年，是知名的美國黑道分子。他有自己的幫派，率眾進行多次搶劫竊盜，雖不斷進出監獄，但曾有過兩次越獄成功的紀錄。後來遭情報局幹員開槍射殺身亡。

14 肉塊（Meatloaf）生於一九四七年，是美國老牌歌手，也參與戲劇演出。

Lou Reed）一共收錄九十首歌詞、兩首詩、兩篇訪問——一篇是與捷克總統兼劇作家兼詩人的哈維爾（Václav Havel），另一篇則是跟《布魯克林黑街》（Last Exit to Brooklyn）的作者休伯特・賽爾比（Hubert Selby）。

有些歌在頁面底下註解了小小的斜體字；有時它們有助理解，但大多時候令人火大。〈刺激〉（Kicks）這首歌在說，謀殺是比性更能排解無聊的方法，「因為這是最不該的事」，這句解釋了「我有些朋友是罪犯」的意義；而〈勇者之家〉（Home of the Brave）的歌詞是這麼寫的：「林肯是我的大學室友也是好友，他想自殺，從火車前面跳下去。他活了下來，但缺了一條臂和一條腿，他想當單人脫口秀演員。多年後被人發現，餓死在他自己反鎖的公寓。」

四

我正在家附近的烏爾沃斯超市尋找《魔法和失去》。這裡是我個人認為最最無聊的英國小鎮（這地方沒有真正的唱片行，只有烏爾沃斯超市。而且這已經算是幾年前的一大躍進。那個時候光是在烏克非擁有一片CD，就可以讓你像女巫一樣被燒死）——儘管我認為他們沒賣。我找到字母R的那一排，但那裡只有一張《莎莉不會跳舞》，封面破爛的塑膠包裝上還有一條從上裂到下的破口。

我去問店員，店員指著牆上的排行榜。路・瑞德在英國排行榜哪有前十名？

我彷彿親耳聽見地球核心的巨大鉸鏈轉動、星星形成新的星座，但我不打算跟他爭。我想，搞不好他們會把艾銳斯塔唱片時期的專輯也拿來出CD。

我的《搖滾心》（Rock and Roll Heart）黑膠唱片都已經快十年不能放了。

五

我第一次看路．瑞德的現場表演是在快滿十六歲的時候。他在新維多利亞劇院表演，那是一家改裝過的倫敦劇院，幾個月後就歇業。他不斷停下來調吉他的音。觀眾不停叫好又嘶吼，大喊大叫「海洛因！」

他一度靠近麥克風對大家說：「他媽的給我閉嘴。我正在想辦法把他媽的音調對。」

表演最後，他說我們是一群差勁的觀眾，我們不值得安可。他一首安可都沒唱。

我在心中認定，這，就叫做真正的搖滾巨星。

六

我們花了三週時間跟路的唱片公司WEA溝通。訪問照常、訪問取消、訪問也許可以做、要用電話訪、不可能用電話訪、我得飛去斯德哥爾摩、我得飛去慕尼黑。

但無論如何，你學到的是，你總是得等。

這當中，在路的要求下，我得證明我的資歷。我交給WEA的公關莎莉一疊書和漫畫。她一臉佩服，所以我決定不提這工作原本是馬丁．艾米斯的。

我一邊轉電視（歐洲的MTV臺是全世界唯一比美國MTV臺還爛的頻道），凌晨三點看了MTV播的路．瑞德〈哪個好〉（What's Good）音樂錄影帶。視覺上相當震撼：那好像是麥特．麥弗林（Matt Mahurin）的作品，只不過是彩色版本。我問莎莉這支音樂錄影帶是誰拍的，但她不知道。

日子一天天過去，在等待消息的同時，關鍵日期很快就到了。我大概是要去慕尼黑。我幾乎可以確定我要去慕尼黑。

但我從來沒到慕尼黑。我從來沒見到路・瑞德。

星期五，五點半。我沒有要去慕尼黑。訪問沒了。取消。失敗。

我在週末上床大睡。

七

我十五歲時在學校的美術教室放《變形者》。我的朋友馬克・葛瑞戈里走過來拜託我一件事：他的樂團要表演〈美好的一天〉（Perfect Day），但是他沒聽過路・瑞德的原唱。我給他放了這首歌，他聽了大概一分鐘，然後轉過頭來，一臉狐疑，挺不安的。

「他唱得很平。」

「他不可能唱得很平，」我告訴他。「這是他的歌欸。」

馬克氣呼呼地走了，我迄今仍相信自己是對的。

八

星期一早上：在什麼都沒了之後，訪問（好像）突然又成了。

星期一傍晚，我坐在倫敦市中心一間辦公室裡；喉嚨痛，身上別著話筒接收器和某人的隨身聽，等待一通可能從歐洲某演唱會場地打來的電話。

隨身聽的主人是一位音樂線記者，他過來跟我說要怎麼按錄音鍵。「反正路在接受電話專訪時比面對面好很多。我想那大概是因為他覺得可以掛你電話吧。」他這麼告訴我，替我打打氣。

我一向討厭電話專訪。我根本沒被鼓勵到。

九

現在，把手上的牌都在桌上翻開。只要跟路・瑞德扯上關係，我就一點判別能力都沒有了。他的作品我幾乎都喜歡——除了《鐘聲》（The Bells）A面的〈迪斯可神祕〉（Disco Mystic）。有時我甚至也喜歡《金屬機器音樂》——四面錄音帶嗡嗡作響，發出的頻率使聽力特別敏感的動物聽到後會自己跳下懸崖喪命，並引發群眾盲目而且不理性的恐慌。

十

現在是七點半，電話響起，是希薇亞・瑞德打來的。路必須在八點上臺表演。可以嗎？沒問題。停頓了一下。

路・瑞德的聲音像煤灰；陰沉、疏離、沙啞。

十一

你怎麼決定這本書要收錄哪些歌曲？

嗯，我一向認為歌詞在與音樂結合之前，也要能以獨立的形式呈現。所以我就弄了一張包含所有歌曲的清單，挑出每一首我認為單獨看也非常棒的歌。假如對歌曲有意見，那我就拿掉。

另外，不要管歌曲是不是在敘事。有的敘事軸能帶你穿梭三十年，所以歌與歌相互應和是合理的——而且，雖然你可能不會注意到，但有時會浮出特定的主題。

書的中間有些段落連起來像個故事。有的歌詞是在談父親、母親、妹妹和妻子嗎？

對，那段很有意思。這其實是來自一張挺有意思的專輯，裡頭有很多那樣的歌。我是一直到回頭去看才發現。

那張專輯是《在眾人眼前長大》（Growing Up in Public）？

對。標題完全符合。

那是艾銳斯塔唱片發行的專輯之一。以後會以CD形式重發嗎？

我跟你說，這還真是個好問題。我其實和他們沒有什麼關係。其實有張合輯快出了，但我們在艾銳斯塔找不到母帶，大概是放在賓州某處慢慢腐蝕了吧……

有二手消息告訴我說CD大概會出，但我不知道這消息可信度有多少。

我記得那些專輯發行時被批得一塌糊塗。但有鑑於過去幾張，媒體似乎在重新評估……

啊……（笑）老實告訴你，我不知道什麼重新評估。我只記得我被罵慘了。但好笑的是，總會有人大肆批評那些專輯，然後挑出一張說「這個例外」，然後另一個人又批評半天，剛才那張就又不是例外，他們的例外變另一張。

有些事情稍微隔開距離來看會比較好。一些大家覺得很糟的專輯，反而是我個人的最愛。

〈鐘聲〉是你最喜歡的歌詞……

對，這首歌對我一直都有深遠的影響。年紀越大，就越能看清這首歌詞的情境；它對我來說意義又更深了。

所以之後再看，歌詞主要說的事情有因此改變嗎？

當然。我後來發現那首歌到底要講的是什麼。有無數次，我認為那首歌說的是某一件事。但當我跟歌的距離又拉遠一點——我所謂的距離大概是七、八年之類的——一切豁然開朗。它講的完全是另一件事。

這種情況尤其會發生在舞臺上。三不五時，我會做出比較老派的東西，然後瞬間頓悟——「我的天——你聽聽這首歌在唱什麼。真不敢相信我竟然在大庭廣眾之下說這種事。」

你提到的一些歌詞真的非常私人又精闢——而且明顯到都有點好笑了。這麼多年來，大家一直問我「這些歌是根據事實寫成的嗎？」我心想，根本就是事實啊，非常明顯。

你以前說想嘗試把小說的感性帶入搖滾樂……

我寫歌時一直都有這個想法。有些歌寫來是為了好玩——歌詞若少了旋律，就無法存活。但我大部分寫的歌、創作背後的概念，是想試著帶入小說家的觀點。在搖滾樂的框架中加入歌詞。這麼一來，喜愛賞析歌詞的人既能賞析，也能同時享受搖滾樂。

偶爾，有些歌曲需要很多年才能寫得正確。你會動手寫，但心中就是知道哪裡不對，可是你又改不好，所以就先放在那裡不管。我認為，你只能盡力，但有時你的最好還是不夠。那時就是得先緩一緩，不然你就會把那首歌搞得亂七八糟。一旦走偏，就得放棄這首歌了。

在公開場合朗讀以及辦演唱會，你是否有注意到兩者之間大不相同之處？

我的同伴不在，所以沒有樂團；另一方面來說，歌詞有趣之處會更凸顯，某些尖銳的地方也更鮮明……

我有張剛剛發行的專輯，裡面有首歌叫〈哈利的割禮〉（Harry's Circumcision）。你可以用不同的方式去看它。其中一個方式就是覺得這首歌很好笑。我覺得我這個人可以被歸在黑色幽默的類別……不過我自己倒不這麼認為。

〈哪個好〉的音樂錄影帶是誰拍的？

很炫吧？很棒吧？他真是厲害。他就是拍封面的那個傢伙……

麥特．麥弗林嗎？看起來的確很像他的作品。他真的帶出了那首歌要傳達的幽默形象。「美乃滋蘇打」（Mayonnaise soda）、「無所不見之眼巧克力」（seeing eye chocolate）……

我跟麥特討論的時候真的覺得非常高興，因為他能辦到。我說，「我一直想把那種可以輕易拿到的速食影像湊在一起，要是可以呈現出一部分就太好了。」然後他真的就這麼做了。

就跟歌曲的分鏡圖一樣。

真的就是。他第一次寄來給我看時就是分鏡圖……

這是第一支很有「路．瑞德」風格的音樂錄影帶。之前一支音樂錄影帶裡有機器人把臉扯下來的畫面……

〈不必先付錢〉（No Money Down）。對，我認為那首歌真的很好笑。但沒錯，如果我們討論的是有沒有抓到歌曲要表達的意境，這的確是頭一遭。這支音樂錄影帶真的辦到了。

也為歌曲多加了一點什麼。

我們也是那樣想。我的意思是，重點在於麥特很懂，不用我多費唇舌，這真的是非常不錯。能看到想法被實現真的很好。

——而且我也不用真的在影片裡演路．瑞德——那有夠煩的。

我還有十五分鐘上臺，跟你說一下。

那麼再五分鐘吧？

不是，我的意思是，如果你要，可以繼續談十五分鐘。

謝了。在瓦茨拉夫・哈維爾[15]那篇，你談到「路・瑞德」跟你是兩個不同的人。你是這樣理解的嗎？

換句話說，我是這樣保持距離的。但它會失去控制，我一直試圖拆解它。話說尼爾，這還真是有點好笑。因為前一刻我可以是看起來自紐約、身穿皮夾克的街頭小混混，但下一刻我收到的指教可能是「你說什麼啊？這個人看起來明明就像英文教授。」實在太好笑了。

他們還想看你在舞臺上打海洛因嗎？還是化妝？穿上黑亮皮衣？

那就看他們是什麼時候接觸我。有些人會永遠留在地下絲絨時期，或是《變形者》，或《搖滾樂動物》（Rock 'N' Roll Animal）——就那段時候。他們會希望維持那樣，但那對我只是一個過程。

感覺像是「你還在做我超久以前就不做的事嗎？」

（笑）沒錯，就是那樣，不是嗎？

對於《魔法和失去》獲得商業上的大成功，你驚訝嗎？

驚呆兩個字應該就足以說明了。很怪。一方面來說，這是我的夢幻專輯，因為所有要素終於聚在一起，這張專輯總算完成。我希望這張專輯能成就我要它成就的一切。這張專輯沒有摻入任何商業想法，所以我才訝異。

在這本書裡，每首歌最後的註解都帶了點吊人胃口的感覺……

假如你說的「吊人胃口」指的是我跟你說一點點，讓你想再多知道一點，那麼是這樣沒錯。我認為這樣就足以讓你清楚整個狀況、將有關係的事件連結起來，看見完整的故事，儘管是用歌詞寫成，但它是小說，我加入的少許註釋是將所有元素綁牢的媒介，同時也是讓你前進到下一個故事的推力。另外也可以告訴你一些資訊，讓你集中精神。但我不想說得太長，就算要講也是另一本書了。

你之後會寫嗎？

我對寫書是有興趣。但我不想寫我自己。（背後傳來叮叮咚咚聲。似乎準備要上臺表演了。）

假如要說出早期作品和現在的差異，應該就是演出者的人格。之前的路．瑞德是在旁觀：「我完全不在乎」、「對我來說沒差」。比較近期則是願意參與、發揮影響力……

15 瓦茨拉夫．哈維爾（Václav Havel）生於一九三六年，卒於二〇一一年。為捷克劇作家，促成捷克共產政權瓦解，並在捷克成為民主共和國之後，從一九九三年至二〇〇三年，擔任第一屆捷克總統。他非常喜歡路．瑞德，而且曾經接受路．瑞德的專訪。

是啊。對幾件事我有自己的立場。

為什麼？

我認為我是靠自己獲得這個資格的。此時此刻，關於生命的諸多意義我都懂了。我曾經以為在幾件事上提出自己的看法，不算是態度強硬或說教，但我卻沒想過該嘗試跟他人溝通。我寫的東西很多都沒有明顯的道德立場，但我描述的事物本來就有自己的聲音，我不認為我還需要多說什麼——在這些事情上，我沒有採取高高在上的姿態，或任何菁英觀點。那只是人生，我們討論的就只有這個。

但過去這幾年來有了改變。就某方面，我認為我可以表示立場，而且我不會改變意見。我覺得我的意見正當且合理；雖得來不易，但非常真誠。

你在搖滾圈待了超過三十年，你想過有離開的一天嗎？

我就是喜歡做這些。它就像某種全新的藝術形式——CD，一個可以在裡面灌滿七十四分鐘音樂的東西。不過奇怪的是，我沒有刻意，但最近這三張專輯都是在五十八、五十九分鐘就結束了。不是用十四或十五首截然不同的歌曲做專輯，而是把它當作一個全心投入的整體，這是很有意思的一件事。說不定做一張總長跟百老匯舞臺劇一樣長的雙CD也很有趣。

我有思考過《魔法和失去》——無論如何，最終你還是要正面迎擊最主要的議題，其中當然包含失去，還有死亡。

大家都說我們寫的東西都跟性和死有關……

那些是很基本的主題，它們會存在自有原因，但我認為每一世代都必須自己重新詮釋一次。

而且，儘管我不懂細節，我不知道什麼叫天分。天分是一種很詭異的東西，我一直很想建立一個能讓天分開花結果的環境，我覺得那是我的義務：以真誠的心面對它，讓那些天分有發揮的可能。

「當你開始夢想，就開始有了責任」？

喔，當然啊。當然是這樣。我也有夢，但結果它帶來許多責任，例如不能讓夢想腐壞或妥協。最後，你私人時間必須做些什麼，也都跟夢想難分難捨了。就是因為這樣，與哈維爾總統的那番談話才會這麼令我難忘……（我可以在電話上聽到提示音響起。路似乎差不多該上臺了。這十五分鐘的時間已經得到充分的利用。）

……我必須問他：「為什麼你不離開？你大可以一走了之。你可以在哥倫比亞大學教書——你是位有名的劇作家。」但他說：「我在這裡生活。」

這反映出你對紐約的態度嗎？

這的確就是我對紐約的態度。所以我才要問——我用我自己的小小堅持與它產生聯繫。

他們在叫你了。

對。

（他好像覺得讓他們等挺樂的。「你學到的第一件事呢……」）

重點是，我也有我的夢想。我很高興自己跟哈維爾總統見面時妻子也在現場，否則我會以為自己是在做夢。

那麼你覺得未來將會如何？

我想讓寫作走得更遠。我認為每三年出一張專輯還不夠。我目前處於非常清楚自己在做什麼的狀態。

做為一個作家嗎？

對。哈維爾那篇有夠難。

好的文字本就很難。

你一定要真的很想寫才行。假如沒有那個決心，文章就會亂七八糟。這可能有點沒禮貌——但如果是那樣，你不如去開卡車算了。

我得走了……

十二

《在思想與表達之間》。這本薄薄的路．瑞德歌詞集改版改得還算可以，也不是盜版。但管它的——在盜版出現之前，這本可以暫時頂一下。

本文原先刊載於《Time Out》雜誌，後重刊於《休憩》雜誌（Reflex）第二十六期，一九九二年七月二十八日發行。

後記之後記：艾芙琳・艾芙琳[16]

小說的魔力與危險在於：我們得以透過他人的眼睛看世界，它帶領我們去從未到過的地方；讓我們去關心只存在於故事國度的人物；為他們擔心，和他們一同大笑哭泣。

有的人認為發生在小說裡的事都沒有真的發生。這些人錯了。

亞曼達・帕爾默這位歌手十分外向；她相當風趣，桀傲不馴，偶爾吵吵鬧鬧，直率不扭捏；她很美麗、健談；她把鋼琴當打擊樂器在演奏。傑森・韋伯利[17]愛跺腳，個性自由自在，時而溫和，時而激進，是個以船為家的音樂人；他彈吉他，還有手風琴；他總是戴帽，大半時候蓄鬍。

妙的是，介紹我認識亞曼達・帕爾默的就是他，而且是透過快三年前的一封電子郵件。

我對**艾芙琳・艾芙琳**還沒有任何認識之前就聽過她們的歌了。我的iPod裡有〈你有沒有看到我的姊妹艾芙琳？〉（Have You Seen My Sister Evelyn?），就形式而言，這首歌聽起來是散拍音樂（ragtime）。也有一首跟大象有關的歌，叫〈大象大象〉（Elephant Elephant）。這些歌曲鬼鬼祟祟地上了我的「我很喜歡但不知道那到底是什麼」的播放清單。

我問亞曼達・帕爾默那首〈艾芙琳・艾芙琳〉時，才認識她不久。

「她們是連體嬰，」她跟我說：「傑森跟我是在MySpace上認識她們的。」

「我以為她們就是妳跟傑森。」我說。

「不是，」她說。「她們是連體嬰，活得很辛苦，不過她們創作的音樂很棒，現在整張完整的專輯就快發行了。傑森跟我替她們製作。」

「真的嗎？」我問。「不過存在我iPod上的歌聽起來很像是妳跟傑森的合唱。」

亞曼達．帕爾默說，「挺有意思。」

我到過**艾芙琳．艾芙琳**演唱會的後臺。最開始，他們看起來像亞曼達．帕爾默和傑森．韋伯利，是完全不一樣的兩個人。

接著兩人更衣。傑森刮掉鬍子、穿上胸罩；他們化妝，戴上黑色假髮，鑽進一件條紋的舞臺裝；衣服夠寬，能塞進兩人；衣服往上拉，打理妥當。

艾芙琳與艾芙琳交頭接耳；左邊的艾芙琳似乎比右邊的艾芙琳健壯，像男人。她們不直視你的眼，她們是兩人一組。你望著她們移動，如同一人；她們不情願地走到臺上。

她們彈的是雙手鋼琴。尼維爾[18]雙胞胎之一用右手彈奏，另一人用左手；她們也以同樣方式彈奏手風琴、烏克麗麗、吉他；她們吹兩支卡祖笛——因為她們有兩張嘴。雙胞胎之中只有一人需要打小鼓和敲鈸。她們唱著歌。她們與對方關係緊密，一如她們與觀眾毫無關係。

---

16 亞曼達．帕爾默擔任製作的樂團名稱。

17 傑森．韋伯利（Jason Webley）美國創作歌手，音樂類型以民謠、實驗、另類為主。以街頭表演起家。

18 尼維爾（Neville）為虛構的艾芙琳．艾芙琳姊妹原本的姓氏，她們的本名分別是伊娃（Eva）和琳（Lynn）。

亞曼達・帕爾默對她的觀眾唱歌說話，她很在乎他們，跟他們互動；而傑森・韋伯利最出名的能力，就是不必用酒就能神奇地把觀眾灌醉。

雙胞胎是彼此存在的理由——她們為彼此伴奏，相互爭執又和好；她們在乎彼此，時不時交頭接耳。她們總是在交頭接耳。

她們意識到觀眾，她們對掌聲有回應；但她們站在舞臺上不為我們。

就像我以前問過的，人們總會問，亞曼達・帕爾默和傑森・韋伯利是不是真正的艾芙琳・艾芙琳？

他們不是。他們是別的人；是伊娃・尼維爾及琳・尼維爾，她們存在於裝有布偶和夢想的虛構空間。她們再也不是傑森和亞曼達，一如海地的薩姆迪男爵[19]、爾祖里耶夫人[20]等神祇，她們成了某種扮裝，就像聖誕老人其實是你父親扮的一樣。

辛西亞・凡・勃勒（Cynthia von Buhler）畫下雙胞胎的生活風景。

她在悲慘且黑暗的故事中放入各種細節與吸引人的元素；她的筆觸就跟那些厲害的兒童插畫一樣純粹，但它訴說的故事之所以存在，是因為成人的愚蠢與困惑，有時還有邪惡。她讓尼維爾姊妹及她們的故事超越了亞曼達和傑森、超越他們的音樂，傳播到全世界。

她們的故事不好理解又怪異，她們經歷太多不順遂的生活和悲劇。但是，這也可以套用在我們大部分人身上。這是身而為人的祕密之一。重點不在於你承受的痛苦，而在於你怎麼接受痛苦，並且繼續前進。就尼維爾姊妹的例子，便是藝術創作。亞曼達・帕爾默和傑森・韋伯利如此，辛西亞・凡・勃勒也一樣。

這就是艾芙琳・艾芙琳的祕密。你也可以變成她們，所以開始讀吧，這麼一來，你也能透過她們的雙眼往外看，學會在黑暗中輕聲對自己訴說祕密。

本文是亞曼達・帕爾默和傑森・韋伯利合著、辛西亞・凡・勃勒插畫的《艾芙琳・艾芙琳：兩卷悲劇》（Evelyn Evelyn: A Tragic Tale in Two Tomes）後記。

---

19 薩姆迪男爵（Baron Samedi），海地巫毒教信仰裡的死神。

20 爾祖里耶夫人（Mistress Erzulie），海地巫毒教信仰裡的愛神，亦掌管美貌。

誰殺了亞曼達．帕爾默

我跟你一樣，當我聽說亞曼達．帕爾默被殺，我清楚意識到自己當時人在哪裡、正在做什麼。我記得水面上波光粼粼，最記得的就是我有多不敢相信。因為亞曼達．帕爾默不會動了。不會唱歌、不會呼吸。這感覺非常不可思議。（她這麼聰明、聒噪、可愛又生命力旺盛——簡直像是偷走了十幾個人的生命力）。只要想到她再也不會微笑，再也見不到她那有點下流、開懷又暢快的笑容，我真是無法想像。

接下來的日子變得很怪。謠言四起。我在恩西諾一家酒吧碰到一個地獄天使[21]，他用力強調自己認識能殺人的傢伙，這個人表示，他代替瘋狂的前男友拿鉛管打碎了亞曼達的頭顱。

全國上下都對此事著了迷。「誰殺了亞曼達．帕爾默」的泡泡糖收藏卡在全美各地的校園不斷流轉，我還留著兩張：一張卡片上是亞曼達滿布彈孔的屍體掛在牆上；另一張則是她的屍體被沖刷到某座不知名湖邊，臉孔因為泡水而發青腫脹；甲殼動物的螯從她發紫的脣間露出。

我記得燭光守夜，幾十人在全世界各大城市的神殿聖祠，表達他們對逝去的亞曼達．帕爾默的愛；他們點亮蠟燭、留下電話、解剖刀、電視遙控器、情色內衣褲、塑膠公仔、童書繪本、鹿角，還有愛。

「這樣的死法應該是如她所願吧，」一個臉白白的「假曼達」跟我說。現在模仿亞曼達．帕爾默的人迅速增加，他是其中之一。那天，到了很晚，搖搖晃晃又滿頭大汗的假曼達向我坦白，說他很確定真正的亞曼達・帕爾默是被「高等震動層的生物綁架」。但亞曼達的遺照不是假的，不是某個暗巷工作室裡用剪貼和噴槍做出來的，那是「姊妹分身」的遺照，是從亞曼達・帕爾默的細胞分裂出來的替身。

小小孩會編曲子，傳唱亞曼達各式各樣的死亡方式，並在每段最後開開心心地把她殺死。他們年紀太小，不懂那有多可怕。但也許她的確是希望這樣離開。

「假如你在街上看到亞曼達・帕爾默，把她殺死，」波士頓橋下有個塗鴉寫道。而在那句話下面又有另一個人寫：「這樣她就永遠不會死。」

尼爾・蓋曼

一九六五年六月刊於《拍子和流行雜誌》（Beat and Pop Magazine）

以上是替亞曼達・帕爾默二〇〇八年發行《誰殺了亞曼達・帕爾默》（Who Killed Amanda Palmer）封膜寫的文字。當時我們還不熟。

---

21 地獄天使（Hells Angel）是一個全球性的機車同好組織，成員主要騎乘哈雷機車。

VIII

論《星塵》和其他童話

我們這些靠著創作奇幻討生活的人都知道，
我們表現最好的時候就是說實話的時候。

很久很久以前

很久很久以前，動物會說話，河流會歌唱，每段冒險之路都值得踏上；當時的龍吼依舊響亮，少女美麗動人；會有一位真摯的年輕人，心地善良運氣佳，最後將得到美人和半片江山——當時的童話是給成人讀的。

孩子會聽故事，並從中得到樂趣，但他們並非主要讀者。《貝武夫》或《奧德賽》主要的對象也不是他們。J．R．R．托爾金曾用粗魯且過時的比喻表示，童話就像育嬰室裡的家具——本來不是設計給孩子用的。這些東西以前屬於大人，當大人厭倦，樣式也不流行，就拿去放在育嬰室裡。

不過，早在小孩注意到童話故事之前，大人之間就已經不再流行。就拿兩位與此大有關係的作家來說好了。威爾漢、雅各．格林兩兄弟。他們沒有特別去收集那些現在叫「格林童話」的故事來娛樂孩童，他們最主要的身分是收集者、語文學者，收集故事是他們畢生的工作之一。其中包含《德國傳說》（German Legends）、《德國文法》（German Grammar）與《古代德國律法》（Ancient German Law）等鉅著。大人會買格林兄弟的童話故事集念給小孩聽，並抱怨故事中比較成人的部分。這使得格林兄弟訝異不已。

於是他們回應市場的壓力，大刀闊斧刪減一番——長髮公主露出破綻、被巫婆發現她跟王子私會的原因，再也不是因為她問了巫婆為何自己的肚子變那麼大，衣服全都穿不下。（合情合理，畢竟她不久後就產下一對雙胞胎。）在第三版的內容，長髮公主告訴巫婆說，她比王子更輕、更容易往上拉。當雙胞胎冒出來時，簡直像是憑空變出來的。

人們用來打發漫漫長夜的幻想，逐漸成為屬於孩子的故事。而許多人顯然認為這些故事就該停在那個領域。

但這些故事並沒有只停留在那裡。我個人認為，那是因為大多數童話歷經多年的調整修改，整體效果變得非常好。這些故事感覺「很對」。就結構而言可能簡單，但當我們為故事加上裝飾或進行重述，往往會有神奇的事發生。一如任何口傳敘事，重點在於你如何說這個故事。

這便是耶誕兒童劇有趣的地方。灰姑娘需要她的醜姊姊，還有大變身的場景。但我們說故事的方法則依製作方式有所不同。童話故事有自己的傳統。《一千零一夜》給我們一種傳統；查爾斯．貝洛[1]優雅的宮廷故事帶給我們法國風格的傳統；格林兄弟則帶來第三種類型。小時候，我們從故事的重述或兒童劇認識童話；我們呼吸著故事，知道情節怎麼走。

因此，童話故事非常容易被拿來開玩笑。巨蟒劇團[2]的《快樂谷》（Happy Valley）中，數個王子為了得到裝了木頭假牙的公主青睞，一個個丟了性命。這齣劇至今仍是我最愛的諷喻戲。而《史瑞克》系列針對好萊塢童話狂開玩笑，弄到都已經沒什麼趣味了，大家很快就轉而去找真正的故事來看。

1 查爾斯．貝洛（Charles Perrault）生於一六二八年，卒於一七〇三年。法國的文人及學者。他會把民間傳說的文字改得更文雅。代表作品《鵝媽媽故事集》收錄許多人耳熟能詳的故事，例如〈灰姑娘〉與〈藍鬍子〉等。

2 巨蟒劇團（Monty Python）是於六〇年代成立的英國超現實喜劇表演團體，他們創作並演出的戲劇曾於一九六九年至一九七四年在ＢＢＣ播出。

幾年前的父親節，我的兩個女兒為了讓我開心，容許我播尚・考克多（Jean Cocteau）執導的《美女與野獸》給她們看。兩個女孩一點都不覺得特別。但是，當貝兒的父親進入野獸的城堡，我們看到演員透過特效將手穿過牆壁、故事開始倒敘，我便聽見她們因螢幕上的魔法驚呼。就是這個——電影以更堅定、更睿智的方式，重現她們本就熟悉的情節。

有時，童話故事的傳統會和文學傳統有交集。一九二四年，愛爾蘭作家暨編劇鄧薩尼爵士寫下《精靈國國王之女》（The King of Elfland's Daughter）。在這本書裡，一個英格蘭的王國「埃爾德」的長老認為，應該要由一位身懷魔法的君王統治這個國家，於是從精靈國偷來一位公主、帶到英國；一九二六年，布盧姆斯伯里派成員[3]（亦是T・S・艾略特的朋友）荷普・茉莉絲（Hope Mirrless）出版《薄霧之地》（Lud-in-the-Mist）。這是一本相當奇特卻又典型的英國小說。故事設定在一個位於仙子國邊境的小鎮，有人在那裡非法走私仙果（就像克莉絲汀娜・蘿塞蒂〔Christina Rossetti〕的詩〈哥布林市場〉〔Goblin Market〕販賣的那種水果）。這些越境而來的水果身上的魔法、詩歌及瘋狂，永遠改變了鎮民的生活。

茉莉絲獨樹一格的幻想世界受到英國民間故事和傳說影響，她是古典主義者珍・艾倫（Jane Ellen）的伴侶，此外，還有克莉絲汀娜・蘿塞蒂、維多利亞時期的瘋狂殺人畫家理查・達德（Richard Dadd）——尤其是他那幅未完成的傑作《仙子費勒的神來之筆》（TheFairy-Feller's Master-Stroke）。同時，這也是安潔拉・卡特廣播劇的主題。

卡特有一本驚人的短篇故事集《染血之室》（The Bloody Chamber）。她是我所見過第一位以認真的態度看待童話的作家。她沒有試圖解釋來由，或把故事變得詰屈聱牙。她賦予故事新的生命。她改自小紅帽的作品，是讓少女每月一次化身為狼。該故事的精髓集大成於尼爾．喬登的成長奇幻電影《狼之一族》[4]。她以同樣的強度重述其他童話，從〈藍鬍子〉（這是卡特的最愛）到〈穿長統靴的貓〉，然後來到《馬戲團之夜》，她透過長了翅膀的特技演員飛飛，創造出她自己的完美童話。

在我成長那段時候，我很希望可以讀那種不需要多解釋什麼的童話，對大人也不用多解釋什麼。我記得在十幾歲時，無意在北倫敦一間圖書館裡發現威廉．高德曼（William Goldman）的《公主新娘》（The Princess Bride），並因此高興不已。這個童話有框架故事的架構，敘述高德曼正在做賽拉斯．摩根斯坦[5]的經典作品（雖然這本書並不存在），要將書編輯成父親以前念給他聽的形式，並將較乏味的部分刪去。這裡要說的是為了將成人的童話變得合理不得不使出欺騙的手段，藉用所謂的重述，使得這本書變得正當又合理。不知為何，所有童話都得用這種方式處理過。我在八〇年代初期訪問高德曼，他說這是他最喜歡的作品，而且也是最乏人問津的一本。到了一九八七年，書被改編為電影，才讓此書成為長年來許多人喜愛的故事。

童話故事原本是要給成人讀者看的。我很喜愛這種故事，想多讀一些。但由於在書架上遍尋不著，所以我決定自己寫一本。

---

3 布盧姆斯伯里派（Bloomsbury set）是英國的文人雅士、藝術家所成立的團體，他們定期聚會，互相交流。

4《狼之一族》（The Company of Wolves）在一九八四年上映，劇本由導演尼爾．喬登與安潔拉．卡特共同執筆，改編自安潔拉．卡特的短篇小說。

5 高德曼設計了一個虛構人物，賽拉斯．摩根斯坦（Silas Morgenstern）。此人多年前寫了《公主新娘》這本書。他自己非常喜歡，兒子卻沒興趣，失望之餘再次重讀，卻發現書裡有不少多餘或無趣的地方，於是動手重新編輯。

我在一九九四年開始創作《星塵》，但心理上時光彷彿流逝了七十年。二〇年代中期的人似乎很喜歡寫這樣的文類，那時書店還沒有陳列奇幻書籍，也還沒有三部曲，以及有著「《魔戒》偉大傳統」的書。而這本書就另一方面而言，是走《薄霧之地》和《精靈國國王之女》的傳統。我可以確定的是，二〇年代沒有人用電腦寫書。所以我買了一大本空白的冊子，拿出我從學生時代就擁有的墨水筆，以及一本凱薩琳·布利格（Katharine Brigg）的《仙子字典》（Dictionary of Fairies）。我把墨水填入筆中，開始動筆。

我要讓一個年輕的男孩踏上追尋旅程——這個故事將是一場浪漫的冒險，因為他要贏得全村最美的女孩維多利亞·佛瑞斯特的芳心。這座村子在英國某處，叫做石牆鎮——是以村子旁的長牆來命名。在乍看正常的草地上，這道石牆相當單調。石牆另一邊則是精靈仙境（Faerie）——這可以是地名，也可以是它的本質，並不是「精靈」（fairy）二字這樣寫會比較潮。總之，我們的主角做出保證，說要帶回一顆落在牆另一頭的星星。

在我心中，我知道當他找到星星，它不會只是一塊硬梆梆的石頭；它會是一個斷腿的年輕女孩；她脾氣很壞，不願意被人拖著走過大半個世界，當成什麼禮物送給某人的女友。

一路上，我們會遇到邪惡的女巫。她們要用星星的心臟來重獲青春；有七位勛爵（有些是活人，有些是鬼魂），要找星星來確認他們的繼承權。我們會遇到各式各樣的阻礙，也有一些來自奇怪之處的人出手協助。而主角最後會以英雄的方式戰勝一切——但不是因為他特別有智慧、特別強壯或勇敢，而是因為他有顆善良的心；因為這是屬於他的故事。

我開始寫下：

從前有個年輕人，希望能得到內心渴望的東西。開頭這麼說，儘管了無新意（因為不管過去或未來，每個年輕人的故事都會以類似的方式開始），但是這個年輕人和發生在他身上的事，有很多是不尋常的。即使這年輕人從不知道整個來龍去脈，也無妨。

這聽起來就是我要的語調——有點生硬，有點老派，是屬於童話的語調。我想寫一個故事，讀者會覺得那像是他們已經認識了好久的故事，帶有某種熟悉感，即便那些元素是我盡可能發揮創意寫出來的。

我很幸運，能有查爾斯．范斯替我繪製《星塵》一書的插圖。我認為他是在亞瑟．拉克姆[6]之後畫精靈畫得最棒的插畫家。能有他來替星塵插畫，我非常幸運。有好幾次，我發現自己之所以寫出那樣的場景——獅子與獨角獸對打、飛在空中的海盜船——只是因為想看看查爾斯會怎麼畫。而我從沒失望過。

書出版後，早先是發行插畫版，後來發行無插畫的版本。但眾人普遍認為這是我最超展開的小

6 亞瑟．拉克姆（Arthur Rackman）：生於一八六七年，卒於一九三九年，是英國知名插畫家，總計共替九十本書籍插圖，第一次世界大戰前流行奇幻文學，諸如以仙子精靈為題材的故事，他也是在這段期間建立自己的名聲，是插畫黃金時期的重要畫家之一。

說。比方說，奇幻書迷希望這本書走史詩路線，但它不是，而且我因此沾沾自喜。出版不久，最後我還得為這本書跟一位新聞記者辯論。他之前很喜歡我的《無有鄉》，尤其是裡頭塞滿的政治寓言。可是他把《星塵》翻過來翻過去，想從其中找到一點寓言之類的，卻完全找不到。

「這本書的宗旨是什麼？」他問。如果你是個靠寫作維生的人，應該沒想過會被問到這種問題。

「這是童話，」我跟他說。「就像冰淇淋。會讓你看完的時候覺得很開心。」

我不認為我有說服他——大概是完全沒有。幾年後，《星塵》出了法文版，裡頭包含譯者的註解，並表示整本小說是班揚（Bunyan）的《天路歷程》美化版。真希望我受訪時有讀到這個部分，這樣就可以把這點告訴記者，儘管我是完全不信的。

話雖如此，想讀童話的人還是找到了這本書。有些人看得出它是什麼；他們很喜歡這本書原本的模樣。這些人之一是電影製片馬修．范恩[7]。

但凡要改編我的作品，我就會變得非常護著它們。不過我很喜歡劇本，而且我喜歡他們的電影——在劇情上完全自由發揮。（至少我很清楚自己並沒有寫出男扮女裝、跳康康舞的海盜船長……）還是有一顆星星落下，還是有一個男孩承諾把星星帶給他的真愛，還是有邪惡的巫婆、鬼魂、勛爵（雖然勛爵都變成了王子）。甚至，他們也毫不猶豫地給這個故事一個快樂的結局。當人們重述童話，往往很容易這麼做。

在《企鵝書屋英國民間傳說》（The Penguin Book of English Folktales）中，我們得知二十世紀中葉的民間傳說學者收集了一則口傳故事，但他們從來沒注意到，這則故事其實是維多利亞時期的作家露西．克利夫（Lucy Clifford）所撰寫，是一則詭異而令人不安的童話。

假如《星塵》也有了相似的命運；假如，在作者遭人遺忘之後，仍有人繼續講述這本書；假如，人們忘了曾經有這樣一本書，說出他們自己版本的故事，描述有個男孩踏上尋找墜落流星的旅程，並用「很久很久以前」當開頭，再以「從此過著幸福快樂的生活」做結尾，我一定一定會很開心。

本文原先刊載於二〇〇七年十月十三日的《衛報》。二〇一三年於布萊頓舉辦的世界奇幻大會場刊也收錄了微調過的版本。

7 馬修・范恩（Matthew Vaughn）改編《星塵》，拍成電影《星塵傳奇》，於二〇〇七年上映。

關於查爾斯·范斯的二三事

西奧多·吉特爾森（Theodor Kittelsen, 1857-1914）是有史以來最偉大的妖怪（troll）畫家。他是一位挪威隱士；他速寫、繪製形形色色的妖怪。有水怪、山怪，還有眼神瘋狂、壯如小丘，身上還長著松樹的妖怪。他住在挪威海的一座小島上。距離最近的城鎮，騎馬或搭雪橇（冬天的時候）過去要花兩個小時。

當吉特爾森聽說有畫家也要畫妖怪，據稱他說：「他？他要畫妖怪？那人連妖怪都沒見過。」合情合理。吉特爾森之所以能畫出栩栩如生的妖怪，是因為他親眼看過。亞瑟·拉克姆能畫出惟妙惟肖的妖精生物，像是長瘤又詭異的木精、古里古怪的地精，也是基於相同原因。因為他親眼看過。

而查爾斯·范斯之所以能畫出如此驚人的作品——而且美麗又奇異；他畫出超越一般人想像的精靈、搗蛋鬼、水妖、巫婆等等令人嘖嘖稱奇的生物，原因也很簡單。

他都看過。他把自己親眼所見都畫了下來。

我認識查爾斯·范斯十年（也可能不到。我得承認我忘了到底有多久。我猜……也許九年吧）。

你偶爾可以瞥見查爾斯·范斯草食性或比較少見的一面：他很隨和，笑容溫柔，不太開玩笑，絕對真誠；他的眼裡閃爍著某種光芒。我見過那種光。他的態度安靜含蓄，彬彬有禮。如果有誰身上擁有這四種特徵，大概就是查爾斯·范斯——如果還加上惡魔般的繪畫能力。

他喜歡上等單一麥芽威士忌。不過我只是順口一提，不是要鼓勵看了此文的人去買上好單一麥芽威士忌送給查爾斯——是說，凡是超過十年的應該都不錯。

我很喜歡和查爾斯一起工作。因為很輕鬆愜意。

他是個好人，值得花時間去相處。我們兩人第一次為了《魔法書》而聚在一起討論時，去了「蓋倫山坳」（Galleon’ Lap）——也就是「百畝森林」（Hundred Acre Wood）裡的「迷人之地」（Enchanted Place，如果你看的不是米恩的書，那麼它的名字其實是叫「吉爾斯山坳」）[8]。我們就坐在石南花旁，在松樹隨風搖的地方；我們看著樹，談論要做什麼；我們談論血之河、古老歌謠和雞腿上的小房子[9]。有時我們根本也沒聊天，只是坐在那裡。

他是世上最棒的觀眾。你念東西給他聽的時候他會大笑撫掌。我在寫《星塵》的時候，每寫完一章就打電話給查爾斯，把我寫好的內容念給他聽（偶爾念到一半，我會道歉——因為我看不懂自己的字跡。）只要念到寫的好的地方，他就會笑。真是太好了。

到最後，我只是想看他會畫出什麼，所以才寫那樣的情節。

查爾斯做的是自己熱愛的工作。

如果以廣義角度來看「樂觀主義者」這個詞，說的的確是他沒錯。查爾斯生活在一個美好的世界。不過他雖樂觀，卻並非不切實際；他相當通情達理。一九九一年，我們在土桑獲得世界奇幻獎頒發的最佳短篇故事，查爾斯錯過了頒獎典禮。他那時在打桌球，因為他篤信我們不會獲獎（那機率大

---

8 出自A・A・米恩（A. A. Milne）所創作的第二本小熊維尼《小熊維尼和老灰驢的家》。

9 根據俄國民間傳說，巫婆芭芭雅嘎（Baba Yaga）就住在雞腿上的房子。

概跟我們獲選聯合代理教宗差不多），所以他決定去做點比較合理的事。（這則小八卦的重點不是要說我們最後得了獎。）

今年夏天，查爾斯的妻子凱倫出了一場非常嚴重的車禍。她過去幾個月來手術不斷，又到復健中心再次學習走路、學著怎麼使用自己的身體。

上次見到查爾斯時，我問他近況如何。

「我心懷感激，」他聽起來就像《讀者文摘》裡那些溫暖勵志文一樣。只不過這都是真的。「在復健中心裡，有些人的傷勢跟凱倫一樣重，但餘生卻得靠輪椅度過。可是她未來還能再走路。我們真的很幸運。」

他是認真的。在許多方面，他是一個了不起的人。

查爾斯．范斯住在維吉尼亞州鄉間，他也住在精靈國度。他將自己看見的一切景象畫了下來。

本文原先是替一九九八年第十七屆熱帶科幻大會（TropiCon）的場刊所寫。在此，我很高興地告訴各位，查爾斯眼中依舊閃爍光芒；更開心的是，凱倫．范斯幾乎已完全痊癒。

談鄧薩尼爵士的《精靈國國王之女》

我一直有個疑惑。許多感覺應該很明理的人年紀夠長，照說比誰都不會上當，但或許是基於某種奇怪的文化傲慢，他們認為有好幾齣所謂「莎劇」不可能是莎士比亞寫的，這些戲一定是出自某位英國貴族之手——某位勛爵、伯爵還是某位大公。他們被迫藏起自己的鋒芒。

我之所以對此感到疑惑，主要是因為英國貴族製造出太多獵人、怪咖、農夫、戰士、外交官、騙子、英雄、強盜、政客和怪物。但是，不管在哪個世紀、哪個時代，從未聽聞來自貴族的偉大作家。

愛德華・約翰・摩頓・卓勒斯・普朗克（Edward John Moreton Drax Plunkett, 1878-1957）身兼獵人、戰士、西洋棋冠軍、編劇、教師等等諸多身分。他的家族血緣可以追溯到諾曼人征服英格蘭之前[10]；他是第十八代鄧薩尼男爵，而且是個罕見的例外。

鄧薩尼爵士寫了許多小故事。描述只存在想像中的天神，以及身在遠方國度的盜賊和英雄。他寫下背景設在當代、卻又荒誕不經的故事。這些故事重新由約瑟夫・喬肯斯述說[11]，為了在倫敦的俱樂部換威士忌喝。他寫自傳，寫優美的詩歌，創作了四十齣以上的戲。（據傳，他曾經同時有五齣戲在

10 西元十一世紀，法國的諾曼第公爵率兵攻打英格蘭。

11 約瑟夫・喬肯斯（Joseph Jorkens）是鄧薩尼筆下超過一百五十篇短篇小說的主角。在這些故事裡，約瑟夫・喬肯斯在倫敦的紳士俱樂部裡，只要聽到有人想說故事，他就提議說他也要講個故事，若他講得比較好，對方要請他喝威士忌。

百老滙上演。）他寫小說，描繪一個已經消失的魔幻西班牙——但實際上這個地方從未存在；他寫了《精靈國國王之女》這本優秀、詭異卻幾乎被人遺忘的小說。鄧薩尼有太多獨樹一格的作品早被人遺忘。但是，假使他一輩子只寫這麼一本書，也已經夠了。

首先，他的文風優美。據說鄧薩尼在寫這本書時，是用鵝毛筆沾墨水，在一大疊紙上振筆疾書。他的文字彷彿正引吭歌唱，又像沉醉於欽定版聖經的詩人，還沒有清醒過來。以下就來看看鄧薩尼談論墨水神奇之處：

……他並不知道，墨水能以精采的方式為後世留住已逝之人的想法，訴說早已徹底消失的事件，替我們在黑暗的日子裡發話，讓極為脆弱的事物不受沉重歲月的撞擊；抑或，早在數世紀之前就死絕；墨水代替站在被遺忘的山丘上的逝者，把他們的歌聲傳給我們。[12]

再者，《精靈國國王之女》是一本講述魔法的書。它談論把魔法帶進生活隨之而來的苦難，談論在平凡世界能發現什麼魔法，以及精靈國（Elfland）中陌生、恐怖卻永恆的魔法。這不是一本勵志書，讀起來也不算很舒服，而且你讀到最後，其實會不相信埃爾人（Erl）的智慧，不相信他們竟希望讓擁有魔法的君主來統治。

第三，這本書非常踏實。（我自己最喜歡的橋段是，原本要進入精靈國的小孩因為果醬蛋糕捲逃過一劫，山怪在鴿舍裡看時間流逝。）這本書假設萬事萬物都有因果關係。夢境和月亮很重要——但不能信任，也不能依賴；還有愛情也很重要——但就連基督修士[13]都發現，精靈國的公主不單單只是一條背棄了海洋的美人魚。

最後，如果你認為小說裡必須包含正確的歷史，那麼，這本書有提到一個可以查詢的日期——就在第二十章。但我覺得，如果都已經讀到了那裡，可能早就不需要日期來合理化故事的確實性。這就是真實故事。從各方面而言，這才是真正重要的。

今日，奇幻小說無論是好是壞都只是另一種類型，是你在書店裡找書時某區的分類，我們更是時不時被提醒還有多少其他書要看。（而且，要是鄧薩尼沒有先寫出這種故事，今日許多作家可能就沒什麼東西好寫了。）這其實相當諷刺，而且不是有趣的那種。就定義而言，原本該是最有想像力的文學，卻變得過度呆板，根本沒有想像力可言。然而，《精靈國國王之女》是純粹的想像力建構出來的故事。（如鄧薩尼所說，裡頭沒有稻草的磚塊，做起來比不包含回憶的想像畫面更容易。）這本書也許應該加上警語，告訴大家：這不是一本讀來舒服、令人放心、套公式的奇幻小說；它跟那些奇幻書架上的書不同，那些書裡大多有精靈、王子、山怪、和獨角獸。這是真正的奇幻小說；是一瓶濃醇的紅酒。假如有人目前為止只喝過可樂，那麼看這本書時可能會受到震撼。所以，我建議你要信任這本書，信任它的詩句與詭異之處，信任墨水蘊含的魔法，慢慢喝下。

而且，也許會有那麼一瞬間，你會像埃爾的人一樣，成為身懷魔法的君王的子民。

---

12 此段出於《精靈國王之女》第十六章。

13 Freer of Christom是書裡的角色之一，應為「修士」（friar）。Christom可能是基督教代稱，不過書裡沒有特別寫到。當王子帶著精靈國公主去找修士替他們證婚，修士卻發現公主並非人類，認為沒有相關儀式能替他們合法證婚。

本文為一九九九年重新出版的鄧薩尼爵士《精靈國國王之女》的序。

《薄霧之地》

荷普・茉莉絲一生只寫過一本奇幻小說，但這本書卻擠身英語世界最優秀的奇幻小說。

在我們的世界開始前兩百年，都里梅爾（Dorimare）——基本上就是英國，不過也有一些佛蘭德斯人和荷蘭人——放逐了一位駝背的浪蕩子，奧伯利公爵，以及他的一班朝臣，同時也將魔法與幻想一併驅逐出境。城裡的生活富裕、失去想像力的市民用「烤過的起司酥」起誓，等同「太陽、月亮、星星和西方的金蘋果」之名。顯然仙子和精靈的傳說成了下流低俗的事物。

但仙果仍從仙境走私、偷偷運過邊界。吃了仙果能產生奇怪的幻象，使人陷入極度瘋狂。這種水果因為不合法，甚至連名稱都沒有：走私這種水果的人是以走私絲綢入罪，彷彿只要改個名字就能改變罪行的本質。

薄霧之地的市長奈特・錢廷基勒希望別人以為他單調又無趣——但實際上他沒那麼無聊。他的生活就像一本小說，實際而且合理，就跟所有人一樣（或者說，他是這樣以為）——跟他崇拜的那些古聖先賢非常像。他的世界很膚淺，但他很快就會發現，他的小兒子雷瑙夫在他不知情的狀況下被人餵食了仙果。

現在，仙子國度要來占領這座城鎮了——就跟所有古老傳說一樣，這裡也是死者的世界。有個叫威利・威斯普的淘氣精靈，他魅惑了克萊波小姐的女校中那些可愛的女孩，把她們藏到山丘以外的遙遠地方。錢廷基勒無意間遇到仙果走私人，人生急轉直下；奧伯利公爵的行蹤被人目擊；古老謀殺案被人公諸於世；最後，錢廷基勒得穿越精靈邊界去拯救他的兒子。

一開始，此書讀來像是旅行紀錄或歷史故事，接著又變成像在講述田園生活，然後轉為低俗喜劇、高尚喜劇、鬼故事和偵探小說。文風優雅豐富、效果十足，實在令人難忘。作者對讀者的要求很多，而她相對也給讀者很多回饋。

《薄霧之地》的魔法譜系來自英國民間傳說——畢竟，奧伯利公爵和歐柏隆[14]之間的距離也不算遠；威利．威斯普唱的「呵呵呵」就像好人羅賓[15]，據說那是班．強森[16]寫的；民俗學者看到老波圖努斯[17]什麼話都不說或生吃青蛙，應該也不會太驚訝。那首歌詞有「蓮花、苦草和香石竹」（lily, germander and sops in wine）的歌曲，首次記入文中是在十七世紀，「好人羅賓；又名淘氣鬼」。

我看過不同版本的《薄霧之地》，但都被說成是階級奮鬥的寓言故事。要是這本書寫於六〇年代，我絕對相信此書會被視為某種拓展心靈的故事。但對我而言，最重要的在於：此書談的是和諧——是平衡，以及平凡和奇蹟的交融。畢竟我們需要平凡，也需要一點奇蹟。

本書便是個小小的、金色的奇蹟。無論從哪個方面，最好的奇幻小說應該讓成人讀者非常、非常不安。

本文最初刊載於一九九九年七月號《奇幻暨科幻小說雜誌》（Magazine of Fantasy and Science Fiction）的奇珍異事類。

最重要的是：《英倫魔法師》

我替《英倫魔法師》寫的這篇序實在不優。（喔對，照蘇珊娜．克拉克的發音法，書裡「諾瑞爾」〔Norrell〕這個名字跟「quarrel」〔爭吵〕或「sorrel」〔栗色〕是押韻的。）而且，就算本序只是用來介紹蘇珊娜．克拉克這個人，也還是相當拙劣。不論這篇序要講的是書還是作者，都應該要寫得更精采才對。儘管如此，這是屬於我的故事，所以我要用我的方式來說：我要說的是我如何認識蘇珊娜．克拉克，以及她的小說。

我們的故事剛開始時，我是個草率的創作者。

我在一九九二年從英國移居美國，非常想念我的朋友，所以，當我收到友人柯林．格陵蘭寄來的超大信封，真是高興得不得了。我是在十年前認識格陵蘭先生和其他幾人，那時我意外闖入了科幻和奇幻界。格陵蘭先生是位有著精靈氣質的紳士，又有一點海盜個性；他寫了非常傑出的作品。他的信封裡有一張信紙，格陵蘭先生解釋，他在指導一個寫作坊，其中有位聰明絕頂的優秀作者，他希望我

---

14 歐柏隆（Oberon）是中世紀文學裡的精靈國王，以他為主角的重要文學作品包含莎劇《仲夏夜之夢》。

15 好人羅賓（Robin Goodfellow）是英國神話傳說裡的淘氣精靈帕克。提及他的重要文學作品亦包含莎劇《仲夏夜之夢》。

16 班．強森（Ben Jonson）：生於一五七二年，卒於一六三七年，是英國詩人、劇作家，亦是演員。

17 Portunus，與羅馬神話裡的天神同名，但此處指的是故事裡一個手巧的織工，而且會吃青蛙。

讀一讀她的作品，然後附上一個短篇小說的部分節錄。

我讀了小說，並回信，表示想多看一些她的作品。

這讓蘇珊娜・克拉克很驚訝。她不曉得柯林把〈格瑞斯安卓的小姐們〉（The Ladies of Grace Adieu）的節錄寄給我。不過她很興奮地把剩下的故事寄給我看。我很喜歡這個故事的一切：劇情、魔法，以及蘇珊娜絕妙的用字遣詞。介紹信中，蘇珊娜提到她正在寫的一本小說就是設定在這篇故事的世界，而這本小說將命名為《英倫魔法師》。聽到這件事我很開心——應該說是開心得不得了！所以我把故事寄給我認識的一位編輯；他打電話給蘇珊娜，想買下這篇故事，收在他目前編輯的選集裡。

這件事又一次令蘇珊娜驚訝不已。等她確認這不是什麼惡作劇（畢竟，短篇小說在這個世界非常難賣。不過，連第一篇故事都沒寄給編輯就賣掉版權，雖然荒謬，卻不是不可能。）

想到終於可以見到蘇珊娜・克拉克，我便雀躍不已。等我終於見到她時，她身邊陪著的人是柯林・格陵蘭。他們才認識不久，柯林就說服她把下半生交給他——這樣寫似乎怪怪的。我的意思是不是下半身……我要說的是，他們成為終身戀人與伴侶。根據她寫的這些故事——克拉克小姐一寫好短篇就寄給我看，年年如此，並附上紙條告訴我，她還在寫「那本小說」——我還以為她是個有點瘋癲的人，或許稍微老派。對此我有些驚訝，但又很高興能有機會認識這位聰明又敏銳的女子。她笑口常開、反應很快；喜歡談書、談作者。她了解高端文化，更懂得庶民文化，對於這點，我覺得非常開心；她在兩者之間從容來去，她認為它們不是對立面，而是需要妥協，只是用兩種不同的方式表達同一種概念。（從我的觀點，她的想法非常正確。）

之後的十年，只要有人問我最喜歡的作家有誰，我都會把蘇珊娜・克拉克放進名單，並且解釋說她一直在寫短篇，雖然數量不多，但篇篇都像寶石一樣耀眼。而且她正在寫一本小說，將來所有人一定都會聽過她的名字。我所謂的「所有人」其實只有一小群，但他們都很重要。我有一個預設立場，認為蘇珊娜・克拉克的作品是精煉過的高級品，對普羅大眾而言太特別、太奇怪。

二〇〇四年二月，我收到一份郵件，心中既困惑又開心——那是《英倫魔法師》的試閱，但全書已經完成。我帶著兩個女兒到開曼群島度假，她們在海灣游泳嬉鬧，我則來到幾百年前，去到幾千里外，在攝政時期的約克、倫敦和歐陸感受著純然的樂趣，徜徉在她的文字及其描述的世界，最終窺見故事裡的小徑與巷弄、註解以及優美的修辭，然後連上一條寬闊大路，領我前行。七百八十二頁的書，我享受著每一頁。等我把書看完，我還可以開心地把這七百八十二頁再溫習一次。我喜歡她說出口和沒說出口的事；我喜歡暴躁的諾瑞爾、實際上沒有外表那麼軟弱的史傳傑；烏鴉王約翰・厄司葛雷——書名中沒有他，除非其實是藏在「&」的記號後面[18]。不過，無論如何，他就在那兒。我愛配角，喜歡註解和作者——我認為克拉克小姐不算作者，她也是角色之一。在提筆寫作此書的當下，她比我們更接近史傳傑和諾瑞爾的時代。

我在自己網站的日誌寫下閱讀這本書的體驗。我寫信給蘇珊娜的編輯，告訴她說，我認為這是過去七十年來最優秀的英國奇幻小說。（我認為唯一能拿來相提並論的是荷普・茉莉絲的《薄霧之地》。偶爾有人會問我那托爾金呢？然後我得解釋，因為我當時沒有〔現在也沒有〕把《魔戒》當作「英國奇幻小說」，因為它是「史詩奇幻小說」。）這本小說講得是平凡和奇蹟之間的妥協；精靈與人

18《英倫魔法師》的原文書名為Jonathan Strange & Mr. Norrell。

類兩造或許並非表面那樣壁壘分明，只是以不同的方式表達同一件事。

而關於這本書有多好、多少人會喜歡，我說對了。只是有件事我錯了——但也只有這麼一件：我一直認為《英倫魔法師》會是小眾讀物——只會感動少數的人。當他們碰到面，會談起亞蕊貝拉、史提芬．布萊克、查德邁或生了一頭薊冠毛銀髮的紳士，就像聊起自己的舊識一般；就算陌生，也會變成朋友。我敢說他們一定是這樣——而事實也的確如此。但是，這樣的人並非寥寥可數，而是一支跟威靈頓軍隊一樣（或比他們更龐大）的軍團。這本書變成百年難得一見的佳作，一本優秀又美好的書；它找到散布在世界各地、專屬於它的讀者；它獲得花環，獲得讚譽，獲得獎項，獲得喝采。

在這樣的氛圍下，本序言即將進入尾聲。

我很高興地在後記中向各位報告，克拉克小姐並未受到盛名所累，依舊是我十多年前認識的那位聰明機智的女子。儘管她的頭髮已經全白，卻依舊優雅有型，書衣後折的那張照片仍散發恢宏氣勢。另一方面，隨著歲月流逝，柯林．格陵蘭卻不精靈了。但是，他不見的精靈氣質倒是轉成了巫師氣場。現在他活像在等一群哈比人經過，好讓他能派他們展開冒險之旅。假如我是其中一個哈比人，見到他的眼裡閃爍著海盜般的狡詐目光，我大概會對於踏上冒險與否先三思一下。不過我不是哈比人，只是一介草率創作者。

本文是我替二〇〇九年版的《英倫魔法師》寫的序。

論理查・達德《仙子費勒的神來之筆》

我撰寫本文之際，泰特美術館裡大多數前拉斐爾派收藏品正在美國華盛頓特區展出。原先在館內的前拉斐爾派畫作則全數收進一間維多利亞風格的房內。館方人員告訴我，等這些收藏品回來，他們會改成依照時間順序、而非按流派來擺放展覽品。我覺得這個做法很合理。

我在泰特美術館拍攝個人照，一大清早就站在我想談的畫作旁邊，周遭完全沒有大批人潮。由於玻璃櫃右上方有一小塊髒兮兮的汙漬，我被弄得焦慮不已，所以就把這幅畫和畫家的個人歷史全拿來跟攝影師聊。（但最後我索性拿出一塊電腦螢幕擦拭布在玻璃櫃上狂擦猛搓，抹到它乾淨為止。）沒人逮捕我，我想這是好事一樁。

要是附近沒有人，我可以盯著這幅畫看上半天，看到滿意為止。但是攝影師要我移動一下，換去館裡其他地方。我還沒有看夠。

畫旁有一塊小小的說明牌，上面寫：「齊格飛・薩松[19]致贈，紀念友人暨同袍軍官朱利安・達德。他是畫家的曾侄，也是在一次世界大戰為國捐軀的兩名軍人的兄弟。」一九六三年至今，泰特美術館一直收藏著這幅畫。

我的理智知道，我大概十四歲在皇后合唱團專輯[20]封面摺頁第一次見到這幅謎一般的《仙子費勒

---

19 齊格飛・薩松（Siegfried Sassoon）：生於一八八六年，卒於一九六七年，是英國詩人，曾參與第一次世界大戰。

的神來之筆》，差不多就是實際尺寸的重製，可是我卻一點印象都沒有。這幅畫的古怪之處就在這裡。不管怎樣，你就是得親眼去看——觀賞畫在帆布上的真跡。沒有巡迴展出時，這幅畫大多掛在泰特美術館的前拉斐爾派展覽室。前拉斐爾派的美麗畫作都以華麗金框鑲嵌，巨大且畫技精湛。在這些畫作環繞下，這幅畫顯得格格不入。畫中立於雛菊花海中的精靈宮廷與它們一比，顯得卑微寒酸，它是那麼真實。當你看見這幅畫，一定可以注意到幾件事；有些能立即發現，有些則最後才會看到。

二十幾歲的時候，我第一次參觀泰特美術館的前拉斐爾派展覽室。十幾歲時，我很愛漫畫家貝瑞・溫莎史密斯[21]的作品。他完全無意遮掩自己深受前拉斐爾派影響的事。我想要近距離觀看這些人的畫——米萊[22]、沃特豪斯[23]等等。我去了美術館，非常喜歡而且崇拜那些畫；而且，儘管但丁・加百利・羅塞蒂及伯恩瓊斯[24]那幅女士下樓的畫作令我屏息，我依舊堅持自己不愛但丁・加百利・羅塞蒂。

那裡也擺了幾幅達德的畫，散發一種因為「沒有別的地方可放所以就這麼擺在那裡」的感覺。我看到《仙子費勒的神來之筆》，深深為之著迷。

前一年，我收到一本邀評論的書，內容大多是在講一位名叫戴蒙、維多利亞時期的醫生。他替貝德蘭姆精神病院服刑的犯人拍照。這些絕望又骯髒的瘋子凝視相機，一邊扭絞著自己的手，一邊彆扭地擺了好一會兒姿勢，等待照片曝光；他們的面孔僵著，雙手卻常常模糊一團，宛如鴿子翅膀。書裡全是一張張瘋狂且痛苦的肖像，只有一張除外。相片裡的人雖跟其他人一樣是個瘋子，卻是真正有點作為的人。

這張照片是由亨利・黑令（Henry Hering）於一八五六年拍攝，裡面的瘋子留了鬍子，面前擺了一張畫架，他正在創作一張非常精細、複雜、橢圓形的畫。他以詭詐的眼神注視相機，臉上露出微乎其微又有些凶殘的笑；他雙眼發亮，個子矮壯，卻一臉自傲。一年後，我第一次親眼看見他的大作《仙子費勒的神來之筆》，我第一個領悟是：位在畫作中央那個注視著外頭的可憐白鬍侏儒，其實就是變老的理查·達德。

到泰特美術館參觀前拉斐爾派展覽室的訪客自有參訪原因，並且是受某種遙遠又優美的旋律呼喚。沃特豪斯、米萊和伯恩瓊斯的作品各自表現出屬於他們的魔力：也許觀賞的人只是無意經過畫作，人生卻因此豐富、特別起來。另一方面，達德的作品像個陷阱，專門捕捉靈魂深處為這幅畫留了個空位的人——我就是其中之一——這些人全都上鉤了、為之傾倒。我們真的可以站在畫前好幾個鐘頭，完全沉浸其中，思索著這些仙子、哥布林、男男女女，試圖了解他們的大小、身形與古怪之處。每次你看著這張畫，就會發現以前從未見過的事與人。

20 皇后合唱團從這幅畫作獲得靈感，譜寫了一首同名歌曲。這首歌收錄在他們的第二張專輯《皇后合唱團二》（Queen II），於一九七四年發行。

21 貝瑞·溫莎史密斯（Barry Windsor-Smith）生於一九四九年，為著名的英國漫畫家。

22 米萊（Millais）：英國畫家，全名為約翰·艾佛雷特·米萊（John Everett Millais）生於一八二九年，卒於一八九六年，為前拉斐爾派藝術家之一。

23 沃特豪斯（Waterhouse）：英國畫家，本名為約翰·威廉·沃特豪斯（John William Waterhouse），生於一八四九年，卒於一九一七年。創作風格被歸類為前拉斐爾派及新古典主義。

24 伯恩瓊斯（Burne-Jones）：英國畫家，本名為愛德華·伯恩瓊斯（Edward Burne-Jones），生於一八三三年，卒於一八九八年，原本想受訓成為神父，但興趣後來轉向藝術，也深受羅塞蒂的影響。

達德知道這些畫裡的人是誰。他熟悉他們的生活，知道他們是什麼——反正你看到畫就會曉得了。一八六五年，他在布羅德莫精神病院寫了一首詩〈畫與畫題之消除——稱仙子費勒的神來之筆〉來談這些人物。我們也由此得知這幅畫的名稱。他當個畫家其實比當詩人更稱職。

假如你看過這幅畫的複製品，假如，你正特地要去欣賞這幅畫，那麼，令你驚訝的第二件事應該會是這幅畫的尺寸。它比你想像的小很多——小到簡直不可思議——畢竟畫面中要塞這麼多的東西。我第一次看到《仙子費勒的神來之筆》後，立刻買了泰特美術館授權的複製畫；大小幾乎是原畫的兩倍，但這就跟食物照片無法滿足飢餓的人是一樣的。

畫作與複製品不同。它是真跡，框在自己的畫框裡；它有魔法——從顏色和細節之中滿溢出來——沒有任一張照片、海報或明信片能捕捉到一絲絲的魔法。

所以，你注視著畫；注視每一道筆觸，雛菊上的每一滴顏料。光是看畫就能看上好幾個鐘頭，然後你才會注意到這幅畫有個非常巨大、怪異而且其實很明顯的地方；你不懂自己為何沒有馬上發現，或者為何從來沒有人對此發表一些意見。

這幅畫沒有畫完。

這幅畫的背景（選色有些怪，而且還褪掉了）大多只是輪廓，而且只勾勒在蓋住畫布的那層淺棕上面。那一團眼睛往上看著費勒的黃褐色草，其實是一隻小鹿。因為達德（他花了很多年畫這幅畫）沒有時間。他在畫完之前就送人了。

假如你已經親眼看過這幅畫，那麼毋庸置疑，還有一件事你一定會知道：他很清楚自己在畫什麼。透過那雙狡獪的眼睛，他什麼都見識過；他已經踏上偉大的旅程，一趟華麗的旅行。而這就是他從那趟旅行帶回來的東西。

我們這些靠著創作奇幻討生活的人都知道，我們表現最好的時候就是說實話的時候。人們一定會對「真實的鵝毛筆」產生共鳴——這是我以前碰到的一位德州作家說的。在我的小說《萊緹的遺忘之海》，有一位住在索塞克斯農莊的夫人，她的年紀蒼老過宇宙；還有一個會飄來飄去的奇怪生物，來自時空之外的某處。這個生物化身邪惡保母的模樣，進入年輕主角的生活。上述一切皆是虛構，但感覺很對。感覺很真誠。

在達德發瘋之前，在他殺了自己的父親之前，在他那段坎坷多舛的法國行之前（他要去巴黎刺殺皇帝，結果在火車上攻擊了一名乘客，並在火車上被逮捕），他的畫是相當美麗的——但也非常普通。像是巧克力盒蓋混搭出各個莎劇的仙子場景，看過就忘，沒有什麼特別，不神奇；無法永垂不朽，也不真實。

接著他發瘋了——而且不是只有一點瘋，而是徹徹底底的瘋。由於受到惡魔和埃及神祇的影響，他發狂弒父，餘生都在監禁中度過——先是關在貝德蘭姆精神病院，後來成為布羅德莫精神病院的第一批犯人。一陣子後，他開始畫畫，用畫來交換他人的幫忙。《過來這裡的黃沙灘吧》[25]那種巧克力盒仙子風格消失，現在，他的畫作和素描中的仙宮、聖經場景、他的獄友（不論是真人或是想像的）

25 理查．達德對奇幻題材和莎劇都相當有興趣，他以莎劇《暴風雨》為題材，由第一幕的仙子艾莉兒（Ariel）之歌獲得靈感創作油畫，並以其中詩句替畫作命名《過來這裡的黃沙灘吧》（Come Unto These Yellow Sands），於一八四二年展出，廣受好評。

都有了力道，那些畫因而成為值得擁有的珍品。他作品蘊含激烈又率直的氛圍，竟能產生如此駭人的效果。

他的餘生都在牢裡度過，和一群犯了罪的瘋子關在一起。雖然他一樣是個不正常的犯人，但他有來自「另一邊」的訊息要傳達。但除此之外，他這輩子就這樣了。

儘管如此，他留給我們許多畫作、謎語和一幅未完成的畫，並不斷讓人著迷他的作品。安潔拉·卡特寫過一齣精采的廣播劇《過來這裡的黃沙灘吧》，描述的就是這幅畫、達德的生平，以及維多利亞時期藝術。我曾寫過電影大綱，這幅畫則是整個劇情的關鍵，而且我差點有機會編撰一本文選，裡面收錄的每個故事，都屬於一個看見仙子費勒在畫中砸開栗子的人。

這幅畫、畫家的生平，將是我們永遠的謎團，未完的任務，或拋下的疑問，或永遠無解的問號。一如達德在他自己寫的詩〈……消除〉（Elimination……）最後說的：

但非此即彼
你都能鬆手放開
謂釋乃零即是無
無中之無得之無。

本文是替二〇一三年七、八月的雙月號《智慧生活》（Intelligent Life）雜誌所撰寫，我同時也納入先前替二〇〇八年出版的馬克・查德邦（Mark Chadbourn）所寫的精采長篇《仙子費勒的神來之筆》部分前言。

IX

做好藝術

老公跟政客私奔？做好藝術。
腿跌斷又被變種蟒蛇一口吃掉？做好藝術。
國稅局查到你頭上？做好藝術。
貓爆炸了？做好藝術。

做好藝術

我從沒想過，某天竟然會在這裡為高等學府畢業的學生提供建言。我從來沒從這類教育機構畢業，甚至連大學都沒念過。光是想到在成為我一心想當的作家之前還要被迫念四年的書，我就覺得快要窒息。所以，我一有機會就逃離學校。

我踏入這個世界，我開始寫作，寫得越多，越能成為好的作家，我繼續寫，似乎沒人在乎我是否純屬虛構。他們讀了我寫的東西，付錢買下——或不付錢。但他們時常會再委託我替他們寫點別的東西。

這讓我對高等教育產生健康正面的看法，而我那些上了大學的親友對高等教育的想法也早早改變。回首來時路，我經歷了一段精采的旅程。我不敢說這能稱為「職業」，因為如果說「職業」，那就暗示我有某種規劃——但我從來沒有計畫。最接近規劃的應該算是我十五歲時寫的一張清單，上面列舉我想做的每件事：寫大人的小說、童書、漫畫、電影，錄製有聲書；替《超時空博士》寫一集劇本……等等。我從來沒有想過職業，只是照著清單去做。

因此，我想，我要告訴各位的，是我希望我一入行就知道的事，以及當我回顧過往，我原本就很清楚的一些事。而且，我會將我獲得最棒的建議告訴各位，儘管我完全沒有照著做。

首先：當你進入藝術這一行，你完全不知道自己要做什麼。

而這真是棒透了。知道自己要做什麼的人就會知道各種規則；知道什麼可行、什麼不可行。但你們不知道——也不該知道。在藝術方面立下規矩，規定說什麼可行、什麼不可行的人，他們從來沒有越界過，也沒有去探測可能性的界線。但你可以挑戰。

假如你不知道這不可能，做起來就簡單多了。因為以前沒人做過，所以他們還沒制定什麼規則來阻止想要這麼做的人。

第二，如果你們想到點子，這個點子是你在這裡的原因，那就放手去做。

無論什麼，說起來都比做起來難。一般來說，為了去到你想要的位置，先要做非常多的事。我想寫漫畫、寫小說、故事和電影，所以我當了記者，因為記者可以發問，而且可以靠這種方式搞清楚這個世界如何運作。此外，為了完成我的工作，我得要不斷地寫，而且要寫得好。有時別人付我錢是要我將故事寫得精簡但聳動——有時是相反——而且還要準時交稿。

有時候，要達成心願的方法一清二楚，有時，你卻難以確定自己在做的事到底正不正確。因為你必須在你的目標、希望，如何餵飽你自己、清償債務、找到工作、安於現狀之間找到平衡。

有個很有用的方法：我把我想做到的目標——例如成為作家（尤其是小說家）、寫出好書、寫出好漫畫、用文字來養活自己——想像成一座山。那座遠遠的山就是我的目標。

而我知道，只要繼續大步朝著山走去，我就不會有事。當我迷惑，我可以停下，思考一下我在做的這件事到底是讓我靠近了山，還是遠離了山。我推掉雜誌編輯的工作，它的薪水不錯，可是我知道，儘管這工作很吸引人，但它們都會讓我遠離那座山。假如那些工作早一點出現，我說不定會接受，因為那些工作當時的位置比我更接近那座山。

我從寫作中學寫作。只要含有冒險意味，什麼我都會去嘗試；一旦它感覺起來像工作，我就停止。因為人生跟工作並不一樣。

第三，當你上路，就要面對失敗的問題。你得把臉皮練厚一點，你要知道不是每個案子都能成功。自由業人生和藝術這行飯，就像在荒島上把訊息丟進瓶子，寄望著哪個人找到你的瓶子，打開來讀訊息，然後在瓶子裡放個回信，或是賞識，或委託，或一筆錢，或者愛，然後讓它漂回你手中。有件事情你一定要接受：也許你得拋出一百個瓶子才會回來一個。

失敗帶來的問題就是會讓人挫敗、絕望和飢餓；你希望事事如意──而且是馬上就要如意。但往往天不從人願。我的第一本書是傳記，為了錢寫的。我用那本書的預付版稅買了一臺電動打字機。其實那本書應該要很暢銷，為我賺進大把鈔票──要不是在首刷賣光到二刷的中間出版社倒閉關門，連版稅都沒來得及算給我，書早就暢銷翻了。

我也只能聳肩了。至少我還有電動打字機，還可以付兩個月房租。我決定未來再也不要只為錢而寫。因為，這樣要是你沒賺到錢，就什麼也得不到了。如果真能做出引以為傲的作品，就算沒得到錢，至少我還有我的作品。

有的時候，我會忘了這條規定。但是只要我忘記，大宇宙就會狠狠踹我一腳予以提醒。我不知道這條規則是不是只適用於我，但真的，凡是只為錢去做的工作，我獲得的除了慘痛的經驗之外什麼也沒有──而且通常最後我也沒拿到錢。假設我做這些事是因為有意思，而且想用自己的雙眼看著成果實現，那麼我倒是從沒失望過。而且我也不後悔自己投入的時間。

失敗的問題是最難解的。

成功的問題可能更難，因為沒人會警告你。

就算是再小的成功，你會遇到的第一個問題就是深深相信這只是僥倖，隨時都會有人揭穿你的真面目——「冒牌者症候群[1]」。我的太太亞曼達將之稱為「詐欺警察」。

用我當例子：我相信有一天會有個人來敲我家的門，他會拿著一塊記事板（我不知道為什麼他要拿著記事板，可是在我腦海裡他就是這副模樣），站在門口跟我說，結束了，他們抓到我了，我現在要去找份真正的工作，不可以再天馬行空亂說話，不可以讀我想讀的書。然後我會靜靜地走開，去找個正經的工作，早起打領帶，再也不胡說八道。

而成功的問題在於太真實。假使幸運，你們會經歷到的。到那個時候，你不會再對每件事情滿口答應，因為你丟到海裡的瓶子全帶著回應回來了，你現在要學習的是怎麼說「不」。

我看著我的同輩、朋友和比我年長的人，有些人落入多麼悲慘的境地：他們會跟我說，他們再也無法想像過去那個曾經能隨心所欲的世界，因為現在他們必須月復一月賺到一定的金額，只為了維持現在所在的位置。他們無法抽身去做真正重要或真心想做的事。這感覺就跟失敗一樣慘。

再來，成功最大的問題在於：全世界都會偷偷聯合起來阻止你去做正經事，因為你是成功人士。某天，我突然一個抬頭，發現自己竟然成了回電子郵件的專家，寫作只是我的嗜好。於是我開始減少回信頻率，便發現自己創作數量又變多。我鬆了口氣。

第四，我希望你們犯錯。假如你犯錯，表示你有在做事。而且錯誤本身可能非常有用。我曾在一封信裡拼錯「Caroline」這個字。我把a和o換了位置，但我又馬上想，「感覺好像真的有Coraline這

1 時常自認能力不足，不配目前的地位，也常過度擔心會被同儕看穿，不斷懷疑自己的能力與成就。

個名字……」

不要忘記，不管你屬於哪個領域；不論你是音樂家、攝影師，畫家或漫畫家，是作家、舞者、設計師——不管你做的是什麼，你都擁有一個獨一無二的能力：你有能力做好藝術。

對我，還有我認識的許多人來說，那就像是一個救生圈。它能幫你度過好的時光，以及其他的時光。

人生有時艱難。諸事不順，生活、愛情、生意、友誼、健康以及所有種種都可能出錯。每當不如意，你該做的就是：

做好藝術。

真的。老公跟政客私奔？做好藝術。腿跌斷又被變種蟒蛇一口吃掉？做好藝術。國稅局查到你頭上？做好藝術。貓爆炸了？做好藝術。網路上有人認為你的作品既蠢又討厭，或是以前早就有人做過？做好藝術。也許事情多半能解決、時間最終會消解傷痛，但是那都無所謂。就做你最拿手的事。做好藝術。

日子不順時，做好藝術。

日子順遂時，也要做好藝術。

第五，當你創作，做只有你能做到的事。

最初你難免會想模仿。這不是什麼不好的事。大多數人都是先學習他人表達的方式，才找到自己的聲音。但有一樣事物是只有你有，別人絕對沒有的：你自己。你的聲音，你的心靈，你的故事，你的觀點。所以就去寫、去畫、去創造、去演、去舞蹈，活出自己的樣貌。

一旦你覺得自己像是赤裸裸地走在大街（又或者只是隱約這麼感覺），把你的內心與內在毫無遮掩地暴露出來，洩漏出太多自我，那正是你開始走對方向的時候。

我最成功的作品就是我最沒把握的作品，我很確定，要是那些故事沒成功，一定會變成丟臉的失敗之作。大家只要聚在一起，就會拿來當閒聊話題，嘲笑到世界末日。這些作品都有一個共同之處：當人們回顧過去，自會有一套理由，解釋它們是因為這樣那樣，所以必定成功。可是當我寫作，我其實毫無頭緒。

而且我現在也還是不知道。可是，如果你每次都做一定會成功的事，還有什麼樂趣？有時我做的一切實在很不成功。有些書從沒有再版，有些甚至連我的家門都沒有離開。但就像那些我從成功學到的一切，我從這些故事也學到了不少。

第六，我會傳授你們一些自由工作者的祕訣。握有祕訣永遠都是好的。而且對任何一個想要為他人創作、想踏入任一領域的新手自由工作者，都是非常有用。我是在漫畫界學到這些祕訣，不過，用在其他領域也行得通。我的祕訣就是：

人們獲得僱用的原因——其實沒有什麼原因。說一個我的例子。我做了某件事，在這個時代，這種事都很容易查，而且還會害我惹上麻煩。在從前那個「前網路時代」，我剛入行，這個策略感覺其實滿合情合理的：編輯問我曾在誰的底下工作，我撒了謊。我列出一堆可信度很高的雜誌，口氣聽起來也很有自信，於是我得到了工作。後來我為了名譽，真的努力替我當時列出的每家雜誌寫稿，這樣就不太算說謊了吧……我只是有點弄混順序啊。但不管你是怎麼得到工作的，反正你就是得到了。

大家仍持續在自由工作者的世界裡努力著，時至今日，自由業的範圍越來越廣，因為他們的東西品質好，因為他們好相處，因為他們準時交件。你其實不用三者皆備，只要做到其中兩項也是可以。只要你的作品好，又準時，不管你有多難相處，別人都可以放一邊；如果作品好，他們又喜歡你，遲交就可以原諒；又或者，東西不是最好，可是你準時交件，而且他們也喜歡聽你說話，也是可以。

當我同意前來致詞，我開始努力回想這些年來我得到最好的建議是什麼。

我想到一個，但我自己完全沒有做到。

這個建議是二十年前史蒂芬．金給我的。當時我因《睡魔》登上成功的巔峰。我正在寫一部漫畫，它很受歡迎，大家也很認真看待。史蒂芬．金也喜歡《睡魔》，以及我和泰瑞．普萊契合寫的小說《好預兆》。當他看到一長串索取簽名的狂熱粉絲等等景象，他給我的建議是：

「這真是太棒了。你應該好好樂一下。」

但我沒這麼做。這是我得到最好的建議，但我卻沒放在心上。反之，我不斷煩惱東煩惱西；我煩惱下一個截稿日、下一個點子、下一個故事。接下來十四、五年，我沒有一刻不是在腦中寫作或想著寫作；我完全沒有看看周遭，說一句：「這真是太有趣了。」真希望我有更樂在其中。這是一段最最神奇的經歷，但我卻錯過了，因為我太擔心會出錯，我擔心接下來不知道會發生什麼事，結果無法享受當下。

我想，這是我學到最深刻的教訓：你該放手，好好享受這趟旅途，因為這次經歷會帶著你去到精采非凡的意外之境。

今天，我在這個講臺上，這裡就是那樣的地方。（而且我現在正樂在其中。）

我要祝今日所有的畢業生，我祝各位幸運。幸運很有用。你可能常會發現，你工作越努力，而且用越聰明的方式工作，運氣就會越好。不過，幸運的因素的確存在，而且真的有用。

我們處在一個轉變中的世界，因為傳播的本質在改變，創作者得以將作品外推，保住自己遮風避雨的小天地。另外，買三明治填肚子的方式時時刻刻都在變。我跟出版界、書籍銷售等相關產業中位於食物鏈最上層的人談過，沒人知道兩年後的世界會變成什麼模樣，更別說十年後。上世紀所建立的傳播管道正在變化，對出版、視覺藝術、音樂等各領域的創作者而言，都是一樣。

也就是說，這個趨勢令人感受到威脅，但另一方面，卻也代表無邊無際的自由。所有的法則、預設，被我們視為理所當然的行規，包括你該用什麼方法讓別人看到你的作品，下一步該怎麼走——全數瓦解。那些守門員都不在了。你就放手去發揮，去展現你的創作。電視、YouTube和網路（以及所有在YouTube和網路之後又冒出來的新發明）能讓更多人看到你。舊規則已經不在，新的規則還沒人知道。

所以，去訂定你自己的規則吧。

最近有人問我，要怎麼做一件她認為很難的事。就她而言，這件事是錄製有聲書，我建議她先假裝自己辦得到。不單單是假裝去做，而是假裝自己已經是高手中的高手，是本來就能做到的人。然後她在錄音室牆上貼了一張條子，她說相當有幫助。

所以，運用你們的頭腦，因為這世界需要更多智慧，如果你沒辦法——就假裝，然後做出有智慧的人會做的事。

去吧，去犯下有趣的錯誤，去犯令人驚奇的錯誤、去犯下盛大而美好的錯誤。打破規則，讓這個世界因為有你而變得更有意思。做好藝術。

本文是我於二〇一二年五月十七日在費城的藝術大學（University of Arts）畢業典禮發表的致詞。這場演講變成我最廣為流傳的軼事。致詞影片在網路上的觀看次數超過百萬，內容也變成一本可以捧讀的小書。設計師是奇普・基德。

X

廉價座位上的視野：真正的事物

我小時候學過這首詩。
當時死亡對我而言是一個模糊的概念，
而且我覺得自己肯定能在長大後逃開死亡，
因為我是個聰明的小孩。
我那時真的很肯定這件事。

廉價座位上的視野[1]

我從朋友那裡聽說，有些作者會抱怨，並表示自己不要去參加奧斯卡獎。「為什麼你要去？」他們問。

我寫了一本書叫《第十四道門》。導演亨利・謝利克為這本書施了魔法，讓它搖身一變，成為一部奇妙的停格動畫。在書轉為電影的過程中，我盡全力幫助亨利；我支持電影，鼓勵大家去看；我幫忙拍網路預告，在預告片裡大談扣子。我也替奧斯卡獎寫了一段十五秒的段落：寇洛琳告訴記者，要是她贏了奧斯卡可以有什麼好處。我先入為主地認為我可以因此去參加奧斯卡——並沒有。不過亨利是導演，有門票可以參加典禮，而且可以決定票要給誰。於是乎，其中一張票來到我手中。

我的父親於二〇〇九年三月七日過世，奧斯卡在二〇一〇年三月七日舉辦。我本以為那應該會是尋常的一天，我完全不會難過。我想這表示我很不了解自己。因為當那天到來，我非常哀傷，不想參加奧斯卡。我想待在家裡，和我的狗一起在樹林裡散步。如果我可以只按個鍵就馬上出現在會場，別讓任何人失望，我一定會按下這個鍵。

我打理好自己。有位名叫坎柏莉的設計師，她曾替我的未婚妻和傑森・韋伯利做了一件洋裝，可以讓他們兩個塞進去，扮成一對連體雙胞胎。我見過她一次，她主動提議說要幫我做造型，出席奧斯卡，我接受了這個提議。她替我做了外套和背心，我想像自己穿上這一身勁裝，看起來一定會很酷炫。但最棒的是，當別人問我「你要穿什麼出席奧斯卡？」我現在可以回答了。坎柏莉一定會很高興。

發行《第十四道門》的焦點影業很照顧我。他們前晚在馬爾蒙莊園酒店為兩部獲奧斯卡提名的電影《第十四道門》和《正經好人》辦了一場小型慶祝會。參加派對的組成分子非常特別：來自明尼亞波利斯的猶太人，以及諸位動畫師。更怪的是，我就是其中一個明尼亞波利斯來的猶太人……之類的。（最後我跟另一個來參加派對的人一同比對聖保羅地方報一篇令人激動的文章，最後發現，我根本住在離明尼亞波利斯一小時車程外的地方。）

宣布入圍名單時，我發現參加奧斯卡最棒的地方就在於《第十四道門》不會得獎。《天外奇蹟》今年獲得最佳影片提名，一看也知道它不會得，它會得的是最佳動畫長片。

下午三點，有輛禮車來接我去奧斯卡。車子開得很慢。街道封閉了。我們最後看到的一般民眾站在街角、手舉牌子（「上帝痛恨該死的同性戀」）。前陣子之所以發生地震，乃是上帝要展現對死同性戀的憎恨；還有猶太人偷東西……但我看不到偷什麼，因為被別的牌子擋住了。

我們抵達柯達劇院的一個街口前，車子先經過搜查，然後才到會場。我下車站上紅毯，有人把一張票塞進我手中：晚上典禮結束後可以搭車回去。

這是一場控制得宜的混亂。

我站在那裡，腦筋一片空白，發現自己竟不知所措。每位女士看起來都像花蝴蝶；露天看臺上很多人，每每見到禮車停下都會大聲叫嚷。有個人叫我：「尼爾？」

是焦點影業的迪葉特。「我剛剛才陪亨利進去。真巧，要我帶你過去嗎？」

1 原文The View from the Cheap Seats另一個意思是局外人發表的評論。

我非常願意。她問我想不想從攝影機旁邊過去，我也說好，因為我的未婚妻現在人在澳洲，我的兩個女兒正在看電視轉播。而且，要是能看到我的外套出現在電視上，坎柏莉會很開心的。

我們朝人群走去，站在一個身穿美麗禮服的女子後面。那件禮服看起來像是夢裡的水彩畫。我分不出誰是誰，除了史提夫．卡爾。因為他看起來就像電視上那個史提夫．卡爾，除了膚色沒那麼橘。

當我們通過金屬探測器，兩人緊緊貼在一起，那件美麗的水彩禮服被人踩過，但穿著這件禮服的女士似乎不以為意。

我問迪葉特穿這件禮服的人是誰，她告訴我說，是瑞秋．麥亞當斯。我想去打招呼——瑞秋曾在訪談中為我美言了幾句——但她現在正在工作，而我不是。沒人想拍我——迪葉特也發現了——也沒人想訪問我。我變成一個隱形人。

在紅毯轉彎的地方，我們暫停了一下。我低頭看著瑞秋．麥亞當斯的水彩禮服，思考著不曉得能不能看到腳印。照相機閃個不停，但不是對著我。

我們進入柯達劇院。有人把我介紹給《綜藝報》的編輯。我發現，當所有人都穿燕尾服的時候，我的人臉辨識技巧就完全失靈了。（除了詹姆斯．卡麥隆，因為我只看過他穿燕尾服的樣子。我想，要是他穿別種衣服，我就認不出來了。）我把這件事跟《綜藝報》的編輯說，然後他指著一名有著古銅色肌膚、臉上掛了好大一個笑容的男子，告訴我說這是洛杉磯市長。「這類活動他每場都會來參加，」他說：「這人為什麼不在辦公室裡工作呢？」

「呃……因為這是好萊塢一年中最重要的一天？」我大膽表示。「而且今天是星期天？」

「嗯，也是啦。不過他還是跑來參加酒櫃開箱了。」

我六週前去參加金球獎，發現頒獎典禮的廣告空檔時間彷彿某種詭異的好萊塢式大型快速約會。因為參加者在場內來去穿梭，想找朋友，或跟人談點條件，我猜今晚大抵也是如此。

柯達劇院有一樓座位，上面還有三層看臺。我的票是在最上層。我乖乖地往樓上走，此時有一大群人進場，有個看不到本尊的旁白正以急切的語氣宣布，奧斯卡頒獎典禮將在五分鐘內開始。我盯著我前面的女子，她有一頭金髮，五官怪得像魚。那是張整過形的臉，恐怖又美麗。她的雙手看來很老又很小，旁邊滿臉皺紋的丈夫好像比她年紀更大。不知道他們在一起的時候年紀是否一樣。

我們進去了，不能再浪費時間。燈暗，尼爾·派屈克·哈里斯唱了一首很特別的奧斯卡之歌，但好像沒什麼曲調；有幾個人在推特上表示自己搞不清楚應該要恭喜哪一個尼爾。

現在輪到主持人上場：史提夫·馬丁和亞歷·鮑德溫。他們上場說笑話。在夾層這裡的我總覺得他們抓的時機不對，笑話拙劣，又太呆板。可是感覺也不像是預錄，不知道在電視上看的效果如何。所以我在推特上發問，好幾百人告訴我在電視上看感覺也很糟——不過倒是有二十個人告訴我他們很喜歡。我認為這就是推特的功用：當你孤零零地待在夾層，推特可以陪著你。

最佳動畫長片是當晚第二個頒發的項目。我對著攝影機講《第十四道門》的那十五秒轉瞬即逝。我想，那將是我的文字這輩子接觸到最多觀眾的一次。

《天外奇蹟》得了獎。

奧斯卡頒獎典禮繼續進行。在觀眾席上，我們看不到一般人在家裡電視上看到的畫面。在我下方，喬治·克隆尼正對著攝影機做鬼臉，但我看不到。

蒂娜·費和小勞勃·道尼頒發最佳劇本獎，而且頒獎詞很好笑，不知道他們的腳本是不是自己寫的。

廣告時間，燈光暗下，音樂響起，讓眾人可以閒聊互動。羅珊不用再賣身[2]。

我往看臺酒吧走去。我肚子餓了，而且想殺殺時間。我喝了威士忌，點了一塊巧克力布朗尼——沒想到這麼大，跟我的腦袋差不多，而且是我這輩子放進嘴裡最甜的東西。我分給其他人。

人們在樓梯上上下下。

威士忌和糖在我的身體系統內流竄，我違反了門票上不可攝影的規定，拍了一張酒吧的菜單照，發布在推特上。我的未婚妻用推特傳訊給我，催我去女廁裡拍照。她在金球獎的時候做了這件事。但是，即使我現在糖分指數衝到天那麼高，這個點子聽起來依舊恐怖萬分。不過，我覺得我應該下樓，在下段廣告時間跟亨利．謝利克打招呼。我往樓梯走去，一位西裝筆挺又親切的年輕人請我出示票根。我拿給他看，他解釋說，因為我是屬於最上層的觀眾，所以不能下樓。這樣會打擾那些A咖們。

我怒氣沖天。

好吧，其實我沒有怒氣沖天，但我有點無聊，而且朋友都在樓下。

我決定要說服其他在看臺的同胞群起革命、衝向樓梯，就像電影《鐵達尼號》那樣。他們可能會射殺幾個，但無法阻止所有人；我們會獲得自由——我們可以在樓下喝酒，我們可以跟哈維．溫斯坦閒話家常。

有人在推特上跟我說電梯那裡沒有檢查管制，可是我懷疑那可能是陷阱。我回去我的座位。

我錯過了恐怖電影致敬這段。

瑞秋．麥亞當斯穿著那件「這可以踩喔」的美麗禮服。

頒發最佳男主角和最佳女主角獎時，一群曾和入圍演員工作過的人真誠地說，這些演員是超級好人。我不知道這在電視上看起來效果怎樣，可是在我們眼前那座舞臺上，看起來其實很笨拙。我們這些底下的人每次一到廣告時間就到處聊天，聊得超起勁。那個看不到人影的廣播又在吩咐大家回座，語氣有點焦急。

酒吧的那個人讓我想到西恩．潘——結果真的是他；傑夫．布里吉的致詞獲得眾人的起立鼓掌，聲音一路傳到上面的看臺——珊卓．布拉克的掌聲只有傳到我們這層的前排——就只到那裡；凱薩琳．畢格羅的致詞又獲得全場起立，但出於某種原因，除了這層看臺的右上方（也就是我的位置），大家都坐著，只有禮貌性鼓掌。

某種氛圍似乎正在醞釀，而且逐漸增強。接著，湯姆．漢克斯走到舞臺上（如果你沒看狂播了好幾個月的奧斯卡宣傳廣告，可能會措手不及）。他直接對我們說，喔，對了，《危機倒數》贏得最佳影片，祝大家有個美好的夜晚。解散。

我下了兩層電梯去參加州長舞會；我坐下來和麥可．辛聊天。他帶了十一歲的女兒莉莉一起，我們聊起兩天前吃的壽司，那時我們遭到警方突襲被打斷，草草結束。我們至今不知道是什麼原因。（隔天早上就知道了，它成為《紐約時報》的頭版：餐廳販售非法鯨魚肉。）

我看到亨利．謝利克。頒獎終於結束似乎讓他鬆了一口氣。現在他可以回到平常的生活。

---

2 這句出自警察合唱團的名曲《羅珊》（Roxanne），描述一名愛上妓女的男子對她說，他會照顧她，可以不必再去攬客。

我覺得自己像在夢遊，隱身走過我（也許是）這輩子最哀傷的一天。那晚有許多光鮮亮麗的派對，但我一場都沒去；我寧可和好友一起坐在旅館大廳，聊聊奧斯卡。

隔天一早，《洛杉磯時報》的奧斯卡獎專刊最末頁刊了一張巨大的全景照，拍的是紅毯上的人。讓我有些驚訝的是，我看見自己站在正中央，低頭注視著瑞秋．麥亞當斯美麗的水彩禮服，檢查上面是否有腳印。

本文原先刊載在二〇一〇年三月二十五日的《衛報》，標題為〈無名小卒的奧斯卡指南〉。但我要重新採用原來的標題。這不是無名小卒的故事，我要說的是：在你最應該待在家裡、滿懷哀傷的時候，你卻出門了。

無邊無際的鏡子

我是誰？

這是個很正經的好問題，而且從孩提時代就一路糾纏著我。我會盯著浴室裡的鏡子，盡力回答各種問題，從倒影中尋找資訊，希望能找到一點線索。我的臉龐被框在鏡子裡：臉下方的玻璃架擺了牙刷，身後是貼了磁磚的牆和結霜的玻璃窗。我的黑髮太短，一耳突出，另一隻則沒有；我有深褐色的眼珠，紅紅的嘴唇，鼻子上有點點雀斑。

我總拚命盯著鏡子，對於自己究竟是誰感到困惑——我原本以為自己是誰、我其實是誰、還有回望著我的那張臉又是誰——我對這其中的關係相當困惑。我知道那不是我的臉，假如我遇到什麼可怕的遭遇（比如說煙火意外），假如我失去我的臉，一輩子都得像恐怖片的木乃伊一樣把臉用繃帶裹起來，我依然是我，對吧？可我從來沒找到答案——至少沒找到令我滿意的答案。但我持續發問。我想，至今我依舊在問。

那是我的第一個問題。第二個甚至更難回答。第二個問題是：我們是誰？

為了回答這個問題，我翻開家族相簿。前半擺的是黑白照，後面幾本是彩色照片；所有照片都小心翼翼地收藏在家族相簿，角落有裝裱用紙，底下有每張照片的圖說，會講到照片主題和拍攝的時間和地點。薄薄的玻璃紙、半透明的紙張蓋著每頁，相簿散發非常正式的感覺。我們不可以在無人監督的狀態下把相簿拿來玩，或拿走照片。在適當的時機，大人會從高高的櫃子或黑暗的櫥櫃拿出相簿，等我們看過之後再把相簿收起。這不是可以拿來玩的東西。

這就是我們，相簿對著我們說。這些就是我們口耳相傳的故事。

黑白照裡，死者擺著姿勢、穿著感覺很不舒服的衣服。他們曾經活過，而且當年是如此年輕，判若兩人。現在的老人是當時的年輕小伙子，他們穿著不合身的衣服，去我們無法想像的地方。現在他們聚集在此，非常正式，非常僵硬，他們是我們的祖父母、曾祖父母、叔伯姑姨，場景有結婚與訂婚，照片有銀色和棕色，灰色和黑色。然後時間往前推，臉孔和動作變換，進入彩色的、更隨興的時代，開始能看到快照、度假照片，還有——「快看！」你認得出那些壁紙，你發現一臉驕傲的祖父母手中抱的是襁褓中的你。現在你在這邊，你在這前後脈絡中思索自己的嬰兒時期、那些環繞在你身邊的人，以及你的根源；然後你放下相簿，回到自己的生活中，像是鬆了一口氣似的回到框架裡，回到心之所向。見到我們的祖先和所愛之人，藉此獲得一些背景資訊；那些畫面讓我們知道自己是誰。

多年來，我都以為自己參觀過英國國家肖像館，因為我去過英國國家美術館——牆上都掛著肖像不是嗎？結果一直到成年後，我終於晃進英國國家肖像館的走廊和展覽空間，才瞬間發現我從來沒到過這裡。但我犯下的尷尬錯誤很快就被喜悅取代。還好我不是在小時候來參觀肖像館，因為那樣我就不會知道這些人是誰。（除了幾個國王之外——或許還有莎士比亞和狄更斯吧。）但現在，這裡就像是一本我超級熟悉的家族相簿。

一開始，我在展覽室找尋我熟悉的人——我知道他們的故事、我曾對他們納悶好奇。同時，這裡也有我很想見上一面的人。然後我擴大移動範圍，用肖像館來了解這些人。當我邊走邊細瞧，猜想我經過的那一張張臉：他們如何融入國家歷史、為什麼會在這裡——為什麼是他們，不是別人——感覺就像跟這些臉孔對話，與畫作交談。

我發現，英國國家肖像館就像國家版本的家族相簿。我們可以從這裡知曉歷史上的脈絡；我們可以透過它來描述自己、介紹過去；也可以反思、解釋、探索自己是誰；我們可以去挖自己的根，不只是隨意看看我們來自什麼地方。畢竟畫風是很多元的；有風景畫、肖像畫。它們幫助我們了解自己是誰：我們來自哪裡、是什麼樣的人。

好多年來，我一直很喜歡康斯特勃的風景畫。他筆下的雲比起我看過的任何一朵雲更有真實感，它讓我忍不住凝視著雲，思考著雲是不是某種藝術品；還有樹木，以及空間持續延展的感覺：薩弗克的景色，它也可以是我的索塞克斯小巷與天空。但現在，我終於真正看到約翰．康斯特勃[3]。我沒想過他的長相那麼好看，也沒想過他會露出沉思的表情。他的眼神有種奇妙的氛圍：似乎總凝視著別的地方。我不禁好奇他的眼神是否一直都這麼迷濛，就像我女兒小時候那樣。又或者只是因為拉姆．瑞奈戈[4]這麼畫，以這種方式呈現給我們看。我想像自己擁有那樣的腦袋，透過約翰．康斯特勃特殊的視線去看世界，看雲、看天空和樹木——不知道是什麼感覺。

某些肖像畫重要的地方是它的主題，有些則是因為畫家。不過，其他的肖像畫之所以重要，是因為它是歷史中的一刻，是那個時代的記錄——我們的時代。許多場景散發出的力量來自於時代交錯

---

3 約翰．康斯特勃（John Constable）：英國畫家，生於一七七六年，卒於一八三七年，以風景畫聞名，地點多在薩弗克。

4 拉姆．齊瑞奈戈（Ramsay Reinagle）：英國畫家，生於一七七五年，卒於一八六二年，主題以人物肖像、風景、動物為主。

的瞬間：畫家，還有被記下的事件、時間、歷史與不斷變化的脈絡。當我們走過英國國家肖像館的走廊，這些元素就都匯集在一起了。

我們看著那些畫，加以評斷。（因為人類本就是喜愛評斷的生物。）我們評斷被畫的主角（他是壞國王？她是好女人？）就跟評斷藝術家一樣。偶爾我們會發現自己對雙方都加以評判——尤其當畫家自己就是繪畫的主題。蘿拉．奈特[5]的自畫像彷彿深紅與朱紅的交響曲，展現出畫家完美的輪廓；她身旁擺的是模特兒與模特兒畫像的裸體側面。身為女性，她被禁止參與人體素描課程；而她要告訴我們的是，她是女性，而且是繪出生命的大師。她的技巧無與倫比，主張強而有力。

仔細欣賞伊翁的騎士[6]。我曾在我寫過的一則故事裡提到他，那時我隱約提過想將他寫成故事：一個變裝的間諜，陷入詭計權謀、皇室公告與法律訴訟。就法律上而言，他是女性，而這顯然違反他的意願。這些故事我都知道，但我不知道的是他的長相。這幅畫的作者是湯瑪斯．史都華[7]按著尚．羅蘭．莫涅[8]的原畫繪製而成（莫涅認識伊翁的騎士）。如果我要寫他，這張肖像必定會改變我述說故事的方式。

身為作家，我發現自己總會受到作家吸引。館內收藏了露出惶恐眼神的布朗特三姊妹畫像，三人彷彿懸疑小說中的人物；畫像左邊的安與艾蜜莉眼神堅毅傲然，右邊的姊姊夏洛特看來溫和許多，臉上漾著微笑。她們是傑出的哥德浪漫主義派女性，作品描寫被關在閣樓裡的前妻、荒原上逃家的人，以及在陰淒蕭索的地方飽受折磨的人物。她們神祕而不羈的弟弟替三姊妹畫了這幅畫像。當我們凝視這張畫的同時，更發現弟弟本人也是畫裡的角色。他位於中央，被這三位女子簇擁環繞，但他現在卻被抹除，被一根柱子取代。儘管如此，那道幽靈般的形體面對著我們，如殘像，如倒影。這位畫家的缺乏技巧，反而替這幅畫增添了力量。這不是專業畫家畫的人像畫，這是一個故事，雖靜止不動，卻神祕不已。我深信裡頭有著淚水與殘酷，而且一定跟布朗威爾把自己從畫中抹掉有關。（或者是別人做的？難道那根柱子才是懸疑哥德謎團的線索？）

照片能告訴我們攝影師的一切，雖然我對畫家感到好奇，但我對攝影師卻沒有這種感覺，即便攝影師的照片構圖就跟古典畫家同等優雅。朱麗亞・瑪格麗特・卡梅隆[9]拍攝的丁尼生令人過目難忘：他一臉嚴峻，被風吹拂著，在外特島上拍攝。背景是一片模糊，那隻捧書的手令我想起宗教風格的正式肖像畫；而他若有所思的臉（至少在我看來）近乎悲戚。而在日後寫出〈越過沙洲〉的就是此人。

黃昏與晚上的鐘，在黑暗之後！[10]我在心中想。當我出發，願沒有道別的悲傷。

5 蘿拉・奈特（Dame Laura Knight）：生於一八七七年，卒於一九七〇年。在一九二九年受封為女爵，她使用多種不同媒材創作，曾因裸體自畫而飽受批評。在二次大戰期間受英國官方聘用為戰爭藝術家，在這段期間的創作，包含以紐倫堡大審為主題的作品，都備受推崇。

6 伊翁的騎士（Chevalier d'Eon）：本名為夏爾・德・博蒙（Charles de Beaumont），生於一七二八年，卒於一八一〇年，是法國著名的外交官、間諜，一般常以「伊翁的騎士」來稱呼他。他亦男亦女的謎樣性別使得生平事蹟更添傳奇。在他死後，經法醫解剖確認他是男性。

7 湯瑪斯・史都華（Thomas Stewart）：生於一七六六年，卒於一八〇一年，英國畫家，以繪畫劇院情景和演員肖象而出名。這幅伊翁的騎士（Chevalier d'Eon）肖像畫是他的代表作之一。

8 尚・羅蘭・莫涅（Jean-Laurent Mosnier）：生於一七四三年，卒於一八〇八年，為法國畫家。風格多變，作品豐富，長於肖像畫和微型畫，筆觸精細。

9 朱麗亞・瑪格麗特・卡梅隆（Julia Margaret Cameron）是十九世紀英國著名的人物攝影師。

我小時候學過這首詩。當時死亡對我而言是一個模糊的概念，而且我覺得自己肯定能在長大後逃開死亡，因為我是個聰明的小孩。我那時真的很肯定這件事。

當我們離「現在」越來越近，當我們越過了現代的範疇（這是一個多麼美麗又老派的詞彙），爆發一股畫作潮，風格分為當代風格與一般觀看描述。精細的肖像畫先是交給了攝影，現在又再次回歸，如今回到我的時代，用的是我這個時代的材料。布萊恩．達菲[11]的大衛．鮑伊肖像就跟《清醒的阿拉丁》[12]唱片封面一樣，完全是經典的象徵。我在十二歲時思考這件事，深深相信，假如我可以了解這幅肖像以及那些閃電圖案，就能夠了解所有成人世界尚未被揭穿的祕密。在《清醒的阿拉丁》封面上，鮑伊的雙眼是閉起來的。但在這張照片裡，那些大小不均的瞳孔流露驚訝，凝視著閃電。鮑伊感覺更脆弱，當我看著那張曾經象徵成人世界所有祕密的圖像，竟發現他看起來年輕得令人悲傷。

肖像畫的美好和力量在於：它將我們凍結在時間裡。肖像被畫下前，我們是年輕的；在肖像畫好後，我們開始老去或腐爛。就連馬克．奎恩[13]用液態矽膠和血做出的那尊令人恐懼不已的自塑像，也只能留下特定的瞬間：這些肖像永遠不可能像昆恩一樣變老、然後死亡。

只要你問：「我們是誰？」肖像就會給我們某種答案。

「我們來自這裡，」古老的肖像說。「這裡有國王和皇后，智者和愚人。」我們走進英國石油展覽廳，肖像就會讓我們知道我們是誰——我們的身上匯集了各種藝術風格和姿態，還有每個可能在路上擦身而過的人。「我們彷彿裸體，也彷彿穿著衣服，」它們如此對我們訴說。「我們就在這裡，我們就在這張畫中，因為畫家有話要說；因為我們都很有意思；因為我們不可能一面注視著鏡子卻沒有任何改變；因為我們不知道自己是誰。但有時，可能會有人捕捉到一閃即逝的光芒，那便是最接近答案的渺小提示。」

又或者，這不是一間肖像館。套句T．S．艾略特的話（掛在牆上的那張側面像恍若現代主義者的亂塗鴉），這是面無邊無際的鏡子。

如果你想知道我們是誰，那麼就接受我的邀請，一起來進行一場巡禮，凝視著每幅肖像與人物，直到看見你自己。

本文原先刊登在二〇一五年的《英國石油肖像獎》[14]展覽目錄。

---

10 出自〈越過沙洲〉（Crossing the Bar）。

11 布萊恩・達菲（Brian Duffy）：生於一九三三年，卒於二〇一〇年，是英國知名的攝影師、電影製片。

12《清醒的阿拉丁》（Aladdin Sane）是大衛・鮑伊於一九七三年所發行的第六張專輯。

13 馬克・奎恩（Marc Quinn）：生於一九六四年，是英國當代頗負盛名的視覺藝術家，作品類型包含雕塑、繪畫和裝置藝術等。此處提到的作品名稱為《自己》（Self），是他在二〇〇六年的雕塑，而且材料之一就是他自己的血。

14 英國石油肖像獎（The BP Portrait Award）是每年舉行的人物肖像畫比賽，自一九八九以來由英國石油公司接手繼續贊助舉辦，是全球最富盛名的人物肖像畫比賽。

德勒斯登娃娃：二〇一〇年萬聖節

我想聊聊亞曼達．帕爾默。她是藝術龐克（加歌舞）搖滾樂團「德勒斯登娃娃」兩位成員之一。在某種程度上，她似乎因此散發些許異國風情，但說實話，我很難說亞曼達．帕爾默身上到底有沒有異國風情——我太了解她了。我們當了三年的朋友，交往快兩年，然後訂婚、結婚也要一年了。這段時間，我看過她大大小小各種表演。有獨自一人或是和樂團合作，有彈奏鋼琴或鍵盤，有時玩太大，結果翻唱一整張電臺司令的專輯或彈烏克麗麗。我看過她從莊重肅穆的大教堂一路表演到地下室的小酒吧（有次還是在同一晚）；我看她飾演《酒店》（Cabaret）裡真正變性的主持人，或是扮演大家都知道的連體姊妹艾芙琳．艾芙琳（她是二重唱之一）。

但我從未看過德勒斯登娃娃的演出。我第一次見到亞曼達的一個月前，這個團開始休息。而多數樂團一旦休息就不會再回歸。

在此之前，我一直是德勒斯登娃娃的歌迷（雖然不算太熱中）。我有他們前兩張主流廠牌發行的CD——但我根本沒注意到他們後來發了第三張《不行，維吉尼亞》（No, Virginia）；我的iPod播放有一個清單叫「我真心喜歡的」，上面有幾首他們的歌。聽說亞曼達在某場表演結束後對我兩個乾女兒小天和小冬[15]非常親切，我也注意到德勒斯登娃娃會把他們收到的惡意電子郵件（以及偶爾出現的惡意圖片）放在自己的網站上，所以我認為這個樂團讓人覺得心頭暖暖的。二〇〇五年，我參加日舞影展時曾想去看他們表演，但在他們演出的同時，我得出席一場動畫座談會，所以我改看妮莉．麥凱

（Nelli McKay）。

當我開始跟亞曼達約會，問了她德勒斯登娃娃的事。她說，我錯過他們的演出實在可惜。她說他們以前很厲害。布萊恩．威格里翁跟她——嗯，總之是很特別的合作。

我相信是這樣。不過她談起布萊恩——也就是另一個德勒斯登娃娃（亞曼達彈鍵盤，布萊恩大多打鼓，偶爾會彈吉他）——談起巡迴表演時的一切，彷彿脫離了一段不好的婚姻，似乎非常開心。他們整天膩在一起。雖然在整整一百二十分鐘裡，他們表演的音樂令她開心，但在其餘時間他們卻令彼此抓狂。兩人一度是情侶（之類的），那七年間性生活相當豐富；他們偶爾是朋友，但大多時候是德勒斯登娃娃：一個時常巡迴表演的樂團，視藝術為某種解放而結合。然後在二〇〇八年初，他們不在一起了。

我感到好奇，在YouTube網站上看了一段他們最後巡迴表演時的影片。布萊恩提到他們終止的原因：「為什麼總要吵架？」他問。「我們不是在經營婚姻，是在經營樂團。」然後鏡頭轉向亞曼達。「這感覺像兄妹，又像婚姻，又像生意夥伴，但當你把它們全都放在同個盒子裡——然後你們得二十四小時都注視著對方。」她說。他們看起來很累，也都受夠了。

但是時間會讓傷口癒合。或至少能夠結痂。

這也解釋了我為什麼會在萬聖節這天站在爾灣廣場酒吧二樓，觀賞德勒斯登娃娃復出巡迴的第一場表演；我看著兩個年輕女孩身穿金光閃閃的服飾，在黑暗中搖著發亮的呼拉圈，臺下的大群觀眾裡

---

15 斯科特．麥克勞德的女兒。見「告白：論《星城》與寇特．畢西克」篇。

有小丑、殭屍、瘋帽匠。我已經不知道誰只是做萬聖節扮裝，誰又是特別打扮來看德勒斯登娃娃。

亞曼達現身二樓，看著暖場樂團「傳奇粉紅點點」（Legendary Pink Dots）演出。這是她在十幾歲時很喜愛的樂團，他們給了德勒斯登娃娃第一段的休息時間，她很高興他們能來現場，為從來沒看過他們的一千兩百人表演。她握著我的手，把我介紹給某個人（這個人在十年前的萬聖節派對上介紹她跟布萊恩認識），然後又溜回陰影中。

等我再看到她，她已經站上了舞臺，身上穿著她六月在威斯康辛戴爾斯買的萬聖節毛衣，上面套一件紅色和服；毛衣背面有個稻草人的圖案，她戴著一頂紅色軍帽，唱了兩首歌後脫下毛衣及和服，僅穿黑色胸罩。她的胸口用眼線筆寫上好大一個「LOVE」；布萊恩則穿黑色背心和黑褲。

看著德勒斯登娃娃時，會產生的第一個奇妙感覺是：你會立刻理解——「喔！我懂了！這些歌聽起來本來就是這樣！」彷彿那些鼓聲讓某些東西突然合理了，或轉譯了最初書寫的語言。

第二個奇妙感覺是：這個樂團顯然是由兩位打擊樂手組成。這兩個人專職就是敲東西。她敲擊琴鍵，他打鼓。

第三個奇妙感覺——同時也是最奇妙的——就是當他們演奏時，兩人像有心電感應（而且非常明顯），他們就像能接住對方話尾的情侶；他們很懂對方，歌曲全都了然於心，都在那裡，在肌肉記憶中、在腦中、在潛意識的暗示裡。而上述這些全世界都看不見。直到這刻我才明白：我一直很困惑的是，如果一首歌需要鼓手，亞曼達為何不是直接找個鼓手來頂就好。打鼓只是布萊恩的一部分工作，他會給意見。他會表演、打手勢、演奏；他以陰回應亞曼達的陽。看他們表演，就像觀賞精采萬分的高手過招。

他們表演〈變性〉（Sex Changes）、〈想念我〉（Missed Me），觀眾鼓掌叫好——那些殭屍、超級女英雄和跳舞小丑潘尼懷斯。我看她表演這首歌非常多次，我看過她穿過大廳，身後跟著一列行進的樂隊，演奏著這首歌。她曾跟一整支交響樂團共同演出，然而現在的表演卻比以往更精采。

兩天後，波士頓的表演結束，她在電話上告訴我，她真的很受不了一些人——他們說，與其看她單獨表演，他們比較喜歡德勒斯登娃娃。我感到滿心罪惡。

我開始了解為什麼她會跟舞團一起展開第一次的個人巡迴，儘管這場巡迴表演鐵定不會賺錢；我也了解她為何會和傑森．韋伯利合扮連體嬰，同穿一件能塞進他們兩人的衣服，一起演出；我可以了解她在舞臺上做的，多多少少只是為了找尋一個替代品——不是要取代布萊恩，而是布萊恩的能量；她想在舞臺上加入一個不只是女孩或鍵盤的東西。

她介紹了布萊恩，警告試圖搶走歌迷照相機的保全人員。「我們開放拍照。」能量有了變化——他們表演布萊赫特與斐爾合寫的〈海盜珍妮〉[16]，而布萊恩像是用鼓聲敲出海洋一般；當黑船駛向大海，珍妮悄然說道：「在船上的人是我。」整個表演廳瞬間變得非常安靜。

一個女孩大叫：「亞曼達，我愛妳。」

一個男人大吼：「布萊恩，我愛你。」

亞曼達的朋友隆恩姊妹過來站在我旁邊。兩姊妹都扮成死者；凱西的額頭有子彈孔，丹妮的臉上

16 由伯托特．布萊特（Bertolt Brecht）作詞、柯特．威爾（Kurt Weill）寫曲，兩人與一九二八年推出了德語音樂劇《三便士歌劇》，後來翻譯為英語。其中有多首歌曲後來成為經典名曲，例如〈海盜珍妮〉（Pirate Jenny）。

有一團舞臺用血漿。

「在這他媽的表演廳裡的每個人，我們愛你。」亞曼達加入了她最愛用的強調用語。

德勒斯登娃娃演唱卡洛·金的〈皮耶〉，歌曲出自莫里斯·桑達克[17]。意思是「在意」。我不覺得布萊恩或亞曼達會就這麼遺忘這一刻：對表演的在意、對其他人的表演的在意，對於這十年來的好與壞，衝突與憤怒與失望，還有七年來那些極其精采的表演。

亞曼達來到〈玩銅板的男孩〉（Coin-Operated Boy）的和弦。因為這首歌大多時候都是單獨表演，所以現在聽來倒像新歌。當亞曼達和布萊恩一起表演時，真是轟動全場。他們老是試著打亂對方的步調。與其說是一首歌，反而更像一段共生關係的展演，非常好笑又非常感人。我從未看過這種表演。

亞曼達現在的頭髮已經亂成一團了。她上半身只穿胸罩，布萊恩打赤膊，渾身是汗，咧嘴笑開。他們表演起「自動調整新聞」[18]上音樂劇版的〈雙彩虹〉（Double Rainbow）演說。此時上百顆氣球從天而降，有些傻氣又巧妙。總之是相當好玩。

然後是〈吉普之歌〉（The Jeep Song）。我應該從未聽過亞曼達現場表演過。他們找了六個歌迷，把他們拉到臺上合聲；接著是〈唱〉（Sing）。假如德勒斯登娃娃有國歌，絕對是這首；他們透過這首歌呼籲人們去創造藝術——不管最後你創造了什麼。「唱給說你不能唱的老師聽，」亞曼達唱著，觀眾也跟著一起。於是整個感覺突然莊嚴了起來，變得不只是跟著唱和，更像是某種交流或信仰；我們全都一起大聲唱。此時是萬聖節，我人在露臺，不禁有點微醺，心中想著這感覺真是不錯，亞曼達大喊著說：「你們這些親愛的小混帳，有天你們會開口歌唱，」真是美好，我和兩個死女孩站在一起；我們歡呼、雀躍。那是人生中少有的完美時刻，是電影可以在此結束的瞬間。

第一首安可，布萊恩彈吉他，亞曼達現在換穿金色胸罩，爬上巨型喇叭組演唱《酒店》裡的歌曲：〈我的男人〉（Mein Herr）。接著是一段瘋狂又絕妙的即興，慢慢接到亞曼達那首跟父母有關的歌〈半個傑克〉（Half Jack）。早在德勒斯登娃娃誕生前，菲利浦・拉金[19]就說「你的爸和媽，他們把你搞得一團糟，」這話聽起來就很像是從亞曼達・帕爾默的歌詞拿出來的。而〈半個傑克〉唱的就是這樣的內容。亞曼達的父親傑克・帕爾默就站在二樓，離我不遠；他露出驕傲的笑容。

演唱〈不合時宜的女孩〉（Girl Anachronism）時，場內一堆手舞足蹈的人中，有個喝醉的傢伙拍了我的肩，向我道賀（或者我以為他是在向我道賀）。「你怎麼有辦法入睡？」他問。「感覺應該就像完成了不可能的任務吧？」

我說對，應該是那樣沒錯，不過我睡得可香了。

樂團最後一首歌表演的是〈戰爭豬〉（War Pigs）。這首歌盛大又浮誇，而且相當感人，亞曼達和

---

17 一九七四年，莫里斯・桑達克將自己的四本童書作品編成音樂劇劇本《真的是蘿西》（Really Rosie），歌曲由卡洛・金（Carole King）譜寫。先是於一九七五年在CBS電視臺播出特別節目，後來延伸故事內容，改編為舞臺劇表演。相關的專輯和書亦有發行。

18「自動調整新聞」（Auto-Tune the News）網站是由樂團葛瑞哥里三兄弟（Gregory Brothers）所創立，其中一人的妻子莎拉也是成員之一。他們擷取新聞時事片段，重新混音、配上歌詞表演，嘲諷針貶時事，是網路上相當受歡迎的喜劇表演。

19 菲利浦・拉金（Philip Larkin）：生於一九二二年，卒於一九八五年，為英國詩人、小說家。此句出自他於一九七一年發表的詩作〈詩曰〉（This Be the Verse）。

布萊恩表演起來像一個雙頭四手的人，節拍強烈、嘶吼不斷。我看著身穿華麗瘋狂的萬聖節服裝的群眾也沉浸其中，直到強烈的隆隆鼓聲漸漸淡去。

我很愛這場表演。我愛這場表演的一切。我覺得自己好像得到了一份禮物，而且是由亞曼達生命中的七年、在我認識她之前的德勒斯登娃娃時代組成。德勒斯登娃娃及他們的表演令我讚嘆不已。

整場結束時是凌晨兩點，我們回到旅館，腎上腺素漸漸褪去。表演結束後一直很壓抑又有點局促的亞曼達開始哭泣，她很安靜地哭，不能自己。我抱著她，不確定該說什麼才好。

「你有看到今晚的表演多精采嗎？」她邊哭邊問，我告訴她，有，我看到了。那是我第一次明白，要離開這個對她意義如此重大、又讓這麼多人開心的事業，是多麼可怕、多麼痛苦。

她的臉頰因為溼掉的眼妝變得黑黑的，弄髒了床單和枕頭。她啜泣時，我緊緊抱著她，盡力去了解這一切。

本文是為《旋轉》（Spin）雜誌所寫，於二〇一〇年十一月五日刊登於該網站。

富士山八景：《摯愛的惡魔》與安東尼・馬丁耶提

一

一切事物都與生命息息相關。

不論我們在什麼地方，都與生命息息相關。

二

我認識亞曼達・帕爾默六個月，終於要第一次約會。我們的第一次約會長達四天，因為那是我們在二〇〇九年初唯一都有空的時間，我們把這段時間都給了彼此。我還沒見過她的家人，她的朋友我也幾乎不認識。

「我希望你見見安東尼。」她說。

那時是一月。假使我知道安東尼在她生命中扮演什麼角色，假使，我知道在撫養她長大的過程中，他是多麼重要，我一定會很緊張。但當時我不緊張，只是很高興她要把我介紹給她認識的人。

她告訴我，安東尼是她家的鄰居。他從她小時候就認識她。

然後他出現在餐廳——身材高大，人也好看，看起來比實際年齡還年輕十歲。他有枴杖，他的姿態從容不迫；我們聊了一整晚。安東尼告訴我，亞曼達九歲時拿雪球砸他家窗戶。青少年時期，她每當需要發洩情緒，都會到他家談心；大學時期，她從德國打電話給他，因為她很寂寞，而且誰也不認識。然後他也說起搖滾巨星時代的亞曼達。（「德勒斯登娃娃」這個團名就是安東尼替他們取的。）他問了我的事，我盡量誠實以對。

後來亞曼達告訴我，安東尼很喜歡我，而且他告訴她說，我會是個好男友。

當時我還不知道這有多重要，也不知道安東尼的認可代表什麼意義。

三

生命是一條溪流，是自然與自我不停歇的對話，也許意見相左，也許有自己主見，也許危險。生與死、出現與消逝，構成這條溪流。但生命永遠都在那裡，倚靠生命而活的東西也都永遠都在。

我們結婚五個月，亞曼達在一間位於西班牙加那利群島的瑜珈休閒中心，一面噙著淚水一面打電話給我，告訴我安東尼被診斷出罹患白血病。她搭機返家，安東尼展開療程。感覺似乎沒什麼需要擔心（至少當時沒有）。這類疾病是可以治療的。

隨著下一年的到來，亞曼達錄製新專輯《邪惡劇院》（Theatre Is Evil）。她展開宣傳新專輯的巡迴表演，這個計畫好的巡演占去大半年時間。

那年夏天，安東尼的白血病惡化。這分擔憂突然之間變得非常真實。他得接受化療，可能撐不過療程。我們在維基百科讀到安東尼患的白血病的資料——這好像是無論如何都不會好轉的類型，我們突然清醒過來，滿心害怕。

十年來，亞曼達都是一名不斷進行巡迴演唱的音樂人，她從未取消任何一場表演，而且因此感到自豪。她打電話給我說，為了陪安東尼，她取消了後半段巡演，我們在劍橋的哈佛廣場租了一間房子，讓她可以離安東尼近一些。

我們搬進去沒多久就辦了一場小型晚餐會，邀朋友來參加，替安東尼的妻子蘿拉慶祝生日。蘿拉非常美麗，也很溫柔；她是一名律師，專門幫助無處求援的人。我替大家煮魚，蘿拉的母親派特也來了，還幫我料理。

那是一年前的事。

四

安東尼一直都是亞曼達的好朋友。無論在我們交往期間，或在我們結婚、訂婚之前。我從未經過這樣的關係，但是，我似乎漸漸把他當作傾吐的對象。但凡我遇到太複雜的情況，因而感到失落困惑，或超出我能力範圍、無法處理，我會從澳洲打電話給他，從新墨西哥州的火車上傳簡訊給他。他的建議總是充滿智慧而且實用，而且（大多時候）都是對的。

他讓我不再過度思考。他會給我希望，其中又交雜著黑暗和實際的事物——你可以改正它，但也得學著與它和平共存。

在未來的幾年，我發現我最珍惜亞曼達的特質，就是安東尼在兩人多年的友誼中給予她或教導她的禮物。

某晚，亞曼達把安東尼寫的一個故事念給我聽，裡頭說的是他的童年、食物和愛情。那故事觸動人心，我還想多讀一些。

安東尼有點緊張也有點害羞，拿出更多他寫的故事給我看。那是自傳式的紀錄，也是自白和剖析。有點好笑，有些黑暗。每則故事都閃耀著安東尼的心思，告訴讀者他的觀點。畢竟我是靠創作維生，所以他很緊張。當他知道我很喜歡他寫的故事，（我想）他鬆了一口氣。

我非常喜歡他的故事。

我本來擔心我們除了對亞曼達的愛之外沒有共通點。我錯了。我們都有著迷的事物，都愛故事。我們要的不是禮物，但你可以送我們跟禮物形影不離的故事。那才是禮物值得擁有的原因。

你可以問問安東尼那根我送他的枴杖。禮物給人的喜悅，來自於故事。

五

我有時會想到我們在青少年時期掛在牆上的標語。那時的我們覺得自己好像什麼都不怕，為了展現強悍、憤世嫉俗又世故的一面，所以寫些什麼「來了就別想活著回去」或「就算掛了，玩具最多就是勝利組」。還有一張圖，有兩隻禿鷹站在樹枝上，旁邊寫著：「耐心是什麼鬼？我要殺人了。」

年輕的時候很容易憤世嫉俗。年輕的時候，死亡不歸類在日常裡。死亡一點也不真實。死亡的影響力只會作用在他人身上。死亡是一顆很好閃過的子彈。所以年輕人可以上戰場，他們永遠不會死，而且他們知道這點。

當你還在世，當你旅行到世界各地，你會發現生命是一條越來越窄的輸送帶。一點一點，生命毫不留情把所有人都帶走，我們一個接一個從輸送帶邊緣滾入黑暗。

幾天後，亞曼達決定終止巡迴表演，好陪伴安東尼；我們聽聞友人貝卡・羅森索的死訊，她只有二十七歲，年輕貌美，一身活力和潛力；她原本想當圖書館員。聖誕節前，我們的朋友傑若米・蓋特住院，進行一項相當小的手術。傑若米是個脾氣暴躁、滿嘴髒話卻又十分風趣的演員和老師，他在六〇年代初隨彼得·庫克的「機構俱樂部」[20]來到美國，過了精采豐富的一生。他會邊喝酒邊告訴我們諸多趣聞軼事，而且將罵人的詞彙使用得盡善盡美。傑若米後來住院快六個月，從第一次手術慢慢復原，一邊治療他喉嚨裡的腫瘤。但他在八月過世，走得非常突然，令人措手不及。他畢竟年紀大了，但他盡情享受生命，像是啃狗狗吃的牛皮骨一樣嚼得津津有味。

我們的朋友一個個從輸送帶落入黑暗，我們再也無法和他們談天說地。

到十一月，安東尼的朋友分擔照顧他的工作，送他去醫院接受化療、陪著他，再送他回家（他已經無法自行開車）。我說我要幫忙，但亞曼達拒絕了。

六

我會認識亞曼達·帕爾默，是因為她希望裝死的時候有人可以幫忙。過去十四年來，她在照片裡裝死，現在還要做一整張關於她死掉的專輯。這張專輯的名稱叫《誰殺了亞曼達·帕爾默》。我們碰面、談合作，因為她想找人替她的死寫個故事。

我覺得這個想法很有意思。

所以我寫了故事。我在每一個故事、每一首詩裡一次又一次地殺了她。我甚至在專輯的封底也殺

20「機構俱樂部」（Establishment Club）是一家夜總會，最早於一九六一年在倫敦成立，後來在一九六三年到紐約開了分店，但可惜兩間皆先後關門。

了她。在我認識亞曼達．帕爾默之前，我先寫了十幾個不同的亞曼達．帕爾默，而每一個都因我發明的十幾個方式死去。

這些死亡無可避免。偶爾去描寫並思考死亡，自然是我們歡慶生命的方式，這樣更能有活著的感覺。你得以緊緊抓住生命，舔舐品嘗，把牙深深咬入，知道自己還是生的一部分。就像性愛，陷入不見盡頭的生命長河拉扯中。生命與性愛永遠都與死亡緊緊相繫：在絞刑架上，你會勃起。這是在黑暗降臨前最後一次對生育和活命的強烈欲望。

當我們見到黑暗罩下，行為便會不同。我們會成為欲望與恐懼的生物。

亞曼達推了安東尼一把，安東尼把自己寫的故事集結出版，命名為《瘋狂英雄》（Lunatic Heroes）。他跟朋友尼維與保羅合開三杯酒出版社（3 Swallys Press），讓這本書得以問世。《瘋狂英雄》的新書發表會辦在麻薩諸塞州的列星頓，那裡也是安東尼的家鄉。這場活動在劇院舉行，有點陰鬱，但門票售罄了。亞曼達朗讀前言，我朗讀《萊緹的遺忘之海》摘錄，但最重要的是，安東尼朗讀了《瘋狂英雄》的內容。

我擔心在這場發表會之後他就撐不久了。

我擔心安東尼的妻子蘿拉，也擔心亞曼達。我知道我得將失去朋友的所有傷心難過放在一邊，因為我得照顧亞曼達；她一定會因安東尼的死而撕心裂肺。

這對我們所有人都不容易。

那天晚上，在發表會，我感到死亡天使的翅膀揮動，輕拂過我的臉龐。

七

生命是有幽默感的。但話說回來，死亡也是。

我們剛搬進這間房子時，蘿拉的母親派特幫我煮飯，她今年因白血病過世。讓我們心情好些的是，安東尼經歷化療、加上用了剛問世的新藥物，他已經康復、病情緩解——至少目前為止。他就跟我們任何人一樣擊敗了死神，獲得暫時的勝利——這種勝利永遠都是短暫，而且死神會等，她非常有耐心。就算我們最後一個人都離開，她還是會在這裡。

安東尼已經沒有白血病；但他現在有了一本書，叫做《瘋狂英雄》。

安東尼從自己的生命取材，寫了比較黑暗的故事，但沒有收錄在他的第一本書中。那些是執念和欲望的故事；是失去、恐懼與憎恨的故事。那是需要鼓起一點勇氣才能讀的，（而且要更有勇氣才有辦法出版，）讓其他人看看你腦子裡面都是些什麼；讓他們知道是什麼東西讓你繼續向前，什麼東西能讓你堅強，什麼事會讓你流淚；那些故事告訴你，在自己腦中發生的戰役才是最艱困的一場仗，即便開打，也沒有人知道你是贏是輸。

又或者，引用佛陀說過的話——畢竟這些事情祂最了解：

> 儘管人在戰役裡可以打敗百萬人，但能打敗自己的人，才是最高貴的勝利者。征服自我比征服他人更上一層。連天神、乾闥婆、魔羅或梵天都無法將這種勝利扭轉為失敗。[21]

---

21 出自佛教典籍《法句經》。

八

我們贏了一些，卻也輸了很多。我們失去很多東西。我們失去朋友、家人。到頭來，我們失去了一切。不論我們跟誰在一起，永遠都是孤零零地死去。當你為自己出征，不論你對抗的是誰，永遠都與生命難分難捨。

在一齣我很喜歡（但亞曼達不愛）的音樂劇中[22]，史蒂芬・桑德海姆[23]說，我們身後會留下兩樣重要的東西，孩子，與藝術。

安東尼的孩子分散各處，他影響了他們的生命，形塑他們的人生。我覺得我的妻子也算是他的孩子。而安東尼的藝術就在這兒——在這些紙張裡等著你。當我死去、安東尼死去、亞曼達死去，我們認識的每個人都變成地下的塵埃灰燼、化為白骨、歷經百年時光——他的作品依舊生氣蓬勃、鮮明銳利、刺骨疼痛。

這本書是一份禮物，而且如我先前所說，最重要的是故事與禮物形影不離：它們述說著各個事件帶來的喜悅、述說記憶的形成，以及走到這個點上獲得的各種人生歡愉，就像每一個人生，都曾經歷光明，也曾走過黑暗。

這本書的每一頁都是禮讚，是安東尼送給你的禮物（當然，裡面也有伴隨禮物而來的故事）。這位送禮的人曾走入黑暗，現在則身處光明之中。他要將他的故事告訴你。

本文是我替C・安東尼・馬丁耶提（C. Anthony Martignetti）的《摯愛的惡魔》（Beloved Demons）所寫的前言。二〇一五年六月，安東尼在至親好友的陪伴下因白血病病逝家中。我們和他的朋友家人都在床邊。當他離我們而去，我摟著亞曼達的孕肚，感受寶寶的胎動。後來我們將寶寶命名為安東尼。

22 這齣音樂劇是《點點隔世情》（Sunday in the Park with George），靈感來自印象派點描大師秀拉的畫作，並將秀拉生平事蹟融入劇情之中，探究藝術與愛情。此劇在一九八四年推出後，當年便獲獎無數。

23 史蒂芬・桑德海姆（Stephen Sondheim）生於一九三〇年，是知名美國詞曲創作人，創作多部叫好又叫座的音樂劇。幾年前改編自同名音樂劇的電影《魔法黑森林》即是他的作品。

一千種死於敘利亞的方式：二〇一四年五月

我們在約旦阿茲拉克難民營的金屬小屋裡，坐在一張很低的床墊上訪問一對夫婦。這座難民營在兩週前開始運作，他們就一直住在這裡。阿布哈尼[24]外貌英俊、約四十多歲，一副精神不濟的模樣，就像一條飽受虐待的狗。他有些遲疑，妻子葉爾達說的話還比他多。

地上有個水壺。那是他們僅有的水。我們打翻了兩次，每次道歉，心中都十分過意不去。因為要將那水壺裝滿，得花五分鐘走到街角那四個嵌在水泥裡的水龍頭取水。在沙漠的空氣裡，弄溼的薄毯在幾分鐘內就已乾透。

這對夫婦告訴我們他們離開敘利亞的原因。阿布哈尼過去經營一間小超市，可是他們城市的「官員」搗毀超市，把清潔劑倒到穀物和豆子裡，拿走他的庫存。他散盡積蓄，重新在超市補貨，但他才重新開幕，他們就讓他永遠關門大吉。人們遭到殺害，當地新聞會播出屍體的畫面，讓大家去認他們的親屬。有回，他看到頭顱受到重傷的親戚。

他們大多數親戚都消失了。葉爾達有個還在襁褓中的小姪兒，要動心臟手術，而且需要大量輸血。她的兄弟和堂弟要為他捐血，卻在一個路障被攔下，因為那些血而遭到質問。三人沒有抵達醫院，從此再也沒有人看見他們。我不想追問那位姪兒後來的遭遇。葉爾達告訴我們，她的母親後來發瘋，從警察局問到醫院，又再問回警察局，不斷詢問她兒子的下落——警方受夠了她的百般詢問，乾脆在這三人的名字旁寫下「歿」，讓她可以別再來警局煩。

阿布哈尼和葉爾達告訴我們進入約旦邊界的事。他們一開始想要不賄賂檢查哨官員就離開小城，但官員把阿布哈尼帶進辦公室，在他的妻兒面前狠狠對他拳打腳踢，還跳到他身上——長達一個半小時。他們所有的錢都被拿走。當他們離開檢查哨，他渾身是血，還有腦震盪，幾乎無法行動——而且身無分文。

「我們每天醒來都慶幸自己還活著；每晚睡覺都知道自己可能隔天不會醒來。在敘利亞，你有太多種死去的方式了。」葉爾達說。他們的親戚有的被監禁、失蹤、被殺害，或被炸死。

這對夫妻去跟朋友借錢。當他們又通過檢查哨時，遇到跟上次同一個官員——但他現在收到高額賄賂，所以向他們敬了個禮。最後，他們順利抵達約旦邊境，口袋裡只剩空氣。

「我很怕邊境的約旦軍隊，」葉爾達說。「我會想，『如果敘利亞這邊的制服軍人都這麼殘暴，那他們……』但是當我們通過邊境，約旦軍隊幫我們，他們微笑歡迎我們。」她告訴我們，軍隊給他們餅乾、水及毯子。這些物資是由聯合國難民署（UNHCR）提供。「我來到營地，感覺像個有母親歡迎回家的孩子。」她對我說。

直到此刻，我才感覺到阿茲拉克難民營散發出的溫暖氣氛。這座在四月底啟用的鬼城目前收容約四千人，但原本設計是要容納十三萬人，讓他們住在一間間方形金屬小白屋。這裡感覺起來彷彿世上最拒人於千里的地方，唯一有生命跡象——或色彩、或是個人風格的東西，是視線中吊掛在建築物間飄揚的晾乾衣物。

---

24 所有難民的姓名均做調整。

阿布哈尼和葉爾達在難民營裡有工作。她負責招待新來的難民，而他替他們搬東西。（雖然大家知道他有背傷，會給他比較不吃力的工作。）他們有四個孩子，其中兩人耳聾，而且助聽器壞了。他們想在營地裡存到足夠的錢，以便替孩子更換助聽器。他們擔心，要是五歲的女兒聽不見，可能會忘記已經學會的字。

我們走到水源區，想替這家人把那個五加侖的罐子裝滿，彌補我們打翻的水，但是水龍頭沒有水出來。他們在等補給卡車。約旦是全球第四大的乾旱國，營地裡的每滴水都是從外面的鑽井運送來的。

敘利亞的危機與動盪先變成內戰，再轉為噩夢，就像世上開始出現村落後發生的每一場戰爭，這裡的戰爭也製造出了難民。難民離開自己的家（假如他們還有家）去到別的地區，到一個至少能安全的地方。

過去兩年，超過兩百五十萬人逃離自己的國家，其中有六十萬前往約旦。約旦人民和政府展現了恢宏大度。約旦有六百萬人，敘利亞難民占了該國總人口的百分之十。假如英國要達到這個比例，那麼就要接納約六百五十萬的難民。

敘利亞人逃往約旦，因為他們的語言相同、文化相近，大多有親戚住在當地。另外，也因為約旦過往有接納難民的歷史——多年來，巴勒斯坦、伊拉克和科威特的人民都曾逃往約旦。有時甚至能有機會再回到家鄉。

聯合國難民署不喜歡難民營。因為那些投入基礎建設的經費原本是要直接拿來幫助國內的人。但鄉鎮、城市、都市中心都已經人滿為患，每天每天又有千名難民前來——男男女女，還有小孩。成立難民營勢在必行。他們有兩週時間在扎泰里成立第一座難民營。按計畫收容五千人，目前容納人數成長為十萬人。

我來這裡之前有試著想像難民營的模樣：田野上立起數排帳篷——當然一定會有塵土飛揚，因為地點在乾燥的約旦。而且因為難民人數眾多，所以地方必是幅員遼闊；但我沒有想過會是城市的模樣。阿茲拉克是座白色方盒組成的鬼城，位於燧石和熔岩遍布的沙漠，而扎泰里則是無政府的灰色城市，城裡隨處可見帳篷和那些裝入人類的盒狀容器，每桿路燈都纏滿糾結成團的電線，偷走電力以照亮人們的家、替電話充電、為電視提供電源。

在這座有十萬人的「城市」，聯合國難民署的難民營經理齊利安．克蘭須密特（Kilian Kleinschmidt）堪稱市長。他扛下每月五十萬美金的電費，現正致力於在燈柱上加裝盒子，讓獲得核可的水電工能安全地維修電力，同時也呼籲民眾下雨時要將纏繞的電線抬高離地。人們在扎泰里「搬家」時會把輪子裝在換了種用途的籬笆樁上，將「房子」抬起來、擺上去，然後拖著房子穿過大街小巷。男孩會跳上跳下，把它當成遊樂園裡的遊戲設施。

我一直在試圖思考自己究竟為何來到約旦。不過發生就是發生了。聯合國難民署注意到我在推特轉推他們的推文和呼籲，使更多人讀到推文，並按他們看到的情況採取相應的行動。所以我們談了一下，我連到他們的網站，在發布之前先讀這些連結；我表示願意再多做一點，聯合國難民署提議帶我去看看某個地方的難民營，讓我看看那裡的真實狀況。我同意。

聯合國難民署的蔻可．坎伯和設計師喬琪娜．查普曼在求學時是同學。我去年替喬琪娜執導的短片寫劇本。蔻可問我，是否可以問喬琪娜有沒有興趣和我一起去參觀難民營，了解他們做的一切，並且一起合作另一個說故事的案子。我問了她，她說有興趣。喬琪娜帶她先生同行——電影製片哈維．

溫斯坦。他非常與眾不同——無論在哪一方面。在阿茲拉克難民營，哈維想跟著我們過去，也全心全意關注阿布哈尼和葉爾達的遭遇；他的友人相當驚訝。他告訴聯合國難民署代表，說希望幫他們孩子所需的助聽器付錢，但他們跟他說不能這樣處理，這裡有一套處理方式，孩子一定可以拿到助聽器的。

無論我們到難民營的哪個地方，孩子都會湧向喬琪娜。她對他們微笑，他們聚集在她身旁，抱著她的腿、牽著她的手。哈維說：「她活像是童話裡的吹笛人。」在扎泰里難民營，我們看著人們生活，盡可能創造一種很正常的感覺。那裡甚至連商店都有。我們在一間用桶子和帳篷打造出來的簡陋烘焙店中，看他們用掃帚柄在金屬桌上桿出我這輩子吃過最棒的果仁蜜餅。哈維隨意地散著步，我在外頭找到他，他正在跟一個老婦人說話。婦人在一場衝突中失去兒子，現在跟懷孕的女兒一起來到約旦。我們問她，是誰殺了她兒子，她告訴我們她不知道。

當我們詢問人們怎麼會來到難民營，總會聽到這種答案。可是，我們還是繼續問：誰炸了你的房子？你騎摩托車去將孩子從瓦礫中挖出來時，是誰從後面對你開槍？誰砍了你表親的頭？誰殺了你的家人？誰開槍射殺你兒子？是誰切斷食物補給？你從自己家裡走出來，是誰朝你開槍？誰毒打你？誰弄斷你的手？

人們會肩膀一聳。不知道。如同葉爾達所說，這種事情太多了。

再回到那個臨時搭建的果仁蜜餅烘焙店。麵包師傅的妹妹把她在敘利亞流產的事告訴喬琪娜——他們為了躲避紛亂而遷徙，她總會在途中懷孕，但每回槍戰一開始，她就會失去孩子。她現在二十六歲，戴著一條粉紅色頭巾，非常美麗。然而她的丈夫為了營地的某個女人離開她，因為那個新的妻子能給他孩子。營區裡常舉辦婚禮，雖然得為婚禮之夜買新內衣，但一定能找到人借你結婚禮服。

我在營地交談過的每個人身上都有彷彿噩夢的故事：他們留在敘利亞，經歷地獄般的日子，直到再也承受不了，就跋涉到邊境，把所有能帶的東西都帶在身上（通常只有孩子的換洗衣物）。這會是一趟地獄行。他們冒著生命危險，假如能活著抵達邊境，一切辛苦就都值得。

我看著阿茲拉克難民營，這裡還有空間容納十二萬六千人。他們都會來，大多數人會冒著死亡風險來到這裡；還有十二萬六千個噩夢。

我發現我已經不再去思考政治分歧的問題，也不去想自由鬥士或恐怖分子，更不再想起獨裁和軍隊。我現在只去思考文明的脆弱。難民也曾跟我們一樣生活：他們曾經擁有街角小店，會去賣車、耕田、到工廠上班、或者擁有工廠，或是賣保險。沒有一個人想過自己有天會踏上逃命之路，拋下自己擁有的一切，只因為再也沒有回去的理由。他們偷渡穿越邊境，途經殘缺不全的屍體，那都是試圖穿越邊境但被逮住或遭背叛的人。

我持續跟難民交談，也繼續和管理難民營、照顧難民的人交談。我陪值班的敘利亞志工護士埃曼去工作，他替一個年輕人和一個十一歲的女孩更換包紮傷口的紗布。年輕人的一隻腳被地雷炸斷，女孩失去半邊下顎，而那次迫擊砲攻擊也奪去她父親的性命。然後我發現我無法思考，我只想哭。我還以為只有我這樣，但攝影師山姆也在哭泣。

在我的想像裡，這個世界分成兩邊：一邊的人想讓孩子吃飽，另一邊想射殺那些小孩。這種分類可能不太自然，但聯合國難民署是站在想讓孩子吃飽的這邊，他們在意人性尊嚴與尊重。生而為人，大多時候你都不知道自己選的對不對。但不管怎樣，你都是站在人的這一邊。

本文原刊於二〇一四年五月二十一日的《衛報》。十八個月後，超過四百萬人逃離敘利亞，數百萬人失去自己的家園，在境內流離失所，但仍然沒有離開敘利亞的邊境。我們需要政治和人道主義的解決方案。這些令人心碎的事件還沒有結束。

不小心一個手滑：泰瑞．普萊契

我想跟各位聊聊我的好友泰瑞．普萊契——而且這件事要說起來還真不簡單。我要說的是一些你們可能不知道的事。

有些人認識的是一位留著鬍子、戴著帽子的和藹紳士，他們認為自己遇到的是泰瑞．普萊契爵士。但其實不是。

科幻大會的活動經常會指派一個人來幫你打點一切，確保你不會在移動途中迷失方向。幾年前，我碰到一個曾在德州某活動擔任泰瑞接待的男子。他想起當時帶著泰瑞往返座談會和書商區的回憶，突然淚眼婆娑。「泰瑞真是個討人喜歡的老頑童啊。」他說。

但我心想，不是，不對，他不是。

時間回到一九九一年二月。泰瑞和我合寫《好預兆》。我倆一同為了這本書展開巡迴簽書會。在那一連串的巡迴中，我們可以講出幾十個不只好笑——而且絕非虛構的故事。泰瑞在這本書中講了好幾個，而我現在要說的這個不但真有其事，而且我們從來沒有提過。

當時我們在舊金山，書店訂了大概幾十本的《好預兆》，我們才剛在書店把那一大疊書簽完。泰瑞看了一下行程：下一站是廣播，我們要在那裡做半小時的現場訪談。「從這個地址判斷……就是下條街而已，」泰瑞說：「而且我們還有半小時，用走的過去吧。」

這是很久以前的事了。當時，大家最愛的全球定位系統、手機、計程車ＡＰＰ之類可以立刻讓我們知道「那個……去電臺不是只有幾條街而已喔」的好東西尚未問世。其實我們離電臺有好幾英里，而且還是上坡路，更要穿過一座公園。

我們邊走邊打電話給廣播電臺。只要經過公共電話，我們就會打給他們說，我們知道自己已經遲到了，趕不上現場廣播，但我們真的、真的正在汗流浹背地趕路。

我們邊走，我邊努力說些打氣的話。泰瑞則不發一語。他的情緒非常清楚：我大概不管說什麼都只會像是火上加油。在那段路上，我不曾說過一句「要是我們請書店幫忙叫計程車就不會搞成這樣了」。有些話是一旦說出口就永遠收不回來，也有些是只要一講就永遠當不成朋友。這正是其中一句。

我們抵達山丘上的廣播電臺時（這鬼地方不管怎麼走都很遠），我們的一小時現場訪談已經過了四十分鐘；我們到的時候渾身是汗、上氣不接下氣，他們正在播報即時新聞：有名男子在當地一家麥當勞開槍殺人。如果你要談的是一本好笑的書，內容講的是世界末日以及所有人會怎麼掛掉……你可能不會希望前面來這一段。

廣播電臺的人快被我們氣死了——我完全可以理解。你的來賓遲到，搞得你不得不即興發揮，當然一點都不好玩。後來我們的那十五分鐘廣播一點都不好笑。

（之後，我得知洛杉磯廣播電臺把我跟泰瑞列上黑名單長達數年。畢竟我們讓節目主持人在死寂的場面下乾講四十分鐘，廣播電臺高層可不會輕易忘記或原諒這種事。）

儘管如此，整點到了，訪談結束。我們回到下榻的旅館——這回我們搭了計程車。泰瑞生著悶氣：我想他多半是在氣自己——還有氣大家怎麼沒告訴他，從書店到廣播電臺的實際距離比行程表寫的遠很多。他和我一起坐在計程車後座，氣得臉色發白，滿腔怒火無處宣洩。我說了些什麼，想安慰他一下——好像是「總之還是解決了嘛」、「又不是世界末日」之類的話，然後建議他別再氣了。

泰瑞看著我，說：「不要低估憤怒的力量。這股憤怒就是催生《好預兆》的動力。」

我思考著究竟是什麼推動泰瑞繼續寫下去，還有他又是怎麼推著我們跟他一起前進；然後我曉得他說的沒錯。

泰瑞．普萊契的文字中有著憤怒。就是這股憤怒催生了《碟形世界》。你會在這本書裡看到：校長認為六歲的泰瑞．普萊契不夠聰明，不能參加小學升中學的考試——這令他憤怒；評論者太自大傲慢，認為嚴肅與搞笑誓不兩立——這令他憤怒；早年他的美國出版社推銷他的作品很不成功——這令他憤怒。

憤怒永遠都在，一直都是讓人向前的動力。在本書進入最後校訂階段時，泰瑞發現自己罹患罕見的早發性阿茲海默症，他憤怒的對象變了。現在他氣的是自己的腦子和基因，更氣國家不讓他（或其他跟他一樣無法忍受病痛的人）自己選擇離世的方式和時間。

在我看來，泰瑞想強調的公平與不公平，正是導致這股憤怒的原因。

就是這種追求公平的念頭，凸顯出泰瑞的作品及寫作，驅使他從學校到新聞學，再到英國中央電力局的新聞處，接著成為世上最受人喜愛也最暢銷的作者。

這種感覺也能在本書的字裡行間看到。當他談及別的事情，特別真誠地感謝那些影響他的人——如亞倫．柯倫[25]。他創造了很多輕薄短小的笑哏；或是內容龐雜到令人眼花的《布魯爾片語與寓言辭典》，以及這本書幸運的編撰E．柯柏翰．布魯爾牧師[26]；我們這些年來偷用了不少哏。泰瑞為《布魯爾片語與寓言辭典》寫的前言讓我會心一笑——只要我們發現某本對方沒看過的布魯爾，就會開心地打電話過去。（「我說！你是不是已經有一本《布魯爾的奇蹟字典：模仿、寫實、教條》啊？」）

本書選錄的篇章涵蓋泰瑞完整的寫作生涯，從他學生時代，一直到他成為文字領域的騎士[27]，文風從未走樣。他的文章都沒有過時——除去一些特定的電腦硬體外。（我覺得，要不是泰瑞現在早已把他的Atari Portfolio掌上電腦捐給公益團體或博物館，否則他一定可以告訴你確切的擺放位置，還有他付了多少錢請人手工製作一張擴充記憶卡。容量超級巨大，多達一百萬位元組。）這些文章的口吻永遠都那麼泰瑞：親切和善、博學多聞、通情達理、冷面笑匠。如果你只是迅速看過，沒有特別注意，大概會以為他的東西輕鬆又好笑。

但在歡樂的表面之下永遠都有憤怒的根基。泰瑞．普萊契不是那種會靜靜走入長夜的人——不論那夜是好是壞。當他離開，他將對許多事物感到憤怒：那些愚昧、那些不公，人類的愚蠢和短視近利，不僅是因為光芒不再——雖然這也是原因之一。一如惡魔與天使，他會跟憤怒一同攜手走入夕陽。而這其中也有愛：對於人類的愛——不論我們犯下何種錯誤；有珍惜的事物，有故事。最終，在一切事物裡包含對於人類尊嚴的愛。

或者，換句話說，憤怒是驅策他前進的力量，但是，若將憤怒用在天使身上，不如將對象換成紅毛猩猩[28]，或許對我們大家有利。

泰瑞．普萊契根本不是什麼討人喜歡的老頑童——連邊都沾不上。他這個人的層次可多了。

泰瑞太快走入黑暗，我發現自己也滿心憤怒。我怨恨這種不公，它奪走了——什麼呢？二十、三十本書？滿坑滿谷的絕妙想法、絕妙文句、老友新友？它奪走了說故事的人最擅長的技藝——說故事，並且透過這種方式，讓自己逃離「不思考」帶來的各種麻煩；我們失去了一、兩本講述新聞學、煽動性極高的書，還有偶爾幫別人寫的序。但說實在，失去這些東西也沒讓我多憤怒。我其實是傷心。曾經在第一線見到這些東西誕生的我，非常清楚泰瑞．普萊契的每一本書都是一個小小奇蹟。我們已經擁有太多，甚至早已超過合理的數量，但我不是要大家更貪心。

我因為即將失去朋友而感到憤怒。

我想，如果是泰瑞，他會怎麼辦？

然後我提起筆，開始寫。

---

25 亞倫．柯倫（Alan Coren）：生於一九三八年，卒於二〇〇七年，是知名英國播報員、記者、作家，性格風趣，以幽默諷刺文類見長。

26 E．柯柏翰．布魯爾牧師（Reverend E. Cobham Brewer）生於一八一〇年，卒於一八九七年，著作相當豐富，《布魯爾片語與寓言辭典》（Brewer's Dictionary of Phrase and Fable）是他最有名的作品，於一八七〇年出版。雖然是他為了幫助教育不足的人士編撰的參考書籍，但早期內容充斥他個人的偏見。不過此書十分暢銷，歷經多年依然不斷再版。泰瑞．普萊契曾替二〇〇〇年的再版寫序。

27 泰瑞．普萊契於二〇〇九年受英國女王冊封為騎士。

28 在《碟形世界》系列小說裡，角色之一的圖書館員原為人類，因魔法之故變成紅毛猩猩。泰瑞．普萊契因為創作這個角色，開始對紅毛猩猩感到好奇，後來更成為英國紅毛猩猩保育協會的理事之一，也曾參與相關紀錄片的拍攝。

本文是替二〇一四年出版，泰瑞・普萊契的非小說選集《不小心一個手滑》（A Slip of the Keyboard）所寫。這篇文章是在他還在我們身邊、還能閱讀時寫好的。他告訴我說他很喜歡，我鬆了一口氣。泰瑞在二〇一五年三月十二日辭世。我再也無法和他交談。我想念我的朋友。

繆思系列 018

從邊緣到大師：尼爾蓋曼的超連結創作之路
The View from the Cheap Seats: Selected Nonfiction

作者　尼爾・蓋曼（Neil Gaiman）
譯者　沈曉鈺
總編輯　陳郁馨
主編　張立雯
編輯　林立文
行銷　廖祿存
電腦排版　極翔企業有限公司

社長　郭重興
發行人兼出版總監　曾大福
出版　木馬文化事業股份有限公司
發行　遠足文化事業股份有限公司
地址 231新北市新店區民權路108之4號8樓
電話 02-2218-1417　傳真 02-8667-1065
email: service@bookrep.com.tw
郵撥帳號 19588272 木馬文化事業股份有限公司
客服專線 0800221029
法律顧問　華洋國際專利商標事務所 蘇文生 律師
印刷　成陽印刷股份有限公司
初版　2018年2月
定價　新臺幣450元

ISBN 978-986-359-483-3

國家圖書館出版品預行編目(CIP)資料

從邊緣到大師：尼爾蓋曼的超連結創作之路 / 尼爾・蓋曼（Neil Gaiman）著；沈曉鈺譯. -- 初版. -- 新北市：木馬文化出版：遠足文化發行, 2018.02
面；　公分. --（繆思系列；18）
譯自：The view from the cheap seats : selected nonfiction
ISBN 978-986-359-483-3(平裝)

873.6　　106023666